KB119499

하
지
미
지 夏至未至

하지미지 夏至未至

궈징밍 지음 | 김선영 옮김

위즈덤하우스

그 소년은 나에게 성장을 가르쳐주었다.

그 소녀는 나에게 사랑을 가르쳐주었다.

우리는 사랑을 하려고 할 때에야 비로소
사랑인 줄 알게 된다.
우리는 미워하려고 할 때에야 비로소
미움도 사랑 때문인 것을 알게 된다.

여름의 기록

2006년 여름, 나는 《하지미지》를 완전히 새롭게 다시 썼다.

시간은 다시 한번 2004년의 여름으로 향했다.

상하이의 하늘엔 여전히 뜨거운 태양이 사납게 넘실거렸고, 며칠이고 계속되는 고온에 여름이 영원히 끝나지 않는 것은 아닌가 하는 생각도 들었다. 그렇지만 마음 한구석에서는, 어떻게 해도 2004년의 여름으로는 다시 돌아갈 수 없다는 깨달음이 서서히 자리를 잡아가고 있었다.

어떤 마음은 우리가 가장 순수했던 소년 시절에만 생겨나기도 한다. 그때 내 머리 위에 펼쳐졌던 파란 하늘은 외롭고 고독한 얼굴을 하고 있었고, 하늘을 떠돌던 구름은 슬픔의 법랑질로 뒤덮인 빛을 뿜어냈다. 그 빛은 우리처럼 그저 평범한 남자와 여자의 삶을 비추어 우리만의 이야기를 만들어냈다.

《하지미지》를 완성하던 그해, 나는 많은 일을 겪었다. 마치 태풍이 휩쓸고 간 자리에 커다란 슬픔이 엎질러진 것 같았다. 그리고 2년 후의 여름, 모든 것은 그저 과거로 남았다. 2년 전의 그 슬픔은 이미 두 번의 여름을 지나면서 새로 자라난 무성한 풀들로 덮인 것처럼 그 흔적조차 찾기 힘들었다.

시간은 가장 위대한 치유자다. 아무리 깊은 상처도 피부에서는 금방 사라진다. 어쩌면 그 상처는 심장으로 녹아들어가 심벽의 문신 정도로 남을지 모르겠다.

나는 또 한 번의 여름 동안 이 이야기의 맥락을 완전히 새롭게 썼다. 그건 이야기에 녹아 있던 예전의 어떤 감정들에 대해서도 다시 썼다는 것을 의미한다. 그때는 미처 몰랐던, 혹은 표현하지 못했던 감정들이 2년 동안 새롭게 생겨난 까닭이다.

《하지미지》는 내가 쓴 소설 중에 제일 슬프지도, 제일 재미있지도, 심지어 줄거리가 가장 풍부한 소설도 아니다. 그러나 많은 독자들이 내 소설 중에서 《하지미지》가 제일 좋았다고 말한다. 사실 나도 이 침묵에 가까운 소설을 깊이 사랑하고 있다. 이 소설의 조용함은 별이 총총한 거대한 여름밤 같다. 전 지구를 감싸 안아 소리 없는 따뜻함을 준다.

만약 당신이 무언가를 잊었고, 그 기억을 다시 되살리고 싶다면.

만약 여름날의 냄새와 열기가 당신 마음속에 깊게 잠들어 있던 시절을 다시 들끓게 한다면.

만약 녹나무의 짙은 그늘도 미처 막지 못한 햇빛의 따가움이 아직 눈꺼풀에서 느껴진다면.

만약 그 어린 날의 고독한 하늘이 아직도 당신의 꿈에 나타난다면.

그렇다면…….

차례

Prologue

졸업

우리는 협곡 사이로 불어오는 바람 소리를
들으려고 해야 그것이 바람인 줄 알고,
산맥 사이에 자리하고 있는 하얀 구름을
보려고 해야 그것이 구름이구나 한다.

우리는 사랑을 하려고 할 때에야 비로소
사랑인 줄 알게 된다.
우리는 미워하려고 할 때에야 비로소
미움도 사랑 때문인 것을 알게 된다.

1998년 여름이었다.

7월 9일.

하늘은 간밤에 허리케인이 휩쓸고 간 것처럼 구름 한 점 없이 맑았다. 그저 순수한 파란색만이 남아 머리 위를 물들였다. 꼭 실수로 파란 잉크병을 쏟은 것 같았다.

각기 다른 채도의 파란색이 잔뜩 번져 있었다.

이날 오후의 햇빛도 다른 날과 같이 무시무시했다. 아니, 더 강렬했던 것도 같다. 내리쬐는 열기에 사람들은 말조차 꺼내기 힘들어했다. 입을 열면 건조한 열이 불처럼 뿜어져 나올 것 같았다. 모두들 커다란 녹나무 그늘에 입을 다문 채, 그리고 눈썹은 약간 찌푸린 채 서 있었다.

푸샤오쓰는 주차장에서 자전거를 끄집어내면서 죽일 듯이 달려드는 햇빛을 쳐다보았다. 우선 집에 갈까 싶었다. 막 끝낸 영어 시험이 엉망진창이었기 때문이다. 뒤에 앉은 여학생이 계속해서 기침을 하는 통에 듣기 평가부터 완전히 망쳤다.

"야." 어디선가 나타난 루즈앙이 콜라 캔 하나를 푸샤오쓰의 목에 가져다 댔다. 찌를 듯한 차가움이 말초신경을 타고 심장까지 빠른 속도로 도달했다. 푸샤오쓰는 콜라를 받아 들고 벌컥벌컥 마셨다. 그러다 문득 콜라의 거품이 묻은 손을 보니, 입으로 삼킨 콜라가 벌써 손가락 끝에 도달한 느낌이었다.

루즈앙이 옆에서 그의 이런 동작을 흉내 내며 이상한 소리를 냈다. "아오."

푸샤오쓰는 문득 3년 전 이맘때를 생각했다. 그때는 고개를 젖혀도 지금만큼 목젖이 솟아 있지 않았다. 그러나 지금은 이미 열아홉, 고등학교 3학년 학생이고 성인에 훨씬 가까워졌다. 입 주변은 면도를 잊으면 바로 푸르스름하게 수염 자국이 돋아났다. 푸샤오쓰는 3년 전에도 이렇게 콜라를 마시고 난 후 중학교 때 친구들과 헤어졌었다. 어깨를 부딪치며 다시 보자는 소리를 하는 놈 하나 없이 흩어졌다. 그래서 그런지 그 후 다시 만날 수 없었다.

그리고 3년 후의 오늘, 상황은 그때와 같았다. 햇빛의 각도, 공기의 냄새, 그리고 나무 사이로 빠르게 사라지는 새까지 똑 닮은 광경이었다. 그저 이제 곧 헤어질 사람들만 바뀌었을 뿐이다. 그렇다면

3년 전의 그 아이들처럼, 이 친구들도 이제 다시는 못 보는 걸까?

푸샤오쓰가 고개를 들어 루즈앙에게 말했다. "우리 그냥 이렇게 졸업하는 건가 봐?"

루즈앙이 눈썹을 찌푸리면서 말했다. "아마도."

순간 하늘에 새 한 무리가 날아올랐다. 양 날개를 맞부딪히며 힘차게 날아오르는 소리가 하늘에 울렸다.

푸샤오쓰는 살짝 눈썹을 찌푸린 후 말없이 콜라를 또 한 모금 마셨다.

눈앞에 많은 사람이 모여 있다. 사람들의 얼굴은 모두 여름 특유의 홍조를 띠고 있다. 푸샤오쓰는 졸업사진 찍을 때가 떠올랐다. 따가운 햇볕 아래 줄을 서서 사진 촬영 순서를 기다렸다. 찍을 차례가 되었을 때는 얼굴이 달아오르고 눈살은 찌푸려졌다. 그래서 루즈앙이 이걸 두고 '죽기 전에 찍는 단체 사진' 같다고 했다. 다들 아무렇지 않은 척했지만 자세히 보면 졸업 후 펼쳐질, 알 수 없는 일들에 대한 두려움이 표정에 여지없이 드러났다. 툭툭, 땀방울 떨어지는 소리가 들렸다. 마치 눈물 같은 땀방울은 그들의 온 얼굴을 더럽혔다. 그러나 그런 땀방울들의 방해도 앞을 보겠다는 동공의 강렬한 의지를 꺾지는 못했다.

카메라의 빨간 불빛이 모두의 눈을 모두 비추고 '찰칵' 소리를 내며 제 할 일을 끝내자 학생들은 순식간에 흩어졌다. 저마다 급하게 교실로 돌아가 참고서를 꺼내어 문제를 풀기 시작했다. 5분쯤 지나자 자기 주변에 누가 있는지 없는지조차 신경 쓰지 않는 듯했다.

이날 오후 많은 사람이 웃고, 많은 사람이 울었다. 그리고 나서는 많은 사람이 침묵했다. 교내에 있는 녹나무들은 여름이 되면 전에 없이 풍성해졌다. 햇빛 아래의 그 나무 그늘은 마치 농도 짙은 먹물처럼 천천히 창문 안으로 침투해 들어왔다. 푸샤오쓰는 루즈앙과 함께 그 그늘에서 졸곤 했던 수많은 여름날을 떠올렸다. 얼굴의 홍조와 눈꺼풀의 열기가 아직 느껴지는 듯했다.

그러나 결국 지금, 우리는 갑자기 떠나야 한다.

푸샤오쓰는 이때 어느 책에선가 읽었던 한 구절이 생각났다. '헤어짐, 그것은 모든 것을 단순하게 만든다. 또한, 모든 것이 다시 용서받을 수 있는 이유를 가지게 한다. 그리고는 우리를 다시 이곳으로 새롭게 불러들인다.'

청치치는 교문 앞에서 몇몇 친구들과 어울려 시끄럽게 떠들고 있었다. 그녀는 모르는 사람과도 3분이면 친해지는 신비로운 능력이 있었다. 친근하게 어울리는 폼이 마치 안 지 수백 년은 된 이들처럼 보였다. 모르는 사람과의 대화를 극도로 꺼리는 푸샤오쓰에게는 청치치의 이런 능력이 대단하게도, 이상하게도 보였다. 그는 낯선 사람에게 가서 아는 척을 하느니 차라리 어려운 수학 문제를 하나 푸는 게 더 낫다고 여겼다. 그래서 청치치에 대해서 루즈앙에게 이렇게 말하곤 했다. "진짜 대단하지 않냐. 나랑 완전 달라. 나는 어렸을 때부터 지금까지 친구라곤 너 한 명밖에 없는데 말이야."

루즈앙은 헤헤 하고 입꼬리를 실룩대며 말했다. "나같이 굉장한 놈 찾는 게 쉬울 줄 알았냐."

루즈앙은 말할 때 입꼬리를 살짝 올리는 버릇이 있다. 그러면 입가에 흉터 같기도 보조개 같기도 한 작은 주름이 생긴다. 정말 특별해 보인다!

그는 특별해 보이면서도 멋졌다. 그에게는 젊은 남자만이 가질 수 있는 햇살 같은 매력이 있었다. 때로 눈이 부실 정도였다.

푸샤오쓰와 루즈앙은 사람들이 몰려 있는 곳에 섞이지 않고 비켜서서 콜라를 마시며 이야기를 나누었다. 청치치가 멀리서 그들을 보고 뛰어와 푸샤오쓰를 툭 치며 물었다. "밤에 놀러 나갈 건데 너네도 갈래?"

푸샤오쓰가 눈을 치켜뜨며 물었다. "또 누구 있는데?"

청치치는 누구랑 누구랑 또 누구랑…… 끝도 없이 읊어댔다. 푸샤오쓰가 물었다. "넌 대체 그 많은 사람을 어디서 알게 되는 거냐?"

청치치는 한심하다는 듯이 말했다. "저기요……, 다 우리 반 애들이거든요? 너랑 한 반에서 수만 시간 같이 공부했거든요?"

푸샤오쓰가 말했다. "그래? 리샤는?"

"응, 걔도 갈 거야."

"아아, 가자! 가자! 우리도 갈 거야!" 루즈앙이 웃으며 끼어들었다.

"그래, 그럼 밤에 전화할게." 청치치는 다시 사람들 무리로 돌아갔다.

푸샤오쓰가 고개를 들어 루즈앙을 보며 말했다. "내가 언제 간다고 했냐?"

루즈앙이 '하' 하고 소리를 내며 뒤로 넘어지는 척하더니 다시 몸을 일으켜 무표정으로 말했다. "그럼 안 가는 걸로."

푸샤오쓰는 입을 뻐끔거리며 1분 정도 뜸 들이다가 결국 말했다. "가자…… 가."

어둑어둑해지자 학교 안에는 한 명도 남지 않았다.

1학년, 2학년 학생들은 이미 방학을 해서 집으로 돌아갔고, 3학년 학생들만이 마지막 시험 과목이었던 외국어 영역 시험을 마치고 뒤늦게 흩어졌다. 성대한 마지막 헤어짐이었다. 푸샤오쓰는 학교 밖으로 발을 내딛는 순간 몸과 그림자가 분리된 것 같은 느낌도 들었다. 몸은 앞으로 나아가는데 그림자는 잉크 자국처럼 그대로 원래의 자리에 머무르는 듯했다.

꼭 사람이 죽을 때 영혼이 사람의 몸에서 떠나는 것 같아 아득하게 슬프고 두려워졌다.

그림자만이 텅 빈 학교 안에 남아, 후에 사람들에게 잊힌 노래들을 흥얼거리며 돌아다닐 것만 같았다.

결국 모두가 떠나버렸다. 그들이 가져간 고등학교 3년 동안의 기억은 각 도시의 어느 모퉁이로 흩어져 흔적을 남기고, 결국 이 나라 아니 세계 곳곳으로 흩뿌려질 것이다.

어둠이 사방을 덮쳤다.

여름의 밤은 항상 뒤늦게 찾아온다. 그러나 어두워지는 속도는 매우 빠르다. 1분 사이에 상대방의 얼굴을 알아보기 힘들어질 정도로 어두워지곤 했다. 어둠 속에서 루즈앙이 손을 막 흔드는 것이 흐릿하게 보였다. 그가 흔드는 손을 따라 공기 안의 열기가 빙빙 돌았다. 그가 말했다. "굶어 죽기 전에 빨리 밥 먹으러 가자."

푸샤오쓰가 일어나며 바지를 탁탁 털면서 말했다. "가자."

첸촨의 길은 늘 깨끗하다. 도시의 곳곳에는 녹나무들이 한 자리씩 자리 잡고 있다. 푸샤오쓰와 루즈앙은 길바닥의 허름한 노점에서 2위안짜리 소고기면을 먹는다. 몇백 위안이나 하는 하얀 티셔츠와 바지를 입은 채 말이다. 이럴 때야말로 '몸에 금은보화를 두르고 굶어 죽은 귀신'처럼 구는 재미가 있다. 이 말은 보통 푸샤오쓰가 루즈앙을 묘사할 때 쓰는 말인데, 루즈앙은 생각 없이 돈을 마구잡이로 쓰다가 빈털터리가 되는 경우가 자주 있었기 때문이다. 푸샤오쓰는 루즈앙 몸에 걸친 옷을 가리키며 무표정하게 말했다. "금은보화를 두르고 굶어 죽은 귀신."

노점 주인은 젊은 사람이었다. 덥수룩한 수염도 그의 젊은 얼굴은 가릴 수 없었다.

그는 푸샤오쓰와 루즈앙에게 말했다. "둘 다 막 대입 시험 치고 나왔군?"

루즈앙이 흥미를 보이며 한 발을 걸상에 걸친 채 물었다. "사장님이 그걸 어떻게 아세요?"

"고등학교 3학년 학생들 얼굴엔 다들 똑같은 표정이 있어서 보면 딱 알지."

"어떤 표정이오?"

"아, 정확하게 말하긴 어려운데, 그냥 보면 알 수 있어." 노점 주인이 하하 웃으며 말했다.

루즈앙이 푸샤오쓰에게 얼굴을 들이대며 그를 뚫어지게 쳐다보며 물었다. "지금 내 표정이 어떤데?"

푸샤오쓰가 면을 우물우물 씹으며 대답했다. "난독증이 있는 어린이가 백과사전을 읽어야만 할 때 짓는 표정이야."

둘은 한참 투닥거린 후 계속해서 면을 먹었다.

그러다 푸샤오쓰는 문득 루즈앙과 학교를 다니면서 거의 매일 다투었다는 걸 깨달았다. '이런 식이라면 중학교 개학부터 고등학교 졸업 때까지 저놈과 무려 6년이나 싸운 셈이군.'

봄에는 복숭아꽃이 초록색 언덕에 가득 피었다. 붉은색이 물감처럼 산비탈을 물들였고, 안개처럼 자욱한 그 색은 사람들의 동공을 물들였다.

그와 루즈앙은 이런 언덕에 앉아 스케치북이나 그들의 깨끗한 옷에 그림을 그렸다. 그러고 나면 옷은 물감으로 얼룩덜룩해졌다.

그와 루즈앙은 몇 위안짜리 싸구려 물감을 썼다. 돈이 있으면 푸샤오쓰는 CD를 샀고, 루즈앙은 여자애들을 만나 콜라를 사 먹는 데 다 써버렸다. 선생은 두 사람이 그림을 제출할 때마다 푸샤오쓰에게 물감 살 돈도 없냐며 노발대발했다. 그때마다 푸샤오쓰는 순진한 표정으로 눈물까지 그렁거리며 고개를 끄덕였다. 그도 이렇게 하는 게 그닥 내키지는 않았지만 달리 다른 방법이 없었다.

푸샤오쓰는 매일 음악을 들으며 첸촨의 거리거리를 쏘다녔다. 시끄러운 음악들이 그의 몸에 뿌리를 내리고 싹을 틔웠다. 잔인하면서 아름다운 외침이 매일 밤 꿈에서 슬픈 멜로디로 바뀌어 울려 퍼졌다. 그들은 이 세계 어느 곳에는 정토가 있다고 했다. 푸샤오쓰는 언젠간 그곳을 꼭 찾아내겠다고 결심했다. 그들이 말하는 조용한 작은 섬, 그도 그곳에서 수년 동안 잠들고 싶었다.

루즈앙은 많은 여자애들과 만나며 콜라를 샀다. 하지만 푸샤오쓰가 우연히 루즈앙을 보았을 때마다 그는 항상 혼자 자전거를 타고 눈은 가늘게 뜬 채, 학교 안의 크고 높은 녹나무 사이를 누비는 모습이었다. 그 모습은 마치 청춘 드라마에서 남자 주인공이 하얀 셔츠를 입고 길고 긴, 고독한 청춘의 터널을 홀로 통과하는 한 장면 같았다. 그의 자전거 뒷자리는 항상 텅 비어 있었다. 이는 그가 항상 맨살에 얇은 티셔츠 하나만 걸치고 있는 것과 비슷했다. 루즈앙의 교복 상의는 항상 단추가 풀려 있어, 그 안에 입은 얇은 하얀 티셔츠가 그대로 드러나곤 했다. 루즈앙은 이런 상태로 책가방마저 비뚤게 한쪽 어깨에 둘러메고서는 학교 안을 종횡무진 돌아다녔다. 푸샤오쓰는 그와 달리 영원히 단정한 아이였다. 그는 까만색 교복을 잘 차려 입었고 조그만 단추 하나도 소홀히 하지 않았다. 심지어는 소매에 달린 정교한 금색 단추까지 잘 여몄다. 책가방은 양어깨에 똑바로 메고, 선생을 만났을 때는 꼿꼿이 섰다. 루즈앙은 그런 푸샤오쓰의 모습을 볼 때마다 웃느라 자전거에서 굴러떨어질 정도였다. 그는 배를 잡고 웃으며 푸샤오쓰를 "이 정장 차려 입은 짐승아!" 하고 놀리곤 했다.

그러면 푸샤오쓰는 그를 자전거에서 끌어내려 발길질을 했고, 이내 함께 땅바닥에서 뒹굴었다. 옷이 더럽혀지든 말든 신경 쓰지 않았다. 내일 아침이면 어머니가 또 깨끗한 새 옷을 준비해줄 테니. 어머니가 주는 새 옷 덕분에 그들은 영원히 자라지 않는 어린아이처럼 장난칠 수 있었다.

루즈앙은 항상 옷차림이 흐트러져 있었다. 그러나 푸샤오쓰는 루즈앙이야말로 누구보다 단정하다고 생각했다. 루즈앙이 푸샤오쓰에게 장난치며 말했다. "네가 매일 하얗고 깨끗한 옷을 입어봤자 내 눈에는 그냥 궁상맞은 후진 놈이야!" 푸샤오쓰는 그 말이 맞는지 틀렸는지 따지는 데에는 관심이 없었다.

시간은 도시 상공에서 안정적으로 비행하고 있었다. 오래되어 바위조차 풍화되기 시작한 도시가 천천히, 그리고 조금씩 태양빛에 타고 있었다. 그리하여 상공을 떠돌고 있던 시간은 비둘기의 잿빛 깃털처럼 사람들의 뼈에 내려앉았다. 고독한 하늘을 향해 마디지어 자라던 그들의 몸은, 이런 시간의 자욱함 아래 유리같이 연약한 빛을 발하고 있었다.

이는 마치 어렴풋한, 아직 태어나지 않은 전설 같았다.

푸샤오쓰는 자주 생각했다. 자신과 루즈앙은 서로 의지하는 건 달들 같다고. 둘은 같이 웃고, 울고, 시끄럽게 굴며 하루하루를 보냈다. 긴 시간 동안 둘은 익숙하게 함께 거리를 돌아다니며, 예쁘장한 여자애들을 수도 없이 만나고, 낯선 정거장 표지판들과 수없이 마주쳤다. 그러면서 무수한 낯설고 구불구불한 산길을 따라 더 많은 미지의 세계로 진입했다. 이 무성하게 자란 도시의 녹나무들이 그들이 보낸 시간의 증거가 되어주었다. 그와 루즈앙은 이렇게 천천히, 열세 살에서 열아홉 살이 되었다. 푸샤오쓰는 때로 옛 사진을 보면서 넋을 잃을 때도 있었다.

그들의 머리는 길어졌다 짧아졌다 했다. 입은 옷도 새 옷이었다가 낡은 옷이었다가 했다. 그들은 울기도 하고 웃기도 했다. 그 커다란 태양이 여전히 매일매일 떠올라 그들의 그림자를 길게 잡아당기기도, 짧게 줄이기도 했다.

시간은 이렇게 생명의 편린 하나하나를 시끄럽게 밟으면서 지나가고 있었다.

면을 한 그릇 다 먹기도 전에 청치치에게 전화가 왔다. 루즈앙이 "응, 응" 하고 몇 마디 대답한 후 전화를 끊었다. 그는 초등학생처럼 앉아 있던 의자를 앞뒤로 들썩거리며 푸샤오쓰에게 말했다. "빨리 좀 먹어. 얘네 샤선에 있는 노래방에서 우리 기다리고 있대."

푸샤오쓰가 미간을 찌푸렸다. "무슨 그런 데서 만나고 난리야?" 그는 급하게 면을 몇 젓가락 더 먹은 후 일어나며 말했다. "가자."

루즈앙은 지갑에서 돈을 꺼내 계산했다.

식당을 나설 때 날은 이미 어둑어둑해지고 있었다. 하늘엔 어두운 붉은색의 구름이 낮게 깔리고, 바람이 이들을 이미 어두워진 하늘 쪽으로 내몰고 있었다. 마치 천당에 불이 붙은 모양새였다.

리샤가 푸샤오쓰와 루즈앙을 보고 단숨에 달려왔다. 푸샤오쓰는 아까 리샤와 함께 있던 무리를 가리키며 물었다. "쟤네 다 누구야?"

리샤가 고개를 저었다. "나도 잘 모르는 애들이야. 아마 치치 친구들인 것 같아."

푸샤오쓰가 고개를 끄덕이며 말했다. "아, 그럼 그렇지. 쟤 친구 진짜 많잖아. 넌 영어 시험 잘 봤어?"

리샤는 평소에 냉정하기가 냉장고 속에 꽝꽝 얼어 있는 얼음 같은 푸샤오쓰가 갑자기 이렇게 살갑게 구는 게 어색해 그에게 발길질을 하며 말했다. "뭐래. 말해주는 거 깜빡했는데, 아까 우리끼리 약속했거든? 오늘 시험 얘기 하는 사람은 복도에서 발가벗고 춤추기로."

푸샤오쓰는 무슨 말을 하려 했지만, 하려던 말은 입속에서 맴돌다 사라져버렸다. 결국, 조그만 소리로 "뭐, 볼 만한 몸매도 아니면서"라고 투덜거렸다. 리샤는 듣지 못했다.

리샤는 푸샤오쓰를 바라보았다. 그는 종이컵에 담긴 녹차를 마시면서, 찌푸린 눈으로 노래방 화면의 자막을 보고 있었다. 은연중에 그의 얼굴 위로 옅고 하얀 빛의 막이 둘러진 것 같았다. 그래서 그런지 그의 얼굴 윤곽에서 전에 없던 조용함과 따뜻함이 두드러지는 느낌이 들었다. 그녀는 3년 전 푸샤오쓰와의 첫 만남을 떠올렸다. 준수하고 세상의 때가 묻지 않은 눈처럼 깨끗한, 그 아이 같은 얼굴에는 아무런 표정이 없었다. 사람을 쳐다볼 때 눈동자 안에는 영원히 흩어지지 않을 것 같은 자욱한 안개가 가득 끼어 있었고, 말의 속도는 남들보다 반 박자 정도 느렸다. 상대방에게 아무런 관심이 없는 모습이었다. 3년이 지났고, 소년의 얼굴은 점점 남자의 모양새를 갖춰갔다. 부드러운 표정에는 날카로움이 숨어 있었고, 턱선은 날렵하게 올라와 귀밑머리 안으로 꺾여 들어갔다. 그녀는 아까 푸샤오쓰를 발로 찬 것이 좀 마음에 걸렸다. '우리 너무 친해진 거 아냐?' 푸샤오쓰는 애초에 그녀와 실랑이 하는 법이 없었다. 루즈앙이라면 달랐을 것이다. 만약 리샤가 루즈앙을 걷어찼다면, 루즈앙은 다시 리샤를 두 번 발로 차는 것으로 되갚아주었을 것이다.

그날 청치치는 줄곧 마이크를 잡고 놓지 않았다. 나중에는 아예 노래방 기계 앞에 주저앉아 한 곡이 끝나면 바로 다음 곡을 연이어 불러댔다. 루즈앙은 마이크 깡패라며 고래고래 소리를 질렀다. 리샤는 농담조로 말했다. "치치가 가수 되려나 봐."

리샤는 청치치를 보면 저도 모르게 부러운 마음이 들었다. 청치치는 노래만 잘하는 것이 아니라 다른 것들도 다 잘했다. 공부도 잘했을 뿐만 아니라, 거의 모든 전교생과 친구였고, 부모님의 사랑을 듬뿍 받았다. 게다가 그림도 잘 그렸다. 또 얼굴도 예뻐서 그야말로 팔방미인이라고 할 만했다.

모두 해방감을 한껏 만끽했다. 맥주를 따 온 방에 뿌렸고, 다시 또 한 병을 따면 누군가는 픽 소리를 내며 바닥에 쓰러졌다. 다들 미친 듯이 뛰어댔다. 누가 마이크에다 대고 "나는 토마토야" 하면, 바닥에 누워 있는 친구가 "만나서 반갑습니다. 나는 오이다"라고 시시껄렁하게 이어 말했다.

12시가 되자 모두 지쳐 자리를 떴다. 남은 건 청치치, 리샤, 푸샤오쓰, 루즈앙뿐이었다. 넷은 어디로 갈지 정하지 못해서 그냥 주변을 걷기로 했다.

첸촨의 밤은 매우 조용하다. 네온사인도, 떠드는 사람들도 거의 없었다. 여기 사람들은 밤 10시만 넘기면 대부분 잠을 청했다. 그래서 넷은 길에서 지나가는 사람 한 사람 만나지 못한 채 도심 공원에 다다랐다. 푸샤오쓰와 루즈앙은 공원 벤치에 머리를 대고 누웠고, 리샤는 옆에 있는 다른 벤치에 앉았다. 청치치도 피곤한지 리샤의 다리를 베고 누워 잠이 들었다.

여름의 밤은 특유의 습기와 열기로 가득했다. 가로등의 백색광이 그들의 머리를 비추었다. 알 수 없이 왕왕대는 현음이 들려와 오랫동안 귓가에서 사라지지 않았다. 벌레들이 주위를 날아다녔다.

리샤는 졸려서 눈을 비볐다. 푸샤오쓰와 루즈앙의 말소리도 점점 잘 들리지 않았고, 의식이 점점 흐릿해지며 꿈속으로 천천히 빠져들고 있었다.

그러던 와중에 리샤는 푸샤오쓰가 가까이 다가온 것을 느꼈다. 그는 낮은 목소리로 물었다. "그래도 중앙미술학원 지원한 거지? 궁금했는데 물어볼 틈이 없었어."

푸샤오쓰의 티셔츠에서는 깔끔한 세제 냄새가 났다. 그의 목소리는 마치 최면을 거는 것 같았다. 점점 의식이 흐릿해졌다.

리샤는 고개를 끄덕였다. 그러나 가로등 빛이 너무 강한 탓에 그가 자신이 끄덕이는 모습을 볼 수 없다는 것을 깨닫고 겨우 소리 내어 말했다. "응."

가볍지도, 무겁지도 않은 대답이었다.

"대학 때도 같이 지낼 수 있으면…… 흠……." 그는 잠시 멈추었다가 이어 말했다. "나는 좋을 것 같아."

순간 리샤의 심장이 쿵 하고 내려앉았다. 푸샤오쓰와 같은 대학에 지원하던 그 순간이 생각났다. 그때는 긴장되면서도 몹시 떨렸다. 그런데 또 문득, 웬일인지 루즈앙이 좀 이상하다는 생각이 들었다. 평소 같았으면 벌써 끼어들어 어쩌고저쩌고했을 텐데 그는 계속해서 아무 말이 없었다. 리샤가 고개를 돌리니 가로등 불빛에 루즈앙이 누워 있는 모습이 보였다. 루즈앙은 벤치에 누운 채 간혹 가다 한 번씩 눈을 깜빡였다. 그러다 그림자 한 조각이 그의 얼굴을 덮어 어둠 속으로 감추었다. 그저 눈의 미광만 흐릿하게 보일 뿐이었다.

리샤가 물었다. "루즈앙, 너는?"

루즈앙은 2, 3초 멈칫하다 세 글자를 뱉어냈다. "상하이."

리샤가 고개를 끄덕였다. "아. 좋네. 치치랑 같은 도시네."

"꺼져." 푸샤오쓰의 언성이 높았다. 리샤는 푸샤오쓰의 말 속에서 언짢은 기운을 느꼈다. 그녀는 그 "꺼져"라는 말이 자기에게 한 욕인지 루즈앙에게 한 욕인지 잠시 헷갈렸다.

루즈앙이 앉아서 기침을 하며 말했다. "응, 사실 나 상하이재경대학에 지원했어. 거기서 공부하겠다는 건 아니고, 그냥 그 대학교 학생이라는 신분이 필요해서. 바로 학교 안에 있는 중일 교류반에 들어갈 거야. 그리고…… 바로 일본에 가려고."

"아, 네가 말했던 것 같다."

"응, 그런데 샤오쓰한테는 오늘 얘기했어."

……

다들 잠이 든 것 같았다. 새벽 3시가 되자 기온은 떨어지기 시작했고, 주위의 답답했던 열기도 흩어졌다. 한기를 머금은 수증기가 도심 공원을 뭉게뭉게 자욱하게 덮기 시작했다. 예전에 이런 전설을 들은 적이 있다. 자정 이후부터 동트기 전까지, 모든 사거리와 공원에 수많은 유령이 떠돌고 있다는 것이다. 그들은 무리 지어 유백색의 안개가 되고, 공기 안에 낮게 깔린다고 했다.

이런 생각이 들자 리샤는 조금 오싹해졌다. 그나마 청치치가 리샤의 다리를 베고 누워 있었기 때문에 은은한 온기가 전해졌다. 리샤도 깜빡 잠이 들었다. 몽롱한 와중에 누군가가 와서 옷을 덮어주는 것이 느껴졌지만 그 순간 너무 피곤해 눈을 뜰 수 없었고, 누군지 확인하지도 못했다.

그렇지만 그 옷에서 나는, 그 깨끗한 세제 냄새는 매우 익숙했다.

꿈을 꾼 것도 같다. 홀연히 모든 것이 3년 전으로 돌아갔다. 처음 첸촨에 도착해서 역 밖으로 나왔을 때, 온 도시의 하늘을 가득 덮고 있는 녹나무들을 보고 굉장하다고 생각했다. 그때 보았던 나무 사이로 비추는 그 햇빛이 지금 똑같이 눈앞에 펼쳐지는 것 같았다. 한여름 첸촨의 절반은 검푸른 색깔의 나무 그늘이 드리워졌고, 그리고 나머지 절반은 그 나무들 사이로 스며드는 빛으로 찬란했다.

꿈속에서는 많은 사람이 웃고 있었다. 모두 행복해 보였다.

1995년 한여름이었다.

햇빛이 해일처럼 일어 온 도시를 덮었다.

검푸른 색깔의 그늘이, 마치 화선지에 먹물이 툭 떨어진 것처럼 도시의 표면을 물들였다. 남자아이의 하얀 셔츠와 여자아이의 파란 머리띠, 큰 자전거와 조그마한 책가방, 지저분한 축구공과 깨끗한 손수건. 이런 젊음의 형상이, 모두 깊은 바다에서 유영하는 물고기 같았다. 그들은 천천히 떠올라 도시 상공에서 활발하게 헤엄쳤다.

한여름이다. 짙은 향기를 지닌.

Chapter 1

1995년 하지

녹나무의 세계

녹나무와 녹나무의 이야기, 어때?

서로 맞닿은 이마 사이에서 낮은 목소리가 흘러나온다.

그리하여 모든 것이 미묘하게 변했다.

눈빛에는 온도가, 손에는 습기가 느껴졌다.

하늘에는 바쁘게 절정으로 치달아가던 여름이 있었고,

햇빛 속에는 무럭무럭 마디지어 자라는 줄기가 있었다.

그녀는 그의 곁에서 빠르게 도망쳤다.

그리고는 부초가 되어 가련한 꽃을 피웠다.

그는 그녀의 뒤에서 조용히 기다렸다. 그러고선 석양이 내리면 문을 굳게 닫았다.

사계절을 지내면서 남자와 여자는 날로 말이 없어졌다.

해 질 무렵부터 새벽까지.

여름이 지나면서 둘은 점점 천천히 걸었다.

잡았던 손을 놓았다. 더는 맞잡은 손이 없다.

한 번도 노래로 불려본 적이 없는 멜로디가 있듯이,

한 번도 타올라본 적이 없는 불도 있다.

그렇지만 세계에는 소리가, 그리고 빛이 있다.

그리하여 시간은 무거우면서도 미묘하게 흘러간다.

강한 눈보라는 얇은 문을 쉽게 부순다.

이 도시는 한 번도 늙은 적이 없다.

기억 속에 선 그는,

해가 질 무렵에 아무도 없는 학교에 남은 적막과 고독을 줄 세운다.

빼곡하게 들어찬 녹나무가 도시 전체의 하늘을 덮는다.

그 그늘 속에 10년을 미루어온 고백이 있다.

야야야, 내가 노래 부르고 있어. 들리니?

아아아, 누가 노래 부르고 있는 거지? 듣고 있어.

처음 가본 곳인데, 그곳에 갔을 때 이런 생각이 드는 장소가 있다. '혹시 내가 이곳에 몇 년 전에, 십몇 년 전에, 아니 수십 년 전, 내 나이를 뛰어넘는 훨씬 더 긴 시간 전에 와본 적이 있었던 것은 아닐까?', '내가 전에 여기 살았던 것은 아닐까? 왜 이곳의 구석구석을 모두 실제로 만져본 것 같지?'

　어떤 작가는 이에 대해 이렇게 말하기도 했다. 공기 안에 예전에 그 장소에서 생활했던 사람들이 죽을 때 남긴 뇌파가 떠돌아다니는데, 사람마다 가진 주파수가 달라서 이 주파수가 일치할 가능성은 극히 적지만 가끔 일치하는 주파수가 있어서 살아 있는 사람이 공중에 떠돌아다니는 그 뇌파를 수신할 때도 있다고 말이다. 그리고 이 뇌파가 바로 '기억'이라는 거다.

　그 말에 따르면 지금 당신이 접수한 그 뇌파가, 또한 그 뇌파를 남겨온 사람들이, 바로 우리의 전생이다.

리샤에게 첸촨은 바로 이런 곳이었다. 황당하긴 하지만 그녀에게 첸촨은 정말로 이렇게 다가왔다.

바람 소리가 휘몰아친다. 영혼이 흩어졌다.

아침에 눈을 떴다. 내일이 개학식이라 오늘은 아무 일정이 없었다. 소지품들은 어제 학교 기숙사로 다 옮겨놓았고 등록금도 냈다. 결국은 학교가 학생들에게 억지로 하루를 비워준 꼴이 되었다. 리샤는 생각했다. 어떤 학생들은 감상에 젖어 중학생 시절과 이별하는 의식을 가질 테고, 어떤 학생들은 아무 생각 없이 삼삼오오 모여 노래방에 가서 놀면서 자신들의 과거와 미래를 모두 무적의 청춘 안에 묻어버릴지도 모른다고 말이다.

아마 학교도, 다른 학생들도 다들 이렇게 생각할 것이다. 여튼 오늘 하루는 특별하고 눈이 부시다.

사실 리샤는 대체로 모든 일에 무관심한 편이었다. 정신적으로든 육체적으로든 즐기는 일에는 모두 그다지 관심이 없었다.

그날은 목적 없이 첸촨을 이리저리 돌아다니며 크고 높은 녹나무들이 어떻게 온 도시를 덮어 시간이 흘러가는 것을 숨기고 있는지 관찰했다.

계속 이상하다는 생각이 들었다. 몇 년 전에 분명히 이 학교의 운동장에서 몇 바퀴 뛰어본 것도 같고, 이 길가에서 차를 기다렸던 적도 있는 것 같고, 잡화점에서 물 한 병을 사 마신 적도 있는 것 같았다. 이 나무 밑에서 더위를 식히고, 저 광장에서 연을 날려본 것도 같았다.

한참을 그렇게 돌아다니다가 돌아와 점심을 먹고 있을 때 리샤의 어머니가 전화를 해왔다. 통화를 좀 하다 보니 바깥에서 드문드문 기침 소리가 들려왔다. 문득 리샤는 지금 자기 집이 아니라 친척집에 머물고 있다는 게 떠올라 황급히 전화를 끊은 후 식탁을 정리했다.

그래도 내일이면 학교에 간다. 만약 친척 집에 이런 식으로 계속 머무르게 된다면 신경과민에 걸릴지도 모르겠다고 리샤는 생각했다. 사람들은 대체로 익숙한 환경에 머무르는 걸 좋아하는 법이다. 일단 환경이 바뀌면 처음에는 그 환경이 어떤지와는 상관없이 마음속에 잠들어 있던 야수가 깨어나, 주변의 모든 것을 신경질적인 의심을 품고 보기 시작한다.

1995년 여름. 고등학교 개학 첫날.

첸촨에 온 지 고작 3일밖에 되지 않았지만, 리샤는 이 도시가 낯설지 않았다. 어렸을 적부터 리샤의 꿈속에는 크고 높은 녹나무들이 익숙한 녹색으로 자주 등장했었다. 몽롱한 충격이었다. 모호한 초록색의 부드러운 빛이 두 눈을 가득 채우곤 했다.

첸촨에는 마치 하지가 없는 것 같았다. 태양이 아무리 높게 떠서 아무리 타는 듯한 하얀 빛을 쏟아내도, 이 도시의 절반쯤은 녹나무의 짙푸른 그늘에 잠겨 있었기 때문이다. 그 그늘 안에서 사람들은 세상과 단절되어 눈을 감고 편안히 호흡할 수 있었다.

인도, 계단, 지붕의 옥상, 육교, 그리고 담으로 둘러싸인 운동장.

모두 절반은 녹나무의 흑록색 그늘 속에 깊게 잠긴 채 축축한 여름 내음을 품고 있었다. 버스의 유리창 밖으로 커다란 녹나무가 한 그루 한 그루씩 지나쳐 갔다.

리샤는 버스를 타고 학교로 가고 있었다. 이제 기숙사에서 생활한다. 중학교 졸업 전까지는 집에서 통학했기에, 학교에서 생활하는 건 처음이었다. 낯선 사람의 집에서 사는 게 싫어서, 리샤는 학교에서 살지 친척 집에서 살지 선택해야 할 때 전혀 망설이지 않고 학교를 택했다.

태양은 기울면서 창을 비추었고, 눈꺼풀에서 점점 심한 열기가 느껴졌다. 아마도 버스가 녹나무의 그늘을 벗어난 것이리라.

눈을 감으니 어머니의 얼굴이 떠올랐다. 이전에는 이렇게까지 집을 그리워하지 않았던 것 같다. 그러나 일단 떠나오니 전신의 모든 곳이 약속이나 한 듯이 일순간 반응하기 시작했다. 근육, 혈관, 신경계통까지 작고 미묘하게 동요했다.

청치치도 스셴에서 시험을 치르고 첸촨으로 왔다. 치치는 어렸을 적부터 리샤와 함께 스셴에서 자라온 친구다. 둘은 같은 초등학교, 중학교에 이어 첸촨일중 고등학교(중국의 중학교는 초급중학교, 고등학교는 고급중학교라고 하며 두 과정이 한 학교에 설립되어 있는 경우도 있다. 첸촨일중은 중학교와 고등학교가 합쳐진 형태의 학교이다.-옮긴이)에 함께 진학했다. 청치치는 부모님이 직접 운전하는 승용차를 타고 스셴에서 첸촨으로 왔다. 리샤에게도 같이 타고 가자고 했지만, 리샤는 거절했다. 자신은 응석받이가 아니라고 생각했기 때문이다. 승용차를 타고 학교에 가는 것은 마치 로켓을 타고 화성에 가는 것처럼 사치스런 일이었다.

신호등.

눈을 뜨고 밖을 바라보니 사람이 꽤 많았다. 그중 한 남학생이 리샤의 눈에 들어왔다. 그는 한 발만 비스듬히 자전거 페달에 올려놓고 있었다. 앞머리가 눈 일부를 가렸고, 귀에는 하얀 이어폰이 꽂혀 있었다. 이어폰 선은 가슴을 지나 한쪽 어깨에 맨 가방 안으로 들어가 있었다. 그는 그렇게 혼자 길가에 조용히 서 있었다. 그 남학생만이 남들과 다른 시공간에 있는 느낌이었다. 그 시공간에 속한 다른 모든 사물은 움직임을 멈추었고, 그 혼자 고개를 까딱거리며 미약하게 변하는 풍경의 주인공이 되었다. 조용히 자전거 핸들에 엎드리자, 하얀색 티셔츠가 녹나무의 짙은 그림자로 물들었다.

그가 천천히 고개를 돌리자, 그의 용모가 리샤의 눈에 들어왔다.

리샤가 첸촨에 와서 본 중에 가장 잘생긴 소년이었다. 그에게서 다른 사람에게서는 느낄 수 없는 깨끗함이 느껴졌다. 영화 촬영 카메라의 유광 렌즈가 백색 미광으로 비추고 있는 것처럼, 그는 이리저리 돌아다녀도 먼지 한 점 묻지 않을 것 같았다.

그러나 리샤는 곧 눈썹을 찌푸렸다. 예쁜 자전거에 가려져 있던 그의 옷에서 캘빈클라인의 로고를 발견했기 때문이다. 리샤는 그런 옷을 입는 부잣집 남학생이 싫었다. 그렇지만 그 깔끔하게 생긴 얼굴은 좋아 보였다. 그때 마침 그가 리샤 쪽으로 몸을 돌렸고, 리샤는 그의 눈빛을 보았다. 그의 눈빛에서 자욱한 안개 같은 기운이, 새벽에 호수를 가득 덮은 공기의 서늘함이 느껴졌다.

리샤는 그가 그저 자전거의 방향을 바꾸기 위해 고개를 돌렸다고 생각했다. 그가 무엇을 보았다고는 생각하지 않았다.

초점 없는 눈빛이었다.

안개처럼.

신호등에 파란불이 들어왔다. 차가 천천히 달렸고 버스는 계속 나무 그늘을 지나쳤다.

리샤는 눈을 감았다. 눈앞에 홀연히 아까 그 남자아이의 얼굴이 떠올랐다.

학교의 개학식은 항상 지루하다. 중학교 때나 고등학교 때나 마찬가지였다. 학생들은 운동장 게양대 앞의 넓은 공간에 모였고, 학생회 선배들이 급하게 연단으로 탁자와 의자를 나르고 있었다. 탁자보를 깔고 꽃을 놓았다. 매번 똑같았다. 이번에도 전혀 특별하지 않았다.

그나마 다행인 것은 첸촨의 녹나무가 다른 도시에 비할 수 없이 울창해 햇볕이 그대로 내리쬐는 곳이 거의 없다는 것이다. 나뭇잎 사이사이로 가느다란 햇빛이 통과하기는 했지만, 그건 한 줄기의 광선일 뿐이었다. 리샤는 큰 수풀 안에 서 있는 것 같았다. 순간, 주위의 수많은 학생의 시끄러운 소리도 저 먼 지평선 밖으로 사라지고, 먼지들만이 빛줄기 사이에 반짝이며 조용히 떠 있었다.

리샤는 빨간 흙이 깔린 중학교 운동장을 떠올렸다. 작열하는 태양 아래 남학생들은 구슬 같은 땀방울을 흘리고 있었고, 운동장의 저편에서는 여학생들이 물을 마시며 조용히 쉬고 있었다. 매미는 죽을 듯이 울어댔다. 그때의 여름은 그 덕에 더 뜨겁고 요란스러운 여름처럼 느껴졌다. 리샤는 중학교 3년 내내 좋아한 남학생이 한 명도 없었다. 청치치는 이런 리샤를 순진무구하다고 놀려댔다. 리샤도 이를 부정하지 않았지만 속으로는 좋아하는 남학생이 없는 건 주변에 좋아할 만한 남학생이 없어서라고 생각했다. 사실 그녀의 마음속엔 좋아하는 사람이 있었다. 그의 얼굴은 본 적이 없었다. 그러나 매번 밤마다 창문 앞에서 책을 읽고 글을 쓸 때면 저도 모르게 종이에 그의 이름을 쓰고 있었다. 그 이름은 불온한 신의 계시 같은 것이었다. 그의 이름이 어둠 속에서 모호한 빛을 뿜어내고 있었다.

교장 선생이 장황한 연설을 이어갔다. 계단을 청소하는 일부터 시작해서 중국의 첫 번째 원자탄 폭격까지 이야기가 이어졌다. 리샤는 점점 견디기 힘들어졌다.

'아니, 계단 쓸던 사람이 처음으로 원자탄 맞은 것도 아닌데, 왜 저 얘기가 나오는 거야?'

리샤는 더 듣지 않기로 했다. 들을 가치가 없다. 초등학교 1학년 때부터 선생들이 반복해온 이야기 중 하나였다. 해서는 안 되는 일과 해야만 하는 일. 이상한 건 그때부터 지금까지 9년이 흘렀는데도, 해서는 안 되는 일과 반드시 해야 하는 일이 항상 같다는 점이다. 생각해보니 좀 우스웠다.

그래서 리샤는 그냥 주위의 녹나무들을 관찰하기 시작했다. 물론 이것도 무료한 일이긴 하지만 말이다.

그림자와 그림자가 교차하면서 시간이 빠르게 흘러갔다. 그런데 한순간, 뭔가 잘못되었다는 느낌이 들었다. 마치 느리게 흐르는 강물이 발등을 적셨는데, 그 물이 얼음같이 차가운 느낌이었다. 어디선가 피아노 소리가 느릿한 리듬을 타고 흘러왔다. 똑딱똑딱 하던 박자도 느려졌다.

몽롱하여 잠이 쏟아졌다.

리샤는 고개를 돌리다가 아침에 보았던 그 남학생이 뒤에 서 있는 것을 보았다. 그의 얼굴은 그 앞에 있는 여학생 두 명의 얼굴 사이에서 툭 튀어나왔다. 그 얼굴은 여학생들의 얼굴보다 더 섬세했다. 리샤는 귀신이라도 본 것 같았다. 그는 옆에 있던 남학생과 이야기를 나누었다. 너무 멀어서 저렇게 생긴 남자아이가 어떤 목소리로 이야기하는지는 잘 들을 수 없었다. 그저 옆 사람이 그에게 '웃겨 죽겠네'(푸샤오쓰의 이름 '샤오쓰'는 중국어의 '웃겨 죽겠네[笑死]'라는 말과 발음이 똑같다.-옮긴이)라고 계속 말하는 것 같았다.

'웃겨 죽겠다고? 지금 뭐가 그렇게 웃긴다는 거야?' 리샤는 '진짜 웃겨 죽겠네'라고 생각하면서 고개를 절레절레 내저으며 계속 나무를 바라보았다.

점심시간에 리샤는 식당에서 밥을 먹지 않고, 친척 집에서 싸온 도시락을 가지고 밖으로 나왔다. 나무 밑에서 도시락을 먹으면서 유명하지 않은 미술 잡지를 뒤적였다. 리샤가 매번 이 잡지를 사는 이유는 표지에 화가 지쓰의 이름이 있기 때문이었다. 리샤는 중학교 2학년 때 이 잡지에서 지쓰의 〈실화의 여름〉이라는 그림을 보고 이 화가를 좋아하기 시작했다. 지쓰의 성별, 본명, 생김새, 출신 같은 건 아무것도 몰랐지만, 리샤는 그가 젊은 남자일 것이며, 잘생긴 눈썹과 허세 없는 성격을 가졌을 것이라 상상했다. 청바지와 하얀 티셔츠를 즐겨 입고, 물보다는 콜라를 즐겨 마시는. 물론 이건 리샤의 고집스러운 환상일 뿐이었지만, 현실에서도 어쩐지 꼭 그럴 것만 같았다.

지쓰의 그림 안에서 여름 하늘은 붉게 물들어 있었다. 갈대는 불타오르며 빛나는 눈동자 모양을 하고 있었다. 나부끼는 갈대꽃이 그림 상단에서 굴곡을 이루었다. 하늘에는 한 마리의 새가 있었다. 새는 두꺼운 구름 사이를 가르며 비스듬히 통과하고 있었고, 그 양 날개는 이야기될 기회를 잃은 사건들을 모두 덮어버린 듯했다. 화폭에서 시간은 천천히 흘러가고 있었다.

이날 이후로 리샤는 매번 그 잡지를 사서 지쓰의 그림을 보았다. 위로, 혹은 소통의 차원이었다. 색이 흘러넘치는 그 그림들은 리샤의 생각을 화려하게 성장시켜주었다. 천천히 천천히, 리샤의 허약한 청춘 안으로 스며들었다.

그녀는 이렇게 지쓰의 그림을 이유 없이 좋아하기 시작했고, 매일 밤 이런저런 상상을 하곤 했다. '그는 종이를 이렇게 만지겠지. 이렇게 고개 숙여 연필을 깎겠지. 화판에서 이 색을 다른 색으로 만들고 싶을 때 이런 방향으로 눈썹을 움직이겠지, 그림을 말아 화통에 넣을 때, 입술이 건조해지면 의식적으로 혀로 아랫입술을 이렇게 핥겠지, 낮에는 이렇게 하겠지, 밤에 잘 때는 이렇겠지!'

이런 상상은 거의 습관이 되어, 리샤가 중학교를 졸업할 때까지 계속되었다. 지쓰를 좋아하는 마음은 신앙처럼 변해버렸다. 지쓰의 그림은 청춘을 떠나보내는 느낌이었다. 리샤는 검은색의 긴 사제복을 입은 지쓰를 상상했다. 그런 그가 황혼의 길에 서서, 한 차례 그리고 또 한 차례 장례를 치르는 장면을 상상했다. 하늘에는 새들이 빙빙 돌고 있었다.

그런 상상을 하다 보니 졸음이 몰려왔다. 여름의 오후는 종종 나른함, 열기, 빛, 냄새 등으로 합쳐져, 눈가에 무겁게 내려앉았다. 마치 뜨끈한 점액질같이. 호흡이 느려지고 잠으로 빠져든다.

오후에는 누구나 이렇게 정신을 잃고 잠에 빠져들곤 했다.

"미쳐, 내가!" 리샤는 문득 깨서 시계를 보고 외마디 비명을 지른 후 급히 물건을 챙겨 교실로 뛰어갔다.

리샤는 자신의 이런 덤벙거리는 성격을 줄곧 원망했다. 청치치라면 절대 이러지 않았을 것이다. 손에는 잡지와 책가방, 그리고 날씨가 너무 더워 벗은 외투까지 들려 있었다. 계단을 뛰어올라 건물의 3층으로 들어서는 리샤 앞에 갑자기 그림자 하나가 등장했다. 리샤는 곧장 그와 부딪쳤다.

부딪칠 때 얼굴에 닿은 그의 티셔츠의 질감은 부드럽지만 약간 차가웠다. 이내 곧 그의 따뜻한 피부가 느껴졌다. 넘어지면서 얼굴을 그의 등에 부딪혔고, 그래서 동시에 양쪽으로 솟은 어깨뼈가 닿기 때문이었다. 티셔츠에서는 향수와 땀이 뒤섞인 냄새가 났다. 그런데 이상하게도 그 냄새가 조금도 거슬리지 않았다. 손에 있던 물건들을 바닥에 죄다 떨어뜨린 리샤는 몸을 구부려 물건들을 주우려 했는데, 그러다 저도 모르게 그의 허리를 안은 꼴이 되었다. 그의 배에 손이 닿자 갑자기 손에 열이 올랐다. 다음 순간 리샤는 놀라서 손을 거둬들이다 중심을 잃으면서 넘어지고 말았다.

2초도 되지 않는 짧은 시간 동안 벌어진 일이었다. 그러나 리샤는 그 순간 일어났던 일들을 하나하나 다 기억할 수 있었다. 땅에 넘어져서 고개를 든 그 순간 눈앞에 있던 그의 검은 눈썹, 눈동자, 코……

아침에 버스 창문 밖으로 보았던 그 얼굴이었다.

그의 얼굴에는 아무런 표정이 없었다. 미간만 조금 찌푸리고 있었을 뿐이다. 리샤는 자기의 도시락에서 흘러나온 국물이 그의 티셔츠를 더럽힌 것을 보고 놀라서 고개를 들었다. 티셔츠의 캘빈클라인 로고가 곧바로 눈에 들어왔다. 리샤는 숨을 들이마시며 자기도 모르게 "날 죽여라, 죽여"라고 혼잣말했다.

급하게 몸을 일으키며 "정말 미안합니다"라고 말하려고 했으나, 이 말은 그저 입에서만 맴돌 뿐 "제…… 제가……"라고 우물거리다 끝내는 나오지 못했다. 그저 심장이 너무 뛰어 목구멍 밖으로 바로 튀어나올 것 같았다.

버스의 창에서 봤을 때처럼 그는 아무런 표정이 없었다. 오히려 옆에 있던 사람이 소리를 질렀다. 리샤는 그제야 자기 앞에 있는 사람이 한 명이 아닌 두 명이라는 걸 깨달았다. 고개를 돌려 보니 더 잘생긴 남학생이 마찬가지로 캘빈클라인의 티셔츠를 입고 서 있었다. 리샤는 숨이 막혔다. 그 사람은 빙그레 웃으면서 "아……" 하며 가만히 있었다. 마치 재미있는 연극의 다음 장면을 기다리는 표정을 하고서는. 그 표정에 리샤는 갑자기 오늘 일어난 재수 없는 일들이 한꺼번에 떠오르며 벌컥 짜증이 났다. 다른 한 남학생은 이쪽보다 키가 머리 반쯤 더 컸고, 눈도 더 컸다. 더 호감형이었다. 사실 둘 다 잘생겨서 사람들 사이에 그 둘이 함께 서 있다면 분명 사람들의 눈길을 끌 것이었다.

리샤와 부딪힌 남학생은 돌아서더니 옆 사람에게 말했다. "가자." 마치 아무 일도 일어나지 않았던 것처럼. 리샤는 놀라면서도 알 수 없는 실망감마저 들었다. 그녀 스스로도 무얼 기대하고 있었는지 알 수 없었다. 그저 그가 이런 식으로 담담하게 반응하니 순간적으로 기운이 빠졌을 뿐이었다. 적어도 한바탕 말다툼이라도 하든지, 아니면 사과를 요구하면서 옥신각신 정도는 할 것이라 생각했다. 이도 저도 아니면 옷을 세탁해준다고까지 하려 했다. 캘빈클라인 티셔츠를 새로 사다 줄 만한 돈은 없지만, 그래도 세탁비 정도는 있는데.

화난 기운이 성성한 가운데, 리샤가 그의 등 뒤에서 큰 소리로 "미안합니다!"라고 외쳤다. 그 목소리가 건물 안에 쩌렁쩌렁 울려서, 리샤 자신도 움찔했다. 하지만 그는 잠깐 멈추었다가 곧 가던 길을 갔다. 그의 뒷모습은 마치 그의 표정처럼 아무런 변화가 없었다. 옆에 있던 사람만이 뒤돌아보면서 송곳니를 드러내며 웃었다. 마치 남의 집 불구경하는 표정이었다.

리샤는 그들을 앞질러 교실 쪽으로 뛰어갔다. 정말이지 바보가 된 기분이었다.

2시 반이었다. 결국 수업에 늦었다. 리샤는 교실 문 앞에 도착해서야 급하게 숨을 내쉬었다. 선생의 표정은 당연히 좋지 않았다. 첫

날 첫 수업에 지각이라니, 리샤는 자기가 선생이라도 화가 나겠다는 생각이 들었다.

선생은 리샤에게 몇 마디 했다. 그렇게 심각한 어조는 아니었지만, 처음 만난 같은 반 학생들 앞이라 리샤는 민망했다. 1분 정도서 있던 리샤는 선생에게 "들어가 앉고 다음부터 주의하도록"이라는 말을 듣고 나서야 자기 자리로 들어가 앉을 수 있었다. 자리는 칠판에 적혀 있었다.

앉아서 후 숨을 고르며 정신을 가다듬은 후 고개를 들어 창밖을 보니 아까 그 남학생 두 명이 지나가고 있었다. 곧 그들은 리샤가 있는 교실에 들어섰다. 선생은 리샤에게와는 달리 아무 말도 하지 않고 고개만 약간 끄덕거리며 미소지었다. 리샤는 좀 불쾌했다.

'아니, 나보다 더 늦게 왔는데 왜 쟤네는 가만히 놔둬? 대체 무슨 논리야?'

리샤는 교실 안에 유일하게 남은 두 자리가 자기 뒷자리이자, 그들이 앉게 될 자리인 것을 알게 되자 마음이 더 불편해졌다. 벌레가 옷 속에 기어들어 왔는데, 꺼내어 죽일 방법을 찾지 못해 그대로 두는 느낌이었다.

"쟤네는 중학교에서 같이 올라왔나 봐?"
"아마 그럴걸. 둘 다 중3 2학기에 거의 수업 안 들어갔다던데."
"아마 예술 특기생이라 그대로 올라왔을 거야. 그런데 일반 과목 점수가 예술 특기생 아닌 애들보다 더 높다며?"

"어머, 대단하네."

"그러게, 심지어 잘생겼잖아."

"어휴, 진짜 너……. 그런데 쟤네 중의 한 명은 여자친구 있다 더라."

"그럼 아직 한 명은 남은 거네. 히히."

"하하!"

"웃기는!"

……

이런저런 이야기들이 천장에 달린 선풍기 바람과 함께 교실 안을 이리저리 돌았다. 리샤는 애들이 바보 같다는 생각을 했지만, 자신도 왠지 몸을 돌려 뒷자리의 그들을 흘깃흘깃 보게 되었다.

그때 마침 버스 창밖으로 본 그 남학생이 고개를 들었고, 일순간 리샤와 눈이 딱 마주쳤다. 그러나 자욱한 안개가 낀 것처럼, 그의 눈동자는 초점이 칠판에 가 있는지 리샤에게 있는지 알 수 없었다. 리샤는 놀라서 몸을 돌렸다. 등 뒤로 그 남학생 옆에 앉은 학생이 웃는 소리가 들렸다. "아아, 아까 그 덜렁이." 다른 한 명은 반응이 없었다.

'덜렁이?'

리샤는 등 뒤로 진땀이 느껴졌다. 땀을 닦아보려고 해도 불가능했다. 가려웠지만 다른 방도가 없어 한 손으로 등에 달라붙은 옷을 붙잡고 있었다. 선풍기는 끊임없이 돌아가고 있었다. 삐걱대는 소리에 여름이 더 늘어지는 느낌이었다. 공기에는 끈적한 여름의 냄새가 떠다니고 있었다.

창밖으로는 여름의 녹나무가 세상을 온통 초록색으로 물들이고 있었다.

학교 기숙사에서 보내는 첫날, 리샤는 잠이 잘 오지 않았다. 룸메이트인 여학생과도 아직 친하지 않아서 그저 말없이 침대에 가만히 누워 있을 수밖에 없었다. 머리 위에서 선풍기가 돌면서 미약한 바람을 내뿜었다. 협소한 침실은 정말 답답했다. 막 샤워를 마치고 누웠는데도 금방 전신에 땀이 났다.

베개 옆에는 옛날 친구들이 써준 편지가 몇 통 있다. 첸촨에 올 때 친구들이 아주 예전에 써줬던 편지들도 가지고 왔다. 같은 학교에 다니면서도 이렇게 서로 많은 편지를 썼다니. 심지어 우표를 붙이고 우체국까지 다녀가면서 서로 편지를 주고받았다. 아마도 어린 마음의 충동과 고집에서 그랬을 것이다. 그렇지만 그만큼 순수하고, 풋풋했다.

리샤는 친척 집에서 편지를 한 차례 정리했다. 같은 사람이 보낸 것들끼리 모았더니 네다섯 더미가 나왔다. 그것들을 태웠다. 편지들이 타오르는 불이 얼굴을 비추자 리샤는 좀 감상적인 마음이 들었다. 이전의 날들이 모두 다 사라지는 느낌이었다. 누구 누구 누구는 다음 주에 같이 옷을 사러 가자고 했었고, 누구 누구 누구는 네가 최근에 나랑 말고 다른 애랑 친하게 지내서 화가 났다…… 라고 했었지…….

편지들이 거의 다 탔을 때쯤 방으로 돌아왔다. 전신에 땀이 흘렀고, 연기 때문에 눈물이 났다. 결국, 스스로의 청춘에 취했던 것은 위선에 불과했다. 언제쯤 이 겉과 속이 다른 허세를 버릴 수 있을까? 아무 이유 없이 '사회 개조'라든가, '새로운 사람이 되자' 같은 말들이 떠올랐다. 마음속에 적지 않은 무력감이 생겨났다.

낯선 침대에서 잠이 오지 않아 뒤척거렸다. 그때 태웠던 편지들이 재로 변해 꽃가루처럼 떨어져 전신을 덮는 것 같았다. 마치 생매장당한 것처럼 숨 쉬기 힘들었다.

창밖에서는 고양이 한 마리가 계속 울고 있었다. 꼭 특훈을 받고 지침에 따라 우는 것처럼 애달픈 소리였다. 한여름에 가뜩이나 잠을 설치는데, 발정 난 것처럼 우는 고양이 소리가 정말 참기 힘들었다. 리샤는 몸을 뒤척이며 예전 친구네 집 고양이를 생각했다. 그 고양이는 사계절을 가리지 않고 발정이 나서 운다고 했다.

그러다 오후에 학교 끝나고 산 잡지 생각이 났다. 이번 지쓰의 그림은 〈신이 없는 과거〉였다. 하얀 옷을 입은 남자아이가 폭우 속에 서 있다. 비가 흘러넘쳐 도로에서 차가 오가는 모습조차 잘 보이지 않을 정도였다. 그런 가운데 그 아이 혼자 또렷이 존재감을 내보이고 있을 뿐이다. 처마 밑에서 비를 피하던 사람이 그 남자아이를 보고 눈이 커진다. 그 남자아이는 무표정이다. 그림의 밑에는 이렇게 쓰여 있다. '그는 아무런 표정 없이 사계절을 지낸다.'

이때 잠이 몰려왔다. 마치 갑자기 파도가 몰려와 깨어 있던 모든 말초신경을 한꺼번에 덮어버리는 듯했다.

리샤는 매일 시험지 한 뭉치를 들고 햇볕이 내리쬐는 녹나무를 지나치면서 생각했다. 내 고등학교 생활이 이렇게 시작되는 건가? 결국, 이 물음은 곧 '그렇구나' 하는 마침표로 변했다.

매일 아침 그 두 남학생을 보았다. 리샤는 개학 날 자기소개 시간에 듣고 그 둘의 이름을 알게 되었다. 한 명의 이름은 푸샤오쓰였고, 다른 한 명의 이름은 루즈앙이었다.

리샤는 두 사람이 말로만 듣던 천재 부류라는 것을 차츰 알게 되었다. 관찰한 결과 푸샤오쓰는 수업 시간에 아예 수업을 듣지 않았다. 그저 공책에 이런저런 그림을 그릴 뿐이었다. 루즈앙은 그냥 책상에 엎어져서 잠을 잤다. 그러다 가끔 일어날 때면 푸샤오쓰가 그려놓은 그림에다 아무렇게나 낙서를 했고, 그럴 때면 푸샤오쓰는 루즈앙을 발로 차며 마구 소리를 질렀다. 리샤는 속으로 자기라도 그렇게 루즈앙을 걷어찼을 것 같다고 생각했다. 그림 그리는 사람들은 누구나 자기 그림에 손대는 것을 싫어하기 때문이다.

가끔 루즈앙이 리샤에게 웃으며 말을 걸곤 했다. "야야, 안녕." 리샤는 그때마다 금방 고개를 다른 쪽으로 돌렸는데 자신의 얼굴이 빨개진 것을 루즈앙에게 들킬까 봐서였다. 그러나 루즈앙은 수다 떨기를 좋아해서 자주 리샤에게 쓸데없는 말을 하곤 했다. "네 이름 진짜 예쁘다~" 같은. 그럴 땐 남자애들 말투엔 거의 없는 애교도 담뿍 담겨 있었다. 루즈앙처럼 키도 크고 잘생긴 남학생과는 정말 안 어울리는 말투였다.

이와 달리 푸샤오쓰는 항상 영원히 녹지 않는 만년설 같은 표정을 하고 앉아 있었다. 가끔 같은 반 학생이 말을 걸면, 그는 느릿느릿하게 고개를 들어 쳐다봤다가, 몇 초 뒤에 다시 느리게 되묻곤 했다. "뭐?" 그럴 때 눈동자에는 안개가 낀 것처럼 초점이 없었고, 목소리는 축축하고 부드러워 공기 안에 자연스럽게 퍼졌다.

이미 9월이었다. 날씨가 점점 서늘해지기 시작했다. 아침에 자전거를 타고 등교할 때면 옷에 찬 기운이 스며들기 시작했다. 피부에도 닭살이 오슬오슬 돋아났다. 푸샤오쓰가 재채기를 하니 앞머리가 날리면서 가려져 있던 눈이 드러났다. 푸샤오쓰는 며칠 전부터 머리를 자르고 싶었지만 도통 시간이 나지 않았다. 요즘은 매일 오후에 그림을 그렸다. 미술 대회에 참가하라는 지시를 받았기 때문이다.

오후 4시 이후에는 자습이라 푸샤오쓰와 루즈앙은 모두 출석할 필요가 없었다. 그들은 곧장 화실로 가거나 뒷산으로 갔다. 리샤는 매번 그 둘이 어슬렁어슬렁 조퇴하는 것을 지켜보곤 했다. 그럴 때마다 루즈앙은 빙그레 웃으며 리샤에게 인사까지 한 후 사라졌다. 리샤는 그들을 보며 속으로 이를 갈았다. 푸샤오쓰와 루즈앙의 성적은 리샤보다 훨씬 좋았다. 수업 시간에 매일 그림만 그리고, 잠만 자는 녀석들이 어떻게 1등과 2등을 도맡아 차지할 수 있는 것인가? 자신은 늘 노트가 새까매질 정도로 필기를 하며 수업을 듣는데도 반 10등 안으로 들어갈 수가 없는데 말이다. 리샤는 불공평하다고 생각했다.

하느님, 혹시 주무시는 거 아니세요?

학교 앞에 있는 정류장은 16번 버스의 종점이었다. 16번의 또다른 종점은 첸촨의 교외로, 버려진 공장이 있었다. 풀이 마구잡이로 자라 안으로 사람이 걸어 들어가도 다른 사람 눈에 띄지 않을 정도였다. 바람이 한 차례 불면, 낮은 바람과 높은 바람 사이의 기복으로 풀이 물결 모양을 이루며 휘날렸다.

하얀색 솜털이 나부끼며 몸에 붙었다.

푸샤오쓰는 자전거의 손잡이에 엎드려 시끄러운 음악을 듣고 있었다. 노래하는 남자는 계속해서 "I walked ten thousands miles, ten thousands miles to reach you……"라고 흥얼거리고 있었다. 노래는 마치 흐릿한 잠꼬대 같았는데, 노랫말 뒤에 깔리는 반주는 또렷했다. 꼭 시끄러운 기차역 안에서 들려오는 피리 부는 소리 같았다. 그 피리 소리는 주위를 고요하게 만들고, 시간을 과거로 돌이킨다. 그리고 과거의 시간을 기억으로 만들어버린다.

그가 눈을 뜨자 눈앞에 루즈앙이 있었다. 푸샤오쓰는 눈썹을 찌푸리며 말했다. "다음엔 좀 빨리 오는 게 좋을 거야."

"아니, 내가 빨리 오려고 했는데, 어떤 여자애가 꼭 나에게 콜라를 사야겠다잖아. 거절하기 어려웠어."

"주어랑 목적어를 바꾼 거겠지. 누가 누구한테 사? 네가 여자애한테 콜라를 샀겠지."

"나쁜 놈……."

"너 자전거 안 가져왔으면 오늘 또 늦을 텐데."

갑자기 여기까지 어떻게 왔는지 깨달은 루즈앙은 자기 머리를 한 대 치고는 몸을 돌려 뛰어갔다. 셔츠가 날리니 여름날에 하얗게 핀 꽃 같았다. 이렇게 예쁘장한 남자아이는 여자들 눈에 항상 꽃처럼 보이기 마련이다.

결국 미술반 수업에 늦었다. 푸샤오쓰는 원망스러운 듯 루즈앙을 째려보았고, 루즈앙은 기침을 하면서 못 본 척했다. 그러나 선생이 그들을 못 볼 리가 없었다. 결국 둘은 내일까지 각자 다섯 장의 석고상 소묘를 더 그려 내게 되었다. 루즈앙을 노려보는 푸샤오쓰의 눈에서 꼭 불이 뿜어져 나오는 것 같았다.

집에 오는 길에 푸샤오쓰가 무표정한 얼굴로 말했다. "너 되게 불쌍한 거 알지. 오늘 밤에 소묘 열 장 그리려면 힘 좀 들겠다."

루즈앙의 자전거가 좀 흔들거리다가 옆으로 꽈당 쓰러졌다. 푸샤오쓰는 돌아보지도 않고 자기 자전거를 타고 가버렸다. 남은 루즈앙이 길에 앉아 소리를 질렀다. "아아아아아!"

참새 떼 한 무리가 길옆 풀숲에서 날아올라 하늘로 멀리 날아가 버렸다.

눈 깜빡할 사이에 10월이 되었다. 하늘은 높아지기 시작했다. 리샤는 고개를 들어 새들이 남쪽으로 날아가는 것을 보았다. 날개를 펄럭이는 소리가 하늘에 울려 퍼졌다. 눈을 감으니 습기가 가득한 남쪽의 늪과 수풀 사이로 날아다니는 새들이 보이는 것 같다.

매주 시험이 있었다.

첸촨일중은 거의 100%에 가까운 대학 진학률을 자랑하기 때문에 전국적으로 유명했다. 그래서 이 학교에서 전교 10등 안에 드는 것은 쉬운 일이 아니다.

리샤는 매일 피곤해 죽을 지경이었다. 청치치는 예술 특기생이라 7반, 리샤는 3반이었다. 3반과 7반은 전 학년에서 제일 유명했다. 학교에 들어온 예술 특기생들은 거의 7반에 들어갔기 때문이다. 그래서 조만간 있을 예술제에 7반 학생들은 대부분 참가 신청을 했다. 반면 3반에는 성적이 좋은 학생들이 많았다. 매 학기 시험 때마다 전교 10등 안에 3반 학생들이 여덟 명은 있을 정도였다. 뿐만 아니라 전교 150등 안에 드는 학생들 중 66명이 3반 학생이었다. 참고로 3반은 모두 66명이다.

리샤는 자주 자신과 청치치가 아예 다른 세계에 속한 듯한 느낌이 들었다. 어렸을 적부터 중국화를 배워서 금붕어, 올챙이, 새우 등을 그렸던 치치가 요즘 화선지에 그린 여름의 모란꽃은 활짝 피어 영원히 시들지 않을 것 같았다. 리샤는 중학교 1학년 때 소묘를 좀 배우다가, 2학년 때부터 미술 수업에 가지 않았고, 3학년 때는 완전히 그만두었다. 그래도 리샤는 괜찮다고 생각했다. 이 세계는 공평한 곳이다. 대신 공부에 집중해 일반 교과목에서 현을 통틀어 1등을 했고, 덕분에 순탄하게 첸촨일중에 진학할 수 있었다. 그리고 개학하고 나서 두 달 동안 치른 네 번의 시험에서 모두 전교 10등 안에 들었다. 리샤는 스스로에게 말했다. "응. 정말 쉽지 않았어."

그렇지만 이 말이 끝나기도 전에 슬퍼졌다.

밥을 먹으며 청치치는 리샤에게 어떻게 지내냐고 물었다. 리샤는 잘 지내는데 공부가 좀 힘들다고 답했다. 새로운 친구는 좀 사귀었느냐는 말에 리샤는 고개를 저었다. 머리 위에서 선풍기 돌아가는 소리가 웅웅 울렸다. 날씨는 여전히 너무 더웠다. 10월이면 가을 아닌가? 리샤는 초가을의 무더위가 독하다는 생각을 했다. 청치치가 눈을 치켜뜨며 말했다. "나는 네가 새 친구를 너무 많이 사귀어서 나를 보러 올 시간도 없는 줄 알았지 뭐야."

리샤가 밥을 마구 퍼먹으면서 말했다. "내가 너 같은 줄 알아? 우리 반 애들은 다 공부하는 기계야. 네가 말 시켜봐. 다들 화학 공식 얘기만 할걸?"

"헐, 그 정도냐. 반 애들이 다 그래?"

"응, 당연히……. 근데 안 그런 애들도 둘 있어."

"엥?" 치치가 관심을 보였다. "누구?"

"됐어, 관두자. 그나저나 너네 반은 어때? 괜찮아?"

"응. 재밌어. 우리 반 애들은 장난 아냐. 굉장해. 종일 떠들어대서 교실 천장까지 뒤집힐 판이야."

"그렇구나……." 리샤의 목소리에서 부러움이 묻어났다.

"응, 내가 재밌는 얘기 해줄게. 나 오늘 종일 웃었잖아. 우리 반에 류원화라는 애가 있는데 걔가 작문에 이렇게 썼거든. '그 양이 우리를 탈출해 목숨을 걸고 숲속으로 뛰어 들어갔다.' 그랬더니 선생님이 뭐라고 했게? 이랬어. '그래서 그 양은 죽고 싶은 건가 아니면 살고 싶은 건가?'"

리샤는 웃음을 터뜨렸다. 그러고서는 자기가 배우는 선생들이 생각나 저도 모르게 조금 슬퍼졌다. 얼굴 비율이 지렛대 같은 물리 선생님과, 말할 때마다 입에서 시큼한 냄새가 풍기는 화학 선생님까지. 생각만으로도 리샤는 등에 소름이 쫙 돋았다.

오후의 햇빛은 항상 사람을 게으르게 만들었다. 청치치와 리샤는 녹나무 아래에 서로 기대어 앉았다. 두 사람을 가리던 그늘이 천천히 다른 쪽으로 비껴갔다. 하늘에 구름 하나, 그리고 또 다른 구름 하나가 나타나, 그 그림자가 두 얼굴을 차례로 천천히 지나갔다. 명과 암에 모두 얼굴이 있다. 바람이 북방에서, 마치 물처럼 흘러왔다. 리샤가 말했다.

"구름 두 개가 떠 있네. 하나는 하얀 구름이고, 다른 하나는, 다른 하나도 하얀 구름이네."

"우리 집 앞에 있는 두 그루 나무 같다. 하나도 대추나무고, 다른 하나도 대추나무. 아, 대추나무가 아닌가? 유칼립투스인가?"

"대추나무일걸? 책에서 본 거 같은데 모르겠다." 리샤가 몸을 움직여 더 편한 자세를 취했다.

"엄청 오래전 일이네." 청치치가 갑자기 말했다.

"아마도."

"리샤야, 너는 공부 빼고, 뭐 하고 싶어?"

"모르겠어." 리샤는 다리를 쭉 펴보았다. 무릎이 조금 아팠다. 아마도 비가 오려는 듯하다.

"계속 그림 그리는 거, 생각해봤어?"

리샤는 갑자기 마음속에서 무언가가 깨어난 듯했다. 그런데 또 완전히 깨어난 것 같지는 않다. 마치 창밖으로 천둥이 치고 비가 내리는 소리는 들리는데 아직 잠에서 덜 깬 눈은 뜨지 않은 상태랄까. 몸으로는 축축함과 한기가 느껴지는데 그저 손으로 이불을 꽉 움켜쥐는 상태와 비슷했다. 맞다. 정말 그런 느낌이었다.

"아니, 생각 안 해봤어. 더구나 7반도 아닌데 뭐. 그림 그릴 일이 뭐가 있겠어."

"학교 미술반 가봤어? 아무나 가도 된다던데."

리샤의 마음이 좀 동요했다. 몸을 뒤집고 싶은데, 눈만 멍하게 뜬 상태 같은 느낌이 들었다.

"거기, 다 너네 7반 애들만 있지 않아?"

"아니야, 전교생 아무나 다 참여할 수 있는 것 같아. 여러 반 애들이 다 조금씩 있던데, 리샤 너 갈래?"

리샤는 고개를 돌려 청치치의 얼굴을 보았다. 막 꿈에서 깬 침대 위에서 바깥에서 들려오는 빗소리를 듣는 느낌이었다. 리샤가 웃으며 말했다. "응, 거기 가봐야겠다."

화실은 학교 서남쪽 모퉁이에 있었다. 녹나무에 가려 거의 보이지 않는 곳이었다.

푸른 기와로 덮여 있는 이 단층집은 이 학교 최초의 교실이었다. 아마도 청나라 시대부터 있었던 곳 같다. 그때의 학생들도 이런 나지막하고 아담한 건물 안에서 시험공부를 하고, 몇 년이 지난 후 첸찬을 떠나 경성에 가서 시험을 치렀을 것이다.

리샤는 화판을 메고 그림 도구를 손에 든 채 문을 밀었다.

수많은 연필이 도화지에 닿으며 사각사각 소리를 내고 있었다. 바닥에는 석고상이며 기하체며 두상들이 뒹굴고 있었다. 제일 눈길을 끈 건 다비드 상이었다.

리샤가 구석에 있는 창 옆의 자리에 앉아서 화판을 펴자 턱수염을 기른 젊은 선생이 다가왔다. 보고 있자니 이상한 기분이 들었다. 리샤는 이런 종류의 사람이 싫었다. 왜 예술 하는 사람들은 꼭 이렇게 본인이 예술품인 양 이상하게 치장하는지 이해할 수 없었다.

이미 세 번째 수업이었지만, 리샤는 이전에 그림을 배운 적이 있었기에 중간부터 참여해도 문제는 없었다. 사실 그림 그리는 일이란 대부분 스스로에게 달렸다. 어느 정도 배우고 나면 대체로 선생의 가르침보다 천부적인 재능이 그림 수준을 좌우했다.

팔과 손목이 아래위로 왔다 갔다 하며 한 획 한 획 그었다. 틀이 잡히고 형상이 만들어졌다. 세밀한 음영이 생기고, 도화지가 은회색으로 채워졌다.

창밖으로 갑자기 고양이 한 마리가 뛰어올랐다. 리샤가 깜짝 놀라 손을 떠는 바람에 연필심이 뚝 부러졌다. "앗." 리샤는 조그맣게 비명을 질렀다. 거의 들리지 않았지만 그래도 조용한 교실 안이라 유독 튀었다. 미간을 찌푸리는 사람들도 있었다.

리샤는 연필 깎는 칼을 찾으려고 화구 통을 뒤적였지만 손에 잡히지 않았다. 이마에 진땀이 맺혔다.

"여기." 눈앞에 하얀색의 커터칼을 든 손이 보였다. 리샤가 고개를 드니 까만 눈썹, 속눈썹 그리고 동공이 보였다. 푸샤오쓰가 앞에서 뒤돌아 리샤를 보고 있었다.

"아." 리샤가 다시 한번 가벼운 소리를 냈다. 이번에는 놀라서였다. 얘가 왜 여기 있는 거지? 가슴이 두근거렸다. 여기서 푸샤오쓰를 보다니 의외였다.

"샤오쓰, 무슨 일이야?" 목소리에 돌아보니 빙그레 웃는 눈이 있었다. 루즈앙이 그녀에게 아는 척을 했다. "하이."

리샤는 갑자기 좌불안석이 되었다.

화실을 나가고 싶었다. 푸샤오쓰와 루즈앙의 그림을 본 적 있는데 자신의 그림과는 수준이 하늘과 땅 차이였다. 리샤는 다른 학생들이 자기 그림을 보지 말았으면 했고 그림을 배운다는 것도 몰랐으면 했다. 당장 화판을 접고 도망치고 싶었다.

리샤가 고개를 숙이자 손에 있던 연필을 누군가 낚아챘다. 다시 고개를 들었을 땐 푸샤오쓰가 이미 리샤의 연필을 깎고 있었다. 그는 능숙하게 두 손가락 사이에 연필과 칼을 끼고서는 돌려가면서 연필을 깎았다. 리샤는 여자아이도 이렇게 꼼꼼하게 잘 깎기는 힘들 거라고 생각했다.

"가져가, 그리고 그만 시끄럽게 굴어. 소리 큰 거 질색이야."

"응." 리샤는 고개를 숙이면서 대답했다. 고개를 들면서 고맙다고 하려고 했는데 푸샤오쓰의 그 표정 없는 얼굴과 초점 없는 눈동자를 보니 '고마워'라는 말이 목구멍으로 다시 쑥 들어가버렸다.

"소리 큰 거 질색이야"라는 말에 어떻게 "응, 고마워"라고 대꾸할 수 있겠는가?

푸샤오쓰가 물건을 챙기기 시작했다. 루즈앙도 그림을 다 완성한 것 같았다. 리샤는 그들을 보니 조물주가 원망스러웠다. 어떻게 쟤네 둘만 저렇게 결점 없이 만들어놓으셨을까? 마음이 좀 복잡해졌다.

날이 어둑해지기 시작했다. 하늘에 흐릿한 석양빛 반점이 떠올랐다. 푸샤오쓰는 눈을 비볐다. 피곤해 보였다. 그가 기지개를 켜고 손으로 허리를 몇 번 두들기면서 말했다. "진짜 피곤하다."

"그랬어? 내가 집까지 업어줄게." 루즈앙이 뛰어오면서 자루를 둘러메는 듯한 포즈를 취했다.

푸샤오쓰가 차가운 눈빛으로 죽일 듯이 쏘아보자 루즈앙은 몸을 움츠리더니, 이내 낄낄거리며 웃었다. 푸샤오쓰는 루즈앙의 흰 셔츠에 묻은 물감을 보고 눈살을 찌푸렸다. 그가 말했다. "너네 엄마가 어떻게 그 옷을 다 빠시는지 진짜 모르겠다."

루즈앙이 말했다. "그건 간단해. 우리 엄마는 빨지 않아. 그냥 버리지. 그리고 새걸 사."

푸샤오쓰가 말했다. "그러니까 중국이 계속 가난한 거야."

루즈앙은 잠깐 멍해졌다가 웃으며 말했다. "집에 가서 엄마한테 그렇게 전할게."

이번에는 푸샤오쓰가 멍해졌다. 루즈앙이 그런 대답을 할 줄 몰랐던 것이다. 푸샤오쓰의 멍한 얼굴을 보고 루즈앙은 배를 잡고 웃었다.

푸샤오쓰는 복잡한 표정으로 한참 동안 말이 없었고, 루즈앙은 개의치 않고 계속 웃었다. '적당히'를 모르는 놈이었다. 둘은 곧 투닥거리기 시작했다. 먼지가 날렸다.

지루한 여름날, 한 무리의 새가 하늘을 가르며 지나갔다.

이 여름날의 마지막 새 떼였다.

아무도 새들이 마침내 하늘에서 사라지는 것을 보지 못했다. 구름이 온 하늘을 붉게 물들였다. 달이 푸른 하늘에 걸렸지만 햇빛은 아직 완전히 사라지지 않았다. 세상이 마치 환각 같았다.

"치치야, 여름이 이제 진짜 끝나간다."

"그러네……."

"집 생각나? 친구들은?"

"모르겠어. 너는?"

"나는 생각나. 그런데 어디 있는지 모르니깐. 뭐 하는지, 잘 지내는지도."

"그럼 시간 내서 한번 가보지 뭐. 나도 집에 안 간 지 오래됐네."

"아냐…… 됐어……."

아직 극심한 더위가 완전히 가시지는 않았지만, 그래도 가을은 급격하게 자신의 존재를 드러내며 나뭇가지 끝을 휘감았다. 단풍이 산허리로 점점 내려오면서 노란색이 산꼭대기부터 아래로 산 전체를 휘감았다.

첸촨일중은 이름 없는 야트막한 산 위에 자리하고 있었다. 수업이 끝나면 많은 학생이 자전거를 타고 산 위에서 아래로 내려왔다. 자전거 바퀴가 구르면 낙엽이 바스락거리며 부서지는 소리가 들려왔다. 길 양옆으로는 깊은 수풀이 있었고 새들은 꼭 유영하는 물고기처럼 높고 커다란 나무 사이를 날아다녔다. 새들은 곧 그 농밀한 녹색 안으로 날아 들어가 자취를 감추었다.

그렇지만 리샤나 청치치처럼 학교 기숙사에 사는 학생들은 이런 광경을 보기 힘들었다. 새벽 운동이 끝나면 7시 25분이고, 이때 운동장을 통과해 교실로 들어가는 푸샤오쓰와 루즈앙과 마주쳤다. 저번 화실에서 대화를 나눈 후부터 그들은 왠지 좀 친해진 것 같았지만, 만나면 그저 서로 고개만 끄덕이는 정도였다. 푸샤오쓰의 눈은 여전히 자욱한 안개가 낀 것 같았고, 그 눈빛은 루즈앙과 이야기할 때만 가끔 또렷해질 뿐이었다.

리샤는 그의 눈동자가 왜 그렇게 보이는지 아무리 생각해봐도 잘 알 수 없었다. 자신의 착각일 수도 있었다. 혹시 백내장 같은 병이 아닐까 싶어 평소에 그가 사물을 잘 보는지 주의 깊게 살펴보기도 했다. 그러나 거침없이 뛰어올라 자전거를 타는 푸샤오쓰를 보면 눈이 안 보인다는 건 말도 안 된다는 생각이 들었다. 리샤는 그저 '세상에는 이해할 수 없는 일들이 너무 많다' 정도로 받아들일 수밖에 없었다.

푸샤오쓰는 리샤를 보면 고개를 끄덕이긴 했지만, 사실 그녀가 누군지 잘 몰랐다. 그저 루즈앙이 리샤라고 불러서 그렇구나 했을 뿐이었다. 푸샤오쓰는 어렸을 때부터 자주 이야기를 나누거나 가깝게 지내는 게 아니면 사람을 잘 기억하지 못했다.

루즈앙이 푸샤오쓰의 어깨를 툭툭 치며 말했다. "쟤 어때? 난 쟤 좀 귀여운 거 같은데."

푸샤오쓰는 고개를 갸우뚱거리며 말했다. "응, 괜찮아. 조용하고, 시끄럽지 않고, 뭐 싫진 않아."

루즈앙은 이를 드러내며 웃었다. 푸샤오쓰가 누군가를 이렇게 말한다는 건 그 사람이 엄청 마음에 든다는 뜻이다. 푸샤오쓰는 본래 사람을 칭찬하는 일이 거의 없다. 생각해보면 그가 이렇게 누구를 칭찬하는 일 자체가 처음인 것 같다.

　루즈앙은 이때까지 푸샤오쓰가 좀 자폐적인 성향이 있다고 생각했다. 그는 절반은 이 세계에 몸담고 있으면서, 또 다른 절반은 다른 세계에 놓아둔 것 같았다. 그래서 그는 '샤오쓰는 언제 다 자랄까?', '다 크면 말을 잘하게 될까?' 같은 생각을 하기도 했다. 아마 영원히 불가능할 것이다.

　루즈앙은 이런 생각을 하며 바보같이 웃었다. 앞서 걸어가던 푸샤오쓰가 고개를 돌려 그를 보고는 차갑게 말했다. "어디 아프냐?"

　루즈앙이 미간을 찡그리더니 소매를 걷어붙이고 푸샤오쓰에게 달려들었다.

　먼지가 풀풀 날렸다.

　가을날의 햇빛은 뭐든 뚫고 지나갈 수 있을 것 같은 힘으로 가득차 있다. 두 소년의 몸에 스포트라이트가 훤하게 비추는 듯했다. 무언가에 대한 미약한 암시처럼.

　그 주 토요일은 평소와 달리 수업이 없었다. 그렇지만 대신 일요일에 보충 수업을 받아야 했다. 쉽게 말하면 그냥 토요일의 수업과 일요일의 휴식을 맞바꾼 것이었다. 그러나 전교생은 모두 큰 행운을 만난 것처럼 신나했다. 마치 크리스마스 같은 느낌이었다.

청치치와 리샤는 같은 학년의 남학생에게 자전거를 빌려 쇼핑을 갔다. 예쁜 치치에게 남학생 자전거를 빌리는 것쯤은 매우 쉬운 일이었다. 심지어 그 남학생은 빌려주면서 본인이 태워줄 수도 있다고 말했다.

저녁때까지 두 사람은 시내를 돌아다녔다. 자전거의 바구니에 담긴 크고 작은 물건들의 무게로 자전거가 휘청거렸고 둘은 웃으며 크고 높은 나무 사이의 길을 지나서 신나게 학교를 향해 달려갔다. 학교 문 앞에 도착해 리샤가 자전거를 멈추려고 하는데, 땅에 발이 미처 닿기도 전에 날카로운 브레이크 소리가 들렸다.

청치치의 비명이 유독 날카롭게 들렸다. 리샤가 고개를 돌려 보니 차 한 대가 자기 뒤로 돌진하고 있었다. 청치치가 놀라서 급하게 자전거를 멈추느라 바구니에 있던 물건들이 튕겨 나와 바닥에 흩어졌다. 순간 리샤의 발이 자전거의 체인에 걸렸다. 삽시간에 피가 뿜어져 나왔다. 날카로운 통증이 발에서부터 심장까지 전달되는 순간 리샤는 시야가 뿌애졌다.

청치치는 들고 있던 봉지를 떨어뜨리고 손으로 입을 막은 채 아무 말도 하지 못했다. 눈에서 큰 눈물방울이 흘러내렸다. 리샤는 청치치에게 괜찮다고 말하고 싶었으나 입에서는 신음 소리만 흘러나왔다. 리샤 자신도 너무 아파서 놀랄 지경이었다. 점점 더 심하게 통증이 몰려오기 시작했다. 상처는 깊었고 핏물은 양말 전체를 물들였다.

그때 운전자가 차에서 내렸고, 리샤는 "됐어요, 괜찮아요"라고 말한 뒤 떠날 참이었다. 그러나 차에서 내린 남자가 대뜸 말했다. "대체 눈을 어디에 달고 다니는 거야?"

리샤는 벌컥 화가 치밀었다. '이런 개새끼가. 네가 뒤에서 들이 받았으면서 누구한테 눈이 멀었냐는 거야? 네 눈은 뒤통수에 달렸냐?' 그렇지만 이러쿵저러쿵 싸우기 싫었다. 우선 아파서 말도 안 나올 지경인 데다, 척 봐도 엄청난 고급 차를 모는 부자를 상대하기도 귀찮았다.

그러나 청치치는 달랐다. 말없이 일어서서 수첩을 펼쳐 차 번호를 적고, 남학생에게 빌린 카메라를 꺼내 사진을 찍기 시작했다. 땅에 남은 자전거의 브레이크 자국과 자전거의 위치, 심지어 학교 문 앞에 있는 과속방지턱과 담에 있는 자동차 교내 진입 금지 표지까지 다 사진으로 찍었다. 리샤는 카메라 안에 필름이 없다는 사실을 알았기 때문에 속으로 웃음이 나왔다. 그런데 웃음이 새어 나오려는 찰나 또 급격한 아픔이 몰려왔다.

남자는 살짝 당황해서 이마에서 땀이 맺혔다. 그는 손사래를 치며 청치치에게 말했다. "찍지 마세요." 청치치는 카메라를 내리고 '뭐라고 하는지 한번 들어나 보겠다'라는 듯 가슴 앞에서 팔짱을 끼었다.

그는 멋쩍어하며 웃었으나 무슨 말을 해야 할지 몰랐다.

청치치는 리샤를 부축하며 말했다. "양호실에 가자. 아마 몇 바늘 꿰매야 할 거야. 안 꿰매면 계속 피가 날 거 같아." 리샤는 갑자기 청치치가 어른같이 느껴졌다. 방금 놀라서 눈물을 흘리던 여자아이

66

는 없어지고, 갑자기 엄마처럼 냉정함을 되찾은 모습이란. 치치는 역시 대단하다.

그 남자가 다가와서 "미안하다"라고 말했다. 리샤는 그를 경멸 어린 눈빛으로 한번 쳐다본 후에, 자신의 발의 상처를 다시 살폈다. 굉장히 아팠지만 신경이나 뼈까지 다친 것 같진 않았다.

리샤는 대충 넘어가야겠다고 생각했다. 그런데 "됐어요"라고 말하기도 전에 차의 뒷자리에 타고 있던 사람이 내렸다. 예쁜 여자아이였다. '부잣집 딸이구나.' 리샤는 생각했다. 그리고 청치치에게 낮은 목소리로 말했다. "가자."

겨우 일어서니 그 여자아이가 말했다. "잠깐만요."

리샤는 고개를 돌렸지만 그녀는 리샤의 얼굴 앞으로 다가와 지갑에서 돈을 꺼내며 말했다. "가져가요, 미안해요. 우리 집 기사가 잘못했네요."

리샤는 그녀가 예쁘다고도 생각했고, 사과도 진심 어린 어조로 들렸으나, 돈을 꺼내는 순간 토할 것 같은 느낌이 목구멍으로 올라왔다.

리샤는 고개를 저으며 말했다. "필요 없어요." 그러고 난 뒤 몸을 돌려 청치치와 함께 가면서 마음속으로 생각했다. '부잣집 애들은 항상 저런 식이야. 돈으로 다 되는 줄 아나.'

"리샤!" 누군가가 뒤에서 그녀의 이름을 불렀다.

리샤가 고개를 돌리니 루즈앙이 웃고 있었다. 옆에 있는 푸샤오쓰는 아무 표정이 없었다. 푸샤오쓰가 다가와 미간을 찌푸린 채 차에서 내린 여자아이에게 물었다. "어떻게 된 일이야?"

그 여자아이가 푸샤오쓰에게 웃으며 말했다. "우리 기사 아저씨가 조심 안 하고 쟤를 쳤지 뭐야."

푸샤오쓰는 리샤에게 다가와 그녀의 발을 살핀 후 물었다. "왜 아직 양호실 안 간 거야?"

리샤는 대답했다. "방금 다쳤어. 지금 가려고."

푸샤오쓰가 말했다. "내가 데려다줄게."

리샤는 상처에서 피가 다시 흐르는 것이 느껴졌다. 극렬한 아픔도 다시 시작되었다. 누군가가 마구 꼬집는 것 같았다. 전신에 예민함이 맴돌았다.

리샤는 평소대로라면 뿌연 눈동자를 가진 얼음 왕자 같은 푸샤오쓰는 그냥 본체만체 지나가고, 온종일 반 여학생들을 신나게 놀리며 웃어대는 루즈앙만이 다쳤냐고 한마디 묻고서는 둘이 함께 뒤돌아 가버리는 것이 맞다고 생각했다.

그런데 오늘 대체 왜 이러지? 꼭 순정만화에 나오는 그림에나 어울릴 법하게 굴고 있다.

리샤가 몸을 돌려 가려는데 누군가의 팔이 갑자기 쑥 들어와 그녀를 부축했다. 미세한 체온을 느낀 리샤는 얼굴이 빨개졌다. 두 사람 사이의 물리적 거리가 순간 가까워지자 공기 안에 갑자기 청초한 향기가 퍼졌다. 마치 어딘가에 갇혀 있던 청초한 향기가 원래의 여름 향기를 밀어내고 폭발적으로 뿜어져 나오는 것 같았다.

고개를 돌려보니 표정 없는 옆얼굴이 보였다. 황혼 속에 그의 차분하고 신중한 표정이 드러났다.

그 여자아이가 뒤에서 말했다. "내가 돈 준다고 했는데 싫다잖아."

뒤에서 뛰어오던 루즈앙은 여자아이 옆을 지나치며 역겹다는 듯이 말했다. "그 돈 집어넣어. 너희 집 우리 집보다 부자냐?"

이때 푸샤오쓰가 미간을 찌푸리면서 루즈앙을 째려보았다.

리샤는 이상한 분위기를 느꼈다. 본래 루즈앙은 누구한테나 상냥한 성격이었다. 너무 가깝지도 너무 멀지도 않은 거리를 잘 유지하면서 말이다. 그러나 오늘은 이상하게 그 여학생한테 일부러 못되게 구는 느낌이었다. 말투도 평소의 그와 달랐다.

푸샤오쓰가 고개를 돌려 말했다. "옌란아, 너 먼저 학교로 들어가. 내가 양호실에 데려다주고 와서 너한테 갈게."

리샤가 눈을 동그랗게 떴다.

아는 사이다.

그들은 확실히 아는 사이다.

그런데 어떻게 아는 사이지?

여러 의문이 한꺼번에 몸을 휘감았다. 마치 바다 저 밑에서부터 용솟음치며 올라온 기포가 수면에 닿아 일순간 터지는 느낌이었다.

녹나무의 그늘이 교학관의 제일 오른편에 있는 양호실로 내려앉았다. 바람이 센 데다 유리창이 높고 커서 창문 틈으로 바람 소리가 들렸다.

리샤는 양호실에 누워서 수액을 맞았다. 상처를 살펴본 양호 선생은 뼈를 다치지 않아서 괜찮지만, 상처가 좀 깊어서 수액을 맞는 게 좋겠다고 했다. 파상풍을 방지하기 위해서였다. 그리고 양호 선생은 운동장에서 공에 맞아서 온 여학생을 치료하러 갔다.

그래서 이 열몇 평도 안 되는 작은 공간 안에 푸샤오쓰와 리샤 둘만이 남은 것이다.

푸샤오쓰는 리샤의 침대 앞에 앉아 눈은 창밖을 쳐다보고 있었다. 가끔 리샤를 보기도 했다. 사실 계속 고개를 움직여서 그가 어디를 보고 있는지 알 수는 없었다. 리샤의 얼굴이 달아올랐다.

"물 마실래?" 그가 갑자기 말했다.

"응." 리샤가 몸을 일으켜 고개를 끄덕이고 덧붙였다. "고마워."

방을 구석구석 살핀 푸샤오쓰는 정수기가 없다는 사실을 깨달았다. 물병도 없었다. 그래서 침대 옆 탁자 위에 있던 유리컵을 집어 들고서는 가방 속에 있던 생수 병을 꺼냈다. 이미 그가 좀 마신 물이 병에 반 정도 남아 있었다. 그는 뚜껑을 열고 컵에 생수를 따르려다가, 문득 본인이 입을 댔던 것을 깨닫고 주머니에서 손수건을 꺼내 병 주둥이를 닦았다.

리샤는 눈앞의 그를 바라보았다. 창으로 들어온 미묘한 빛이 그를 비추어 전신이 은은하게 빛났다. 마치 영화 속의 인물 같았다.

'엄청 세심하네.' 이렇게 생각한 리샤는 몸을 일으켜 앉았다.

침대 옆에 리샤의 스케치북이 놓여 있었다. 본래 오늘 밖에서 예쁜 풍경을 그려보려 했는데 청치치와 노는 데 정신이 빠져서는 그림 그릴 시간을 놓쳤다. 그때 푸샤오쓰가 리샤의 스케치북을 집어 펼쳤다. 그때 마침 물을 마시고 있던 리샤는 푸샤오쓰의 행동을 저지하려고 했지만 이미 일은 벌어진 뒤였다. 하마터면 마시고 있던 물을 뿜을 뻔했다. 동시에 다리를 움직이자 극렬한 통증이 몰려왔다. 푸샤오쓰는 리샤를 보고 눈썹을 찌푸리며 말했다. "넌 그냥 누워 있어. 뭐 하러 움직이고 그래?"

말을 끝내자마자 그는 고개를 돌려 리샤의 스케치북을 한 장 한 장 넘겨 보기 시작했다. 리샤는 민망해서 어찌할 바를 몰랐다.

푸샤오쓰는 그림을 다 보고 난 후 한마디 내뱉었다. "흠. 정말 못 봐주겠네."

'예상했던 대로야.' 리샤는 속으로 생각했다.

"음, 정말 별로야." 목소리는 너무 낮아서 들리지도 않았다. 아마 혼잣말일 테다. 누가 알겠는가.

푸샤오쓰가 스케치북을 내려놓고 일어서면서 말했다. "나 간다. 그리고 다음에 내가 그림 그리는 거 가르쳐줄게. 이렇게 그리는 건 별로다."

리샤는 갑자기 푸샤오쓰가 그렇게까지 신비로운 사람은 아니라는 생각이 들었다. 그래서 용기를 내어 계속 궁금해하던 것을 물었다. "푸샤오쓰, 그 여자애 어떻게 알아?"

묻고 난 뒤 리샤는 바로 후회했다. 푸샤오쓰는 분명히 쓸데없이 남의 일에 관심 가진다고 생각할 테니까.

푸샤오쓰는 몸을 돌려 리샤를 바라보았다. 한참 있다가 그는 눈썹을 치켜올리며 말했다. "리옌란 말하는 거지? 걔 내 여자친구야."

창밖에서는 한 무리의 새가 날아갔다. 유리가 소리를 차단했다. 리샤는 듣지 못했다.

무수히 많은 날개가 리샤의 몸 뒤의 높고 너른 파란 하늘로 떼를 지어 날아갔다. 유리창을 통과한 햇빛은 음영을 만들어 하얀 침대를 비추었다.

소리가 없었다.

백만 개의 여름.

모두 소리가 없었다.

Chapter 2

1996년 하지

북극성

바닷물이 밀려 들어와 아주 오래된 제방을 넘으면,

이 여름을 지나 다음 여름이 된다.

너는, 어떤 모습을 하고 있니?

큰비가 뙤약볕이 내리쬐던 마을을 휩쓸면,

이 여름이 물에 잠기고 다음 여름이 된다.

너는, 어떤 모습을 하고 있니?

초록색의 봄, 슬픔의 가을, 그리고 인내의 겨울을 지내야

더 새파란 여름을 다시 맞을 수 있다.

너는 또 내 앞에 나타났다. 짙은 눈매로.

그러고선 온 도시의 비를 떠안고 돌아섰다.

그때 너는 하얀 눈으로 뒤덮인 채였다.

이미 보리는 마디마디 자라나 있었고,

천둥이 우르릉거리며 대지를 휩쓸고 지나간 후였다.

너는 담벼락에 불완전한 예언을 흩뿌려 놓았고,

생동감 없던 여름은 너로 인해 흔들렸다.

한 해가 가고 또 한 해가 온다. 그러나 특별하게 하지를 기다려 본 적은 없다.

1년 내내 하지는 오지 않는다…….

지나온 과거로 돌아가 찾아보았다.

그는 그녀를 본 적이 없다.

그녀는 그를 본 적이 없다.

누구도 그것을 본 적이 없다. 이제까지 하지는 온 적이 없다.

비가 철철 내리기 시작했다. 한사리도 점차 가까워진다.

미처 알아채기도 전에, 날씨가 금방 썰렁해졌다.

새벽 운동을 하러 나왔다가도 종종 방으로 다시 돌아가 겉옷을 챙겨 입고 나오곤 할 정도였다.

아침을 먹은 후 자습하기 직전까지 30분 정도 농구를 하는 남학생들도 이젠 얇은 운동복 하나만으로는 아침의 한기를 버텨내기 힘들어 보였다. 비록 오후에는 여전히 강한 햇빛이 들긴 하지만 말이다.

나무들은 여전히 푸르렀다. 무성한 나무 그늘은 사계절 내내 계속되었다. 다만 계절의 변화가 찾아오면서 나무 숲 안의 새들이나 곤충들만이 그 수가 급격하게 줄어들었다. 교정은 점점 조용해졌다. 여름 내내 떠들썩하던 매미 소리도 결국 사라졌다.

햇빛 중 일부는 날카롭게 모서리로 침투하고, 일부는 둔탁하고 모호한 빛으로 사람들의 등을 천천히 데웠다.

다시, 그리고.

시간은 가을의 흔적을 따라 발등 위로 성큼 올라섰고, 조수도 높아졌다. 날아다니던 새들은 이미 더 긴 시간을 날아 저 멀리 떠났다. 학교 안의 녹나무와 녹나무들 가지 사이는 점점 조용해지고, 나뭇잎이 떨어지는 소리는 더 크게 들렸다

가을이 이미 깊어졌다.

11월이면 학교 안의 모든 게시판에는 예술제 포스터가 붙었다. 리샤는 아침 운동이 끝나면 학교 안의 작은 매점에 우유를 사러 가곤 했는데 가는 길에 게시판을 종종 들여다보았다. 게시판 앞에 서서 아침의 추위에 빨갛게 된 손을 비비고 있으면 입에서는 뭉게뭉게 하얀 입김이 나왔다. 가을이 정말 깊어졌다.

사실 11월부터 포스터를 붙이는 건 너무 일렀다. 예술제는 내년 3월이나 되어야 시작되기 때문이다. 다음 학기가 시작되고 나서야 본선은 시작된다. 그러나 매년 첸촨일중은 이런 식으로 4개월 전부터 예술제 준비를 시작한다. 예술제는 첸촨일중의 가장 큰 행사 중의 하나로, 개교기념일과 맞먹을 정도였고 전국적으로도 유명했다. 매년 재능 있는 학생들의 주목을 받았다. 특히 예술 특기생들의 관심은 더했다.

푸샤오쓰는 매일 오후 수업이 끝나면 루즈앙과 함께 학교 화실에서 그림을 그렸다. 사실 둘에게 그림 연습은 필요 없었다. 첸촨일중에 입학할 당시 이미 둘의 전공 점수는 다른 사람들보다 30점은

더 높았다. 이것이 선생들이 특히 더 그들을 아끼는 이유이기도 했다. 루즈앙와 푸샤오쓰의 숙제가 다른 사람들보다 훨씬 더 많은 것도 그 때문이었다. 매번 선생들은 똑같은 어조로 이야기했다. "푸샤오쓰, 그리고 루즈앙, 너희 둘은 기본기를 더 다져야 할 필요가 있어. 그러니 내일까지 소묘 두 장 더 해서 내도록." 매번 루즈앙은 악악대며 소리를 지르고 난 후 곧 짐짓 점잖게 타협을 시도했다. 푸샤오쓰는 곧 조용히 화판을 세우고 구도를 잡기 시작했다. 푸샤오쓰는 어차피 소란스럽게 굴어봤자 소묘 두 장은 피할 수 없다는 사실을 알고 있었고, 그럴 바에야 서둘러 그려서 해가 지기 전에 내는 게 낫다고 판단했기 때문이었다.

여름은 매번 이랬다. 여름을 좀 느껴보려고 할 때는 이미 사라지고 없었다. 리샤는 여름이 너무 빨리 지나가서 좀 슬펐다. 자신의 이름이 리샤(立夏, 입하)인 까닭에 여름을 줄곧 좋아했다. 수직으로 뺨을 비추는 여름 햇빛에서는 힘이 느껴졌다. 그 빛에 세상의 크고 작은 것들이 모두 세세하게 구별되었다.

리샤는 아직도 가끔 화실에 나갔다. 그렇지만 여름처럼 자주 나가진 않았다. 저번 일 이후 리샤는 푸샤오쓰를 만날 때마다 좀 긴장이 되었다. 그의 여자친구와 이런저런 일이 있었기 때문이었다. 사실 다른 사람들은 이 일에 대해서 거의 다 잊은 것 같았다.

화실에 가는 횟수가 준 것은 공부 스트레스가 심했기 때문이기도 했다. 리샤는 화실에 앉아 스케치를 할 때마다 교실 안의 광경이 상상되었다. 학생들은 자습하고, 칠판에는 빽빽하게 판서가 되어 있고, 머리 위의 오래된 선풍기는 여전히 윙윙거리는. 다른 학생들은 모두 그렇게 공부하고 있을 텐데 본인은 화실에서 그림을 그리고 있는 것이 좀 사치처럼 느껴졌다. 일분일초를 소중히 여기는 첸촨일중에서 여유롭게 그림이나 그리고 있다니. 연필 끝에서 완성되는 음영이 도화지를 물들이는 동시에 리샤의 마음에도 깊게 드리워졌다.

눈을 문지르면 곧바로 눈물이 나올 것 같았다.

금요일 오후 학급회의 때 담임 선생은 예술제에 관한 이야기를 꺼냈다. 학생들은 매우 흥분했다. 모두 이번이 첫 참가였다. 첸촨일중의 예술제는 고등학생부터 참가가 가능했기 때문에, 첸촨일중 중학교를 졸업했어도 고등학생이 되어서야 예술제에 참여할 수 있었다. 담임은 참가자로 푸샤오쓰와 루즈앙을 지명했다. 3반에서는 이 두 명만이 예능 특기생이었기 때문이었다. 사실 둘이 일반 교과목 성적까지 우수해 전교 1, 2등을 모두 차지하는 건 거의 전설에 가까운 일이었다. 리샤는 생각했다. 보통 예술 전공생들은 성실하지 않은 '날라리' 같은 경우가 많고, 모범생들은 나무 인형처럼 고지식한 외골수 같은 경우가 많은데, 푸샤오쓰와 루즈앙은 날라리 같은 동시에 외골수의 느낌도 나는 신기한 학생들이었다.

여자 선후배들은 푸샤오쓰와 루즈앙의 옆을 지나갈 때면 부끄러워 얼굴이 빨개지곤 했다. 푸샤오쓰는 그들을 못 본 척했고, 루즈앙은 매번 싱글벙글 웃으며 동네 건달처럼 그들에게 아는 척을 했다.

푸샤오쓰는 루즈앙에게 "제발 좀 교양 있게 굴어라. 너 지금 휘파람 불었냐?" 했고 이럴 때마다 루즈앙은 억울하다는 표정을 지으며 "어쩌라고! 선배들이 예쁘잖아!"라고 대꾸했다. 몇 번 그러던 푸샤오쓰도 나중에는 귀찮아져서 루즈앙을 내버려두었지만 또 그런 상황이 올 때마다 마음속으로 '나는 모르는 놈'이라고 되뇌었다.

하지만 그래봤자 아무 소용없었다. 푸샤오쓰와 루즈앙이 어렸을 적부터 함께 자라온 친한 친구라는 것을 전교생이 알고 있었기 때문이다. 그들은 첸촨일중의 전설 같은 존재였다. 중학교 때 교육부장은 숫제 그들에게 절을 해야 할 정도였다. 그 둘은 온갖 종류의 상이란 상은 다 휩쓸었다.

푸샤오쓰는 담임의 지시에 "네"라고 점잖게 응대한 반면, 루즈앙은 "선생님, 걱정하지 마세요. 제가 꼭 상 타서 3반을 빛낼게요" 어쩌고 하다가 문득 푸샤오쓰의 얼굴이 일그러지는 것을 눈치채고 말을 멈췄다. 대신 세상에 그렇게 환할 수 없는 미소를 지었다. 그가 눈을 가늘게 뜨고 웃는 얼굴은 그 구름 한 점 없는 가을 하늘에서 보이는 햇살 같았다. 루즈앙의 미소는 이렇게 따뜻함이 충만했고, 같은 반 여학생들은 대부분 그의 이런 미소를 좋아했다.

"그러면……." 담임이 잠시 말을 잠시 멈췄다. "몇 명 더 참가할 수 있는 데 참가할 사람? 이번에 학교 규정이 반마다 세 사람 이상 참여할 수 있게 바뀌었거든." 담임의 표정을 보아하니 이 규정 때문에 매우 곤란한 것 같았다. 3반은 일반 교과목 성적이 첸촨일중 전체를 통틀어 제일 좋았다. 고1 학생들뿐만 아니라 고2, 고3 반 전체 중 1등이었다. 그렇지만 예술 쪽으로는 그렇게 뛰어나지 않았다.

학생들의 어깨와 어깨 틈으로 들숨 날숨이 오락가락하면서 열기를 미약하게나마 분산시켰다. 리샤는 무언가가 정수리를 콕콕 찌르는 것 같았다. 따갑지는 않았지만, 두피 신경이 곤두서는 느낌이었다. 리샤 자신도 정말 이상한 감정이라고 생각되었다.

푸샤오쓰는 선생의 눈빛이 적나라하게 자신을 향해 있음을 느끼고 있었다. 고개를 든 그의 눈동자에는 깊은 가을에 더 진해진 것처럼 하얀 안개가 뿌옇게 자리하고 있었고, 앞머리는 더 길어서 짙은 눈썹을 가렸다. "네……" 그가 잠시 가만히 있다가 말했다.

"그러면…… 리샤도 괜찮겠네요."

그 순간 반 아이들이 서로 수군대기 시작했다. 모든 눈초리가 리샤에게로 향했다. 리샤는 뒤돌아볼 용기조차 없었다. 그렇지만 바로 뒤에서 눈을 가늘게 뜨고 웃고 있을 루즈앙의 얼굴과 뿌연 눈동자를 사용해 무표정으로 일관하고 있을 푸샤오쓰가 상상되는 건 어쩔 수 없는 일이었다.

"잠깐만……."

"응?" 푸샤오쓰가 고개를 돌렸다. 여전히 같은 표정이었다.

"왜…… 나를 말한 거야?" 리샤가 복도의 끝에서 말했다. 하교 후의 복도는 조용해서 말소리가 울릴 정도였다.

"아, 상관없어. 네가 참가하기 싫으면 그냥 선생님께 가서 안 하겠다고 하면 돼." 그가 미간을 찌푸리며 말했다. 어떻게 해도 상관없다는 투였다.

"……"

"다른 용건 있어?"

"……아니."

인사도 하지 않고, 푸샤오쓰가 계단을 내려갔다. 흰색 셔츠가 순식간에 계단의 모서리로 사라져버렸다.

석양이 온 학교 건물에 내려앉았다. 산에 엎드려 있는 듯한 모양의 노란 석양이 교내 벽 전체의 아래로 깔리기 시작했다. 고1 반은 건물의 꼭대기 층에 자리했다. 고3 학생들이 체력을 아껴 공부에만 집중할 수 있도록 학교가 고3 교실을 가장 아래쪽으로, 그다음 고2, 고1 순으로 교실을 배치했기 때문이었다.

리샤는 3층의 테라스의 난간에 기대 서 있었다. 심각한 표정이었다.

푸샤오쓰의 그런 어느 것에도 관심 없다는 듯한 표정은 리샤를 거대한 바다에 빠뜨리곤 했다. 더구나 그 바다는 사해였다. 어떤 것도 잡히지 않고, 가라앉을 수도 없는 그런. 난감함이 목구멍에 걸렸다. 마치 생선 가시가 목에 걸린 듯.

"리샤도 괜찮겠네요." 그것도 '도 괜찮겠네요'라니. 대체 무슨 근거로 '나도 괜찮다는' 거야?! 열 받네.

등 뒤에서 황급히 다가오는 듯한 발걸음 소리가 들려왔다. 리샤가 돌아보니 루즈앙이 땀을 잔뜩 흘리며 뛰어오고 있었다.

루즈앙이 리샤에게 웃으며 물었다. "샤오쓰 봤어?"

"지금 막 내려갔어⋯⋯. 너 오늘 주번 아니야? 벌써 끝났어? 대충 한 거 아니야?"

리샤는 말을 마친 후 바로 후회했다. 루즈앙에게 그런 말을 할 정도로 친한 건 아니었기 때문이었다. 아직 농담은 어색했다. 뜨겁지도, 차갑지도 않은 그 어색함이 공기에 맴돌았다. 다행히도 루즈앙은 그다지 신경 쓰지 않는 것 같았다. 그는 하하 웃으며 다가와 낮은 목소리로 말했다. "딴 사람한테 나 튀었다고 말 안 하면 콜라 사줄게."

리샤는 안도의 한숨을 쉬었다.

루즈앙은 항시 가벼웠다. 그렇지만 그가 아닌 푸샤오쓰를 만날 때의 긴장은 리샤를 내내 괴롭게 했다.

루즈앙은 테라스 난간 쪽으로 고개를 쭉 뺐고, 리샤도 그를 따라 바깥쪽으로 몸을 뻗었다. 그랬더니 아래층 계단 입구의 녹나무 아래, 자전거 위에 올라앉은 푸샤오쓰가 보였다. 그는 자전거 페달에 발을 올리고 상반신은 핸들 쪽으로 숙이고 있었다. 귀에는 여전히 이어폰이 꽂혀 있었고, 하얀 이어폰 선은 귀에서 턱선을 타고 내려와 목과 가슴을 지나 옷 주름 한 켠으로 사라졌다.

햇빛이 녹나무의 옅은 그늘에서 새어 나와 그가 입고 있는 하얀 옷을 비추었다. 하얀 빛이 사방으로 흘러넘쳤다.

루즈앙은 괴성을 지르며 바로 뛰어 내려갔다. 또 늦었다간 선생에게 욕을 들어먹을 게 분명했기 때문이다. 뛰어가면서도 그는 돌아보며 리샤에게 "안녕!" 하고 인사하는 걸 잊지 않았다. 그러고 난 뒤 말했다. "실은 샤오쓰가 나 대신 교실 절반은 쓸어줬지롱. 안 그랬음 이렇게 빨리 못 끝내지."

하얀 셔츠가 펄럭이며 일순간에 계단 모서리로 사라졌다. 푸샤오쓰보다 빠른 몸놀림이었다. 루즈앙은 열두 개의 계단을 단 세 걸음으로 성큼성큼 빠르게 뛰어 내려갔다.

루즈앙의 마지막 말이 리샤의 머릿속에 계속 울렸다.

푸샤오쓰가 엎드려 교실 바닥을 청소하고 있는 모양이라니. 머리는 흘러 내려와 얼굴의 절반을 가렸을 테고, 등의 양 날개뼈는 셔츠 위로 도드라져 보였을 것이다. 그가 입은 셔츠는 매우 얇았기 때문에 더 잘 보였을 것이다. 리샤는 푸샤오쓰나 루즈앙 같은 부잣집 도련님들은 어렸을 적부터 청소 같은 건 해봤을 리 없을 거라 생각했는데 그렇지도 않은 모양이었다.

자세히 생각해보니 리샤는 이제까지 루즈앙이나 푸샤오쓰에게서 부잣집 자제들 특유의 나쁜 습관을 본 적은 없었다는 것을 깨달았다.

다시 고개를 내밀어서 보니 자전거를 타고 가는 둘의 뒷모습이 보였다. 루즈앙이 자꾸 머리를 만지는 것을 보니 얻어맞은 모양이었다.

"리샤야!"

청치치가 치마를 입고 리샤에게 뛰어오고 있었다. 날씨가 이렇게 추운데 치마라니! 치치는 역시 존경할 만한 여자다.

막 아침 방송 체조가 끝나고 학생들은 운동장에서 교학관 쪽으로 향했다. 청치치는 북적이는 인파에 치이면서 "빌린 거야"라고 소리 지르며 걸어왔다. 3분은 더 걸려서야 리샤 옆에 올 수 있었다.

"와, 너 남들 좋은 구경시키는 거야." 리샤가 청치치의 치마를 보며 눈을 흘겼다. 청치치도 눈을 치켜뜨며 리샤를 팔꿈치로 툭툭 치며 말했다. "7반 여자애들은 다 이렇게 입거든? 너네 반 애들처럼 화학 공식 같이 고루하게 옷을 입을 리 없지."

"너네 7반 애들도 썩 볼품은 없지 않냐. 하나하나가 다 이청조(李淸照, 남송 시대의 시인) 같잖아. 마른 건 둘째치고 엄청 비리비리해 보여. 우리 반 여자애들은 조비연(趙飛燕, 한나라 성제의 황후)은 아니라도 그래도 복 있게는 생겼어."

"됐어. 중문과 학생인 줄. 발은 다 나았어?"

"100년 전에 나았지. 상처도 그렇게 깊지는 않았어." 리샤는 갑자기 무언가 생각나서 계속 말했다. "맞다. 치치야, 이번 예술제에 너 뭐 해? 모란 그릴 거야, 아니면 새우 그릴 거야?"

"지루한 거 그만하려고. 대하는 이미 엄청나게 그렸잖아. 아주 그냥 제백석(齊白石, 게와 새우를 즐겨 그린 중국의 근대 화가) 되겠어. 너는?"

"뭐야, 뭐 할 건지 말해주든가." 리샤가 웃으며 말했다. 청치치는 이미 말하지 않고는 못 견디겠다는 표정을 하고 있었기 때문이었다.

"나 노래할 거야!"

'과연 못 참을 만했군.' "진짜?" 리샤의 눈이 빛났다. 리샤는 줄곧 청치치를 완벽한 여자라 생각했고, 무척이나 좋아했다. 7반 그 예술가 집단도 분명 그녀를 엄청나게 좋아할 것이다.

"난 그리고 네가 이번에 그림 그릴 거라는 것도 알지."

"……네가 그걸 어떻게 알아?"

청치치의 말에 리샤가 멍해졌다. 스스로도 마음속으로만 조용히 결심한 일인데, 치치가 그걸 어떻게 안단 말인가?

"그건 내가 너한테 말해줄 수 없지."

리샤가 말하려는 찰나 방송실에서 방송이 울려 퍼졌다. "1학년 3반, 리샤 학생, 지금 교무실로 가시기 바랍니다. 1학년 3반……."

리샤의 미간이 찌푸려졌다. 무슨 일이지? 아무리 생각해봐도 알 수 없었다.

기다란 녹색 복도를 지났다. 커다란 유리창으로 햇빛이 쏟아져 들어왔다. 그 빛이 복도 바닥에 군데군데 그림자 자국을 만들었다. 빛과 창문 그림자의 명암 대비가 뚜렷했다.

"찾으셨다고 들어서요."

"들어오세요."

교무실로 들어선 리샤는 교무주임 선생과 그 앞에 양복을 입은 중년의 사내가 앉아 있는 것을 보았다. 옆에는 여자아이가 있었다.

두 사람이 한꺼번에 돌아봤을 때 리샤는 귀신을 본 것처럼 놀랐다.

리옌란이 일어서면서 말했다. "리샤, 안녕."

리샤는 마음이 매우 좋지 않았다.

교무실에서 나올 때까지도 리샤는 두 손을 모아 강하게 깍지끼고 있었다. 얼마나 힘을 줬는지 관절이 하얗게 될 정도였다.

그때 그 말들이 여전히 마음속에 남아 있었다. 하나하나가 까만 독약이 묻어 있는 가시처럼 부드러운 가슴으로 찔러 들어와 툭툭 박혔다. 독버섯 같기도 했다. 내장으로 퍼져 여기저기서 자라나 몸 전체를 빨아들이는 것 같았다. 바람이 불면 다 없어지고 껍데기만 남을지도 모른다.

복잡미묘한 감정이 마음에 가득 찼다.

리샤는 스스로가 선량하다고 착각하는 돈 많은 이런 인간들을 영원히 미워하게 될 것 같다고 생각했다. 모두 잘난 척하는 개자식들이다.

양복을 입은 남자는 리옌란의 아빠였다. 이번에 리샤를 교무실로 부른 것은 본인의 관심을 표현하기 위해서였다. 말하자면 높은 곳에서 낮은 곳으로 자혜를 베푸는 꼴이었다.

리샤는 그 남자가 내민 손을 보았다. 손에는 봉투가 하나 있었다. 봉투 안에는 분명 돈이 들어 있을 것이다. 리샤는 서서 움직이지 않았다. 손을 내밀어 받지도 않았다. 위장에서는 곤충을 잔뜩 삼킨 것 같은 구역질이 올라오고 있었다. 옆에 있는 비서 같은 사람이 말했다. "사양할 거 뭐 있어. 엄청 부자이신 분들이셔." 이 말을 들으니 리샤는 책상을 엎어버리고 싶은 충동에 휩싸였다.

리샤는 자기 집 사정을 남에게 이야기해본 적이 없다. 그런데 리엔란의 아빠가 리샤의 가정환경을 조사해본 것이 분명하다. 적어도 입학할 때 작성했던 생활기록부를 열어본 것이 틀림없었다. 그녀 자신도 그 서류 상단에 빨간색으로 선명하게 적혀 있던 '한부모 가정'이란 단어를 잊지 못한다. 아니면 교무주임이 그들에게 말했을 수도 있다. 하여튼 다른 사람에게 옷을 찢긴 것처럼 더러운 기분이었다.

리샤는 눈물을 꾹 참았다. 그러고선 겨우 입을 떼 말했다. "감사합니다. 저희 집 사정이 그렇게 좋진 않아도 다른 사람에게 손을 벌릴 정도는 아닙니다. 필요 없어요, 넣어두시죠. 제 생각엔 그쪽 집 기사분이 이 돈을 가지고 예의 좀 지키는 법, 그런 공부 좀 하셔야 할 것 같은데요. 그렇지 않으면 선생님 태도랑 너무 비교되어서 계속 그쪽을 부끄럽게 할 것 같네요."

말을 끝낸 리샤는 서둘러 교무실 밖으로 나왔다. 나오는데 그 남자가 껄껄 웃는 소리가 들렸다. 그는 교무주임에게 이렇게 말했다. "이번에 우리 엔란이가 시에서 뽑는 모범생 되는 데는 문제없겠죠? 보셔서 아셨듯이 우리 엔란이가 친구들 도와주는 걸 좋아해요. 아, 맞네. 우리 회사가 이번에 학교에 시설을 좀 더 보강해줄까 하는데……"

리샤는 계속 듣고 있다가는 정말 토할 것 같았다. 급하게 문을 나서다 누군가와 부딪쳤고, 그는 "아" 하는 소리를 냈다. 상대는 키가 커서 리샤는 그의 가슴팍에 부딪쳤는데, 순간 깨끗한 향이 코로 스며 들어왔다. 바디샴푸 향 같았다. 그러나 리샤는 고개를 들어 누군지 확인하지 않고 그저 "죄송합니다"라고 말하고 나와버렸다. 고개를 들면 바로 눈물이 쏟아질 것 같았기 때문이었다. 만약 그랬다면 분명 부딪친 그 누군가를 놀라게 했을 것이고 아니면 다시 교무실로 끌려 들어갈 수도 있었을 것이다.

뒤에서 계속 그 사람이 "저기, 저기, 저기……" 하고 불렀지만 리샤는 신경 쓰지 않고 교실을 향해 뛰었다.

오후 내내 리샤는 끔찍한 감정에서 빠져나오기 힘들었다. 촛농이 녹아 온몸의 모공을 막아버린 듯했다. 뜨겁고 슬픈 그 감정의 덫에 빠져버린 느낌이었다. 모든 모세혈관이 꽉 막히기라도 한 듯 움직일 때마다 온몸이 아팠다.

리샤는 책상에 엎드려 있었다. 교실 안으로 직사광선이 그대로 들어오기 시작했다. 점점 눈이 부셨다. 눈을 감으면 온통 핏빛 색만이 가득했다. 리샤는 갑자기 어떤 말이 생각났다. '눈을 감아야 가장 깨끗한 세계를 볼 수 있다.'

리샤는 눈을 감았다. 얼굴 전체가 축축하게 젖었다.

수업이 끝나고 리샤는 습관적으로 그림 그릴 연필, 지우개, 물감과 화판 등을 챙기기 시작했다. 거의 다 챙기고 나서야 오늘 아침에 미술반이 하루 쉰다는 공지를 들은 것이 생각났다. 가방에서 연필을 꺼내고 있던 손이 갑자기 멈췄다.

뭐 하지? 아무것도 안 하고 싶다. 교실에는 이미 아무도 없다. 그렇지만 기숙사 방으로 돌아가고 싶지는 않았다. 기분이 너무 안 좋아서 혼자 있으면 더 가라앉을 것 같았다. 그래서 그냥 앉아서 손가락으로 책상 위에 의미 없이 무언가를 적었다. 적다 보니 결국 한 단어를 쓰고 있음을 발견했는데 '죽어버려'였다. 그러나 도대체 누구한테 죽어버리라고 하는 것인지, 그녀 자신도 소리 내어 말하지 못했다. 그저 마음속에만 꾹꾹 눌러 담을 뿐이었다. 꼭 경계선까지 꽉 차서 찰랑대는 물이 댐의 문을 열어주길 기다리고 있는 것 같았다.

시간이 1초, 그리고 또 1초 지날 때마다 바깥은 더 어두워졌다. 리샤는 일어나 목을 이리저리 움직이며 굳은 근육을 풀고는 가방을 메고 돌아섰다. 그때 맨 끝줄에 앉아 있던 루즈앙이 눈에 들어왔다. 루즈앙은 리샤와 눈이 마주치자 곧장 웃음을 짓더니 손을 흔들며 말했다. "안녕." 눈은 실처럼 가느다랗게 뜬 채.

"너…… 너 왜 안 갔어? 여기서 대체 얼마나 있었던 거야?"

"너랑 병원 가려고 기다리고 있었지!"

"뭐라고?"

"아침에 교무실에서 나올 때 너한테 부딪힌 데가 아직도 아파 죽겠어. 뼈 부러진 거 아닌지 몰라." 루즈앙이 엄살 부렸다.

"부러졌으면 잘됐네. 이참에 부러진 뼈, 그거 이브한테 줘. 이렇게 쉽게 되다니 땡 잡았네." 말을 마치고 리샤는 웃으며 한마디 보탰다. "눈 없냐?"

"하하, 내 이브가 누군데?"

……리샤의 얼굴이 일순간 달아올랐다. 어떻게 쟤는 저런 말을 아무렇지도 않게 할 수 있나 싶었다.

리샤는 언덕을 오르니 좀 추웠다. 한 번도 이곳엔 온 적이 없었던 것 같다. 그녀는 줄곧 학교가 높은 건물들에 둘러싸였다고만 생각했지 이 안에 이렇게 무성한 풀숲이 있는 언덕이 있을 것이라고는 생각지 못했다.

루즈앙은 풀밭에 누워 눈을 반만 뜬 채 붉은색으로 물들어가는 하늘을 바라보았다.

그는 말했다. "여기 와본 적 있어? 나랑 샤오쓰는 자주 수업 땡땡이치고 여기 와서 그림 그려. 하늘도 그리고, 풀도 그리고, 나무도 그리고, 새도 그리고, 학교 안에 바쁘게 종종거리며 다니는 사람들도 그리고 저녁때 학교의 높은 건물들도 그리고." 그는 잠시 말을 멈췄다가 화제를 바꾸었다. "이제 이렇게 붉어지는 하늘은 별로 없을 거야. 곧 날씨 엄청 추워질 거거든."

리샤가 앉아서 고개를 들고 하늘을 보았다. 보다 보니 멍해졌다.

"아침에…… 왜 그랬어?" 루즈앙이 눈을 감은 채 물었다. 진지한 표정이었다.

"별일…… 별일 아니야." 리샤도 어떻게 이야기를 꺼내야 할지 몰랐다. 유쾌한 일은 아니니깐.

"리옌란 때문이지?"

"알아?"

"교무실에 갔더니 걔가 있더라. 나도 걔 별로 안 좋아하거든." 루즈앙이 풀을 뜯어 씹으며 말했다. 풀이 얼굴 위에서 왔다 갔다 스치면서 그의 얼굴도 웃기게 변했다.

"왜? 푸샤오쓰 여자친구잖아. 나는 너희가……"

"무슨 너희야. 걔는 걔고 나는 나고 샤오쓰는 샤오쓰지. 무슨 너희 같은 거 없어."

리샤가 고개를 돌려 쳐다보니 루즈앙이 눈을 뜨고 눈썹을 찌푸리고 있었다. 이제까지 그가 찌푸리는 표정을 짓는 것을 본 적이 없었다. 그는 예전부터 누구에게나 웃어주는 세계 평화 친선대사처럼 굴어왔기 때문이다.

루즈앙은 씹고 있던 풀을 뱉으며 말했다. "나랑 샤오쓰는 초등학교 다닐 때부터 친했어. 같이 장난치고, 싸우고, 그림 그리고, 그러고선 첸촨일중에 들어왔지. 사실 내 성적은 그냥 그랬고, 그림 그리는 것도 그다지 좋아하지 않았는데 샤오쓰랑 같이 지내면서 샤오쓰의 결벽에 가까운 각종 습관이 내게도 익숙해졌어. 그래서 그림도 그리게 되고, 성적도 점점 올랐지. 멍청이가 그냥저냥 괜찮은 학

91

생이 된 거야. 리옌란은 후에 알게 되었어. 샤오쓰네 엄마랑 리옌란네 엄마랑 정말 친하거든. 샤오쓰가 제일 좋아하는 사람이 자기 엄마니까 걔도 자연스럽게 리옌란이랑 자주 어울리게 된 거지. 샤오쓰네 엄마가 리옌란을 좋아해서 샤오쓰도 리옌란한테 잘해주는 거야. 사실 뭐 잘해주는 거라고 해봤자 걔랑 몇 마디 말 더 섞어주는 것뿐이지만. 너 모르지? 샤오쓰는 어렸을 적부터 말이 거의 없었어. 남에게 거의 대부분 냉담하게 굴었고. 어떨 때는 이 세상 사람이 아닌 것 같기도 했어. 그냥 자기 세상에 혼자 살면서 남들은 그 안에 들여놓지 않는 느낌이었달까. 물론 지금도 그렇지만. 그런데 저놈을 여자들은 엄청나게 좋아하지. 흐흐. 하지만 어렸을 적부터 지금까지 샤오쓰 좋아하는 여자애들, 내 눈에는 다 별로야. 나는 리옌란도 싫어."

"왜 싫은데?"

루즈앙은 멈칫했는데 뭐라고 말해야 할지 생각하는 것 같았다. 그러고선 말했다. "뭐랄까. 나는 돈 있는 집 자식들이 어렸을 때부터 가지는 그 우월감이 별로야."

"웃겨. 지는 아닌 것처럼." 리샤는 풀을 한 움큼 뜯어 내던졌다. 마음이 좀 나아지는 것 같았다.

루즈앙도 일어나 앉아서 풀을 한 움큼 뜯어내면서 말했다. "아이고, 내 말 좀 끝까지 들어. 다 말한 다음에 너랑 싸워줄 테니까."

"싸……워?" 이야기를 듣고 리샤는 눈이 튀어나올 뻔했다. 남학생이 여학생과 싸우겠다는 말은 처음이었다. 마치 무슨 스포츠 경기처럼 말하고 있었다.

"사촌 동생이 하나 있는데, 집에 돈이 없어서 하나에 1위안 하는 엄청나게 후진 붓을 써. 하도 많이 써서 붓 위쪽의 털이 다 없어졌을 정도야. 당연히 화집 살 돈도 없어서 서점에 앉아서 뒤적이는데 서점 사장님한테 쫓겨나기 직전까지 보고 있지. 문제는 물감 살 돈이 없어서 미술 숙제를 못 하는 건데 선생님한테 죽어도 자기 상황을 말 안 하는 거야. 선생님은 그냥 걔가 게으르구나, 그림 그리는 거 별로 안 좋아하는구나 생각했겠지. 그런데 우리는 다 알거든. 걔가 그림 그리는 거 좋아하고, 화가 되고 싶어 하는 거. 그래서 나는 자기 집 돈 많다는 거로 남한테 뻐기고 그러는 애들 완전 질색이야……. 저기 내 말 듣고 있어?"

루즈앙이 고개를 돌려보니 리샤의 온 얼굴은 눈물로 범벅이었고, 이 모습에 그는 당황해버렸다.

해가 옆으로 기울면서 석양이 두 사람의 몸을 감쌌다. 나무와 나무의 음영이 교차되면서 무성의 교향곡으로 변하며 마음을 흔들어 놓았다.

광선이 언덕을 따라 사라졌다. 기온도 급격히 떨어졌다.

다 사라져버렸지만, 리샤 얼굴에 눈물 자국은 남았다.

루즈앙이 리샤를 기숙사로 데려다줬을 때는 이미 6시가 거의 다 되었고, 석양은 거의 지평선 아래로 가라앉았다. 같이 걸으면서 리샤는 루즈앙의 옆모습만을 볼 수 있었다. 높은 코, 깊은 눈매, 입술은 앙다물어 냉정해 보였다. 짙은 까만색 앞머리 안으로 언뜻언뜻 곧게 뻗은 눈썹이 보였다.

어둠이 모든 경계를 모호하게 만들었고, 시간은 물처럼 흩어졌다.

"오늘, 같이 있어줘서 고마워"라는 말은 그녀의 마음속에서만 맴돌 뿐 입 밖으로 꺼내기 어려웠다.

푸샤오쓰가 교실에서 뛰어나왔을 땐 이미 어두워졌다. 그는 교실에서 물감을 가지고 나와 운동장을 통해 교문 쪽으로 걸어갔다. 그가 고개를 살짝 들어보니 루즈앙과 리샤의 뒷모습이 보였다. 둘의 그림자가 마치 시계의 시침과 분침 같았다. 가지런한 것이 같은 방향을 가리키는 것처럼 보였다. 둘은 곧 녹나무의 그림자 안으로 사라졌다. 푸샤오쓰는 막연히 고개를 치켜들었다. 눈동자의 빛은 완전히 꺼졌다. 리샤와 루즈앙이 같이 있는 것을 보니 마음이 복잡해지는 것 같았다. 루즈앙은 수업이 끝나고 일이 있어서 얼른 가봐야 한다고 하지 않았나? 어떻게 지금 학교 안에 나타날 수 있는 거지?

푸샤오쓰는 고개를 절레절레 흔들면서 계단 앞에 세워 둔 자전거를 가지러 가려 했다. 그때 뒤에서 누가 불러 돌아보니 리옌란이 나무 그늘에 있었다. 푸샤오쓰가 말했다. "너도 있었네."

"아빠 차 타고 왔어. 자전거 타지 마. 집에 차로 데려다줄게."

푸샤오쓰가 고개를 숙이고 잠시 생각하다가 루즈앙이 사라진 방향 쪽을 흘깃 보았다. 아무도 없는 것을 확인한 그는 고개를 돌려 말했다. "그래."

차 문이 닫히자 푸샤오쓰의 마음이 갑자기 어지러워졌다. 쥐고 있던 물감 튜브를 손가락으로 꾹꾹 눌러 찌그러뜨렸다.

교학관을 지나다 루즈앙은 "에이" 하는 소리를 내며 멈춰 섰다. 리샤가 그의 눈이 가는 곳으로 따라서 시선을 돌리니 푸샤오쓰의 자전거가 교학관 아래에 세워져 있었다. 루즈앙이 중얼거렸다. "이 자식은 왜 아직 집에 안 간 거야? 내가 일 있어서 먼저 간다고 했는데."

리샤를 데려다준 뒤, 루즈앙은 학교 안을 이리저리 돌아다녔다. 그는 푸샤오쓰에게 리샤와 리옌란의 일을 이야기하고 싶기도 했고 그가 걱정되기도 했다. 마치 풍선에 아주아주 작은 구멍이 있어서 바람이 새는데 그 구멍이 어디인지 알 수 없는, 그런 마음이었다.

가을의 밤이 조수처럼 지면으로부터 천천히 올라왔다. 어둠은 세심하게 하늘의 빛을 모두 삼켰다. 녹나무의 녹나무 사이의 윤곽이 잘 보이지 않게 되었을 때 가로등이 켜지기 시작했다. 그때까지도 루즈앙은 푸샤오쓰를 찾지 못해 당황하기 시작했다. 기숙사의 학생들이 삼삼오오 목욕탕에서 목욕을 마치고 기숙사로 돌아가고 있었다. 8시에는 모든 학생이 저녁 자습을 시작해야 한다. 이것이 첸촨일중의 오래된 규칙 중의 하나였다.

루즈앙은 푸샤오쓰의 자전거에 앉아서 텅 빈 건물을 멍하니 보고 있었다. 돌아갈 수밖에 없었다. 교문을 나선 그는 길가에 있는 공중전화 부스를 보고 얼른 들어가 전화를 걸었다. 전화벨이 몇 번

울리고 푸샤오쓰 특유의 감정이라고는 전혀 들어 있지 않은 나른한 목소리가 들려왔다.

"여보세요"라는 말을 듣자마자 루즈앙은 거칠게 욕을 퍼붓고는, 푸샤오쓰가 뭐라는지 듣지도 않고 전화를 끊어버렸다. 그러고선 학교로 가서 자전거를 꺼낸 그는 무거운 짐을 내려놓은 듯한 미소를 지었다. 심지어 크게 웃기 시작했다.

루즈앙은 빨리 집에 돌아가고 싶었다. 너무 배가 고팠기 때문이다.

아침 7시 15분, 루즈앙이 푸샤오쓰의 집앞에 도착했다. 그러나 푸샤오쓰가 보이지 않았다. 집을 향해 고함을 지르자 문이 닫히는 소리가 들리고 푸샤오쓰가 모습을 드러냈다. "시끄럽게 굴기는."

푸샤오쓰는 루즈앙의 자전거 바구니에 가방을 던지고 뒷자리에 올라탔다. 그가 말했다. "내 자전거는 학교에 두고 왔어. 나 좀 태우고 가."

루즈앙이 푸샤오쓰를 태우고 페달을 밟기 시작했다. 녹나무의 그림자가 두 사람의 얼굴을 차례로 덮었다. 루즈앙이 말했다.

"너 어제 집에 빨리 간다고 하지 않았어? 근데 왜 늦게까지 안 갔어?"

"물감을 학교에 두고 와서. 가지러 갔었어."

"자전거 안 탔어?"

"리옌란이 집에 데려다줬어."

"또 걔냐……." 루즈앙의 말에서 그녀에 대한 불만이 분명히 느껴졌다. 왜 그런지는 몰라도 어제 리샤와 이야기한 후에 루즈앙은 리옌란이 더 싫어졌다. 애초에 그녀를 좋아해본 적도 없긴 하지만, 지금은 아예 싫어지기 시작한 것이다.

푸샤오쓰는 대꾸하지 않고 주위의 변하는 풍경을 이리저리 살폈다.

"너 어제 리옌란이 리샤한테 뭐라고 한 줄 알아?"

푸샤오쓰는 루즈앙이 뒤에 앉은 자신을 보지 못한다는 생각도 없이 고개를 저었다. 루즈앙은 푸샤오쓰가 대답을 안 하자 점점 화가 나기 시작해서 고함을 질렀다. "야, 내 말 듣고 있긴 한 거야?!"

푸샤오쓰가 정신을 차리고 대답했다. "들었어. 걔랑 리샤가 왜? 걔네가 만날 일이 있어?"

루즈앙은 그에게 어제 리샤와 같이 있었던 이야기를 해주었다. 어제 루즈앙은 리샤가 울면서 교무실을 나오는 것을 보았다. 그는 리옌란의 아버지에게 인사한 후 숙제를 내러 온 척하면서 그들의 대화를 들어보았다. 정확하게는 듣지 못했지만, 어느 정도 사정을 알게 되었다. 그래서 교실에 남아 리샤를 기다렸던 것이다.

그 후로도 루즈앙은 푸샤오쓰에게 이런저런 이야기를 늘어놓았다. 빨간불일 때 뒤돌아보니 푸샤오쓰는 이야기를 듣기는커녕 그의 등에 기대어 자고 있었다. 루즈앙은 화가 나서 그를 깨웠다. 성난 얼굴이었다.

푸샤오쓰는 무표정으로 그를 바라보았다. 이 상황이 잘 이해되지 않았다.

루즈앙이 늘상 방긋방긋 웃으며 다른 사람에게 친절하게 대하는 것이, 사실은 다른 사람의 일 따위는 자기 마음속에 두지 않아서 그렇다는 것은 푸샤오쓰가 제일 잘 알고 있었다. 그 점은 푸샤오쓰도 마찬가지였다. 다만 푸샤오쓰가 더 직접적으로 그런 성격임을 표현할 뿐이었다. 그러나 이번에 리옌란과 리샤의 일은 루즈앙이 신경 쓰고 있었다. 그래서 그는 루즈앙을 이상하다는 듯이 바라보았다. 그가 대체 어떻게 하고 싶은 것인지 알고 싶었다.

두 사람이 서로 말을 섞지 않은 채 신호등이 파란불로 바뀌었다. 주위의 차들이 모두 움직이기 시작했다. 그러나 루즈앙은 출발할 생각이 없었다. 모든 것이 멈추었다. 미동조차 없었다.

"갈 거냐, 말 거냐?" 푸샤오쓰가 물었다.

루즈앙은 대답하지 않았다. 얼굴은 여전히 화난 상태였다.

그래서 푸샤오쓰는 자전거에서 내려 바구니에서 가방을 챙겼다. 루즈앙의 얼굴색이 변하기 시작했다. 그러나 그를 부르진 않았다. 푸샤오쓰가 저만치 걸어가서야 겨우 나지막이 소리를 질렀다. "야." 그러나 푸샤오쓰는 돌아보지 않고 버스 정류장으로 가더니 버스에 올라탔다. 루즈앙이 청레몬처럼 얼굴이 새파래졌다. "야, 야, 야!" 라고 불러댔지만 푸샤오쓰는 버스에서 내릴 생각이 조금도 없는 듯했다. 루즈앙이 페달을 굴러 앞으로 가려 했는데 자전거가 움직이지 않았다. 돌아보니 자전거 뒷바퀴에 푸샤오쓰가 평소에 서랍을 잠글 때 걸어놓는 자물쇠가 걸려 있었다. 루즈앙은 열 받아서 돌아버릴 것 같았다. 고개를 들어보니 푸샤오쓰는 이미 사라지고 난 뒤였다. 마치 죽이고 싶은 누군가가 사라져버린 것 같았다. 분노와 짜증이 마음에 가득했다.

"치엔쏭핑?"
"네."
"왕스쏭?
"네."
"루즈앙?"
……

"루즈앙?"

대답이 없자 담임이 고개를 들었다. 루즈앙의 자리는 비어 있었다. 리샤는 참지 못하고 뒤를 돌아보았다. 푸샤오쓰 옆자리가 비어 있었다. 슬쩍 보니, 푸샤오쓰는 한껏 화난 표정이었다. 얼음장 같은 얼굴에 '보긴 뭘 봐'라고 적혀 있는 것 같았다. 리샤는 놀라서 고개를 돌렸다.

바로 이때 복도에서 발걸음 소리가 울렸다.

루즈앙이 교실에 도착했을 때는 땀에 흠뻑 젖은 채였다. 머리에서 땀이 뚝뚝 떨어지고 있었다. 하얀 티셔츠는 반도 넘게 땀에 젖어 안이 비칠 정도였다. 간발의 차이긴 하지만 지각이었다. 그래도 그나마 담임의 수업이라 선생도 그렇게까지 나무라진 않았다. 그저 담담한 "다음에는 늦지 말도록"이라는 말 한마디뿐이었다. 본래 선생이 예뻐하는 학생이란 이러한 특권을 가지기 마련이었다. 리샤는 이런 장면을 처음 본 것도 아니었다.

루즈앙은 교실로 들어와 자기 자리로 오는 도중에 다른 사람의 필통을 쳐서 펜들이 바닥에 흩어지기까지 했다. 그는 자리에 와서 책가방을 책상 위에 내동댕이쳤다. 내내 표정은 살기를 띠고 있었고 그 눈빛은 푸샤오쓰를 향해 있었다. 그러나 푸샤오쓰는 고개도 들지 않고 필기를 하고, 가끔 칠판을 쳐다보았다. 눈동자에는 아무런 초점 없이 안개가 껴 있는 것 같았고 어떤 것도 신경 쓰지 않는 듯했다.

루즈앙은 한껏 성질을 부리며 자리에 앉았다. 그의 거친 행동 덕분에 의자와 책상이 덜컹거렸다. 모두의 시선이 루즈앙 쪽으로 쏠렸지만 리샤는 돌아보지 않았다. 이상하다고 생각하긴 했지만 돌아보기 껄끄러워 그냥 고개를 숙이고 계속 필기를 했다.

오전 내내 루즈앙과 푸샤오쓰는 한 마디도 하지 않았다. 둘은 누가 이기나 내기하는 듯했다. 사실 푸샤오쓰는 자신이 대체 왜 화가 났는지 말할 수 없었다. 가만 생각해보니 애초에 아무 일도 없었기 때문이었다. 그렇지만 루즈앙이 화가 난 모습을 보니 더 화가 치밀었고, 그래서 자전거에 자물쇠를 걸어버린 것이었다. 지금 생각해보니 좀 웃기기도 했다. 그러나 옆의 저놈은 여전히 날이 시퍼렇게 선 얼굴을 하고 있으니 웃을 수 없었다. 기분 나쁜 표정을 짓는 건 나 푸샤오쓰가 전문이다. 질 리 없다.

오전 마지막 수업은 체육이었다. 수영을 하는 날이었다.

수업이 끝나고 탈의실에서 나오는 푸샤오쓰의 머리에서는 물이 뚝뚝 떨어졌다. 슬리퍼를 신고 헐렁한 하얀 티셔츠를 몸에 대충 걸친 그가 허리를 굽힐 때면 등뼈의 형태가 그대로 드러나 보였다.

푸샤오쓰가 고개를 들자 루즈앙이 눈앞에 서 있었다. 그 또한 막 샤워를 마치고 나와서 몸은 젖어 있었다. 그는 무표정한 얼굴로 푸샤오쓰에게 말했다. "너 어쩌려고 이래?"

푸샤오쓰는 루즈앙을 쳐다보았다. 아무런 표정이 없었다. 그러나 결국 웃음을 참을 수 없었다. 입 밖으로 웃음이 삐질삐질 새어 나왔다. 그는 곧 입을 벌려 크게 웃었다. 하얀 이가 드러났다.

푸샤오쓰가 루즈앙에게 수건을 던지며 말했다. "좀 닦아라. 나 자전거 먼저 가지러 간다. 교문 앞에 있을게."

루즈앙은 리샤에 관한 일들을 몽땅 푸샤오쓰에게 털어놓았다. 이 일을 말할 때 루즈앙의 온몸에서 깊은 슬픔이 뿜어져 나오는 듯했다. 그 감정들이 그를 둘러싸자 그는 황혼에 혼자 서 있는 슬픈 나무같이 변했다. 루즈앙이 고개를 돌려 둘의 눈이 마주쳤을 때 그는 푸샤오쓰가 무슨 말을 하고 싶어 하는지 알 것 같았다. "샤오쓰, 너 나한테 사촌 동생 한 명 있는 거 기억하지? 리샤는 꼭 그 애 같다. 걔랑 비슷한 환경에 성격에. 그래서 네가 아침에 그런 표정 지었을 때 화가 좀 났어. 리샤와 리옌란이랑 같이 놓고 봤을 때 무조건 더 리샤에게 관심을 줘야 하는 상황이잖아. 너 내가 그렇게 어렸을 때부터 귀하게만 자라온 부잣집 여자애들 싫어하는 거 알지? 진짜 나는 네가 왜 그딴 애랑 어울리는지 모르겠다."

푸샤오쓰가 고개를 들었다. 눈동자가 순간 번쩍였다. 루즈앙은 그 눈빛에 약간 눈이 따갑다고 느꼈다. 푸샤오쓰의 초점 없는 눈동자에 익숙해진 탓이었다. 그런 그의 눈동자가 갑자기 날카로운 빛을 쏘아대다니, 루즈앙은 어찌할지 모르겠는 느낌이 들었다.

푸샤오쓰가 잠시 후에 말을 했다. "나 리옌란이랑 그렇게 친하진 않아. 그냥 걔가 우리 엄마한테 잘하고, 우리 엄마도 걔 좋아해. 그래서 나도 그냥 못되게 굴지 않는 것뿐이야."

"그럼, 리샤는?" 루즈앙이 푸샤오쓰를 쳐다보았다.

푸샤오쓰가 말이 없었다. 눈의 초점이 다시 모호해졌다.

그리고 한참 동안 둘은 아무 말을 하지 않았다.

자동차 한 대가 그들을 지나쳐 가면서 굉음을 냈다. 가을의 바람이 나뭇가지 끝을 스쳤다. 높고 멀고 휑해 보였다. 마치 아주 먼 파란 하늘 위에서 누군가가 피리를 불고 있는 듯했다.

신호등이 있어 멈춰 섰을 때 푸샤오쓰가 루즈앙에게 물었다. "너 아침에 왜 그렇게 많이 늦었어? 내가 내린 데가 학교에서 얼마 떨어진 데도 아니었는데?"

루즈앙이 째려보며 말했다. "미친놈. 네가 내 자전거 바퀴에 자물쇠 걸어놓고도 그렇게 묻냐? 학교까지 자전거 메고 오다가 힘들어서 미칠 뻔했다고. 이 자식아, 네가 한번 메고 와 봐봐."

"네가 미친놈이지." 푸샤오쓰가 그를 째려보며 말했다. "야, 너 내가 그 자물쇠 열쇠 네 자전거 바구니 안에 넣어놓은 거 못 봤냐?"

루즈앙이 말문이 막힌 채 가만있다가 답답하다는 듯이 말했다. "학교까지 다 와서 봤어……."

푸샤오쓰는 잠깐 멍해졌다가 웃으면서 자전거에서 내렸다.

푸샤오쓰가 손을 흔들며 집 안으로 들어가려는 찰나였다. 등 뒤에서 갑자기 루즈앙이 "야!" 하고 불렀다. 푸샤오쓰가 고개를 돌리자 루즈앙은 그와 눈을 마주치지 않고 다른 곳을 보며 낮은 목소리로 말했다. "리샤 걔, 엄마랑 둘이 산대. 아빠는 한참 전에 돌아가시고……."

오후 다섯 시 반, 모든 수업이 끝났다. 햇볕이 창문을 통해 기울어져 들어왔다. 리샤는 가방을 챙겨 어깨에 멨다.

"화실 가?" 루즈앙이 눈을 가늘게 뜨며 웃었다. "샤오쓰도 간대."

리샤는 둘과 함께 걸었다. 좀 이상하긴 했다. 아침에 그렇게 싸우더니 지금은 또 언제 그랬냐는 듯 아무렇지 않다니.

나뭇잎이 가득 떨어진 길을 걸었다.

"너 아직도 발 아파?" 푸샤오쓰가 언제인지 모르게 리샤의 곁에 와 있었다.

리샤가 손을 저으며 말했다. "아니, 아니." 리옌란과 푸샤오쓰의 관계 때문에 리샤는 아무래도 조심스럽게 말했다. 그는 잠시 가만있다가 말했다. "어제 리옌란 일은…… 미안해."

리샤는 괜찮다고 말하려고 했는데 옆에 있던 루즈앙이 깜짝 놀랐다. 그는 큰 소리로 말했다. "야야야, 너 미안하다는 말도 할 줄 아냐……?" 말이 끝나기도 전에 푸샤오쓰는 가버렸다.

30분 정도 그린 후에 푸샤오쓰가 리샤의 그림을 보고 말했다. "엄청 못 그리네." 그러고 나서는 연필을 들고 리샤의 그림에 손대기 시작했다. 돌려받은 그림은 명암 처리가 좀 전보다 훨씬 세밀하게 변해 있었다.

그림을 다 그린 후 기숙사로 돌아가는 길에 다른 교실을 지나쳐 갔다. 중학교 학생들이 청소하고 있었다. 주번이 문 앞에서 바닥을 닦는 여학생에게 소리를 질렀다. "닦으라면 닦지, 뭐 그렇게 말이 많아!" 그러자 여학생이 더 기가 죽어 말했다. "지금 닦고 있잖아. 뭐가 그렇게 급해……."

루즈앙이 듣고 배를 잡고 크게 웃었다(중국어로 바닥을 닦다[拖]와 옷을 벗다[脫]는 발음이 같다. 즉 위의 말은 "벗으라면 벗지", "지금 벗고 있잖아"로 들릴 수 있어 루즈앙이 웃은 것이다.-옮긴이). 푸샤오쓰가 눈썹을 찌푸리며 말했다. "네 머릿속은 어떻게 그렇게 저질스러운 거밖에 없냐?"

루즈앙이 비웃으며 말했다. "야, 너도 똑같은 생각한 거 아냐? 아니면 내가 왜 웃는지 어떻게 알았는데."

푸샤오쓰가 난감한 표정을 지었다.

리샤는 서둘러 그들보다 몇 걸음 앞서 나가며 아무것도 못 들은 척했다.

단풍이 빠르게 산을 물들였다. 첸촨의 풍경이 하루하루가 다르게 변하기 시작했다. 한여름에는 흑록색이, 늦은 여름에는 초록색이, 그리고 초가을에는 옅은 노란색이, 그리고 지금은 짙은 노란색이 첸촨일중의 주변을 둘러쌌다.

이렇게 시간은 계속해서 흘러갔다. 점점 더 알 수 없는 미래로 달려갔다.

리샤는 별로 볼 것 없는 잡지를 계속 샀다. 지쓰의 그림에 이전에는 보지 못했던 색이 등장하기 시작했다. 커다란 슬픔이 화면 구석구석을 차지했다. 그림 속에서 왕이 성을 허물어뜨리고 개선가를 부르는 순간 하늘에는 커다란 빛이 떠오르고 있었다.

리샤의 어머니가 첸촨에 한 차례 다녀갔다. 오는 길에 어마어마한 양의 먹을거리를 싸왔지만, 많다고 한들 기숙사 안의 한창 식욕 넘치는 여학생들이 이틀이면 다 끝낼 양이었다. 기숙사 한 방에 사는 네 명의 친구들은 먹는 것을 가장 중하게 여겼다. 가장 대단했던 일화 중 하나는 세 명이 생리 주간이 겹친 때 세 사람이 각각 아이스크림 세 개를 연달아 먹으며 고통을 참아본 일이었다. 셋 모두 다 먹고 나서 침대에서 구르며 "아이고, 엄마 나 죽네" 하면서 배가 아파 끙끙댔다. 듣자 하니 그날 밤 1층에서 3층까지의 남학생들 모두 깨어 있었고, 그 일로 인하여 리샤네 방은 본의 아니게 이름이 드높아지고 말았다.

첸촨일중의 기숙사는 좀 특이했는데, 남녀 학생들이 한 건물에 있었다. 1층에서 3층까지는 남학생, 3층 위는 여학생이 썼다. 그래서 여학생들이 자기 방으로 가려면 남학생들이 있는 층을 통과해서 가야 했는데, 여름에는 자주 탈의한 채 돌아다니는 남학생들을 목격하곤 했다. 심지어 샤워를 마치고 속옷만 입은 남학생들을 지나쳐야 할 때도 종종 있었다. 스트레스였다. 그래도 11월이 되니 기온이 십몇 도라 속옷만 입고 돌아다니는 남학생도 이전보다 훨씬 줄었다.

수영장에서도 남학생과 여학생은 함께 수업을 받았다. 그래서 여학생들은 수영 수업을 제일 힘들어했다. 다른 수업은 다 그럭저럭 버틴다 해도 다들 수영 수업은 피하고 싶어 했다. 평소에 공부만 하는 남학생들도 여학생들에 관해 이야기하기 시작하면 야한 이야기만 늘어놓곤 했으니, 애초에 수영복을 입고 그들 앞에서 나서는 건 상상하기도 싫었다. 리샤는 수영 수업 때 일부러 더 고개를 들고 등을 꼿꼿하게 펴고 걸었다. 행위예술 하듯이 말이다.

모든 여학생이 생리 중이라고 거짓말을 하며 수영 수업을 빠지려 했다. 리샤와 한 방을 쓰는 쏭잉잉만이 저번 주에 이미 이 거짓말을 한 번 써먹어 다른 수업을 쉬었기 때문에 꼼짝없이 물에 들어갈 수밖에 없었다. 그리하여 잉잉은 대담하게 물속으로 들어가기로 했다.

리샤를 비롯한 같은 방의 세 명의 친구들은 구석에서 잉잉이 물속에서 고통받으며 떠올랐다 가라앉았다 하는 모습을 지켜보았다. 그녀의 표정은 슬프고도 엄숙하여 죽음을 불사하는 용감한 전사 같았다.

　수업이 끝난 후 잉잉은 이 일에 대해서 이야기하며, 생리 휴가는 반드시 제일 중요한 때에 써먹어야 한다는 교훈을 느꼈다고 했다. 돈을 반드시 필요한 곳에 써야 하는 것처럼 말이다.

　12월.

　날은 하루가 다르게 추워졌다. 아침마다 나뭇잎 위에 서리가 두껍게 내려앉아 있었다. 거친 하얀색이 푸른 활엽수의 짙은 수풀 위로 잔뜩 내려앉았다. 그리고 가을에 잎이 모두 떨어져버리고 지금은 휑하게 가지만 남은 나무들도 몇몇 있었다. 그들은 얼어서 잿빛색이 나는 하늘을 향해 가지를 뻗고 있었다. 그 크고 작은 가지들은 마치 종이에 먹물이 방울방울 떨어져 무늬를 따라가며 번지는 모양이었다.

　겨울의 새벽. 모든 교정은 끝도 없는 조용함에 갇혔다. 꼭 물에 잠긴 것 같았다. 새 소리도, 매미의 울음소리도, 가지가 마디지어 자라나는 소리도 없다. 마치 모든 성장이 멈춰버린 느낌이다.

　시간이 황당하게 멈춰 섰다.

　몇몇 아주 적은 수의 남학생만이 계속해서 아침 조깅을 이어나가고 있었다. 그들의 호흡하는 소리가 먼 운동장으로부터 전해와 고요한 교정을 가득 채웠다. 리샤는 눈을 감았다. 그들의 호흡이 뭉게뭉게 하얗게 일어나 겨울의 새벽 안개가 되는 것만 같았다.

　아침에 일어나 침대 밖으로 나오는 것이 매일매일의 도전이 되었다.

6시 반에 울리는 알람은 공포영화보다 더 무섭고 짜증이 났다.

잉잉이가 침대에서 나오는 방식은 이랬다. 우선 다리 하나를 이불 밖으로 내놓아 얼마나 추운지 느껴본다. 괜찮다 싶으면 슬슬 일어나고, 너무 춥다고 느껴지면 꽥 하고 소리를 지른 후 다리를 번개처럼 이불 속으로 도로 집어넣었다.

아침의 읽기 시간에 어문과 대표가 학생들을 이끌어 교과서를 읽는 시간이 있다. 잠이 덜 깬 그는 대중의 기대를 저버리지 않고 '본초강목'을 '본초항문'이라고 읽었다. 학생들의 웃음소리가 지붕을 뚫을 듯했다.

오후에 리샤는 청치치와 함께 식당에서 밥을 먹은 후 나오는 길에 담임과 마주쳤다. 그는 아들과 함께였다. 청치치는 그가 리샤의 담임인 줄 몰랐다가 리샤가 선생님이라고 부르는 것을 본 후 애교스럽게 "선생님, 안녕하세요"라고 인사를 했다. 선생도 가볍게 웃으며 대답했다. 그러자 청치치는 대뜸 말했다. "선생님, 손자분이 너무 귀여워요." 리샤는 기절할 뻔했다.

매일 오후에 푸샤오쓰가 리샤에게 그림 그리는 법을 가르쳐주었다. 그림이 점점 나아지면서 리샤와 루즈앙, 푸샤오쓰 또한 점점 친해졌다. 서로 간에 농담도 나눌 수 있을 정도였다.

푸샤오쓰가 리샤의 그림이 점점 나아지는 것을 두고 계속해서

"좋은 스승 밑에 좋은 제자가 나는 법"이라며 강조했다. 리샤는 "입문시키는 게 스승이라도 결국 수련은 개인이 하는 것"이라고 대꾸했다. 푸샤오쓰가 먼저 이 이야기를 꺼내면 리샤가 바로 지지 않고 다음 말을 이어 했다. 둘 다 뻔뻔함을 무릅쓰고 그만두지 않았다.

이 모든 것이 누에고치에서 실을 뽑듯 느리고도 촘촘하게, 그렇게 자연스럽게 이루어졌다.

때로 리샤는 수업이 끝난 후 건물 안의 텅 빈 복도를 걸으면서 바깥 운동장의 개미처럼 많은 학생을 바라볼 때 마음속에 행복과 슬픔이 뒤섞인 감정이 일어나곤 했다.

이렇게 은하수의 별보다 많은 사람들은 얼마나 솔직한 마음으로 다른 사람들을 만날까?

그렇게 시작된 마음들은 서로 뒤얽혀 관계를 맺고, 결국 감정들을 만들어낸다. 이 과정에서 그들은 서로 익숙해지고, 의지하고, 혹은 적대하고 미워하는 관계로 변하기 마련이다.

석양이 녹아내리며 온 세상에 금가루를 뿌려놓으니, 천지는 혼돈으로 가득 찬 것 같았다. 황혼 속의 아득한 바람 소리는 어떤 사물의 분명한 윤곽도 그려내지 못했다. 지친 새는 둥지로 돌아오고, 빗물은 바람을 타고 저 멀리 날아갔다.

이때 리샤는 따뜻한 열기가 사방으로 퍼지는 것 같은 친밀함을 이 두 명의 전설 같은 소년들에게 느꼈다. 그러나 이 경험은 한편으로 몽롱하고 졸린 것이, 실감나지 않는 황혼과도 같았다.

따뜻하면서도, 끝도 없이 내려앉는 황혼과 같았다.

시간은 12월을 향해 달려갔다. 하얀 서리가 계속 내리기 시작했고 기온이 빠르게 내려갔다. 두툼한 겨울옷을 입기 시작하자 학교 안의 사람들 모두가 몸집이 커졌다. 그러나 추위를 두려워하지 않는 남학생들은 외투만을 걸쳐 입을 뿐 특별히 겨울옷을 더 껴입지 않았다. 리샤는 다들 대단하다고 생각했다.

아침 운동 하기가 나날이 더 죽을 맛이었다. 리샤는 매일 아침 이불 속에서 1월까지 남은 날들을 계산했다.

"1월까지 5일."

"1월까지 4일."

……

첸촨일중은 1월부터 아침 운동 시간이 없어지기 때문이었다. 1월의 날씨에 뛰려고 나갔다가는 곧바로 얼음덩어리가 되어버릴 것이다.

매일 아침 만나는 푸샤오쓰와 루즈앙은 가을처럼 옷을 얇게 입고 다녔다. 셋은 하얀 입김을 내뿜으며 아는 척을 했다. 루즈앙은 매일 우유를 가져와서 리샤에게 주었다. 집에서부터 책가방에 넣어 온 우유는 리샤에게 줄 때도 여전히 뜨거웠다.

매일 오후에 리샤와 루즈앙, 그리고 푸샤오쓰는 함께 그림을 그렸다. 푸샤오쓰는 리샤에게 점점 더 많은 회화 기교를 알려주었다. 약간 눈이 부실 정도였다. 리샤는 점점 더 푸샤오쓰가 대단하다고 생각했다. 그가 하는 이야기를 계속 듣다 보면 정신이 나갈 것 같았다. 고개를 들어 바라본 푸샤오쓰의 얼굴은 굉장히 진지했다. 그럴 때면 푸샤오쓰는 연필로 그녀의 머리를 툭툭 건드렸다. 리샤는 푸샤오쓰의 눈동자의 그 흩어지지 않는 하얀 안개 같은 그것은 아직까지도 이해가 안 되었다. 그냥 백내장이라고 생각하기로 했다.

그러나 리샤는 요즘 그렇게 신나지 않았다. 미술 보충반에 들어간 후로 성적이 좀 떨어졌기 때문이다. 몇 번의 시험에서 리샤는 10등 안에 들지 못했다. 괴로웠다. 미술을 좋아하기는 했지만, 일반 교과목의 성적도 엄청 신경이 쓰였다.

푸샤오쓰는 매일 오후의 자습도 참가하지 않고 화실에 가는데도 매번 시험을 보면 1등을 차지했다. 루즈앙도 그랬다. 계속 2등이었다. 리샤는 낙담했다.

6시면 해가 지기 시작했다. 교실 안에 있던 학생들이 빠져나가고, 주위가 천천히 조용해졌다.

막 채점받은 물리 시험지를 리샤는 멍하니 들여다보았다. 77점이었다. 다른 학생들이었으면 이미 기뻐서 환호성을 질렀을 것이다. 그러나 푸샤오쓰는 98점, 루즈앙은 92점이었다. 리샤는 땅을 파고 들어가고 싶었다.

누군가가 어깨를 툭 쳐서 돌아보니 푸샤오쓰가 있었다.

"아직 안 갔네?" 그가 옆의 의자를 끌어다가 앉았다.

리샤는 고개를 저었다. 조금 후 푸샤오쓰는 아무 말도 없이 리샤 손에 들린 시험지를 낚아챘다. 너무 재빨라서 미처 막지도 못했다. 리샤는 포기하고 물었다. "루즈앙은?"

푸샤오쓰가 시험지에서 눈을 떼지 않은 채로 말했다. "아, 아버지가 찾으셔서 먼저 갔어. 너 혼자 앉아서 멍 때리고 있길래 와 봤지."

가벼운 한마디. 그와 어울렸다.

가방에서 펜을 꺼낸 푸샤오쓰는 시험지에 뭐라 적으며 리샤에게 물었다. "너 바로 기숙사 가야 해?"

"응?" 리샤는 그의 의도를 잘 이해할 수 없었다.

"너 안 급하면, 내가 너 틀린 문제 설명 한번 해주게."

리샤는 푸샤오쓰의 얼굴을 보았다. 막 입학했을 때보다 많이 성숙해진 느낌이었다. 눈썹은 더 까매졌고, 속눈썹은 더 길어졌다.

시선이 그의 얇고 냉정한 입술에 머물렀다. 그리고 새파랗게 돋아난 턱의 수염 자국에도 머물렀다. 열일곱 살인 남학생은 다들 이런 모습일 것이다.

머리가 쿵쿵 울렸다. 푸샤오쓰의 초점 없는 눈동자를 보니 얼굴이 순간 달아올랐다. 바로 말했다. "안 급해. 알려줘."

석양이 창밖에서 소리 없이 사라졌다.

푸샤오쓰의 목소리가 높지도, 낮지도 않은 채로 텅 빈 교실을 울렸다. 공기가 응고되기 시작했고 밖에서 새들이 날갯짓하는 소리가 들려왔다. 학교 뒤편에 있는 교회는 매일 6시 반이면 종을 쳤다. 매일 이 시간이 되면 리샤의 마음이 평온을 찾았다.

종소리는 사람의 마음을 편안하게 했다.

종이 울렸다. 그 소리가 첸촨일중 전체를 한 번 훑고 지나갔다. 푸샤오쓰가 소매를 걷고 시계를 보며 말했다. "벌써 시간이 이렇게 되었나?"

리샤가 고개를 끄덕이며 말했다. "응, 얼른 가봐. 남은 건 다 이해 했어."

푸샤오쓰가 일어나면서 기지개를 켰다. 우두둑 하며 관절이 펴지는 소리가 났다. "오래 앉아 있음 시체 되는 것 같아." 그는 말하고 나서 웃었다.

리샤는 갑자기 저녁 무렵의 모호하고 불투명한 하늘의 빛이 푸샤오쓰의 얼굴을 부드럽게 비추는 듯한 느낌이 들었다. 푸샤오쓰의 웃는 얼굴은 정말 보기 힘들었다. 평소에는 철저한 포커페이스였다.

"안녕." 푸샤오쓰가 책가방을 메고 나가면서 배를 쓰다듬었다. "시간이 이렇게 되었는지도 몰랐네. 배고프다." 그 모습이 꼭 다섯 살 아이 같단 생각에 리샤는 속으로 웃었다.

푸샤오쓰가 계단을 내려가는 소리가 탁탁탁탁 들려왔다. 리샤도 짐을 싸서 기숙사 방으로 돌아갈 준비를 했다. 어차피 좀 있다가 야간 자율학습 때문에 다시 교실로 돌아와야 했다. 그런데 짐을 다 싸기도 전에 종종거리는 발소리가 들렸다. 푸샤오쓰였다. 리샤는 저도 모르게 "엥?" 하는 소리를 냈다.

푸샤오쓰가 책가방을 열어 까만색 표지의 노트를 꺼냈다. "이거, 이거 내 화학 필기야. 네 필기 봤더니 너무 엉망이더라. 이거 가져가서 봐."

리샤는 받아들고 고맙다고 인사했다. 고개를 들어보니 푸샤오쓰가 웃으며 손을 흔들고 있다.

"나 먼저 간다."

"응."

석양이 한 줄기 빛만 남았을 때 하늘은 검은 구름으로 가득 찼다. 당장이라도 비가 내릴 것 같았다. 리샤는 교실을 나서기 전에 창문 밖으로 고개를 내밀어보았다.

푸샤오쓰는 자물쇠를 풀고 자전거를 꺼냈다. 자전거에 올라타려는 찰나 하늘 가득 눈이 날리고 있었다. 눈송이의 순백색은 해가 지는 와중에 더없이 조용하고 부드러워 보였다. 일순간 학교 전체가 고요해졌다. 그저 온 하늘 사방으로 눈만 날리고 있었다.

그 새털 같은 함박눈이 운동장에도, 풀밭에도, 호수에도, 철봉에도, 식당의 지붕에도, 빨간 트랙에도 꾸준히 내려앉아 쌓여갔다. 얼마 지나지 않아 푸샤오쓰의 머리 위에도 눈꽃이 내려앉아, 그의 까만 머리를 유난히 빛나게 했다. 푸샤오쓰는 출발하는 것도 잊고 페달에 발을 올린 채 고개를 들어 눈이 내리는 것을 느끼고 즐겼다. 하늘은 점점 더 어두워졌고, 푸샤오쓰의 눈동자가 밝게 빛나며 사방을 비추었다. 마치 검은 구름 뒤에 높게 걸린 북극성처럼.

리샤가 창밖으로 손을 내밀었다. 창틈으로 눈꽃이 스며들어 리샤의 눈 위에 내려앉았다. 리샤는 가만히 눈을 감았다. 가장 완벽한 세계를 보았다.

올해 처음 내린 눈이었다.

추위도 사라졌다. 그저 거대한 따뜻함만이 남았다. 하얀색이 온 세상을 물들였다.

눈이 오고 난 뒤에는 자전거를 타기가 매우 어려웠다.

루즈앙은 푸샤오쓰의 집 앞에서 푸샤오쓰와 같이 학교에 가려고 기다렸다. 아주 오래된 습관이었다. 눈이 내린 후 기온은 급격하게 떨어졌다. 문을 열었을 때 들어온 찬바람에 푸샤오쓰는 다시 집 안으로 들어가서 희고 보드라운 털을 두른 모자가 달린 까만 외투를 걸치고 나왔다. 추위를 많이 타는 루즈앙은 푸샤오쓰보다 훨씬 더 많이 껴입었다. 두꺼운 목도리를 두르고, 머리에는 조금 우습게 생긴 털모자를 쓰고 있었다. 겨울만 되면 추워서 어쩔 줄 몰라 하는 그는 푸샤오쓰에게 빨리 가자고 독촉했다.

학교 복도에 있는 뜨거운 물이 나오는 음수기 앞에는 전에 없이 사람이 많았다. 한 교시가 끝나면 다들 줄을 지어 물병을 들고 뜨거운 물을 새로 채웠다. 그 뜨끈한 물통을 손에 들고 수업을 들어야 이 추위를 견딜 수 있었다.

눈으로 은빛 옷을 입은 학교는 체육 수업과 아침 조깅, 그리고 쉬는 시간의 체조 활동 등을 모두 멈췄다. 모든 학생이 환호했다. 그중 7반 아이들의 소리가 제일 컸다. 항상 7반 학생들이 제일 유난스러웠다. 리샤는 그것을 잠깐 부러워하다 필기 베끼기에 열중했다.

푸샤오쓰의 필기는 놀라웠다. 리샤는 수업 시간에 내리 잠만 자고 그림만 그리는 인간이 언제 대체 이런 필기를 했는지 아무리 생각해도 알 수 없었다. 고개를 돌려서 푸샤오쓰를 보니 그가 만면에 웃음을 띠고 있었다. 마치 리샤가 무슨 이야기를 하고 싶은지 다 아는 표정이었다. 그래서 리샤는 "흥" 하고 콧방귀를 뀐 후 돌아앉아 얼른 다시 필기를 베끼기 시작했다.

3교시가 끝난 후에 리샤가 푸샤오쓰에게 노트를 돌려주려고 보니 그와 루즈앙은 가방을 챙기고 있었다. 이상하게 여긴 리샤가 물었다. "너네 뭐 해?"

루즈앙이 가방을 메면서 수상하게 웃었다. 리샤가 공책으로 그의 머리를 가볍게 내려치며 물었다. "웃기는. 너희 가방은 왜 싸?"

루즈앙이 악악거리며 소리 지르자 푸샤오쓰가 입을 틀어막았다. 그는 교실 밖을 내다보며 선생이 지나가는지 확인하고 말했다. "우리 수업 쨌다."

리샤가 놀라서 입을 벌렸다가 갑자기 겨울바람이 밀려 들어와 입을 다물고 조용히 물었다. "땡땡이치고 뭐 할 건데?"

루즈앙이 웃으며 말했다. "첸찬미술관에 오늘 전시회 있거든. 하루만 열려. 전국 대학생 미술작품전, 너도 갈래?"

"나도?" 리샤가 믿지 못하겠다는 말투로 되물었다.

"응. 갈래?" 푸샤오쓰와 루즈앙은 이미 가방을 둘러멨다.

리샤가 입술을 깨물고 공책을 가방 안에 넣으며 말했다. "그래, 가자!"

세 사람은 학교 뒤에 있는 담벼락 아래에 섰다. 담벼락 위에도 눈이 잔뜩 쌓여 있었다. 푸샤오쓰와 루즈앙은 우선 가방을 담 밖으로 던진 후에 담벼락을 기어 올라갔다. 둘 다 운동을 꽤 잘하는 터라 금방 담장 위에 올랐다. 루즈앙은 중학교 때 다이빙 훈련도 받은 적 있을 정도였다. 그런데 둘은 담에 오르자마자 이구동성으로 "아!" 라고 탄식한 뒤 뒤를 돌아보았다. 그때 리샤도 이미 가방을 담 밖으로 던진 뒤였다. 루즈앙과 푸샤오쓰는 잠시 멍하니 있다가, 배를 잡고 웃기 시작했다. 당장이라도 담에서 떨어질 것 같았다. 리샤는 마음이 좀 급해져서 말했다. "정신병자들아, 나 얼른 끌어 올려줘."
둘은 웃으면서 리샤를 끌어 올렸다. 올라와서 담 밖을 본 리샤는 울고 싶어졌다.
담 너머에는 물웅덩이가 있고 세 사람의 책가방이 그 웅덩이 안에 나란히 놓여 있었다. 고개를 돌려서 보니 푸샤오쓰와 루즈앙이 담 위에 앉아서 웃느라 일어서지 못하고 있었다. 루즈앙은 눈가를 훔치며 "안 돼, 안 돼" 하며 배를 잡고 웃고 있었다.

학교 밖 온 천지에 눈이 쌓여 있었다. 어렵게 어렵게 앞문 쪽으로 오는 데 30분이나 걸렸다. 신발은 축축하게 젖었고 손에는 물이 뚝뚝 떨어지는 가방이 들려 있었다.

117

루즈앙이 전시관까지 타고 갈 차를 부르려고 집에 전화를 했다. 리샤는 할 말이 있었지만, 입 밖으로 나오지 않았다. 자신이 속한 세계와 그들이 속한 세계가 너무나 다른 것을 느꼈다.

그들은 어디 가고 싶으면 그냥 집에 전화하면 되는 도련님들이 었다. 그런데 리샤는 책가방을 메고 학교에서 공부하는 보통 학생 이었다. 이렇게 생각하니 마음이 쓰렸다.

푸샤오쓰가 잠시 가만있다가 루즈앙을 잡으며 말했다. "됐어. 우 리 그냥 걸어가자. 그렇게 먼 데도 아닌데." 루즈앙도 말했다. "그러 게. 그럼 그냥 걸어가자."

리샤가 고개를 들었다가 막 푸샤오쓰의 웃는 얼굴과 마주쳤다. 그는 외투에 붙은 모자를 쓰고 눈이 쌓인 곳으로 먼저 걸어가더니 리샤와 루즈앙 쪽으로 손을 내밀었다. 리샤는 좀 감동했다. 그러면 서도 푸샤오쓰가 자기가 막 어떤 생각을 했는지 알아챘을 것이라 생각했다.

그는 본래 그렇게 뼛속까지 냉정한 사람은 아니었다.

평일이라 미술관은 한산했고, 전시하는 것들이 그렇게 유명한 그 림도 아니었다. 전시 홀을 거의 세 사람이 독점한 것이나 마찬가지 였다. 리샤는 벽에 걸린 그림들을 구경하는데 바람이 횡 부는 것처 럼 마음이 서늘해졌다. 로비는 빛이 많이 들지 않아 어둑어둑했다. 그 가운데 푸샤오쓰와 루즈앙의 눈은 빛나고 있었다. 눈을 별처럼 빛내는 둘의 얼굴엔 더없이 경건하고 갈망하는 듯한 표정이 떠올랐다. 고개를 드는 각도만 보아도 감동과 경의의 엄숙함이 보였다.

리샤는 새삼 느꼈다. '저 둘은 정말 미술을 좋아하는구나!'

다 보고 나니 12시였다. 푸샤오쓰가 말했다. "그냥 집에 가자. 옷도 갈아입을 겸." 옷에 달라붙었던 눈이 다 녹아서 냄새가 났다.

리샤가 무슨 말을 하고 싶어 하면서도 하지 못하는 것을 루즈앙과 푸샤오쓰 둘 다 눈치챘다. 루즈앙은 그녀의 어깨를 토닥거리며 말했다. "샤오쓰네 엄마, 진짜 다정하신 분이야."

푸샤오쓰도 말했다. "가자, 대단한 일도 아닌데. 그냥 커피 마신다고 생각해. 오후에 같이 수업 가면 되지."

푸샤오쓰가 초인종을 누르니 얼마 안 있어 문이 열리는 소리가 들렸다. 루즈앙이 먼저 들어가며 말했다. "아주머니, 밖이 너무 추워요." 푸샤오쓰가 옆으로 비켜 들어갔기 때문에 리샤도 푸샤오쓰의 어머니를 볼 수 있었다. '아주머니'라고 먼저 입을 떼려는데 푸샤오쓰의 어머니가 먼저 말을 걸었다. "샤오쓰랑 같은 반 친구구나. 얼른 들어와라. 밖이 너무 춥지." 리샤는 푸샤오쓰 어머니의 미소를 보니 갑자기 몸과 마음이 가벼워졌다. 아까는 온몸의 근육이 경직되는 느낌이었다.

루즈앙은 어쩐 일인지 표정이 딱딱하게 굳은 채 입구에 서 있었다. 루즈앙의 눈빛을 따라간 리샤의 눈은 거실 소파에 앉아 커피를 마시고 있는 리옌란을 발견했다. 순간 리샤는 마음이 어지러워지면서 밖으로 나가고 싶었다. 그러다 푸샤오쓰와 부딪혔다.

"왜 안 들어가고 있어?" 푸샤오쓰가 리샤 쪽으로 다가왔다. 그도 곧 리옌란을 보았고 미간을 찌푸렸다. 푸샤오쓰는 낮은 목소리로 말했다. "너 왜 수업 안 갔어?"

밥 먹을 때 분위기도 별로였다. 모두 고개를 숙이고 말없이 먹었다. 푸샤오쓰는 원래 밥 먹을 때 거의 말을 하지 않았다. 루즈앙은 그런 성격이 아닌데 웬일인지 아무 말 없이 고개를 푹 숙인 채 밥만 먹었다. 그래서 리샤는 더 난감했다. 반찬도 못 집어먹을 정도였다. 그저 자기 앞에 있는 양배추 굴소스 볶음만 계속 먹을 뿐이었다.

리옌란이 갑자기 푸샤오쓰에게 말을 걸었다. "너 오늘 학교 수업 빠지고 전시회 간 거야?"

입에 음식을 물고 있던 푸샤오쓰는 겨우 "응"이라고 대답했다.

리옌란이 웃으며 말했다. "이렇게 눈이 많이 왔는데 뭐 하러 걸어 다녀. 나한테 전화하지. 내가 아빠한테 말해서 차 보내달라고 했으면 되는데."

"야. 우리 집도 차 있거든?" 루즈앙이 갑자기 끼어들어 말했다.

리옌란이 순간 멈칫했다. 자기가 뭘 잘못했는지 모르겠다는 표정이었다.

푸샤오쓰가 말했다. "별거 아냐. 그냥 차 타기 싫어서. 멀지도 않았는데 뭐. 그래서 그냥 걸어갔다 왔어. 얼른 밥이나 먹어. 우리 수업 가야 하잖아."

시간이 흘렀다. 빨리 흐른 것 같기도 하고, 느리게 흐른 것 같기도 하다.

다시 고개를 들어 창밖을 보니 겨울이 이미 깊어져 있었다. 이미 아침에 뛸 필요도, 체육 수업을 들을 필요도 없어졌다. 쌓인 눈도 녹지 않았다. 기숙사 방이 점점 추워졌다. 잉잉은 이제 아침에 침대 밖으로 눈 한쪽만 내밀어 기온을 체크했다.

지각하는 사람도 점점 많아졌다. 겨울에 기온이 낮아지면 일어나기 힘든 법이다. 리샤도 아침에 일어나기 힘들었지만 그래도 아침 자습은 빠지지 않으려 노력했다.

음수기의 뜨거운 물은 항상 부족했다. 물을 받으려는 사람들은 쉬는 시간에 길게 줄을 섰다. 그들의 입에서 하얀 입김이 뭉게뭉게 나왔다. 모두 겨울의 위력 아래에 굴복했다.

루즈앙이 완전히 겨울잠 단계에 진입했다. 수업 시간의 80퍼센트는 잠을 잤다. 잠을 자지 않을 때는 눈만 뜬 채 멍하니 있었다. 누가 말을 걸면 3분 후에나 고개를 들었고 눈은 반만 뜬 채로 대답했다. 그나마 열에 여덟아홉은 대답하지도 않았다.

푸샤오쓰는 달랐다. 겨울에는 더 서슬이 퍼래졌다. 몸에 숨겨왔던 칼끝 같은 날카로움이 차가운 날씨에 더 드러나 날이 서 있는 검처럼 보였다.

푸샤오쓰는 아직도 오후에 수업이 끝나면 남아서 리샤의 공부를 도와주었다. 노트도 계속 빌려주었다. 이때 루즈앙은 옆에서 엎드려 자는 경우가 많았다. 푸샤오쓰는 리샤의 과외를 마치고 나서 그를 깨워 얼른 집에 가자고 잔소리를 했다.

리샤는 여전히 매달 학교 앞에 있는 신문 파는 매점에서 지쓰의 그림이 실린 잡지를 샀다. 잡지에 실린 지쓰의 그림은 설경으로 가득 차기 시작했다. 군데군데 커다랗게 펼쳐진 하얀색이 그 신성한 의미를 충만하게 드러내고 있었다.

온 세상이 하얀색으로 가득 찼다. 홍수가 난 것 같았다.

리샤는 매일 오후 여전히 푸샤오쓰와 루즈앙과 함께 그림을 그리러 갔다. 그렇지만 이제 푸샤오쓰는 리샤에게 무언가를 더 가르쳐주진 않는다. 결국, 기초는 스스로 다져야 하기 때문이었다. 이제 진정으로 '스승이 입문시키지만, 훈련은 개인에게 달렸다'는 수준이 된 것이다. 그리고 푸샤오쓰의 도움으로 리샤의 성적도 올랐다. 한 번은 심지어 루즈앙을 제치고 2등을 거머쥔 적도 있었다. 루즈앙은 일주일 동안 그 일로 징징거렸다. 그러고 나서 다음 시험에서는 루즈앙이 리샤보다 총점 30점은 족히 높게 받았다.

시간이 돌연히 편안하게 흘러갔다. 리샤는 생활이 충실해졌다고 느꼈다. 중학교 때는 느껴보지 못했던 감정이었다. 여전히 청치치와 종종 밥을 먹었다. 그럴 때면 저도 모르게 푸샤오쓰와 루즈앙 이야기를 하곤 했다. 매번 청치치는 웃기만 하고 별다른 말은 하지 않았다. 그러면서도 복잡한 눈으로 리샤를 바라봤다. 후에는 리샤도 그들 둘에 관해서 이야기하기가 꺼려졌다.

겨울방학 전 마지막 시험이었다. 기말고사에서 1학년 3반이 이름을 드높였다. 전교 10등 안에 있는 학생들이 모두 1학년 3반 학생들이었다.

1등 : 푸샤오쓰, 1-3
2등 : 루즈앙, 1-3
3등 : 리샤, 1-3

기말고사가 끝나고도 한동안은 여전히 보충 수업이 있었기 때문에 진정한 겨울방학이 왔다고 하긴 힘들었다. 춘절이 다 되어서야 방학이 시작되었다. 리샤와 칭치치도 같이 스션에 돌아왔다. 친구들이 모여 서로 자신의 고등학교 생활을 이야기했다. 다들 리샤와 칭치치를 부러워했다. 그만큼 첸촨일중에 진학하기란 어려웠다.

겨울방학이 끝나고 봄이 왔다.
눈은 벌써 녹기 시작했고 몇몇 나무에서는 파란 새싹이 돋아나고 있었다. 학교로 돌아오던 그날은 전에 없이 활기찼다. 오랫동안 떨어져 있었으니 친구들이 좀 그리웠다.
모두들 기숙사로 돌아올 때 집에서 이런저런 먹거리들을 챙겨 왔다. 리샤도 마찬가지라, 어머니가 싸준 맛있는 고향 음식들을 잔뜩 들고 왔다. 기숙사 방 전체에 게걸스럽게 먹는 소리가 가득 찼다.
개학한 첫날 리샤는 간식 두 꾸러미를 싸서 교실로 갔다. 운동장을 지날 때 루즈앙과 푸샤오쓰와 마주쳤는데, 긴 검정색 트렌치코트를 입고 흰 눈이 남아 있는 곳에 서 있는 두 사람의 모습이 꼭 성직자 같았다. 방학 동안 못 본 새 둘 다 얼굴이 핼쑥해진 데다, 거기에 긴 코트까지 입으니 갑자기 성숙해 보였다.

루즈앙이 멀리서부터 리샤를 발견하고 손을 흔들었다. 리샤도 함께 손을 흔들었다.

봄이 오려고 하고 있다.

3월 1일, 예술제가 시작되었다. 학생들은 당연히 공부하기가 싫었다. 매일매일 대회가 진행되었다. 미술조에 속한 리샤와 푸샤오쓰는 바깥에서 펼쳐지는 대회에는 참가할 필요가 없었고, 그냥 완성한 작품만 제출하면 되었다. 리샤는 인물화를 한 장 그려 냈는데 겨울방학 때 돌아가서 만난 어머니를 그렸다. 리샤는 어머니의 모습을 그릴 때 줄곧 마음이 충만해짐을 느꼈다. 그림 속 어머니의 얼굴에서는 부드러운 빛이 났다. 처음 리샤의 그림을 보고 "못 봐주겠네"라고 했던 푸샤오쓰는 이번 그림을 보고서 엄지손가락을 번쩍 치켜들고 웃어주었다. 이런 믿기 힘든 반응에 리샤는 놀라서 눈을 크게 떴다.

청치치는 차근차근 성악 경연의 결승전까지 올라갔다. 리샤는 이런 치치의 모습은 상상도 못했다. 그림만 잘 그린다고 생각했는데 노래를 이렇게까지 잘할 줄이야.

루즈앙은 무슨 경연에 참여하는지 비밀로 하고 리샤에게도 말해주지 않으려 했다. 푸샤오쓰는 아는 눈치였지만 루즈앙이 말하지 못하게 했다. 리샤가 아무리 가르쳐달라고 사탕발림의 말을 해도 그는 절대 넘어가지 않았다. 그냥 예술제 마지막 공연에서 알게 된 다고만 말했다.

예술제는 3개월 정도 계속되었다.

학교 안은 3개월 내내 마법에 걸린 것처럼 시끌벅적했다. 평소 그 착 가라앉은 조용함은 찾아볼 수 없었다. 그렇지만 여전히 얇고 투명한 얼음 조각들이 청춘의 호수 표면에서 빛을 반짝이며 떠다니고 있었다.

3월 16일, 예술제 마지막 공연이 있는 날이었다. 아침부터 학교 게시판에는 입상자들의 명단이 줄지어 붙었다. 푸샤오쓰는 당연히 미술조의 1등을 차지했다. 청치치는 예능조에서 2등을 차지했다. 리샤는 미술조에서 4등을 했다. 비록 4등이었지만, 리샤는 충분히 흥분했다. 그러나 제일 놀라운 건 루즈앙의 이름이 악기 경연 입상 명단에 있었던 것이었다. 그것도 피아노 부문 1등이었다. 리샤는 놀라서 입을 다물지 못했다.

오후에는 예술제 마지막 결산 공연이 있었다. 담임 선생은 리샤에게 푸샤오쓰와 함께 단상에 올라가서 그림을 그려야 하는 순서가 있다고 알렸다. 바로 성악조와 악기조가 함께 공연하는 프로그램이었다.

오후의 모든 수업은 예술제 공연 관람으로 대체되었다. 모든 학생이 의자를 하나씩 들고 운동장에 모였다. 운동장 전체가 사람들의 머리로 빽빽하게 채워졌다. 이미 다 세워진 무대 위에서 학교 직원들이 음향을 조정하고 있었다.

리샤와 푸샤오쓰도 그림을 그릴 도구를 준비하고 있었다.

리샤는 너무 떨렸다. 꼭 무슨 일이 일어날 것만 같았다. 푸샤오쓰는 고개를 숙이고 연필을 깎고 있었다. 리샤는 말을 붙여보려다가 할 말이 도무지 생각나지 않아 그냥 한숨만 쉬었다.

"응?" 푸샤오쓰가 리샤를 쳐다보며 눈을 치켜떴다.

"아니, 나 좀 긴장돼서." 리샤는 대답하면서, 화구 상자 안의 물감들을 계속 정리했다. 빨간색은 왼쪽으로, 하얀색은 오른쪽으로. 그냥 일종의 습관이었다.

"평소 하던 거랑 똑같아. 거리에서 사람들 크로키 하는 거랑 다를 거 없잖아?"

"그거랑은 다르지……."

"뭐가 달라. 똑같지." 푸샤오쓰의 눈 안의 안개는 흩어지지 않은 채로 여전했다. 리샤는 차라리 그의 눈동자가 또렷해 보였다면 긴장을 덜 수 있겠다는 생각이 들었다. 그의 초점 없는 눈동자를 보고 있자니 마음이 한도 끝도 없이 내려앉는 것이었다. 며칠 전 읽었던 일본의 공포소설이 생각나 순간 소름이 돋았다.

리샤는 한숨을 쉬면서 연필을 깎았다. 사실 더 깎을 것도 없었지만 그저 무언가 할 일이 필요했다. 그래야 공연 생각이 안 날 테니까.

반 정도 깎았을 때 누군가가 리샤를 불렀다. 돌아보니 루즈앙과 청치치가 와 있었다. 눈을 가늘게 뜨고 웃고 있는 폼이 똑 닮았다.

"너네…… 아는 사이였어?" 리샤는 좀 어이없다는 생각이 들었다.

"치치, 미술반일 때 우리랑 같이 그림 그렸었어. 선생님이 너무 예뻐해서 따로 화실 하나 마련해줬잖아. 편애했어." 루즈앙이 요상한 말투로 놀리듯이 말했고, 채 말이 끝나기도 전에 청치치에게 가슴팍을 한 대 얻어맞았다.

"아냐. 그 화실, 선생님이 우리 셋한테 준 거야."

"셋?"

청치치가 리샤 뒤에 있는 푸샤오쓰에게 아는 척을 했다. 리샤가 돌아보니 푸샤오쓰가 답지 않게 웃고 있었다. 리샤는 머리가 띵했다.

"그러면, 이따가 피아노 치고 노래하는 게 너희 둘이야?"

루즈앙이 웃으며 고개를 끄덕였다.

리샤는 '오늘 참 이상하네'라고 생각했다.

단상에 올라가기 전, 푸샤오쓰는 리샤의 물감을 순서대로 가지런히 놓아주고 연필과 화판, 그리고 지우개가 다 있는지 확인한 후에, 그녀의 머리를 한 번 쓰다듬어주었다.

단상에 올라보니, 방금 무대 아래에서의 긴장은 아무것도 아니었다. 단상 아래로 무수히 많은 얼굴이 보이자 리샤는 기절할 것 같았다. 도망가고 싶었다. 그러나 어떻게 도망가겠는가. 발에서 뿌리라도 자라난 것처럼, 구두가 무대에 단단하게 박힌 것 같았다. 꼿꼿하게 서 있었다. 물리 선생님의 무표정 같은 견고한 콘크리트 바닥에 내리꽂혀서 전혀 움직일 수 없는 느낌이 들었다.

리샤는 루즈앙의 피아노 연주와 청치치의 노랫소리를 함께 들으니 자괴감이 점점 더 심해졌다. 친한 친구라고 생각했는데, 루즈앙의 피아노 연주도, 청치치의 노래도 제대로 들어본 적이 없었다. 이런데도 그들과 친한 친구라고 생각할 수 있을까? 이런 생각을 하며 고개를 돌려보니 푸샤오쓰는 리샤와 약간 떨어진 곳에 앉아 화판 위에서 연필로 선을 그으며 형태를 잡고 있었다. 눈동자 안의 안개는 여느 때보다 짙어져서 눈 속에는 커다란 하얀색만 남았다.

리샤는 머릿속이 하얘졌다. 연필로 구도를 잡다가 갑자기 힘을 주는 바람에 연필심이 화판 위에서 부러졌다. 그래서 물감을 섞기 시작했는데, 물감이 잔뜩 묻은 붓은 리샤가 원하는 색이 나오지 않았다.

붓을 든 리샤의 손이 하얗게 질려 있었다. 나중에는 저도 모르게 신음 소리가 났다. 눈물이 나기 시작했다. 리샤가 엉망진창이 되었다고 생각하면 할수록 눈물은 더 많이 나왔다.

리샤가 눈물을 제어하지 못하는 느낌이 들 때쯤 누군가가 연필

하나를 건네주었다. 푸샤오쓰였다. 그는 자신의 자리에서 몸을 돌려 책상 밑으로 리샤의 손을 잡고 가만히 만져주었다. 그 순간 리샤의 눈앞에 여러 색들이 펼쳐지고, 그 색들은 찬란한 그림이 되었다.

고개를 돌려보니 푸샤오쓰가 미소를 짓고 있었다. 마음을 가라앉혀주는 미소였다.

리샤는 공연이 어떻게 끝났는지 기억조차 없었다. 피아노 소리가 멈추고, 청치치의 노래도 멈췄다. 리샤도 자신의 그림에 마지막으로 선홍색 물감을 칠했다.

리샤와 푸샤오쓰는 그림을 화판에서 내리고 단상 위에서 인사를 했다. 리샤는 감정이 격해져서 울고 싶었다. 밑에서는 박수 소리가 터져 나왔다. 담임 선생도 사람들 사이에서 미소 짓고 있었다.

리샤는 돌아서서 푸샤오쓰에게 고맙다고 말하고 싶었다. 그렇지만 푸샤오쓰는 이미 몸을 돌려 화구를 정리하고 있었다.

1초, 얼굴에 웃음이 있었다.

잡초가 만연했던 산비탈이었다. 오랫동안 잠들어 있던 황무지가 초록색으로 물들어 부드러운 질감으로 변하고 있었다.

2초, 웃는 얼굴이 각도를 바꾸었다.

우울함이 뒤덮인 얼굴에 새로운 조수가 밀려들었다. 밤에만 들리던 조수의 소리가 가깝게 다가오고 있었다.

3초, 눈물이 제방이 무너지고 터져 나온 조수처럼 빠르게 온 얼굴을 뒤덮었다.

여름의 날들이 홍수처럼 기억 속에서 한꺼번에 빠져나가고 있었다.

4초…… 4초는 더는 중요치 않았다.

리샤는 자신이 울고 있음을 알아차렸다.

머리 위에서 갑자기 수많은 새들이 날아가는 소리가 들려오는 것 같았다. 눈이 꽃가루와 함께 섞여 펄펄 날리며 지면으로 떨어졌다. 리샤가 푸샤오쓰의 맑은 눈빛을 보았을 때, 북극성이 일순간 리샤의 눈을 멀게 하는 것 같았다.

푸샤오쓰의 그림 오른쪽에, 리샤가 무수히 보았던 그 사인, '지쓰'가 있었다.

Chapter 3

1997년 하지

우연히 만나다

만약 우리가 10년 전에 만나지 못했다면 영원히 만나지 못했을까.

짙은 안개가 도시의 구석구석, 세월 안에서 떠들썩하게 군다.

갈대는 차례차례 싹을 틔운 후 점점 죽어간다.

날개가 황급히 온 하늘을 덮는다.

말할 수 없는 추측들만이 남았다.

길을 따라 아침 조수의 그림자가 흩뿌려진다.

까만 머리가 하얗게 물들고, 하얀 눈은 까만색으로 물든다.

낮에는 까만색으로 물들었다가, 까만 밤이면 하얀색으로 물든다.

세상의 앞과 뒤, 위와 아래, 흑백이 전도된다.

그리하여 나는 너의 그림자가 된다.

나는 영원히 너와는 완전히 다른 세계에서 살겠지.

아침과 저녁을 먹었다.

화려하고 진귀한 제비꼬리나비 한 무리를 묻었다.

너는 나의 꿈이다.

리샤는 무대에서 내려갈 생각도 하지 못했다. 그저 발밑이 갑자기 늪으로 변했을 따름이다. 발을 디뎌도 푹푹 빠지기만 할 뿐 힘을 줄 수 없는 그런 늪 말이다.

온 세상의 소리가 사라진 듯했다.

모든 광경이 무성 영화처럼 눈앞에 펼쳐졌다.

청치치가 무대 아래를 향해 손을 흔들고 있는 것이 보였다. 그녀의 미소는 마치 봄 산골짜기 전체에 하얀 꽃나무가 만개한 것처럼 화사했다. 루즈앙도 일어나 무대 아래의 학생들에게 허리를 굽혀 인사하고 있었다. 갑자기 성숙한 신사로 변해버린 느낌이었다. 그러나 아직 얼굴에는 열일곱 살의 유치함을 벗지 못한 날카로움이 남아 있었다.

그리고 푸샤오쓰는?

리샤는 차마 푸샤오쓰 쪽으로는 고개를 돌릴 용기가 없었다. 그저 앞에서 그가 소매를 걷고 화구를 챙기며 내는 소리만을 듣고 있을 뿐이었다. 소매 밖으로 나온 팔에는 남자 특유의 도드라진 혈관과 분명한 골격이 드러났다. 여자의 부드럽고 가느다란 팔과는 완전히 달랐다.

리샤는 그를 따라 정신없이 무대에서 내려왔다. 푸샤오쓰에게 무언가를 물어보려 했지만 고개를 들어보니 바로 리옌란의 예쁜 얼굴이 보였다. 그녀는 생수 한 병을 들고 그곳에 서 있었다. 푸샤오쓰가 그녀와 눈을 맞추며 작은 목소리로 이야기를 나누었다. 무슨 말을 했는지 리옌란 얼굴에 찬란한 미소가 걸렸다. 그 순간 리샤는 발을 헛디뎌 넘어질 뻔했다.

무대 뒤에서 리샤의 눈은 계속해서 푸샤오쓰를 따라다녔다. 몇 번이나 말을 붙여보려 했지만 리옌란이 옆에 있어서 매번 실패했다. 그러나 눈은 계속해서 그를 따라가고 있었다. 리샤는 생각했다. 정말 푸샤오쓰가 내가 2년 내내 좋아하던 그 화가였단 말인가. 상상해온 눈썹, 눈, 코, 그리고 까만 머리카락까지. 두 사람의 그림자가 완전히 겹쳐졌다. 이상하면서도 미묘한 기분이었다.

밤에는 여전히 쌀쌀한 기운이 남아 있었다.

비록 무겁디무거운 겨울은 갔지만, 공기 중에 차가운 여운이 아직 떠돌았고 틈새만 있으면 놓치지 않고 찬 기운이 스며들었다.

리샤는 침대에 누워 잠을 이루지 못했다. 눈앞에 자꾸 푸샤오쓰의 무대 뒤에서의 모습이 나타났다. 그녀는 몇 번이나 묻고 싶었다. 그렇지만 입속에 맴돌던 그 말은 리옌란의 미소에 막혀 내뱉을 수 없었다.

리샤는 돌아누웠다.

눈앞에 친구들이 지나가면서 푸샤오쓰의 어깨를 툭툭 두들기면, 푸샤오쓰가 그 특유의 안개가 가득한 것 같은 뿌연 눈동자를 들어 예의상 웃어주던 것이 생각났다.

왼쪽으로 돌아누웠다.

푸샤오쓰가 쪼그려 앉아 나무 이젤을 접는 장면이 떠올랐다. 옅은 노란색 이젤은 리샤도 일주일 정도 빌려 쓴 적이 있었다. 쓰다가 물감을 좀 묻혔는데 어떻게 해도 그것이 지워지지 않았었다. 눈앞에 그 장면들이 세세하게 떠올랐다.

오른쪽으로 돌아누웠다.

또 다른 이미지가 떠올랐다. 지쓰가 깊은 밤 화실에서 주방으로 가서 냉장고를 열고 콜라를 한 병 꺼낸 후, 발끝을 들고 어지럽게 널린 그림들을 피해 조심스럽게 거실을 지나는 장면이었다.

눈을 떠 천장을 바라보자……

푸샤오쓰가 물감을 하나하나 순서대로 물감 박스 안에 집어넣는 장면이 떠올랐다. 여전히 차가운 표정을 하고서는. 리옌란이 옆에서 도와주려 했지만, 그는 고개를 저으며 옆에 있는 의자를 손가락을 가리키며 그녀에게 앉아서 쉬라고 했다.

눈을 감으니……

지쓰가 큰 빗속으로 걸어가고 있었다. 우산도 없는 채였다. 빗물에 그의 머리와 옷이 흠뻑 젖었고, 까만 머리카락을 따라 큰 빗방울이 아래로 뚝뚝 떨어졌다. 물기로 축축한 지면에 빛이 반사되었다.

푸샤오쓰가 걸어오고, 지쓰도 걸어왔다. 두 사람이 겹쳐지면서 결국 푸샤오쓰의 얼굴이 되었다. 눈썹도, 눈도, 머리도 모두 까맣다. 마치 짙은 밤 같은 까만색이었다.

"야, 공연 다 끝났어. 왜 안 가고 있어? 바보야?"

너무나 많은 감정들이 한꺼번에 올라와 목구멍을 메워버려서 리샤는 울음이 터져 나올 뻔했다. 눈물이 눈에 고이고, 가슴은 먹먹했다. 리샤는 입술을 깨물 수밖에 없었다.

까만 밤은 고요했다. 하지만 리샤는 이 봄, 한기가 가득한 깊은 봄밤에 많은 것들이 깨어나고 있음을 느꼈다. 모든 것, 모든 것이 소생하고 있다.

소생한 것들은 무엇인가.

샤오쓰. 만약 그때 네가 1초라도 멈춰 섰다면, 아마 그랬다면, 나는 너에게 물었을 거야. '네가…… 지쓰였어? 내가 2년간이나 좋아한…… 그 하나뿐인 사람…….'

— 1998년, 리샤

136

3월이 천천히 지나갔다. 리샤는 다시 묻지 않았다. 묻고 싶었던 그 마음도 점점 옅어졌다. 사실 푸샤오쓰가 누구든 상관없다. 그는 여전히 말하는 것을 즐기지 않는, 백내장의 눈빛을 가진 날라리일 뿐이다! 비록 성적도 전교 1등이고, 미술도 전교 1등이고, 단정한 외모에서는 빛이 나긴 하지만. 그래도 그가 도무지 종잡을 수 없는 나른한 스타일이기에, 리샤는 날라리라는 호칭이 그에게 딱 어울린 다고 생각했다.

기온이 점점 올라가기 시작했다.

첸촨, 이 깊은 북방의 도시의 봄은 매우 느리게 왔다.

푸샤오쓰와 루즈앙의 옷차림도 가벼워졌다. 추운 걸 지독히도 싫 어하는 루즈앙은 아직도 가끔은 털모자를 썼다. 털모자의 모양은 약간 특이했는데, 모자의 양옆으로 땋은 머리 같은 장식이 달려서 그걸 쓰면 꼭 두 갈래로 머리를 땋은 소녀 같은 모양새였다. 그래 서 그 모자를 쓸 때마다 루즈앙은 푸샤오쓰의 눈총을 받곤 했다. 리 샤와 청치치도 놀리곤 했지만, 루즈앙은 '너희가 그러면 어쩔 건데' 하는 표정으로 아무렇지도 않게 넘겼다.

마침 지금 그는 잘생긴 얼굴로 활짝 웃고 있다. 사람들이 그를 미 워할 수 없게 만드는, 그 아이 같은 미소를 짓고 있다.

3월 말에 리샤의 같은 방 친구 한 명이 선전으로 전학을 갔다. 리 샤는 그리 슬프지 않았다. 사실 같이 지낸 지 1년도 채 안 되었고, 평소에도 그렇게 친하지는 않았다. "수업 가?" 혹은 "같이 가자" 정도가 그 친구와 나눈 대화의 전부였다.

오히려 전학생이 한 명 올 거라는 소식에 더 큰 관심이 갔다. 그 전학생은 문제아여서 전학을 오게 되었다는 이야기가 반 아이들 사이에 돌았다. 리샤는 더 큰 호기심을 느꼈다. 이 학생이 정말 문제아라라면 충격적인 일이었다. 문제아가 첸촨일중, 그중에서도 3반으로 온다는 것은 매번 꼴찌였던 학생이 칭화대학(중국 최고의 명문대학교-옮긴이)에 입학하게 된 것이나 다름없었다.

아침에 리샤가 교실에 들어서니 아이들의 떠드는 소리가 굉장했다. 마치 벌집을 쑤신 것 같았다. 창가에 서 있는 담임 선생 옆에 여학생 하나가 고개를 떨구고 있었다. 창문으로 들어오는 빛이 너무 강해서, 리샤는 그 똑 떨어진 단발머리 여자아이의 흐린 그림자만 볼 수 있었다.

그 전학생이구나.

시간이 얼마나 지났는지는 생각나지 않는다. 리샤가 기억하는 건 그녀가 자기소개를 할 때의 말투와 표정뿐이었다. 단 한마디. "내 이름은 위젠이야." 그러고 나서 위젠은 리샤의 옆에 앉았다.

누구나 한 번쯤은 위젠 같은 사람을 만나곤 한다. 어떤 사람들은 그냥 스쳐 지나가며 모호한 인상을 남긴다. 단 3초 정도의 기억이랄까. 한편 어떤 사람들은 모래 먼지처럼 날려와 기억 속에 자리 잡기도 한다.

그날 아침의 기억은 이미 모호해졌다. 그러나 리샤는 여전히 그날 위젠의 말투와 손짓을 기억한다. 마치 다른 버전의 푸샤오쓰 같았다. 말은 많지 않았고, 온몸에서 냉기를 뿜어내고 있었다.

전에 리샤는 사람들은 저마다 독특한 영향력을 발휘하는 자신만의 고유한 분위기를 갖는다는 얘기를 들은 적이 있다.

잔물결 같은 전자파.

주위의 모든 사람을 방해하고 있다.

비록 위젠의 분위기는 한파를 불러오는 차가운 공기를 닮았지만, 사실은 그렇지 않았다.

그 이후 일주일 동안 위젠은 리샤와 별다른 이야기를 나누지 않았다. 그저 가끔 선생님이 질문을 할 때 리샤가 몰래 답을 종이에 적어서 위젠 쪽으로 밀어놓곤 했을 뿐이다. 그러면 위젠은 일어나서 그걸 그대로 읽었다. 대답이 끝나고 앉아서도 리샤에게 고맙다는 말을 하지 않았다. 그저 리샤를 힐끗 보며 고개를 가볍게 끄덕이고 말 뿐이었다. 그러고 나선 또 고개를 숙이고 있었다.

위젠은 옷도 첸촨일중 애들하고는 다르게 입고 다녔다. 또 자세히 보면 귀도 뚫고 있었다.

'역시 문제 학생이었군.' 리샤는 속으로 생각했다.

토요일 낮에 점심을 먹은 후, 리샤는 학교 밖의 서점에서 돌아오는 길에 위젠이 학교 정문에 서 있는 것을 보았다. 옆에는 머리를 노랗게 물들인 날라리 같은 남학생 무리가 있었다. 위젠은 그들과 다투고 있는 것 같았다. 보아하니 잡아끌기까지 했다.

위젠은 상대방에게 몇 마디 내질렀을 때 리샤가 자기 쪽으로 뛰어오고 있는 것을 발견했다. 리샤는 곧 위젠을 끌고 학교 안으로 달렸다. 달리면서 낼 수 있는 가장 큰 목소리로 말했다. "아직도 여기 있는 거야? 선생님이 찾으셔. 나랑 얼른 가자."

리샤는 심장이 마구 뛰었다. 누군가 뒤에서 돌려 세울까 봐 겁이 났다. 머릿속에서는 폭탄이 연이어 터지는 영화의 한 장면이 계속해서 떠올랐다. '잡히면 어쩌지?', '맞으면 어떡하지?'

그런데 위젠이 멈춰 서더니 리샤의 손을 뿌리치고는, 알 수 없다는 표정으로 리샤를 보았다. 마치 '네가 뭔데 상관이야' 하는 것 같았다.

위젠의 뒤에 서 있던 두 명은 리샤를 보고 놀리기 시작했다. 그 조소 섞인 말투는 가시가 되어 피부 안으로 찔러 들어왔다. 어렸을 적부터 얌전하게 자라온 리샤는 이런 장면은 본 적도 없었다. 얼굴이 달아오르기 시작했다. 위젠이 돌아서서 그들을 쫓아버렸고 그들은 찍소리도 못하고 흩어졌다. 위젠이 리샤에게 말했다. "가서 수업이나 들어. 나는 상관하지 말고."

리샤는 순간 민망해 죽을 것 같았다. 보아하니 자신이 정말 쓸데없이 남의 일에 참견한 모양이었다.

리샤가 어찌할 바 모르고 있는데 갑자기 한 사람의 그림자가 그녀의 앞을 막아섰다. 리샤는 고개를 들지 않고도 누구인지 알 수 있었다. 여린 풀 냄새가 하얀 외투에서 풍겨왔다. 푸샤오쓰가 리샤에게 말했다. "여기서 뭐 해? 빨리 수업 가." 푸샤오쓰는 조금 화가 난 것 같았다. 단정적인 말투에, 무표정한 얼굴이었다.

위젠은 먼발치서 리샤의 가냘픈 뒷모습을 보았다. 이상했다. 대체 쟤는 무슨 깡으로 나 같은 문제 학생한테 말을 거는 걸까? 아무리 생각해봐도 이해가 잘 되지 않았다.

오후 내내 리샤는 안절부절못했다. 위젠에게 사과할 타이밍을 살폈으나 도무지 입이 떨어지지 않았다. 오후 수업은 도통 무슨 내용인지 귀에 들어오지 않았다. 결국 그냥 그렇게 수업이 끝났다.
토요일이었다. 내일 수업이 없어 모두들 서둘러 집으로 돌아갔다. 리샤가 가방을 챙겼을 때는 이미 해가 지고 있었다. 교실에서 나와서 계단을 내려가던 리샤는 누군가가 복도 끝에서 자기 이름을 부르는 것을 들었다.
위젠이 복도 끝에 있는 창틀에 걸터앉아 있었다. 가방은 발밑에 뒹굴고 있었다. 저녁 노을 속에 위젠의 머리카락에도 노을의 황금빛이 넘실거렸다.

"야, 너 이리 와봐."
"응."
이런 대화는 모든 사람들의 인생에 반복해서 등장한다. 평범하기 짝이 없는 일이 평생 큰 기억으로 남는다는 것을 누가 상상할 수 있을까?

10년 전에 우리는 이를 몰랐고, 10년 후에도 생각하지 못할 거다. 그저 그 대화의 음절만 남아, 오래된 공기 속으로 새어 나갔다.

리샤는 그날 오후의 대화가 어떻게 시작되었는지, 어떻게 끝났는지 모두 잊었다. 단지 기억나는 건 위젠의 미소뿐이었다. 그 미소는 리샤가 어렸을 적부터 지금까지 본 미소 중에 가장 깨끗한 미소였다. 심지어 푸샤오쓰나 루즈앙의 미소보다 더 깨끗하다고 느껴졌다. 아마도 황혼의 따뜻한 기운이 그 소리 없는, 보송보송한 따뜻함으로 감싸안아서일지도 모른다. 이는 모든 것을 행복이 충만한, 달콤한 향기로 변하게 했다.

리샤, 너 알아? 그때 나는 첸찬일중에 친구가 하나도 없었잖아. 나는 어렸을 적부터 그때까지 친구가 없었어. 그래서 누군가 나에게 관심을 가져줬을 때 그게 참 따뜻하더라. 저녁 노을처럼 그렇게 따뜻했어. 넌 믿을지 모르겠지만. 몇 년이 지난 지금도 난 그렇게 생각해.

— 2002년, 위젠

봄은 축축한 계절이었다. 어떨 때는 일주일 내내 비가 오기도 했다. 비가 오면 체조를 할 필요도, 체육 수업에 나갈 필요도 없었지

만, 그 차갑고 축축한 느낌은 견디기 힘들었다. 면 이불에서도 축축한 한기가 느껴졌다. 자려고 누워도 적어도 30분쯤은 지나야 온기를 느낄 수 있었다.

위젠은 매일 밤 야간 자습을 빼먹었다. 매번 출석을 부르면 곧바로 밖으로 나가서는 자습 시간이 끝나도 돌아오지 않았다. 종종 리샤가 침대 위에서 손전등을 비춰가며 글을 쓰거나 영어 단어를 외우거나 화학 공부를 할 때면 통로에서 조심스러운 발소리가 들려왔다. 그때 문을 열면 위젠이 있었다.

자주 비가 왔기 때문에 위젠은 매번 축축하게 젖어서 돌아오곤 했다.

리샤는 위젠이 나가서 대체 뭘 하는지 궁금했지만, 저번 일도 있고 해서 묻지는 않았다. 위젠에게 여기저기 오지랖이나 부리고 다니는 사람으로 비춰지기는 싫었다. 사실 평소에 리샤가 말이 적은 편은 아니었다. 잉잉이 같은 아이들과는 스타의 스캔들이니, 2학년 7반 누구누구가 1학년 5반 누구누구를 좋아한다느니 같은 이야기를 함께 신나게 떠들어대곤 했다.

리샤는 아직도 위젠에게 처음 기숙사 문을 열어준 밤을 기억한다. 문을 열었을 때 위젠은 산발한 머리에서 물을 뚝뚝 흘리며 서 있었다. 리샤가 너무 놀라 비명을 지르려는 찰나 위젠이 입을 막았다.

나중에는 점점 습관이 되었다.

매일 밤 거의 11시 반, 리샤는 문을 열어주었다. 비가 오는 날이면 수건을 준비해두기도 했다. 리샤는 대체 왜 위젠이 우산을 쓰지 않는지 줄곧 궁금했지만 물어보기 그래서 그만두었다. 나중에는 리샤가 뜨거운 우유까지 준비해놓고 테이블 앞에 앉아서 위젠을 기다렸다. 매일 반복하다 보니, 그냥 일상의 일부분이 되었다.

위젠은 우유가 든 유리컵을 받아들고 그 온기를 느껴보곤, 리샤에게 "고마워"라고 말했다. 이런 식으로 자정 무렵 문을 여는 건 리샤의 습관이 되어갔다. 처음에는 사람들이 밟아서 만들어낸 작은 오솔길이 다음에는 나무들이 모두 쓰러져 초원이 되었다가, 결국에는 점점 바닥이 드러나, 먼 미래로 통하는 큰 도로가 되는 것과 비슷했다. 그 길은 세월이 흐름에 따라 좁고 긴 길로 변했다. 기억과 습관이 길에 새겨졌다.

리샤는 나중에는 이상하다는 생각도 들지 않았다. 위젠은 당연히 11시 반에나 나타나겠거니, 젖어서 돌아오겠거니 하게 되었다. 만약 그녀가 제 시간에 자습에 들어오고, 제 시간에 기숙사로 돌아오면 그거야말로 이상해서 어디 신고라도 해야 할 일이었다.

위젠은 습관적으로 의자 위에 책상다리를 하고 앉아 젖은 머리를 수건으로 털었다. 그러고 나선 잠옷을 입고 피곤해서 눈밑이 시커매진 채 이를 악물고 단어를 외우고 있는 리샤를 바라보곤 했다. 리샤는 어떨 때는 머리를 하나로 묶고 있기도 하고, 어떨 때는 다음 날 너무 초췌해 보이지 않도록 아이 패치를 붙이기도 했다. 수업이 너무 어려울 때는 징징대기도 하고, 푸샤오쓰나 루즈앙 같은 놈은 공부도 열심히 안 하는데 성적이 왜 그렇게 좋은 거냐고 원망하기도 했다. 그래도 위젠이 제일 자주 본 모습은 앉아서 고개를 뒤로 꺾고서 자신을 보며 "너는 바보"라고 말하는 장면이었다.

습관적으로 하는 말인지, 아니면 정말 자신을 바보라고 생각해서 하는 말인지 모를 일이었다.

위젠에게 리샤는 친절하고 진실한 사람, 외나무다리에서도 안정적으로 서 있는 사람, 그런 사람이었다.

위젠은 한 번씩 그녀에게 묻기도 했다. "뭐 하러 그렇게 열심히 하는데?" 리샤는 눈을 동그랗게 뜨고 돌아보며 말했다. "푸샤오쓰랑 루즈앙한테 무시 안 당할라고!"

위젠은 리샤의 그런 모습을 보고 빙그레 웃었다.

"리샤야……."

"응?"

"고마워……. 매일 나 기다려줘서."

"아…… 그렇게 이야기하지 마. 나도 밤에 복습하느라 늦게까지 깨어 있는데 마침 네가 같이 있어줘서 좋아. 나도 고마워. 예전에 나 혼자 기숙사 방 안에서 책 읽고 일기 쓸 때 무서웠었어."

리샤야. 넌 아마 절대 모를 거야. 네가 매일 밤 나를 기다려줘서 기숙사로 돌아가던 그 칠흑 같은 어두운 길이 무섭지 않았어. 비에 흠뻑 젖었을 때도 춥지 않았어.

아마 누군가가 나를 기다려준다는 걸 알아서, 그래서 용감해졌던 것 같아.

— 1996년, 위젠

"샤오쓰, 나랑 머리 자르러 가자."

"혼자서는 못 가냐?"

"……뭔 태도가 그딴 식이냐? 됐고. 같이 가."

"너 머리 괜찮은데 뭘 또 잘라."

"뻘소리는…… 자르고 싶음 자르는 거지. 오후 수업 째자. 언덕 올라가서 좀 놀다가, 수업 끝나면 머리 자르러 가자."

"걸릴 거 같지 않냐? 또 째면?"

"뭐래. 오후에 선생님 없어. 선도부 애들은 내가 이미 다 손 써놨지. 걔가 나 짝사랑하잖아. 하하."

"……미친놈."

"샤오쓰, 너 지금 질투하는 거지? 인정해……."

"그냥 나를 죽여라."

겨우내 풀들이 누렇게 말랐던 언덕은 옅은 초록색으로 변했다. 초록빛이 나무들의 가지 끝을 휘감아 오르고 있었다.

푸샤오쓰는 잔디밭에 누워 옷으로 얼굴을 덮었다. 루즈앙은 그의 옆에 가만히 앉았다. 내려다보니 곤히 잠자고 있는 샤오쓰가 보인다. 루즈앙은 몇 번 말을 꺼내려다 말다 하다가, 끝내 입을 열었다.

"샤오쓰, 사람과 사람 사이의 감정은 얼마나 오래갈까? 같이 있을 때는 즐거워도 일단 헤어지면 금방 잊잖아. 그리고 금방 또 새로 친구 사귀고, 새로운 일 생기면 웃고 그러잖아. 1년 반만 지나도 전에 만났던 사람, 전에 있었던 일들 다 잊는 것 같아. 네 생각은 어때?"

"아마 그러겠지."

"그런데 난 그런 거 진짜 별로야."

"좋든 말든 그게 네가 결정할 일이냐? 바보야? 넌 네가 뭐라도 된다고 생각하는 거야? 세상이 너를 중심으로 돌아간다고? 설마 진짜?"

"샤오쓰…… 너 문과랑 이과 중에 어디로 할지 생각해봤어?"

"생각해봤는데, 솔직히 뭐 아무 데나 가도 똑같은 거 같아. 예술가 되건, 엔지니어가 되건 엄마는 다 괜찮다고 하셨어. 그래서 나도 뭐 별 상관없다고 생각하는데."

"난 아직 결정 안 했어. 이과 가면 피곤할 거 같아. 그냥 예술 특기생으로 바꿔서 청치치네 반이나 갈까. 문과는 종일 소설 읽고, 그림 그리고, 예쁜 여자랑 떠들고……. 그런데 그렇게 사는 것도 공허한 인생 같은데……."

침묵이 흘렀다. 둘 다 아무 말 하지 않았다. 푸샤오쓰는 목구멍으로 풀이 넘어가기라도 했는지 간지러워 헛기침을 했다. 그러다 눈을 감고 빛나는 하늘을 대면했다. 감은 눈앞에 선홍색이 펼쳐지고, 부드러운 열기가 느껴졌다.

봄의 경치는 하루가 다르게 아름다워졌다. 푸샤오쓰는 문득 칭하이가 생각났다. 텔레비전에서 그곳을 소개하는 프로그램을 본 적이 있었다. 그곳은 봄이 되면 꽃밭이 여기저기 펼쳐져 정말 아름다워진다고 한다. 한 여행자가 말하기를, 차를 몰고 산을 넘다 보면 종종 반나절이 지나도록 사람 한 명 만나기가 힘들다고 했다. 그러다가 또 갑자기 끝도 없는 꽃밭이 펼쳐지고, 그 꽃밭에는 손바닥만 한 큰 나비들이 엄청나게 많이 날아다닌다고도 했다.

푸샤오쓰는 얼굴을 가리고 있던 옷을 치우고, 루즈앙에게 자신이 상상한 그 풍경들에 관해서 말했다.

루즈앙이 크게 웃고는 그에게 말했다. "샤오쓰 너, 모르는구나. 밤에 내가 스탠드 아래에서 문제 풀 때마다 말이야, 진짜 피곤하면 가끔 갑자기 여행이 가고 싶다는 생각을 하거든? 그때 샤오쓰 네가 가고 싶다고 하면 너도 데려가야지, 그리고 또 우리 집 그 집채만 한 양 치는 개 제우스도 데리고 가야지, 그런 생각을 해. 무슨 시험, 진학, 예쁜 여자, 멋진 옷들, 그런 거 다 버리고 그냥 우리 둘이 막 떠돌아다니는 거야. '떠돌아다니는 거' 이 말 진짜 멋있지 않냐?"

다 말한 후에 그는 또 크게 웃었다. 머리가 바람에 엉망으로 헝클어져 사자 같은 꼴이었다. 한참 웃다 뭔가 이상하다는 느낌에 돌아 보니 푸샤오쓰가 대꾸도 없이 그를 빤히 바라보고 있었다. 그는 백 내장 눈을 뜨고 무표정으로 한 자 한 자 또박또박 말했다. "너 푸, 샤, 오, 쓰와, 너, 네, 집, 개를, 끌고 ……가 무슨 뜻이야?"

"……."

둘은 한바탕 몸싸움을 했다. 중간에 루즈앙이 아아아아 하고 소 리 질렀다. 싸움을 멈추고 보니 두 사람의 머리가 온통 풀투성이 였다.

해가 산 언덕을 따라 아래로 지고 있다.

온 세상이 황금빛이었다.

"나랑 머리 자르러 가자." 루즈앙이 말했다.

"싫어. 너랑 있느라 오후 시간 다 낭비했어, 멍청아. 나 리샤한테 화학 가르쳐준다고 약속했어. 여자애들은 고등학교 올라오면 이과 쪽은 잘 못하는 거 같아. 방정식 그쪽도 잘 모르는 거 같은데. 도와 줘야 해."

"마누라만 위하고 형제는 못 본 척하는구나."

"진짜 또 맞고 싶냐?"

"……그럼 다른 날 가자. 내가 너 기다렸다가 같이 집에 가지 뭐."

"알았다."

많은 날이 이어졌다.

오후 5시 반의 태양 아래로 반은 황금색, 반은 그림자인 책상이 있다. 밖으로는 소리 없이 새잎이 무성하게 자라나고 있는 녹나무가 있다.

먼지가 느린 화면처럼 빛 사이로 떠오른다. 눈을 가늘게 뜨고 보면 또렷이 보인다. 눈을 감으면 화면 전체가 뜨거운 빨간색으로 물든다.

리샤는 책상 위에 엎드려 조용히 생각한다. 많은 쓸데없는 것들이 머릿속을 훑고 지나간다. 막 다 쓴 노트와 1위안짜리 잉크 펜, 푸샤오쓰의 빽빽한 화학 필기 노트, 루즈앙의 양옆으로 꼬리 달린 털모자……. 고개를 들어보니 푸샤오쓰의 조용한 옆모습이 보인다. 손에 든 만년필로 연습장에 이것저것 적고 있다. 펜이 종이에 닿아 움직이는 소리가 마치 깊은 꿈속에서 창밖으로 들리던 빗소리 같다는 생각을 했다.

"이건 두 몰(mol)의 황산과 반응해. 그런데 이 온도에서는 반응하지 않고, 촉매제와 가열이 필요해. 그리고…… 저기, 듣고 있어?"

리샤가 푸샤오쓰의 마지막 한마디에 정신을 차렸다. 푸샤오쓰가 무서운 얼굴을 하고 펜으로 자기 머리를 때리려고 하고 있었다. 그 펜을 든 손의 손가락 사이의 마디가 분명했다.

'시간은 창밖에서 천천히 서성거리며 흘러갔다. 날들은 이렇게 지나갔다.'

리샤는 이상하게 문득 이 구절이 생각났다. 매일 오후에 수업이 끝나면 푸샤오쓰가 뒷자리에서 옆자리로 옮겨 앉아 노트를 펴고 리샤의 복습을 도와주었다. 루즈앙은 뒤에서 의자를 두 개 붙여놓고 잠을 잤다. 머리로 얼굴 절반은 가린 채.

주변에 있던 학생들이 하나둘씩 떠나고 시끄러운 소리도 점차 사라졌다. 지는 해가 세 사람을 차례로 천천히 비추었다. 세상이 고요해지고. 푸샤오쓰의 만년필만이 종이에 닿아 사각거렸다.

세상의 유일한 소리였다.

언젠가 몇 번, 리옌란이 교실에 와서 푸샤오쓰를 찾은 적이 있다. 아마도 그와 함께 집에 가기 위해서였을 것이다. 그러나 매번 그는 문 앞에 가서 고개를 숙이고 그녀와 몇 마디만 나누었다. 거리가 너무 먼 데다 푸샤오쓰의 음성도 너무 작아서, 리샤는 꼭 영화의 소리 없는 한 장면 같다는 느낌이 들었다. 석양은 두 사람의 등 뒤를 비추었다. 오렌지 빛깔이었다. 매번 푸샤오쓰가 고개를 낮추어 몇 마디 하면 리옌란이 웃으며 돌아갔다. 그러고 나면 그는 다시 무표정한 얼굴로 자리에 돌아와 리샤에게 계속 설명했다.

리샤는 어떨 때는 푸샤오쓰와 리옌란이 마치 오래된 부부처럼 은연중에 통하는 무언가가 있다는 느낌이 들었다. 이런 생각이 들면 알 수 없는 감정이 생겨 힘들었다.

이럴 때 루즈앙은 리옌란을 못 본 척하며 계속 잠을 잤다.

리샤는 본래 오늘 푸샤오쓰가 좀 남아서 화학을 가르쳐주고 갔으면 했다. 막 저번 주에 봤던 시험지를 돌려받았기 때문이다. 화학 성적은 또 중간이었다. 그러나 오후 2교시에 두 사람은 이미 없어지고 난 뒤였다. 대체 언제 없어졌는지도 알 수 없었다. 그래서 리샤는 위젠과 함께 기숙사로 돌아왔다.

도시락을 들고 식당에 가서 밥을 퍼서 나오려고 했는데, 줄이 길었다. 리샤는 목을 길게 빼고 자기 앞쪽에 빼곡하게 들어선 사람들의 머리를 보았다. 그걸 보고 있자니 더 배가 고파왔다. 거의 한 시간이 다 돼서야 겨우 밥을 담아 밖으로 나온 리샤는 기숙사로 갔다.

기숙사 문 앞의 계단에 도착해서 보니 리엔란이 그곳에 서 있었다. 리엔란은 리샤를 보며 예의 있는 웃음을 지어 보였다. 리샤는 들고 있던 회색 도시락이 뜨겁다고 느꼈는데, 그 열기가 귀까지 올라왔다.

"샤오쓰가 이번 달에 계속 너 공부 도와주고 있지?"

"……응."

"어쩐지. 본인 일도 많은데 네 공부까지 봐주느라 샤오쓰 요즘 잠도 잘 못 자. 정말 사람 걱정시킨다니깐."

"아니 그냥 나는……"

"나는 다른 뜻은 없어. 네가 오해하지 않았으면 좋겠어. 그냥 자기 일은 자기가 알아서 좀 해줬음 하는 거지. 샤오쓰는 원래 모든 사람한테 다 잘하긴 하는데. 네가 이런 식으로 계속 샤오쓰한테 민폐 끼치는 건 좀 별로라서 말이야. 더구나 너하고 샤오쓰 가정환경이 그렇게 다른데 너희가 어울려 다니면 다른 사람들 눈에 어떻게 보일지 생각은 안 해봤어?" 리엔란은 이야기하면서 점점 더 거만해지는 느낌이었다. 동시에 연민의 눈으로 리샤를 바라봤다. 리샤는 갑자기 너무 놀라서, 무슨 말을 해야 할지 몰랐다. 그저 눈 주위가 너무 시리다고 느꼈다.

"내가 뭐 딴 이유가 있어서 그런 건 아니야……."

"네가 무슨 이유였건…… 그건 나랑은 상관없는 일이야. 나 샤오쓰 데리러 가야 해. 안녕."

"잠깐만……" 리샤는 무의식적으로 친한 친구한테 하듯이 리엔란의 소매를 끌어당겼다. 위젠이나 잉잉이한테 하듯이. 리샤는 평소에 여자인 친구들에게 친밀하게 굴었다. 위젠은 리샤와 친해지고 나서는 그녀가 사람한테 치대기 좋아하는 고양이라고 말하곤 했다. 리샤도 소매를 잡아당긴 후 스스로 너무 놀라서 그대로 동작을 멈췄다.

리엔란은 정말 싫다는 눈빛으로 거세게 리샤의 손을 뿌리쳤다. 좀 전까지는 적당히 예의는 갖추는 척하더니 그마저도 사라졌다. 리엔란이 갑자기 손을 뿌리치는 바람에 리샤는 다른 손에 들고 있던 도시락을 땅바닥에 떨어뜨렸다. 안에 들어 있는 음식이 쏟아지면서 국물이 리엔란의 하얀색 외투에 튀었다. 리엔란은 높지도 낮지도 않은 외마디 비명을 질렀고 주위에 있던 학생들이 몰려들었다.

마치 시간이 사라진 것 같았다. 모든 소리와 함께.

리샤가 고개를 들자 리엔란의 뒤로 푸샤오쓰와 루즈앙의 얼굴이 보였다. 푸샤오쓰의 무표정한 얼굴이 도리어 리샤를 안심시켰다. 리샤는 갑자기 아무 이유 없이 마음이 가벼워졌다. 그래도 푸샤오쓰가 왔으니 다행이라는 생각이 들었다.

어떤 감정들은 예상치도 못하게 세상의 어떤 모서리에 숨어 있다가 갑자기 존재를 드러내곤 한다. 연이 날지 못할까 봐 걱정하고 있는데 갑자기 적당한 봄바람이 분다든지, 아니면 흐린 날을 걱정하고 있는데 해가 반짝 하고 뜬다든지. 아니면 화학 시험을 걱정하고 있었는데 맨 마지막 큰 세 문제가 어젯밤에 공부한 부분에서 그대로 나왔다든지. 무섭던 순간에 누군가가 자기 옆을 지나간다든지. 봉황화가 다 떨어질까 봐 걱정했는데 갑자기 여름이 영원히 끝나지 않을 것처럼 햇빛이 찬란하게 온 세상을 비춘다든가.

리샤는 속으로 가만히 불러보았다. '푸샤오쓰. 푸. 샤. 오. 쓰.'

그러나 푸샤오쓰는 리샤에게 눈길을 주지 않았다. 그는 오히려 리옌란을 자기 뒤쪽으로 끌어당겼다. 그러고 나서 고개를 숙여 리옌란의 옷에 튀긴 국물 자국을 보고 낮은 목소리로 말했다. "옷은 괜찮아? 비싼 거지? 내가 하나 새로 사줄게."

그 순간, 모든 세계가 소리 없이 멈춰 섰다.

위젠, 만약에 그날 네가 내 등 뒤에서 나타나지 않았다면 나는 정말 무대 위에서 속수무책으로 눈물 흘리고 있던 어릿광대 같았을 거야.

눈물은 '나약함' 외에는 어떤 것도 대표할 수 없다는 말, 나는 그 순간 갑자기 깨달았던 것 같아.

사람들 앞에서 내가 잘난 체하고 냉정한 척해봤자 나는 그냥 여전히 그렇게 나약한 사람이야. 나도 너처럼 용감한, 마치 아름답고 우아한 제비꼬리나비가 되고 싶다고 수없이 생각했어. 그런데 난 아직도 크고 작은 일에 다 그냥 눈물이 나. 아직도 강해지는 법을 배우지 못한 것 같아.

그렇지만 너는 이제껏 한 번도 나를 미워하지 않았지.

— 1997년, 리샤

리샤가 다시 고개를 들었을 때도 푸샤오쓰는 여전히 리옌란과 이야기하고 있었다. 리옌란은 한껏 너그러운 얼굴을 하고 푸샤오쓰에게 웃으며 "괜찮아, 괜찮아"라고 말했다.

리샤는 목구멍이 누가 꼬집는 것처럼 따가웠다. 여러 단어가 성대와 입 사이에서 반복적으로 퍼즐처럼 맞춰졌다 부숴졌다 하면서 입밖으로 나오지 않았다. 오히려 루즈앙이 푸샤오쓰의 뒤에 서서 리샤의 모습을 유심히 바라보고 있었다. 그렇지만 리샤의 눈을 감히 똑바로 보지 못하고 고개를 슬그머니 돌렸다.

리샤는 그래도 무슨 말인가는 해야 할 것 같아서 간신히 입을 열고 말했다. "미안…… 이 옷 비싼 옷이지……. 내, 내가……"

'내가 새로 한 벌 사줄게' 원래는 이 말을 하고 싶었다.

그렇지만 어떻게 해도 이 말이 입 밖으로 나오지 않았다. 아무리 봐도 살 수는 없을 것 같았다. 어머니한테 이야기한다 해도 해결될 거라는 보장이 없었다. 아마 한 달 생활비의 반이 넘을 것이다. 그래서 "내…… 내가" 하는 소리가 점점 작아졌다. 마음이 힘들면서도 부끄러웠다. 리샤의 목소리는 점점 작아지다가 이내 안정을 찾았다. 차라리 이렇게 좀 서서 저쪽이 뭐라고 하는지 들어보자 싶었다. 쟤들이야 돈이 많으니 이 정도 옷이야 신경 안 쓸 수도 있고, 그러면 보상하라는 말은 안 할 수도 있다. 이런 생각을 하며 스스로를 위로하고 있자니 눈물이 나올 것 같았다.

"그렇게까지 사람 무시할 일이냐?"

갑자기 리샤는 뒤로 훅 떠밀렸다. 위젠이었다. 위젠은 막 빨래를 끝낸 옷이 담겨 있는 대야를 들고 리샤의 앞으로 치고 나왔다.

"그래봤자 그냥 후진 옷 한 벌 아냐. 뭐 그렇게까지 대단한 일 당한 것처럼 알뜰살뜰 챙겨주고 있냐? 얼마가 됐든 내가 물어줄 테니 너희 셋 다 꺼져."

루즈앙이 억울하다는 듯이 소리쳤다. "왜 나까지 엮어! 나는 한마디도 안 했다고!"

위젠이 루즈앙을 흘낏 보며 말했다. "너랑 상관없는 일이면 끼어들지 마. 닥치라고!"

루즈앙은 순간적으로 말문이 막혀 얼굴이 빨개졌다. 루즈앙이 도움을 청하듯 푸샤오쓰를 돌아보자 푸샤오쓰는 위젠을 쳐다봤다. 둘 사이에 냉랭한 기운이 흘렀다. 푸샤오쓰가 말했다. "네 일도 아니지 않냐?"

"확실히 내 일이 아니지, 그런데 웬 미친 개가 사람 무는 걸 보니 내가 저 개를 발로 차서 죽여버리고 싶어졌어. 집에 돈 좀 있다고 그깟 옷 한 벌로 사람을 죽을 죄 지은 것처럼 몰아붙여? 옷은 입으면 안 더러워지냐? 더러워지면 빨면 되는 거 아냐? 못 빨면 새로 한 벌 사면 될 거 아냐? 집에 돈 많잖아? 그런데 왜 그까짓 옷 가지고 사람을 그렇게 곤란하게 만들어?"

푸샤오쓰는 말이 없었고, 루즈앙은 뒤에서 조그만 목소리로 말했다. "아…… 나는 그런 뜻이 아니고……"

"너희 뜻이 어떤지는 관심 없고 진짜 토 나오게 굴지 좀 마. 특히 너 말이야, 그래 너. 딴 데 보긴 뭘 딴 데 봐. 네 옷은 내가 물어주면 될 거 아니야. 불쌍한 척 그만해라. 쟤네 둘보다 니가 더 토 나와."

이 말에 리옌란의 얼굴이 붉으락푸르락해졌다. 작은 새가 푸샤오쓰 어깨에 기대어 앉아 있다가 지금은 손으로 억지로 끌어 내려진 느낌이었다.

그러고 나서 위젠은 리샤를 끌고 기숙사로 돌아가버렸다. 푸샤오쓰가 다른 말을 하려다가 낮은 목소리로 "리샤"라고 불렀다. 리샤는 뒤에서 푸샤오쓰의 목소리가 들렸을 때 잠시 떨렸으나 위젠에게 이끌려 계속 앞으로 갔다. 푸샤오쓰는 리샤가 위젠에게 끌려가는 모습을 지켜보며 한 손으로 얼굴을 감싸 쥐었다. 혼란스러웠다. 리샤는 울고 있을까?

기숙사에는 사람이 없었다. 다른 사람들은 밥을 먹으러 갔거나 아니면 목욕을 하러 갔을 것이다.

리샤가 작은 목소리로 말했다. "나 우선 씻으러 갈게."

리샤가 고개를 숙이고 손으로 머리를 만져보았다. 자세히 보니 머리와 옷에 국물이 다 튀어 있었다. 정말 엉망진창이었다……. 위젠은 아픈 마음을 꾹 참고 아무렇지도 않은 목소리로 말했다. "그래."

목욕탕엔 리샤 한 사람뿐이었다.

좁고 기다란 공간은 마치 시간의 복도 같았다. 일렬로 배열된 수도꼭지 중 두세 개에서는 물방울이 떨어지고 있었다. 뚝뚝, 물소리가 이 공간을 부유하고 있었다.

리샤는 멍하니 샤워기에서 나오는 물줄기를 맞았다. 아까 있었던 일들이 머릿속에서 몽땅 리와인드되었다. 소리 없는 얼굴, 소리 없는 표정, 소리 없는 동작. 텔레비전을 보는 것 같긴 한데 소리가 없었다. 화면은 계속해서 다음 장면으로 넘어갔다. 리샤는 푸샤오쓰의 안개 낀 눈빛을 보았고, 루즈앙의 말하고 싶지만 말하지 못하는 모습을 보았다. 쏴 하고 쏟아지는 물이 바닥을 뒤덮었다. 눈물이 뚝뚝, 하얀 타일 위로 떨어졌다.

리샤는 갑자기 막연하게 이런 생각이 들었다. 여름이 좀 빨리 올수는 없을까?

위젠은 창가에 섰다. 해는 곧 완전히 질 것이다. 밤의 색이 밀물처럼 창밖에서 점점 높아졌다. 심지어 파도 소리마저 들리는 것 같았다. 고개를 돌려 침대에 앉아 있는 리샤를 보았다. 이 아이를 어떻게 위로해야 할지.

위젠은 어렸을 적부터 지금까지 외톨이였다. 누군가를 위로해본 적도, 다른 누군가가 자신을 위로해준 적도 없었다. 그래서 슬퍼하는 리샤를 보아도 어떻게 입을 떼어야 할지 알 수 없었다. 속으로 생각만 할 뿐이었다. '아마 울고 있겠지.'

"리샤야……." 위젠은 입을 떼긴 했지만 더는 말을 할 수 없었다. 리샤가 고개를 들자 얼굴 전체가 눈물로 흠뻑 젖어 있었기 때문이었다. 고개를 들던 그 순간에도 굵은 눈물방울이 뚝뚝 떨어지고 있었다. 위젠은 어찌할 바를 모르며 낮은 목소리로 말했다. "이게 그렇게 울 일이냐……."

소리는 작았지만, 리샤는 그래도 위젠의 그 말을 들었다. 그녀는 위젠에게 소리를 지르지 않으려고 입술을 깨물며 겨우 말했다. "위젠, 너희 집 사정이랑 우리 집 사정이랑 달라. 너네는 돈 없어서 모욕당하는 게 어떤 기분인지 영원히 모를 거야. 나도 예의 있게 미안하다, 내가 새로 한 벌 사주겠다, 그렇게 말하고 싶어. 나도 도시락 엎은 게 내 잘못이라는 거 안다고. 나도 누구들처럼 그렇게 교양 있게 행동하고 싶다고. 그런데 입이 떨어지지 않더라. 리옌란 옷이 너무 비싸서 물어주지도 못할까 봐 겁이 났어. 넌 그게 어떤 감정인지 알아? 어떤 감정인지 아냐고?! 너희 눈에 나는 그냥 저기 어디 촌년이지. 촌스럽고, 천박하고, 예의도 없고……."

여기까지 이야기하고 나니 리샤의 목은 누가 꼬집는 것처럼 아파서 더는 목소리가 나오지 않았다. 그저 눈물만이 여전히 쉬지 않

고 흐르고 있었다. 리샤는 분명 자기 얼굴이 엉망진창일 거란 생각
이 들었다.

위젠은 서서 리샤의 말을 듣다가 천천히 그녀의 얼굴 앞에 다가
와 쪼그려 앉았다. 그리고는 분명히 말했다. "내가 만약에 네가 말
하는 그런 애였다면 애초에 네가 그런 일을 당했을 때 옆에서 팔짱
끼고 보면서 그냥 웃었겠지."

리샤는 위젠을 바라보았다. 눈앞에는 냉정하고, 강한 위젠의 얼
굴이 있었다. 참지 못하고 울음소리가 터져 나왔다.

"위젠, 자?"

"아직."

"나 너랑 얘기하고 싶은데, 네 침대로 가도 돼?"

"응, 이리 와."

리샤가 위젠의 이불 안으로 파고들었다. 위젠의 피부는 매우 차
가웠다.

"넌 어떻게 뱀처럼 차갑냐?"

"넌 어떻게 발정 난 것처럼 뜨겁냐?"

"……."

"왜 또 무슨 얘기가 하고 싶은 건데? 아직도 낮의 일 생각하는
거야?"

"응……. 침대에 누워서 계속 신경 안 쓸 거야, 신경 안 쓸 거야
하는데도 그게 잘 안 돼. 계속 신경 쓰이고 힘들어. 위젠 너 알아?

난 이제까지 푸샤오쓰랑 루즈앙도 나를 자기네 친구로 생각하는 줄 알았단 말이야. 오늘 오후 전까지도. 솔직히 나랑 둘 세계가 그렇게 다른지 잘 모르고 있었어. 둘이랑 같이 수업받고, 그림 그리고, 전시회 가고, 루즈앙이 내 머리 툭툭 치고 푸샤오쓰가 막 정신없이 웃으면, 그럴 때 둘이 나랑 다른 세계에 산다는 생각은 안 했어. 그런데 오늘 진짜 너무 힘들었어…… 입 열자마자 옷은 괜찮냐니…… 그건 옷이고, 나는 사람이잖아…… 그러면 나한테 먼저 괜찮냐고 물어야 하는 거 아냐……? 정말 창피했어……. 내가 옷보다 못한 존재인 것 같아서……."

위젠은 갑자기 어깨가 축축해짐을 느꼈다. 손으로 쓸어보니 눈물이었다.

"울어?"

"응."

"지금 울면 뭐 해. 나였으면 셋 다 한주먹에 날려버렸을 거야."

"만약에 우리 집이 너희 집 같았으면 나도 그렇게 하지. 사실 나, 말하기도 싫고 싸우기도 싫었거든. 아마 리옌란이 괜찮으면 굳이 나에게 옷값을 받아내려고 하지도 않았을 테니까. 내가 이렇게 잘나지를 못했어…… 무슨 스스로에 대한 존엄, 자존심…… 그런 거 하나도 없다니깐. 사실 나한테도 국물이 튀었어. 머리에도 튀었고. 심지어 그 국물이 머리에서 뺨으로 흘렀어. 완전 엉망진창이었지……. 위젠, 푸샤오쓰랑 루즈앙이랑 진짜 못 봤겠지……?"

말이 목구멍에 걸려 뚝뚝 끊어지며 나왔다. 마치 절반도 넘게 잘 공연되던 연극에서 갑자기 배우가 대사를 잊어 깜깜한 극장 안에 침묵만이 남은 느낌이었다.

잊은 대사는 무엇이었을까?

봄은 빠르게 지나가고 있었다. 일순간 봄의 끝자락에 서 있었다. 여름은 언제나 오는 걸까? 여름이 끝나면 첸촨에서 지낸 시간이 꼬박 1년이 되는 거겠지?

리샤는 몸을 뒤척였다. 한 시인의 말이 생각났다. 그는 말했다. 일생은 1년이고, 1년은 하루라고. 아침과 저녁 모두 미동조차 없던 막연한 너의 옆모습이라고.

아침에 일어나니 기분이 많이 나아졌다. 리샤는 이를 닦고 세수를 한 후에 어제 어머니가 스셴에서 부쳐온 간식거리 춘초병을 꺼내 먹었다. 춘초병은 스셴의 특산품이었다. 리샤는 어렸을 적부터 먹으며 자란 간식이다. 봄이 되면 스셴 도처에서는 춘초가 자라나 온 동네가 초록빛으로 변했다. 마치 초록색 물감을 칠해놓은 것 같았다. 춘초는 생명력이 무척 강한 식물이었다. 아무리 생장 조건이 나빠도 봄만 오면 춘초의 새싹이 사방에 돋아났다. 리샤는 어렸을 때 어머니가 들려준 이야기가 생각났다. 만약 커서 춘초처럼 강인해진다면 틀림없이 엄청나게 용감한 사람이 될 수 있을 거라는 이야기 말이다.

리샤는 교실로 갈 준비를 하며 습관적으로 작은 가방을 하나 꺼냈다. 지난 반년 동안에 매일 이렇게 집에서 가져온 간식을 챙겼다. 여름에는 설탕물 통조림, 가을에는 빨간 잣, 겨울에는 곶감이었다. 미간을 찌푸리고 진지한 표정으로 그녀가 가져온 간식들을 맛보는 푸샤오쓰나 간식 봉지를 재빠르게 낚아채 혼자 다 먹으려는 루즈앙을 볼 때마다, 리샤는 주위의 기온이 순간 늦봄에서 초여름으로 변화하는 것 같았다. 갑자기 축축하고 따뜻한 공기로 가득 차는 느낌이었다.

오늘 리샤는 춘초병 두 개를 꺼내서 하나는 위젠의 손에 쥐여주었다. 가방을 메고 위젠과 함께 방을 나서, 늦을까 봐 계단을 뛰어서 재빠르게 내려갔다. 마음에서 순간 푸샤오쓰와 루즈앙 두 사람이 튀어나오는 것 같아 단 세 걸음에 계단을 다 내려왔다. 가슴이 미묘하게 시렸다. 고작 하루가 지났을 뿐인데 꼭 몇 년이 지나 온 세상이 다 바뀐 듯했다.

"에이, 기다리지 말자. 지각하겠다……."

"헛소리 좀 그만해."

"오늘 리샤는 답지 않게 우리랑 똑같이 지각 1초 전에 교실에 들어가려나 봐?"

"몰라."

"샤오쓰, 하나만 물어볼게, 화내지 마. 너 어제 왜 그랬어…… 좀 심하지 않았냐."

"말하기 귀찮아. 때 되면 말할게. 그때 듣고 싶으면 듣든가."

7시 55분, 수업 시작하기 5분 전이었다. 기숙사에서 교실로 뛰어가면 6분 정도가 걸리고, 800미터 달리기 시험에서처럼 미친 듯이 뛰면 4분 정도가 걸렸다. 리샤도 이쯤은 알고 있었기에 위젠과 함께 소리를 지르며 아래로 내려갔다. 위젠이 리샤의 손을 잡았다. 둘은 봄에 만개한 꽃송이처럼 웃었다. 두 여자아이의 얼굴에 눈부시게 아름다운 빛이 가득했다.

위젠, 네 손을 잡으면, 나는 어딜 가든 천국으로 뛰어가는 느낌이었어. 믿을 수 있겠어?

— 1999년, 리샤

똑같은 고급 외투를 입은 푸샤오쓰와 루즈앙은 꼭 쌍둥이 같았다. 오고 가는 사람들 모두 둘에게 눈길을 주며 지나갔다. 첸촨일중에서 이 둘을 모르는 사람은 거의 없었다. 더구나 이 시간에 교실이 아닌 기숙사 문 앞에 여유롭게 앉아 있으니 더 사람들의 눈길을 끌었다. 호기심 어린 눈빛을 던지는 사람들을 푸샤오쓰는 그다지 신경 쓰지 않는 눈치였다. 루즈앙은 별거 아니라는 듯 긴 다리를 떨면서 끊임없이 휘파람을 불어대면서 저 귀여운 여학생을 한번 보라며 자꾸 푸샤오쓰를 잡아끌었다. 그러면서 꼭 끝에 "쟤 옛날부터 나 좋아했잖아"라는 말을 덧붙였다.

다음 장면은 마치 영화에서 쓰는 슬로비디오 기법처럼 펼쳐졌다. 푸샤오쓰는 리샤와 위젠이 오는 것을 보고 급히 몸을 일으켜 그쪽으로 갔고, 적절한 타이밍에 리샤를 부를 수 있었다. "리……" 그런데 입에서 이름이 끝까지 나오기도 전에, 위젠과 리샤는 모호한 그림자라도 본 듯한 얼굴로 그 앞을 그냥 지나쳤다.

푸샤오쓰는 그 자리에 그대로 서 있었다. 아무런 표정 없이.

그 순간 가슴 깊은 곳에서 어떤 신경 하나가 뚝 끊어지고, 머릿속은 텅 비어버렸다.

리샤는 그 익숙한 얼굴에 대해서 어떤 생동적인 묘사도 할 수 없었다. 그저 빠르게 지나치며 힐끗 봤을 뿐이었다. 푸샤오쓰가 자신의 이름을 부르던 중이었던 것 같았다. 그렇지만 이제는 아무런 상관이 없다. 리샤는 위젠에게 끌려 계속 가던 길을 갔다. 푸샤오쓰와 루즈앙의 그 두 잘생긴 얼굴은, 처음에는 입을 떼기 어려운 표정에서 놀란 표정이 되었다가, 이내 담담하게 변했다. 모든 것이 익숙한 영화의 한 장면 같았다. 이제껏 보았던 필름들에 불이 붙기 시작했다. 그의 입에서 그 '리' 자가 나오던 찰나 다 타버렸다.

리샤는 좀 슬프다고 생각했다. 그냥 이렇게 되어버린 것이다. 더 나빠지려야 나빠질 수도 없다.

리샤와 위젠이 저 멀리 뛰어가버릴 때까지도 푸샤오쓰는 그대로 서 있었다. 루즈앙은 옆에서 그에게 무슨 말을 해야 할지 몰라 난감했다. 결국 그는 한숨을 쉬고 계단에 털썩 앉아 푸샤오쓰를 보았다. 표정이 좋지 않았다.

사실 그는 푸샤오쓰를 잘 알았다. 그는 어렸을 적부터 화가 났을 땐 한 마디도 하지 않았다. 무표정한 얼굴과 초점 없는 눈으로 조용히 책을 읽거나 그림을 그렸다. 아니면 침대에 누워 이어폰으로 음악을 들으면서 조용히 천장을 보았다. 한번 천장을 보기 시작하면 두세 시간이었다. 그런데 지금 그러고 있었다. 기숙사 앞에 서서 전혀 움직이지 않았다. 마치 새벽녘의 나무 한 그루 같았다. 무슨 나무일까? 루즈앙은 눈을 가늘게 뜨고 생각했다. 이때 그가 걱정해야 하는 건 푸샤오쓰가 슬프진 않은지, 힘들진 않은지 같은 것들일 것이다. 그런데 오히려 다른 엉뚱한 의문들이 생겨났다. 푸샤오쓰가 나무라면, 어떤 나무일까? 떠벌리지 않는 목화나무인가? 아니다. 근사한 향기를 가진 목련에 더 가까운 것 같은데. 아니면 녹나무일까? 1년 내내 시들지 않는.

"야, 푸 녹나무, 수업 가야 해."

푸샤오쓰는 고개를 돌려 그를 보더니 한 마디도 하지 않고 가버렸다. 그는 두세 걸음 걷다가 이내 교실을 향해 뛰기 시작했다. 점점 더 빨리 뛰었다. 나중에는 꼭 육상선수들이 훈련하듯이 뛰었다. "야!" 루즈앙은 소리를 지르며 그를 쫓았다. 뛰면서도 한편으로 생각했다. '되게 바보 같다.' 결국, 수업에 제일 늦는 건 루즈앙일 것이다. 이런…… 이 교활한 푸씨 녹나무야……. 정말 짜증 난다.

푸샤오쓰는 오늘 하루를 어떻게 보냈는지 곰곰이 생각했다. 하지만 별다른 것이 생각나지 않았다. 그저 이미 산 너머로 해가 넘어갔다는 사실만 깨닫게 되었다.

　점점 여름이 다가오면서 낮이 길어지고 있었다. 일몰 시간이 5시, 5시 15분, 5시 40분으로 점점 늦어졌다. 이제 곧 6시였다. 푸샤오쓰는 종일 너무 바빴다. 다섯 페이지나 되는 화학 필기를 베꼈고, 교무실에 가서 미술대회 추천표를 두 장 얻어왔다. 하나는 자기 것, 다른 하나는 루즈앙의 것이었다. 그러고 나선 학생회장이 불러서 가보니, 본인이 곧 졸업하게 되니 푸샤오쓰가 자신을 이어 그 자리를 맡아주기를 바란다는 것이었다. 점심때는 화실에 가서 미술 선생님을 도와 아무렇게나 널려 있는 석고상들을 정리했다. 오후에는 영어 쪽지시험이 있었다. 학생들이 모두 어려워하는 눈치였다. 그리고 루즈앙은 주번이었다. 수업이 끝나고 그는 바닥을 쓸고, 푸샤오쓰는 창가에 앉아 지는 해를 보았다. 교실 안에는 둘뿐이었다.

　이 일과 저 일 사이에 푸샤오쓰는 수도 없이 리샤와 위젠의 까르르 웃던 얼굴이 생각났다. 여자아이들 특유의 재잘거림과 명랑함이었다. 그리고 그들이 자신의 그 무표정한 얼굴을 지나쳐 가는 장면이 무수히 여러 번 재생된다. 매번 재생될 때마다 소리는 없다. 그 짧은 순간의 고요함 이후에 세상은 다시 시끌벅적해진다. 그리하여 조용했다가 시끌벅적했다가 조용했다가 시끌벅적했다. 마치 괘종시계의 느리고 무거운 추가 느리게 왔다 갔다 하는 느낌이었다.

　세상이 온통 공허함으로 가득 찼다.

　마치 자신은 이 세상에 없는 존재 같았다. 리샤는 아무렇지도 않다. 푸샤오쓰는 창가에 기대어 리샤를 생각했다. 예전에 그는 줄곧 그녀가 어디에서나 잘 자라는 들풀처럼 강인하다고 생각했었다. 본인과 루즈앙은 그녀와는 달리 온실 안에서 자라 눈과 비도, 광풍도 만난 적 없이 자라온 것 같았다. 안전한 유리 벽 안의 세상에서 다른 사람의 선망의 눈빛만을 받으며 자랐다. 그런데…… 이게 진짜 자랑스럽게 여길 만한 일인가?

그래서 화가 나긴 했다. 애초에 좋은 마음으로 한 행동이었는데, 제대로 설명하지 못했을 뿐이다. 평소라면 다른 사람의 일에는 관심도 가지지 않았다. 다른 사람을 배려하려다가 이렇게 수습할 수 없는 지경이 된 것도 처음이었다. 푸샤오쓰는 고개를 들어 빗자루로 바닥을 쓸고 있는 루즈앙을 보며 생각했다. 설마 진짜 내가 루즈앙이 예전에 말했듯이 그렇게 나만의 세계에 갇힌 사람인가? 다른 사람들은 내 언어를 알아듣지 못하나? 내가 외계인도 아닌데 말이다.

푸샤오쓰는 마음이 복잡했다. 지금 받아온 물리 시험지로 비행기를 접어 창밖으로 날렸다.

"야, 무슨 멍을 그렇게 때려. 나 다 했어. 집에 갈 거야?" 고개를 드니 루즈앙이 언제 왔는지도 모르게 앞에 와 있다. 그의 머리는 엉망이고 얼굴은 지저분했다. "야, 주번은 진짜 빡세다. 차라리 정물화 한 장 더 그리는 게 낫겠어."

"나 지금 집에 안 가. 너 먼저 가."

168

"너 안 가?"

"이렇게 그냥은 못 넘어가. 리샤한테 가서 확실히 말을 해야겠어. 안 그러면 내가 걔한테 진짜 잘못한 거 같단 말이야. 내가 걔가 생각하는 것만큼 그렇게 저질은 아니라고."

"아. 그럼 내가 같이 가줄게."

"……네가 뭐 하러 같이 가냐……. 가서 샤워나 해. 온몸이 먼지투성이네. 너희 엄마가 너 때문에 엄청나게 고생하시겠다."

"고생은 우리 집 세탁기가 하지."

창틀에서 내려온 푸샤오쓰는 가방을 메더니 돌아보지도 않고 나갔다. 루즈앙도 빗자루를 내던지고 가방을 챙겨 그를 뒤쫓았다.

푸샤오쓰는 고개를 돌려 루즈앙을 흘낏 보더니 미간을 찌푸리고 두 걸음 정도 더 빨리 걸어나갔다. 물론 뒤쫓아오는 루즈앙의 걸음도 함께 빨라졌다. 푸샤오쓰가 뛰기 시작했다. 루즈앙도 뛰기 시작했다.

결국, 둘은 기숙사 앞에서 숨을 거칠게 몰아쉬며 멈춰 섰다. 푸샤오쓰는 헉헉거리며 루즈앙에게 말했다. "너 진짜 미쳤냐? 미친 거야?" 루즈앙은 허리를 숙여 두 무릎에 손을 짚었다. 숨이 차서 도무지 말이 나오지 않았다. 그저 푸샤오쓰를 향해 손가락질을 할 뿐이었다.

좀 쉬고 나니 정신이 돌아왔다. 그러나 기숙사에 사는 학생들은 야간 자율학습을 할 참이었다. 기숙사 불은 다 꺼져 있었고 한 사람도 없었다. 그래서 두 사람은 서로 바라만 보았다. 낯빛은 죽은 사람처

럼 하얗다. 푸샤오쓰가 말했다. "아…… 나 지금 누구랑 한 판 붙고
싶다."

루즈앙은 길바닥에 털썩 앉았다. 네 맘대로 하라는 태세였다.

밤이 깊어졌다. 푸샤오쓰는 기숙사 문 앞의 긴 벤치에 누워서 귀
에 이어폰을 꽂고 음악을 듣기 시작했다. 루즈앙은 잠시 사라졌다
가 손에 뜨거운 우유 두 병을 들고 와 말했다. "하나 마셔라. 조금
있으면 배고플 거야. 너희 집이랑 우리 집에 전화해둘게. 오늘 학교
에 활동 있어서 늦으니까 집에서 밥 안 먹는다고."

푸샤오쓰가 약간은 감동한 심정으로 루즈앙을 보았다. 고맙다고
하려 했는데 차마 입에서 말이 나오지 않았다. 그래서 우유를 마시
면서 "고마워"라고 지나가듯이 말했다.

루즈앙이 웃으면서 놀리는 투로 말했다. "하하. 난 네가 지금 엄
청나게 감동했다는 사실을 알고 있지. 나 같은 좋은 형제를 가진 거
말이야. 고맙다고 할 필요는 없어. 내가 뭐 친구한테 잘하는 건 온
세상 사람들이 이미 잘 아는 사실이니깐 말이야!"

푸샤오쓰의 마음속에 살짝 피어난 감동이 완전히 사라졌다. 상대
를 말자. 온 세상 사람들이 안다고? 좋은 형제라고 전국에 비라도
세웠냐?

9시 반에 자습이 끝나자, 푸샤오쓰는 교실에서 나오는 리샤를 보
았다. 혼자였다. 위젠은 없었다.

리샤는 기숙사 큰 문에 들어설 때 옆을 흘긋 살피더니 무표정하게 안으로 들어갔다. 리샤의 마음속에는 여러 목소리가 얽혀 소음이 그득했다. 고개를 돌리던 순간 리샤의 눈은 푸샤오쓰의 그 초점 없는 두 눈과 마주쳤다. 그 뒤에 루즈앙의 미소도 보였다. 리샤도 스스로가 이 모든 것들을 의연하게 대하는 용기가 어디서 나왔는지 알 수 없었다. 계단을 올라가는데 뒤에서 "리샤야! 리샤!"하고 부르는 소리가 들렸다.

사실 마음속에 미움이 가득 찬 건 아니었다. 그냥 둘을 어떻게 대해야 할지 몰랐을 뿐이다. 어쨌거나 그들은 다른 세계의 사람들이다. 마음이 아팠다. 책상 스탠드 아래에 30분이나 앉아 있었지만, 펼쳐놓은 화학 참고서는 단 한 문제도 풀지 못했다. 잉잉이도 자러 가버렸다. 리샤는 위젠이 돌아올 때 문을 열어줘야 해서 기다리고 있었다. 늦게 잠자리에 드는 게 습관이 되어 평소 리샤는 이 시간을 복습하는 데에 썼다. 그런데 오늘은 연필을 쥐고 공책에 아무렇게나 낙서만 했다. 적힌 숫자와 부호는 아무런 의미도 없었다. 그리고 알 수 없는 어구들을 아무렇게나 적어댔다 '여드름은 그만! 빼빼 말라 죽은 낙타가 말보다 크다. 별들이 총총. 매점에서 파는 공책 예쁘다……' 같은.

리샤는 창밖을 보며 생각했다. 곧 여름이겠네. 공기도 점점 축축해지고 있었다. 언제쯤 여름이 올까? 여름이 오면, 모든 것이 달라지겠지…….

"아이고, 샤오쓰…… 우리 그만 가자. 아마 리샤는……"

푸샤오쓰는 말없이 귀에 이어폰을 꽂은 채 벤치에 누워 있었다. 루즈앙도 더는 말을 하지 못하고 누워서 나지막이 한숨을 쉬며 하늘을 보았다.

"즈앙, 하늘에 구름이 저렇게 잔뜩 낀 걸 보니 곧 비 내릴 것 같지?"

목소리에는 아무 감정이 느껴지지 않았다.

"응, 그러니깐 빨리 집에 가자고, 벌써 11시야……"

"너 먼저 가. 나는 좀 더 기다렸다 갈게."

"……그래도 같이 가자. 나 가방 속에 우비도 있어."

"우비가 하나인데 둘이 어떻게 입어, 멍청아. 먼저 가."

"하늘에 달이 참 둥그네……"

"대체 어디에 달이 있냐!"

"달이 내 마음을 대신하네……"

"달이 울겠네."

"……너! 이 백내장 눈깔."

샤오쓰, 나는 종종 이런 생각을 했어. 내가 네 주위에 있으면 너를 어떻게 막 도와주지는 못해도, 그냥 네게 너는 외롭지 않다고 말해줄 수 있는 거, 그게 좋더라. 어렸을 때나 유명해진 지금이나. 나는 네가 항상 너만의 세계를 가지고 있다고

생각했어. 그래서 다른 사람들이 네 말을 이해할 리가 없다고. 그래서 네가 외로울까 봐 그게 항상 겁이 났었어. 좀 바보 같은 생각이긴 하지만 어렸을 때부터 나는 '둘이 같이 지루하면 그건 지루한 게 아니지 않을까' 했거든. 그래서 지금까지도 가끔 생각해. 샤오쓰는 지금, 외로울까?

그래서 저번에 일본에서 길을 가다가 거리에서 벚꽃이 날리는 걸 보면서 '네가 없어서 좀 아쉽다……' 그런 생각을 했어. 혼자서만 아름다운 경치를 보고, 누구와도 그 아름다움을 공유할 수 없다는 건 정말 슬픈 일이야. 나는 온 세상의 아름다운 경치를 사진 찍어서 너한테 보여주고 싶어.

— 2003년, 루즈앙

정말 비가 내리기 시작했다. 봄 날씨는 항상 습하다. 특히 첸촨은 봄이면 거의 매일 밤 비가 조금씩 내렸다. 푸샤오쓰가 옷을 벗어 머리 위에 쓰고 추워하는 루즈앙을 데리고 가려던 참이었다. 그때 머리가 젖은 위젠이 학교 밖에서 뛰어 들어오는 것이 보였다. 푸샤오쓰는 눈썹을 찌푸렸다. 이 한밤중에 학교 밖에서 돌아오다니, 반에 돌던 위젠이 문제 학생이라는 소문이 떠올랐다.

"과연……."

위젠은 고개를 숙이고 걷다가 기숙사 앞에서야 벤치의 두 사람을 보고 깜짝 놀랐다. 위젠은 가만히 살펴보더니 푸샤오쓰와 루즈앙을 알아보고서야 멈춰 섰다.

"너희 귀신이냐? 이 밤중에 여기서 사람 놀라게 하고 대체
뭐야?"

"리샤 기다리고 있어. 그런데 리샤가 우리랑 말을 안 하려고 해
서, 골치 아픈 참이었지."

루즈앙은 가방에서 우비를 꺼내다가 비에 젖은 위젠에게 우비를
건네며 물었다. "너 입을래?"

위젠은 몇 초간 그들을 보더니 말했다. "너 입어. 나는 어차피 금
방 숙소 들어가니까 상관없어." 그리고 푸샤오쓰를 보고 멈칫하다
말했다. "기다려봐, 내가 올라가서 리샤 내려보낼게." 위젠은 어안
이 벙벙한 두 사람을 지나쳐 재빠르게 건물 안으로 뛰어 들어갔다.

리샤도 이날 있었던 일들이 잘 기억나지 않았다. 기억이 모두 비
워졌다. 그저 기억나는 건 자신이 몇 분 전에 건물 아래에서 바보스
럽게도 큰 소리로 울어서 경비원을 깨울 뻔했다는 것이다. 그러나
지금의 마음엔 뭔가 보송보송한 따뜻함이 있었다. 마치 겨울에 목
욕한 후에 추워서 바들바들 떨다가 어머니가 뜨거운 물주머니를 넣
어둔 따뜻한 이불 속으로 쏙 들어간 느낌이었다.

리샤는 습관적으로 위젠이 돌아오기를 기다리고 있었다. 11시에
어김없이 위젠의 발소리가 들렸고, 리샤는 문을 열었다. 위젠은 대
뜸 리샤를 끌고 아래로 뛰어 내려갔다. 리샤는 당황하긴 했지만 그
래도 위젠이 옆에 있기에 그렇게 두렵지는 않았다.

리샤는 지금쯤이면 푸샤오쓰와 루즈앙이 집에 돌아가 자고 있겠거니 했다. 특히 루즈앙 그 녀석은 잠자는 걸 원래 엄청 좋아하니깐. 두 사람이 비에 홀딱 젖은 채로 철문 밖에 서서 진지하게 말을 하던 모습을 떠올리니 리샤는 또 눈물이 나올 것 같았다.

리샤는 이날 푸샤오쓰가 한 말과 그 어투를 평생 잊지 못할 거라고 생각했다.

그는 리옌란이 옷을 가지고 난리 칠까 봐 급하게 먼저 자기가 물어주겠다고 말한 거라고 했다. 만약 리옌란이 먼저 그 이야기를 꺼내면 리샤가 100배는 더 난감할 거라 생각했다고. 친구이니 리샤는 그의 생각을 당연히 이해할 거라 생각해서 제대로 설명하지 않았는데 그 탓에 리샤가 오해한 것 같다고. 그리고 정말 미안하다고 말했다.

리샤는 푸샤오쓰의 말 속에 리샤에 대한 일말의 실망감이 담겨 있는 것을 느낄 수 있었다. 스스로가 사리 분별을 못 해서 그들을 믿지 못했다는 생각에 부끄럽고 괴로워진 리샤는 결국 참지 못하고 큰 소리로 울었다. 결국 화가 난 위젠이 리샤의 입을 틀어막으며 바보라고 면박을 주었다.

진짜 바보다…….

푸샤오쓰와 루즈앙의 낯빛이 변했고, 푸샤오쓰가 답답한 표정으로 물었다. "설마 내가 또 잘못 말한 거냐?"

리샤는 이에 고개를 절레절레 흔들었다. 위젠이 손으로 입을 막았으나 울음소리는 새어 나왔다. 눈물도 많이 흘렸지만 모두 다 빗속에 있어 알아차리지 못했다.

가면서 푸샤오쓰가 고개를 숙이고 진지한 표정으로 물었다. "리샤야, 아직도 화났어?"

리샤가 기억하는 건 자신이 바보같이 있는 힘껏 고개를 내저었다는 것이다. 그것을 본 푸샤오쓰가 결국 웃음을 터뜨렸다. 사실 푸샤오쓰의 드물게 보이는 그 웃음은 정말 따뜻하다. 루즈앙의 봄날 아침 햇살 같은 따뜻함이 아니라, 마치 겨울에 두꺼운 구름 속에 숨어 있다가 한 번씩 모습을 드러내는 보송보송한 태양 같은 웃음이었다. 보기 힘들기에 더 따뜻하게 느껴졌다. 더구나 그의 눈은 밤이 되면 이상하게 더 또렷해졌다. 하늘 위에 높이 걸려 항상 북쪽을 가리키는 북극성처럼, 그 눈은 영원히 길을 잃지 않을 것 같다.

방으로 돌아오면서도 리샤가 계속 울어서 위젠이 옆에서 고개를 절레절레 흔들고 한숨을 쉬었지만 어쩔 도리가 없었다.

층마다 베란다가 있었다. 그곳에서 바라보니 푸샤오쓰와 루즈앙이 비를 그대로 맞으며 뛰고 있었다.

리샤는 생각했다. 부유한 집 도련님으로 커온 두 사람이 저렇게 깨끗하고 명랑하게 자랄 수 있다니. 쉽지 않은 일이다. 다 커서 성숙한 남자가 되면, 그때는 정말 저 선함과 너그러움 때문에 더 많은 여자들이 저들을 좋아하겠지.

5년, 10년, 20년 후에 우리는 모두 어떻게 될까? 그때도 내가 큰 간식 보따리를 들고, 사람들이 넘쳐나는 길을 지나고, 신호등을 지나고, 건널목을 지나, 낯선 사람들을 하나하나 지나쳐 그들 앞에 나타날 수 있을까?

생각지도 못하게 이튿날 두 사람 다 감기에 걸렸다. 위젠은 비웃으며 말했다. "너네는 참 면역력이 약하구나, 나는 매일 밤 비를 맞아도 감기 한 번 걸리지 않는데." 리샤는 마음이 좋지 않았다. 그냥 기숙사에 돌아오는 길에 서서 그들의 이야기를 들어줬어도 되었을 텐데. 괜한 잘난 척을 했다. 얼굴이 달아올랐다.

루즈앙은 연잎으로 싼 주먹밥마냥 옷을 잔뜩 껴입었다. 자리 옆에 쓰레기봉지까지 달아놓고 콧물을 닦은 휴지를 버렸다. 휴지가 산처럼 쌓였다. 리샤는 수업 시간 내내 앞자리에서 그들의 신음 소리를 들었다. 둘 다 코가 막혀서 계속 킁킁거리는 소리를 냈다.
담임 선생은 놀라서 그들에게 집에 가서 좀 쉬라고까지 했다. 다른 학생들이 조퇴를 신청하는 것은 정말 어려웠지만, 두 사람의 감기에는 선생이 더 놀라 먼저 조퇴를 권했다.
그나마 남자들이라 체력이 좋았던지, 두 사람의 감기는 며칠 지나지 않아 다 나았다. 좀 안심한 리샤는 어머니가 보내준 먹거리를 바리바리 싸 들고 수업에 갔다. 신이 난 루즈앙은 사흘 동안 쉴 새 없이 먹었다.

노동절에 학교도 이틀 동안 쉬었다. 첸촨일중에 거의 없는 연휴였지만, 수업이 많아지고 공부할 시간은 점점 부족해졌다. 리샤는 한참 고민한 끝에 학교에 남아 공부하기로 했다. 푸샤오쓰와 루즈앙은 분명 연휴에 쉴 것이다. 청치치의 부모님은 딸을 직접 데리러 왔다. 치치가 함께 가자고 했으나 리샤는 고개를 저었다. 리샤도 엄마가 무척 그립긴 했다. 그나마 다행인 것은 위젠이 학교에 남았다는 것이었다.

아침에 일어나보니 기숙사 방이, 아니 기숙사 건물 전체가 텅텅 비어 있었다. 기숙사 전체를 독점하게 된 리샤와 위젠은 신이 났다. 세수를 한 두 사람은 다시 방으로 돌아와 신나게 떠들었다.

아침밥을 먹은 후에 위젠이 진지하게 리샤에게 말했다. "우리 좀 있다가 외출하자."

"나가서 뭐 하려고? 공부 안 해? 곧 중간고사인데…… 위젠아……."

"가서 그 계집애 옷 사려고. 하여튼 물어주긴 해야 할 거 아냐."

"위젠, 나…… 그럴 만한 돈 없어……."

"내가 물어주는 거지 누가 너한테 돈 달랬어?"

리샤는 고개를 들어 좀 화난 얼굴로 위젠을 보았다. 마음속에서 조수가 올라갔다 내려갔다 했다. 어렸을 때 서 있었던 바닷가를 생각했다. 저녁의 바다는 따뜻했다. 파도가 한 번씩 몸을 적셨다. 꼭 어머니가 안아주는 것 같은 느낌이었다. '……엄마? 휴…… 위젠을 엄마로 생각하다니 나도 정말 못 말린다…….'

길거리가 등으로 알록달록하게 장식되었다. 노동절은 중국의 매우 중요한 명절 중의 하나였다. "노동이 제일 빛나는 거라고들 하잖아? 그러면 노동자의 명절은 제일 성대해야 할 것 같아." 리샤가 히히 웃으며 위젠에게 말했다.

두 사람은 길모퉁이에서 멈춰 섰다. 위젠은 고개를 들어 커다란 광고판을 보며 말했다. "여기인 거 같아." 그러고서는 리샤를 끌고 안으로 들어갔다.

길에는 차도 많고 사람도 많았다. 다들 자신이 가려는 방향으로 바쁘게 이동했다. 누구도 다른 사람에게는 관심이 없었다. 다들 비바람을 이겨내며 열심히 자기 갈 길을 갔다. 즐거운 사람들이 길에 북적거리고 있었다. 무수한 발자국들이 생겨났고, 또 새로운 발자국들이 그 발자국을 덮었다.

머리 위에 전차 전선이 제멋대로 엉켜 있다.

그 전선이 창백한 하늘을 크고 작은 조각으로 가르고 있다.

그 조각이 점점 작아진다. 점점 작아진다.

리샤는 길에 쭈그리고 앉아 고개를 숙이고 자신의 발등을 보았다. 옆에 있는 위젠은 가게 안에 들어갔다 나온 뒤 그대로 길바닥에 주저앉아 있었다. 리샤는 천천히 고개를 들어 위젠을 보았다. 위젠은 주먹을 꼭 쥐고 있었는데, 손에 너무 힘을 주어 관절이 하얗게 될 정도였다. 다시 보니 위젠의 눈에 눈물이 그렁그렁하다. 리샤는 어찌할 바를 몰랐다.

위젠이 우는 이유를 알 수 없어 리샤는 그저 기계적으로 위젠의 이름만 불렀다. "위젠, 위젠." 목소리는 점점 작아지더니 울음소리로 변했다.

위젠이 눈물을 닦고 한참 있다가 고개를 들고 말했다. "그 옷 380위안이야. 나 300위안밖에 안 들고 나왔어. 미안해."

시간이 녹아 액체로 변했다. 온몸을 감싸 안았다. 꼭 모든 아기가 자궁의 바다에서 고이 잠들어 있는 것 같았다. 지는 해가 거리를 물들이기 시작하더니 결국 길 전체를 석양의 빛으로 물들였다.

리샤는 위젠이 돈이 모자라서 우는 것이 잘 이해되지 않았다. 그렇지만 얼마 후 위젠이 운 이유를 알게 되자 도리어 리샤 자신이 울고 싶을 지경이었다.

위젠의 이야기는 느리고도 길었다. 그렇지만 리샤는 시간이 흘러가는 것도 잊고 그녀의 이야기를 들었다. 길거리를 지나다니는 사람들의 존재는 위젠의 목소리 안에서 점점 엷어졌다. 모든 목소리는 저 멀리 사라지고, 시간은 느리면서도 빠르게 흘러갔다. 석양이 무겁게 내려앉았다. 다음 날 다시 떠오르지 않을 것처럼. 그러나 모든 사람이 내일도 해가 뜰 것을 굳게 믿고 있었다. 퇴근하는 사람들은 각자의 집으로 서둘러 돌아가고, 온 도시의 불이 하나씩 켜지고 있었다.

위젠이 담담한 어조로 말했다. "리샤, 너 이야기…… 하나 들어볼래?" 리샤는 길고 어두운 터널 안으로 걸어 들어가는 느낌이었다. 마음이 커다란 어둠에 짓눌리는 것 같았다. 숨 쉬기도 힘들었다. 위젠의 이야기를 다 듣고 나서 리샤는 물속에 한참 있다가 수면 위로 올라온 것처럼 크게 숨을 들이쉬며 호흡했다.

리샤야, 내가 예전에 나랑 아빠랑 같이 안 산다고 했지. 그런데 나는 아빠, 엄마랑 아예 만난 적이 없어. 어렸을 적부터 외할머니랑 살았거든. 바이두라는 시골에서 자랐어. 너 바이두라고 들어봤어? 첸촨 근처야. 우리 엄마는 결혼 안 한 상태로 나를 낳았거든. 그때는 그런 게 완전 죽을죄였던 거 알아? 우리 외할머니는 엄마한테 계속 나를 지우라고 했는데, 우리 엄마는 그 말을 듣지 않았대. 할머니가 화나서 나중에는 엄마 머리를 붙들어서 막 벽에 찧을 정도였어. 엄마는 울면서 아무 말도 하지 않았대. 심지어 소리 자체를 내지 않았다고 하더라고. 꼭 아예 말 못 하는 벙어리인 것처럼. 리샤, 너 이런 말 들어본 적 있어? 벙어리처럼 서로 아끼며 사랑한다는 말? 서로 사랑하면 아무것도 들리지 않는다고. 내 생각엔 우리 엄마가 딱 그 상태였던 거 같아. 그래서 지금까지도 내 꿈에 엄마가 외할머니한테 머리채 잡혀서 벽에 머리를 쿵쿵 찧는 장면이 나와. 꿈에서 엄마는 그렇게 당하면서도 눈동자에 웃음이 가득해. 비록 엄마를 본 적은 없지만. 그런데 사진으로 봤어. 열일곱 살 때의 엄마. 엄마는 긴 머리를 땋았고, 후진 옷을 입고 있어. 천진난만한 표정으로.

그런데 나는 우리 아빠가 어떤 모습이었는지는 아직도 몰라.

엄마가 일기를 한 권 남겼어. 그 일기 속에 있는 글들 조각 조각으로 아빠가 어떤 모습이었는지 추측만 할 뿐이야. 엄마는 이렇게 적었어. '그의 눈썹은 짙고 까만 칼날처럼 날카롭다. 눈은 반짝반짝 빛나고 있다. 내가 본 사람 중에 가장 빛나는 눈을 가졌다. 코는 높고, 입술은 가늘다. 검처럼 날카로운 얼굴형을 가졌다. 그런데 그가 웃을 때면 모든 얼굴의 각도가 완전히 변한다. 나는 내 앞에 있는 그를 마주 본다. 그는 창밖의 큰 바다를 손으로 가리키며 기뻐하고 있다. 그의 표정은 밝고 생생하다. 마치 수많은 태양이 해안선에서 동시에 한꺼번에 떠올라 사방을 비추는 느낌이다. 그 순간 난 꼭 눈이 머는 것 같았다. 그가 고개를 돌려 앞에 앉아 있는 나에게 처음 한마디를 던졌다. "진짜 아름답네요. 저는 바다를 처음 봐요.'"

그 후로 둘은 함께 시간을 보냈대. 엄마의 일기장에 그때 두 사람의 즐거웠던 기억이 적혀 있어. 아빠가 사력을 다해 기차에서 엄마의 자리를 구해주고, 아빠가 엄마에게 옷을 벗어준 일, 아빠가 거리거리를 가로질러 엄마에게 두유를 사다준 일도 있었어. 또 아빠가 시베이 고원의 사막에서 자란 이야기를 하며 짓던 생생한 표정도 적혀 있고, 아빠가 의기양양하게 팔을 휘두르던 모습까지 다 적혀 있어.

그때 엄마는 아빠랑 평생을 같이하기로 결심했대. 엄마는 아빠 옆에 누워서 아빠의 그 젊고 깊은 숨소리를 들을 때 그게 그렇게 행복했다더라. 이 짧은 여행에서 사랑이 엄마 인생 전체를 바꾼거나 다름 없는 거지. 그의 표정 한 번과 1년을 바꾸고, 그의 웃음 한 번과 10년을 바꾸고, 그의 젊고 경험이 없어서 서툴긴 하지만 힘 있는 포옹과 한평생을 바꾼 거지. 엄마가 집으로 돌아간다고 했을 때, 나의 그 젊었던 아버지는—그때 당시에도 아버지는 아직 젊었지. 스무 살 정도였을 테니까—고집스럽게 엄마와 함께 가겠다고 했지만, 엄마는 싫다고 했대. 엄마는 주소를 써서 아빠한테 주면서, 우선 아빠 부모님께 안부를 전하고 자기를 찾아오라고 하면서 기차에 오른 거지.

"리샤야, 너 맨날 들판에 서서 기다리는 게 어떤 감정인 줄 알아?"

"……몰라."

"나도 몰라, 그런데 그냥 생각해. 매일 그곳에 서서, 태양이 떠오르고 태양이 지는 걸 보는 것, 그림자가 길어졌다가 짧아졌다가, 풀과 나무가 무성해졌다가 시드는 걸 반복해서 보는 것, 그건 대체 무슨 느낌일까……. 아마 외로움이겠지?"

리샤는 고개를 돌려 위젠을 보았다. 그녀의 발 옆에 한두 방울 떨어져 있는 눈물 자국이 보였다. 리샤는 생각했다. 위젠은 계속 이렇게 지내왔구나. 이렇게 소리 없이 울고 있었구나. 그렇게 강하고 용감하게 세상을 살고 있었구나. 세상 사람들이 고독과 외로움 같은 말을 흔하게 쓰지만, 위젠은 절대 쓰지 않았다. 그런데 위젠이 어머니를 빌려 이야기하고 있었다. "그런 감정이…… 외로움이겠지……?" 하면서.

그런데 아빠에게선 기별이 없었대. 후에 엄마는 나를 가진 걸 알게 되었고, 배는 하루가 다르게 불러왔지. 그래서 외할머니한테 나를 가진 걸 이야기할 수밖에 없었대⋯⋯. 리샤야. 사실 나는 지금까지도 생각해. 우리 엄마가 나를 낳을 때 대체 얼마나 큰 용기가 필요했던 걸까? 그런데 나를 낳을 때 엄마가 가진 용기를 다 써버려서, 얼마 안 있다가 다른 곳으로 가버린 거지⋯⋯. 정말 완전히 가버린 거야⋯⋯. 죽어버렸거든. 우리 엄마는 나에게 위젠이란 이름을 지어줬는데, 아빠 이름을 몰라서 성이 없었어. 나는 엄마가 아빠를 우연히 만날 수 있었던 게, 그게 엄마에게 평생의 가장 큰 행복이었을 거라 생각해. 그래서 나한테 '우연히 만난다(遇見)'는 뜻을 가진 위젠이란 이름을 지어준 거지.

그런데 외할아버지가 일찍 돌아가시고 나랑 외할머니만 남게 된 거야. 외할머니는 내내 엄마를 욕했어. 엄마가 죽어버리는 바람에 자신이 모든 책임을 떠안게 되었다고 생각하신 거지. 나는 어렸을 때부터 엄마 아빠가 없으니까 학교에서도 친구가 없었어⋯⋯. 혼자 학교 가고, 혼자 밥 먹고, 혼자 집으로 돌아왔어. 어떨 때는 내 그림자하고 대화할 정도였다니깐. 어렸을 때부터 내가 자신에게 한 말 중에 제일 많이 했던 말은 '위젠, 너는 울면 안 돼. 네가 울면 너를 싫어하는 사람들이 기뻐하잖아'였어. 나는 걔네가 신나는 게 싫었어. 나보다 걔네가 100배는 더 힘들게 살길 바랐어. 어렸을 적의 나는 그냥 심술쟁이였던 거지. 그런데 누굴 탓하겠어. 그래서 그런지 어렸을 적부터 나한테 관심 가져주는 사람도, 비가 오면 같이 우산을 나누어 써주는 사람도, 수업이 끝나면 자기 집에 놀러 오라는 사람도 없었어⋯⋯. 나는 애초에 예쁜 옷도 없었고, 듣기 좋은 말도 할 줄 모르고, 듣기 좋은 노래도 부를 줄 몰랐었거든. 그래서 같은 반 남자애들이 자주 나를 괴롭혔어. 걔네랑 자주 싸우기도 했고. 이기지는 못해도…… 옷이 너무 더러워지지 않았으면 그냥 툭툭 깨끗하게 털고 집에 돌아가면 되니깐.

어렸을 때 외할머니네는 돈이 없었어. 자주 감자를 먹었어. 매번 강에 가서 감자를 씻을 때, 옆집의 좀 큰 남자아이는 옆에서 고기를 씻었어. 그때마다 그 아이가 쟤는 감자만 먹는다고 놀렸어. 한번은 걔가 고기를 막 씻은 손으로 손에 남아 있던 물을 내 얼굴에 튀겼어. 그리고는 말했지. "느껴지냐? 이게 고기의 비린내라는 거다."

말이 끊어졌다. '너무 힘들면 그만하지…….' 리샤는 생각했다.

날카로운 경적 소리가 거리 여기저기에서 들려왔다. 고개를 드니 도시의 상공에 이리저리 엉켜 있는 전선과 전차선, 베란다 밖으로 나와 있는 빨랫줄, 광고판, 이정표, 그리고 건물의 유리 외벽이 보였고, 비둘기들이 석양의 하늘을 가르며 날아다니고 있었다. 리샤는 고개를 들어야 눈물을 아래로 떨구지 않을 수 있을 것 같았다. 나만 힘들게 살아온 줄 알았는데, 내 옆에, 더 힘든, 그런 세상에 살던 친구가 있었다.

"위젠……."

"동정할 필요는 없어. 나 안 불쌍해. 내가 동정받으려고 이 얘기한 거 아니야. 크면서 엄마 일기를 읽고 강해져야겠다고 맹세했어. 울지도 않겠다고. 엄마도 그렇게 용감했는데……. 물론 계속 용감하게 살아나가진 못했지만……."

"그런 뜻으로 한 말 아니야. 그냥 나 자신이 갑자기 너무 부끄러워졌어."

"부끄럽다고? 부끄러운 건 나지……. 이렇게 다 자랐는데도 다른 사람 집에서 살고, 다른 사람한테 무시당하고, 하루하루 바보처럼 사니까. 외할머니가 죽고, 집에 사람이 많이 왔어. 그 사람들이 와서 외할머니가 가지고 있던 땅이 얼마에 팔릴 거며, 팔린 다음에 수익을 어떤 식으로 나눌 것인지, 그런 이야기만 했어. 나만 할머니 침대 앞에 있었지. 그날 나는 울었어. 그것도 아주 많이. 사실 나 우리 할머니 엄청나게 좋아했거든. 할머니는 사실 우리 엄마를 많이 사랑했어. 저녁때 문틈으로 할머니가 엄마 젊었을 때 사진을 보면서 한숨 쉬는 거 자주 봤어. 다행인지 그땐 내가 아직 어려서 다들 데리고 있겠다고 했어. 그래서 삼촌 집에 갔고…… 그 삼촌이…… 지금 우리 담임 선생님이야……."

"뭐라고……?"

"그런데 삼촌이 날 받아준 건, 삼촌이 착해서 그런 건 아니고 다른 방도가 없어서야. 삼촌은 나 별로 안 좋아했어. 지금도 이 세상에 나 같은 건 나오지 말았어야 한다고 생각하는 것 같아. 내가 이전 학교에서 성적도 별로 안 좋고, 매일 싸우고, 그래서 이 학교로 전학시킨 거야."

"아, 그렇구나. 그래서 첸촨일중에서도 1학년 3반에 들어왔구나?"

"리샤야, 어제 네가 울면서 우리 집이 행복해서 너를 이해하지 못할 거라는 말을 듣고 진짜 많은 생각이 들었어."

"미안해……. 엥? 아니, 그런데 아까 너 옷값이 얼마라 그랬지?"

위젠이 고개를 들어 리샤를 바라보았다. 아직 눈물이 눈에 맺혀 있었다. 도시의 불빛이 비치니 그 눈물이 초롱초롱 빛났다. 그녀는 다시 웃으며 말했다. "나 아르바이트 하는 데 같이 가보자."

위젠과 리샤는 한 술집 앞에 도착했다. '스타모스(STAMOS)'라는 큰 간판이 걸려 있었다. 위젠이 말했다. "나, 여기서 일해."

"어? 여기? 위젠 너 여기서 뭐 하는 거야……."

"노래 불러."

"노……래?"

"응. 노래 불러. 내 남자친구가 여기 베이스 연주자야. 9시 되어야 영업 시작해. 내가 안에 구경시켜줄게."

"위젠, 너 남자친구 있었구나……."

"응."

리샤는 주위를 살폈다. 무대 위에 펑크 머리를 한 남자애들이 몇몇 있었고, 그중의 하나가 베이스를 들고 조율하고 있었다. 그가 위젠과 리샤가 들어오는 것을 보더니 무대에서 뛰어 내려왔다. 마른 몸에 머리는 노랗게 물들였고, 크고 예쁜 눈이 웃으니 너그러워 보였다. 그는 위젠의 머리를 토닥토닥 두들기더니 리샤에게 손을 내밀며 말했다. "안녕, 나는 칭텐이야."

 이미 5월이었다. 밤바람이 그렇게 차다고 느껴지지는 않았다. 리샤는 위젠과 함께 기숙사로 돌아왔다. 드문드문 지나가는 차들이 둘의 얼굴에 헤드라이트를 비추었다. 학교로 가는 산길 양옆으로 녹나무가 무성하게 자라 있었다. 밤에 녹나무의 향은 더 진하게 느껴졌다.

 "칭텐……은 따뜻한 사람이지?"

 "응, 엄청 착해. 평소에 큰 소리 내는 법도 없다니까."

 "나는 예전에 음악 하는 사람들, 특히 록 하는 사람들은 엄청 지저분하고, 욕하고, 막 여자애들이랑 난잡하게 놀고 그런 줄 알았어. 그런데 칭텐은 진짜 특별한 사람인 것 같아……. 그런데 위젠 너도 특별하니까 둘이 커플이겠지?"

 "나랑 칭텐은 중학교 동창이야. 같은 학년, 같은 반이었어. 그런데 중학교 3학년 되기 전까지는 서로 한 마디도 안 했어. 그러다가 중학교 2학년 때 걔 옆자리에 앉게 되었는데, 수업 시간에 선생님이 내게 질문할 때마다 나보다 걔가 더 떨려하는 거야. 걔가 매번 연습장 오른쪽 모서리에 답을 크게 써줘서 난 그거 보고 읽기만 했는데 말이야. 내가 대답 다 하고 앉으면 그제야 안심하더라니까."

 "진짜 무슨 로맨스 소설 같다……."

 "그런데 나중에 알고 보니까 얘가 엄청 개성 있는 스타일이었던 거지. 성적도 좋았는데 중학교 3학년 때 갑자기 학교 그만두더니

188

친구들 몇 명이랑 밴드를 만들었어. 그때는 나랑 얘기도 하고 그럴 때여서 왜 갑자기 학교 그만두냐고 물었더니, 걔가 그러더라고. 인생이 짧은 거 같아서 신나는 거 하면서 살려고 한다고. 그때 갑자기 걔의 그 용기 충만한 얼굴이 좋아지더라. 나는 원래 용기 있는 사람이 좋거든. 그래야만 이 세상에서 자기 두 발로 설 수 있잖아."

"진짜 특이하네. 생각도 특이하고."

"우리 처음 말하기 시작한 사건도 엄청나게 웃겨. 들어볼래?"

"응."

"중학교 2학년에서 3학년 올라갈 때였는데, 사물함 물건들도 다 옮겨야 하잖아. 내가 큰 종이상자에 다 넣고 계단 올라가는데 걔가 내 앞에 있었어. 그런데 내가 상자를 너무 높게 들어서 안 보였던 거지. 내가 걔 바지를 밟아가지고…… 둘이 계단에서 굴렀어……."

"그리고 처음으로 나눈 대화가 이거겠지. '아 칭텐…… 진짜 미안해', '아. 아니야, 내가 미안하지. 다친 데 없어? 위젠…….' 그러고 나서 서로 좋아진 거지? 그렇지?"

"아니야. 그럴 리가 있나. 너 순정만화 너무 많이 본 거 아냐? 중학교 때 친구들이랑은 말도 거의 안 했는데 무슨 그런 말을 해. 안 싸웠음 다행이지. 그냥 신경 안 쓰고 쏟아진 물건만 대충 다시 담아서 올라갔어. 내가 두 걸음 정도 뗐나. 그때 뒤에서 걔가 날 부르는 거야. 그래서 내가 돌아봤더니 얘가 얼굴이 새빨간 거야. 하고 싶은 말 있는데 못하는 거 같기도 하고. 그래서 내가 못 참고 왜 그러냐고 물었더니 걔가 몇 초 후에 손을 내미는 거야. 이거 네 거라면서.

189

그리고 물건을 내 상자 안으로 떨어뜨리더라."

"그게 끝이야?"

"어, 그게 끝이야. 그런데 그 물건이 뭔 줄 아냐?"

"뭔데?"

"생리대."

"……."

5월 5일이다. 리샤는 아침에 눈을 뜰 때부터 기분이 정말 좋았
다. 어제는 어머니로부터 전화로 생일 축하를 받았다. 리샤는 항상
그랬듯이 "고마워요, 엄마"라고 말했다.

종일 리샤는 신이 났다. 선물은 받지 못했으나 만면에 웃음이 가
득했다. 아무한테도 생일이라고 말하지 않았기 때문이다. 사실 생
일은 그저 1년 중의 하루일 뿐이라고 생각해서였다.

밤에 스탠드를 켜고 공부하던 리샤는 누군가의 기침 소리를 들
었다. 처음에는 신경 쓰지 않았는데, 계속 기침 소리가 나서 나가보
니 푸샤오쓰와 청치치, 그리고 루즈앙이 아래에서 손을 흔들고 있
었다.

리샤는 위젠에게 함께 나가보자고 했다. 대체 무슨 일인가, 이 늦
은 시간에 기숙사라니. 더구나 저 세 명의 조합이라니.

리샤가 입구에 나오자 다들 철문 틈새로 선물을 차례차례 전달
했다. 리샤는 별말 하지 않았지만, 속으로 크게 감동했다. 첸촨일중
에 와서 처음 받는 생일 선물 아닌가. 리샤는 철문 앞에서 "고마워,

고마워"만 반복했다. 이 말 외에는 다른 말이 생각나지 않았다.

리샤는 청치치에게 물었다. "너 왜 아직 기숙사로 안 들어왔어? 이렇게 늦었는데."

"오늘 기숙사에서 안 자. 친척 집에서 잘 거야."

"아…… 내 생일, 치치가 너희 둘한테 말했어?"

"아니. 학생증에 적혀 있잖아. 저번에 표 적어 넣을 때 네가 학생증 줘서 봤지." 푸샤오쓰가 손을 호주머니에 넣은 채로 대답했다.

세 사람이 하는 말을 듣던 위젠은 오늘이 리샤의 생일이고 친구들이 선물도 준비했는데, 본인은 빈손이니 뻘쭘했다. 어떤 마음은 대놓고 드러내기가 힘들다. 위젠은 자기가 리샤 생일이 언제인지 신경 쓰지 않았다는 것에도, 리샤가 오늘 생일이라고 말해주지 않은 것에도 허탈감을 느꼈다. 그래도 위젠은 리샤에게 물었다. "오늘 네 생일이야?"

리샤는 좀 민망해하면서 말했다. "응……. 그런데 다른 사람들한테 별로 말하고 싶지 않아서……. 그래서 너한테도 말 못했어……. 미안."

마찬가지로 민망해진 위젠은 손을 호주머니에서 빼며 한숨을 쉬며 말했다. "선물 준비 못 했어."

리샤가 손사레를 쳤다. "필요 없어. 필요 없어."

위젠이 고개를 들었다. "노래라도 한 곡 불러줄게. 내 노래 못 들어봤지?"

그 노랫소리를 뭐라고 표현할 수 있을까?

마치 한밤중에 천만 마리의 새가 한꺼번에 날아오르는 것 같았다. 어두워서 그 날갯짓이 보이지는 않았다. 아주 맑은 목소리는 아닌데도, 매우 높고 낭랑하게 들렸다. 마치 아침 해와 같은 생명력으로 하늘을 향해 성장하는 것 같았다. 리샤는 순간적으로 환각을 보았다. 예술제 때 푸샤오쓰가 자신의 손을 잡아주었을 때처럼 눈앞이 화려한 색채로 채워졌다. 리샤는 갑자기 울고 싶었다. 자신도 그 이유를 알 수 없었다. 그저 위젠의 진지한 표정에 감동했다. 학교 예술제에서 1등을 거머쥔 청치치마저도 리샤에게 그런 느낌을 준 적은 없었다. 리샤는 생각했다. 위젠, 넌 정말 온 생명을 다해 노래하는구나.

리샤는 고개를 돌려 청치치를 보았다. 위젠을 보는 그녀의 눈이 반짝반짝 빛났다. 청치치는 원래 자기 노래 실력이 꽤 괜찮다고 생각했었다. 그런데 위젠의 노래를 들어보니 이런 게 바로 생명력이 있는 목소리라는 생각이 들었다. 고음은 태양을 향해 마디지어 자라나는 보리를 떠오르게 했고, 깊은 계곡처럼 읊조리는 저음은 샘물, 수증기, 산맥, 바다, 세계, 그리고 어둠으로까지 확장되었다. 위젠의 목소리가 천지오행의 틀을 다시 짜는 것만 같았다.

리샤, 너 알아? 고등학교 1학년 네 생일날 위젠이 네 앞에서 노래하는 모습을 보았을 때, 그제서야 나는 노래를 선택해야

겠다고 결심했어. 그때 나는 모든 생명을 다해 노래하는 것이 얼마나 대단한 일인지 깨닫게 되었거든. 노래하는 사람의 에너지가 충만하면, 그 노랫소리가 듣는 사람들을 용감하게 만들어줄 수 있다는 걸 그제야 알았어.

— 2003년, 청치치

리샤는 기숙사로 돌아와서 우선 청치치의 선물을 열었다. 포장지를 뜯으니 자신이 더럽힌 리옌란의 외투와 똑같은 외투가 들어 있었다. 종이상자에는 쪽지가 붙어 있었다. '그 악몽 같은 기억은 이제 던져버려.' 아마도 푸샤오쓰나 루즈앙이 청치치에게 말해주었을 것이다. 리샤는 마음이 따뜻해졌다.

루즈앙의 선물은 좀 이상했다. 머리가 산발인 남자 인형이었는데, 만지면 까르르륵 웃는 소리가 나서 리샤를 깜짝 놀라게 했다. 한참 듣다 보니 루즈앙의 목소리인 것을 알게 되었다. 카드를 펼치고 루즈앙의 예쁜 글씨를 읽었다. '내가 낼 수 있는 제일 생기 있는 웃음소리 녹음한 거야. 짜증 날 때 들으면 골치 아픈 거 싹 까먹게 될 거야.'

마지막은 푸샤오쓰의 것이었다. 리샤는 잠시 상자를 들고 있었다. 뚜껑을 열고는 한동안 입을 다물지 못했다. 지쓰가 그린 열일곱 장의 그림이 있었다. 그리고 카드에 쓰인 한마디. '리샤야, 열일곱 번째 생일을 축하해.'

뚜껑을 덮을 때 저도 모르게 뜨겁고 축축한 것이 얼굴을 타고 내려왔다.

17년 동안의 생일 중에 오늘 생일이 제일 즐거웠어. 다들 고마워.

스셴으로 돌아온 지 이미 한 달이었다. 여름방학의 절반이 지나 있었다. 사실 저번 학기는 어떻게 끝났는지 기억도 안 났다. 그저 죽기 살기로 기말고사를 준비했다는 기억 외에는 없었다. 그래도 다행히 전교 10등 안에 들어 장학금을 탔다.

집에 있는 시간엔 주로 빈둥댔고, 매주 위젠과 통화를 했다. 종종 위젠과 칭톈의 일에 관해서 이야기했다. 리샤는 위젠에게 어렸을 적부터 함께 자란 남자아이가 있다는 사실이 정말 부러웠다. 매번 "위젠아, 너는 너무 행복하겠다"라고 말하면 위젠은 별다른 대꾸 없이 그저 웃기만 했다.

사실 여름방학 동안 고민되는 일이 없었던 것은 아니었다. 기말고사가 끝날 때쯤 문과반과 이과반을 선택하는 문제가 공지되었다. 리샤는 마음을 정할 수 없었다. 이과를 선택하고 싶긴 했지만, 그 죽일 놈의 화학이 문제였다. 그렇지만 문과반으로 가는 것도 그다지 내키지 않았다. 리샤는 흰 목도리를 두르고 종일 시나 읽는 그런 부류를 좋아하지 않았다. 학교 안에 이미 그런 허세가 심한 녀석들이 많아 중학교 여학생들이나 꼬시고 있었다. 하여튼 리샤는 문과에 대해서 그렇게 생각했다.

그래서 리샤는 아직 개학하려면 멀었다며 계속 결정을 미뤘다.

그러다 보니 한 달이 훌쩍 지났고, 결국 결정을 내려야만 했다.

모든 일에는 결과가 있기 마련이다. 다음 학기면 고등학교 2학년이 된다. 눈 깜짝할 새 고등학교 시절의 절반이 훅 지나갔다. 이제 곧 올 1997년은 중요한 한 해가 될 것이었다. 홍콩 반환 문제는 점점더 사람들의 이목을 끌었다. 거리에는 카운트다운 기계가 설치되었다. 리샤는 매번 그 전광판 아래를 지날 때마다 이제 조금 있으면 우리 교실에도 '수능 XX일 전' 알림이 붙겠다는 생각이 들었다. 예전에 고학년 반에서 본 적이 있었다. 그렇지만 이제 막 고등학교 1학년을 마쳤을 뿐인데 벌써부터 걱정할 필요는 없다는 생각도 들었다.

날씨는 점점 더워졌다. 스셴도 녹색 나무들이 울창하게 우거져 있는 편이었지만 그래도 내리쬐는 햇빛을 피하기는 어려웠다.

리샤는 푸샤오쓰에게 전화를 했다. 문과와 이과 선택에 관한 일 때문이었다. 그와 루즈앙은 어떻게 결정했는지 궁금했다. 그들과 반이 갈리면 아마도 좀 외로울 거란 생각이 들었다. 푸샤오쓰는 전화번호 두 개를 알려주었다. 그와 루즈앙의 휴대폰 번호였다. 학교 안에서는 휴대폰을 쓸 수 없으므로 여름방학 중에만 사용할 수 있었다. 리샤는 그때 둘에게 사치스럽다고 욕을 해주었다. 너희가 그렇게 사치스러우니까 중국이 계속 가난한 거라고.

계속 신호음이 가는데도 전화를 받지 않았다. 아마 휴대폰을 두고 나갔나 보다 하고 끊으려는 찰나 푸샤오쓰의 아무 감정이 느껴지지 않는 목소리가 들렸다. "여보세요."

리샤가 급하게 말했다. "샤오쓰, 나 리샤야. 휴대폰 안 들고 나간
줄 알았어. 뭐 해?"

"장례식 왔어."

"누구 장례식인데?"

"루즈앙네 엄마……."

푸샤오쓰는 전화기 너머로 쾅 하는 소리를 들었다. 전화는 바로
끊어졌다.

고개를 들어보니 루즈앙이 여전히 구석에 앉아서 무릎 사이에
머리를 파묻고 있다. 푸샤오쓰는 다가가서 그와 이야기하고 싶었지
만, 발걸음을 뗄 용기가 나지 않았다.

몸 어딘가, 알 수 없는 곳에 있는 신경으로부터 날카로운 통증의
신호가 왔다.

여름이 곧 지나갈 것이다. 지루하고, 잠이 오는, 환각의 여름.

Chapter 4

1998년 하지

장례식

시간이 거꾸로 흘러 세상은 붉은 새벽 안개로 자욱하고,

낮과 밤의 길이가 점점 같아졌다.

나는 네가 이미 잊은 그 세계에서 외로운 시간을 보낸다.

눈은 감고 귀를 막고서는, 눈물을 머금은 채 환호하고 날뛰었지.

너를 볼 수 없는 건, 온 세상을 보지 못하는 것과 같아.

암흑은 조수처럼 일어나 수백억 개의 별들을 집어삼켰고,

해를 바라보던 해바라기들은 모두 말라 비틀어져 죽어버렸다.

새들이 무리 지어 장례를 치렀다.

하나, 그리고 또 하나. 차례로 돌아올 길이 보이지 않는 그 먼 항해를 떠났다.

누군가는 표정 없이 손을 흔든 후에 세상과 멀어졌다.

너는 아쉬움과 창백함이 가득한 옆얼굴을 하고 있었다.

세상은 사실 한 번도 깨어난 적이 없어.

네 셔츠 소매 아래에서 깊은 잠에 빠져 있지.

시간은 빠르게 흐른다. 수염은 순간 피부를 찌른다.

청춘이 들어 올린 높은 깃발은 바람에 펄럭펄럭 나부낀다.

너는 이미 다 자라서 머리에 왕관을 쓴 왕이 되었는데,

나만 여전히 네가 하얀 얼굴의 어린 왕자라고 생각하고 있구나.

만약에 세상에 진짜 어린 왕자가 나타난다면,

끊임없이 사랑을 기다려온 여우 한 마리도 반드시 있겠지.

제비가 내년에도 초록빛을 물어 서둘러 돌아온다면

그때 너는 여전히 열일곱 살 그해 여름처럼 녹나무 아래에서

고개를 숙인 채 서서 나와 만날 수 있을까?

그 길고, 환각적인, 영원히 끝나지 않는 여름에.

푸샤오쓰는 처음에는 여름방학의 시간이 이렇게 더디게 가는지 몰랐다. 그저 매일 아침 햇빛이 비치면 눈을 뜨고, 산발한 머리 그 대로 책상으로 걸어가 책상 위 달력의 오늘 날짜에 볼펜으로 표시를 했다.

이를 닦고, 세수했다.

거울 속에는 언제 잘랐는지 알 수 없는 엉망진창인 긴 머리가 있다.

갑자기 여름방학이 이미 한 달이나 지나버린 것이 떠올랐다. 여름은 여름이다. 기온은 한도 끝도 없이 올라갔다. 첸촨 같은 고도에 위치한 도시에서도 시멘트 바닥에서 뿜어져 나오는 열기를 피할 수 는 없었고, 이는 모든 사람의 외출하고자 하는 의지를 꺾어버렸다.

길 이곳저곳에 수박이 무더기로 쌓여 있었다. 마치 수박으로 초록색 바다를 이루고 있는 것 같았다. 가끔 파리가 윙윙거리며 신경을 긁기도 했다. 리엔란은 이틀 간격으로 집에 놀러 오고 있다. 논다고 해봤자, 사실 거실에서 텔레비전을 보는 정도다. 푸샤오쓰는 애초에 여자애들과는 어떤 식으로 시간을 보내야 하는지 몰랐다. 푸샤오쓰가 좋아하는 퍼즐 맞추기, 책 읽기, 음악 듣기, 자전거 타기 같은 것들은 그들에게는 아마 재미없는 구식 놀이일 것이다. 은근히 신경이 쓰였다. 루즈앙이 여자애들에게 인기가 많은 이유가 다 있다는 생각이 들었다. 루즈앙은 자기처럼 "왔어?", "수박 먹을래?" 같은 말을 한 후 할 말이 없어 침실에서 혼자 퍼즐이나 맞추고 앉아 있지는 않을 테니 말이다.

그나마 다행인 건, 리엔란도 이미 푸샤오쓰의 이처럼 기복 없고 조용한 성격에 익숙해졌다는 점이다. 푸샤오쓰는 여전히 말이 없고, 눈의 초점은 흩어진 상태였다. 그래서 둘은 아무 이야기도 하지 않고 각자 조용한 시간을 보내곤 했다. 이는 둘만의 암묵적인 약속 같이 되어버리다 못해 심지어는 은연중에 따뜻함마저 피어오른다는 생각이 들 정도였다. 리엔란은 짜증 내지 않았고, 푸샤오쓰도 이점을 마음에 들어했다. 그는 여자애들이 끊임없이 떠드는 것이 싫었다. 그럴 때마다 어찌할 바 모르겠는 마음이 들곤 했다. 예를 들어 리샤와 청치치 두 사람은 겉보기에는 조용해 보여도, 일단 말하기 시작하면 푸샤오쓰의 어머니보다 말이 많았다.

그 여름은 대체로 평범했다. 별달리 이상한 점은 없었다. 젊은 남녀들이 무리 지어 수영하러 다녔고, 큰 수영장은 번쩍이며 햇빛을 반사했다. 젊은이들의 웃음과 용감함은 마치 얼음을 넣은 콜라 같았다. 한여름은 또 얼마나 많은 풋풋한 사랑을 만들어낼까? 한편 도시의 냉기도 이에 지지 않았다. 영화관 안은 얼어 죽을 지경이었다. 모든 시간이 소리 없이 흐르고 있었다.

그런데 대체 무얼까. 뜨거운 햇빛이 넘쳐흐르는 이 여름방학이 이토록 느리고 무겁게 흘러가고 있다고 느껴지는 이유는? 나른한 열기가 눈꺼풀 위로 무겁게 기어올라 내내 졸음이 몰려왔다.

이상하다는 생각이 들었다. 푸샤오쓰는 손을 휘저어 모기를 쫓듯이 머리 주위를 둘러싸고 있는 뜨거운 공기를 쫓았다. 조금 후 옷을 갈아입으려고 옷장을 여니 저번에 루즈앙이 비 때문에 옷을 갈아입고 두고 간 하얀 셔츠가 눈에 들어왔다. 루즈앙은 한 달 동안 연락이 없었다. 푸샤오쓰는 그 순간 무엇인가가 떠올라 가벼운 미소를 지었다. 소리는 내지 않았지만 '아!' 하고 탄식하듯 뭔가 깨달은 듯한 얼굴이었다.

그는 소매가 짧은 티셔츠로 갈아입고 집을 나섰다. 자전거를 타고 아파트 단지 밖으로 나가 내리막길을 지나 차례로 좌회전, 또 좌회전한 뒤, 얼룩덜룩한 담을 몇 번 지나쳤다. 담에 붙은 몇 장의 수배령 포스터는 몇 개월 동안 그대로였다. 녹나무가 여름의 강렬한 햇빛을 막아서서 그림자를 만들어내고 있었다.

자전거를 타고 있는 푸샤오쓰의 엎드린 등 위로 밝았다가 어두웠다가 하며 얼룩덜룩한 그림자 무늬가 생겨났다. 햇빛 아래 반투명해진 티셔츠 너머로 젊은 남자 특유의 구릿빛 피부가 비쳤다.

푸샤오쓰는 루즈앙네 집 앞에 도착했다. 자전거를 세우려는 찰나 루즈앙이 자전거를 밀면서 막 나가려는 것이 보였다.

푸샤오쓰를 본 루즈앙의 표정이 일순간 미약해졌다가, 금방 또 강렬하게 변했다. 그리고는 이내 곧 안정을 찾았다. 한참 만에 루즈앙이 말을 꺼냈다. "여기서 뭐 해?"

그러게, 나는 여기 무얼 하러 왔나. 푸샤오쓰는 루즈앙의 지금의 말투가 평소 본인이 쓰는 말투와 너무나 비슷하다고 생각했다. 심지어 무표정인 것마저 닮았다.

"그냥 지나던 길에 너 보러 왔지. 이번 달에 집구석에 박혀서 폭탄이라도 만들고 있었던 거야?"

푸샤오쓰는 좀 짜증이 나서 자전거의 벨을 마구 눌렀다. 그러고 나선 키가 훌쩍 큰 루즈앙을 보며 속으로 이를 갈았다. '이 자식이 언제 이렇게 큰 거야. 나보다 머리 하나는 더 크네.'

"아니 뭐…… 그냥 집에서 나오기 싫어서."

"그게 다야?"

"응, 그게 다야……."

"알았어. 그럼 나 가볼게."

답답했다.

가슴이 풍선처럼 서서히 부풀어 오르고 있었다. 페달을 발로 한

번 밟을 때마다 공기통을 세게 압박하는 것 같았다. 풍선이 커지면서 터질 듯이 답답해졌다.

루즈앙에게 무슨 일이 있는 건 분명한데, 그는 말하고 싶어 하지 않는 눈치다. 어렸을 적부터 지금까지 이런 적은 없었다. 보통 때라면 루즈앙은 푸샤오쓰에게 이미 이런저런 이야기를 미친 듯이 늘어놓고도 남았을 것이다. 한 달 동안의 생활이 어떠했는지, 심지어 몇 시 몇 분에 일어났고, 한 달에 총 몇 개의 CD와 책을 샀는지까지 전부 말했을 것이다. 만약에 좀 별로인 일이 있었다면 징징대면서 몇 번이고 반복해서 원망의 말을 쏟아냈을 것이다. 그러면 푸샤오쓰는 또 별다른 대꾸 없이 그저 시선을 굴렸을 것이다. 또한, 가끔 루즈앙이 지나치다 싶을 때는 "아", "그래?" 같은 추임새를 넣어 그가 지나치게 몰입하지 않게끔 했을 것이다.

그런데 지금은, 꼭 공기 중에 주먹을 휘두르는 느낌이다.

있는 힘껏, 허공의 농밀함 속을 휘젓는 느낌.

마음에 치밀어오른 화를 어쩌지 못한 채 사력을 다해 페달을 밟았다. 길게 늘어진 녹나무의 그림자가 달리는 푸샤오쓰를 뒤쫓고 있다. 머릿속으로 루즈앙을 한 대 치는 상상을 하다 길모퉁이에서 진짜 사람을 칠 뻔했다. 사람을 칠 뻔한 그 재수 없는 순간 고개를 들어서 보니 익숙한 얼굴이 있었다. 바로 몇 분 전에 본 그놈의 얼굴과 똑 닮은 얼굴.

"고의는 아니었어요……. 아저씨, 여기는 웬일이세요?"

여름 공기에 숨이 막혔다. 호흡조차 힘들었다. 푸샤오쓰는 루즈앙의 아버지가 한 말을 어떻게 받아들여야 할지 계속 고민했다.
"루즈앙 엄마가 썬촨병원에 있다……. 암 말기야."

푸샤오쓰는 긴 겨울잠을 자다가 지금 막 일어난 것 같았다. 온몸에 힘은 없고 밖에는 눈이 펄펄 내리고 있어야만 할 것 같은데, 눈을 뜨니 한여름인 그런 느낌.

온몸이 따갑게 아팠다. 피부에 열이 오르는 것 같았다. 푸샤오쓰는 아까의 루즈앙 모습을 떠올렸다. 그 무표정과 자전거를 타고 떠나던 뒷모습…….

하얀 셔츠는 마치 바람에 날리지 않는 깃발 같았다.

마음이 못 견디게 아플 텐데도 강해 보였다.

푸샤오쓰는 갑자기 슬퍼졌다. 루즈앙이 다시는 예전처럼 이를 드러내며 활짝 웃는 일이 없어질까 봐 겁이 났다. 이런 생각을 하자 머릿속이 텅 비는 것 같았다. 그는 루즈앙의 아버지에게 인사한 후 방향을 돌려 썬촨병원 쪽으로 갔다.

온 세상의 소리가 사라졌다. 물속에 완전히 가라앉은 것처럼 조용했다. 루즈앙은 스텐 식기를 들고 썬촨병원의 문을 나서고 있었다.

루즈앙은 곧 병원 정문 옆에 앉아 있는 푸샤오쓰를 발견했다. 푸샤오쓰는 괴로움을 꾹꾹 눌러 담고 겨우 목소리를 내서 물었다.
"집에 갈 거야? 같이……."

"다음 학기에 이과 문과 반 갈리잖아. 생각해봤어?"

'즈앙, 너 나랑 떨어질 거야?'

"몰라, 아직 심각하게 생각 안 해봤어."

"응, 이번 주말에 첸촨미술관에서 옌포 작가 전시하는데, 너 내가 데려갈까?"

'그냥 아무 데나 가서 좀 쉬자는 거야. 내가 너 데려갈게. 혼자 있으면 더 힘들잖아.'

"……샤오쓰 너 혼자 가. 나 요즘 좀 피곤하다."

"나 요즘 알게 된 여자가 엄청 예쁜데 콧대가 좀 높아. 다음에 소개해줄게. 네가 꼬실 수 있나 한번 보자."

'즈앙, 너 예전처럼 웃어야 해. 여자 얘기나 하면서 농담도 좀 하고. 행복해야 해. 그렇게 계속 눈썹 찌푸리면 못생겼어.'

푸샤오쓰는 지금 루즈앙의 대답을 기다리면서, 다음 질문을 생각해 내기 위해 안간힘을 쓰고 있다. 막 "우리 머리 자르러 갈래?" 같은 이상한 질문이 머리를 스쳐간 후, 일순간 세상이 소리 없이 멈춰섰다.

루즈앙은 길 한가운데에 앉았다. 긴 다리를 주체하지 못하고 앞으로 쭉 뻗은 채 털썩 앉아 있다. 석양이 등 뒤에서 그를 비추었고, 그림자에서 보송보송한 빛이 흘렀다. 지나가는 차도, 지나가는 사람도 없었다. 그저 도로 양옆으로 녹나무가 뿜어내는 짙은 나무 향기만이 남아 있었다. 그가 고개를 숙이고 있어 앞머리가 그의 맑은 눈과 눈썹을 가리고 있었다. 그렇지만 하얀색의 시멘트 바닥에는 곧 툭툭, 물 자국이 생겼다. 푸샤오쓰의 마음이 갑자기 아파왔다. 녹나무 잎끼리 부딪히는 그 소리, 그 쏴쏴 하며 나뭇가지가 움직이는 가벼운 소리, 무수한 혹은 분명한, 혹은 모호한 소리들 안에서 루즈앙의 거의 흔적 없는, 울음이 섞인 목소리가 들렸다.

"샤오쓰, 사실 나 생각해봤어. 앞으로의 일. 만약 정말 그렇게 하려면 힘들 거야."

바람이 나무 위를 차례로 쓸며, 그 모든 소리를 가지고 하늘로 향했다. 흰 구름 뒤로 사라졌다.

머리 위에는 열일곱 살의 고독한, 파란 하늘이 있었다. 영원히 그럴 것이다.

사라졌다.

그 소리들이.

푸샤오쓰는 매일 아침 자전거를 타고 루즈앙네 집에 가서 그와 함께 병원으로 갔다.

원래는 매일 루즈앙이 먼저 와서 계단 밑에서 그를 불렀는데 이제는 상황이 역전된 것이다. 푸샤오쓰는 심지어 학교 다닐 때보다 더 일찍 일어나 이를 닦고 세수한 후에 우유 한 잔을 꿀꺽꿀꺽 마신 후 빵을 들고 급하게 나갔다. 길에서 한 손으로는 자전거를 끌면서 다른 손으로는 빵을 들고 우걱우걱 먹었다. 자전거를 끄는 손 둘째 손가락과 셋째 손가락을 십자가 모양으로 겹쳐 기도하는 형태를

취했다. 하느님이 루즈앙을 보호하고 계신다는 생각을 하니 마음이
좀 나아졌다.

길에서 둘은 거의 말을 하지 않았다. 녹나무 가지 사이로 햇빛이
쏟아져 둘의 몸을 비추었다. 고등학교 2학년, 열일곱 살 소년들의
몸은 점점 마르고 길어졌고, 근육은 선을 드러내기 시작했다. 어깨
선이 하얀 셔츠 안에서 그 윤곽을 분명하게 드러내고 있었다.

루즈앙의 어머니는 뇌종양 수술을 한 후 화학요법까지 받았기
때문에 남아 있는 머리카락이 없었다. 그리고 대체로 깊게 잠들어
있었다. 가끔 어머니가 정신이 들면 루즈앙은 금방 알아채고 살폈
고, 어머니는 그 후 곧바로 다시 잠들었다.

푸샤오쓰는 무얼 해야 좋을지 몰라 거의 침대 옆에 가만히 앉아
책을 읽었다. 가끔 끄적거리면서 그림을 그리기도 했다. 루즈앙은
거의 종일 눈이 빨개져서는 멍한 상태였다. 가끔 푸샤오쓰가 사과
를 깎아 그에게 내밀었다.

하루하루가 이렇게 흘러가고 있었다. 죽음 전의 그 특유의 고요
함이 느껴졌다. 너무 거대해서 사람을 무력하게 만드는.

세상은 겉보기에는 반드르르한 흠 없는 과일 같지만, 사실 그 안
에는 벌레들이 우글거린다. 그 벌레들이 씨앗 쪽부터 야금야금 살
을 파먹기 시작해서 결국은 과일 껍질에 가까운 부분까지 잠식하기
마련이다. 그래서 한 입 베어 먹어보기 전까지는 그 세상은 여전히
빛나고 아름다운 모양새를 하고 있다. 그저 그 안에서 벌레들이 과

일의 속을 야금야금 먹어치우는 소리만이 세상의 중심에서 조금씩 밖을 향해 퍼져나가고 있을 뿐.

매일 푸샤오쓰와 루즈앙은 사람이 적은 그 시멘트 길을 오갔고, 아침 해 아래에서는 침묵했고, 석양 아래에서는 낙심하여 고개를 숙였다.

시간은 잔인할 만큼 정확하게 흘러갔다. 루즈앙의 턱에는 푸른 수염 자국이 돋아나기 시작했다. 수없이 돌아오던 그 석양 아래에서 푸샤오쓰는 생각했다. 우리는 이렇게 커가고 있는 건가? 열일곱 살, 열여덟 살, 열아홉 살, 아직 오지 않은 미래를 향해 성장해나가고 있다.

어느 저녁, 하늘에는 지는 해의 색이 가득했다. 한순간 푸샤오쓰와 루즈앙은 동시에 고개를 들었다. 심장박동 모니터링 기계 화면의 파동이 긴 직선으로 변하며 삐- 하는 소리가 났다.

그 순간 시간이 멎었다.

리샤는 아침에 일어나 달력의 하루를 또 지웠다. 개학하려면 아직 17일이나 남았다. 시간은 느리게 흘렀다. 이상할 만큼 느리게 흘러갔다. 종종 청치치네 가서 수다를 떨기도 했는데, 그때마다 어느샌가 첸촨일중의 일들을 이야기하기 시작하고, 결국은 선생들에게는 학교의 보석이라 여겨지는 두 명, 푸샤오쓰와 루즈앙의 이야기로 끝을 맺곤 했다. 이야기할 거리는 매우 많았다. 예를 들면 루즈앙이 한결같이 메고 다니던 파란색 가방이라든가, 푸샤오쓰가 항상 입고 있는 하얀 셔츠라든가, 둘은 콜라를 참 좋아한다든가 하는 이야기들. 그뿐만이 아니었다. 루즈앙은 항상 깔깔 소리를 내며 웃는 데 비해 푸샤오쓰의 눈동자는 항상 초점이 불분명한 것, 낙서로 뒤덮인 그들의 책상, 겨울이면 그들이 입는 긴 까만 코트 같은 것들. 1년이 다 지나가는데도 리샤의 머릿속에서는 그런 것들이 더 선명하게 기억나는 것이었다.

이런 이야기를 할 때마다 리샤는 마음 한 켠이 울적했다. 애초에 둘에게 자신의 전화번호를 알려주지 않았으니 이렇게 될 줄은 알고 있었다. 그러면서도 울리지 않는 전화기를 보며 둘은 뭘 하면서 바쁘게 지낼까를 생각했다. 푸샤오쓰는 뭐 하고 있을까. 또 미간에 잔뜩 힘주면서 그림을 그리고 있을까? 루즈앙은 여전히 이불을 뒤집어쓰고 잠을 자고 있을까?

학교에서의 일들은 청치치하고만 이야기할 수 있었다. 스셴, 이 조그만 동네에서 첸촨일중으로 진학한 것은, 조그만 도시에서 일류대학으로 진학하는 것만큼 드문 일이었다. 리샤는 중학교 친구들과 만날 때도 웬만하면 첸촨일중에 관한 이야기는 하지 않으려 했다. 본인이 전교 10등 안에 드는 건 더더구나 말하기 힘들었다. 만약에 한다면 자기들끼리 모여 수군거릴 것이 분명했다. 리샤는 그런 게 두려웠다. 그렇지만 마음속으로는 조금 화가 나기도 했다. 스스로 노력하지 않은 것을 누구를 탓해? 너희가 편히 잠잘 때 내가 밤을 새며 힘들게 공부한 결과인데……. 지금 전국에서 제일 좋은 고등학교에 다닌다는 사실만으로 질투한다니 황당할 따름이다.

여름방학 내내 리샤는 문과와 이과 선택에 대해서 고민했다. 청치치가 문과로 가는 것은 당연했다. 그렇지만 다른 두 사람, 루즈앙과 푸샤오쓰가 어떤 반을 갈 것인지도 궁금했다.

노인처럼 집 안에서 서성거리며 이 문제를 고민했다. 그날 푸샤오쓰에게 이 문제를 묻고 싶어 전화한 것인데, 결국 루즈앙 어머니에 관한 이야기를 들은 것이다.

너무 놀란 리샤는 수화기를 바닥에 떨어뜨렸다. 수화기를 다시 들었을 때는 이미 끊어진 상태였다. 다시 전화할 용기도 없었다. 리샤는 고개를 돌려 주방에서 바쁜 어머니를 보았다. 석양이 어머니의 머리를 비추고 있었다. 드문드문 흰머리가 보였다. 굽은 등이 마음을 아프게 했다. 리샤는 순간 눈 주변이 시큰해졌다.

리샤는 어머니에게 다가가 뒤에서 얼싸안았다. 어머니가 크게 소리를 질렀다. "조심해! 기름 튀겠네. 뜨겁다."

눈물이 흐른다. 어머니는 리샤의 눈물을 보지 못했다.

마음이 물 같은 슬픔으로 가득 찼다. 잘못 움직이면 그 슬픔이 흘러넘칠 것 같았다.

정원은 오가는 사람들로 가득했다. 여름의 더위가 지표면에 무겁게 내려앉아, 정원 전체가 덥고 답답했다. 문밖에는 무수히 많은 조화가 도착했다. 하얀 국화가 구석구석 무더기로 쌓여 있었다. 푸샤오쓰와 부모님과 왔을 때 이미 조문객이 가득했다. 무표정한 사람들은 자기들끼리 속삭였다. "너무 불쌍해. 저렇게 어린 애를 두고……." 같은 말들이 분명히 들리기도 했다. 그럴 때마다 푸샤오쓰는 눈살을 찌푸리지 않을 수 없었다.

루즈앙의 아버지는 조문객들 한 명 한 명에게 인사를 하고 있었다. 얼굴은 초췌했고, 눈 주변은 움푹 들어가 꺼질 것 같았다. 아마 며칠 동안 잠들지 못한 탓일 것이다. 푸샤오쓰도 그에게 조의를 표한 후 루즈앙을 찾았지만 어디 있는지 보이지 않았다. 주위는 사람들로 몹시 붐볐다. 첸촨에서 루즈앙의 아버지는 모르는 사람이 없을 정도로 유명한 사람이었기 때문에 조문객도 정말 많았다.

푸샤오쓰는 셔츠의 맨 윗단추를 풀고 작은 목소리로 "지나가겠습니다. 지나가겠습니다." 하면서 사람들의 사이를 지나다니며 루즈앙을 찾았다. 날씨가 너무 더웠다. 가슴팍에는 이미 땀이 흐르고 있었다. 어머니가 막 사온 검정색 셔츠였다. 그의 옷장에는 애초에 까만색 옷이 없었다.

한참을 돌아다니고서야 푸샤오쓰는 담벼락 구석에 앉아 있는 루즈앙을 발견했다. 머리는 산발을 한 채, 면도도 하지 않은 채였다. 여전히 하얀 셔츠를 입고 있었다. 그 하얀 셔츠는 어머니가 계실 때와는 달리 드문드문 진흙이 묻어서 더러웠다.

푸샤오쓰는 순간 그 하얀색에 눈을 찔린 것 같았다. 마음이 먹먹해졌다. 주위 사람들은 모두 까맣고, 그 까만 세상 안에서 루즈앙만이 순수한 하얀색이었다. 이 미약하고 무력한 하얀색이, 까만색이 끝도 없이 펼쳐지는 곳에서 무고하고 부드러운 하얀 솜 같은 존재감을 뽐내고 있었다.

푸샤오쓰가 소리 내어 그를 부르려는 찰나 휴대폰이 울렸다.

받아 보니 리샤였다. 두 마디 했을 뿐인데 리샤 쪽에서 전화를 끊어버렸다. 전화를 끊던 푸샤오쓰는 그때 마침 고개를 들던 루즈앙과 눈이 마주쳤다.

자기 것과 똑같은 벨 소리를 듣고 고개를 든 루즈앙은 푸샤오쓰가 온 것을 알아챘다. 자기 앞에 선 푸샤오쓰는 까만 옷을 입고 있었다. 점점 가라앉는 황혼 속에서 연민에 가득 찬 목사와 같은 그의 눈이 빛났다. 그의 빛나는 눈동자 외에, 모든 사람이 그의 뒤의 밤의 색 안으로 녹아들었다.

루즈앙은 가슴이 조여왔다. 호흡하는 틈새로 온 세상이 마치 홍수가 나 제방이 무너지는 그 순간처럼 이상하게 울렁거렸다. 이런 감각은 푸샤오쓰의 그 초점 없는 눈동자가 평소와 달리 왜 마치 찬란한 북극성처럼 또렷하게 빛나고 있는지 생각할 틈도 주지 않았다.

나는 루즈앙이 그날 고개를 들어 나를 보던 눈빛을 영원히 잊지 못할 것이다. 망자를 보내는 징과 북소리가 울려 퍼지는 가운데, 루즈앙의 뜨거운 눈물이 온 얼굴을 적시며 흘러내렸다. 나는 그가 최대한 자신의 감정을 절제하려고 하고 있음을 알 수 있었다. 그렇지만 입꼬리에는 어렸을 적 분을 삭이지 못할 때 짓던 그 표정이 그대로 드러났다. 나는 유치원에 다닐 때 루즈앙이 거의 매일 그렇게 우는 것을 보았다. 아주머

니에게 꾸중을 들었을 때, 사탕을 가지고 싶을 때, 나와 회전
목마나 청바지를 두고 다툴 때도, 내가 예쁜 유리구슬을 여자
애에게만 주고 루즈앙에게 주지 않았을 때 그가 그렇게 울었
다……. 다 크고 난 루즈앙은 항상 밝고 찬란한 웃음만을 지
었다. 말할 때는 항상 생기가 돌았고, 기쁠 때면 항상 찬란한
미소를 지었다. 슬플 때면……, 생각해보니 슬플 때가 없었다.
루즈앙은 나이가 먹은 뒤로는 내 앞에서 슬픔을 드러낸 적이
없었다. 나는 그의 슬픈 얼굴을 잊고 있었는데, 이 일을 겪고
나니 모든 것이 새롭게 보이기 시작했다. 충격은 갑자기 열
배 정도 커졌다. 일순간 내가 공허한 껍데기로 변해버린 것
같았다. 찢어진 채로 바람에 나부끼는 깃발처럼.

무겁게 내려앉은 밤에, 주위의 시끄러운 사람들 가운데, 그는
성결하고 조용한, 그리고 슬픈 목동 같았다. 나는 그에게 다가
가 그의 엉망이 되어버린 머리를 만져주고 싶었지만, 발 아래
에 커다란 뿌리가 자라 땅에 박혀버린 것처럼 그 자리에서 꼼
짝도 할 수 없었다. 내가 다가갔다가 루즈앙이 내 얼굴에 잔
뜩 흐른 눈물을 볼까 두려웠다. 나는 그가 내가 우는 것을 보
길 원치 않았다. 왜냐하면, 다 자란 후에 나는 그의 앞에서 눈
물을 흘려본 적이 없었기 때문이다.

루즈앙, 어머니는 반드시 천국에 가셨을 거야. 내 말을 믿어.

— 1996년, 푸샤오쓰

어머니를 발인하던 날 루즈앙은 한 마디도 하지 않았다.

아파트 단지 정문을 나선 영구차는 양옆으로 서 있는 조문객들을 지나쳤다. 다른 사람들은 뒤따르는 큰 버스에 탔다. 길에는 종이꽃이 떨어져 있었다. 하얀, 눈부신 빛이 흘러넘쳤다.

루즈앙은 무성 영화처럼 모든 것이 느리게 진행되고 있는 장면을 바라보았다. 그는 단지 한 가지 사실만 분명하게 알았다. 푸샤오쓰가 그의 옆에서 조용히, 아무 말 없이 서 있다는 것을. 예전에 루즈앙은 푸샤오쓰가 내내 작은 목소리로 이야기하는 것을 참을 수없어 했다. 그런데 지금은, 자신도 매우 쉽게 할 수 있는 일임을 알게 되었다.

시신이 화장터로 들어갔다. 어머니의 얼굴이 그 철로 된 좁고 기다란 공간 안으로 사라졌다. 루즈앙이 다섯 살 때 어머니가 첸촨을 떠나 대도시에서 공부를 더 하려고 했던 것이 생각났다. 반년간의 과정을 밟고 돌아오면 은행에서 높은 직위로 승진할 수 있었던 거다. 그런데 어머니가 탄 기차가 막 떠나려던 찰나 루즈앙이 기차로 뛰어올라 큰 소리로 울어댔다. 결국 출발하기 1분 전, 어머니는 기차에서 뛰어내려 루즈앙에게 달려왔다. 루즈앙은 그때 어머니가 좋은 기회를 포기했다는 것을 다 자란 후에야 알았다. 그녀는 자신의 성공을 포기하고, 루즈앙의 엄마라는 자리를 선택한 것이다.

'엄마, 나도 다시는 울지 않을게요. 이제 나를 위해 어떤 것도 포기하지 않아도 돼요. 이제 자유로워지세요.'

불꽃은 은은하게 빨간색으로 타오르다가, 열기가 순간 치솟았다. 루즈앙은 눈가가 시큰해졌다. 그 모습을 보는데 그 자신도 이전에 병으로 죽을 뻔했던 일을 떠올랐다. 열 살 때의 일이었다. 갑자기 고열이 들끓었는데, 밤이라 차가 잡히지 않았다. 심지어 세찬 비까지 내렸다. 아버지는 출장 중이었다. 어머니는 혼자 그를 안고 거의 세 시간을 걸어 병원에 갔다. 그때 살던 곳은 시내가 아니었기 때문에 가는 길은 험했고, 어머니는 그를 안은 손을 바꾸지도 못한 채 죽을 힘을 다해 몇 시간을 걸어 병원에 도착했다. 후에 의사는 만약 조금만 더 늦었으면 그를 살릴 수 없었을 것이라 했다. 루즈앙은 그때 어머니가 병원에서 대성통곡하던 것이 생각났다. 그는 의식이 모호한 가운데서도 어머니의 아픈 마음을 느낄 수 있었다.

'엄마, 다시는 밖에서 늦게까지 놀지 않을게요. 엄마가 거실에서 혼자 날 기다리지 않게 할게요. 여자애들이랑 놀다가 엄마 생일을 잊지 않을게요. 엄마, 다시는 엄마에게 내가 푸샤오쓰보다 그림 잘 그린다고 억지로 칭찬하게 하지 않을게요. 다시는 엄마가 한 음식 맛없다고도 하지 않을게요. 다시는 내가 아파서 엄마가 대성통곡하는 일 없게 할게요.'

굴뚝에서 검은색 재가 날리기 시작했다. 저녁의 그 높은 굴뚝이 유달리 처량하게 보였다. 푸샤오쓰는 고개를 들어 바라보면서 생각했다. 저 굴뚝이 얼마나 많은 사람의 아픔과 그리움을 가지고 갔을까.

황혼의 하늘에 까만 새들이 소리 없이 무리 지어 날아갔다. 한 번은 루즈앙이 좋아했던 여자애를 집에 데려갔는데, 어머니는 무척 기뻐했다. 루즈앙이 너무 가볍게 굴어 짝을 만나지 못할까 봐 항상 걱정했기 때문이었다. 그때 어머니는 너무 긴장해서 어쩔 바를 몰랐지만 그들과 함께 줄곧 이야기를 나누었다. 루즈앙도 어머니가 신이 났다는 것을 알고 있었다. 그런데 그 여자애는 루즈앙의 귀에 대고 속삭였다. "너희 엄마 왜 안 가시는 거야? 너랑 둘이서만 얘기하고 싶은데." 이 말 때문에 그는 그 여자애를 차버렸다. 어머니는 이 일로 루즈앙이 성질머리가 나쁘다고 탓했다. 그는 그때 이말 저 말 하지 않고 속으로만 생각했다. 반드시 세상에서 제일 예쁜 마누라를 얻어서 엄마한테 내가 꽤 괜찮은 남자라는 걸 보여주겠다고! 그렇지만 그럴 기회는 이제 없고, 미처 하지 못한 일들은 많았다…….

'엄마, 다시는 매일 옷을 더럽히지 않을게요. 엄마, 다시는 엄마가 좋아하는 빨간색 대신에 초록색 옷을 선물하지 않을게요. 다시는 엄마가 준 선물, 마음에 안 든다고 방구석에 처박아놓지 않을게요. 다시는 엄마 생일 잊지 않을게요. 이제 다시 울지 않을게요. 최고의 회계사가 될 게요…… 엄마, 엄마는 분명히 천국에 갈 거예요. 엄마는 항상 내가 강하고 착하다고 했잖아요. 그러니까 저도 천국에 갈 수 있을 거예요. 그러니 안심하세요. 하느님도 분명히 날좋아하실 거예요…… 엄마…… 안녕…….'

푸샤오쓰가 고개를 들었다. 하늘이 흐릿해서 잘 보이지 않았다. 여름이 결국 이렇게 가는구나. 이런 여름은 다시 오지 않을 것이다.

푸샤오쓰는 루즈앙의 개 제우스를 끌고 집에 돌아가는 길에 이상한 감정이 생겼다. 심지어 이게 황당한 건지 화가 나는 건지, 혹은 진짜 못 견디겠는 건지 알 수 없었다.

그는 루즈앙의 마음이 점점 나아진다고 생각하고 있었으나, 사실은 점점 더 모든 것이 엉망이 되어가고 있었다. 그가 루즈앙네 정원에서 볼 수 있었던 건 그저 꼬질꼬질한 모습으로 개집 옆에 앉아 있던 제우스뿐이었다. 제우스는 아무런 표정 없이 앉아 있다가 푸샤오쓰가 정원 안으로 들어오자 낮은 소리로 짖었다.

루즈앙의 아버지도 루즈앙과 같았다. 여전히 깊은 상심에 빠져 있었다. 그저 루즈앙이 더 심각할 뿐이었다. 푸샤오쓰는 루즈앙의 아버지와 이야기를 나누고 나서야, 어머니의 장례식 후에 루즈앙이 자주 새벽에 엉망진창인 모습으로 집으로 돌아온다는 것을 알게 되었다. 온몸에서 술 냄새를 풍기며 두 눈은 빨개진 채로.

아버지는 말했다. "내가 루즈앙을 한 대 때렸는데 아무 소리도 내지 않더구나. 눈물은 참지 못하고 평평 흘리면서 말이야. 나도 루즈앙이 이를 꽉 깨물며 참는 소리를 들었어. 내가 루즈앙은 잘 안다. 평소에는 순한 것 같아도 사실은 고집이 보통이 아니야."

푸샤오쓰가 인사를 하고 정원으로 나오는데 불쌍한 제우스가 보였다. "제가 제우스 당분간 데리고 있을게요."

푸샤오쓰는 제우스를 상점 문 앞 난간에 묶어두고, 사료를 사러 안으로 들어갔다. 상점에서 나오는데 해 질 녘 길가에 가만히 앉아 바쁘게 오가는 차를 보고 있는 제우스가 보였다. 사람들이 지나가면서 제우스에게 호기심 어린 눈빛을 던졌다. '이렇게 크고, 아름다운 개가 왜 길에 묶여 있는 걸까?' 하고 묻는 표정이었다.

제우스는 길에 앉아 먼 곳을 바라보고 있었다. 조용히 기다리고 있는 중이었다. 푸샤오쓰는 제우스의 그림자를 보니 갑자기 마음이 너무 힘들어졌다.

집에 돌아오는 길에 푸샤오쓰는 옛일들이 생각났다. 제우스는 거의 그들과 함께 자랐다. 어렸을 때는 쥐면 터질까 불면 꺼질까 걱정스러운 약하고 작은 강아지였는데, 지금은 두 발로 일어서면 푸샤오쓰보다 키가 클 정도로 커졌다.

예전에 그와 루즈앙은 제우스를 끌고 자주 산에 오르곤 했다. 강에 데려가 수영을 시키기도 했고, 사료를 사러 상점에 갈 때도 데려갔다. 세 번이나 제우스의 새 집을 만들어주기도 했다. 마지막으로 지어준 개집은 그와 루즈앙이 목재와 나사를 직접 구해서 특히 정성 들여 만든 것이다. 이런 예전의 일들이 생각나자 목이 메었다. 푸샤오쓰는 갑자기 멈춰 서서 제우스의 머리를 토닥토닥 만져주었다. 제우스는 착하게 고개를 들고 푸샤오쓰의 손바닥을 핥았다. 그때 푸샤오쓰의 눈에서 눈물이 툭 떨어졌다. 석양이 가득한 이 시끄러운 길이 소리 없이 푸샤오쓰의 눈물을 흡수하고 있었다. 달궈진

지면에도 그의 마음 깊은 곳에도 슬픔이 무겁게 내려앉았다. 푸샤오쓰는 꿇어앉아 제우스를 안았다. 그리고는 눈물을 닦았다. 그래, 마지막으로 한 번만 울자. 다시는 안 울 거야.

푸샤오쓰가 가려고 하는데 제우스가 갑자기 크게 짖기 시작했다.

앞에서 한 무리의 시끄러운 남자들이 나타났다. 가장 눈에 띄는 건 무표정한 얼굴, 마른 몸매를 하고서는 손에 맥주병을 든 녀석이었다. 그는 푸샤오쓰를 본 순간, 손에 있던 맥주병을 꽉 쥐었다. 너무 힘을 줘서 관절에서 소리가 날 정도였다.

푸샤오쓰의 눈동자는 다른 어떤 때보다 더 초점이 없었다. 그리고 차가운 표정이었다. 그는 흥분한 제우스를 잡고 그대로 서서, 한 자 한 자 또박또박 말했다. "루즈앙, 너 여기서 뭐 하는 짓거리야!"

푸샤오쓰는 앞에 있는 양아치 무리를 보니 화가 치밀었다. 몇몇은 푸샤오쓰도 아는 녀석들이었다. 첸촨일중의 중학교 때 퇴학당했던 몇 명이었다. 루즈앙에게 어깨동무를 하고 있는 놈은 우위에다. 예전에 학교에 있을 때 거의 모든 사람이 그를 싫어했다.

"너 요즘 이런…… 놈들이랑 다니냐?"

본래 하고 싶던 말은, '이런 수준 낮은 새끼들'이었지만, 푸샤오쓰는 그나마 남아 있는 이성으로 억눌렀다. 당분간 루즈앙에게 화내고 싶지 않았기 때문이다.

루즈앙은 아무 말도 하지 않았다. 그저 고개를 숙여 길가의 난간만 바라보고 있었다. 손에 들고 있던 병이 무의식적으로 난간에 조금씩 부딪히고 있었다. 머리가 헝클어져 앞으로 내려와 있어 그가 지금 어떤 표정인지는 알 수 없었다.

우위에가 갑자기 다가오더니 한 손으로 푸샤오쓰의 턱을 잡고 으르렁대며 말했다. "너 똑바로 말해라. 이런 놈은 뭐고, 저런 놈은 뭔데?! 네가 푸샤오쓰인 건 안다, 푸샤오쓰는 뭐 대단한 놈이냐?"

푸샤오쓰가 어떤 반응을 보이기도 전에 뼈와 뼈가 부딪히는 둔탁한 소리가 들렸다. 눈앞에 루즈앙이 우위에를 한 대 치는 장면이 지나갔다. 우위에가 아프다고 악악거리자 루즈앙이 들고 있던 맥주병으로 난간을 쳐서 깨더니, 날카로운 병 조각을 들고 서늘한 표정으로 말했다. "마침 기분도 거지 같은데 한판 붙고 싶으면 덤벼봐."

루즈앙은 푸샤오쓰가 말없이 맨발로 방 안을 왔다 갔다 하면서 상처에 바를 약을 찾는 것을 보고 있었다. 귀에서 턱 사이에 시퍼렇게 든 멍을 보니 마음이 아팠다. 그는 이를 앙다물고 속으로 저주했다. 우위에 새끼…… 진짜 짜증 난다. 어렸을 적부터 푸샤오쓰와 무수히 싸웠지만, 다른 놈이 푸샤오쓰에게 손대는 건 참을 수 없었다. 그래서 오늘 우위에가 푸샤오쓰의 턱을 움켜쥐었을 때 루즈앙은 속에서 천불이 났다. 할 말이 정말 많았지만 어떻게 입을 떼야 할지 모르겠어 참다가 결국 모호한 말투로 물었다. "아파?"

"당연히 아프지. 너도 그 새끼한테 한번 당해봐."

볼멘소리였다. 이 또한 루즈앙이 예상했던 바였다. 그렇지만 지금 푸샤오쓰가 대단히 성깔을 부리고 있지는 않았다. 루즈앙은 그의 성질머리가 어떤지 누구보다도 잘 알고 있었다. 푸샤오쓰는 정말 화가 나면 루즈앙과 한 마디도 섞지 않았다. 그래서 루즈앙은 마음이 좀 가벼워졌다.

"너 하는 말 들어보니 진짜 싸움 붙었으면 큰일 날 뻔했네. 그래도 내가 있었으니 다행이지. 안 그랬으면 멍드는 거로 안 끝났을걸." 루즈앙이 참지 못하고 한마디 했다.

"야, 한 손으로는 너희 집 개 잡고 있었잖아! 네가 개 데리고 있어봐. 다시 한번 붙어보게."

"……."

푸샤오쓰가 멈추지 않고 그를 흘겨보며 말했다. "그리고! 누가 더 많이 다쳤는지 못 봤냐?!"

말을 끝낸 후 그는 솜, 거즈, 소독약, 빨간약, 과산화수소, 반창고, 파스 등 한 무더기의 약을 그에게 던져주고, 소파에 앉았다. 그리고 턱을 문지르며 속으로 생각했다. '우위에 새끼……. 오늘 넌 진짜 운 좋았던 거야!'

루즈앙이 두 손을 번쩍 들고 "오케이, 네가 이겼어"라며 어쩔 수 없다는 표정을 지었다. 그러고 나서는 솜에 소독약을 묻혀 상처를 닦기 시작했다. 푸샤오쓰는 그 바보 같은 모습에 한숨을 쉬며 도와주기 시작했다.

머리카락을 들추니 머리에도 큰 상처가 나 있었다. 푸샤오쓰는 소독약 묻힌 솜을 상처에 갖다 댈 용기가 나지 않았다. 빨갛게 드러 난 생살과 말라붙은 핏자국에 속이 상했다. 이 상처는 루즈앙이 뛰 어와 깨진 유리병을 막아주다가 생겼다는 것을 알고 있었다. 목이 메었다. 특히 루즈앙이 자기도 모르게 몸을 떨 때 더 그랬다. 아마 소독약이 상처에 닿았기 때문일 것이다.

"아프면 아프다고 해. 내 앞에서 체면 차릴 거 있냐!"

기복 없는 말투였지만, 그 안에 아픔을 숨기고 있었다.

"아빠가 들을까 봐 그래. 만약에 집에 아무도 없었으면 난리 쳤 을 거라고⋯⋯! 살살 좀 해라!!!"

푸샤오쓰는 거즈로 힘을 주어 상처를 꽉 누르며 말했다. "아버지 들으시는 게 무서운 놈이⋯⋯ 대체 너 무슨 생각이냐? 그딴 양아치 새끼들이랑 몰려다니고."

루즈앙이 고개를 숙인 채 아무 말도 하지 않았다. 어디서부터 시 작해야 할지 몰랐기 때문이었다. 푸샤오쓰에게 감히 입을 떼기 힘 들었다. 왜 그런지는 몰라도 푸샤오쓰가 너무 어려웠다. 평소 같았 으면 그냥 웃기는 표정을 지었을 것이다. 그런데 지금은 마음이 너 무 무거워서, 그래서 아무 말도 할 수 없었다.

푸샤오쓰는 방을 나갔다 돌아오면서 더운 물을 한 잔 떠 왔다. 아 무 말 못하는 루즈앙을 보니 마음이 아팠다. 그렇지만 좀 화가 나기 도 했다. 특히 그 우위에 같은 놈이랑 어울리는 건 맘에 들지 않았 다. 그는 물을 루즈앙에게 내밀며 말했다. "너 이렇게 자포자기하면 엄마가 너 미워하셔."

루즈앙은 '엄마'라는 두 글자를 듣자마자 "엄마 얘기 꺼내지마!"라고 소리 지르며 물잔을 손으로 쳐버렸다. 뜨거운 물이 푸샤오쓰의 팔에 다 엎질러졌다. 루즈앙은 어찌할 바 모르며 일어섰다. 그의 손에도 물이 튀었는데 양이 적었는데도 몹시 뜨거웠던 것이다. 푸샤오쓰의 무표정한 얼굴을 보니 더 당황스러웠다.

　푸샤오쓰는 아무 말도 없었다. 뜨거워서 비명을 지를 뻔했지만, 꾹 참았다. 그저 마음속으로 슬픔이 밀려들었을 뿐이다. 남자는 본래 이렇게 참는 것이다. 더 큰 고통이 온다고 해도 표정 변화 없이 그저 견딜 것이다.

　그날 밤 푸샤오쓰는 루즈앙네 집 손님방 침대에 누워 잠 못 들고 있었다. 눈앞에 루즈앙의 그 상처받은 얼굴이 계속 아른거렸다.

　덴 자리에 손이 닿으면 화상의 열감이 느껴졌다. "이 바보." 할 수 있는 욕이 그것밖에 없는 듯했다.

　다음 날, 푸샤오쓰가 눈을 떴을 때 베개 옆에 화상용 연고가 놓여 있었다. 발견한 순간 마음이 뭉클했다. 간밤에 루즈앙이 조용히 와서 놓고 갔을 것이다. 아마 그는 깊게 잠든 그를 애처로운 눈으로 살피고, 평소에 할 수 없었던 말들을 했거나, 아니면 잠깐 울었을 것이다. 그리고는 조용히 문을 닫고 총총 집을 나섰을 테다.

　푸샤오쓰는 창의 커튼을 들춰 밖을 내다보았다. 햇빛은 찬란했고 여름 특유의 타는 듯한 눈부심이 있었다. 루즈앙은 호스로 물을 뿌려 제우스의 더위를 식혀주고 있었다. 오래간만에 미소를 짓고 있었다. 비록 이전의 찬란함은 없었지만 그래도 전에 없던 편안함이 있었다. 물보라 속의 제우스도 엄청 신이 난 것처럼 보였다.

푸샤오쓰는 눈을 감고, 저 멀리 파란 하늘에서 불어오는 바람 소리를 들었다. 바람이 드문드문 먼 곳에서 불어왔다. 갑작스럽게 얻은 상처는 그저 얼른 시간이 지나가 괜찮아지는 방법밖에는 없다는 생각이 들었다. 이런 아픔을 겪은 그 바보는 더 용감해질까? 아니면 더 쉽게 상처를 받게 될까?

어찌 되었든, 그 긴 여름이 결국 끝이 났다.

개학한 지 이미 일주일이 되었다. 겉으로는 아무것도 변한 것 같지 않았다. 그런데 어쩌면 많은 것들이 모르는 사이에 변했을 수도 있다. 그저 눈치가 없어서 발견하지 못한 것일 수도.

리샤는 자연스럽게 막 첸촨일중의 학생이 된 아이들에게 눈이 갔다. 그들을 보니 이상하게 그냥 '청춘'이라는 단어가 자꾸 떠올랐다. 자신도 1년 전에 저런 호기심 어린 눈으로 학교 정문을 바라보았을 것이다. 끝없는 녹나무들부터 학교 게시판에 붙어 있는 자랑스런 졸업생들의 명단까지. 특히 명단에 있는 선배들이 진학한 학교가 하나하나 다 일류 대학이라 놀라움에 입을 다물 수 없었다.

하지만 현실은 새로 들어온 아가들과 식당에서 자리 다툼을 해야 하고, 같은 수영장을 써야 하고, 월요일이면 같은 운동장에서 국기가 게양되는 것을 봐야 했다. 이전에 좋아했던 나무 그늘 길은 이미 웃음소리로 뒤덮였고, 화실에는 그림 그리는 사람들이 늘었다. 리샤는 그래서 어떨 때 좀 슬펐다. 이 슬픔이 대체 어디서 온 건지는 알 수 없었다.

교실은 2층 복도 중간에 있었다. 임시로 배정된 교실로, 일주일이 지난 후에 문과와 이과 반으로 나뉘게 된다. 반 배치가 완료되면 그제야 새로운 반의 친구들, 새로운 자리, 새로운 사물함, 새로운 주변 담당표가 생길 것이다. 그럼 점점 이전의 일들을 잊게 될 것이다.

'이후에는 점점 이전의 일들을 잊게 될 것이다.'

이렇게 생각하니 리샤는 갑자기 좀 괴로웠다.

이번 주 내내 푸샤오쓰와 루즈앙은 별다른 말을 하지 않았다. 푸샤오쓰는 원래 말이 없어서 그렇다 치지만, 루즈앙의 그 찬란한 미소가 사라지니 마음이 텅 비는 것 같았다.

루즈앙은 푸샤오쓰와 함께 조용히 자전거를 타고 학교 안으로 들어오거나, 하얀 셔츠를 입은 채로 난간에 앉아 있거나, 수영 수업에서는 트랙을 조용히 끝도 없이 반복해 돌기도 했다. 그 모습을 볼 때마다 리샤는 자기가 아는 루즈앙이 아닌 다른 루즈앙을 보는 듯했다.

푸샤오쓰는 리샤에게 루즈앙의 어머니 일을 이야기해주긴 했지만 리샤가 그를 도울 방도는 없었다. 루즈앙에게 이 일을 꺼내어 위로할 용기도 나지 않았다. 순간 분위기가 싸해질까 봐서였다. 그저 그가 침묵할 때 함께 침묵하고, 침착하게 있을 때 함께 침착해지는 수밖에 없었다.

때로 리샤는 생각했다. 루즈앙의 인생이 이런 식으로 변하는 건가? 그의 앞으로의 10년, 20년, 심지어 앞으로 있을 더 긴 세월 동안 다시는 이전에 웃었던 것처럼 그렇게 해맑게 웃지 못할 것인가? 겨울에 즐겨 쓰던 그 귀여운 털모자를 쓰고 애교부리는 일은? 길 가는 여학생들에게 그렇게 휘파람을 불어대는 일도……? 더는 없을까?
생각이 여기까지 미치니 마음이 쓰라렸다.

여름이 점점 끝나갔다. 공기는 열기를 빠르게 잃어가고, 밤도 이전보다 빠르게 찾아왔다.
리샤는 창가에서 까만 밤하늘을 바라볼 때면 어찌할 수 없을 정도로 마음이 어지러웠다. 먼 건물에 총총 들어온 불빛은 무겁고 새까만 밤에 더욱더 빛이 났다. 갑자기 땅이 꺼지고 그 안으로 밤이 먹물처럼 스며들어와 모든 소리를 감추고 모든 미래가 강바닥의 진흙 속에 묻히는 듯했다. 강바닥의 두꺼운 진흙은 천 미터에 달하고, 그 위로 물이 또 천 미터 채워져 영원히 밝은 세상이 드러나지 않을 것만 같았다.
이미 고등학교 2학년이 되었다. 곧 3학년이 될 것이다. 전설에 수없이 등장했던, 천군만마가 외나무다리를 건너는 장면이 머릿속을 헤집어댔다. 그 장면은 마치 꿈속에 자주 등장하는 열차의 규칙적인 레일 충돌음 같았다. 혹은 누군가가 칼을 들고 내 가장 취약한 부분을 뚫어 도려내는 것도 같았다. 거듭해서 찔린 후에 피범벅이 되고, 결국 그 고통이 무뎌지고 모호해지는 경지. 미래는 그 누구도 알 수 없는 그런 결말이 기다리고 있다.

리샤는 갑자기 울고 싶어졌다.

푸샤오쓰는 예전에 리샤에게 천사 이야기를 해준 적이 있다. 사람마다 그 사람을 지켜주는 수호천사가 있는데 이 천사는 그 사람이 너무 슬프거나 힘들 때 그 사람 주변의 어떤 사람으로 변한다고 한다. 친구일 수도, 애인일 수도, 부모일 수도, 고작 한 번 봤을 뿐인 낯선 사람일 수도 있다. 이 수호천사는 조용하게 나타나 그 사람과 짧지만 즐거운 시간을 보낸 후 다시 조용히 떠난다. 그래서 그 사람의 인생에 행복한 기억을 남겨준다고 한다. 인생에 고난이 가득할지라도, 그 행복했던 기억을 떠올리면서 힘을 낼 수 있도록 말이다. 그래서 조용히 우리 곁에 머물다가 떠나는 사람들은, 사실 모두 천사인 셈이다. 같은 반이었던 친구들, 사랑했다가 이별한 사람들, 하물며 거리에서 잠깐 스친 낯선 사람들도 우리에게 천사가 될 수 있다. 그들이 떠난 후 우리는 잠깐 상실감 혹은 실망감에 사로잡힐 수 있지만 결국은 그들이 세상의 어딘가에서 조용히 잘 살고 있을 거란 믿음에 위안을 얻게 된다. 우리의 실망감과 상실감은 이렇게 시간이 지나면 어느새 치유된다.

리샤는 때로 생각했다. 푸샤오쓰와 루즈앙은 천사인 걸까? 리샤는 가끔 그들이 이 세상 아이들이 아닌 것 같기도 했다. 둘은 다른 남자애들처럼 요란스럽지 않았다. 잘생긴 척이나 잘난 척을 하지도 않았다. 그들은 새벽과 저녁에 매번 나타나 조용히 웃거나 조심스럽게 미간을 찌푸렸다. 그렇지만 그들이 발하는 빛은 숨길 수 없다. 리샤는 아무리 사람이 많은 거리에서라도 그 둘은 쉽게 찾아낼 수 있을 거라고 생각했다.

그리고 위젠, 위젠도 천사가 분명했다. 때론 위젠이 너무 강해서, 너무 굳건해서, 그것이 마음이 아팠다. 위젠은 이를 악물고 홀로 길을 걸어갔다. 때로 비바람이, 때로 늪이 계속해서 나타나도 겁먹지 않았다. 매일 밤 위젠은 술집에서 생긴 일들을 리샤에게 말해주곤 했다. 어떤 날은 손님이 그녀의 노래가 듣기 좋다고 칭찬하며 사장에게 월급을 올려주라고 말하기도 하고, 어떤 날은 먼 도시에서 위젠의 노래를 들으러 온 남자들이 있었다고도 했다. 그녀는 점점 노래 좀 하는 여자아이가 되어가고 있었고, 심지어 남자친구인 칭텐이 이를 질투할 정도였다.

위젠이 리샤에게 자기 꿈을 말할 때는 마치 유리병 안에서 반짝반짝 빛나고 있는 사탕 같은 느낌이었다. 위젠은 언제나 중국에서, 전국에서 유명한 스타가 되었으면 좋겠다고 말했다. 위젠의 노래에서 사람들은 충만한 힘을 느꼈다. 그 노래는 사람들을 용감하게 만들고, 포기하지 않고 먼 길을 계속 걷겠다는 마음을 가지게 했다. 착한 사람들이 힘들고 어려운 일을 겪을 때 자기 노랫소리를 듣고 따뜻함과 용기를 얻기를 위젠은 바랐다.

위젠이 이런 이야기를 할 때면 사방으로 빛을 뿜어내는 듯했다. 바닷물처럼 짙은 빛이 적외선처럼 뿜어져 나왔다. 꼭 반딧불이 같았다. 리샤는 이런 그녀의 미약한 빛이 결국은 그녀를 화려한 제비꼬리나비로 만들어줄 것을 알고 있었다. 모든 사람의 눈을 환히 비추는 제비꼬리나비.

언제가 되었든 간에, 그렇게 될 거라 리샤는 깊이 믿고 있었다.

'추위는 삶의 모든 희망을 앗아갔다.'

국어 교과서에서 이런 구절을 보았다. 쉬는 시간에 커피를 타면서 리샤는 계속해서 이 구절을 생각했다. 급수대 앞의 긴 줄에서 기다릴 때도 벽에 기대어 이 구절을 계속 떠올렸다. 마음속에서 형언할 수 없는 감정이 샘솟았다. 손에 쥐고 있는 보온병에서 미약한 열기가 느껴졌다. 여름과 한없이 멀어진 느낌이다.

리샤는 국어 교과서에도 마음을 움직이는 구절이 존재한다는 것이 신기했다. 아주 오랜 시간 국어 시험을 치기 위해 수많은 고문을 줄곧 외워왔지만 아름답게 느껴지는 구절은 한 번도 만나지 못했다. 아름다운 시 구절을 보더라도 '어떻게 하면 이걸 잘 외울 수 있을 것인가'라는 생각뿐이었다. 그저 참고서 문제를 풀고 나면 곧바로 뒤에 있는 답안을 보고 채점을 했다.

이런 날들이 계속되었다.

리샤는 자신이 여전히 첸촨일중에 막 입학한 학생 같다는 생각이 계속 들었다. 아마도 시간은 빠르게 흘러 금방 3년이 지나갈 것이다. 다른 선배들처럼 이 길고 충만한 녹나무와 기억의 장소로부터 세상으로 내던져질 것이다.

'우리는 졸업했다.' 이것은 잔인한 말이다. 그러나 결국은 반드시 해야 하는 말이다. 언제 시작했다고 또 이렇게 빠르게 어디론가 간다는 것인가. 기숙사의 그 딱딱한 침대에서 매일 잠이 들고 깨면서 시간이 지나고 있었다.

고등학교 3학년 생활은 외로웠다. 매일 끝내지 못한 시험지만이 함께했다. 곁에는 푸샤오쓰 한 사람뿐이었다. 1학년 때와 비교하면 좀 답답했다.

청치치는 미술 실기 시험을 잘 치러서 이미 상하이미술학원으로 진학이 결정되었다. 그래서 수업에 잘 나오지 않았고 집에서 그림을 그리면서 때때로 리샤에게 편지를 썼다.

루즈앙은 이과 반을 택했다. 그와 위젠이 3반에 남았고, 리샤와 푸샤오쓰가 문과를 선택해 7반에 갔다.

푸샤오쓰는 학업 스트레스가 커서 잡지에 계속 그림을 보낼 수가 없었다. 리샤도 이에 관해서 그에게 말을 꺼내지 않았다. 대신에 밤마다 지쓰의 예전 그림을 보면서 감상에 빠지곤 했다. 낡은 종이 냄새가 풍기는 오래된 잡지들을 보고 있으면, 리샤도 그들과 함께 낡아진 느낌이었다.

때로 수업 시간에 리샤는 위젠이 옆자리 책상에 엎드려 조용히 잠자고 있을 거라는 착각이 들곤 했다. 햇빛이 위젠의 얼굴을 비추면 그녀가 억울한 꿈이라도 꾸듯이 눈썹을 움찔거리고, 뒤에서 푸샤오쓰는 공책에 낙서하고 있고 루즈앙은 옆에서 엎드려 잠을 자고 있어, 리샤가 돌아보면 그 두 잘생긴 얼굴이 맞바로 보일 것 같은 착각들.

그렇지만 다시 눈을 깜빡이면 모든 것이 현실로 돌아와 있었다. 푸샤오쓰는 교실의 저편에 앉아 있다. 리샤의 눈길이 여러 얼굴을 지나쳐 푸샤오쓰에 닿으면, 그는 엄숙한 표정으로 칠판을 보고 있다. 빠른 속도로 무언가를 필기한다. 어떨 때 그의 옆얼굴을 보면 묘한 슬픔이 느껴지기도 했다. 왜 그런지 도무지 이유를 알 수 없었다. 아마도 이 시간이 너무나 짧고, 결국 곧 졸업할 것이라는 생각 때문인 듯했다.

때로는 어디서 들려오는지 모르겠는 피아노 소리가 들리기도 했다. 루즈앙이 치고 있는지도 모를 일이다.

졸업을 하고 나면 어떨까? 리샤는 감히 상상하지 못했다. 예전에 누군가가 이야기한 적이 있다. 졸업은 유리창과 같다고. 그 유리창을 깨고 땅에 떨어진 그 날카로운 유리 조각을 밟고 지나가야 한다고. 발이 피범벅이 되고 난 후에 완전히 다른 인생이 시작된다고.

푸샤오쓰도 가끔 시간이 지나치게 빠르게 흐른다는 생각이 들었다. 모든 것이 1996년의 그 무더운 여름에 머물러 있는 것 같은데,

시간이 조금 지났을 뿐인데, 벌써 1997년의 연말이라니.

12월, 첸촨에는 이미 눈이 많이 내렸다. 성탄절 분위기도 날로 짙어졌다. 길거리의 상점들은 각종 선물, 크리스마스 트리, 예쁜 천사들로 장식되었다. 한껏 꾸민 여자들이 남자친구를 자기 쪽으로 끌어당기며 거리를 걸었고, 그 얼굴에는 행복이 가득했다. 등이 색색으로 켜져 도시 전체가 놀이동산으로 변한 듯했다. 끝도 없이 팔리는 캔디, 무료 입장권, 멈추지 않고 돌아가는 대관람차까지. 눈을 감으면 1998년이 한 걸음 한 걸음씩 다가오는 소리가 들렸다.

푸샤오쓰는 혼자서 자주 교학관과 운동장 사이의 가로수 길을 지나며 고등학교 1학년 때의 일들을 떠올리곤 했다. 고등학교 2학년은 그냥 뛰어넘어버린 느낌이었다. 1997년이 통째로 삭제된 것 같았다. 1997년에 대체 어떤 일들이 벌어졌길래 나는 아직도 그해만을 마음에 두고 있나…….

사실 그 일들은 매우 명확했고 똑똑하게 기억할 수 있었다. 그저 다시 떠올리기 싫을 따름이다.

1997년에 무슨 일이 일어났던 걸까? 홍콩이 반환되어 중국 전체가 일주일 동안 떠들썩했었다. 자형화(홍콩의 국화 - 옮긴이)가 새겨진 그 깃발은 중국인의 마음속에 각인되었다. 그리고 중국 해군함이 처음으로 전 세계로 항해를 나간 해이기도 했다. 아시아에 금융 위기가 닥친 때이기도 했다. 그렇게 좋은 일만 있었던 것은 아니었다.

사실 이런 일들이 푸샤오쓰나 리샤에게 그렇게 큰 의미가 있지는 않았다. 마치 머리 위에 떠 있는 수천억 광년 떨어진 별처럼, 그

것들이 아무리 거대하거나 눈부시다 하더라도 그들에게 전달된 것은 모두 희박하고 약한 별빛뿐이었다. 그들의 호흡, 회전, 질량, 심지어 죽음이나 폭발도 느낄 수 없다. 그렇지만 없어진 지 수백 년 이후에도 그들은 여전히 우리 눈에 보인다. 이런 의미에서 별들에게 죽음이란 것은 별다른 의미 없는 일이었다.

그렇다면 대체 의미 있는 것은 무엇인가?

문과와 이과가 나뉜 이후에, 루즈앙과 푸샤오쓰가 다시 같은 교실에 출입하는 일은 없었다.

위젠은 리샤에게 말했다. "리샤야, 나는 대학 안 갈 거야. 떠날 거거든. 네가 영원히 보고 싶을 거야."

1997년 학교에 문과 건물이 새로 지어졌다. 그리하여 그때부터 이과생과 문과생은 각기 다른 건물에서 수업을 받았다. 그 두 건물 사이에는 큰 운동장이 있었다.

푸샤오쓰는 이제 매일 아침 루즈앙과 함께 자전거를 보관소에 세운 후에 인사하고 각자의 교실로 갔고, 점점 이에 익숙해졌다.

창밖에는 익숙한 녹나무가 있었다. 그렇지만 익숙지 않은 새로운 빨간 트랙 표시 선과 백색 선도 있었다. 해가 비추면 운동장은 더 크고 무력해 보였다. 새의 날갯짓 소리가 울려 퍼질 정도였다.

1997년에 무엇이 바뀌었을까? 바뀐 것이 많은가, 적은가? 푸샤오쓰는 잘 알지 못했다. 그리고 그런 것들을 생각하며 시간을 낭비하고 싶지 않았다. 사실 이미 생각할 다른 것들이 너무 많았다. 고등학교 3학년 세계에서는 무엇보다 공부가 우선이었다.

루즈앙과 푸샤오쓰는 그래도 여전히 매일 등교와 하교를 함께했다. 대체로 루즈앙은 푸샤오쓰보다 수업을 빨리 마쳤다. 7반 선생은 본래 수업을 늦게 마치는 것으로는 유명했고, 문과가 이과보다 시험도 훨씬 자주 있었다. 첸촨일중의 문과는 전국에서 유명한 수준이었다. 수업을 마친 루즈앙은 가방을 메고 운동장을 가로질렀다. 이과 건물에서 문과 건물로 넘어가는 것이다. 그러고 나서는 푸샤오쓰의 교실 밖에서 기다렸다가 함께 집으로 돌아갔다.

때로 리샤는 창밖으로 루즈앙이 이어폰을 끼고 복도에 가만히 앉아 있는 것을 보았다. 햇빛이 천천히 그의 몸을 따라 윤곽선을 만들어냈다. 가끔 비둘기가 날아다니는 소리도 들을 수 있었다. 어쩌다 루즈앙은 고개를 들어 리샤와 눈이 마주치면 웃으면서 '수업에 집중해'라고 말하는 듯한 표정을 지었다. 이럴 때면 리샤는 그제야 고등학교 1학년 때의 루즈앙을 다시 만나는 기분이었다. 아무런 근심 걱정 없던 그 소년을.

모두 루즈앙의 변화를 알아챘다. 리샤도 알고, 위젠도 알고, 청치치도 알았다. 루즈앙을 좋아하는 다른 여학생들도 모두 알았다. 그러나 푸샤오쓰만큼 심각하게 느끼지는 않았을 것이다.

또한, 이 변화는 1년 동안 천천히 이루어졌기 때문에 소금이 물에 녹는 것처럼 나중에는 다 녹아서 흔적도 찾아보기 힘들었다.

루즈앙은 푸샤오쓰 교실 밖에서 조용히 그가 나오기를 기다렸다. 가끔 피아노 교실에서 루즈앙의 피아노 소리가 흘러나오기도 했다. 겨울과 여름의 긴 방학 동안, 걸으면서 말하는 사이에, 한 줄 한 줄의 휴대폰 메시지 사이로, 석양 사이로 집으로 돌아오는 조용한 길에서, 푸샤오쓰는 하루하루 루즈앙의 변화를 느낄 수 있었다. 마음이 시렸다. 마치 파도가 일렁대는 것처럼.

루즈앙은 결국 어떤 모습으로 변한 걸까? 조용해진 걸까? 고독해진 걸까? 정확하게 말하기 어렵다.

리샤는 때로 루즈앙이 또 다른 푸샤오쓰가 된 게 아닌가 하는 생각이 들곤 했다. 그저 그보다 더 평화롭고, 더 조용한. 푸샤오쓰가 날이 서 있는 조용함이라면, 루즈앙은 온화한 조용함이 있었다. 이전처럼 말하는 것을 좋아하지도, 잘 웃지도, 여자애들에게 치근거리는 짓도 잘 하지 않았다.

그는 매일 조용히 자전거를 탔다. 시간이 날 때면 푸샤오쓰와 리샤를 불러 함께 도서관에 갔다. 까만 테의 안경을 쓰고 미간을 찌푸린 채 열심히 문제를 풀었다. 도서관에서 해가 제일 잘 드는 자리를 잡아 두꺼운 참고서를 꺼내어 조용하게 연습장에 계산하곤 했다.

제일 웃기는 것은 그가 수학 개념으로 모든 생활의 불편함을 분석해낸다는 것이었다. 이과에서 오랫동안 박해받은 공붓벌레 같은 형상이었다. 그러다 리샤, 위젠, 청치치 이렇게 친한 사람들과 있을 때만 때로 이전의 모습이 나오곤 했다. 말을 많이 하고, 생동감 있는 표정을 짓고, 때로 푸샤오쓰와 주먹다짐을 하는 모습. 그렇지만 대체로 평소에는 조용한 얼굴로 미소만 짓고 있었다. 루즈앙이 연습장에 함수 그래프를 그리면, 리샤는 이전에 푸샤오쓰의 옆에서 까불던, 수업 시간에 잠만 자던 루즈앙이 생각났다. 그때의 그 봄 같은 미소와 아침 햇살 같던 루즈앙 말이다. 마음에 갑자기 서늘한 바람이 불어오는 것 같았다. 이전의 일들이 마음속에서 여기저기로 흩어졌다.

고등학교 3학년이어서 모든 것이 변한 걸까? 아니면 그냥 우리가 스스로 변한 걸까? 고작 고등학교 3학년이라는 1년 동안?

리샤와 푸샤오쓰가 3반을 떠난 이후에 위젠은 반에서 거의 말을 섞을 만한 사람이 없었다. 그저 가끔 루즈앙과 이야기를 나눌 뿐이었다. 위젠은 매 휴식 시간마다 베란다에서 운동장 건너편에 있는 문과 건물 베란다를 바라보곤 했다. 리샤가 눈에 띄는 옷을 입으면 보이기도 했다. 아주아주 빨간색을 입으면 1층에서 왔다 갔다 하는 모습이 보였다. 때로 리샤는 푸샤오쓰와 함께 베란다에 나타나기도 했다. 비록 너무 멀어서 그 표정은 보이지 않았지만 리샤가 신이 나서 어깨를 들썩거리거나 팔을 흔드는 몸짓이 보이기도 했다. 리샤 쪽에서는 거의 그녀를 보지 못했다. 위젠 옆에는 자주 루즈앙이 조용한 미소를 지으며 서 있곤 했다.

리샤가 떠난 후, 위젠이 수업 중 질문에 답해야 할 때 도와주는 사람은 리샤에서 루즈앙으로 바뀌었다. 루즈앙은 학급에서 무슨 일이 생길 때 위젠을 도와서 처리해주곤 했다. 어떨 때 위젠은 루즈앙에게 묻기도 했다. "네가 떠나서 샤오쓰가 외롭겠다?" 이렇게 물을 때면 루즈앙은 그저 웃기만 했다. 아무런 내색 없이 이렇게 말했다. "사실 너 리샤가 없어서 외로운 거지? 내 입에서 먼저 그 말이 나오기를 기다린 거 아냐? 강한 척하지만 사실은 쪽팔리기 싫어서 그러는 거잖아. 그렇게까지 힘들게 살 필요 없어. 내가 그냥 매일 샤오쓰한테 '너가 없어서 심심해 죽겠다, 반 애들이 완전 무슨 이과 기계들 같다'고 떠들어대는 것처럼 너도 그러면 되잖아."

위젠이 눈을 흘기며 말했다. "작작 해. 언제 그렇게 막 떠들어댔냐? 너 요즘 완전히 달라진 거 몰라? 2년 전에나 그렇게 막 떠들었지."

이 이야기를 듣자 루즈앙의 낯빛이 어둡게 변했다. 세상 억울한 표정이었다.

사실 루즈앙은 푸샤오쓰 같은 친구를 둬서 너무 다행이라고 생각하고 있었다. 마음속으로는 그에게 항상 '고맙다'라고 말하고 있었다.

매일 밤 위젠과 리샤는 여전히 늦게까지 이야기를 나눴다. 위젠은 술집에서 있었던 일도 이야기하곤 했다. 칭톈이 매일 학교로 데려다준다, 수입도 점점 많아진다⋯⋯. 이런 이야기들. 그렇지만 위젠은 마음속에 오랫동안 숨겨왔던 비밀에 관해서는 이야기를 꺼내지 않았다. 심지어 칭톈에게조차 말하지 않았다. 만약 입 밖으로 꺼내면 모든 일이 다시는 돌이킬 수 없이 변해버릴 것 같았다.

완전히. 영원히. 돌아갈 수 없다.

밤이면 종종 위젠은 올 1년 동안 일어났던 일들을 회상하곤 했다. 학교에서 리샤를 포함한 몇 명만이 위젠의 관심을 끌었다. 그 외에 다른 어떤 것들도 그녀의 관심을 끌지는 못했다. 그녀는 여전히 다른 첸찬일중의 여학생들과는 좀 달랐다. 여전히 다른 스타일의 옷을 입고 귀에는 점점 더 많은 귀걸이를 했다. 또한, 고등학교 2학년이 끝나던 그날 리샤의 귀를 뚫어주는 데 성공했다. 그리고 둘은 작은 귀걸이를 사서 하나씩 나눠 가졌다. 위젠은 여전히 리샤의 귀를 뚫고 난 후의 그 공포에 질린 표정이 생각났다. 리샤는 3초에 한 번씩 귓가를 머리카락으로 가렸다. 누군가가 볼까 봐서였다.

그렇지만 이후엔 리샤가 위젠보다 훨씬 더 귀걸이를 좋아하게 되었다. 시간이 날 때마다 거울을 보며 본인 귀에 달린 귀걸이를 구경하는 리샤를 위젠이 보고 비웃으면 리샤의 얼굴이 빨개졌다. 그러면서 본인은 귀를 뚫어본 적이 없는 참한 여자라서 그렇다고 말했다. 비웃을 때도 마음은 오히려 따뜻함으로 충만해졌다.

위젠이 줄곧 나를 보고 웃어서 얄미웠다. 그렇지만 귀에 뚫린 구멍을 보면 기뻤다. 바늘이 살갗을 뚫는 그 순간, 아파서 눈물이 찔끔 났었다. 그래서 나는 '어린 시절에 함께 이 고통을

겪었으니, 후에, 지옥에 간다고 해도 내가 미간 한 번 찌푸리지 않고 함께 가주겠다'라고 자주 생각했다. 위젠의 손을 잡으면 그곳이 어느 방향이든 간에 천국에 갈 수 있을 거라는 생각을 했기 때문이다. 이 생각은 바뀐 적이 없었다.

— 2002년, 리샤

그해 위젠은 기숙사로 돌아오지 않는 날이 많아졌다. 칭톈이 새로 집을 구해서 그곳에 있곤 했기 때문이었다. 위젠은 알고 있었다. 칭톈이 본인을 어떻게 할 수 없다는 걸. 옆에서 자면서 그의 목을 끌어안아도 그는 그녀에게 함부로 어쩌지 않았다. 위젠은 칭톈의 숨 쉬는 소리를 들으면 세상이 평온하다는 생각이 들었다. 암흑이 꽉 메운 이 공간 안에서 그의 내뱉는 숨소리가 들렸다. 그러고 나면 본인은 그 내뱉은 숨을 들이마셨다. 이렇게 들이쉬고 내쉬고를 반복했다.

위젠은 이런 따뜻한 분위기 때문에 많은 밤 동안 '영원', '행복' 같은 평소라면 생각지도 않는 단어들을 떠올리곤 했다.

어느 날 칭톈이 고양이 한 마리를 집으로 데려왔다. 이름은 '블레이크'라고 지었다. 위젠은 차츰 요리하는 법을 익혔고, 때로 칭톈과 함께 장을 보기도 했다. 심지어 점점 칭톈과 습관도 비슷해졌다. 매일 해가 질 때면 성경책을 읽는 습관 같은 것이었다. 위젠은 가방에 두꺼운 성경책을 가지고 다니기 시작했다. 매일 수업이 끝나면 성경 한 단락을 읽고서는 교실을 나섰다.

1996년 크리스마스에 칭톈은 위젠에게 휴대폰을 선물했다. 자신이 가지고 있는 것과 똑같은 기종이었다. 위젠은 수업 시간에 종종 칭톈의 문자를 받았다. '배는 안 고프냐, 블레이크가 길가에 있는 웅덩이에 빠졌다가 잔뜩 젖어서 집에 돌아왔다', 어떨 때는 '창문 밖에 바람이 부니까 네가 갑자기 너무 보고 싶다' 같은 문자들이었다.

때로 위젠은 만약 칭톈과 결혼하면 분명히 엄청 행복할 거라고 생각했다. 평범하게 살겠지만 그 평범한 가운데 해가 비추는 것 같은 소소한 따뜻함을 누릴 수 있을 거란 믿음이 있었다.

그러나 술집 사장이 위젠에게 한 가지 소식을 알려준 후부터, 위젠의 마음이 점점 뜨겁게 달아오르기 시작했다. "내 친구가 베이징에서 음반 제작을 하는데, 혹시 베이징 가서 노래 불러볼 생각 있어?"

그날 아침, 위젠은 결국 용기를 내어 문자를 보내서 칭톈에게 말했다. '나 베이징 가려고. 같이 가지 않을래?'

오전 내내, 위젠의 휴대폰은 조용했다. 처음에는 위젠도 그냥 칭톈이 다른 바쁜 일이 있거나 잔다고만 생각했다. 그렇지만 시간이 갈수록 위젠의 마음도 불안해지기 시작했다. 운동장에서 뛸 때도, 정수기에서 물을 받을 때도, 베란다에서 리샤가 있는 문과 건물을 바라볼 때도, 손에서 휴대폰을 놓지 않았다. 화면이 다시는 켜지지 않을 것 같은 착각이 일어날 때까지 보고 있었다.

낮에 기숙사에서 함께 쉬고 있을 때, 리샤는 위젠이 자주 휴대폰을 확인하는 것을 보고 말했다. "위젠, 너 오늘 갑자기 왜 이렇게 폰에 신경을 써? 예전에는 신경도 안 썼잖아. 왜, 칭텐이 청혼이라도 한대?"

리샤는 이 말이 위젠을 그렇게까지 화나게 할 거라고는 생각지도 못했다. 그래서 위젠이 갑자기 휴대폰을 침대 쪽으로 던져버리자 리샤는 기절할 듯 놀랐다. 위젠이 힘껏 던진 휴대폰은 침대가 아닌 벽에 부딪혀 화면이 까맣게 꺼져버렸다.

오후 수업에 갈 때 위젠이 휴대폰을 두고 가려고 하자 리샤는 가져가라고 말했다. 위젠은 담담하게 대답했다. "망가졌는데 가져가서 뭐 해?" 수업이 끝난 후, 리샤는 자전거를 빌려 타고 학교를 나섰다. 위젠의 휴대폰을 고쳐주기 위해서였다. 심란한 상태로 자전거를 타고 내리막길을 달렸다. 어쨌든 본인이 이러쿵저러쿵하는 바람에 위젠이 휴대폰을 던져서 벌어진 일이기에 자기 탓인 것 같았다.

휴대폰을 다 고치는 데는 대략 한 시간 정도가 걸렸다. 하늘이 어둑어둑해질 무렵 수리공이 웃으면서 휴대폰을 리샤에게 건네주었다. "여기요, 다 고쳤어요." 전원을 누르자 화면이 밝게 빛났다. 리샤가 학교로 돌아가려는 찰나 벨이 울리기 시작했는데, 잘못 누르는 바람에 칭텐이 보낸 문자가 그대로 휴대폰 화면에 떴다.

'위젠, 미안해. 나는 너랑 같이 베이징에 가지 못할 것 같아. 미안해.'

학교로 돌아오는 길, 리샤의 머릿속에 수많은 의문이 떠올랐다.

해결되지 않은 의문들이 계속 생겨나는 바람에, 정신병에 걸릴 것 같았다.

베이징? 무슨 베이징?

위젠이 베이징에 왜 가지? 애초에 그런 이야기를 들은 적이 없는데?

베이징에 여행 가나? 아니면 이사 가나?

얼마나? 언제 가지?

모든 의문이 석양 위에 걸렸다. 수많은 의문들이 황혼 위에 떠올랐다가 호흡과 함께 전신으로 빨려드는 느낌이었다. 리샤는 온몸에 기분 나쁜 소름이 돋았다. 짜증과 불안한 마음이 가득했다.

자전거를 세우고 이과 건물 쪽으로 뛰어가던 리샤는 루즈앙을 만났다. 루즈앙이 오후에 있었던 일을 이야기했다.

처음에는 조그만 소동에 불과했다. 담임 선생이 위젠이 수업 시간에 자니까 교실 뒤에 세워놓았다고 한다. 그 후에 핵폭탄이 터진 것처럼 상황이 변했다. 둘의 대화에 다들 깜짝 놀랐다.

"위젠, 왜 또 잠을 자는 거냐?"

"죄송합니다. 좀 졸려서요."

"좀 졸린다고? 그게 무슨 말이냐? 곧 수능인데, 대학 떨어지면 어쩌려고 그래?"

"뭘 어떡해요? 살길이 있겠죠. 안 죽어요."

"대체 무슨 태도냐! 안 죽는데 수업은 왜 오는 거냐?"

"아, 그것도 괜찮네요. 애초에 수업 듣기 싫었는데요."

리샤는 루즈앙의 이야기를 듣는데 심장이 쿵쿵 더 뛰었다. 심지어 위젠이 뻬딱하게 서서 선생에게 대드는 장면이 눈에 보이는 것 같았다. 슬픔이 밀려왔다. 위젠이 정말 떠날 수도 있겠구나.

리샤는 루즈앙에게 위젠이 어디 있냐고 물었다. 루즈앙이 교실을 가리키며 말했다. "아마 아직 교실일걸."

오랜 시간이 지났어도 나는 아직 그날의 하늘색, 공기의 냄새, 온도, 그리고 교실 창밖의 비둘기들이 날아가던 소리까지 다 기억한다. 그날 위젠은 혼자 빗자루를 들고 허리를 숙인 채 교실 바닥을 쓸고 있었다. 나는 위젠의 어깨와 등이 조금씩 떨리고 있는 걸 보았을 때 마음속에서 파도가 휘몰아치는 소리를 들었다. 후에 위젠이 나를 보고 웃었다. 그렇지만 나는 위젠이 교실 문을 닫고 나가는 순간까지도 그것이 위젠과 나의 첸촨일중에서의 마지막 날인 것을 알지 못했다. 그날 이후에 위젠은 다시는 학교에 오지 않았다.

휴대폰을 위젠에게 돌려주던 그때, 나는 갑자기 하늘이 순간 새까매짐을 느꼈다. 다시는 밝아지지 않을 것처럼.

— 1999년, 리샤

위젠이 떠나던 날은 12월 24일, 크리스마스이브였다. 기차역엔 사람이 많지 않았고, 저녁이 되자 공기는 갑자기 차가워졌다. 하늘색은 무겁게 내려앉았다. 시커매지는 것이 곧 눈이 내릴 것 같았다. 위젠은 멍하니 고개를 들었다. 첸촨의 화이트 크리스마스는 아마 보지 못하겠지?

리샤가 위젠 앞에서 울지 않으려 노력하고 있다. 위젠이 첸촨을 떠나서 학업도 포기하고, 친구도 포기하고, 가지고 있는 모든 것을 포기한다는 것을 알았을 때 리샤는 울고불고 하긴 했지만, 막상 헤어짐이 바로 눈앞에 닥치자 리샤는 소리 내어 울지 못했다. 기차역으로 오면서 위젠이 리샤에게 말했다. "울면 안 돼. 그러면 떠나는 내가 너무 힘들잖아. 내 마음이 힘들었음 좋겠어? 그럼 열심히 울어봐, 리샤 아가씨."

푸샤오쓰와 루즈앙은 위젠의 짐을 기차 안으로 옮겨주고, 오는 길에 사온 과일과 간식들을 위젠의 객실 침대에 올려두었다. 그러고서는 이것저것 신신당부를 했다. 루즈앙은 원래 말하는 걸 좋아하니 그렇다 치지만, 푸샤오쓰는 정말 적응이 안 됐다. 당부해야 할 일은 왜 이렇게 많은지, 안심되지 않는 일은 또 얼마나 많은지, 할 말이 너무 많아서 그 순간 스스로가 느끼기에도 잔소리 하는 엄마가 되어버린 것 같았다. 말하면서도 이상하다는 생각에 얼굴이 점점 빨개졌다. 그렇지만 말하지 않으면 안 될 것 같아 하나하나 고집스럽게 당부했다.

위젠은 이 두 명이 이렇게 마음을 써주니 마음이 더 힘들었다. 왜 이걸 칭톈이 아니라 다른 사람들이 해주고 있을까. 칭톈은 지금 무얼 하고 있을까. 공연 준비하고 있나? 아니면 블레이크 밥그릇에 우유를 붓고 있나? 베란다에서 석양 아래 성경을 읽으며 천사의 날갯짓 소리를 듣고 있으려나?

그렇지만 다 무슨 소용인가? 어차피 이제 다 생각할 필요가 없는 일이 되어버렸다. 더 많이 생각해봤자 더 힘들어지기만 할 뿐이다. 그래서 위젠은 고개를 절레절레 흔들었다. 슬픔을 털어내기 위해서였다.

푸샤오쓰와 루즈앙이 기차에서 내려야 할 때가 되었다. 위젠은 푸샤오쓰를 붙잡고 말했다. "리샤 좋은 애야. 잘 보살펴줘."

푸샤오쓰는 위젠의 말에 숨겨진 뜻을 읽어내고 조용히 고개를 끄덕였다. 길게 말할 필요 없었다. 그러고 나서 루즈앙의 등을 밀며 "비켜주세요, 비켜주세요" 하면서 사람들 사이로 서둘러 기차에서 내렸다.

기차가 천천히 움직이기 시작했다. 기차의 긴 경적이 밤의 공기 안에서 저 멀리까지 퍼져나갔다.

위젠은 창에 얼굴을 붙이고 리샤와 푸샤오쓰, 루즈앙 세 사람의 모습이 점점 흐려지는 것을 보았다. 이 장면을 왠지 꿈에서 본 것만 같았다. 같은 시간에 같은 장소에서, 그녀는 꿈속에서 리샤, 푸샤오쓰, 루즈앙을 보았던 것을 정확하게 기억하고 있었다. 오히려 칭톈이 있었는지 없었는지는 확실하지 않았다. 혹시 운명이 본디 이런 방향으로 정해져 있었던 걸까?

위젠은 앉아서 힘껏 기차의 유리창을 닦아냈다. 겨울의 유리창은 계속해서 서리가 꼈다. 그들을 더 오랫동안 보고 싶었다. 이번에 떠나면 언제 돌아올지 알 수 없었기 때문이었다. 어쩌면 영원히 돌아오지 못할 수도 있었다. 어쩌면 어느 날 그녀 혼자 이 녹나무가 울창한 이 도시로 다시 돌아올지도 모른다.

세 사람의 형체가 저 멀리 사라질 즈음, 위젠은 리샤가 갑자기 기차 쪽으로 마구 달려오는 것을 보았다. 그렇지만 리샤가 기차의 속도를 따라잡을 수는 없었다. 리샤의 모습은 곧 창밖 저 멀리 사라져 버렸다.

리샤의 그 슬픈 표정이 위젠의 시야를 순식간에 가득 채웠다. 표정에는 소리가 없었고, 그저 기차 바퀴가 레일을 스치는 단조로운 소리만이 있었다. 그러나 위젠의 귀에는 리샤의 그 큰 울음소리가 계속 맴돌았다. 마치 점점 더 그 소리를 높여가고, 또 높여가는 교향악 같았다.

위젠은 일어나서 화장실 쪽으로 갔다. 눈앞에는 여전히 리샤가 상심해서 우는 얼굴이 떠올랐다. 어린아이 한 명이 시끄럽게 울고 있었다. 아이 어머니가 아이에게 다 먹지 않은 사탕 상자를 버리라고 한 모양이었다. 아이의 눈에서 굵은 눈물방울이 흘러내리고 있었다. 얼굴 전체가 눈물로 뒤범벅이 되었다. 아이는 울면서 소리질렀다. "버리기 싫단 말이에요. 안에 아직 많이 남아 있다고요. 사탕

엄청 예뻐. 진짜라고. 거짓말 아니에요. 안 버리면 안 돼요? 그냥 가
지고 있게 해주세요."

그냥 가지고 있게 해주세요.
그냥 가지고 있게 해주세요.
그냥 가지고 있게 해주세요.
그냥 가지고 있게……

위젠은 입을 틀어막고 화장실 안으로 뛰어 들어갔다. 마음속에서
뜨거운 것이 밀고 올라왔다. 위에서 식도로, 목구멍에서 입으로 솟
구쳐 올라왔다. 온 힘을 다해 입을 틀어막아서 턱이 얼얼할 정도였
다. 쿵 하고 문을 세게 닫자 그 순간 세상이 조용해졌다. 거세게 치
던 파도가 평정을 찾은 듯했다. 거울 같은 호수의 수면처럼 잔잔해
졌다. 절대 물결이 일지 않았다.
문 하나 사이로 예전의 그 찬란하게 빛났던 청춘과 멀어진 느낌
이었다. 광선이 이 세월 속으로 신속하게 사라지며 찬란한 단면 하
나를 만들어낸 것 같았다. 그 시간은 순간적으로 하얗게 변했다.

"저 여자 왜 저러지? 멀미 하나? 되게 힘들어하는 것 같아."
"맞아, 아까 화장실로 들어가는데 눈에 눈물이 글썽글썽하더라고."
"혼자인 것 같아."
"집을 나왔나? 불쌍해……."

"아니면 남자친구한테 차였나?"

"히히, 좀 조용히 말해……."

위젠은 창문에 기댄 채 천천히 잠이 들었다. 드문드문 깨기도 했다. 하늘은 완전히 까매졌다. 깨다 자다를 반복하는 동안 바깥도 밝아졌다가 어두워졌다가 했다. 마음이 공허했다. 마치 학교의 텅 빈 농구장 같았다. 농구공 하나가 통통통 소리를 내며 혼자 외롭게 굴러다니는 느낌이었다.

눈을 감으니 칭톈이 생각났다. 사실 떠나기 전에 위젠은 칭톈을 만났다. 어쨌든 이곳을 떠나는 마당이니 힘들더라도 만나서 말해야만 했다. 그 말들은 마치 이미 단단히 자리를 잡고 피부 속으로 뿌리를 내린 것 같았다. 그래서 말을 하는 건 마치 붙어 있는 것을 억지로 살갗에서 떼어내는 것과 비슷하여 위젠은 마음이 피범벅이 되는 아픔을 느꼈다.

그러나 회피할 수는 없었다. 아무리 먼 길을 걸어왔어도 여전히 귀신에게 홀려서 몇 번이고 다시 그 운명으로 돌아가는 느낌이었다. 하늘에 빛은 사라지고, 까마귀가 낮은 하늘을 따라 비행하고 있었다.

많은 장면이 뒤섞였다. 위젠이 들어갔을 때 칭톈은 소파에 앉아 있었다. 두 손을 깍지낀 채로 이마를 만지던 그는 위젠이 들어오는 소리를 듣자 고개를 들고 조용히 말했다. "앉아."

칭톈은 자기 옆으로 오라고 손짓했지만 위젠은 그와는 멀리 떨어진 긴 의자에 앉았다. 그래서 칭톈이 내민 손은 허공에서 헤매고 있었다.

둘은 아무 말 하지 않았다.

침묵이 흘렀다.

위젠은 자신이 한밤중에 열이 났을 때 칭톈이 약을 사러 갔던 날이 생각났다. 너무 급히 나가는 바람에 외투를 걸치는 것도 깜박했다. 결국, 약을 사서 돌아와서 둘은 함께 열이 났다. 할 수 없이 같이 이틀을 누워 있었다. 침대에 누워서 나는 너를 보고, 너는 나를 보고, 보면 볼수록 웃겼었다. 병이 나서 힘든 것도 잊을 정도였다. 위젠에게는 처음 있었던, 아파도 신이 났던 경험이었다.

계속해서 침묵이 흘렀다.

위젠은 주먹을 너무 꼭 쥐어 손이 아플 지경이었다. 그 바람에 반지를 끼고 있던 손가락은 더 아팠다. 이 반지는 칭톈이 준 생일 선물이었다. 그가 직접 은을 두드려 만든 반지였다. 처음 해보는 일이라 손가락을 몇 차례나 찧으며 반지를 만들었다. 위젠은 아직도 그가 사포에 싼 반지를 내밀던 장면을 기억한다. 이 낭만적인 순간에 칭톈은 바보같이 "피땀의 결정체야, 피땀의 결정체!", "힘들어 죽을 뻔했어" 같은 말을 반복했다. 그렇게 어린아이처럼 재잘거리는 그를 보며 위젠이 속으로 낭만이라고는 하나도 없다는 생각을 하는 찰나, 갑자기 칭톈이 그녀를 끌어당겨 안으며 까칠까칠하게 수염이 난 뺨을 그녀의 뺨에 비볐다. "지금 이 반지는 별거 아니지만, 이거 나중에 내가 꼭 진짜 다이아몬드 반지로 바꿔줄게. 유효기간은 100년이야. 약속해."

침묵이 오랫동안 계속되었다.

위젠이 고개를 들어보니 칭톈의 눈에 눈물이 그렁그렁하게 맺혀 있었다. 갑자기 그녀의 마음도 힘들어졌다. 마치 누군가가 마음에 들어와 자근자근 밟는 느낌이었다. 그 순간, 위젠은 떠나는 것을 포기했다. 영화에서처럼, 남자 주인공이 "가지 마. 여기 있어"라고 말하면 가지 않을 작정이었다. 칭톈이 마음으로 소리 없는 고함을 지르고 있다고 확신했기 때문이다. 위젠이 "칭톈, 나 안 갈게"라고 말하려는 찰나, 칭톈이 고개를 들어 말했다. "미안해. 내가 같이 못 가줘서. 베이징 가서도 열심히 해. 누군가와 함께 있든 아니든 용감해야 해."

그 순간, 위젠은 모든 것이 원점으로 돌아갔음을 느꼈다. 모든 것이 의미를 잃었다. 떠나는 것도. 남는 것도.

위젠은 문을 닫으면서 뒤돌아보지 않았다. 이렇게 계속 고집스럽게 살아나갈 것이다. 지나온 일은 다시는 되돌아보지 않을 것이다. 리샤에게 위젠은 지나간 일을 생각하는 것을 그다지 즐기지 않는다고 말했다. 과거에 미련을 두면 미래를 대할 때 약해진다는 사실을 알고 있었다. 그러나 만약 그때 위젠이 뒤를 돌아보았다면 그녀는 칭톈의 나약한 얼굴을 보았을 것이다. 굵은 눈물방울을 흘리는.

옆에 누가 있든 없든 간에, 너는 용감해야 해.

맞은편 침대에 누운 사람이 몸을 뒤척이며 기침을 했다. 시계를 보니 12시가 다 되었다. 오늘은 크리스마스이브다. 첸촨 학생들이 모두 좋아하고 있겠지. 그녀는 리샤와 푸샤오쓰가 모두 퉁루광장에 있을 거라 추측했다. 사람들과 떠들썩하게 어울리면서 12시에 종이 칠 때까지 기다릴 것이다. 위젠은 창밖을 바라보았다. 언제부터인지 모르게 함박눈이 쏟아지고 있었다. 속으로 눈송이를 세어본다. 하나. 하나. 하나. 눈은 마음속의 깊은 곳으로 내려앉아 외로움으로 자라났다.

그녀는 시계를 보며 마음속으로 카운트다운 했다. 5, 4, 3, 2, 1……
메리 크리스마스!

사람들의 큰 목소리가 리샤의 귀에 울렸다. 심지어 옆에서 푸샤오쓰가 뭐라고 소리 지르고 있는지도 들리지 않았다. 마치 소음이 심한 드라마 같았다. 그저 주인공들이 입 벌리는 장면만 보였다. 귀에 들리는 건 시끄러운 소리뿐이었다.

눈을 감고 소원을 빌 때 옆에서 푸샤오쓰가 무엇을 하는지는 몰랐다. 그가 소원을 빌었는지 안 빌었는지도 알 수 없었다.

눈이 펑펑 쏟아졌다. 잠깐 사이에 푸샤오쓰와 루즈앙의 머리에도 눈이 쌓였다. 셋은 광장의 벤치에 앉았다. 주위로 사람들이 끊임없이 오고 갔다.

푸샤오쓰가 리샤에게 종소리가 울릴 때 소원을 빌었는지 물었다.
"당연히 빌었지. 엄청 많이. 수능도 잘 보게 해달라고, 엄마도 건

251

강하시게 해달라고, 모든 길고양이, 강아지들 얼어 죽지 않게 해달라고 하고. 머리도 얼른 길게 해달라고도 하고. 등등. 심지어 네 눈동자 좀 백내장 같은 상태에서 벗어나게 해달라고 하고……"

"야, 네가 백내장이잖아……."

루즈앙이 중간에 끼어들어 이상한 말을 쏟아낸 뒤 리샤에게 말했다. "바보야, 소원을 마음으로만 빌어야지 입 밖으로 꺼내면 효과 없다는 거 모르냐?"

"아, 맞다." 리샤가 놀란 눈으로 저도 모르게 말했다. 그렇지만 이미 늦었다.

푸샤오쓰가 갑자기 큰 웃음을 터뜨리며 리샤의 머리를 토닥였다.

리샤는 속으로 이 웃음을 진짜 오랫동안 못 봤다는 생각을 했다. 푸샤오쓰가 머리를 토닥여준 걸 생각하니 서로 너무 친밀하다는 느낌도 들었다. 그러자 얼굴이 빨갛게 달아올랐다.

루즈앙이 이 모든 장면을 처음부터 끝까지 보며 미소짓고 있었다.

하늘에 갑자기 수많은 불꽃이 수놓아졌다. 광장의 모든 사람이 고개를 들었다. 불꽃을 한차례 쳐다본 연인들은 서로 마주 보며 웃었다. 불꽃 터지는 소리가 요란했다. 눈꽃들은 조용히, 그리고 가볍게 땅에 내려앉았다. 아이들이 뛰어다니며 소리 질렀다. 수천 개의 소리 사이에서 리샤는 마음속의 소리를 들었다.

'아직 소원 하나는 말하지 않아서 다행이야! 그럼 이 소원은 이

루어질까?'

시곗바늘이 12시를 가리켰다. 위젠은 일순간 첸촨으로부터 종소리가 들려오는 것 같았다. 그 소리가 숱한 세월과 멀고 먼 거리를 지나 자신에게까지 닿은 느낌이었다. 그 순간, 눈물이 얼굴을 타고 내려와 흰 이불 위에 떨어졌다. 그녀는 눈을 감았다. 그리고 소원을 빌었다.

칭톈, 언젠가 있잖아, 내 음반이 레코드점 음반 판매량 1위 자리에 놓인 걸 네가 볼 수 있었음 좋겠어. 나는 이제 그 꿈을 포기할 수 없어. 그 꿈 때문에 너를 포기했으니까. 사랑하는 하느님. 이게 제 잠깐의 소원이 아닌 거 아시잖아요. 이 목표를 위해서 저는 계속 노력해왔어요. 그러니 저를 믿어주세요. 저에게 복음을 주세요. 빛이 사라진 까만 밤에, 아직 알 수 없는 길고 긴 길이 있잖아요.

— 1997년, 위젠

퉁루광장에서 학교로 돌아오는 길에 리샤는 소원을 소리 내어 말한 것을 끊임없이 후회했다. 루즈앙은 여전히 바보라며 그녀를 놀려댔다. 두 사람은 오는 내내 말다툼을 벌였다. 푸샤오쓰가 갑자기 끼

어들며 말했다. "그럼 네가 너무 힘들지 않게 내 소원 말할게."

리샤가 손을 휘저으며 말했다. "필요 없어. 필요 없어. 굳이 같이 망할 필요 없잖아."

푸샤오쓰가 말했다. "나는 아까 말한 소원 벌써 이루어졌어. 방금 엄마한테 문자 왔는데 상하이에서 연락 왔대. 나 진촨미술대회 본선 진출했다고."

그 순간 루즈앙과 리샤가 크게 소리 질렀다. "진! 촨! 미! 술! 대! 회?" 그 순간 찬 공기도 그들의 입을 막을 수 없었다. 정말 신났기 때문이다.

진촨미술대회.

루즈앙과 리샤가 깜짝 놀랄 만했다. 작년에 있었던 제1회 진촨미술대회가 중국 전체를 뒤집어놓았기 때문이었다. 수상자는 유명한 미술대학에 진학했으며, 무수히 많은 출판사들이 접근해서 이 상을 수상한 천재들의 화집을 만들기 위해 적극적으로 노력했다. 일시에 전 중국에 수많은 젊은 화가들이 등장했고, 빠르게 영향력을 키워 갔다. 나이 많은 미술가들을 밟고 올라선 것이다. 이 신예들의 화집은 이미 전 중국 미술 출판사의 화집 판매 기록을 깬 것은 물론 계속 기록을 갈아치우고 있었다. 그래서 제2회 진촨미술대회는 아직 열리지 않았는데도 전국의 매체들이 주목하고 있었다.

푸샤오쓰가 두 사람에게 그만하라고 했지만 소용없었다. 둘은 입을 다물지 못하고 있었다. 푸샤오쓰는 한숨을 푹 쉬며 말했다. "알았어. 너희 맘대로 해. 다 놀라면 말해줘."

"너무 대단하다!" 루즈앙은 계속해서 말했다. 사실 푸샤오쓰도 그 소식을 처음 전해 들었을 때는 그 누구보다 흥분했었다. 마음속에서 거의 모든 종류의 소리가 울려 퍼지는 느낌이었다.

푸샤오쓰가 루즈앙에게 말했다. "본선이 겨울방학 끝나기 전에 있어. 너희 나랑 같이 상하이 가지 않을래? 간 김에 좀 놀자."

루즈앙이 푸샤오쓰의 어깨를 툭툭 치며 "좋아, 좋아. 완전 문제없지. 나 그리고 화판이랑 물감도 들어줄 수 있어. 내가 너 조수 할게. 샤오쓰 스타님이시여!"

푸샤오쓰가 좀 민망해하며 말했다. "제가 도련님을 모시지요."

루즈앙이 말했다. "그렇게 민망해할 필요가 뭐 있어. 어차피 네가 1등 할 건데. 그러고선 중국의 미술 배우는 애들이 다 네 이름을 알게 되는 거지. 대단하다, 샤오쓰. 너는 내 우상이야! 네 신발이라도 들고 있게 해줄래……."

푸샤오쓰는 루즈앙을 무시하며 혼자 난리 치게 내버려두었다. 고개를 돌려 좀 어려운 표정을 짓고 있는 리샤에게 푸샤오쓰는 물었다. "리샤야, 너 나랑 같이 갈 거지?"

리샤의 머릿속에 순간 많은 생각이 지나갔다. 결국, 용기를 내어 물었다. "상하이 가는 데 얼마나 들어? 나 우선 돈이 충분한지 봐야해……."

푸샤오쓰가 또 크게 웃기 시작했다. 리샤는 어리둥절했다. 그는 한참을 웃더니 루즈앙한테 말했다. "야, 네가 리샤한테 말해. 너 버릇처럼 하는 말 말이야. 그게 리샤의 문제를 해결해줄 거다."

루즈앙이 머리를 긁적거리며 좀 민망해하다가 말했다. "나야 뭐 가진 게 돈뿐이니까." 뜨악하지만 그들 사이에 자주 하는 농담이었다. 루즈앙은 이 말을 뱉고 나서는 이 말은 푸샤오쓰가 자신이 사치스럽다고 비난할 때 대꾸하는 데만 쓰는 농담이라고 강조했다.

푸샤오쓰가 살며시 웃으면서 부드럽게 말했다. "루즈앙한테 뜯어내자. 쟤한테 있는 게 돈밖에 없어."

리샤도 웃기 시작했다. 푸샤오쓰가 이렇게 신나하는 걸 보니 마음에 감동이 일 지경이었다. 푸샤오쓰의 눈이 또렷하고 밝게 빛나기 시작했다. 리샤는 푸샤오쓰가 나중에 정말 큰 스타가 될 수도 있겠다고 생각했다.

눈보라가 멈추지 않았다. 세 사람은 서로 웃고 떠들며 걸었다. 주위의 공기가 천천히 따뜻한 분위기로 변했다. 마치 곧 봄이 올 것만 같은 느낌이었다.

리샤는 조용히 생각했다. 위젠, 이 소식을 너에게 말해줄 방법이 없네. 그렇지만 만약 네가 알았다면 너도 엄청 신났을 거야. 우리 모두 힘내자. 각자의 길에서! 네가 끊임없이 나한테 말해줬던 것처럼 용감하게 전진하자! 내가 약속할게. 앞으로 점점 더 강해질게.

큰 눈이 길을 덮었다. 젊음의 미소. 흩날리는 청춘.

공원이 문을 닫았다. 아무 소리도 남지 않고 조용해졌다. 큰 눈이 내린 후에, 새로운 싹들이 올라오기 시작했다. 결국, 단단한 씨앗의 껍데기를 깨고 딱딱하게 얼어붙은 땅에 깊이 뿌리를 내렸다. 우리는 모두 굳게 믿고 있었다. 눈보라가 더 거칠게 불어와도, 겨울이 더 길어도, 결국 따뜻함이 돌아오는 걸 막을 수는 없다고.

그렇지만 모든 사람은 잊고 있었다. 봄이 다가오는 건, 다음 겨울이 오는 것도 막을 수 없다는 뜻이라는 것을.

그러나 이 순간만은 행복했다.

크리스마스이브에는 수염이 긴 노인이 창문 밖이나 높은 굴뚝을 기어올라도, 누구도 그가 도둑이라고 생각하지 않을 것이다.

크리스마스이브에는 성냥팔이 소녀가 손안에 피운 작은 불이 모든 평범하고 미약한 행복들을 비추기 마련이다.

크리스마스이브에는 사람들이 다가오지 못하는 구석에서 눈사람이 조용히 노래를 부르고 있을 것이다.

크리스마스이브에는 수많은 풍선이 불꽃과 아련한 백파이프 소리를 뒤로 하고 하늘 높이 떠올라 사라지기 마련이다.

크리스마스이브에는 화려한 등불이 켜지고 파티 분위기가 물씬 풍기곤 한다.

크리스마스이브에는 많은 비밀들이 마음속에 만연하게 퍼지곤 한다.

이 모든 것이 이때 세계가 행복한 이유다.

많은 일이 있고 난 뒤에, 나는 고등학교 3학년 때 첸찬에서 보낸 크리스마스를 기억해냈다. 마음속은 표현하기 어려운 여러 감정으로 가득했다. 그날 푸샤오쓰의 밝게 빛나던 눈동자는 반복해서 내 꿈에 등장했다. 만약 시간을 되돌릴 수 있다면, 만약 모든 것이 처음으로 돌아간다면, 애초에 샤오쓰가 그 대회에 나가지 않았다면, 위젠이 떠나지 않았다면, 만약 루즈앙이 루즈앙이 아니었다면, 나 리샤가 리샤가 아니었다면, 만약 모든 것을 다시 새롭게 선택할 수 있다면. 그렇다면, 우리는 지금처럼 되지는 않았을까?

소설에 자주 등장하던 '풍경은 여전한데 사람은 이미 달라졌다' 아니면 '상전벽해' 같은 말이 가리키는 상황은 실제로 현실에 있었다. 그렇지만 나는 알고 있었다. 모든 생명을 다 바친다고 해도 나는 시간을 단 1초라도 되돌릴 수 없다는 것. 우리는 운명의 농간에 놀아났다. 그리고 상처받았다. 넘어져서 온몸이 상처투성이가 되었다.

샤오쓰, 만약에 우리가 다시 운명을 선택할 수 있었다면, 우리의 결말은 어떻게 되었을까?

— 2004년, 리샤

Chapter 5

1998년 하지

데뷔

세상이 갈라질 때 새어 나온 빛이
희미했던 청춘과 서로 헤어졌던 세월을 밝게 비춘다.
붓꽃이 점점 자라 언덕 전체를 물들이고,
흑색의 시편이 강림하는 것을 바라본다.
그렇게 전해져 내려오는 시를 부르면 전설이 되고,
그런 전설 안에는 전설 같은 사람들이 있다.
그 사람들은 무수한 눈길 속에 손을 잡고 수많은 여정을 함께한다.
젊음과 행복한 과거가 뒤섞인 가운데, 오는 길도 가는 길도 분명하지 않다.
세월이 지난 후 회귀의 의식에서,
무당들은 빛나는 금과 은으로 화려하게 치장한다.

세월의 숲에서 화살이 날아가는 소리가 들렸다.
오래된 잿빛의 옷에서는 달의 흰 빛이 흘러나왔고,
과거에 젊고, 잘생겼던 당신. 말없이 선했던 그대는,
오랜 시간이 지나 다시 열일곱 살의 그 순수했던 모습으로 돌아와 있었다.
예전의 외로웠던 나는, 더는 외롭지 않았다.

이 세상은 당신 손안에 있는 행복한 놀이공원입니다.
당신 외에는 누구도 이 문을 닫게 할 수는 없어요.
그리하여 하늘은 찬란하게 빛나고, 갈대는 흩날리는데,
당신이 또 아름다운 얼굴과 검은 머리칼을 가지고 갈림길에 나타났습니다.
몇 년 전 그 하지를 잃었던 여름처럼.

리샤의 기억 속 여름에는 허약한 열기와 자욱한 황혼, 그리고 푸샤오쓰의 눈썹을 금빛으로 물들이는 빛, 그리고 루즈앙의 미소가 있었다. 루즈앙의 미소는 호소력이 충만한 밝은 노랫소리 같이 청량했다. 새벽과 황혼처럼 따뜻했다. 하지만 이 겨울, 그의 미소에는 따뜻함이 남아 있기는 했지만 예전 같지는 않았다. 지금은 깔깔거리는 웃음소리 대신 조용히 빙그레 미소 지을 뿐이었다. 그래도 그가 웃을 때면 곧 봄이 와 모든 것을 깨울 것 같았다.

　요즘의 루즈앙은 작년의 그와는 완전히 다른 모습이었다. 철이 든 다 큰 남자로 변해버린 것 같았다. 까만 교복을 단정하게 입고 머리는 짧게 잘랐다. 눈썹은 짙어졌다. 가끔 학교 행사에서 예복을 입고 연설하는 모습이 꼭 회사의 젊은 사원 같은 느낌을 주었다. 이제는 그를 '남자아이'란 단어로 설명하긴 어려워졌다.

냉정함, 조용함, 따뜻함, 관대함. 열여덟 살짜리와는 어울리지 않을 것 같은 이런 단어들도 그에게 어울리기 시작했다. 만약 그에게 여동생이 있었다면, 그 여동생은 저런 오빠를 두어 아마 세상에서 제일 행복한 사람이었을 것이다.

푸샤오쓰는? 그를 어떻게 묘사해야 좋을까? 고양이? 겨울? 소나무와 잣나무에 조용히 내려앉은 눈? 풀기 힘든 함수 방정식? 불가역적인 화학반응? 가열도 불가하고 촉매도 쓸 수 없는? 하여튼 괴물 같은 인간.

루즈앙이 하루하루 변해가는 사이, 푸샤오쓰는 여전히 조그마한 변화도 없는 무표정한 옆모습으로 사시사철을 보내고 있었다. 말을 할 때나, 생각할 때나, 집중할 때나, 분노를 할 때나, 그의 얼굴에는 아무런 표정이 없었고, 그저 때로 미간을 찌푸릴 뿐이었다. 그럴 때면 마치 수심이 깊어 평소에 잔물결조차 없는 호수의 수면에 갑자기 봄바람이 불어 조그마한 파동이 이는 것 같았다. 그렇지만 자세히 살펴보면 그도 나름대로 조금씩 변하고 있었다. 만약 루즈앙에게 천지개벽이 일어나듯이 예상 밖의 격렬한 변화가 이루어졌다면, 푸샤오쓰는 지표면이 수천 년 동안 천천히 조금씩 상승하듯이 사람들이 알아채기 힘들게 변화했다. 그렇지만 가끔 한 번씩 돌아보면, 썰물과 밀물이 계속해서 빠지고 밀려들며 푸른 부초를 덮어버리듯 낡은 것과 새로운 것이 계속해서 교체되며 사계절처럼 변화하고 있었다.

그리고 위젠은 잘 지내는지 어떤지 알 수 없었다.

때로 리샤는 위젠이 떠난 것이 마치 신의 장난처럼 느껴졌다. 영혼의 반쪽 같았던 그녀의 존재가 살갗을 떼어내는 것처럼 거칠게 자신과 분리되어 떨어져나갔기 때문이다.

리샤는 자주 꿈에서 위젠의 그 강인한 얼굴을 보았다. 위젠이 말했다. "나는 외롭지 않아, 나는 그냥 혼자 있을 뿐이야. 내 세상엔 나 혼자만으로도 충분해. 이미 나 하나만으로도 아주 시끄러우니깐."

이것이 그녀가 리샤에게 했던, 리샤를 가장 힘들게 했던 마지막 말이었다.

그럼 나는? 나는 어떤 모습일까? 첸촨에서의 두 번의 여름을 보낸 후의 나는? 시간은 이렇게 소리 없이 흘러가는데 나는 여전히 똑같은 것, 이게 제일 슬픈 거 아닌가?

리샤는 이런 생각을 하며 보온병을 들고 따뜻한 물을 받으러 갔다.

양옆에는 높고 짙은 녹나무가 가득했다. 그리고 드문드문 가지만 남은 프랑스 오동나무와 자작나무도 있었다. 바람이 불자 몇몇 시든 잎들이 떨어졌고, 그 나풀거리며 떨어지는 낙엽들이 자연스럽게 깊은 밤 안으로 녹아들었다.

이미 밤 10시였다. 리샤는 보온병에 뜨거운 물을 가득 받고는 문을 닫고 나왔다. 기숙사로 돌아오는 길에는 리샤 혼자뿐이었다.

천천히 오르막길을 올랐다.

밤은 천천히 나뭇가지와 가로등 위에 내려앉았다. 마치 거대한 까만색 이불이 하늘로부터 내려와 온 세상을 덮는 것 같은 느낌이었다. 리샤는 천천히 걸었다. 마음에 슬픔이 가득 찼다. 이 나이에만 이런 풍부한 감정들이 들끓는 것 같다는 생각을 했다. 조그만 일에도 한없이 흔들리는 마음, 통제할 수 없는 무절제한 마음들이었다.

겨울방학 전에 있었던 시험은 너무 힘들었다. 리샤의 수학 실력은 꽤 괜찮은 편이었기 때문에 다른 문과 학생들의 수학 점수보다는 훨씬 높은 편이었다.

그렇지만 푸샤오쓰가 항상 리샤보다 더 높은 점수를 받았다. 그의 성적표를 볼 때마다 리샤는 한숨을 쉬며 "너는 진짜 괴물이구나!"라고 말했다.

사실 그를 생각하면 리샤의 머릿속에 제일 먼저 떠오르는 단어는 '신기하다'였다. 그리고 또 하나 '신기'한 인간은 루즈앙이었다. 푸샤오쓰가 문과를 선택한 후 루즈앙이 바로 전교 이과생 중의 1등을 차지했다. 리샤는 이 둘을 볼 때마다 손을 뻗어 이 둘의 목덜미를 움켜쥐고 싶었다.

누가 신께서 공평한 손길로 사람을 만드셨다고 한 거야? 애네 보니까 완전 괴물인데.

방학 전 마지막 수업 시간이었다.

시간은 좌표축을 따라 느리게 흘러갔다. 머릿속에는 8월의 봉황화가 넘실거리는 빗물 속에 찬란한 붉은 빛을 뿜내는 장면이 그려졌다. 그렇지만 현실에는 건조한 추위만 남아 때로 얼굴을 만질 때면 오래된 석회벽같이 꺼칠꺼칠한 감촉이 느껴질 뿐이었다. 문지르면 하얀 부스러기가 우수수 떨어질 것만 같았다.

이미 방학을 하고도 남았을 시기였지만 학교는 고등학교 3학년 학생들을 위해 보름 동안의 보충 수업을 열었다. 나라에선 보충 수업을 법으로 금지했지만 학교가 수업을 열면 학부모들은 쉬쉬하면서 열렬히 호응했다. 그리고는 자기네들끼리 이런 대화를 하곤 했다.

"첸촨일중이 괜히 일류가 아니네요."

"그러게 다른 학교 애들 봐봐요. 벌써 방학이어서 놀고 있잖아요."

"듣자 하니 접수실 장씨네 딸은 벌써 방학해서 집에 갔다네요."

"매일매일 밖에서 날라리 학생들과 어울린대요."

"그래요? 진짜 한심하네요."

사실 진짜 한심한 건 첸촨일중 학생들일 것이다.

리샤는 책상에 엎드려 눈은 창밖 하늘에 두었다. 석양이 빠른 속도로 지평선 아래로 내려앉고 있었다. 마치 달걀노른자를 하늘에 풀어놓은 것처럼 몽롱한 빛으로 타오르고 있었다.

몇몇 반은 이미 일찍 수업이 끝났다. 한쪽 어깨에 가방을 메고 문과 건물로 걸어오고 있는 루즈앙이 보였다. 운동장을 지나고 있었다. 문과 건물에서 나온 한 무리의 학생 중 몇몇이 리샤의 교실 쪽으로 다시 걸어 들어왔다. 급한 학생들의 발걸음이 긴 햇빛을 흔들며 시선을 흐트러뜨렸지만 루즈앙만은 그들과 달리 따로 눈에 띄었다. 햇빛이 천천히 그리고 균일하게 그의 몸을 맴돌았다. 그 빛들은 루즈앙 몸의 각종 틈새를 찾아 파고들고 있었다. 마치 빛들이 몸에 몽땅 흡수되는 듯한 느낌이었다.

신기한 놈이야.

태양에너지를 흡수하는 기능까지 있다니.

어쩐지 그래서 저렇게 성적이 좋은가 봐.

어쩐지 그래서 저렇게 키가 커졌나 봐.

……

우스꽝스러운 생각들이 머릿속에 줄줄이 떠오르는데, 고개를 돌려 보니 푸샤오쓰가 펜을 입에 물고 미간을 조금 찌푸리고는 칠판을 뚫어지게 보고 있었다. 리샤는 손에 있는 쪽지를 보았다. 푸샤오쓰가 수업이 시작한 지 얼마 되지 않아 건네준 쪽지다. 쪽지에는 또렷한 필체로 '수업 끝나고 기다려'라고 쓰여 있다.

'수업 끝나고 기다려.' 다시 한번 읽어본다. 간결한 문체다. 어떤 숨겨진 뜻도 없다. 다시 운동장 쪽을 보니 더는 루즈앙의 그림자가 보이지 않는다. 수업이 끝난 학생들이 건물 입구에서 한꺼번에 운동장 쪽으로 쏟아져 나오고 있다. 리샤는 마치 하수구에서 물이 뿜어져 나오는 것 같다는 생각이 들었다. 정말 이상한 생각이다.

역사 선생은 마지막 수업이라는 것이 아쉽기라도 한 것처럼 수업을 길게 끌었다. 끝나는 종이 울린 지 17분이나 지나서야 "오늘은 우선 여기까지 합시다"라며 마쳤다. 리샤는 자기도 모르게 '그럼 언제까지 더 하려 하셨나요'라는 혼잣말이 나왔다.

가방을 다 챙기고 나서 보니 교실에 남아 있는 사람이 거의 없었다. 푸샤오쓰가 아직 가방을 싸고 있었다. 아마 수만 년이 지나도 그는 저 모습 그대로일 것 같다.

푸샤오쓰는 무슨 일을 해도 반 박자씩 느렸다. 리샤는 어떨 때 세상은 빠르게 돌아가고 있는데 푸샤오쓰만 다른 세상에 사는 듯한 느낌을 받았다.

긴장, 당황, 공포, 조급…… 이런 단어들은 그의 인생 노트 안에 없을 것이다. 그는 아마 세계의 종말이 온대도 저런 표정으로 저렇게 책가방을 싸고 앉아 있을 것이다. 그가 빨간 표지의 영어책을 가방 안에 넣을 때쯤 교실 밖에서 이어폰으로 음악을 듣고 있던 루즈앙이 들어와 재빨리 책상 하나에 궁둥이를 붙이고 앉았다.

"넌 아직도 이렇게 느리냐. 어떻게 3년이 지나도 변하질 않아. 그러고도 바람돌이 소닉 좋아한다고 말할 수 있냐." 루즈앙이 말했다.

리샤는 속으로 좀 웃었다. 루즈앙이 한 말이 재밌어서 그런 것이 아니라, 푸샤오쓰 같은 애가 소닉을 좋아한다니, 그게 더 웃기는 일이라서였다. 저런 냉정한 놈은 로큰롤이나 반 고흐나 아니면 모네 같은 사람을 좋아하는 게 정상 아닌가?

푸샤오쓰가 소닉을 좋아한다라……. 이런 일은 비요크가 노래방에서 '부부가 함께 집으로 돌아온다네' 같은 중국 노래 부르는 걸 좋아한다고 하는 것처럼 충격으로 다가왔다.

그렇지만 푸샤오쓰는 루즈앙을 상대하지 않고 여전히 천천히, 세상의 끝날 때나 가방 싸기를 마칠 기세로 느릿느릿 움직였다.

"아편전쟁." 루즈앙이 화제를 돌려 칠판에 적힌 판서를 가리키며 읽었다. "1940년에 일어난 거지?"

리샤가 그를 멍하니 보며 대꾸했다. "저기…… 1840년이거든요."

푸샤오쓰가 고개를 숙이고 계속 책가방을 싸며 말했다. "대꾸해 주지 마. 쟤 역사 시험 17점 받은 애야."

그러고 나서 리샤는 루즈앙이 바닥으로 풀썩 쓰러지며 "떵" 하는 소리를 내는 것을 들었다.

그 이후에도 세 사람은 교실을 나가면서 계속 떠들었다. 두 손을 깍지 껴 뒤통수에 두른 루즈앙의 손가락 사이에는 책가방이 걸쳐져 있었다. 그가 "너희 둘 진짜 짜증 난다. 포도당 화학구조 같은 거 쓰지도 못하는 주제에!"라며 툴툴거렸다.

교학관을 나갈 때 리샤는 푸샤오쓰의 쪽지가 생각나, 그를 불러 세워 물었다. 푸샤오쓰는 머리를 두드리며 잠시 생각하더니 그 일을 잊었다고 말할 참인 것 같았다. 루즈앙이나 그러는 줄 알았는데 푸샤오쓰 같은 철두철미한 놈도 저런 표정으로 고민할 수 있다니……. 리샤는 웃음을 참을 수 없었다.

푸샤오쓰는 생각해냈다. "아, 맞다. 저번 크리스마스에 너한테 말한 그 일 말이야. 상하이 가는 거. 내가 비행기 표 예약해놨다고. 모레야."

리샤의 말문이 턱 막혔다. 리샤에게 비행기 타는 건 로켓 타는 것만큼이나 대단한 일이었다. 이제까지 그렇게 먼 곳에 가본 적도 없었다. 리샤는 스셴에서 첸촨에 오는 게 제일 멀리 온 것이었다.

"괜찮아. 3일 다녀오는 건데 뭐. 금방 돌아와." 루즈앙이 옆에서 거들었다.

"그래, 그럼." 비행기 표까지 예약했다는데 싫다고 할 순 없었다.

푸샤오쓰의 입꼬리가 점점 올라갔다. 따뜻하고 예쁜 미소였다. "그럼 내가 모레 데리러 갈게. 옷 한두 벌 챙기면 될 거야. 다른 건 들고 올 필요 없어."

푸샤오쓰의 그 말은 모레 눈이 번쩍 뜨일 만한 하얀색과 남색 격자무늬의 BMW 자가용이 학교 기숙사 아래에서 리샤를 기다릴 것이란 뜻이었다. 푸샤오쓰와 루즈앙은 차에 기대어 대수롭지 않은 듯이 이야기를 이어나갔다. 그렇지만 리샤는 건물 위 베란다에서 그들을 보고 내려가면서 마음이 불편했다. 내려가는데 어떤 사람들이 그녀를 보면서 귓속말도 했다. 리샤는 속으로 생각했다. '뭐 하러 이렇게까지 하는 거야. 차 끌고 여기까지 올 필요는 없잖아.'

첸촨의 펑예공항은 반년 전에 완공되었다. 이전에 비행기를 타려면 근처의 다른 도시로 가야만 했었다.

그렇지만 이런 사실도 리샤는 그저 들어보기만 했을 뿐이었다. 비행기는 둘째치고 장거리 버스를 탈 기회조차 적었다. 리샤는 자주 도서관에서 지리책을 보면서 넋을 잃곤 했다. 칭하이의 새들과

티벳의 쌓인 눈, 닝샤의 끝도 없는 갈대……. 특히 그 갈대를 보았을 때 리샤는 영화 〈대화서유〉에 나온 자하선자가 그 깃털 같은 갈대들 사이에서 배를 타고 오는 장면을 떠올렸다. 자하선자는 천년 동안 잔잔하게 잠자고 있던 수면을 헤치고, 재난과 같은 행복을 향해 배를 몰았다. 그걸 본 이후에 리샤는 갈대를 볼 때마다 왠지 모르게 울고 싶었다.

그리고 지금, 새롭게 먼 곳으로 간다. 상하이. 어떻게 들어도 현실감이 느껴지지 않았다. 그곳은 완전히 다른 세계였다. 네온사인과 화려한 치맛자락이 가득한 곳. 그렇지만 그런 것들보다 상하이의 오래된 골목길이 더 궁금했다. 정오의 햇빛이 골목 구석구석에 스며들어 만들어내는 명암, 얼룩덜룩하고 축축한 벽, 벨을 울리며 지나가는 삼륜차, 황혼 무렵 낡은 지붕을 날아오르는 비둘기까지. 이 모든 장면이 달달한 내음을 풍기며 꿈속에 등장한 적이 있었다. 마치 막 끓여낸 따뜻하고 달달한 사탕 같은 느낌이었다.

핑예공항의 로비는 밝았다. 여행객도 많지 않았다. 붐비지는 않았지만 그렇다고 해서 쓸쓸한 느낌을 주는 건 아니었다. 높고 커다란 창으로 비행기가 이륙하는 모습이 보였다. 리샤는 예전에 좋아했던 어느 작가가 공항의 철망 사이로 비행기가 이륙하고 착륙하는 장면을 보는 것을 즐긴다고 했던 말이 생각났다.

그 작가는 이 순간 생활이라는 것이 공허하게 느껴진다고 말했다.

왼쪽 귀에서 계속 윙윙대는 소리가 났다.

아마도 비행 중에 자주 발생하는 이명일 것이다. 듣기만 했던 사실인데 9천 미터 상공에서 직접 느끼게 되다니! 리샤는 손을 들어 귀를 눌렀다. 턱을 벌려 윗니와 아랫니를 부딪쳐 딱딱 소리를 냈다. 텔레비전에서 봤던 이명을 없애는 방법들을 하나하나 해보았지만 왼쪽 귀의 이명이 오른쪽으로 옮겨갔을 뿐 별다른 효과는 없었다.

미치겠네.

창밖에는 파란 하늘이 있었다. 파란 하늘이기는 할 텐데 안개가 가득 차서 아무것도 보이지 않았다. 아무래도 비행기가 구름층 사이로 들어간 것 같았다. 주위는 하얀 구름에 둘러싸여 아무것도 보이지 않았다. 오래 보고 있으니 눈이 피로해졌다. 고개를 돌려 보니 푸샤오쓰가 깊은 잠에 빠져 있었다. 조금 전에 승무원이 그에게 담요를 덮어주었지만 자꾸 아래로 흘러내려, 보다 못한 리샤는 담요를 끌어올려 그의 목깃 사이로 끼워 넣었다. 예전에 어머니가 리샤한테 이렇게 해주곤 했는데, 지금 다 큰 남자한테 이걸 해주려니 좀 민망했다. 그러다가 잘못해서 그의 목에 손이 닿았다. 리샤가 깜짝 놀라 손을 치우자, 푸샤오쓰 옆자리에 있는 루즈앙이 그 모습을 우연히 보고 웃었다. 그렇지만 혹시나 푸샤오쓰가 깰까 봐 웃음소리를 내지 않고 숨을 참았다.

그 모습을 본 리샤는 관심 없다는 듯 그를 흘깃 보며 '너는 계속 책이나 봐라' 하는 몸짓을 했다. 루즈앙은 웃으며 고개를 끄덕거리

면서 '알았어, 알았어, 알았어' 하고 입 모양만 보여주었다. 그러고
서는 독서등을 켜놓고 책을 읽었다.

리샤는 그제야 루즈앙이 지금 읽고 있는 두꺼운 책이 무라카미
하루키의《태엽 감는 새》라는 것을 알아챘다. 예전에는 루즈앙이
그런 소설을 읽을 거라고는 생각지 못했다. 폭력 장면이 그득한 만
화책이나《고3 화학 총 복습 문제은행》같은 학습서나 읽을 거라
생각했다. 이제까지 그가 문맹이나 다름없을 거라 생각했는데…….
비행기에서 금빛 테의 안경을 쓰고《태엽 감는 새》를 읽고 있다니.

잠깐, 쟤는 왜 갑자기 금테 안경을 쓰는 거지? 예전에는 까만 테
안경 아니었나? 리샤는 조용히 루즈앙 쪽으로 몸을 숙여 말했다.

"야, 너 언제부터 새 안경 썼어? 나 몰랐어."

"저번 달부터. 예뻐?"

"맞다, 근데 너 시력이 몇이야?"

"응……. 2.0 정도 될걸."

"시력 2.0인데 안경을 쓴다고?"

"예쁘잖아. 어때, 범생이 같아?"

"아니……, 시체 해부하는 변태 의사 같아……."

몸을 돌리니 푸샤오쓰의 조용하고 안정된 잠든 얼굴이 보였다.
리샤는 그의 얼굴을 한참 동안 들여다보았다. 이제껏 이렇게 가까
이서 그를 살펴볼 기회가 없었다. 점점 더 짙어지는 눈썹, 까만색.
마치 깊은 밤의 까만색 같았다. 속눈썹은 좀 과하다 싶을 정도로 길

었다.

　오똑한 콧날, 칼날 같이 얇은 입술, 날카로운 턱선. 리샤는 손을 내밀어 푸샤오쓰의 얼굴 위에서 각종 이상한 손 동작을 했다. 독서등이 이를 비추어 손의 그림자를 만들어냈다. 한참 장난치다가 재미없어진 리샤는 눈을 감고 잠이 들었다.

　리샤가 눈을 감고 몇 초 후에 푸샤오쓰가 눈을 떴다. 옆에서 입 벌리고 잠을 자는 리샤를 보고 피식 웃은 그는 루즈앙을 보고 담요를 들어 보였다. '추워? 덮을래?' 루즈앙이 고개를 저으며 웃더니 푸샤오쓰의 머리를 토닥거리며 계속 자라고 했다. 그러고 난 후에 리샤가 한 것처럼 담요를 그의 목에 둘러주었다.

　푸샤오쓰는 독서등의 약한 빛 아래 보이는 안경 쓴 루즈앙을 보니 여러 생각이 들었다. 그 생각들은 마치 몸의 각 부분에 용해되어 모든 세포, 모세혈관, 림프액에 스며들어 전신으로 퍼져 막상 찾으려고 하면 찾을 수 없는 느낌이었다. 그저 루즈앙이 매일매일 점점 조용하고, 성숙하고, 온화하게 변화하는 것을 보면, 푸샤오쓰의 마음속에 끈적끈적한 마그마가 뜨겁고 천천히 흐르는 것 같았다. 따뜻한 청춘의 마음이 시간의 표면에 흔적을 남기는 느낌이었다.

　예전의 루즈앙은 어린아이 같았다. 그러나 언제부터인지 모르게 이제 푸샤오쓰도 루즈앙이 자기보다 성숙하고 냉정하며 심지어 자신을 보살펴주고 있다는 사실을 인정하기 시작했다.

　예전의 루즈앙이 아무것도 모르는 놀이 상대였다면, 지금은 형제

혹은 자기보다 성숙한 친구가 되었다. 푸샤오쓰도 이 점을 인정하는 게 쉽지 않았다. 그는 처음 이런 생각이 들었을 때 혹시 머리에 열이 나서 잠깐 돌았나 싶어 이마를 만져보기도 했다. '루즈앙이 정말 성숙하고 냉정하다'는 건 푸샤오쓰에게는 정말 말도 안 되는 생각이었기 때문이다.

이런 생각이 들기 시작한 건 작년 여름이었다. 수영 수업, 푸샤오쓰와 리샤는 수영장에 들어가지 않고 앉아 있었고, 루즈앙만 수영장 레인 안에서 조용히 수영하고 있었다.
그때 푸샤오쓰는 처음으로 루즈앙이 과묵하게 변하고 있다는 것을 느꼈다. 푸샤오쓰가 루즈앙 때문에 물에 데어 놀란 그 사건 이후였다. 지금 어깨의 그 흉터는 이미 사라지고 없었다.

푸샤오쓰는 의식적으로 이미 사라진 그 흉터가 있던 어깨를 만져보았다. 눈을 감는다. 눈앞에 조용하고 광활한 파란색이 펼쳐진다. 마치 바닷속 깊은 곳에 서 있는 듯하다. 고개를 들어보니 변화무쌍한 파란 하늘이 있고, 한 줄기 백색 광선이 저 멀리 하늘에서 심해 쪽으로 비치고 있다.
무수히 많은 물고기들.
시간이 덧없이 지나가고 있었다.

예전의 그 흉터는 이미 사라지고 없어. 이처럼 사실은 많은 일들이 영원하지는 않은 거지. 우리가 마음속으로 영원히 존재할 수 있다고 생각하더라도 그 '영원히'라는 라는 단어가 영원히 등장하지 않는 것과 비슷한 것 같아. 그래서 나는 자주 생각해보는데 말이야, 즈앙, 우리는 평생 좋은 친구가 될 수 있을까? 나중에 결혼하고, 아이를 낳고 늙어가면서도 배낭을 메고 황야로 함께 여행을 떠날 수 있을까?

너 아직도 내가 선물해준 가죽 지갑 잃어버렸다고 고민하고 있는 건 아니겠지?

— 1998년, 푸샤오쓰

리샤가 몸을 돌리니 푸샤오쓰가 눈을 뜨고 허공을 멍하니 응시하는 모습이 보였다. 그는 고개를 돌리다 리샤와 눈이 마주쳤다. "아, 깼어?" 그는 왼쪽 귀의 이어폰을 빼서 건네주면서 물었다. "노래 들을래?"

"응. 들을래." 리샤는 이어폰을 받아 오른쪽 귀에 꽂았다. 마침 오른쪽 귀에 이명이 있던 참이었다.

눈을 감고 들으니 청각이 예민해진 것 같았다. 언젠가 책에서 시각 장애인들의 청력이 더 발달한다는 내용을 읽은 적이 있었다. 확실히 일리 있는 말이었다. 눈을 감으니 이어폰을 한쪽만 끼었는데도 그 소리가 또렷하게 들렸다. 여자 목소리였다. 느리면서도 견고한 선율을 모호하면서도 따뜻하게 노래하고 있었다. 그중 리샤 귀에 한 소절이 또렷하게 들렸다.

'당신은 등불을 들고 천만 갈래의 길을 밝혀 주셨고, 저는 하나의 길을 선택해 용감하게 행복을 향해 나아갑니다.'

행복이라. 행복이 뭘까? 행복은 사소함이다.

그 대단한 굳은 맹세와 심금을 울리는 애정은 사실은 빈 껍데기일 따름이고, 사실은 손에 잡히는 소소한 일들 하나하나에서 행복이 피어난다. 따뜻한 저녁 밥상에서 살이 돋아나고, 겨울의 따뜻한 양털 양말 안에서 뼈가 자라나고, 생일 선물로 오랜 시간을 들여 만든 나를 닮은 인형에서 행복은 완성되고, 그리고 새벽의 문자 메시지에서 행복의 날개가 자란다.

어쩌면 더 사소한 것일지도 모른다. 공항에 막 도착했을 때 푸샤오쓰는 리샤의 짐을 들고 체크인을 하러 갔다. 리샤는 눈을 동그랗게 뜨며 가방을 빼앗았다. "야, 너 왜 그래. 무슨 남자애가 여자애 가방을 들고 난리야!"라고 말하면서도, 리샤는 내심 행복했다. 또 푸샤오쓰가 리샤의 귀에 대고 비행기를 타서 주의해야 할 점을 조용히 말해주고 안전띠까지 매어줄 때. 또 지금 리샤가 눈을 감자 좌석 테이블을 올려주고 독서등을 꺼줄 때 그런 감정을 느꼈다. 이런 사소한 일들 하나하나가 자음과 모음으로 변해 '행복'이라는 두 글자로 완성되었다.

지금처럼 같은 음악을 들으며 회백색의 하늘을 함께 나는 것 역시 그랬다.

리샤는 이런 따뜻한 이미지들을 떠올리며 마음속에는 점점 더 많은 비를 채우고 있었다.

그 전류와 전자 신호들은 CD플레이어의 레이저 포인터와 은백색 기기 동체를 지나, 가늘고 긴 흰색 이어폰 선과 귀마개를 거쳐, 동시에 서로 다른 두 몸속으로 흘러 들어가면서 각기 다른 잔잔한 파동을 일으켰다. 이 파동들이 같은 선율에 뒤섞이면서 세상을 떠도는 계절풍처럼 온 세상에 또렷하게 소리를 증폭시키고 있었다.

마음속의 세계가 천천히 무너지고 있었다. 마치 8월의 비에 흠뻑 젖은 언덕에 있는 나무 한 그루가 갑자기 새로운 뿌리를 내리는 순간 언덕이 와르르 무너져 내리는 듯한 느낌이었다.

진흙이 갈라지고, 그 갈라진 틈에서 지각 깊은 곳의 비밀이 점점 드러나고 있었다.

비에 흠뻑 젖은 채 천천히 상승과 하강을 반복하며 호흡하는 가슴은, 마치 물을 가득 빨아들인 스펀지처럼 손으로 누르면 머금고 있던 물이 왈칵 흘러나올 것 같았다.

팔걸이에 놓아둔 손의 손가락이 푸샤오쓰의 스웨터에 닿는다. 따뜻하고 섬세한 양털은 피부에 닿자 오히려 묵직하게 느껴진다. 목이 머리를 지탱하지 못하고 옆으로 점점 기울어진다.

기울어진다.

이마가 그의 날렵한 어깨선에 닿는다.

기울어진다.

순간적으로 푸샤오쓰의 체취가 코로 들어온다. 마치 여름날 오후에 햇볕을 잔뜩 받고 난 후의 풀 향기 같다. 혹은 폭우로 씻겨 나온 신선한 흙의 향인 것 같기도 하다.

그 이후의 기억은 또렷하지 않다. 모호한 열기가 더해졌다. 마치 비 오는 날의 유리창에 기댄 느낌이다. 유리창 밖으로 푸샤오쓰의 얼굴 혹은 루즈앙의 얼굴이 스쳐 지나간다. 창밖의 비가 지면에 닿으며 낮은 곳을 채우고 그 수면이 점점 높아진다. 여름의 폭우다. 쏟아지는 비에 하늘은 어두워지고, 지면에는 물보라가 일어난다. 나무의 가지와 잎은 비에 떨어져 수면 위를 둥둥 떠다닌다. 여자아이는 치마를 잡아 쥐고 달려가 지붕 밑에서 비를 피한다. 멋있어 보이고 싶은 남자아이는 혼자 비를 맞으며 농구 골대에 공을 던지고 있다. 젖은 하얀색의 티셔츠가 몸에 달라붙어 나비 모양의 등뼈가 드러났다. 화실 안은 어둑어둑하다. 석고상과 각종 정물이 사방에 흩어져 있고, 쏟아지는 빗소리에 거의 모든 소리가 덮인다. 도화지에 연필이 닿아 사각거리는 소리만 들릴 뿐이다. 하나도 힘이 들어가지 않은 소리가, 사각사각 끊임없이 들린다. 머릿속에는 1995년의 흑백 화면이 펼쳐진다. 차가운 얼굴의 푸샤오쓰가 있고, 또 루즈앙이 있다. 그런데 나 혼자만 1998년의 리샤다. 꿈속의 시간은 두 개의 축으로 흘러간다. 리샤는 1998년의 축에 서서 3년 전의 두 남자아이의 얼굴을 본다. 창틀에는 까만 고양이 한 마리가 조용히 앉아 있다. 공기에 돌연 미약하게 파동이 인다. 투명한 물결이 공기 속에 서서히 퍼진다. 창틀의 까만 고양이가 보이지 않는다. 그리고는 표정 없는 위젠이 등장한다. 그녀가 창틀에 앉아 있다. 빗물이 가득한 창에 머리를 기대고 있다. 눈은 창밖의 어느 곳엔가에 향해 있다. 그리고는 화면은 위젠이 등장한 이 순간에 멈춰 있다. 꿈속에서 목이 멘다. 누군가가 손에 힘을 주어 목을 조르고 있는 것 같다. 입을 막고 알 수 없는 울음을 터뜨리기 시작한다.

그리고 밖에는 엄청난 기세로 폭우가 쏟아지고 있었다. 도시가 물에 잠긴다.

베이징의 겨울은 정말 춥고, 건조했다.

얼굴이 마치 작열하는 햇빛으로 오래 구워진 석회벽 같았다. 만지면 후두둑 하얗게 부스러기가 떨어져 나올 것만 같았다. "사실 베이징은 그렇게 춥지 않아. 따뜻한 편이지"라던 사람들은 모두 사기꾼이다. 위젠은 말도 못 하게 추울 때마다 이 생각을 했다. 종일 집에 있다가 가끔 밖에 나가는, 그것도 바로 문 앞에 있는 차를 타고 갔다가 문 앞에서 내려 집으로 들어오는 사람들은 추울 일이 없을 것이다. 그들은 영원히 난방과 냉방이 되는 세계에 살 테니까. 마치 변태적으로 성장하는 화초처럼.

'좀 변태적이어도 죽는 것보다는 낫지.' 위젠은 이렇게 생각했다.

매일 아침 날이 밝기도 전에, 라디오에서 첫 방송이 나오기도 전에, 위젠은 일어나서 신문 배달을 나가야만 했다.

이 아파트 단지는 28개의 동으로 이루어져 있었다. 이 중에 몇 집이 신문을 구독하는지는 정확하게 알 수 없지만 위젠이 책임지고 신문을 배달해야 하는 집은 모두 120가구였다. 위젠은 매일 아침 120개의 신문을 서로 다른 우편함에 밀어 넣었다. 조금만 늦어도 욕이 날아왔다.

10분 정도만 늦어도 욕을 먹었다. 몇몇 중년 남자들은 거의 매일 문 앞에서 위젠이 오는 시간을 체크했다. 잠옷을 입고 철문 뒤에 앉아 있다가 위젠의 자전거 소리가 들리면 그때부터 더러운 말을 지껄이기 시작했다. 그들은 자신들이 입고 있는 얼룩진 잠옷과 극히 닮아 있었다.

그럴 때면 위젠은 작은 목소리로 "미안합니다"라고 말했다. 그러고 나서는 신문을 우편함이나 혹은 철문 사이에 끼워놓고 몸을 돌려 재빨리 자전거를 타고 그곳을 떠났다. 몇 미터 가지 않아 "죽어버려"라고 욕하며.

베이징의 바람은 무엇이든 뚫고 들어왔다. 두꺼운 옷이건, 장갑이건, 그것이 얼마나 두껍든 간에 바람은 끝끝내 아주 좁은 틈이라도 찾아서 들어왔다. 마치 발등 뼈에 붙은 구더기처럼, 살갗에 끈질기게 달라붙어 가시나무 씨앗처럼 뼛속 깊은 곳을 향해 차가운 뿌리를 내리는 듯했다. 매일 아침 움직이는 언 시체가 되는 듯했다.

관절은 굳어져 갈라지고, 피가 반은 굳어서 흐르는 것 같았다.

위젠은 처음으로 신문을 배달한 날, 일을 다 마치고 나서 건물의 시멘트 벽에 기대어 눈물을 흘렸다. 차가운 공기에 목이 메어 울음 소리는 나오지 않았다. 그저 커다란 눈물방울이 얼굴 위로 후두둑 흘러내렸다. 뜨거운 눈물에서 몸의 유일한 열기를 겨우 느꼈다. 다시는 목에서 '아아!'라는 소리도 나오지 않을 것 같았다.

눈물은 얼굴에서 그대로 얼음 부스러기로 굳어서 얼굴 표면에 뿌리를 내리고 피부 안으로 파고드는 느낌을 주었다.

뿌리는 보통 아픔을 이기고 자라나는 것이다.

그렇지만 그날 이후 위젠은 울지 않았다. 적어도 신문 배달 때문에 울지는 않았다. 그저 자주 "베이징의 겨울은 사실은 그렇게 춥지 않아" 같은 말을 들으면 속으로 울화통이 터지곤 했을 뿐이다.

진짜, 다시는, 울지 않았다.

왜냐하면, 신문 배달로 220위안가량을 더 벌 수 있었기 때문이다. 매월 220위안을 더 모을 수 있다는 건 행복에 점점 더 가까워지는 일이었다. 그래서 추위를 이겨내는 것이 무의미하진 않았다.

그것들의 가치는 220위안이었다.

신문 배달을 마친 후에는 사는 곳에서 멀지도 가깝지도 않은 24시간 편의점에 곧바로 가서 일했다.

여전히 자전거를 타고 옷을 두껍게 입었다. 눈을 빼고는 몽땅 둘

둘 싸매고 다녔다. 그렇지만 날카로운 추위는 마치 수은처럼 망막에까지 구멍을 뚫고 어떻게든 몸으로 스며들려는 듯 파고들었다.

작은 편의점이었기 때문에 일하는 사람은 두 명뿐이었다. 위젠과 돤차오라는 대학생이었다. 위젠은 그의 이름을 처음 들었을 때 웃음을 참을 수 없었다. '끊어진 다리[斷橋]'라는 말과 발음이 똑같아서 웃겼고, 거꾸로 읽으면 '다리의 구간[橋段]'이라는 뜻이라 읽으면 읽을수록 웃겼다. 그 남학생이 예의를 갖추어 "안녕, 나는 돤차오라고 해. 잘 부탁해"라고 말했을 때 위젠은 입꼬리만 살짝 올려 반응했다. 말을 붙이려니 한바탕 웃어야 할지, 친근하게 이름이 웃긴다고 말해야 할지 난감했다. 돤차오의 얼굴은 마치 삶은 계란 하나를 한입에 삼킨 듯한 답답한 표정이었다.

위젠은 아침 7시 반부터 저녁 7시 반까지 일했다. 그러고서는 돤차오는 오후 4시 반부터 새벽 4시 반까지 일을 했다. 그리고 새벽 4시 반부터 7시 반까지 세 시간은 영업을 쉬었다. 그리하여 24시간 편의점은 사실은 21시간 편의점이었다. 위젠과 돤차오가 함께 일하는 시간은 하루 중에 세 시간 정도였다.

그곳은 그렇게 번화한 지역은 아니었다. 상업 지구도 아니고 학교가 모여 있는 곳도 아니어서, 손님은 많지 않았다. 그래서 대체로 위젠이 혼자 가게를 지키고 있는 시간이 많았다.

머리 위에는 등이 환하게 켜져 있고, 물건들은 가지런하게 정리되어 있었다. 가끔 손님들이 문을 열고 들어오면 문에 걸려 있는 종이 딸랑딸랑 울렸다. 그러면 위젠은 고개를 들고 "어서오세요"라고 말했다.

30분은 가판대를 정리하는 일에 썼다. 그리고 30분은 정산하는 데에 썼다. 그리고 또 30분은 "어서오세요"라고 말하며 이를 드러내며 웃는 데에 썼다. 남는 시간은 곡을 쓰는 데 썼다.

술집에서 노래하는 것은 여전히 위젠의 본업이었다. 24시간 동안 세 개의 일, 신문 배달, 편의점 알바생, 술집 가수를 하며 생활을 꾸려나갔다. 서로 완전히 다른 일이었지만 성실하게 해나갔다.

그리고 편의점에서 위젠과 돤차오가 함께 일하는 세 시간은 위젠의 24시간 중에 가장 평범한 세 시간이었다. 그 시간은 평범했기에 따뜻했다. 마치 내 수건, 칫솔, 베개, 이불, 스탠드, 노트, 달력 같이 익숙한 것들과 같았다. 모두 평범했다. 그렇지만 평범했기에 매일매일 아름답고 따뜻한 느낌으로 스며들었다. 한 바퀴 한 바퀴, 창백한 세월을 소리 없이 두르고 있었다.

하루에 세 시간이면, 열흘이면 30시간이었다. 그리고 100일이면 300시간이었다.

초등학생이라도 이런 간단한 셈 정도는 할 수 있을 것이다. 대학 지식도 미적분도 필요하지 않았다. 세월은 인생의 단면에 한 층 한 층 차례로 쌓여갔다. 이렇게 쌓여가는 세 시간 안에 이런 이야기도 등장했다.

-나는 푸젠의 융닝이라는 곳에서 왔어. 엄청 작은 지역이야. 위젠, 너 혹시 들어본 적 있어? 거기 바다는 사계절 내내 엄청 큰 파도가 쳐. 너무 새파래서 눈을 못 뜰 정도야.

-너 진짜 작곡을 해? 굉장하다…….

-내일은 시험이 있어. 이번에 끝장내버리겠어!

-오늘 학교에서 밥 먹을 때 너랑 똑 닮은 여자애를 봤어. 자세히 보고 싶었는데 급하게 편의점 알바 오느라 잘 보지도 못한 거 있지…… 에이 참…….

-왜 토끼가 매번 거북이랑 경주해서 지는 줄 알아? 니가 좀 설명해 봐봐. 사실 따져보면 진짜 말이 안 되는 일이잖아…….

……

재미없다. 유치하다.

이게 돤차오에 대한 생각이었다.

그립다. 힘들다.

이것이 칭톈에 대한 기억이었다.

위젠은 돤차오를 볼 때마다 칭톈이 생각났다. 사실 완전히 다른 두 사람이었다. 하나는 과묵한 밴드 연주자이고, 한 사람은 이제 대학교 1학년, 장학금을 받으며 건축을 전공하는 모범 학생이었다. 마치 감자와 리치처럼 달랐다. 둘은 생긴 것도 완전히 달랐다.

그런데 위젠은 그들이 친형제 같다는 착각이 들곤 했다. 어떤 때에는 돤차오를 부를 때 말이 "칭—"까지 나왔다가 놀라서 입을 다

문 적도 있었다.

　대체 왜 그럴까? 전부터 알던 사람 같고, 지금 이 상황이 데자뷰처럼 느껴졌다. 과거의 빛바랜 세월의 기억이 까만 밤의 반딧불이가 터뜨리는 야광색 미광처럼 되살아난 것 같았다.

　아마 칭톈과 돤차오 두 사람 모두 고독한 시간을 함께 보내주어서 그랬을 것이다. 둘 다 위젠이 가장 외로울 때에 가장 가까운 곳에 있어준 사람이었다.

　저녁 7시 20분, 하늘은 이미 어두워졌다. 위젠은 7시 반에 바로 나가야 했다. 다음 직장에 가서 노래를 부르려면 집에 가서 옷을 갈아입고 화장도 다시 해야 했기 때문이었다. 밖에는 깃털 같은 눈이 펑펑 내리고 있었다. 베이징에 온 뒤에 본 몇 번째 눈이었던가? 아마 다섯 번을 넘지는 않았을 것이다.

　날씨가 나빠서 편의점엔 손님이 거의 없었다. 두 사람은 멍하니 있었다.

　돤차오는 계산대에 엎드려 있다. 아이처럼 계산대에 얼굴을 붙이고 손안에서는 연필을 이리저리 굴리고 있다. 위젠은 이 장면이 너무나 익숙했다. 첸촨일중의 자습 시간. 넓은 교실에는 형광등이 켜져 있었고, 이 또렷하고 가느다란 불빛 때문에 모든 그림자가 모호해졌다. 선생님은 강단에서 신문을 읽고 있고, 칠판에는 복습 문제와 정리된 내용이 쓰여 있었다. 분필로 쓴 글자는 좀 지워졌고, 주위 모든 사람이 맹렬하게 공부하고 있었다. 펜이 종이에 닿아 사각거리는 소리가 마치 창밖의 비오는 소리처럼, 조용하게 멀리서 들려오는 것 같았다.

이런 것들이 위젠이 기억하는, 얼마 안 되는 저녁 자습 시간에 대한 기억의 일부다. 그녀는 보통 이 시간에 칭텐과 함께 노래하러 갔기 때문이다.

사실 그리 오래된 일은 아니지만 이상하게도 굉장히 오래전 일처럼 느껴졌다. 학교 다니던 때의 일들은 이미 모두 '예전'이라는 수식어가 붙게 되었다.

예전에 자신은 공부에는 관심 없는 학생이었다.

예전에 자신은 전국에서 공부 잘하기로 유명한 첸촨일중의 문제 학생이었다.

붙일 수 있는 수식어는 많았다. 그런데 지금은 이런 수식어조차도 없어졌다. 현재 나는 그냥 평범한, 베이징에서 하루하루 먹고 살기에 급급한 가난뱅이일 뿐이다. 애초에 베이징에 올 때의 꿈은 이미 잘 생각나지도 않았다. 그래서 위젠은 애써 더 생각하지 않으려 노력했다. 비록 생각은 하지 않지만, 사실 그 꿈을, 이상을 잊기는 어려웠다.

'칭텐, 언젠가는, 레코드점의 음반 판매량 1위 자리에 있는 내 음반을 보게 될 거야.'

이 이상은 여전히 내 마음속 깊은 곳에 숨겨져 있다. 애초에 잊은 적이 없다. 그리고 계속해서 그곳에 고집스럽게 머물러 있다. 그곳은…… 대체 어딘가?

마음의 가장 어두운 부분은 가장 따뜻하고 축축한 곳이기도 했다. 그 부분은 복잡해서 떼어내기도 어려웠다. 거기서 이상은 나날이 뿌리를 깊게 내리고 자라나, 모든 뿌리는 뒤얽혔다. 자라나서 좌심방, 우심방, 폐, 복부 근육으로 퍼져, 가슴 전체를 점령했다. 그래서 호흡할 때마다 있는 듯 없는 듯한 아픔이 느껴졌다.

"아, 위젠." 갑자기 돤차오가 계산대에서 몸을 일으키더니 물었다. "너 예전에 있던 곳은 자주 눈 왔었어?"

"응, 왔지. 첸촨은 겨울 되면 자주 눈 왔었어."

"아. 어쩐지." 돤차오는 의자를 유리창 근처에 놓고 앉더니 유리창에 뺨을 대고는 말했다. "나같이 고향이 융닝인 사람은 겨울에도 눈을 본 적이 없어서 베이징에 온 뒤에 눈 내리는 거 보면 엄청 신나. 그런데 같은 학교 다니는 애들이 엄청 비웃더라고. 내가 촌놈이라고 말이야."

돤차오는 깃털 같은 함박눈에 정신이 팔려 있었다. 유리창에 그의 젊고 날렵한 얼굴이, 눈에 넋을 잃은 표정이 비쳤다. 마치 영혼이 빠져나가 창밖의 눈 사이로 돌아다니는 것 같았다. 평소에 해맑기 짝이 없는 녀석인데 저런 이야기를 들었다고 하니 약간 마음이 아리기도 했다.

아마도 상처받은 말투일 것이다. 위젠에게는 매우 익숙했다. 자신도 어렸을 때부터 지금까지도 다른 사람들에게 저런 소리를 들었으니까.

이 촌뜨기.

아무도 원하지 않는 새끼.

엄마가 없는…… 위젠은 돌연변이 같았다. 모든 사람은 엄마가 있는데.

……

이런 말들을 줄곧 들어왔다. 과거의 시간 동안 이런 말들은 촘촘히 박혀서 뿌리를 내리고 가지를 뻗어 풍성한 나무가 되었다. 그 나무가 순백색의 도화지의 커다란 그림자가 되어 어린 시절의 작고 여린 심장을 삼켜버렸다.

"그런데……" 돌연 롼차오의 말투가 변했다. 유리창에 비친 얼굴에서 부드러운 빛이 흐르고, 눈동자가 반짝거렸다. "그런데 나는 한번도 기죽어본 적 없어. 언젠가는 내가 설계한 건물이 엄청나게 주목받을 거니까. 내가 설계한 건물이 그 지역의 랜드마크가 되는 거지. 지나가는 사람마다 쳐다보고 감탄하고. 그러면서 '봐봐. 이거 설계한 사람이 롼차오래. 진짜 대단한 것 같아!'라고 다들 막 이야기하고."

'뭐냐. 그새 그 축축하고 어두운 마음을 뚫고 새싹이 돋은 거냐?'

'칭톈, 언젠가는, 레코드점의 음반 판매량 1위 자리에 있는 내 음반을 보게 될 거야.'

"시간 됐다." 위젠이 벽에 걸린 외투를 집었다. 눈이 따끔거렸다. 빛 때문이라고는 하지만, 지금 나가지 않으면 눈물이 금방이라도 흐를 것 같아서 한 말이었다. "나 퇴근한다. 힘내, 위대한 건축가!"

"매일 수업을 하다니!" 돤차오가 고개를 돌려 빙그레 웃으며 말했다. "매일 애들 가르치는 거 안 힘들어?"

위젠은 잠시 멍해졌다가 자신이 돤차오에게 매일 애들한테 피아노를 가르치고 있다고 거짓말했던 것이 생각났다.

"진짜 굉장하다. 이 나이에 벌써 애들을 가르친다니." 해맑은 얼굴이었다. "나는 애초에 예술이랑은 완전 멀어서. 다룰 줄 아는 악기도 없어."

속인 건 이뿐만이 아니었다. 위젠은 돤차오에게 자신이 대학교 3학년 학생이며, 피아노를 가르치면서 편의점에서 알바도 한다고 했다.

"아니야, 내가 누구한테 들었는데, 건축은 응고된 음악이래. 언젠가 네가 최고의 건축가가 되면, 그때는 네가 최고의 음악가도 되는 거지. 나 갈게. 늦겠어."

더 말하다가는 눈물이 흐를 것 같았다.

마음의 조수가 점점 더 높아진다. 경계선에 닿는다. 빨간색이다. 긴 경보음이 들린다. WARNING! WARNING!

위젠은 문을 손으로 힘껏 민다. 눈보라를 뚫고 들어가려는 그 순간, 뒤에서 따뜻하고 안정된 목소리가 들린다. "잠깐만 기다려."

잠시 후 위젠이 돌아보았을 때 어깨에 따뜻한 코트가 둘러진다.

기다려.

왜 '기다려'라고 하는 사람이 네가 아닌 걸까?

왜 차가운 바람이 몰려오던 그 순간 나에게 외투를 둘러준 사람이 네가 아닌 걸까?

왜 이런 큰 눈이 오는 날 밤 얇은 옷이 추울 거라고 생각하는 사람이 네가 아닌 걸까?

왜 순간 코로 들어온 남자 코트의 세제 냄새가, 네 것이 아닌 걸까?

시간은 얼마나 셀 수 없는 세월을 다 가지고 가버린 걸까? 오죽하면 돌아봤을 때 이렇게 자욱한 안개가 하늘을 거의 가려버렸을까?

나는 더는 수업이 끝난 후에 자전거를 타고 너에게 갈 수 없어. 네가 더는 바람이 부는 날 나에게 문자를 할 수 없는 것처럼.

나는 더는 눈이 오는 날 네 외투 호주머니 안으로 손을 집어넣을 수 없어. 네가 더는 주방 문 앞에서 맛있는 냄새에 군침을 삼킬 수 없는 것처럼.

나는 더는 네 길고 부드러운 얼굴을 생각하면서 마음 아파하지 않을 거야. 더는 네가 깊은 밤에 내가 열이 난다고 길거리로 약을 찾아 헤매지 못하는 것처럼.

칭텐, 나는 우리가 헤어져서 슬픈 건 아니야. 그냥 그렇게 오래 사귄 우리가 헤어질 때 "안녕"이란 말도 제대로 못한 게 슬픈 거야. 사람들이 그러더라. 제대로 "안녕"이란 말을 나눈 사람들은 아무리 헤어진 지 오래여도 언젠가는 다시 만난대. 그리고 다시 헤어짐의 인사를 한대. 그런데 우리는, 다시 만나지도 못하는 건가? 네가 다시 학교 문 앞에서 내가 수업이 끝날 때까지 기다리는 날이 올까?

너는 아직도 중학교 2학년이 끝나던 여름을 기억할 수 있을까? 계단에서 고개를 들던. 얼굴이 빨개지던.

— 1998년, 위젠

계속해서 울면 안 된다고 속으로 생각했다. 끊임없이 자신에게 말했다. 이런 사방의 눈보라도, 참기 힘든 추위도, 결국 지나갈 것이다. 곧 따뜻한 집에 도착할 것이다. 비록 누구도 나를 기다려주지는 않지만, 그래도 따뜻한 공기가 있는, 창틀에 사시사철 푸른 분재가 있는 곳으로.

위젠은 한 걸음에 두 개, 세 개의 계단을 올랐다. 열쇠를 만지며 한 층 한 층 올랐다. 현관문을 여는 순간 차가운 바람이 집에서 훅 불어 나왔다.

밸브가 또 막혔다.

최근 보일러 밸브가 계속해서 문제를 일으켰다. 뜨거운 물이 막혀서 올라오지 못했다. 온 방이 꽁꽁 얼어붙어 숨을 쉬면 하얀 연기가 피어났다. 위젠은 코트를 벗고 먼지 쌓인 공구함에서 렌치를 꺼냈다. 차가운 시멘트 바닥에 꿇어 앉아 밸브를 수리하기 시작했다.

그제도 고장이 나는 바람에 툭툭 쳐서 대충 쓸 수 있게 만들어놓았는데 또 막힌 것이다. 욕이 나왔다.

슬픔과 괴로움의 조수가 마음속에 차 올라왔다. 마치 여름 폭우 때 학교 안에 있는 연못에 설치된 부표가 천천히 상승하듯이.

한참이 지나 겨우 뚫었다. 위젠이 미처 밸브를 다 잠그지 못한 상태에서 뜨거운 물이 훅 하고 올라왔다. 손을 데었다.

너무 아팠다.

수도꼭지를 틀었다. 겨울의 수돗물은 얼음장처럼 차갑다. 마치 무수히 많은 날카로운 송곳들이 한꺼번에 피부를 마구 찌르는 것 같았다. 그것도 매우 깊게. 위젠은 수도꼭지 앞에서 잠시 멍해졌다가 그냥 물 아래로 손을 내밀었다. 계속 그러고 있으니 마비되는 느낌이었다. 온 손이 빨개져서야 정신이 돌아왔다.

수도꼭지를 잠갔다. 두 눈에서 눈물이 주룩주룩 흘렀다.

이불 안에 웅크리고 있자니 집 안의 온도가 서서히 올라갔다. 유리창이 바깥과의 온도 차로 인해 뿌옇게 김이 서리기 시작했다. 한두 개의 물방울이 유리창에서 흘러내리며 흔적을 남긴다.

이 거지 같은 날들.

목에서 소리가 나오지 않는다. 무언가로 꽉 막힌 것 같다.

위젠은 눈을 감았다. 두 눈에 통증이 느껴진다. 손은 아까 데인 곳에 물집이 생겨서 쿡쿡 쑤신다. 가슴에서 드문드문 유리 깨지는 소리가 들린다. 마치 거대한 돌이 유리창을 부수며 내는 소리 같다.

유리 파편이 사방으로 흩어지며 심장의 가장 부드러운 부분에 깊게 박히는 것 같다. 피가 철철 흐른다.

생활이 왜 이따위일까. 첸찬을 떠나온 의미는 거의 사라지고 있다.

베이징에 도착한 이후에 사장이 소개해준 그 음반회사는 정말 중국에서 유명한 회사였다. 매니저는 비록 위젠이 유명세도 없고, 아무런 음악적 훈련도 받지 못했지만 계약은 해주었다. 매니저가 그녀에게 말하기를, 그가 그럼에도 불구하고 위젠과 계약한 것은, 그녀의 노래 기교가 좋아서가 아니라 감각이 좋아서라고 말했다.

그렇지만 이후의 일들은 생각만큼 순탄하게 진행되지 않았다. 회사는 위젠에게 관심이 없었고, 더구나 그 매니저가 담당하는 연예인들은 매우 많아서 위젠은 회사에서 있으나 마나 한 존재로 가만히 기다리기만 했다. 스타들이 공연장 무대 뒤에서 옷을 갈아입을 동안 그녀는 다른 몇 명의 신인들과 함께 무대에서 노래 부르곤 했다. 그런데 그조차 다른 사람의 노래를 불렀다. 개업식이나 파티 같은 곳에 가서 분위기를 띄우기 위한 노래를 하곤 했다.

매니저는 후에 위젠에게 일을 하나 구해주었다. 5성급 호텔 안에 있는 술집에서 노래하는 일이었다. 그렇지만 위젠은 록을 했던 목소리라 그런 '카나리아의 노래' 같은 것들을 부를 때는 어색하고 이상하게 들렸다. 더구나 드레스를 입고 노래하는 것 자체가 참기 힘들었다. 그래서 곧 그 일을 그만두었다. 위젠이 그 일을 그만둘 때 그녀의 매니저도 포기했다.

매니저가 위젠에게 이렇게 말했다. "발에 채이는 게 신인이야. 네가 스스로 포기한 거니까 내 탓은 하지 마."

위젠은 계속해서 생각했다. 정말 나 스스로 포기한 건가? 그렇게 오랫동안 지켜왔던 내 이상을 정말 나 스스로 포기한 거라고? 아무리 생각해도 이해가 안 됐다. 억울한 마음이 커졌다. 그렇지만 어렸을 적부터 강하디강했던 고집이 쉽게 꺾일 리 없었다.

그때부터 위젠은 일이 없었다. 스케줄도 없었고, 활동할 기회도 없었다.

위젠은 화를 꾹 참으며 시간을 보냈다. 그렇지만 돈이 필요했다. 어렵게 편의점에서 일을 구했다. 봉급은 적었다. 아파트 단지 안의 신문을 배달하는 일도 구했다. 피곤했다. 위젠은 그래도 계속해나갔다. 그리고 술집에 가서 밤에 노래 부르는 일도 구했다.

이렇게 하며 베이징이라는 이 거대한 도시에서 생존해나갔다.

거대한 돌 틈에서 겨우겨우 생명을 건사하며 구차하게 사는 인생이었다.

위젠은 첸촨을 떠나 베이징으로 오는 기차 안에서 잊지 못할 가장 고독한 크리스마스이브를 보냈다고 생각했다. 그러나 베이징에 온 후 하루하루가 그때보다 더 외롭다는 사실을 알게 되었다.

그렇지만 '고독', '외로움', 이런 단어는 위젠의 사전에 있어서는 안 되는 단어들이었다. 베이징의 먼지 날리는 길을 걸으면서도 위젠은 속으로 '언젠가는 중국에서 제일 유명한 가수가 되겠다', '하늘은 비록 흐리지만, 결국 언젠가는 새파래질 것이고 구름들도 다 흩어질 것이다', '반드시 세상 사람들의 눈을 모두 현혹시키는 화려한 제비꼬리나비가 되겠다' 같은 결심들을 되뇌었다.

리샤, 푸샤오쓰 그리고 루즈앙이 머무를 숙소는 상하이의 오래된 거리에 있는 서양식 건물에 있었다. 마침 푸샤오쓰가 본선을 치르는 대회장에 바로 붙어 있는 곳이었다. 거리 전체가 외국풍의 건물들이었다. 오래된 별장, 그리고 철로 된 난간의 서양식 건물들…… 빨간 벽은 전체가 넝쿨로 덮여 있었다. 겨울이라 넝쿨들은 모두 옅은 누런색이었다. 잎들의 뒷면에서는 깊은 회색빛도 드문드문 보였다.

삼각형의 지붕 아래로 뚫린 하얀 창문은 전형적인 다락방의 창문이었다. 정원 안에는 크고 높은 프랑스 오동나무가 있었다. 잎은 다 떨어져서 앙상한 가지만이 하늘로 날카롭게 뻗어 있었다.

노을이 사방에 깔렸다. 하늘의 흐릿한 구름이 빠른 속도로 흘러갔다. 지면의 그림자도 점점 옅어졌다.

이게 바로 상하이인가? 장아이링(《색, 계》를 쓴 중국의 소설가-옮긴이) 소설에 나오는 그 번화한 조계지 거리인가? 리샤는 손으로 귀를 탁탁 쳤다. 아직 귀의 이명이 완전히 없어진 것 같지 않았다. 여전히 정신도 조금은 흐릿했다. 어떻게 첸촨에서 상하이로 올 수 있었을까, 말도 안 돼.

차에서 짐을 내려 숙소의 정문으로 들어갔다. 막 비가 온 다음이라 축축하게 젖은 지면이 가로등에 반사되었다. 짐을 바닥에 끌고 걷기가 좋지 않았다. 푸샤오쓰가 리샤의 손에 있는 짐을 뺏어 들었다. 리샤가 괜찮다고 스스로 들 수 있다고 하는 바람에 둘이 잠깐 실랑이를 했지만 결국 푸샤오쓰가 "고집 좀 그만 부려" 하고 소리 지르는 바람에 리샤가 놀라서 손을 움찔하는 틈에 그가 가방을 낚아챘다. 푸샤오쓰와 루즈앙은 앞으로 걸어가며 낮은 목소리로 이야기했다. 리샤는 안중에도 없는 듯한 느낌이었다.

둘이 리샤와 멀어져서 거의 안 보일 때쯤 푸샤오쓰가 몸을 돌리며 말했다. "멍하게 있긴." 흐린 저녁 속에 푸샤오쓰의 눈이 날카롭게 빛났다. "얼른 따라와."

셋은 3층의 두 방에 나뉘어 묵었다. 나무 계단을 딛을 때마다 삐걱삐걱 소리가 났다. 하얀 침대와 푹신한 베개가 있는 방은 제법 넓고 좋았는데, 가격도 싸고 사람도 적었다. 푸샤오쓰는 불법 영업을 하는 곳이 아닌가 의심했다. 루즈앙이 자신 있게 절대 문제없다고 말했다. 인터넷에서 찾아봤다며, 아주 좋은 작은 여관이라 했다.

짐을 내려놓은 후 푸샤오쓰가 창밖으로 눈을 돌렸다. 하늘이 이미 완전히 까매졌다. 가로등 불빛 사이로 빗줄기가 비쳤다. 은백색의 빛 때문에 눈이 부셨다. "아, 또 비 오네."

푸샤오쓰가 보온병에 물을 받아 온 루즈앙을 보며 말했다. "그래도 나갈래?"

"아니. 못 나가." 루즈앙이 보온병 뚜껑을 닫으며 말했다. "오늘은 일찍 쉬어. 피곤하잖아. 그리고 너 내일 대회니까, 대회 끝나고 나가자."

푸샤오쓰가 고개를 끄덕이며 말했다. "그러면 리샤한테 가서 말하고 올게."

"추워 죽겠다." 푸샤오쓰가 창틀에 앉아 무표정하게 툭 내뱉었다. "상하이가 북방보다 더 추운 거 같아. 엉망진창이네." 창틀에 앉는 습관은 여전했다. 저 습관은 위젠과 똑 닮았다. 위젠도 창틀에 책상다리를 하고 앉아서는 창밖을 멍하니 내다보곤 했다.

루즈앙이 하얀 이를 드러내며 웃었다. 예쁘고 조용한 웃음이었다. "상하이는 우리 북방처럼 난방을 안 해주니까."

푸샤오쓰가 웃고 있는 루즈앙을 보며 삐죽거리며 말했다. "뭐 하러 내 웃는 표정을 배우려고 해. 원래 웃던 대로 멍청하게 낄낄 웃어. 넌 어차피 반쪽짜리 쿨가이야."

그리고는 베개를 집어들고 루즈앙의 머리 쪽으로 던졌다. 둘은 투닥거리다가 각자의 침대에서 이불을 덮고 이야기했다.

"샤오쓰, 너 기억해? 우리 저번에 여행 갔을 때도 이랬잖아. 침낭속에서 계속 얘기했잖아. 너 그때 우리가 꼭 말하는 주먹밥들 같다고 그랬어."

"응, 기억해. 어떤 멍청한 놈이 선택한 잠자리였지. 다음 날 보니주변에 막 대형 트럭 바퀴 자국 있었잖아. 죽을 뻔했어. 정말."

"안 죽었잖아……. 하하하하……."

"억지 부리지 마라! 이 주먹밥 놈아!"

"저기……"

"왜?"

"너 긴장돼? 내일 대회?"

"그냥 그 얘긴 하지 말자."

"긴장하지 마. 내가 다른 능력은 없는데, 또 남 긴장 덜어주는 데는 일가견이 있지."

"그건 내가 알지. 고등학교 1학년 때 교장이 우리한테 소방대원의 위대한 업적 얘기할 때 기억나? 모 대원이 3층에서 아기를 안고 뛰어내렸는데, 아기는 안 다쳤고 소방대원만 팔이 부러졌다는 얘기했지. 그러면서 '얼마나 다쳤을까요?'라고 물어봤는데 네가 '세 토막이요'라고 대답해서 아마 전교생이 뒤집어졌잖아……. 넌 진짜 대단한 놈이야."

"……너 언제부터 기억력이 그렇게 좋았냐?"

"원래 그랬거든, 그래서 나는 역사 과목에서 너처럼 17점을 받은 적이 없지."

"너! 화학 시험 때 보자!"

창밖으로 상하이의 겨울비가 계속 내리고 있었다.

추웠다. 주위의 공기에 추위가 촘촘히 스며들었다.

그렇지만 이 오래된 서양식 건물 안에는 따뜻한 열기가 피어올랐다.

전설 같은 소년이었다. 그는 천천히 등 뒤의 날개를 폈다.

즈앙, 너 알아? 몇 년 전에 말이야. 1997년 겨울의 어느 날에 네가 1995년의 루즈앙으로 다시 돌아갔다는 생각이 들었어. 애초에 슬픔이나 아픔을 겪지 않은 소년으로, 이를 드러내고 신나게 웃는 소년 말이야. 그날은 내가 대회 하루 전날이라 긴장을 좀 했는데도, 너랑 투닥거리다 보니 그 긴장감이 어느새 사라졌어. 가끔 생각해. 평생 네가 옆에 있으면 정말 좋겠다. 그래서 자주 하느님께 감사했어. 네가 이렇게 오랜 시간 내 옆에 있게 해주신 걸. 아이였을 때, 소년이었을 때, 그리고 어른이 된 후의 복잡한 세계에서도, 너는 계속 내 옆에 있어 줬잖아. 세속에 때 묻지 않고 티 없이 해맑은 젊음의 신으로. 고마워, 잘 웃는 루즈앙이든, 침묵을 즐기는 루즈앙이든.

— 2003년, 푸샤오쓰

"아!" 루즈앙이 침대에서 내려왔다. "눈 온다!"

푸샤오쓰는 덮고 있던 이불을 치우고 재빨리 창가로 갔다. "진짜네. 남쪽도 눈이 내려?"

루즈앙도 창 쪽으로 달려갔다.

푸샤오쓰는 짙게 깔린 어둠을 찬찬히 보았다. 여전히 축축이 젖어 있는 바닥이 가로등 불빛에 비쳤다. 첸촨처럼 눈이 쌓이지는 않았다. 비가 계속 내리는 와중에 큰 눈송이가 드문드문 보였다. 비록 함박눈이라고는 할 수 없었지만 꽤 큰 눈이었다.

"와, 진짜 보기 힘든 광경이다." 루즈앙이 손가락으로 유리창을 불규칙하게 두드리며 말했다. "상하이는 눈 안 오잖아. 이거 나는 길조라고 본다. 내일 분명 너 1등 할 거야."

"둘이 무슨 관계냐, 완전 상관없는데." 아무렇지도 않은 척 말했지만 푸샤오쓰는 루즈앙을 고마운 눈빛으로 바라보았다.

루즈앙이 신나서 웃으며 무슨 말을 막 하려는데, 리샤의 방에서 꽥 하는 소리가 들렸다.

푸샤오쓰와 루즈앙이 리샤의 방문을 열어제꼈다. 텔레비전 장식장 위에 올라가 마구 소리를 지르던 리샤는 까치발로 서서 문가에 나타난 두 사람을 보았다.

푸샤오쓰가 무슨 짓이냐는 표정으로 입을 떡 벌렸고 루즈앙은 벽에 기대어 배를 잡고 웃고 있었다.

"너 뭐 하냐?" 푸샤오쓰가 리샤를 가리키며 말했다. "내려와. 거기 서서 뭐 해."

"그리고…… 너무 크게 소리 지르는 거 아니냐." 루즈앙이 웃으면서 거들었다. "무슨 변태라도 만난 줄 알았네."

"바퀴벌레 있단 말이야!" 리샤가 바닥을 내려다보았다. 벌레는 지금은 없었다. 조금 창피해지기 시작했다.

푸샤오쓰가 루즈앙을 가리키며 말했다. "즈앙한테 말해. 쟤가 예약한 숙소잖아. 하도 이 숙소 좋다 좋다 그래서 무슨 중개비라도 받은 줄."

루즈앙이 말했다. "하느님께 맹세코, 이 숙소를 잡은 건 대회장이랑 가까워서야. 나 멀쩡한 사람이라고."

푸샤오쓰가 말했다. "그러면 우리가 너랑 좀 있다 갈게."

루즈앙이 이어 말했다. "내가 방에 바둑판 있는 거 봤거든. 샤오쓰가 어렸을 때부터 배워서 할 줄 아니까 우리 배워서 해보자."

시끄러운 록 음악만 듣는 푸샤오쓰가 바둑이라니 리샤는 농담인가 싶었다. 그렇지만 그의 표정을 보니 농담은 아닌 것 같았다.

"아니야. 괜찮아. 그만 가도 돼." 리샤의 얼굴이 좀 빨개졌다. 있어달라고 붙잡으면 더 창피해질 것 같았다.

그때 루즈앙이 푸샤오쓰의 어깨에 팔을 두르고 리샤 쪽으로 밀며 말했다. "아니면 샤오쓰 보러 너랑 같이 자주라고 할까."

문이 쾅 하고 닫히는 소리가 났다. 하마터면 루즈앙의 코와 닫히던 문이 부딪칠 뻔했다.

푸샤오쓰가 그에게 말했다. "썰렁한 농담할 거면 더 해봐. 상관없어."

루즈앙이 말했다. "나 농담한 거 아냐. 꽃다운 소녀가 상상하면서도 말하지 못하는 일을 내가 대신 말해준 거 뿐이거든."

갑자기 문이 열리고, 베개가 루즈앙의 얼굴로 날아왔다.

"여기 3층이야. 계속 헛소리하면 루즈앙 너 밀어버릴 거야! 떨어져 죽든가 얼어 죽든가!"

베개가 날아온 후 다시 힘껏 닫힌 문을 사이에 두고 리샤가 소리

질렀다.

루즈앙이 베개를 들고서 히히 웃으며 말했다. "쟤가 나한테 배웠네. 베개도 던질 줄 알고."

푸샤오쓰는 그를 모른 체하며 슬리퍼를 끌고 방으로 돌아가버렸다.

이불은 두툼했고 침대보도 하얗고 깨끗했다. 도자기로 된 다구도 있었다. 넓은 창틀 위에 가만히 앉아 깊게 드리워진 오동나무의 그림자를 보았다. 나무로 된 바닥, 문, 긴 의자, 옷장, 화장대가 있었다. 모든 것이 텔레비전에서 본 상하이 사람들의 집 같았다. 리샤는 이불 속에 누워서 생각했다. 루즈앙이 말한 대로 정말 좋은 숙소다. 더구나 가격도 쌌다.

정말 이런 곳을 어떻게 찾은 걸까? 생각해보니 그는 이제 푸샤오쓰에게 모든 것을 의지하던 예전의 그 남자아이가 아니었다. 푸샤오쓰를 위해 많은 일을 해줄 수 있는 그런 남자가 된 것이다. 이 세상은 신비로운 곳이다.

애초에 그 둘은 엄청 신기한 종자라고 하지 않았던가. 용모, 지혜, 유머, 마음씨, 재능까지 모든 걸 다 갖추었다.

'아마도 외계인일 거야.' 리샤는 생각했다.

그러고 나선 잠이 들었다. 꿈에서 푸샤오쓰가 1등을 했다. 새벽에 눈을 떴을 때 '꿈은 현실과 반대'라는 말이 생각나서 소스라치게 놀랐다.

오후 1시 반에서 5시 반까지, 대회는 네 시간 반 동안 진행되었다. 그림 주제가 현장에서 바로 주어지기 때문에 모든 학생이 긴장했다. 그렇지만 푸샤오쓰는 그다지 긴장하지 않았다. 학교에서 그림 그릴 때와 같은 모습이었다. 이젤의 각도를 잘 조절하고, 물감과 물통을 제자리에 정리했다. 루즈앙과 리샤가 옆에 있었지만 도와줄 건 딱히 없었다. 그렇지만 주변의 상하이 출신 참가자들은 부모들이 함께 와서 옷을 받아주거나, 물을 떠다 주는 등 옆에 붙어 시중을 들었다.

"쳇."

"칫."

루즈앙과 리샤의 코웃음 치는 소리가 푸샤오쓰의 귀에까지 들려왔다. 그는 그런 둘을 보고 있자니 웃음이 나와서 견딜 수 없었다. 그가 말했다. "됐어. 너네 둘은 밖에 나가서 구경이나 하고 있어. 내가 끝나면 전화할게."

"알았어." 루즈앙이 고개를 끄덕였다. 그러고는 다른 학생들을 보며 다시 한번 코웃음을 쳤다. "쳇."

대회가 열린 장소는 상하이는 물론 전국에서 제일 유명한 여학교였다. 장미 무늬가 있는 철제 울타리가 학교를 둘러싸고 있었다. 안에는 넓은 녹지와 교회가 있었고, 긴 수도복을 입은 수녀들이 천천히 학교 안을 거닐었다. 비둘기들이 무리 지어 상공을 떠돌았다.

"엄청 예쁘다." 리샤가 교정을 둘러보더니 말했다. "여기서 학교

다니면 신나겠다."

"하루 종일 비구니님들이랑 같이 수업 듣는 게 뭐 그리 재밌겠어." 루즈앙이 밝은 목소리로 말했다. "첸촨일중의 예쁜 언니들이랑 수업 듣는 게 훨씬 낫지." 이 말을 하면서 고개를 마구 끄덕였다. 본인의 생각에 격하게 동의한다는 제스쳐였다.

둘은 학교 밖의 긴 벤치에 앉았다. 앞에는 4차선의 도로가 있었고, 왕래하는 차와 행인들이 많았다. 양복 입은 중년 남자들과 바구니를 들고 장 보러 가는 여자들이 지나갔다. 교복 입은 학생들이 자전거를 타고 등교하고 있었다. 여러 소리가 들려오는 가운데 부드러운 어조의 상하이 말이 배경음악이 되어주었다.

루즈앙은 녹차 두 병과 주먹밥을 몇 개 샀다. 먹으면서 이야기를 나누다 보니 시간은 금방 잘 흘러갔다.

2시 30분.

태양이 구름 속에서 빛을 내보냈다. 광선 하나하나가 어제의 두터운 구름 사이를 뚫고 내려왔다.

3시 45분. 귀여운 여자아이를 자전거 뒤에 태운 남자아이가 콧노래를 흥얼거리며 지나갔다.

4시 20분.

점점 어두워지기 시작했다. 황혼이 습한 공기 안으로 퍼져나갔다. 퇴근하는 사람들이 이 크고 복잡한 도시를 바쁘게 오고 갔다. 공기 속에는 하얀 점들이 필름 영화 속 케케묵은 곰팡이처럼 떠올랐다. 손을 내밀어 잡을 수는 없었지만, 망막에는 분명하게 비쳤다.

5시 30분.

푸샤오쓰가 수많은 학생들 사이로 걸어 나왔다. 아무런 표정이 없었다. 두 눈은 여느 때처럼 초점 없이 흐린 안개가 끼어 있는 듯한 상태였다. "배고프다." 그가 미술 도구들을 가슴에 안고 말했다. "우리 밥 먹으러 가자."

소고기면을 주문했다. 두꺼운 국수 위로 커다란 고수가 떠올랐다. 고수를 못 먹는 푸샤오쓰는 전부 다 떠서 루즈앙의 그릇으로 옮겼다. 그러고 나서는 소고기 덩어리를 건져 먹는다. 얼굴에는 감정이 전혀 드러나지 않아 대회를 어떻게 치르고 왔는지 알 수 없었다. 루즈앙이 몇 번 입을 떼어 물어보려고 했으나 쉽지 않았다. 말이 입에서 맴돌다 다시 목으로, 배로 돌아갔다.

"응, 있잖아……." 그래도 리샤가 먼저 말을 붙였다. "대회에서 그림은 어떻게 그렸어?" 불안한 말투였다. 혹시라도 성질을 건드릴까 봐 걱정돼서였다.

"아. 대회." 푸샤오쓰는 그릇 위로 고개를 숙이고 우물거리며 대답했다. "그림 주제는 '한 번도 나타난 적 없는 풍경'이었어." 그가 고개를 들었지만 표정에서는 기분이 어떤지 알 수 없었다.

"엥? 특이한 주제였네." 루즈앙이 젓가락을 그릇 옆에 높으며 말했다. "그래서 너 뭐 그렸는데? 외계인이 지구 침공하는 거? 아님 소닉이랑 호빵맨이랑 한판 붙는 거?"

"그건 너나 그리는 거고. 나는 너랑 다르게 고수지." 푸샤오쓰가 루즈앙을 째려보며 말을 이어갔다. "뭐 별로 그린 거 없어. 그냥 남자 한 명 여자 한 명 그렸어." '여자 한 명'이 바로 푸샤오쓰가 리샤에게 들려주고 싶은 말이었다.

"한 명의 남자와 한 명의 여자라……." 리샤가 작은 목소리로 되뇌었다. 뭐가 뭔지 도무지 알 수 없었다. 그렇지만 푸샤오쓰가 그다지 걱정하는 눈치는 아니라 리샤도 마음을 좀 놓았다.

"소묘나 수채화, 아무거나 괜찮다고 하더라고. 뭐 특별히 요구하는 건 없는 것 같았어." 푸샤오쓰가 말했다. "그런데 나는 색 입히는 게 좀 빠른 편이라 수채화로 했어."

리샤와 루즈앙이 물을 한 모금 삼켰다. '나는 색 입히는 게 좀 빠른 편이라'는 누구나 내뱉을 수 있는 말은 아니다.

"그리고 있잖아." 푸샤오쓰가 면을 먹다가 갑자기 말했다. "나 오늘 옌모랑 같은 대회장이었다."

"아…… 저번 대회에서 갈대 그림으로 유명해진 그 여자?" 루즈앙이 웃으며 물었다. "예뻐?"

푸샤오쓰가 그를 째려보았다.

"아니……, 내 말은……" 루즈앙이 머리를 쥐어뜯으며 말했다. "아니……, 그러니까 잘 그리냐고……."

푸샤오쓰는 루즈앙의 말에 대꾸하지 않았다.

1년 후에 나온 샤오쓰의 첫 화집에서 내가 첫 번째로 본 그림은 그가 진촨미술대회에서 그린 '한 번도 나타난 적 없는 풍경'이었다. 그 그림의 눈밭에는 까만 코트를 입은 단발머리 남자아이가 고개를 들고 서 있었다. 온몸이 눈밭의 순백색 사이에서 밝게 빛나고, 초점이 없는 두 눈동자에는 안개가 가득했다. 그리고 하늘의 함박눈 사이로 하얀 여자아이의 모호한 윤곽이 보였다. 그녀는 하늘에서 몸을 굽히고 있었는데, 마치 하얀 날개를 가진 천사와 같았다. 윤곽이 모호했지만 두 눈은 별처럼 또렷이 빛나고 있었다. 둘은 눈 속에서 조용히 입 맞추고 있었다.

그 순간 세상이 침묵했다. 아직 나타나지는 않았지만, 영원히 존재하는 풍경이었다.

— 1999년, 리샤

셋은 다음 날 시상식에 참석했다. 대회 참가자들과 미술계의 선배들이 회장을 메웠고 직원들이 바쁘게 사방으로 뛰어다녔다. 스피커와 마이크를 시험하고, 게스트들의 명패들을 놓느라 분주했다.

푸샤오쓰와 루즈앙, 그리고 리샤는 맨 뒤쪽에 자리를 잡았다. 앞을 보니 옌모가 있었다. 갑자기 긴장이 되었다. 참 기묘한 감정이었다. 좋아했던 화가들이 줄줄이 갑자기 눈앞에 등장하다니. 그들의 그림들이 떠올랐다. 여러 색채들이 마음에 스며들고 응고되어 하나의 다른 화면을 만들어내는 느낌이었다.

사람들은 서로 속닥거렸다. 앞에 앉은 남학생은 매우 자신감 넘치는 표정을 하고 있었다. 심사위원회가 미리 그에게 상을 주겠다고 통보해준 것 같기도 했다. 주위의 많은 사람이 부러워하는 눈빛을 보냈다.

루즈앙이 참지 못하고 푸샤오쓰에게 물었다. "너는 전화받은 거 없어?"

푸샤오쓰가 말했다. "전화번호도 안 남겼는데 전화를 어떻게 받아?"

곧 시상식이 시작되었다. 방송 설비 상태가 좋지 않은 데다 맨 뒤에 앉아 있으니 소리가 끊겨서 잘 들리지 않았다. 많은 말들이 복잡하게 끊어져 공기 안을 떠돌아다니고 있었다.

푸샤오쓰의 표정에는 그다지 긴장한 태가 나지 않았지만, 힘주어 주먹을 꽉 쥐고 있었다. 너무 힘을 줘서 손이 빨개질 정도였다. 미열도 있는 것 같았다.

"이번 대회 수준은 정말 높았습니다. 지난 대회의 수준을 넘어선 것 같습니다."

"전국에서 왔네요."

"연령대도 다양했습니다."

"형식은 다들 달랐습니다. 그렇지만 중국 젊은 세대 미술 창작의 최고 수준을 보는 것, 이 또한 조직 위원회가 기대하는 대회 목표였습니다."

......

그 와중에 한마디가 귀에 들어왔다.

"고등학교 3학년 조 1등, 푸샤오쓰."

순간, 푸샤오쓰는 세상이 새까매짐을 느꼈다. 뒤이어 빛이 어둠을 뚫고 나와 마른 대지를 비추었다. 강바닥에서 물이 새어 나와 강을 채우고, 갈대가 연안에서 싹을 틔우는 느낌이었다.

붉은 하늘로 수천만 마리의 새가 돌연히 날아올랐다.

'고등학교 3학년 조 1등, 푸샤오쓰'

샤오쓰, 네가 맨 끝줄에 앉아 있다가 일어서는데, 많은 사람이 너를 향해 부러운 시선을 던지더라. 네가 시상대에 서니까 네 온몸에서 빛이 뿜어져 나오는 거 있지. 그 순간 갑자기 좀 슬퍼지더라. 넌 이미 여전히 유치하고 평범한 우리와는 달라진 것 같아서. 너만 혼자 미래로 뛰어가는 것 같았어. 왜 그런지는 모르겠는데, 갑자기 그리스 신화의 마르스가 생각났어. 사람들을 이끌고 비극의 어둠으로 돌진한 신 말이야. 내가 이렇게 유치하게 생각한다고 비웃지는 말아줘. 나도 이렇게 기쁜 순간에 왜 이렇게 슬퍼지는지 잘 모르겠으니까. 내가 요 2년 동안 겉모습은 좀 성숙해진 것 같아도, 사실 결국 난 아직 그냥 유치한 영혼에 불과했었던 거지.

영원히 자라나지 않는, 열여섯 살 때의 여름에 머물러 있는 작은 남자아이, 유치하고 웃기는…… 바로 그게 나야.

미래의 너와 내가 어떻게 변할지는 모르겠어. 10년, 20년 후에 우리는 어떻게 되어 있을까? 아무리 생각해도 잘 알 수 없어서, 그래서 마음이 좀 아팠어.

— 1998년, 루즈앙

Chapter 6

1998년 하지

봉황화는 지고

떠다니던 구름들은,

모두 이 끝나지 않는 긴 여름 탓에 사라지고, 그곳은 황야가 되었다.

얼룩말과 영양이 무리 지어 모래 언덕으로 뛰어가고,

부초들은 수면에서 한 해에 한 차례씩 마디지어 자라난다.

모든 떠나가는 생명은 마지막에 봉황화로 새빨간 기호가 된다.

10년 후에 많고 많은 사람 사이에서 서로를 알아본다.

누군가가 했었던 말들, 떠난 사람들, 이별의 일들,

모두가 끝내 어느 날 한꺼번에 돌아온다.

예전에 걸어갔던 길,

예전에 불렀던 노래,

예전에 사랑했던 그이.

그렇지만 이제 더는 미워하지 않는다.

그 전설들은 세상을 떠돌다가, 저녁노을을 입는다.

그 자태가 마치 최고의 영웅 같다.

사람들로 하여금 비극이라는 어둠을 뚫고 나갈 수 있도록 이끄는 저 신들은,

우기가 오기 전 말라버린 강바닥에서 죽었다.

갈대는 타서 재가 되어, 파란 하늘로 흩뿌려진다.

어느새 다시 여름이 되었다. 위젠이 떠난 지 이미 반년이 지났다.

칭톈은 자주 무의식적으로 그녀를 떠올렸다. 위젠은 떠난 적이 없는 것만 같았다. 어느 날 저녁 아무렇지도 않게 그 청바지를 입고 자전거를 탄 채 예전 모습 그대로 녹나무의 그림자를 지나 자기에게 올 것만 같았다. 키가 큰 나무처럼 향내를 뿌리며 집 문 앞에 나타날 것만 같았다. 그녀는 여전히 1997년 그때의 모습이었다. 기억 속의 그 익숙한 단순하고 고집스러운 얼굴, 어떨 때는 시원하게 웃고, 어떨 때는 냉정한 그 표정. 이 착각은 거리의 광고판이나 텔레비전에서 한 번씩 현재 날짜를 알려줄 때 사라지곤 했다. 1998년 6월 O일…….

날은 뜨거웠고, 폭우가 내렸고, 말 없는 녹나무는 높이 자라났다.

긴 여름이 다시 한차례 찾아왔다.

칭톈은 위젠이 떠난 후 여전히 스타모스에서 일하고 있었다. 연주 전에 악기를 조율하는 틈이라든가, 술집이 문을 닫은 후 혼자 집에 돌아가는 길이라든가, 이른 아침 햇빛에 눈을 뜨기 힘들 때 위젠이 떠나던 그날의 광경이 떠오르곤 했다. 그때의 모든 기억이 꼭 돌에 새겨진 것처럼, 어떤 비바람에도 잘 지워지지 않을 것처럼 너무나 또렷하게 남아 있었다.

사실 위젠이 떠나던 그날, 칭톈도 기차역에 있었다. 위젠이 큰 가방을 들고 낑낑거리고 있을 때도 그는 그저 뒤에서 보고만 있을 수밖에 없었다. 그의 마음속의 고민과 슬픔이 석양 안으로 말없이 퍼져나갔다. 기차가 저 멀리 사라질 때까지 그는 기둥 뒤에 서서 바라보고 있었다. 주위에는 장사꾼들이 잡스러운 모조품이나 싸구려 간식 따위를 들고 사람들 사이를 소란스럽게 지나다녔다. 이렇게 시끄러운 와중에 칭톈은 정지된 하나의 음표가 되었다. 끝마치는 음이었다. 더는 길게 끌 수 없어 억지로 끊어내는, 다급한 마무리의 음표.

칭톈은 자기 손에 끼고 있는 반지를 만졌다. 마음이 조금 시렸다. 위젠의 반지와 한 쌍이었다. 만들어서 위젠에게 선물할 때 자신의 것도 함께 만들었던 것이다. 그렇지만 이제 그건 중요한 일이 아니었다.

후에 리샤와 그 친구들이 곁을 지나갈 때도 칭톈은 아는 척하지 않았고 기둥 뒤에 숨어 있었다. 리샤의 얼굴이 눈물범벅인 것을 보자 칭텐도 울컥했다. 그는 세 사람의 그림자가 기차역의 출구 밖으로 사라지는 것을 바라보았다. 태양도 지평선 밑으로 가라앉고 있었다.

그 순간에 추락하는 것은 지는 해뿐만이 아니었다.

그는 생각했다. 삼류 소설이나 드라마처럼 우리 스토리도 그냥 이렇게 끝나는 걸까?

위젠, 고개를 들어 하늘을 볼 때 남쪽으로 가는 새 무리를 보면 네 생각이 날 때가 있어. 예전보다는 훨씬 담담하긴 하지만 그래도 그립고 슬픈 마음이 들어. 마치 새벽 1시에 불은 켜져 있지만, 손님이 하나도 없는 그런 가게에서 물 한 병 사서 마시는 것 같아. 아마 외로워서 생긴 그런 그리움이겠지.

또 어떨 때는 네가 너희 엄마랑 꼭 닮은 것 같다는 생각도 해. 강하면서도 고집스럽게 너의 길을 가니까. 네가 떠난 날부터 나는 알고 있었어. 이번에 떠나면 우리는 다시는 만나지 못할 거라는 것을. 다시는 못 볼 거라는 절망은 당장 헤어짐의 아픔을 좀 희석시키는 것 같았어. 희망이 없으면 실망도 없으니까. 그래서 그리움은 한 해 한 해 더 약해지는 계절풍 같아. 결국 어느 해에는 나 같은 북방의 외로운 바보에게는 찾아오지 않을 것 같아.

요즘 이런 식으로 생각하면서 나 자신을 위로했어.

아니면 살아갈 날이 너무 기니까. 너무 길어서 살아갈 힘을
깨끗하게 다 먹어치워 버릴 테니까.

— 1998년, 칭톈

고3 생활이 이미 막바지에 들어서고 있었다. 모든 학생이 하루가
36시간인 것처럼 공부했다.

함수, 화학 방정식, 간접 인용, 과거완료, 허사의 어조, 역사 연대
표, 농업의 중요성. 시험에 나올 만한 것들이 모두 머릿속에서 섞여
곤죽이 되고 있었다. 작은 불에서 푹 끓여지고 있었다. 부글부글 기
포를 만들어내며.

많은 여학생이 혼자 울곤 했다. 그렇지만 울어본들 방법은 없다.
한 손으로는 눈물을 닦으면서 한 손으로는 수학 문제를 풀었다.

계속해서 발표되는 학년 성적 등수는 학생들의 마음을 아프게
했다. 어느 반의 누가 갑자기 전교 10등 안에 등장했다, 어느 반의
누가 갑자기 전교 30등 밖으로 밀려났다, 이런 것들만이 그들의 관
심사로 떠올랐다.

학생들은 계속해서 서로를 비교하고 계산했다. 마치 옷에 까실까
실한 씨앗을 잔뜩 붙인 채 은근히 느껴지는 가려움과 아픔으로 힘
들어하는 듯했다.

교실은 호랑이 연고와 커피 냄새로 가득 찼다. 이 냄새들과 창밖
의 매미 소리가 뒤섞여 오후에는 졸음이 쏟아졌다. 머리 위에는 여

전히 오래된 선풍기가 계속 돌아가고 있었다. 학교에서는 몇 번이나 새것으로 바꾸어준다고 했지만, 결국 고3 때까지도 그대로였다. 실컷 자고 싶었다. 정말 자고 싶었다. 정말 정말 자고 싶었다. 심지어 '정말 자고 싶다'라는 생각만 해도 마음이 저릴 정도였다. 책상에 엎드려서 잠깐 자다 깨어나면 얼굴에 눌린 자국이 생겼고, 옆자리 학생은 여전히 문제를 풀고 있었다.

책상에는 많은 참고서와 모의고사 시험지가 잔뜩 들어찼다. 점점 더 많아졌다. 매일매일 잉크 냄새가 코를 찌르는 시험지를 받았다. 학교가 직접 인쇄한 것이었다. 종이의 질은 최악이고 인쇄된 글자도 잘 보이지 않는 이 시험지를 교사들은 수능을 위한 좋은 약이라 했다.

복도도 조용했다. 복도에서 떠드는 학생은 아주 적었다. 고등학교 1학년과 2학년 때에는 느끼지 못했던 압박감이 마치 질감이 있는 물체로 변해서 어깨를 짓누르는 것 같았다.

햇빛이 비스듬하게 농구장을 비추었다. 여름날 특유의, 마치 해수에 씻은 듯한 투명하고 또렷한 광선이 막 폭우가 내린 후의 구름층 사이로 쏟아져 시멘트 바닥에 반사되었다. 농구 하는 사람들도 매우 적었다.

리샤는 도시락을 들고 식당에서 교실로 가는 길에 비어 있는 배드민턴 코트를 볼 때마다 멍해졌다. 고등학교 1, 2학년 때 푸샤오쓰와 루즈앙은 자주 이곳에서 배드민턴을 치곤 했다. 그때는 그들의 얼굴에 땀이 송글송글 돋아 반짝반짝 빛났다. 요즘은 루즈앙을

317

보기가 힘들었다. 그는 수업 후에 교실 밖 복도에서 푸샤오쓰를 기다릴 때를 제외하면 거의 책을 들고 고개를 숙인 채 급하게 뛰어가고 있었다. 배드민턴 코트도 버려진 공간이 되었다. 땅에 그어진 하얀 선은 이미 비에 지워져 흐릿했다. 걸려 있는 그물도 이미 너무 낡았다. 고등학교 1, 2학년 학생들은 배드민턴 치는 것을 그다지 좋아하지 않는 것처럼 보였다.

리샤도 예외는 아니었다. 스트레스가 너무 심해져 자주 눈물이 터져 나올 것 같았다. 아래 학년 여학생들이 운동장에서 짝사랑하는 남학생을 응원하고 있거나 철망 밖에서 아직 따지 않은 생수병을 들고 서 있는 걸 보면, 리샤는 마음속에 물이 가득 찬 것처럼 슬퍼지곤 했다. 그런 젊음의 활력을 흩뿌리며 진심으로 온 힘을 다해 생활하는 어린 얼굴들을 학교 구석구석에서 보고 또 보았다. 그럴 때마다 생각했다. 설마 내가 속했던 그 시절은 이미 다 지나가버린 것인가?

매일 밤 자습을 해야 했다. 전쟁을 치르는 느낌이었다.

리샤는 자주 그 긴긴 역사 문제의 답안을 오른손이 짓무를 때까지 썼다. 그러다 고개를 들어 머리 위의 백열등을 쳐다보곤 했다. 창밖에는 커다란 녹나무들이 흐릿하고 몽롱한 그림자들을 만들어내고 있었다. 동시에 짙은 향기도 뿜어내고 있었다.

푸샤오쓰가 여전히 전체 학년 문과에서 1등이었다. 루즈앙은 전체 학년 이과에서 1등이었다.

리샤는 무진 애를 써야 전교 10등 안에 겨우 들 수 있었다.

자습이 끝나는 시간은 10시 반으로 더 늦어졌다. 매일 교실에서 혼자 기숙사로 돌아가는 길에 리샤는 위젠을 생각했다. 둘이서 손을 잡고 이 길을 걸어가던 그 우정을 떠올렸다. 같이 웃고 같은 향을 공유했다. 같은 샴푸를 썼기 때문이다. 학교 식당에서는 같은 음식을 먹었다. 같은 머리띠를 샀고, 같은 색의 치마를 입었다. 같은 말버릇을 가지고, 두 사람만이 알아듣는 농담을 나누었다. 주위 사람들이 그 농담을 알아듣지 못해 멍할 때면 둘은 함께 깔깔 웃었다.

위젠, 네가 너무 보고 싶어. 너를 잃은 그 시절, 나는 모든 색을 잃어버렸던 것 같았어. 나는 마치 짝 잃은 외로운 인형 같았어. 짝 없이는 공연에 나가지도 못해서 무대 구석에 버려져 먼지만 가득 쌓인 그런 존재 말이야. 그 외로움 안에는 절망이 있었고, 절망 안에 슬픔이 있었어. 계속, 끊임없이, 너를 그리워했어.

— 1998년, 리샤

상하이에서의 시간은 한바탕의 꿈 같았다. 푸샤오쓰는 그것이 짧은 쾌락의 기억이라고 했다. 꿈에서 깨어나 내 생활을 다시 이어나

가야 했다.

상하이에서 돌아왔을 때 학생들 눈에 푸샤오쓰는 이미 '진찬미술대회'의 광채로 화려하게 빛나고 있는 것 같았다. 정작 푸샤오쓰는 전혀 신경쓰지 않았다. 그러나 이제 예전처럼 좋은 성적이나 미술 실력으로 조금씩 주목받던 상황과는 차원이 달랐다. 모두가 그를 주목하고 있었다.

"봐봐, 푸샤오쓰야."

"그렇게 크게 말하지 좀 마. 그만 좀 쳐다봐. 들키면 민망하잖아."

"당연히 봐야지. 이제 졸업할 건데, 졸업하면 못 보잖아."

"그것도 맞네. 사진보다 실물이 더 나을 줄이야."

"그러게. 화가가 저렇게 잘생기면 반칙 아니야……?"

"그런 법이 어디 있어."

……

한참 지난 후에, 루즈앙은 습관이 하나 생겼다. 푸샤오쓰가 주목받을 때 그는 조용히 엄지손가락을 치켜들고 푸샤오쓰의 어깨를 툭툭 두들기며 엄숙한 표정으로 말했다. "야, 너 떴다, 떴어."

이럴 때마다 루즈앙은 한 대 맞고 땅에 뒹굴었다.

수능이 가까워질 때쯤 푸샤오쓰의 첫 번째 화집인 《보리밭 깊은 곳의 행복》이 출판되었다. 아직 조금 유명세를 얻은 정도라 화집은 1만 부 정도 인쇄했을 뿐이었다. 그렇지만 젊은 화가들의 화집 중에서는 그래도 판매 성적이 괜찮은 축에 들었다. 또 고등학생이 화집을 낸 것 자체가 매우 드문 일이라 푸샤오쓰는 나름 흥분했다.

그는 어머니에게 화집을 보여줄 때 스스로가 자랑스러웠다. 어머니의 무릎을 베고 누워 장난꾸러기 아이처럼 손을 휘저으며 말했다. "엄마, 봐봐. 나 진짜 대단하지?"

화집이 출판된 후에 푸샤오쓰는 그의 새로운 팬들에게 편지를 받았다. 각각 다른 우편 소인이 찍힌 편지들은 중국 전역에서 낯선 공기를 품은 채 푸샤오쓰 앞에 도착했다.

그렇게 도착한 격려, 마음속의 일들, 비밀, 유치하지만 진지한 그림들, 여러 상담이 모두 이 여름에, 쏟아지는 비 안에서 천천히, 그리고 건강하게 하늘을 향해 마디지어 자라고 있었다.

푸샤오쓰는 공부하는 틈틈이 펜 끝을 깨물어가면서 답장을 썼다. 팬들에게 신나게 그림 속의 이야기를 늘어놓기도 했고, 녹나무가 가득한 첸촨일중에 관한 이야기를 하기도 했으며, 그에게 고백한 여학생에게는 열심히 공부해서 원하는 대학에 가라고 쓰기도 했다.

리샤의 감정은 점점 미묘해졌다. 많은 사람이 푸샤오쓰의 그림을 좋아하기 시작하니 리샤의 마음속에 알 수 없는 감정들이 생겨나기 시작했다. 푸샤오쓰가 예전에 그녀가 홀로 오랫동안 좋아하던 지쓰가 아닌 것 같은 생각이 들었다. 마치 지쓰가 이미 오래 전에 사라져 흔적조차 없어진 것 같았다. 그리고 눈앞의 푸샤오쓰는 점점 더 빛나기 시작했다. 그래서 리샤는 자신이 기쁜지 슬픈지도 알기 힘들어졌다.

시간이 이렇게 천천히 흘러가고 있었다. 여름이 절정에 올랐다.

풍부한 빗물이 스며들어 녹나무의 나이테를 넓혔다. 나무는 하늘을 가득 메우며 세상을 더 큰 녹색으로 물들이고 있었다.

푸샤오쓰는 자전거를 타고 양옆으로 녹나무가 있는 깨끗한 자갈길을 지나갔다. 여름의 미풍이 그가 입고 있는 하얀 셔츠를 펄럭이고, 머리카락을 조금씩 휘날렸다. 그의 머리 위에는 녹나무들이 바람에 소소하게 흔들리며 서로 가지를 부딪혔다. 학생들은 낮은 목소리로 이 남학생에 관한 이야기를 하고 있었다. 그들은 푸샤오쓰를 학교에 가면 항상 볼 수 있는 그런 학생을 이야기하듯 말했다. 그들은 그때는 미처 몰랐을 것이다. 이 남학생이 나중에 이 학교의 전설이 될 줄은. 이들이 앞으로 아주 오랫동안 그에 대한 이야기를 나누게 될 줄은 말이다.

시간은 흘렀고, 그들은 졸업했다.

리샤는 요즘 저녁이 되어서야 잠에서 깨곤 했다. 어제 밤을 새워 놀았기 때문이다. 술을 많이 마셔서 머리가 아팠다. 어제의 모든 것은 과거가 되었다. 거품이 가득했던 맥주. 한밤중 노래방의 노랫소리. 도심 공원의 차가운 새벽 공기. 이 모든 것이 시간의 한 조각으로 남았다. 순간은 빛을 잃고 표본이 되었다. 안전하게 유리병 안에 넣고, 약품을 채운다. 영원히 보관하기 위해서였다.

어제의 영어 시험은 고등학교 시절의 마지막 시험이 되었다. 그리고 영원히 끝날 것 같지 않던 그 시간이 결국 어제 그 마침표를 찍었다.

기숙사 방은 참고서, 시험지, 사전, 교재, 영어 리스닝 테이프로 엉망이었다. 리샤는 드문드문 공허한 마음이 들었다.

비록 이 힘들고 긴 고등학교 시절을 무수히 저주했지만, 지금, 모든 것이 다 과거가 되어버린 지금, 리샤는 갑자기 이 모든 것에 대한 미련을 느꼈다.

아침에 학교에 오는 길에 리샤와 루즈앙은 대학 진학에 대해 이야기했다. 푸샤오쓰는 일부러 더 앞질러 가고 있었다. 둘의 이야기를 듣고 싶지 않았기 때문이었다. 샤오쓰의 뒷모습을 보는 루즈앙의 얼굴에 미묘한 슬픔이 서렸다.

"즈앙아, 너 어떻게 이렇게 갑자기…… 일본에 가려고 해?"

"뭐 그렇게 갑자기는 아냐……. 생각한 지는 되게 오래됐어. 다만 너희들한테 말을 안 했을 뿐이야."

"어?"

"아마…… 엄마…… 돌아가시던 그날부터였던 것 같아. 이런 생각하게 된 게……. 내가 왜 샤오쓰랑 같이 문과에 안 가고 이과로 간 줄 알아? 엄마는 항상 내가 회계사가 되길 원하셨거든. 그런데 예전에 내가 어지간히 엄마 말을 안 들었잖아. 말썽 부리고, 맨날 놀러 다니고, 학교에서 사고 치고. 그런데 엄마가 떠난 날부터 매일매일 그게 너무 후회되는 거야. 계실 때 잘할 걸 그런 생각이 들어서. 계속 너무 후회돼…….”

“그래서…….”

“응, 그래서 제일 좋은 대학의 제일 좋은 경제학과에서 공부하기로 했어. 아빠가 상하이재경대학 총장님하고 아시거든. 그 총장님이 아빠한테 학교에 중일 학생 교류반이 있다고 말씀하셨어. 그 반에 들어가면 바로 일본 와세다대학에서 공부할 수 있다고. 그래서 일본으로 가기로 한 거야.”

“샤오쓰한테는 얘기한 적 있어?”

“아니……, 오늘 얘기해보려고…….”

“그러면 일본에 가는 이유도 말해준 적 없어?”

“이제 말해야지. 나도 외국 떠날 때 내 제일 친한 친구가 나를 미워하게 하고 싶진 않아. 나랑 샤오쓰 어렸을 때 같은 초등학교, 같은 중학교, 같은 고등학교, 그리고 같은 대학교 가기로 약속했었거든. 그래서 나도 중학교, 고등학교 내내 좋은 성적 유지하려고 애많이 썼어. 샤오쓰가 좋은 학교 가는데 내가 못 쫓아갈까 봐 겁났었거든. 샤오쓰가 엄청 뛰어나다는 거 알고 있었으니까. 지금 생각해보면 그 약속, 맹세 어긴 건…… 나야…….”

공기 안에 슬픔이 가득했다. 녹나무 가지 사이로 그 슬픔이 짙게 퍼져나갔다. “나야…….” 이 마지막 말이 아침의 햇살에 끊어져 흔적도 없이 사라져버렸다.

그렇지만 마음 깊은 곳에서 그 흔적이 파열되는 소리를 누구나 들을 수 있었다. 마치 대지진을 겪은 후 갈라진 지면과도 같았다. 수많은 골짜기들이 생겨났다.

혼자서 앞질러 걷고 있는 푸샤오쓰를 보니 루즈앙은 마음이 아팠다. 그의 외로운 그림자가 바람결에 더 옅어졌다. 루즈앙은 갑자기 자신이 떠나면 그가 계속 저렇게 외롭게 살 것 같다는 생각이 들었다. 혼자 밥 먹고, 혼자 여행하고, 혼자 등교하고, 혼자 필기를 베끼고, 혼자 자전거를 타고 큰 캠퍼스를 돌아다닐 것 같았다. 도서관의 그 높은 계단도 혼자 뛰어오르고, 매일 혼자 울고, 혼자 웃고, 혼자 깊은 잠에 빠지겠지. 어릴 때부터 지금까지 친구라고는 루즈앙 한 명뿐이었으니까. 하얀 도화지 같은 단순한 생활이었다. 그런데 내가 떠나면 그의 세상은 어떤 충격을 받을까? 가벼운 바람이 지나간 것처럼 아프지도 가렵지도 않을까? 아니면 쓰나미나 지진, 전대미문의 빙하가 닥칠까?

알 수 없었다. 눈가에 물기가 송글송글 맺혔다. 그러나 누구도 그것을 보진 못했다.

그리고 앞서가던 푸샤오쓰의 미간이 찌푸려지며 발 옆으로 눈물이 툭툭 떨어지는 것도, 누구도 보지 못했다.

그저 머리 위의 녹나무만이 모든 비밀을 알고 있었다. 그러나 나무는 비밀을 지켰다. 그저 몇 년이 지난 이후에야 예전에 사라진 여름과 여름 사이에 있었던 마지막 전설을 전하기 시작했을 뿐이다.

와세다대학은 입학이 더 일러서 루즈앙은 7월이 막 지난 후 첸 찬을 떠나야 했다.

핑예공항은 여전했다. 적당하게 붐비고, 적당히 소란스럽고, 하늘의 모습까지 전과 똑같았다. 다만 하늘은 겨울보다 더 새파랬고, 높고 큰 녹나무의 가지와 잎은 무성하게 자라났다. 마치 녹색의 바다 같은 핑예공항에서 지나다니는 사람들은 꼭 심해에서 헤엄치는 물고기 같았다. 모두 조용히, 안정된 걸음을 옮겼다.

그런데 대체 달라진 건 무얼까?

이별이었다. 함께 자라온 친구는 이 순간 이후로 다른 나라에서 생활할 것이다. 머리 위의 하늘은 이제 더는 같은 하늘이 아니게 된다. 손목시계의 시침과 분침의 위치도 달라질 테다. 보고 싶을 때 속으로 '나는 네가 정말 보고 싶다'라고 되뇌는 것이 유일하게 할 수 있는 일이겠지.

공항으로 오는 길에 푸샤오쓰는 거의 말을 하지 않았다. 루즈앙이 몇 차례 그에게 말을 걸어보려 했으나 쉽지 않았다. 푸샤오쓰의 무표정한 얼굴과 초점 없는 뿌연 눈동자가 더 말문을 막히게 했다. 그래서 그저 여권을 뒤적이거나 입학에 필요한 수속을 살펴보거나 운전하고 있는 아버지나 옆자리에 앉은 아주머니와 일상적인 대화만을 조금 나누었다.

모두 별 의미 없는 행동이었다. 푸샤오쓰의 침묵은 무언가 실체가 있는 존재처럼 자동차 안에서 점점 부풀어 올랐고, 루즈앙은 숨이 막혀왔다. 마치 바다 깊은 곳에 갇혀 오랜 시간 호흡하지 못하고 있는 것 같았다. 얼른 수면 위로 올라가 숨 쉬고 싶었다.

항공권이 나왔다. 홍콩에서 비행기를 갈아타고 일본으로 가는 노선이었다.

푸샤오쓰는 루즈앙이 바빠도 당황하지 않고 일을 잘 처리하는 것을 보자 마음이 서글펐다. '루즈앙은 정말 다 커버렸구나. 예전의 그 철부지 같던 해맑고 덩치 큰 남자애는 없구나.' 눈앞에 있는 루즈앙의 뒷모습이 익숙하면서도, 일순간 낯설게 느껴졌다.

루즈앙의 쭉 뻗은 몸의 또렷한 윤곽이 보였다. 비스듬하게 내리쬐는 햇빛에 제법 길어진 루즈앙의 검은 머리카락이 반딧불이처럼 반짝거렸다. 그는 기다리면서 왼쪽 발로 탁탁 소리를 내며 지면을 건드리는 습관이 있다. 손은 호주머니에 넣는 것을 좋아한다. 다른 사람들과 부딪히면 고개를 살짝 끄덕여 미안하다는 표시를 한다. 이러한 습관들은 마치 인생이라는 은하수 속에 펼쳐져 있는 항성들과 같아서 자주 모습을 드러내곤 한다. 그렇지만 이런 것들은 곧 다시 보기 어려워질 것이다.

루즈앙은 크고 작은 짐들을 보안 검색대에 올렸다. 푸샤오쓰의 마음속에 반년 전의 화면이 뒤섞인다. 리샤, 푸샤오쓰 그리고 루즈앙이 함께 상하이에 갔을 때. 시간은 이미 지나버린 것을 알지만, 그래도 아직 루즈앙과 함께 창가에 서서 상하이에서는 보기 힘든 눈 오는 광경을 바라보던 그때에 머물러 있는 것 같다. 그렇지만 눈 깜짝할 사이에 꿈은 거센 바람에 찢어지고, 풍선이 조각조각 찢어져 하늘로 날아가는 것 같다. 어렸을 적부터 자신과 밧줄로 단단히 묶인 것처럼 함께 자라온 친구가 떠나다니. 푸샤오쓰는 운명의 손바닥은 제멋대로 뒤집어질 수 있다는 사실을 인정하지 않을 수 없었다. 우리는 바꿀 수 없는 운명에 패배할 수밖에 없다. 그것도 철저하게 패배할 수밖에 없다. 피범벅이 된다. 피범벅이 된다.

"샤오쓰, 나 간다."

"응, 조심하고."

'냉정한 어조였다. 공항 유리 지붕으로 들어온 햇빛 사이로 말이 흩어지니 더 차갑게 들렸다.'

"일본 도착하면 매일 이메일 쓸게. 너도 꼭 답장 써."

"응, 알았어."

'할 말이 없었던 것이 아니었다. 할 말이 너무 많았다. 단지 눈물이 나올 것 같아서 두려웠을 뿐이다.'

"들어보니까 일본은 건물들이 엄청 빽빽하게 서 있다더라. 그래서 지평선이 안 보일 정도래. 뭐라더라, 지평선을 못 보고 사는 사람들이 방황하거나 외로운 경우가 많대. 들으니까 엄청 겁나는 거 있지?"

"그만 징징거려. 토 나와. 너 시 낭송 대회라도 나가냐?"

'사실 그 말은 일본의 어떤 소설가의 말이었다. 그 책을 너에게 보여준 게 나였는데 잊었구나? 그 구절에서 말이야, 사람이 지평선을 바라볼 수 없는 곳에 살면, 사람이 너무나 많은데도 친구가 하나

도 없다는 생각 때문에 더욱 더 외로움을 느낀다고 했어.'

"아니야……. 진짜라니까. 널 떠나면 정말 외로울 거야."

"그래?"

'너도 외로움이라는 걸 알긴 아냐?'

"샤오쓰…… 너 나 미워할 거야?"

"아마도."

그 순간, 루즈앙은 푸샤오쓰의 확신에 찬 얼굴을 봤다. 그는 슬퍼하며 생각했다. 결국 화가 났구나. 예전에는 그가 아무리 까불어도, 수업을 땡땡이쳐도, 싸움이 붙어도, 여자애들한테 치근덕거려도 푸샤오쓰가 진짜 화가 났었던 적은 없었다. 째려보거나 자상하게 "나가 죽어"라고 말하는 정도였다. 그렇지만 지금, 루즈앙은 이렇게 차갑고 투명한 벽을 사이에 두고 마주 보는 느낌이 푸샤오쓰와 싸우는 것보다 더 힘들었다. 못 견디게 힘들었다.

"맹세를, 약속을 어긴 건 나지……. 나야……."

"나야."

보안 검색대로 들어서던 순간 루즈앙은 고개를 돌려 푸샤오쓰를 보았다. 그렇지만 푸샤오쓰가 한 말은 "잘 가"라는 한마디뿐이었다. 이 순간 루즈앙은 세상이 암흑으로 변하는 느낌이었다. 그리고 냉기가 순식간에 내려왔다. 서리가, 빙하가, 알지 못하는 세계가 무너져내렸다.

"잘 있어." 인사하면서 루즈앙이 미소 지었다. 순간적으로 세상에서 제일 따뜻한 햇빛이 반짝여 어두운 세상을 비추는 느낌이었다. 푸샤오쓰는 그 순간, 마음이 한없이 시렸다. 그렇지만 겉으로는 아무렇지도 않은 척했다.

비행기가 이륙했다. 푸샤오쓰는 은백색의 기체가 하늘을 향해 떠오르는 것을 지켜봤다. 그는 저 기체 안에 어렸을 적부터 가장 친한 친구가 타고 있다는 것을 알고 있었다. 금속 기계 괴물이 그를 저 멀리 다른 나라로 데려다줄 것이다. 산 넘어 물 건너서.

비행기의 거대한 굉음이 하늘에서 직접 내려치는 것처럼 머릿속에도 울려 퍼졌다. 두 눈에 눈물이 흘렀다.

그에겐 아직 하지 못한 말이 있었다. '나 너 안 미워해. 다만 서운할 뿐이야. 다시 올 거지? 여기 어렸을 적부터 같이 놀던 하나뿐인 친구가 있다는 사실, 기억해. 나를 보러 올 거지?'

루즈앙의 자리는 비행기의 날개 쪽이었다. 그래서 이륙할 때부터 계속된 이명이 있었다. 창문 밖을 내다보니 하얀 구름과 광활한 파란 하늘이 있었다. 눈을 감으니 끝없는 호수가 보인다. 그 눈에 담은 호수가 9천 미터 상공까지 솟아오른다.

샤오쓰, 비행기의 창문에서 내려다보면서 생각했어. 진짜 내가 이 발밑의 도시와 이별하는 건가? 눈 감고도 찾을 수 있는 길, 아무렇게나 페달을 밟던 자전거, 나와 함께 자란 커다란 제우스, 그리고 너와 작별하는 거구나. 그때 갑자기 내 발밑에

지진이 일어나는 것만 같았어. 도시 전체가 급박하게 무너져 내리는 것 같더라. 나는 무서워. 나는 정말 무서워. 지평선을 보지 못하는 곳에서 외로워하며 지는 해를 바라보게 될까 봐. 인생은, 네가 열여섯 살 생일 때 말한 것처럼, 이해는 안 되지만 너무 감격해서 울어버리는 그런 엉망진창인 영화 같은 걸까?

굉음 사이에서 나는 갑자기 네가 내 열여덟 살 생일 때 불러 준 생일 노래가 생각났어. 내가 케이크를 자르던 때에 너는 마지막 구절을 불렀지. "생일 축하합니다." 그때 너는 여전히 멍한 표정이었고, 눈에는 초점이 없었어. 그런데도 촛불에 비친 네 얼굴은 정말 예뻐 보였어.

네가 말했지. 이제 정말 성인이 되었네. 이제 더 강해져야지.

나는 다 기억하고 있어. 그리고 영원히 기억할 거야.

너도 나 계속 기억해줄 거지?

— 1998년, 루즈앙

푸샤오쓰는 집에 돌아와 침대에 누웠다. 머릿속에는 루즈앙이 고개를 숙이고 깊은 숨을 들이마시며 "샤오쓰, 너를 떠나면 나는 진짜 외로울 거야"라고 말하던 장면이 반복해서 재생되었다.

침대에 누워 보는 천장이 하늘만큼 멀게 느껴진다. 푸샤오쓰는 천장에서 계속 먼지가 떨어져, 가느다란 하얀 먼지가 얼굴 위로, 속

눈썹 위로, 몸 위로, 발 위로 내려앉아 조금씩 자신이 묻히고 있다는 느낌이 들었다.

세 살 때 그와 함께 같은 유치원에 들어갔다. 자신은 3년 내내 상으로 '붉은 꽃'을 받았지만 그는 그저 장난꾸러기였다. 자주 벌을 받던 개구쟁이는 사탕 빼앗는 것을 좋아하고, 여자아이들의 얼굴을 꼬집는 것을 좋아했다.

일곱 살 때는 같이 초등학교에 갔다. 자신은 6년 내내 반장이었고, 성적은 전교 1등이었다. 그 시절 루즈앙은 이제 자기는 다 컸다며 어른의 시늉을 하면서 온종일 구슬치기와 카드놀이에 빠져 있었다. 그런 그에게 푸샤오쓰는 말했다. "공부를 열심히 하지 않으면 같은 중학교에 다닐 수 없어. 나는 성적이 좋으니까 분명 좋은 학교에 들어갈 거고 넌 그 학교에는 못 들어오는 거지." 그러자 그는 와하고 울음을 터뜨리며 손에 든 유리구슬을 바닥에 던져버렸다.

열세 살 때 그와 함께 첸찬일중의 중학교에 들어갔다. 루즈앙은 그때 죽도록 공부해서 겨우 점수를 합격선에 걸칠 수 있었다. 곧이어 푸샤오쓰를 따라 그림을 그리기 시작했고, 비록 수업 시간에 필기를 제대로 하진 못했지만 푸샤오쓰의 노트를 빌려 진지하게 다시 한번 정리했다. 루즈앙이 학교의 높이뛰기 팀에도 들어가자 많은 여학생이 그를 몰래 좋아했다. 그렇지만 그는 유치원 때 붙인 여자아이들을 놀리는 버릇을 버리진 못했다.

열여섯 살 때, 둘은 함께 첸찬일중의 고등학교에 들어갔다. 학과 성적도 예술 성적도 둘이 비슷했다. 고등학교 2학년 때 루즈앙이 이과를 선택했다. 그때부터 루즈앙은 이과에서 1등을 하기 시작했다. 그리고 졸업할 때 일본 유학을 선택했다.

창밖을 바라보았다. 비록 눈물이 시선을 가렸지만 보이긴 보였다. 여름방학이 다시 다가오고 있었다. 온 세상에 초록색이 넘쳐났다. 녹나무들이 도시의 구석구석을 채웠지만 녹나무를 보던 두 사람은 한 사람이 되었다. 한 사람은 떠났고, 한 사람만 남아 여전히 쳐다보고 있다.

열아홉 살의 여름은 조용히 방점을 찍었다.

손에 든 중앙미술학원의 합격 통지서에서 금색 광채가 흘러나왔다. 저녁 해가 금색 글자에 반사되어 한 글자 한 글자 빛이 났다.

리샤는 집에서 합격 통지를 기다리면서 푸샤오쓰와 같은 학교에 지원하는 것이 맞는 일인지 계속 생각했었다. 하여튼 푸샤오쓰는 미술 특기생이었고, 중앙미술학원에는 예술 전공생들이 지원하는 경우가 많은데, 리샤는 미술 실기 시험에서 푸샤오쓰보다 불리한 것이 사실이었다. 그런데 이제는 더 걱정할 필요가 없었다.

리샤는 푸샤오쓰에게 전화로 알렸다. 그의 목소리에서 그가 신나 있음을 느낄 수 있었다. 통화 중에 개 짖는 소리가 들려 리샤가 물었다. "너희 집 개 키워?"

"아니, 루즈앙네 제우스야. 내가 잠깐 데리고 있어." 목소리가 조금 가라앉았다. 갑자기 루즈앙이 떠났다는 사실이 생각나서 힘든 것 같았다. 그렇지만 푸샤오쓰는 금방 밝은 목소리로 말했다. "축하해. 진짜 기쁘다. 너랑 같은 대학 가게 돼서."

황혼이 내려앉는 시간에 리샤는 학교의 정문 앞에 서 있다. 수업을 마친 고등학교 2학년 학생들이 밖으로 몰려나오고 있다. 방해가 될 것 같아서 비켜 나온 리샤는 학교 화단에 앉았다.

학생들이 점점 줄어들었다. 리샤도 몸을 일으켜 교실 쪽으로 갔다. 3학년 7반 교실이 텅 빈 것을 보니 서운했다. 여름방학이 지나면서 상실감이 더 커졌다.

오랫동안 사용하지 않았으니 먼지가 많이 쌓였을 것이다. 리샤는 창으로 안쪽을 들여다보았다. 책상과 의자, 그리고 칠판에는 언제 썼는지 알 수 없는 글자들이 적혀 있었다. 수능 전 마지막 수업의 내용은 이미 생각나지 않았다. 칠판 지우개와 각각 다른 크기의 분필들이 가만히 놓여 있다. 강단에는 삼각자 하나, 컴퍼스 하나가 있었고 강단 아래에는 탁자와 의자가 아무렇게나 흩어져 있다.

이 여름이 끝나면 고등학교 2학년 7반 학생들이 이곳으로 옮겨 올 것이다. 그러면 우리 반 학생들의 이곳에서의 생활이 전부 흔적도 없이 사라지는 걸까?

리샤는 여름에 들은, 후배들이 저지른 미친 짓 이야기가 생각났다. 푸샤오쓰가 책상에 연습장과 책을 놓고 갔는데 그게 모두 없어져버린 것이다. 그의 손에 닿은 책상 위의 낙서들에 여학생들이 매니큐어를 발라놓아 오랫동안 지워지지 않게 되었다. 심지어 교실 뒤에 붙어 있던 푸샤오쓰의 모범 답안도 서로 가지겠다고 하는 통에 다 찢어져버렸다. 이야기를 전화로 들었을 당시에 리샤는 웃었지만, 지금은 말할 수 없이 시린 느낌이 천천히, 천천히, 마음속에서 솟구쳐 올라왔다.

나는, 푸샤오쓰의 것은 아무것도 가지지 못했다.

보고 있자니 피곤해져, 리샤는 교실을 떠났다.

정말 모든 것이 끝이 날 것이다. 리샤는 학교를 떠날 때 돌아보았다. 3년을 생활한 곳이다. 마지막의 황혼이 더욱더 슬프게 느껴졌다.

이곳에서 푸샤오쓰를 처음으로 만났고, 그의 옷을 망쳤고, 그의 뿌연 안개 같은 눈동자를 보았다.

루즈앙의 미소를 처음 보았고, 그의 장난스러운 털모자의 장식도 처음 보았다.

여기는 푸샤오쓰와 루즈앙이 자주 갔던 매점이고, 안에는 푸샤오쓰가 제일 좋아하던 콜라와 루즈앙이 제일 좋아하던 비스킷이 있다.

여기는 리샤가 제일 좋아하던 크고 높은 녹나무가 저마다 향기 있는 나무 그늘을 펼치던 곳이다.

여기는 푸샤오쓰와 루즈앙이 함께 배드민턴을 치던 곳이다.

여기는 농구장이다. 비오는 날에도 남학생들이 농구 연습을 하곤 했다. 비가 오면 옷이 몸에 달라붙어 젊은 남자의 골격이 분명하게 드러나곤 했다.

여기는 넝쿨이 영원히 계속 자랄 것 같은 화실이다. 사방에 석고상이 널려 있고, 학생들이 미처 챙기지 못한 이젤이 있다. 벽에는 소묘 작품들이 걸려 있다.

여기는 부드러운 푸른 잔디가 자라던 언덕이다. 여기서 운 적이 있다.

이곳은 남학생과 여학생이 분리되지 않았던 이상한 기숙사다.

여기는 위젠이 타 넘었던 철문이다.

이곳의 봉황화는 리샤가 졸업하는 이 여름에 결국 찬란하게 꽃을 피웠다. 꽃은 선명한 빨간색으로 교정을 물들이더니 결국은 모두 떨어져 흩어졌다.

이곳은 3년 전의 어리고 유치한 자신처럼 매년 모든 새로운 학생들이 눈을 크게 뜨고 들어오던 곳이다. 또한, 매년 모든 사람이 형용하기 힘든 마음으로 떠나는 곳. 마지막으로 돌아보니 눈물이 흘렀다.

해가 진다. 그 문이 영원히 닫힌다. 청춘과 세속 사이의 그 문이 열아홉 살의 여름에 요란스럽게 닫힌다.

Chapter 7

2002년 하지

고백

시인들이 산속에 벗어놓은 장화는, 일출 전 이슬에 흠뻑 젖었다.

오고 가는 세월 속에, 탁본되지 않았던 글이 드러난다.

아침 햇살에 보이지 않던 앞길이 반복적으로 나타난다.

누운 몸에서는 사계절 꽃이 피고, 몸 전체는 녹아내려 산천 하류가 된다.

네가 몇 년 전에 걸었던 그 길은, 지금은 슬픔으로 가득 찬 호수가 되었다.

네가 몇 년 전에 올랐던 고원은, 지금은 지각의 깊은 곳에 잠들었다.

그런 시간의 이야기가 모두 책의 몇 쪽 몇 장과 몇 절에 접혀 들어가 있다.

세월은 아직 끝나지 않았는데, 여름은 이미 끝이 났다.

꽃을 심던 사람들은 꽃을 보는 사람이 되었고,

꽃을 보던 사람들은 꽃을 묻는 사람이 되었다.

그때의 황야는 오아시스가 되었고, 이 또한 사람들을 한없이 기쁘게 했다.

네가 슬프거나 행복해야

암흑의 골짜기에서 밝은 빛이 다시 난다.

그리고 그 조용한 비밀의 숲이 천만 년 동안 낙엽이 내려 층층이 덮인다.

낙엽 아래 빛이 나는 진주가 있다.

바로 네가 오래전 실명한 두 눈이다.

린셰즈는 중국에서 제일 뛰어난 토크쇼 진행자이자 제작자다. 현재 프로그램 세 개를 진행하는데 작년 시청률 1, 2, 3위를 모두 휩쓸 만큼 영향력이 컸다.

그는 게스트 자료를 손에 쥔 채 낮은 목소리로 읽는다. 푸샤오쓰. 2001년, 2002년 연속 중국 스뉘야 유명인 재산 랭킹 최연소 후보자, 2001년과 2002년 출판계의 신화, 2001년에는 두 번째 화집 《천국》으로 그해 베스트셀러 1위에 올랐고, 2002년에는 세 번째 화집인《꽃이 타오르는 나라》가 출판되자마자 엄청난 반응을 일으켜 몇 개월 동안 판매 랭킹 1위를 차지하면서 각종 미술 신인 대상을 휩쓸었다.

그가 읽은 자료의 내용은 놀라웠다.

린셰즈는 자신이 3년 전에 푸샤오쓰라는 애송이와 인터뷰했던 일을 어렴풋이 기억하고 있었다. 그 당시 일러스트 작가와 만화가

들이 한꺼번에 등장해서 화제가 되었지만 그들은 생각보다 특별하지 않아서 요 2년 사이 거의 다 잊혔다. 푸샤오쓰는 그 당시 그중에서도 가장 눈길을 끌지 않는 신예였다. 그렇지만 지금은 전 중국의 인기를 휩쓸고 있었다. 그는 하늘 높은 줄 모르고 치솟는 화집 판매량 덕분에 그보다 열 배는 더 나이 많은 화가들의 코를 납작하게 누르며 승승장구하고 있었다. 현재, 그와 스케줄을 잡는 건 너무 어려운 일이었다. 약속을 잡으려고 해도 두 달 넘게 기다려야 했다. 이름이 리샤라고 했던가, 비서인 여자가 그렇게 말했다. 린셰즈는 푸샤오쓰와 다른 게스트를 한 프로그램에 함께 출연시킬 수 없다고 생각했다. 특이한 점이 너무나 많았기 때문이다.

그런데, 도대체 왜?

그가 무대 뒤로 갔을 때 리샤가 푸샤오쓰의 메이크업과 헤어스타일을 다듬고 있었다.

'남자는 그래도 좀 잘생겨야 한다. 다른 사람들 앞에 나설 때 사방으로 광채를 흩뿌릴 필요가 있다. 적어도 젊은 남자들은 그래야 한다. 마흔 다섯 먹은 중년 남자처럼 양복을 입고 남한테 돈 빌릴 때의 표정이나 지어서는 안 된다'라는 것이 리샤의 생각이었다.

리샤는 푸샤오쓰의 메이크업을 손봐줄 때면 항상 마음이 편안해졌다. 자신이 사랑하는 사람을 다른 사람보다 멋져 보이게 만들어주는 것은 기쁜 일이었기 때문이다. 그리고 푸샤오쓰는 매번 따뜻하게 리샤를 보며 웃어주었다. 그녀가 편하게 일할 수 있도록.

린셰즈는 문 옆에 기대어 서서, 메이크업을 하면서 낮은 목소리로 리샤와 대화하고 있는 푸샤오쓰를 보며 생각했다. '이 친구가 대체 무슨 매력이 있는 걸까?' 그런데 이 말이 실제로 입 밖으로 튀어나와버렸다. 푸샤오쓰는 이 말을 듣고 고개를 돌려 가볍게 웃어주었다. 성숙한 미소였다. 조심스러우면서도 존중하는 뜻을 지닌.

린셰즈는 생각했다. 정말 내성적이다. 3년 전과 하나도 다르지 않았다. 그러나 녹화가 끝난 후에 린셰즈는 자신이 얼마나 말도 안 되는 생각을 했는지 깨닫게 되었다.

푸샤오쓰는 카메라와 기자의 질문 앞에 숨던, 상처받은 표정을 하던 3년 전의 그 푸샤오쓰가 아니었다. 카메라를 보고 또박또박 이야기를 이어나가는 푸샤오쓰를 보며, 린셰즈는 이제 그가 정말 범상치 않다는 생각이 들었다.

세 대의 카메라 중 두 대는 고정되어 있었고, 한 대는 아래에서 움직이고 있었다. 조명 때문에 온몸에 열이 오를 정도로 뜨거웠다. 기계가 움직이면서 웅웅 소리를 냈다. 마치 여름 오후에 낮잠을 잘 때 모기가 달려드는 소리와 같았다. 이렇게 생각하니 리샤는 당장 모기에 물려 살갗이 부풀어 오르는 것 같은 느낌이었다. 등이 가렵기 시작했다. 아마도 너무 더워 땀을 흘렸기 때문일 것이다. 푸샤오쓰를 보니 아직은 괜찮다. 그의 얼굴에는 땀이 흐르지 않는다. 만약에 땀을 많이 흘리면 가서 메이크업을 수정해줘야 한다. 흰 셔츠는 단추 두 개를 풀어 쇄골이 또렷하게 드러났다. 푸샤오쓰는 남자치고는 드물게 슬림한 몸매였는데, 나이가 들면서 섹시함이 살짝 더해졌다. 접어 올린 소매에서 깔끔하고 날카로운 느낌이 풍겨 나왔다. 소파에 비스듬히 기대어 앉은 모습이 적당히 편안해 보였다. 사실 누구에게든 조명 아래에서 구워지는 것은 참기 힘든 일이다. 마치 오븐에 들어간 음식 같달까. 보이지 않는 적외선이 점점 덥게 느껴졌다. 그러나 푸샤오쓰는 과연 천상 연예인이었다. 고등학교 때처럼, 아무렇지 않은 듯 앉아 있었는데 다른 사람들보다 멋스러웠다. 신기한 동물이었다.

미소는 달콤했으며 말은 따뜻했다.

방송에 나온 푸샤오쓰를 본 사람들의 평가였다.

푸샤오쓰의 말 없는 모습은 아마도 리샤 혼자만 봤을 것이다. 리샤는 차가운 바닥에 앉아 머리를 벽에 기대고 무수히 많은 조명을 받고 있는 푸샤오쓰를 보았다. 그는 친절한 미소와 밝은 눈과 또렷한 동공과 따뜻한 눈빛을 드러낸다.

이건 아니야.

이건 아니야.

그럼 어떤?

대체 어떤 것이 진짜 푸샤오쓰인 걸까? 리샤도 잘 알지 못했다.

매일 황혼이 내릴 때면 말이 없어지는, 바람이 불 때면 옥상에서 저 멀리 동쪽을 바라보는, 눈이 내릴 때면 혼자 조용한 길거리를 찾아 눈사람을 만들어놓는, 화판 앞에서 밤을 새워 색을 만들어놓고도 한 획도 긋지 못하는 그런 소년이 진짜 푸샤오쓰일까?

아니면 카메라 앞에서의 달콤한 미소를 짓고, 매번 스케줄을 소화하는 현장 혹은 프로그램의 무대 뒤에서 모든 사람에게 친절하게 인사하는, 사인회 때도 모든 사람에게 웃어주는, 모든 사람의 요구를 들어주는, 기자들 앞에서 노련하게 인터뷰에 응하는, 어떨 때는 글이나 작품으로 모든 사람의 슬픔이나 힘든 일을 잊게 해주는, 열이 펄펄 끓어도 화면 앞에서 세상을 한순간에 행복하게 만드는 미소를 짓곤 하는 그 남자가 진짜 푸샤오쓰인가?

잘 모르겠다.

푸샤오쓰는 프로그램을 녹화할 때 쳐다봐야 하는 카메라의 위치가 변할 때마다 한 번씩 리샤 쪽을 살폈다. 리샤는 바닥에 앉아 머리를 벽에 기댄 채 두 손으로 무릎을 그러안고 있었다. 고개를 숙이고 앞머리로 이마를 가리고 있어 잘 보이지는 않지만 눈을 감고 있는 듯했다.

힘들 것이다. 아마 졸고 있겠지. 푸샤오쓰는 마음이 좀 아팠다. 휴식 시간에 푸샤오쓰가 와서 고개를 숙이고 낮은 목소리로 물었다. "피곤하지?"

그 말투는 부드러운 바람처럼 따뜻해서 청각에 파동을 일으켰다.

"안 피곤해. 녹화는 잘 되고 있는 거지?"

"응, 괜찮아. 아마 곧 끝날 거야. 이게 오늘 마지막 스케줄이지?"

"맞아."

"히히." 그는 가볍게 웃기 시작했다.

리샤는 고개를 갸우뚱하며 아이처럼 웃는 화가를 본다. 마음속에 자막이 한 줄 뜬다. '신기한 종자.'

녹화를 마치고 나니 이미 6시가 넘었다. 초저녁이었다. 회사 차가 스튜디오 정문 앞에 섰다. 차에 탄 푸샤오쓰와 리샤는 린셰즈에게 손을 흔들며 인사를 했다.

검정색 BMW가 빠른 속도로 도로에 합류했다. 차폭등이 길고 희미한 빛을 만들어냈다. 린셰즈는 사라진 차의 그림자를 보았다. 마음속에서 자그마한 한숨이 나왔다.

시간은 정말 이렇게 쉽게 한 사람을 변하게 할 수 있는 건가?

차의 뒷자리는 넓고 편했다. 리샤가 뒷자리에 둔 두터운 호피무늬 방석은 푹신푹신해서 앉으면 잠이 왔다. 푸샤오쓰는 이 방석을 보고 깜짝 놀랐었다. 뒷자리로 호랑이 한 마리가 들어온 줄 알았다고 했다. 후에 그는 리샤에게 한마디 했다. 너는 전생에 산적 두목의 부인이었던 것이라고 말이다. 호피 의자에 다리를 꼬고 앉아 위세를 과시하는 그런 사나운 여자였을 거라며 놀렸다.

푸샤오쓰가 리샤의 손을 잡았다. 남자의 체온은 여자보다 0.5도 정도 더 높다. 실제로 알아채기는 어렵지만, 어쨌든 과학적인 사실이다. 리샤는 머리를 그의 어깨 쪽에 기댄다. 마침 얼굴을 파묻을 곳이 있다. 면 옷의 질감과 옅은 향수 내음이 느껴진다.

"무슨 향수야?"

"네가 저번에 사준 거."

"응? 그 냄새 아닌 거 같은데."

더 가까이 다가가 얼굴을 목 쪽에 가져다 댄다. 눈앞에 쇄골이 보이고, 자신이 선물해준 그 풀 내음 향수의 향기가 난다. 남자 특유의, 아침 해 같이 강렬하고 또렷한 내음도 좀 섞여 있다. 마치 거문고 현의 소리가 공기 중에서 쟁쟁거리는 소리를 내는 것 같다. 너무 친밀한 행동인가? 이렇게 생각하니 얼굴이 달아오르기 시작했다. 상대방의 목의 근육도 온도가 변한 것 같다.

결국, 목이 좀 움직이고, 그가 작은 목소리로 말했다.

"응, 저기⋯⋯"

"응?"

"⋯⋯좀, 일어나 봐⋯⋯. 네가 그러고 숨 쉬니까 간질간질해." 그의 얼굴이 빨개졌다. 마치 지는 해의 심원한 따뜻함 같다. 느린 어조였다.

리샤가 고개를 들었다. 표정 없는 옆얼굴이다. 그 얼굴은 마치 정교한 선물 같고, 아름다운 것이 꼭 환상 같다.

"저기⋯⋯"

"응?" 그는 고개를 리샤 쪽으로 좀 숙였으나 여전히 얼굴을 돌리진 않고 앞 좌석의 뒤를 보고 있다. 쳇, 거기에 뭐 볼 게 있다고.

"아니야. 그냥 내 화장 기술이 점점 더 좋아지는 것 같다고. 너처럼 못생긴 애를 이렇게 멋지게 만들어주니까 말이야. 어려운 일이야."

"그래, 내가 좀 그렇지." 부드러운 미소였다. 눈은 안개의 신처럼 혼돈으로 가득 차 있었고, 그 달콤함은 다 자란 용이라도 익사시키기에 충분할 것 같았다.

'어디가 못생겼어…….' 그냥 재미 삼아 한 말장난일 뿐이었다. 리샤의 마음은 분명했다. 푸샤오쓰의 미간의 움직임은 미세하게 변했다. 나이를 먹으면서 남자의 성숙함과 섹시함이 더해졌다.

스물세 살의 젊은 남자 중에서 그가 아마도 제일 멋있는 종자일 것이다.

리샤는 몸을 일으켜 똑바로 앉은 후, 다시 푸샤오쓰 어깨에 제대로 기댔다. 눈을 감았다. 많은 생각이 개미 떼처럼 질서정연하게 심장에서 머리로 천천히 기어 올라갔다. 매우 천천히…… 기어 올라갔다.

창밖에는 짙은 봄이 바다의 식물처럼 농밀한 녹색으로 베이징 전체를 물들였다.

리샤는 자주 생각했다. 다른 사람들 눈에 자신도 '신기한 종자' 안에 들어갈 것이다. 다른 조건은 말할 것도 없고 '푸샤오쓰의 여자 친구'라는 것만으로도 사람들은 신기하게 볼 것이다. 확실히 말도 안 되는 일이었다. 처음 만났을 때부터 이미 자신의 짝사랑은 시작되고 있었다.

고등학교 1학년, 버스 창문으로 처음 자전거를 타고 가던 그 남자아이를 보았다. 그는 마치 자신의 세계에 깊게 빠진 것처럼, 주위는 모두 소리 없는 배경이 되었다. 이후에 그를 만나고, 알게 되고, 그에게 익숙해지고, 서로 간섭하게 되고, 같은 대학에 진학했다. 짝사랑이 이 모든 과정에 함께 있었다. 태양 볕이 일정한 온도로 계속 내리쬐는 것 같았다. 여름이든, 겨울이든 그는 항상 곁에서 떨어지지 않았다. 어떨 때는 구름이 잔뜩 낀 듯한 느낌을 받을 때도 있었으나, 눈을 감으면 태양이 옆에 있음을 느낄 수 있었다.

리샤는 이러한 감정들이 짝사랑인 채로 영원할 줄 알았다. 혼자만 멍청히 그를 바라보고, 슬며시 그의 생활에 등장해, 조용히 대화를 나누고, 가볍게 웃고, 그러다 결국은 소리 없이 떠나게 될 것이라고 생각했다. 이것들은 모두 당연한 일이었다. 리샤의 이러한 짝사랑은 상상 안에서만 계속되었다. 만약 푸샤오쓰에게 여자친구가 생긴다고 해도 남몰래 대성통곡을 할지언정 계속 그를 좋아했을 것이다. 그는 결혼하는 날 부인이 될 여자에게 예쁜 반지를 끼워줄 테고, 리샤는 집에 와서 또 대성통곡을 할 것이다. 그러고선 죽어버리라고 그 여자를 저주할 것이다. 그렇지만 아마 그래도 계속 그를 좋아했을 것이다. 죽는 그날까지.

이런 감정이 일단 생기자 사라지지 않았다.

모든 것은 푸샤오쓰의 말 한마디에 좌지우지되었다.

그의 목소리는 거의 들리지 않을 정도로 작았지만 리샤에게는 천둥처럼 또렷이 들렸다.

대학교 1학년이 끝나가던 여름이었다. 소묘 기초 수업에서 석

고상처럼 굳어진 교수의 얼굴을 보며, 고등학교에서부터 되풀이
되는 지루한 강의를 들으며, 리샤는 수업에 흥미를 잃던 참이었다.
바깥의 매미 소리와 하얀 하늘빛을 보면서 '세상은 여전히 이렇게
한 바퀴 한 바퀴 똑같이 도는 것처럼 재미가 없구나' 하는 생각을
했다.

"정말 재미없다!" 철망 밖으로 푸샤오쓰가 달리고 있는 것이 보
이자 리샤가 크게 소리 질렀다.

"웬 성질을 그렇게 부려." 푸샤오쓰가 땀을 흘리며 리샤 쪽으로
뛰어왔다. "왜 기숙사 안 갔어?"

짧은 하얀색 티셔츠는 이미 땀에 흠뻑 젖어 있었다. 목에 두른 하
얀 수건도 흠뻑 젖은 모양이었다. 땀 냄새가 강렬하게 훅 끼쳤다.
그런데 이상하게도 미묘한 민트 향기도 함께 느껴졌다.

"냄새 나, 너."

"지가 와서 맡아놓고서는." 목에 두른 수건으로 머리의 땀을 한
번 더 닦고서는 푸샤오쓰가 흘겨보며 말했다. "누굴 탓해."

리샤는 여전히 그 초점 없는 눈동자가 좋았다. 고등학교 때부터
봐왔으니 새로울 건 없었다. 한번은 푸샤오쓰에게 나중에 여자한테
고백할 때 '어딜 흘겨보고 그래'라는 말을 안 들으려면 백내장처럼
눈 뜨는 버릇을 고쳐야 한다고 비웃기도 했다.

"야, 샤오쓰." 리샤가 몸을 돌리며 푸샤오쓰를 불렀다. "토요일에
나랑 근처에 있는 그 도시에 가서 놀자."

"흠, 다른 애랑 가면 안 되는 거야?" 그는 미간을 찌푸렸다. 고민
이 좀 되는 모양이었다.

"아무나랑 갈 수 있는 게 아니잖아!" 이마에서 힘줄이 튀어나왔
다. 한 방 먹이고 싶었다.

"니네 여자애들은 다들 잘들 지내지 않냐?" 푸샤오쓰가 뒷머리
를 만졌다. "진짜 귀찮네……."

거절하는 눈치였고, 리샤도 그냥 한번 던져본 말이었다. 날짜를
따져보니 주말에 놀러가기 쉽지 않을 것 같았고 생리도 시작될 것
같았다. 그래서 이틀 후에는 완전히 잊었다.

그렇지만 이런 약속은 푸샤오쓰에겐 쉽게 잊히는 법이 없었다.
정확하게 3일 뒤, 그는 도서관에서 지도를 빌렸고, 주변에 가볼 만
한 곳이 있는지 살폈고, 버스 노선도 미리 확인해두고, 금요일엔 슈
퍼에 가서 간식거리까지 사다 놓았다. 줄곧 콜라를 마시던 그는 대
학에 와서는 녹차를 마시기 시작했다. 남자들 사이에 도는 "콜라가
남자한테 안 좋대" 같은 소리 때문이 아니라, 그냥 녹차에 호기심
이 생겼기 때문이다. 이런 준비는 별것 아닌 것 같지만 막상 하려면
시간이 꽤 들어가는 일이었다. 그나마 다행은 루즈앙이 떠난 후에
이런 일이 좀 쉬워졌다는 것이다.

루즈앙이 떠난 후 푸샤오쓰는 이왕 나를 도와줄 사람이 없어졌
으니, 스스로 하는 방법을 익혀야겠다고 생각하게 되었다. 이런 식
으로 푸샤오쓰는 천천히 루즈앙처럼 누군가를 잘 보살피는 사람이

되어가고 있었던 것이다.

그래서 토요일, 푸샤오쓰는 두 꾸러미의 짐을 싸서 리샤의 기숙사 앞에서 아침부터 기다렸다. 웃기는 상황이 벌어졌다. 푸샤오쓰는 잠옷을 입고 영문을 모르겠다는 표정을 하고 있는 리샤를 보고 무표정하게 말했다. "와, 나 사람 팰 것 같아."

리샤는 푸샤오쓰의 우상인 소닉처럼 재빠르게 준비해서 3분 안에 모든 걸 끝마치고 그를 끌고 밖으로 나왔다. 푸샤오쓰의 표정을 보니 정말 리샤를 땅바닥에 놓고 밟고 싶은 것 같았다. 리샤는 한숨을 내쉬었다.

학교 후문에서 멀지 않은 곳에서 버스를 탔다. 냉방이 잘 되어 시원했지만, 리샤는 버스를 타자 바로 불편함을 느꼈다. 생리가 시작된 걸 말하기 부끄러워 그냥 버텼다. 버스에서 흔들리며 점점 컨디션이 나빠졌지만, 푸샤오쓰가 진지하게 지도를 보는 모습에 그냥 돌아가자는 말이 나오지 않았다.

오후에는 계곡을 지나갔다. 농장 옆을 흐르는 계곡이었다. 물은 바닥이 보일 정도로 맑았다. 가느다란 수초와 물고기도 보였다. 푸샤오쓰는 맨발로 얕은 물에서 조약돌을 밟으며 왔다 갔다 하며, 리샤에게도 해보라고 했다.

리샤는 물을 보니 괜시리 신경질이 나 손사래를 치며 말했다.

"됐어, 됐어. 너나 놀아."

푸샤오쓰는 더 권하지 않고, 혼자 물을 따라 왔다 갔다 하며 고개를 숙이고 물고기를 구경했다.

리샤는 물에 비친 푸샤오쓰를 보니 어느덧 마음이 안정되었다. 마치 거대한 스펀지가 모든 소음을 흡수해버린 것 같았다.

돌아올 때는 이미 해가 진 상태였다. 푸샤오쓰는 차에서 말없이 고개를 숙이고 있었다. 어두워서 표정이 보이지 않았다.

'피곤한가 보다.'

학교 기숙사로 돌아오는 길에 푸샤오쓰가 갑자기 물었다.

"재미없었어? 오늘?"

그의 슬픈 목소리가 리샤를 깜짝 놀라게 했다. 돌아보니 푸샤오쓰의 잔뜩 실망한 얼굴이 보였다.

"아. 오해야, 오해. 나 재밌게 놀았어. 그냥…… 그거 때문에 조금……."

말하기 힘들었다. 민망했다.

"그거?" 잘 모르겠다는 표정이었다.

남자들은 눈치라고는 없구나.

"생리!" 리샤는 이를 꽉 깨물고 솔직하게 말했다. 망했다. 인생 뭐 있나. "오늘이 둘째 날이라……"

"……아, 그러면 얼른 가서 쉬어……. 얼른 낫고." 그는 순식간에 얼굴이 빨개졌다. 원숭이 같은 모양새였다. "안녕." 그는 인사를 하고는 재빨리 달아났다.

리샤는 잠시 멍하니 서 있다가, 돌아서며 갑자기 웃음이 터졌다. 그리고 기숙사 방으로 들어와 세 여자를 마주하고 웃기 시작했다. 침대를 두들겨가며 계속 웃었다.

"얼른 나으래…… 하하…… 웃겨 죽겠네! 살려줘……."

너무 즐거우면 슬픔도 찾아오는 법이다.

사실 그날 전후 며칠 동안 몸이 시원치 않았다. 그런 상황에서 바람을 쐬어 그런 건지, 바이러스에 감염되어 그랬는지는 몰라도 다음 날부터 리샤는 열이 나기 시작했다. 하루 종일 잠을 자고 일어났을 때는 월요일 아침이었는데 리샤는 아직 일요일 아침인 줄 알았다. 본인이 꼬박 하루 동안 잠이 든 줄도 몰랐다. 열이 40도 넘게 올라갔다. 일어났을 때도 여전히 머리가 어지러웠다. 눈을 뜬지 30분이 지난 후에야 천천히 푸샤오쓰 얼굴이 보이기 시작했다.

"샤오쓰, 너야?"

"응, 이제 괜찮을 거야. 좀 더 자."

리샤는 누워서 푸샤오쓰가 기숙사 방문 옆에서 물을 따르는 것을 보았다. 하얀 셔츠의 주름이 희미한 빛을 뿜었다.

푸샤오쓰의 뒷모습을 보니 리샤는 알 수 없이 슬퍼졌다. 열 때문인지는 몰라도 갑자기 눈물이 났다. 얼굴이 젖은 것을 알고 리샤는 깜짝 놀랐다. 어느 감기약 광고에서 "열, 재채기, 콧물, 그리고 눈물을 치료합니다"라고 했을 때 맨끝의 말은 오버라고 생각했는데 열이 나서 눈물도 나는 일이 자기 몸에서 일어날 줄이야.

푸샤오쓰가 침대 옆 의자에 앉아 있다가 조용한 목소리로 말했다. "괜찮아. 울기는……." 꾸짖는 것 같았지만 따뜻한 말투였다. 마치 어린아이의 울음을 달래는 것 같았다.

후에 해가 졌는지, 미풍이 불었는지는 중요하지 않았다. 창밖의 농구공을 튀기는 소리도 더는 들리지 않았다. 점점 어두워지는 빛도, 여름이 얼마나 지났는지도 모두 중요하지 않게 되었다.

모든 것이 그 말 한마디에 의미를 잃었다.

푸샤오쓰는 바닥에 앉아, 등을 침대 가장자리에 기대고는 머리를 뒤로 젖혔다. 리샤의 손 바로 옆이었다. 손을 뻗으면 닿을 정도였다.

"저기……"

"응?"

"내 여자친구 할래? 내가 돌봐줄 수 있게…… 너랑 같이 지내보게 해줘."

너무나도 많은 맹세를 들었다. 너무나 많은 사랑의 고백을 들었다. 너무나 많은 귀에 익은 약속들을 들었다. 모골이 송연하게 아름다운 행복에 대한 묘사도 들었다. 하지만 그 모든 것은 환상이었다. "너랑 같이 지내보게 해줘." 이 말 앞에 모두 무기력해졌다.

간단한 말이었다. 담담한 어투였다. 말꼬리에 약간의 떨림이 있었고 그 떨림은 황혼의 공기 안에서 흩어졌다.

그렇지만 오랫동안 함께 햇볕을 쬐고, 무서운 눈보라를 겪은 후에 나온, 아주 조심스러운 한마디였다. "너랑 같이 지내보게 해줘."

고민을 너무 진지하게, 길게 하다 보니 결국 그 말은 산처럼 무거워졌다.

창밖에는 여름 바람에 흔들리는 푸른 나무가 있었다. 녹나무의 가지와 잎은 보이지 않았다. 그렇지만 지금도 녹나무의 그늘이 모든 세월과 그 세월을 오가는 구름을 덮고 있다.

여름은 전설의 계절이다.

기억 속에서 헤매다 보니 차가 이미 회사에 도착해 있었다.

고개를 돌려 푸샤오쓰의 잠든 옆얼굴을 본다. 리샤는 그의 얼굴을 오랫동안 바라보았다. 네온사인과 가로등의 불빛이 그의 피부를 비추며 옮겨 다닌다. 꼭 물이 그의 얼굴을 덮은 것 같았다. 깊게 잠든 모습에서 오히려 생동감이 느껴졌다. 보고 있자니 갑자기 눈물이 났다. 눈물이 손에 닿아 뜨거운 온도가 느껴졌다.

샤오쓰, 내가 지금처럼 가까이에서 너를 볼 때면 '그래, 이게 샤오쓰였지'라고 의식하게 돼. 많은 여자가 좋아했던 푸샤오쓰. 나는 결국 내 주변의 많은 여자애들이 나를 질투하는 이

유를 알게 되었어. 이 순간 나 또한 너를 좋아하는 그 단순한 여자애 중 한 명에 불과하다는 것을 깨달았거든. 나는 이 순간 심지어 나 자신을 좀 질투했어. 너와 함께 한없이 가벼운 마음으로 놀러 다니던 그 돌아오지 않을 어린 시절을 질투하고, 너와 함께 햇볕 아래에서 카메라 셔터 누르던 고등학교 시절을 가볍게 묘사하는 나를 질투하고, 아무 때나 너의 멍한 모습이나 조용히 잠자는 모습을 볼 수 있는 나를 질투하고, 너와 화실에서 큰비를 구경하던, 눈 내리는 소리를 듣던 나를 질투해. 너 그거 알아? 이 순간 나는 정말 기뻐. 심지어 마음 깊은 곳이 아릴 정도로 말이야.

— 2002년, 리샤

사무실로 돌아오니 이미 8시였다. 회사에는 야근을 하는 사람들이 드문드문 오고 갔다. 그들은 푸샤오쓰와 리샤를 보면 인사를 건네고 둘은 야근왕이라며 친근하게 농담했다.

'리퉁촨메이'. 이 기획사는 전국적으로 유명한 회사로 가수, 사회자, 작가, 화가, 배우, 감독 등의 문화산업 전반의 인재들을 보유하고 있었다. 유명 매니저들도 많았다.

푸샤오쓰가 《천국》을 2001년에 출판했을 때 리퉁촨메이는 푸샤오쓰를 영입하고, 그가 독립사무실 '위'를 설립하고 단독으로 운영

355

할 수 있게 해주었다.

1년 반쯤 지나 위 사무실은 다수의 젊은 화가들을 영입하고 양성했다. 또한 시리즈 화집 《위》도 발간했다. 이 시리즈는 미술 출판계의 기적이 되었다.

이 모든 영광의 배후에는 대체 무엇이 있는가?

매일 밤늦도록 켜져 있는 사무실의 백열등이 있다.

매일 대량으로 소비되는 씁쓸한 커피가 있다.

보드라운 수천 장의 도화지가 있다.

빨간 눈과 피로한 얼굴들이 있다.

낮에는 대외 스케줄을 소화하고, 밤에 그림 작업을 했다. 학교의 과제는 겨우겨우 완성했다. 24시간 동안 끊임없이 무언가를 했다. 리샤는 옆에서 지켜보는 것만으로도 피로를 느꼈다. 한 사람에게 어떻게 저렇게 많은 에너지가 있는 걸까? 자주, 푸샤오쓰는 피곤해하지 않는데도 리샤만 피곤해하곤 했다. 그는 울지 않는데도 리샤가 그를 대신해 울어주고 싶었다.

컴퓨터 돌아가는 소리가 들렸다. 리샤도 정신을 차렸다. 푸샤오쓰가 이미 옷을 갈아입고 있었다. 파스텔 톤 파란색의 헐렁한 티셔츠와 광목 소재의 베이지색 바지가 편해 보였다. 두 다리를 헐렁하게 감싼 바지의 주름 사이로 언뜻언뜻 음영이 만들어졌다.

그는 미간을 찌푸린 채로 블랙커피를 큰 컵으로 한 잔 마셨다. 곧 손뼉을 치고 기지개를 켜며 말했다. "시작한다!"

과연 소닉이다.

"아, 너 먼저 가서 자." 그가 갑자기 무언가 생각났다는 듯이 리샤에게 말했다. "오늘 밤에는 이거 두 장만 그리면 끝나. 들어가서 쉬어."

리샤의 침실은 사무실 옆에 있었다. 푸샤오쓰의 침실은 사무실의 다른 한쪽에 있었다.

일이 바빠지면서 리샤와 푸샤오쓰는 그냥 사무실에서 살기 시작했다. 다행히 사무실에는 세 개의 방이 있었고, 제일 큰 방은 회의실로, 다른 두 방은 각각 푸샤오쓰와 리샤의 임시 주거 공간으로 활용할 수 있게 회사가 배려해주었다.

리샤는 방문을 닫고 침대에 누웠다. 멍하니 천장을 올려다보았다. 생각은 아직 차에서 생각하던 것들에 머물러 있었다. 대학 시절의 기억은 고등학교 때보다 더 모호하고 오래되어 흐릿한 느낌이었다. 겨우 대학교 4학년일 뿐인데, 그 기억은 아주 오래된 듯해서 다시 처음부터 되짚어봐야 할 것만 같았다. 수업을 들으러 갈 필요는 없었으나 인턴 기간이고 졸업도 하지 않았으니 아직 뻔뻔하게 스스로가 대학생이라고 말할 수 있었다. 아직 대학생인데 대학 시절을 추억한다는 게…… 아, 좀 너무하긴 했다.

바깥에 있는 방에서 작은 소리가 들렸다. 자세히 들어보니 에어컨을 옮기는 소리였다. 또 컴퓨터의 팬도 요란스럽게 돌아갔다. 그리고 중간중간 푸샤오쓰의 기침 소리도 들렸다.

일이 너무 바빠서 푸샤오쓰와 리샤 둘 다 새해 연휴에 집에 돌아가지 못했다.

섣달그믐날 밤, 광장에는 불꽃놀이가 한창이었다. 둘은 함께 가서 구경했다. 돌아오는 길엔 추워서 얼어 죽을 지경이었다. 그렇지만 푸샤오쓰가 눈을 가늘게 뜨고 빙그레 웃자 리샤는 갑자기 온 세상이 따뜻하게 느껴졌다. 택시가 잡히지 않아 걷다가 결국 지하철을 탔다. 지하철 안에는 사람이 엄청나게 많았다. 캔 속에 캐비어가 우글우글 들어찬 느낌이었다. 리샤는 푸샤오쓰의 큰 외투 속에 쏙 들어가 있어 주위가 어떤지 알 수 없었다. 그저 푸샤오쓰가 참지 못하고 깊게 호흡하는 소리만이 들릴 뿐이었다. 웃음이 났다. 보통 푸샤오쓰는 화내기 전에 그렇게 깊게 호흡하곤 했다. 낯선 사람들이 저도 모르게 와서 부딪히니 참기 힘든 것이었다. 그렇지만 또 대놓고 짜증을 낼 수도 없을 것이다.

리샤는 눈을 감고, 그를 꼭 끌어안았다. 그의 털옷에 얼굴이 묻힐 정도였다.

작업실로 돌아오니 이미 12시였다. 창문 밖으로 고개를 내미니 곳곳에서 밤하늘을 물들이는 불꽃들이 보였다. 푸샤오쓰가 뒤에서 재촉했다. "얼른 문 닫아! 추워 죽겠어!"

리샤가 돌아봤더니 그는 이미 큰 퍼즐을 들고 서 있었다. 그는 어릴 때부터 좋아하던 퍼즐 맞추기를 여전히 즐겨 했다. 복잡한 퍼즐

일수록 더 좋아했다. 리샤는 푸샤오쓰가 진지하게 퍼즐의 작은 조각들을 연구하는 모습을 보니 마음이 조금씩 뛰었다.

"저기……" 물어도 되는 건지.

"응?" 푸샤오쓰가 퍼즐을 내려놓고 리샤를 쳐다봤다.

"샤오쓰, 왜 나랑 사귀자고 했어? 아니, 내 말은…… 그렇게 많은 여자가 널 좋아했는데…… 굳이 나 같은 평범한 애랑 왜?"

"걔네가 좋아했던 건 진짜 내가 아니거든." 바닥에 앉아 있던 푸샤오쓰는 두 다리를 앞으로 쭉 뻗고, 깍지 낀 두 손으로 뒷머리를 감싸 쥐고 벽에 기대었다. 마치 어린아이가 투정부리는 듯한 표정이었다. "걔네가 좋아하는 건 걔네 상상 속의 그 사람이야. 종이 위의 푸샤오쓰 말이야. 걔네가 좋아하는 건 옷도 잘 입고, 머리도 정성스럽게 만지고, 그리고 부드럽게 웃는 나라고. 근데 실제로 내가 그래? 나는 다크 써클을 눈에 달고 밤을 밥 먹듯이 새우고, 성질도 드럽고, 다른 사람한테 웃어주는 것도 별로 안 좋아해. 그리고 이런 퍼즐 맞추기나 좋아하는 덜떨어진 놈이라고……. 하여튼 그다지 호감형은 아니잖아? 그런데 리샤 너는 내 본모습을 알잖아. 그래도 나랑 같이 있어주잖아. 엄청 다행인 거지."

리샤는 다 듣고 쓰러질 뻔했다. 인기 절정인 그가 아무도 자길 좋아하지 않을 거라고 생각하다니.

애초에 이런 사람 입에서 이런 말이 나온다는 것 자체가 웃기는 일이다. 그렇지만 마음 깊은 곳에서는 그래도 부드러운 무언가가 천천히 깨어났다. 기억 속의 조용한 강과, 강의 수면 위에 있던 낙엽들이 물길에 따라 움직이던 장면들이.

리샤는 다시 창가에 서서 번화한 바깥을 보았다. 폭죽 터지는 소리가 들렸다. 깊은 밤이라 그런지 더 큰 진동이 느껴졌다. 차들이 지나가는 소리가 들렸다. 창밖의 나뭇가지들이 흔들리는 소리가 들렸다. 이웃의 텔레비전에서 나는 소리도 들렸다. 아직 얼지 않은 강물이 흐르는 소리도 들렸다. 이러한 소리들 안에서 따뜻하고 낮은 소리 하나가 귓가에서 들렸다. "리샤야, 키스해줘."

일어나니 아침 7시였다. 회사 사람들은 아직 출근하지 않았다. 건물 전체가 유난히 조용했다. 리샤는 베개를 든 채 작업실로 갔다. 여전히 책상 앞에 있는 푸샤오쓰가 보였다. 아예 잠을 안 잤는지 머리는 마구 헝클어져 있고 눈은 토끼처럼 빨갛다. 문을 여는 소리를 들은 푸샤오쓰가 리샤를 보고 말했다. "굿 모닝." 그러고 나서 부드럽게 웃었다. 그렇지만 장님이라도 그의 얼굴에 성성한 피로를 알아차릴 정도였다.

"굿 모닝." 리샤도 말한 후에 조금은 마음을 아프게 하는 초췌한 얼굴의 푸샤오쓰를 보았다. 어젯밤 꿈이 생각났다. 그의 두 손이 자신의 허리에 닿고, 양팔의 힘이 느껴졌다. 그리고 따뜻한 스웨터가 주는 보송보송한 질감과, 머리카락의 풋내, 볼의 온도, 턱에서 느껴지는 꺼슬꺼슬한 수염, 그리고 얇은 입술, 그리고 여자와는 다른 남자 특유의 깨끗한 내음. 모든 흩어진 부분이 엉망이 된 퍼즐처럼 널려 있었다. 그 퍼즐들이 제자리를 찾아가자 섣달 그믐날 밤 창가 앞에서 자신과 키스하는 푸샤오쓰로 변한다.

"리샤, 키스해줘."

여기까지 생각하니 미친 듯이 얼굴이 달아올랐다. 마음속에 서로 상관없는 화면이 마구 떠올랐다. 버섯구름 모양의 폭발, 그리고 아프리카 군상들의 대탈주. 순간 민망해서 죽을 것 같았다. 심지어 컴퓨터 앞에서 그림을 그리고 있는 저 남자를 보기도 힘들었다. 목구멍 안이 불편해 침을 삼키다가 결국 "컥" 소리를 냈다.

푸샤오쓰가 고개를 돌려 토마토처럼 빨개진 리샤의 얼굴을 쳐다보았다. 흥미롭다는 표정으로 아래위로 훑어보고는 눈을 가늘게 뜨고 낄낄 웃으며 물었다. "왜, 나쁜 꿈이라도 꿨어?"

"너 죽을래?!" 리샤가 베개를 들어 던졌다. 어색함이 공기 안에 둥둥 떠다녔다. 공기가 갑자기 투명하고 제멋대로인 채로 물결치는 것이 보였다. "뭐 하러 루즈앙 화법을 배워서 그렇게 똑같이 말하고 그래?"

푸샤오쓰가 베개를 치우고 조용히 미소 지었다. 그렇지만 그 미소는 점점 사라졌다. 그의 표정은 차츰차츰 바뀌어 결국 슬픈 얼굴로 변했다. 그는 베개를 가슴팍에 끌어안고 두 다리를 의자 위로 올려 무릎을 감싸 안았다. 그리고 고개를 무릎 사이에 묻었다. 이 동작은 천천히 이루어졌다. 자연스럽게 편집된 것처럼. 그러다 창밖을 바라보는 무표정한 얼굴만 남았다.

"내가 뭘……"

무수히 많은 날카로운 검이 일순간 지면에 꽂히듯, 햇빛이 먹구름들 사이로 쏟아졌다.

"그 자식한테 배웠다고 그래……."

새들이 급하게 하늘로 날아갔다. 한 줄 한 줄 투명한 흔적이 높은 푸른 하늘에 걸렸다.

"……말하는 거."

서둘러 봄이 왔다. 따뜻함과 희망을 함께 데리고 오는 것을 잊은 채로.

———————————————

루즈앙, 도쿄의 벚꽃은 이미 활짝 피었겠지?

높은 빌딩을 보면 꼭대기에 올라가보고 싶곤 해. 엄청 유치하게 말이지, 높은 곳에 올라가면 저 멀리 동쪽을 볼 수 있지 않을까 해서. 저번 달에 상하이 동방명주에 갔었거든? 제일 높은 층에 올라갔더니 유리창에 도쿄타워까지의 거리 몇 미터, 이렇게 써 있더라. 정확한 거리는 기억이 안 나. 그때, 마음이 약간 쓰렸거든. 그러고 나서는 눈동자 초점이 잠깐 흐려졌어. 나는 네가 유난히 그립지는 않아. 이렇게 오래 떨어져 있는데도 말이야.

내가 편지에 쓰는 걸 깜빡 잊었는데, 예전의 그 제멋대로 굴면서 말하기 싫어하던 어린애는 이미 다 자란 젊은 남자가 되었어. 이건 모두 네가 떠난 이후의 일이야. 이런 변화는 모두

362

엄청 천천히 이루어졌어. 너는 아무것도 모르겠지. 너는 상하이의 장마랑 베이징의 황사 바람을 내가 얼마나 싫어하는지도 전혀 모르겠지?

그리고 또 너는 내가 얼마나 첸촨을 덮고 있던 그 무성한 녹나무들을 그리워하는지도 모를 거야. 너는 이미 그 초록빛의 수수한 풀들을 잊었을는지도 모르지. 천국의 안개 같은 벚꽃들의 화려함 앞에는 모든 식물이 쉽게 빛을 잃으니까 말이야. 저번에 네가 보내준 사진에서 너도 그 벚꽃 나무 아래에서 신나게 웃고 있더라? 나는 갑자기 예전에 우리가 읽었던 책에서 읽었던 한 구절이 생각나더라. '바람이 분다. 바람이 분다. 봄빛은 여름보다 훨씬 아름답다.'

너도 나처럼 어느 날 길거리에서 익숙한 뒷모습이 보이면, 4년 전까지만 해도 종일 붙어 다니던 그 얄미운 놈이 생각날까?

— 2002년, 푸샤오쓰

Chapter 8

2002년 하지

마르스의 노래

그렇게 서둘러 다시 돌아온 여름은, 날아가는 새들의 이동을 망쳐버렸다.

세상은 한순간 끝도 없는 암흑으로 변했고,

전쟁은 각지에서 다시 한번 들끓었다.

하늘에는 얼굴 없는 많은 신이, 손을 모으고 장송곡을 부르기 시작했다.

그 구름의 깊은 곳에서 분주하게 뛰어다니던 천둥소리는

온 하늘의 불로 떨어졌다.

그저 남은 것은 처음의 그 목동, 그는 여전히 숲의 깊은 곳에 조용히 서서

언덕에서 그 피리를 들고 황혼을 길게 불었다.

우리는 깊은 밤에 울거나 웃거나, 일어나거나 앉거나,

또렷하거나 눈이 멀었거나.

그 운명의 실들은 차갑고 하얀 빛을 내뿜는다.

그 실의 끝은 아무리 멀리 내다 보아도 보이지 않는데,

누가 그 불쌍한 꼭두각시인가.

그리고 너는, 온몸 가득 밝은 봄빛을 띠고 새롭게 나타나,

천 개의 여름을 흩뿌리고,

천 송이의 꽃, 천 개의 호수, 천 개의 긴 갈대가 가득한 늪에서

용서의 노래를 부르기 시작한다.

그리고, 그리고 세계는 다시 태초의 편안했던 모습으로 돌아간다.

꽃과 풀은 또 사계절을 윤회한다.

태양은 다시 떠오르고, 또다시 지기 시작한다.

기억하는 자는 없다.

누가 목사이고, 누가 시편을 노래했던 자인가.

어느새 여름이 되었다. 낮은 계속 길어졌고, 밤은 계속 짧아졌다. 리샤는 긴 여름이 다시 시작되었음을 알았다. 이상하게 사계절 중에 여름은 항상 제일 길게 느껴졌다. 마치 모든 시간이 느리게 가고 있는 것 같았다. 여름은 창틀을 따라, 길을 따라, 호수를 따라 느리게, 천천히 서성거리고 있었다.

프린터가 소리를 내며 지금 막 도착한 문서를 토해낸다. 리샤가 한 장 한 장 넘겨본다. 푸샤오쓰의 한 달 일정표로 22개의 스케줄이 잡혀 있다. 매일 한 개 이상의 스케줄은 있다고 보면 된다. 두 번째 장을 넘기던 리샤는 화판 앞에 있는 푸샤오쓰에게 웃으며 말했다. "너 다음 주에 치치랑 같이 하는 스케줄 있다. 시상식이야. 치치가 '올해 최고 여자 신인상' 받는대."

"아, 그래?" 푸샤오쓰가 고개를 들고 보기 드문 미소를 내보인다. "잘됐네. 그때 모이자. 걔 너무 스타라서 약속 잡기도 힘들잖아. 만난 지 엄청 오래된 거 같아. 나는 시상하러 가는 거지?"

"응, 마침 딱 네가 치치 시상 맡았어." 리샤가 고개를 끄덕이며, 계속 문서를 프린트했다.

푸샤오쓰뿐만 아니라 리샤도 오랫동안 청치치를 보지 못했다. 리샤는 자기 주변 한 사람 한 사람이 다 대단한 인물들이라는 생각을 했다. 청치치가 학교 다닐 때 노래 부르기를 좋아했고, 같이 노래방에서 놀 때 마이크를 놓지 않으려 하긴 했지만 정말 중국에서 제일 유명한 신인 가수가 될 줄 누가 알았겠는가. 상하이미술학원의 중국화를 전공하던 여자아이가 지금 최고 인기곡을 부르는 가수가 되다니. 확실히, 자주, 운명은 사람을 놀래키는 것 같다.

사실 청치치 본인도 정말 가수가 될 줄은 몰랐다. 대학 다닐 때 우연찮게 노래 경연에 나갔다가 음반 회사의 매니저가 그녀를 점찍었고, 생각지도 못하게 오디션에 참가했다. 그러다가 어영부영 계약을 했고, 계약한 지 1년 만에 지금 중국에서 제일 유명한 가수 청치치가 되어버린 것이다.

리샤는 때로 다른 사람들과 친구에 관한 이야기를 나눌 때면 자랑스럽기까지 했다. 친구들이 모두 중국에서 알아주는 유명인들이었으니 말이다. 그렇지만 매번 푸샤오쓰나 청치치에 관한 이야기를 하다 보면 마음속에서 자연스럽게 한 사람의 이름이 떠올랐다. 그 이름은 까만색으로 깜빡이다가 조용히 심벽에 붙어 심장과 함께 뛰곤 했다. 드문드문 미세한 아픔도 느껴졌다.

위젠.

고등학교 3학년 시절 동안, 위젠은 리샤에게 단 두 통의 편지를 보냈다. 편지에는 베이징에서 어떻게 생활하는지만 간략하게 적었다. 애써 숨기고 있었지만, 리샤는 편지를 읽으면서 위젠이 베이징 생활을 힘겨워하고 있음을 느끼고 있었다.

그리고 리샤에게도 고등학교 3학년 시절은 묵직한 회색 솜이 가슴을 짓누르는 것 같은, 혈관을 묵직하게 눌러 피가 통하지 않는, 그래서 절망적인 그런 감정을 애써 감추고 살던 때였다.

고3 시절의 막바지에 리샤는 매일 가방에 위젠의 편지를 넣어 다녔다. 힘들 때, 시험을 망쳤을 때, 뒤처지고 있다고 선생에게 꾸중을 들었을 때, 깊은 밤에 알 수 없이 눈물이 날 때, 거울에서 초췌한 자신의 모습을 볼 때, 1학년, 2학년 학생들이 주말이라고 놀러 나가지만 자신은 그저 누런 시험지 사이에 갇혀 그것만을 뒤적여야 할 때, 스탠드조차도 길고 긴 밤을 비춰주지 못할 때, 리샤는 위젠의 편지를 꺼내 읽었다. 열 번, 스무 번, 서른 번도 넘게 보았다. 심지어 이렇게 계속 읽다 보니 읽을 때마다 새로운 내용이 나타나는 착각이 들기도 했다. 하얀 편지지의 까만 잉크 글자가 너무나 또렷해 리샤는 위젠의 그 예쁜 필체를 보고 있노라면 위젠이 곁에 있는 것 같았다. 계속 함께 있는 것만 같았다. 계속 자신의 뒤에서, 특이한 스타일의 옷을 입고, 귀걸이를 하고, 그 특유의 자존감 충만한 눈빛을 하고서는 앉아 있을 것만 같았다. 한 마리의 영원히 화려한 제비꼬리나비처럼.

일부러 외운 것도 아닌데 그 편지는 리샤의 마음속에 깊게 새겨져, 영화가 끝난 후에 올라오는 자막처럼 한 줄 한 줄 다 기억할 수 있었다. 기억 속에 가장 또렷하게 남은 부분은 위젠이 보낸 두 번째 편지에 있었다.

리샤, 나는 자주 그때 첸촨을, 그리고 칭텐을 떠났던 것이 과연 옳은 선택이었는지 생각해. 생각을 하다 보면 무서울 때도 있어. 미래는 너무 먼 곳에 있는 것 같아. 두 눈을 부릅떠봐도 잘 보이지 않아. 그냥 첸촨에 돌아가버릴까 하는 생각도 해. 적어도 거기는 익숙한 거리, 녹나무가 가득한 교정이 있고, 그리고 영원히 따뜻할 것만 같은 칭텐과 착한 너희가 있잖아. 그렇지만 돌아간다고 해도 무슨 소용이 있겠어. 고등학교 졸업 후에는 너희도 첸촨을 떠나서 다른 도시에 갈 텐데. 너희는 남이 부러워하는 빛나는 인생을 살 거고, 찬란한 미래가 있을 거야. 그런데 나만 그냥 남들처럼 결혼해서 아이 낳고, 그리고 하루하루 늙어가는 그런 삶을 사는 건 원하지 않아. 만약 정말 인생이라는 것이 그런 거라면 나는 차라리 가장 아름다운 청춘에 죽는 게 나을 것 같아. 평소에 책을 많이 읽진 않지만, 내가 예전에 읽었던 책에서 시인이 해를 쫓는 업보에 대해서 쓴 내용이 생각나더라. 이렇게 썼어. '따라잡을 수 없다면 부딪쳐라.' 난 이 말이 그렇게 좋더라. 그냥 함께 죽어버리는 그 파멸감이. 아마 너는 내가 너무 극단적이라고 할지도 몰라. 그렇지만 나는 내 인생이 짧지만 빛나는 불꽃 같았으면 좋겠어. 쉬지 않고 타지만 볼품없이 어두운 램프 따위는 되고 싶지 않아. 이런 생각을 하면 없던 용기도 막 생겨나. 그래서 나는 더 힘을 내는 거지. 힘들수록 더 힘을 내. 이를 악물고.

고등학교를 졸업하고 난 뒤 그 긴 여름방학 동안, 리샤는 막 지나간 그 전쟁 같던 시간을 떠올릴 때면 마음이 위젠에 대한 감동으로 가득 차곤 했다. 리샤의 마음속에 위젠은 아무리 억압받아도 굽히지 않는, 절대로 약해져서 무릎 꿇지 않는 사람일 것이다. 그런 힘은 꼭 그녀의 노랫소리 같았다. 그 노랫소리는 사람들을 용감하게 만들었다. 마치 신화 속의 마르스 같았다. 루즈앙은 예전에 푸샤오쓰를 마르스로 묘사한 적이 있었다. 그렇지만 리샤는 진짜 사람들을 이끌고 비극의 암흑을 헤쳐나가는 신 같은 사람은 위젠이라고 생각했다.

"저기…… 저기!"

정신을 차려보니 푸샤오쓰의 얼굴이 리샤의 얼굴 가까이에 와 있다. "왜 그렇게 멍 때려? 무슨 생각해?"

"아, 아니야. 그냥 위젠 생각 좀 하느라고"

"응. 나도. 지금 딱 너한테 하고 싶은 말이었는데, 위젠 초대해서 같이 가는 거 어때? 너네도 한참 못 봤지?"

"응, 좋아. 내가 전화해볼게."

"응. 여보세요."

"위젠? 나 리샤야."

"아…… 리샤구나. 무슨 일 있어?"

"아니, 별일은 아니고, 잘 지내? 네가 보고 싶어서."

"응 잘 지내. 스타 가수들 엄청 많이 나오는 콘서트 참여했었어. 뭐 내가 중요한 인물로 뭘 한 건 아니었지만 그래도 엄청 기뻤어. 그래도 한 걸음 한 걸음 노력해나가는 거니까. 너는?"

"그럭저럭 잘 지내. 그런데…… 아직도 예전에 살던 거기 살아?"

"응, 바쁘기도 하고 돈도 없어서 더 좋은 집으로 아직 못 갔어. 그래서 계속 살고 있지. 그런데 이미 익숙해져서 그렇게 힘들진 않아. 맞다, 나한테 볼일 있어?"

"아 맞다. 왜 전화했는지 까먹을 뻔했다. 다음 주 금요일 밤에 시상식 있는데, 샤오쓰가 치치 시상을 해. 우리 만난 지 꽤 오래되었잖아. 그래서 너도 오라고. 시간 괜찮아?"

"아! 그렇구나. 우선 나 대신 치치한테 축하 좀 전해줘. 무슨 상이야?"

"가요계 올해 최고 신인상."

"아, 잘됐다…… 부럽다……. 금요일이라고? 문제없어. 편의점은 휴가 신청하고 술집은 사장님이랑 상의하면 돼. 나 말고 다른 노래 부르는 여자애 있으니까 대타 세우라고 하지 뭐."

"응, 그러면 그때 내가 차 보낼게. 그 차 타고 와."

"좋아……. 맞다, 그러면 그날 옷 좀 좋은 거 입고 가야 되나? 나

그렇게 좋은 옷 별로 없는데. 나 그냥 공연할 때 입는 옷 입고 가도
되려나? 괜찮으면 내가 회사에서 하나 빌려서 입고 갈게."

"응, 그렇게 하면 돼."

"좋아. 그러면 목요일에 봐!"

"그래."

위젠, 전화 끊던 순간에 왜 나도 모르게 눈물이 났는지 몰라.
그렇게 힘든 일이 많아도 너는 아직 예전이랑 똑같은데. 아무
리 힘들어도 그거 다 이겨내고 웃으면서 온 힘을 다해 앞으로
나아가려고 하잖아. 그런데 말이야. 나는 차라리 네가 힘들면
울고, 네가 약해진 모습을 보이고, 그리고 그런 옆에 네가 기
대어 설 남자가 있으면 좋겠어. 그러면 네가 그렇게 용을 쓰
며 서 있지 않아도 될 텐데. 네가 너무 피곤할 것 같다는 생각
이 들었어. 그렇지만 너는 항상 강하니까. 잡초처럼 끝까지 살
아남으니까. 다른 사람들이 너를 억압하고 짓눌러도 넌 기어
이 틈새에서 가지를 뻗고 일어나니깐.

위젠, 나는 깊이 믿고 있어. 어느 날 온 세상 사람이 모두 너의
노래를 듣게 될 거야. 네가 빛나는 걸 보게 될 거야. 네가 이렇
게까지 노력하는데도 세상이 너에게 응답하지 않는다면, 그런
세상이라면 그냥 없어져버리는 게 나을 거야.

나는 고등학교 1학년 때 네 노랫소리를 듣던 그 순간부터 너

의 팬이었어. 그리고 이번 생은 계속 너의 팬일 거야. 너를 아
주 자랑스러워하는.

— 2002년, 리샤

"누구 전화야?" 방금 막 맥주 상자를 옮기던 돤차오가 가판대 뒤
에서 고개를 내밀고 물었다.

"응. 친구. 시상식 가자고."

"시상식……, 누구?"

"응, 푸샤오쓰라고 알아? 걔가 청치치 시상한대. 둘 다 내 고등학
교 동창이야."

"아, 알아." 돤차오가 가판대 뒤에서 돌아 나오며 손뼉을 치면서
생각이 났다는 듯 말했다. "〈천국〉 그린 그 유명한 화가지?"

"응." 위젠이 고개를 숙이고 장부를 계속 정리했다. 그만 이야기
하고 싶었다.

"청치치도 네 동창이야? 진짜 대단하다……. 사인 받고 싶다."

마음이 이상해지기 시작했다. 방금 그 말이 천천히 발효하며 마
음속에 뭔가 기이한 것을 만들어내고 있었다.

위젠은 들고 있는 펜으로 하얀 종이에 마구 낙서했다. 마음은 엉
망진창이었지만 아무렇지도 않은 듯이 말했다. "응, 알았어. 내가
사인 받아다 줄게. 걔도 내 고등학교 동창이야. 비록 같은 반은 아
니었지만. 그래도 받을 수는 있을 거야."

자연스러웠다. 별다른 표정도 짓지 않았다. 찌푸리지도 않았다. 그렇지만 뚸차오는 순간적으로 위젠의 눈에 잠깐 비치고 지나간 슬픔의 미약한 빛을 보았다.

그는 몸을 숙여 위젠의 뺨을 어루만졌다. 위젠이 놀라서 차갑게 말했다. "미친놈아, 뭐 하는 거야?"

"아무것도 안 해." 뚸차오가 웃었다. 눈빛이 햇살처럼 따사로웠다. "내가 청치치 사인 받아달라고는 했는데, 그런데 만약 나한테 듣고 싶은 노래 고르라고 하면 나는 꼭 위젠이라는 가수의 곡을 고를 거야."

"너 건축과라고 안 했냐? 여자한테 그렇게 알랑거리는 건 어디서 배웠어?" 비웃는 말투였다. 그래도 마음에 한 차례 계절풍이 불어 갈대처럼 흔들렸다. 다정한 사람이다. 마음이 아픈 상태였지만 그의 마음은 읽어낼 수 있었다.

"다른 사람 힘들 때 격려할 줄 알고, 여자애들이 진짜 싫어하는 거랑 겉으로만 툴툴거리는 걸 구분할 줄 알면 나 진짜 학교에서 인기 많을 텐데 말이야."

뚸차오가 계속해서 맥주 상자를 나르면서 입속으로 중얼거렸다. 그러고 나서 위젠에게 '나에게 고마워할 필요는 없어'라고 말하는 듯한 득의양양한 표정을 지었다.

위젠은 그에게 눈을 흘겼지만 고개를 숙이면서 얼굴이 조금씩 빨개졌다. 그 짧은 "고마워"라는 말을 하지는 못했다. 그저 마음속으로 반복해 되뇌일 뿐이었다. 마치 산골짜기에 울리는 메아리 같았다.

리샤와의 전화를 끊은 후 위젠은 그제야 깨달았다. 리샤와 알게 된 지 이미 6년이나 되었다는 것을. 그때는 열여섯 살이었는데, 이미 스물두 살이 되었다.

눈앞의 돤차오도 알게 된 지 4년이 지났다.

막 대도시로 온 촌뜨기는 이제 베이징 말투가 입에 붙은 젊은 남자로 변했다. 소소한 시험이나 걱정하던 학부생이 지금은 이미 3개의 큰 건축가 상을 받은 석사생이 되었다. 표정과 행동이 수줍었던, 유리창에 붙어 놀란 표정으로 눈을 구경하던, 토끼와 거북이같은 시시한 이야기나 하던 그런 남학생이 어느덧 성숙한 표정을 가진 남자가 되었다. 그 가냘프던 몸도 건장해졌다. 사람이 북적이는 버스 안에서도 두 팔로 위젠이 편하게 머무를 수 있는 공간을 만들어 줄 수 있게 되었다. 예전의 그 보송보송했던 턱은 거뭇하게 변했고, 키스할 때면 까칠까칠하다고 느낄 때도 있었다.

그가 처음으로 위젠에게 "사랑해"라고 말했던 때가 이미 3년이나 지나버렸다.

과거의 일들이 한꺼번에 마음속에서 용솟음치고 있었다. 조그마한 변화에 시간이 갑자기 거슬러 올라가 처음으로 돌아간 것 같았다. 그 길고 길었던 여름, 그 무성한 녹나무, 그간 떠올리지 않았던 과거의 일들이 모두 기억 속에 등장하기 시작했다. 마치 흑백의 바탕화면에 익숙하고도 낯선 그런 세계가 다시 펼쳐지듯이.

리샤가 고등학교를 졸업할 때쯤 위젠은 몰래 첸촨에 돌아간 적이 한 번 있었다.

매니저와 한참 사이가 안 좋은 때였다. 5성급 호텔에서 노래 부르던 일을 그만두었고, 생활은 어려웠고, 생각대로 되는 일이 하나도 없었다. 그래도 매달 각종 청구서들이 날아왔고, 이달에는 얼마가 필요할지 셈하고 또 셈했다. 그렇지만 어떻게 계산해도 돈을 충분치 않았다. 다시! 다시 계산! 계산하다가 머리가 세어버릴 정도였다.

일어나서 뜨거운 물을 따르고, 침대 머리맡에 있는 달력을 넘겨보았다. 두꺼운 달력이 다 넘어가고 마지막 한 장만 남아 있었다. 달력엔 위젠이 쓴 글이 있었다. 첸촨을 떠나 베이징에 온 이후에, 매일 위젠은 달력에 칭톈에게 하고 싶은 말을 써 내려가곤 했다. 이미 습관이 될 정도였다. 이 외로운, 그리고 조용한 세계에서, 이렇게라도 하면 그래도 누군가와 대화를 하고 있는 듯했다. 이 습관은 창백한 생활의 유일한, 조금은 위로가 되는 색채를 만들어주었다. 위젠은 달력을 들고 한 장 한 장 넘겼다.

'칭톈, 베이징 겨울은 정말 내가 생각했던 것보다 훨씬 추워. 첸촨은 더 북쪽인데 어떻게 베이징보다 따뜻할 수 있을까? 아무리 생각해도 이해가 안 돼서 너한테 묻고 싶은데, 네가 옆에 없다.'

'오늘은 공연 제의가 들어왔어. 엄청 신나. 너한테 전화하고 싶은데 용기가 안 난다.'

'오늘 길에서 너랑 똑같은 빨간색 외투를 입은 사람을 봤어. 나도

모르게 그 사람을 막 쫓아간 거 있지. 그러다 때려치웠어.'

'네가 말해봐. 나 정말 그렇게 사람 짜증나게 하는 애야?'

......

위젠은 한 장 한 장 넘겨 보면서, 아주 긴 시간을 떠나와 있었다는 것을 깨달았다.

그런 고민, 슬픔, 나약한 감정들이 일순간 한계까지 치고 올라왔다. 눈물이 툭툭 손등에 떨어졌다. 간만에 느끼는 눈물의 온도였다. 얼마나 오랫동안 울지 않았던가?

위젠은 오후 내내 바닥에 앉아 있었다. 석양이 천천히 창밖에서 밀려 들어왔다. 하늘의 색과 온도가 변했다. 방 안에 불을 켜지 않아 해가 진 후에는 어두워졌다. 어둠 속에서 위젠은 생각했다. 첸촨으로 돌아가야겠다.

그냥 깨끗하게 정리해서 돌아가버려야겠다.

둘러보니 베이징에 반년이나 살았는데도 챙겨갈 만한 것이 없었다. 가지고 온 그 짐가방 그대로 가지고 돌아가자. 이걸 슬프다고 해야 할까. 베이징에서의 반년의 삶이 이토록 아무런 의미가 없었나? 그냥 뱅뱅 돌아서 다시 원점으로 간 건가?

쌓인 건 피로뿐이었다. 그것도 몹시 거대한 피로.

위젠은 옆에서 휘파람을 불고 있는 돤차오를 보았다. 마음에서 한숨이 나왔다.

원래는 좋은 마음으로 그에게 안녕을 고하려고 했는데, 생각지도 못하게 그가 첸촨에 같이 가겠다고 나섰다. 평소에 위젠이 그 도시에는 녹나무가 엄청나게 많고, 그래서 큰 조각의 햇빛은 구경하기 힘들다고 말했던 것이 기억에 남았던 모양이었다. 더구나 학교도 운동회 때문에 이번 주는 쉬니, 편의점 일은 대신 해줄 사람을 구해서 어떻게든 같이 가겠다고 그가 떼를 썼다.

위젠은 그에게 이번에 가면 다시 베이징으로 돌아오지 않을 거라고 말할 참이었지만, 이내 생각을 바꿔 말하지 않기로 했다.

창밖으로 태양이 높게 걸려 있었다. 기차가 익숙한 칙칙폭폭 소리를 냈다. 위젠이 고개를 돌렸다. 마침 햇빛이 둬차오의 옆얼굴을 비추었다. 반은 그늘에 있고, 반은 밝은 곳에 있었다. 높은 콧대 때문에 활기차 보였다. 입 주위의 두 개의 보조개는 얌전히 잠을 자고 있다가 그가 웃을 때 '퐁' 하고 등장했다. 예전에 보조개가 있는 남자를 보면 너무 귀여워서 믿을 만하지 못하다고 생각했는데, 둬차오의 보조개는 그런 느낌이 아니었다.

아이같이 해맑았다.

초여름의 햇빛은 졸음을 몰고 왔다. 위젠은 창문에 기대어 잠이 들었다. 눈을 뜨니 끝없이 이어지는 녹나무가 보였다. 도로의 양쪽으로, 도심에도, 건물 옆에도, 군데군데 있는 녹지에도, 녹색의 향연이 펼쳐졌다.

첸찬, 반년의 시간이 지났는데도, 여전히 익숙한 그 땅에 서니 말할 수 없는 감정이 밀려들었다. 베이징에서의 반년이 꿈같이 모호해졌다. 기억들이 어슴푸레한 빛으로 뿌옇게 처리되었고, 지금 막

긴 꿈에서 깨어난 것 같았다. 커튼이 걷히고 햇볕이 쏟아져 들어오는 느낌이라 조금 멍했다.

옆에 있던 돤차오가 호들갑을 떨며 말했다. "진짜 예쁘다. 나 이렇게 녹나무가 많은 건 처음 봐." 평범한 말이었는데, 위젠의 마음에 물결이 일었다. 그 순간 위젠은 엄마가 남긴 일기에 나온 아빠에 대한 묘사가 생각났다. 그때 젊은 아빠는 그렇게 말했었다. "진짜 예쁘다! 저는 바다를 처음 봐요!"

이상한 생각이었다. 자기도 놀라 자빠질 지경이었다. 갑자기 아버지가 생각나다니. 정말 이상한 일이다. 눈앞의 이 애송이한테? 농담하지 마라. 위젠은 스스로를 비웃었다.

"뭐 해?" 돤차오가 눈을 크게 뜨고 물었다.

"아무것도 아냐." 위젠이 일어섰다. "얼른 짐 가지고 내려."

"됐어." 그만두려는 기미가 보이지 않았다. "너 콧방귀 뀌는 소리 다 들었거든?"

위젠과 돤차오는 첸촨에서 따로 다니기로 했다. 위젠 혼자 첸촨을 잘 돌아보고 싶어서였다.

첸촨은 작아서 돤차오가 길을 잃을 걱정은 할 필요 없었다. 위젠은 짐을 숙소에 두고 작은 배낭을 하나 메고 길거리를 돌아다녔다.

다시 첸촨의 길을 걸으니 익숙하면서도 낯선 느낌이 투명하게 퍼져나갔다. 첸촨은 여전히 조용했고, 천년만년이 지난다고 해도 지금 그대로일 것 같았다. 영원히 녹나무로 가득한 여름, 짙은 열기를 가지고 사람들의 천태만상을, 그 일상을 감싸 안을 것이다. 바람은 여전히 벽을 따라 불고 있었고, 학생들은 가방을 메고 고개를 숙인 채 빠르게 걸어갔다. 가방 속은 시험지와 참고서로 빽빽이 들어찼을 것이다. 묶어 올린 머리채들이 말의 긴 꼬리 같았다.

발이 가는 대로 자유롭게 돌아다녔다. 어느새 눈시울이 붉어지기 시작했다. 문득 첸촨일중의 문을 보았을 때 위젠은 갑자기 꿈에서 깬 듯이 화들짝 놀랐다. 어떻게 여기까지 왔을까?

리샤에게 돌아왔다고 말하지 않았다. 그녀를 귀찮게 하고 싶지 않았다. 아마도 곧 수능일 테니까. 리샤의 편지에서 지옥 같은 고3 생활을 간접적으로 느낄 수 있었다. 잠은 극도로 부족하고, 머리는 써야 하고, 나약한 우정으로 어두운 곳에서 힘 겨루기를 해야 하고, 예뻤던 얼굴들이 고3 1년 동안 추하게 변했다고 했다.

지금, 리샤는 뭘 하고 있을까?

예전처럼 사람들이 모두 떠난 교실에서 푸샤오쓰의 설명을 들으며 어려운 화학 문제를 들여다보고 있을까? 아마도 그렇지 않을 것이다. 리샤는 문과로 갔으니까. 아니면 도시락을 들고 녹나무 가득한 길을 지나 학교의 식당으로 가고 있을까? 아니면 베란다에서 건너편의 이과 건물을 보고 있을까? 학교를 떠나기 전 자신이 건너편의 문과 건물을 보았던 것처럼. 아니면 학교 옆 호숫가에 앉아 영어 단어를 외우고 있을까? 아니면 교실 밖의 그 햇빛이 가득하지만 지루한 복도를 혼자 걷고 있을까?

그 모든 정경은 단숨에 머릿속에 그려지더니, 또 금방 사라지고 새로운 광경으로 변했다. 모두 자신이 상상한 이미지일 뿐이었다. 학교의 큰 문으로 들어갈 용기는 나지 않았다.

저녁 빛이 사방으로 흩어졌다. 점점 어두워졌다. 학생들이 드문드문 자전거를 타고 나와서, 녹나무 가로수 길을 따라 내려가 첸찬 시내 쪽으로 갔다.

학생들은 위젠을 지나쳐 갔다. 아래위로 훑어보는 사람도 있고 무시하는 눈빛으로 쳐다보는 사람도 있었다. 그 순간, 위젠은 이곳에 속했던 적이 없었던 것처럼 느껴졌다. 그 어린 얼굴의 남자, 여자 학생들이 이곳의 주인이고, 자신은 몇 년 전에 방문했던 손님 같았다. 그 순간 슬픔이 마음 깊은 곳에서부터 천천히 피어올랐다. 마치 예전에 했던 화학 실험처럼, 한 방울의 잉크가 깨끗한 물에 떨어져 천천히, 천천히 퍼져나가 까만 물 한 컵으로 변해가는 느낌이었다.

리샤, 넌 정말 생각지도 못했을 거야. 저 멀리 베이징에 있다고 생각했던 내가 그때 학교 교문 근처에 있었다는 걸. 녹나무가 빽빽이 들어찬 교정을 보았어. 너희들의 세계 같다는 느낌이 들었어. 깨끗하고 순수한 학생 시절, 녹나무와 봉황화가 새겨진 시절, 나와는 아무런 상관도 없는, 내가 예전에 풀밭에 누워서 보던 별 같은 세계란 생각이 들었어.

오는 길에 나는 정말 너에게 할 말이 많았는데. 심지어 너랑 다시 만나는 장면을 천 번도 넘게 상상했어. 넌 예전처럼 나를 붙들고 울기 시작할까, 아니면 크게 웃을까? 그렇지만 실제 내가 거기 갔을 때 첫 번째로 느낀 감정은 공포였어. 스스로 떠났다가 스스로 돌아온 수치심이랄까. 너네한테 이렇게 실패한 나를 보여주고 싶지 않더라. 그래서 네 앞에 나타날 용기조차 생기지 않았어. 그때 그렇게 고집스럽게 첸촨을 떠나던 위젠이 울상을 하고 돌아왔다니, 정말 우습잖아? 얼굴에 분장하고 사람들을 웃기는 어릿광대가 된 것 같았어. 그렇게 되기 싫었어.

갑자기 네가 했던 말이 생각난다. 네가 말했잖아. 멀리 떨어지지만 그래도 같은 하늘 아래 있지 않냐고, 그러니까 외롭다고 생각하지 말라고.

너 알아? 너희들을 떠났던 그 긴 시간 동안, 나는 너의 그 말에 의지해서 살았어. 춥고 어두운 밤에도 따뜻함이 느껴졌어.

— 1998년, 위젠

사실 위젠은 첸촨에 가서 칭톈을 좀 만나볼 생각이었다. 유일하게 믿고 나약함을 내보일 수 있는 사람. 그를 안고 한바탕 울고 싶었다. 베이징에서 있었던 그 억울한 일들을 눈물로 다 쏟아내고 싶었다. 무엇보다 칭톈과 함께 살던 예전 생활로 돌아가고 싶었다. 리

샤와 친구들에게는 그들이 졸업할 때까지는 돌아왔다고 말하지 않으려 했었다.

그렇지만 스타모스 입구에 도착한 그 순간, 이런 생각들이 작열하는 태양에 길에 뿌린 물 자국이 모두 증발해버리는 것처럼 조금도 남지 않고 다 없어져버렸다.

애초에 없었던 생각처럼.

칭텐이 어떤 여자아이의 손을 잡고 가게를 나서고 있었다. 그 모습을 보고 있는데, 마음이 마치 숲 깊은 어느 곳의 큰 호수가 광풍이 불어도 잔잔한 수면을 유지하고 있는 것처럼, 혹은 마치 거울처럼 평온했다. 그런데 손가락 관절은 꺾이면서 뚝뚝, 숲속에 울리는 공허한 북소리 같은 소리가 났다. 누구는 문을 두드리는데 누구는 문을 닫아버린 것 같았다. 거울에는 예전의 화려한 시간들과 그 시간을 선물해줬던 그 사람이 비친다.

눈앞에 황당한 표정으로 서 있는 칭텐이 있다. 잘생긴 얼굴에 당혹함이 짙다. 황혼의 저녁 빛 가운데 또렷하게 보인다. 표정이 변화하던 순간, 그는 잡고 있던 여자의 손을 바로 놓았다. 그리고는 난감해하며 하늘을 보았다. 여자아이는 일순간에 이상해진 분위기를 깨닫고 돌처럼 변해버린 칭텐을 한 번 보고, 그다음엔 움직이지 않는 그의 눈동자를 한 번 보고, 칭텐의 앞에 선 그 위젠을 본다. 단발머리에 표정 없는 얼굴이다. 손에서 땅으로 미끄러진 배낭이 지면에 부딪히는 소리가 났다. 익숙한 색깔의, 익숙한 디자인의 가방이다. 칭톈의 등에 똑같은 가방이 있다.

위젠은 칭톈이 그 여자아이의 손을 놓는 순간 어떤 기쁨도 느낄 수 없었다. 심지어 강렬한 미움과 깊은 절망이 느껴졌다. 좀 웃기는 기분이었다. 칭톈, 손을 놓으면 뭐가 달라져? 어색해하면서 네가 그렇게 손을 놓아버리면, 어쩌란 말이야? 나에 대한 부채감인가? 아니면 숨길 수 없는 황당함인가?

그렇지만 이런 생각이 위젠의 머릿속을, 마음속을 마구 휩쓸고 돌아다닐 때, 다른 동작 하나가 눈에 들어왔다. 이 동작이 영화에서 자주 사용하는 슬로모션 기법으로, 조금씩 조금씩 위젠의 피와 살, 그리고 뼈를 잠식해나갔다.

이 느린 장면 안에서 칭톈의 손은 천천히 올라가 그 여자아이의 손을 만지더니 이내 힘을 다해 꼭 쥐었다. 그리고는 놓지 않았다. 시위하는 것 같기도 하고 뽐내는 것 같기도 했다. 산 정상에 깃발을 꽂는 것처럼. 그 순간 위젠은 바닥을 알 수 없는 깊은 나락으로 빠져들었다.

세상이 일순간 까매졌다. 사포로 문질러 만든 반지를 선물하던 남자아이, 중학교 계단에서 얼굴을 붉히며 자신의 이름을 불렀던 남자아이, 자신의 베갯머리에서 자고 있던 조용한 숨결의 어린 남자아이가, 이 순간 끝없는 어둠 속에서 죽어버렸다.

천 마리의 새가 날아가버렸다.

여름날의 가장 화려한 장례였다. 세월에 스쳐갔던 모든 기억을 떠안고.

남은 건 광활한 대지뿐이었다.

이미 아무 말도 할 필요 없는 것 같았다. 그래도 위젠은 억지로 입을 떼 안부를 물었다. 자신이 아닌 다른 사람이 혼잣말을 하는 것 같은 목소리였다.

"칭톈……, 잘 지내지?"

"응, 그럭저럭……. 돌아왔어?"

"아니, 그냥 베이징 일이 휴가여서, 그 김에 잠시 보러 왔지. 여자 친구야?"

"응. 린톈이야. 지금 얘도 스타모스에서 노래 불러."

아, 얘도 노래 부르는구나.

그 '도' 자가 마음속을 뚫고 들어왔다. 마치 어렸을 적 주사를 맞을 때처럼, 날카로운 바늘이 피부를 뚫고 들어온 후 신속하게 독소가 주입되는 느낌이었다.

"안녕. 나는 위젠이야. 칭톈의 예전…… 같은 반 친구야. 중학교 졸업하고 베이징으로 갔어."

여자아이는 황당한 눈치였고, 말없이 무의식적으로 칭톈에게 기댔다. 그런 부드러운 여자아이라면 어떤 남자라도 보호하고 싶을 것이다. 심지어 위젠 스스로도, 마음속에서 미약한 동요가 일었다. 이래서 누구도 자신을 원하지 않는 건 당연하다. 이렇게 강한 성격으로 똘똘 뭉친 여자라니.

"베이징 지낼 만해?"

"괜찮아. 거기서 노래도 하고, 몇 번 콘서트도 참가했어. 팬도 생겼어!"

억지로 미소 지었다. 얼굴에 거짓 행복이 흘러넘쳤다.

"그럼 됐네…… 너 잘 지내지 못하는 줄 알고 걱정했어. 하하. 괜히 걱정했다."

안심하는 표정이 잘생긴 얼굴에 스쳤다. 익숙한 그의 내음이 풍겼다. 모든 것이 기억 속의 그 칭톈이었다. 그 말 "괜히 걱정했네"에 마음이 크게 베어 피가 새어 나왔다. 피비린내가 진동했다. 너는 믿지 못하겠지만.

"응. 갈 때 말했잖아. 잘 지낼 거라고. 난 어렸을 때부터 그렇게 자라왔잖아."

억지로 미소 짓는 것은 힘든 일이었다. 그때 갑자기 뒤에서 긴 환호성과 함께 짧은 머리의 남자 한 명이 뛰어왔다. "위젠!" 깨끗한 얼굴에 칭톈만큼 키가 크고, 여행용 배낭을 메고 있었다. 떠돌아다니는 느낌이었다.

"하하. 결국 만나는구나." 돤차오는 어색한 분위기를 눈치채고 머리를 만지다가 칭톈과 린톈을 가리키며 말했다. "네 친구들이야?"

"응." 다시 웃는 얼굴을 내보이며 돤차오의 손을 자연스럽게 끌어당겼다. "칭톈이고, 린톈이야."

387

위젠이 머리를 살짝 돤차오 쪽으로 기대며 말했다. "내 남자친구야. 돤차오."

돤차오는 놀라서 쓰러질 뻔했다. 하지만 마침 위젠이 그의 팔을 힘껏 꼬집었고, 돤차오는 똘똘하게 굴었다. 대범하게 칭톈 쪽으로 손을 내민 것이다. "안녕. 나는 위젠 남자친구야. 위젠 예전에 엄청 제멋대로였지? 고생 많았네. 많이 좀 가르쳐줘."

두 남자의 얼굴이, 하나는 웃고 다른 하나는 실망하고 상처받았다. 칭톈은 미소가 찬란한 위젠을 본다. 마음이 끝도 없이 나락으로 떨어진다. 누군가가 높은 곳에서 아래로 밀어버린 느낌이다. 아무리 아래로 추락해도 지면에 닿지 않는다. 계속해서 떨어진다. 계속. 바닥이겠지. 피범벅이겠지. 그런데도 계속해서 더 떨어진다. 끝이 나지 않는다.

"안녕, 나는 칭톈이야. 위젠의 예전 친구였어. 잘 부탁해."

두 사람이 악수했다. 둘 다 혈기왕성한 남자의 힘 있는 팔뚝을 가졌다. 둘 다 손가락 마디마디가 굵었다. 그렇지만 한 손은 아무것도 없는 깨끗한 손이고, 한 손은 약지에 너무너무 익숙한 그 반지를 끼고 있다. 위젠의 것과 똑같은 반지.

위젠은 조심스럽게 손에 있는 반지를 빼서 호주머니에 넣었다. 고개를 숙이며 생각했다. '와, 이건 정말 완벽한 이별이네. 마치 교대식처럼.'

칭텐, 돌아서서 너에게 이별을 말할 때, 내 마음은 마치 공연이 끝난 극장 같았어. 무수한 빈 좌석에 불은 켜지고 사람들은 없는데 나 혼자 무대에 서 있는 거지. 내가 떠났던 그 시간 동안 너는 성숙해졌더라. 더 이상 좋아하는 여자의 손을 마구 놓아버리는 그런 남자가 아니고 스스로의 행복을 찾기 위해 노력하는 그런 남자. 이제 머리도 길렀고, 따뜻하고 수수한 옷을 골라 입을 줄도 알고. 예전의 유치하게 치장한 펑크족이 아니더라. 그렇지만 이렇게 괜찮아진 너는 이제 나랑은 관계가 없는 사람이 된 거지. 좋은 남자친구, 좋은 남편, 좋은 아버지, 예전의 내 마음속에서 너를 평가했던 그 단어들이 지금은 이제 '다른 사람의'라는 수식어가 필요하게 되었어. 이 모든 건 어쩔 수 없는 일이야. 바로 우리가 어린 나이에 저지른 여러 가지 실수들 덕분에 네가 이렇게 점점 훌륭해지고 있는 거니까.

나도 이제 온몸의 가시를 바짝 세우고 있던 예전의 그 여자아이가 아니야. 그렇게 불같이 화를 내고 다른 사람들과 싸움박질을 하던 문제 학생도 아니고. 나는 이제 인내함으로써 나 자신을 보호하는 법을 알고 있어. 훨씬 더 너그러워졌지. 이제 스스로만 생각하며 앞으로 나아가는 그런 사람이 아닌, 남자 손도 잡을 수 있는 사람이 되었어. 그렇지만 이런 내가 너에게는 이미 중요하지 않겠지. 내 이름 앞에도 '다른 사람의' 수

식어가 필요하고. 나는 힘들고 슬펐어. 그렇지만 또 어떡하겠어. 너와의 그 실패한 사랑으로 나는 이런 것들을 배웠고, 너와 헤어지는 시간 동안 또 이렇게 따뜻하게 변하고 있어.

이제부터 각자의 행복 안에서 살자. 예전에 네가 가르쳐줬던 것들, 영원히 기억할게.

그리고 너도 나를 기억해줘. 너의 곁에 있었던 그 시간들이 나한테는 최고로 아름다운 시절이었어. 나의 별것 없는 일생에서 유일하게 가졌던 조금의 것들을 어렵게 너에게 내주던 때니까. 내 이름을 기억해줘. 내가 눈물과 괴로움으로 너에게 가르쳐줬던 것들도.

— 1998년, 위젠

청톈은 길모퉁이를 돌자 갑자기 길바닥에 주저앉았다. 이제까지 침묵했던 그의 목에서 비명이 터져 나왔다.

왜 내 앞에 나타난 거야? 어떻게 또 너를 생각나게 하니?

어떻게 넌 아무렇지도 않게 나에게 행복을 빌어줄 수가 있지?

어떻게 넌 그렇게 무수히 많은, 잊을 수 없는 일들을 모두 잊을 수가 있니?

청톈은 눈이 아팠다. 손등으로 훔치니 눈물이었다. 고개를 들어 많은 새가 황혼의 하늘 속으로 날아가는 것을 보았다.

위젠, 내가 애초에 왜 너랑 같이 가지 않은 줄 알아? 네가 너무 제멋대로라고 생각했었어. 그런데 지금 생각해보니 감싸주지 못할 정도는 아니었던 것 같아.

작별 인사를 한 뒤 아무도 한 번 돌아보지도 않고 서로 다른 방향으로 향했다.

위젠은 고개를 숙이고 길을 걸었다. 다른 생각을 하려고 무진 노력했다. 안 그러면 눈물이 흘러내릴 것 같았다.

옆에는 돤차오가 있었다. 아무 일 없었던 것처럼 손을 호주머니에 넣고 걷고 있다. 조금 신이 나 보이기도 했다.

"저기." 그의 얼굴이 빨갰다. 보조개가 드러났다. "나 진짜 네 남자친구 하면 안 될까? 나 나중에 완전 괜찮은 건축가 될 거야! 집에 돈이 많은 건 아닌데, 앞으로 노력하면 돈도 많이 벌 거고……."

"따라오지 마!" 위젠은 폭발했다. 위젠 자신도 놀랐을 정도였다. 돤차오는 멍하니 서 있었다. 어떻게 반응해야 할지 몰랐다. 위젠이 멀어지며 사람들 사이로 사라졌다. 마음속에 실망이 커졌다.

돤차오가 혼잣말을 했다. "내가 농담한 줄 아나 본데……. 나 진지하게 말한 거야……."

상처받은 얼굴과 어리숙한 표정은 점점 첸촨의 밤에 녹아 들어갔다. 빽빽하게 서 있는 녹나무의 잎과 가지들 사이로 슬픈 노래가 흘러 다녔다.

기차를 타고 첸촨을 떠나던 때에 위젠은 창밖으로 멀어져가는 플랫폼을 한없이 바라보았다. 마음속에서 스스로에게 하는 말이 들려왔다. 이번이 정말 마지막이다. 정말…… 떠나는 것이다. 눈물이 뺨을 타고 내려와 입으로 흘러 들어갔다. 문학 작품에서 묘사되던 쓰디쓴 눈물은 진짜 존재하는 것이었다.

위젠이 보니 돤차오가 답지 않게 몹시 슬픈 얼굴을 하고 있었다. 일순간, 반년 전 리샤가 헤어질 때 자신에게 보여준 그 얼굴이 기억 속에서 떠올랐다. 그리고 이내 돤차오의 슬픈 눈빛과 합쳐졌다. 힘든 감정이 순간적으로 극대화되었다. 위젠이 목이 메어 아무 말도 할 수 없을 때 돤차오의 짧고 깨끗한 음성이 들려왔다.

건축은 응고된 음표야.

목소리는 견고한 약속이고.

기차가 흰 연기를 내뿜으며 긴 경적 소리를 냈다. 돤차오가 말했다. "사랑해."

"야." 누군가가 머리를 툭 건드린다. 길고 긴 기억 속에서 깨어났다. 꼭 꿈 같다. 길고 긴 꿈. "무슨 생각해?"

"아니야." 고개를 숙이고 장부를 정리한다.

"거짓말하지 말고." 돤차오가 씩 웃는다. 아이 같은 보조개가 드러났다. "3분만 멍 때릴 시간 줄게."

"그럼 고맙고."

"뭘요." 돤차오가 반은 화가 난 채로, 반은 어쩔 수 없다는 말투로 대꾸한 후 몸을 돌려 계속 물건을 날랐다.

위젠은 돤차오를 쳐다봤다. 마음이 따뜻하게 어루만져지는 느낌이었다.

　나도 더는 그렇게 사나운 여자아이가 아니야.
　이런 나도 너랑은 상관없는 사람이야.

　그날 시상식은 성공적이었다. 푸샤오쓰가 무대에 올랐을 때 많은 팬들이 환호했다. 사회자가 푸샤오쓰가 연예인보다 더 연예인 같다고 농담처럼 말했다. 빨간 드레스를 입고, 머리를 틀어 올린 청치치는 온몸에서 광채가 났다. 리샤는 무대에 서 있는 둘을 본 순간 그 둘이 연인 같다고 느꼈다. 이런 느낌이 들다니. 스스로도 우스울 지경이었다.
　청치치가 노래를 불렀다. 고등학교 때의 그 소녀의 목소리가 아닌, 성숙하고 매혹적인 여자의 목소리였다. 우레와 같은 박수 소리가 터져 나왔다. 리샤가 고개를 돌려 위젠을 보니 위젠의 눈에 부러움이 가득했다. 그리고 눈물을 글썽이는 것 같았다.
　리샤는 다시 고개를 돌려 무대를 봤다. 더는 위젠을 볼 수 없었다. 위젠을 보고 있노라면 울음이 터질 것 같았다.
　청치치의 이런 모습, 아마도 위젠의 꿈에 무수히도 등장하는 장면일 것이다. 리샤는 언젠가는 하느님이 위젠에게도 이런 기회를, 빛나는 기회를 주기를 기원했다.
　저녁 시상식이 끝나고 술자리가 벌어졌다. 이 술집은 리퉁촨메이의 유명 매니저인 F가 운영하는 곳이었다. 그는 현재 국내 가요계에서 가장 영향력 있는 매니저였다.

그들은 방 하나를 잡고 계속해서 수다를 떨고 술을 마시며, 게임도 하고 소란스럽게 놀았다. 리샤는 꼭 고등학교 졸업하던 날의 그 광란의 밤으로 되돌아간 것 같았다. 그날도 모든 사람이 오늘처럼 미친 듯이 즐겼었다.

술에 좀 취한 리샤는 위젠에게 노래를 한 곡 불러달라고 했다. 고등학교 때 이후로 위젠의 노래를 듣지 못했기 때문이다. 후에 베이징에 왔어도 둘은 몇 번 만나지 못했다. 만났어도 그냥 밥을 먹거나 수다를 떨었을 뿐이다. 수다를 떨다 보면 리샤가 울기 시작했고, 매번 위젠이 급하게 리샤를 끌고 커피숍에 갔다. 그래서 리샤는 위젠에게 오늘 네 노래가 듣고 싶으니 제발 노래를 불러달라고 사정했다. 위젠은 리샤의 부탁을 물리치지 못하고 마이크를 잡았다.

리샤가 큰 소리로 모든 사람에게 조용히 하라고 했다. 게임하는 사람들에게도 게임은 그만하고 노래를 들어보라고 했다. 안 들으면 엄청 큰 손해라고. 그렇지만 사람들은 그녀의 말을 신경도 쓰지 않았다.

푸샤오쓰는 리샤가 꽤 취한 것을 알고 그녀를 옆에 앉히고 끌어안으며 달랬다. "다른 사람 말고 우리 둘이 듣자."

그렇지만 위젠이 노래를 시작하자 사람들의 목소리는 점점 작아지면서 아무도 말하지 않게 되었다. 술을 마시고 있든, 게임을 하고 있든, 이야기를 하고 있든, 술에 취해 있든 사람들은 다들 하던 일을 멈추고 노래를 들었다. 그 덕에 노랫소리가 점점 커졌다.

위젠은 그들을 보지 않고, 눈을 감고 자신만의 세계에 빠져들었다. 리샤도 가만히 푸샤오쓰의 품에 안겨 있었다. 그리고 청치치는 조용히 구석에 서서, 얼굴에 어떤 표정도 드러내지 않고, 집중해서 위젠의 노래를 들었다.

화려한 색채의 노랫소리였다. 고등학교 1학년 생일 때 위젠이 노래를 부를 때처럼 공기 안으로 노랫소리가 또렷이 떠올랐다. 눈앞이 빠르게 환상적이고 기이한 색채로 변해갔다. 리샤는 마음이 은근히 저려왔다. 시릴 정도였다. 이렇게 오랜 시간이 지났는데도 위젠의 목소리는 여전히 빛나고 있었다. 두꺼운 구름층을 뚫고 저 심원한 천국을 향해 달려갔다.

노래가 끝나자 사람들의 박수 소리가 터져 나왔다. 리샤가 구석에서 입을 막고 작은 소리로 울기 시작했다.

집에 돌아오니 이미 새벽 3시였다.

침대에 누워서도 잠들지 못했다. 손안에 든 명함을 보고 또 보았다. 스탠드의 불빛에 비춰보니 명함 속의 F의 이름과 연락처가 다 또렷했다. 귀에는 F의 말이 반복해서 재생되었다. "가수 되고 싶으면 연락해요. 내가 볼 땐 잘될 것 같으니까."

'내가 볼 땐 잘될 것 같으니까.'

위젠은 첸촨을 떠나서 베이징으로 향하던 그때의 감정이 되살아나는 것 같았다. 온몸이 달아오르고, 저항할 수 없는 열기로 어두운 하늘 위로 떠오르는 것 같았다.

잠들어 있던 꿈이 마음속 부드러운 곳에서 조심스럽게 깨어났다.

그 시상식이 끝난 후 이틀 뒤부터 푸샤오쓰와 청치치의 스캔들이 흘러나오기 시작했다. 시상식에서 푸샤오쓰가 청치치를 포옹하는 사진이 여러 신문에 실렸다.

사무실에 매일 기자들의 전화가 걸려왔다. 그들은 푸샤오쓰와 청치치의 관계를 물었다. 리샤는 아니라고 대답하면서도 결국에는 점점 크게 화가 났다. 한번은 전화를 끊고 소리 질렀다. "아니라고! 걔 여자친구는 젊고 귀엽고 성실한 비서라고! 비서!"

마음이 답답했다. 매번 고개를 들어 푸샤오쓰를 볼 때마다 푸샤오쓰는 자신과는 상관없는 일인 것 같은 표정을 지었다. 심지어 웃기도 했다. 리샤는 더 화가 나서 아무 일 없는 것처럼 굴었다. 그럴 때마다 푸샤오쓰가 그녀에게 다가와 안으며 말했다. "이런 일로 왜 화내고 그래. 이 바닥에 이렇게 오래 있었으면서. 아직도 그런 헛소문에 익숙해지지가 않아?"

리샤가 생각해보니 맞는 말이었다. 예전에 리샤의 또 다른 친구가 이런 스캔들에 휩쓸렸던 적이 있었다. 그때는 남의 일이라고 놀려댔는데, 막상 자기 일이 되고 보니 아닌 걸 알면서도 마음이 편치 않았다.

후에 청치치가 전화를 걸어와, 둘은 입을 모아 기자를 욕했다. 그러다 보니 좀 화가 풀리는 것 같았다. 기분도 나아졌다. 리샤는 청치치가 아직 고등학교 때 그대로인 것 같다는 생각이 들었다. 무슨 일이든 내 편이 되어주는 사람. 같은 걸 좋아하고, 같은 걸 욕해주

는. 엄청난 스타가 되었어도, 리샤 눈에 그녀는 예전과 똑같은 착하
고 귀여운 친구였다.

전화를 끊고 리샤는 푸샤오쓰의 얼굴이 밝아진 것을 보았다. 심
지어 웃음이 터질 것 같은 표정이었다. 무슨 일이 있구나. 참지 못
하고 푸샤오쓰에게 물었다.

"뭐야. 지갑이라도 주웠어?"

"아니." 푸샤오쓰가 웃으며 말했다. "돌아온대."

"누구?"

"루즈앙."

"진짜야?! 너 어떻게 알았어?"

"네가 지금 치치랑 엄청 욕하고 있을 때 이메일 열어보니까 루
즈앙이 보낸 편지가 있더라. 내일 4시에 베이징공항에 도착한다
는데."

"그렇게 금방?"

"응. 이 자식 나한테도 지금 막 말했어. 리샤야, 네가 회사에 말
좀 해줘. 나 내일 스케줄 전부 취소해달라고."

"응, 알았어. 지금 간다."

푸샤오쓰가 높고 긴 창문 옆에 서서 발아래의 베이징을 내려다
보았다.

고개를 들어보니 많은 새가 하늘로 날아가고 있었다. 하늘은 여
름 특유의 짙은 남색을 띠었고 구름이 천천히 옆으로 흘러갔다. 루

즈앙이 떠나고 4년이나 지났다. 그런데 푸샤오쓰는 마치 루즈앙과 떨어진 지 반년 정도밖에 지나지 않은 것 같았다. 그의 웃음소리가 여전히 예전처럼 머리에 깊게 박혀 있었다.

아마도 그와 자주 연락을 해서 그럴 것이다. 어렸을 적부터 지금까지 키워온 우정이다. 4년이나 떨어져 있었어도 예전에 어울리던 시간과 비교하면 아주 잠깐일 뿐이다. 다른 사람들은 4년이면 모든 것이 변한다고 말할지도 모르겠다. 그렇지만 푸샤오쓰와 루즈앙에게 4년쯤은 한차례 따로 여행을 다녀온 정도였다. 서로 각자 다른 풍경을 보고 각자 다른 일상을 즐겼을 뿐이다.

그리고 녹나무에 새겨진 그 기억은 영원히 선명하고 또렷한 화면처럼 남아 있다.

눈을 감으면, 그가 아직도 교문에 있는 녹나무 아래에서 책가방을 들고 푸샤오쓰가 수업이 끝나기를 기다리고 있을 것만 같다.

그리고 저녁이 되면 자신과 함께 자전거를 타고 집에 돌아갈 것이다.

그는 아직도 시내를 통과해 작은 노점에서 소고기면을 먹는다.

그는 아직도 그와 함께 제우스를 끌고 길거리를 돌아다닌다.

그는 아직도 푸샤오쓰가 고등학교 2학년 때부터 엑스라지 사이즈의 교복을 입는다며 자신보다 조금 작은 푸샤오쓰 키를 놀린다.

여전히 그와 땅을 구르며 다투며 웃고 있다.

그는 여전히 수영장 안에서 물을 튀기며 조용히 레인을 왕복한다.

그래서 사실 그와 그렇게 떨어져 있다는 생각은 들지 않았다. 루즈앙은 그냥 여기 있는 것 같았다.

눈을 들어보니, 지평선이 있는 곳은 일대가 다 푸른색이었다. 아마 공원인 듯하다. 그 푸른색이 지평선 위로 길게 이어져서 고요한 빛을 발하고 있다. 벌써 한여름이다. 고향의 봉황화도 아마 한철의 찬란한 꽃을 피웠을 것이다.

푸샤오쓰는 이런 것들을 생각하자니 자기도 모르게 웃음이 피어나왔다.

갑자기 전화벨이 울렸다.

리샤가 있을 때는 리샤가 전화를 받는데, 지금은 리샤가 없다. 푸샤오쓰는 전화를 받아 낯선 목소리를 들었다. "푸샤오쓰 씨 계십니까?"

"네. 전데요."

"저는 평원일보 기자인데요.《봄의 꽃, 가을의 비》라는 화집 보신 적 있으신지요?"

"네, 1년쯤 전에 인터넷에서 앞부분을 보았는데요."

"그때 어떤 느낌이셨는지요?"

"좋았어요. 그리고 저도 그런 스타일로 한번 그려보고 싶었고요. 예뻤어요."

"상대적으로《봄의 꽃, 가을의 비》의 작가가 덜 유명하잖아요. 인지도도 거의 없고요."

"네, 아마도요."

"화가들이 새 작품을 그릴 때 다른 사람의 화풍을 따라 하기도 하나요?"

"네. 그럴 수도 있죠. 저만 해도 어렸을 때는 많은 선생님의 작품을 따라 그리기도 했으니까요. 그런 것들이 숙련되고 난 후에야 자기 그림이 나오는 거죠. 그리고 계속해서 다른 사람의 새것을 공부해봐야 자기 것도 잘하게 되고요."

"그러면《봄의 꽃, 가을의 비》작가를 아십니까?"

"모릅니다. 만나본 적 없어요."

"그러면 그분과 연락해볼 생각이 있으신가요?"

"가능하죠."

"그렇군요. 감사합니다."

"천만에요."

모든 질문이 함정이었다.

모든 질문에 예측된 술수가 숨어 있었다.

모든 대화가 재난이었다.

푸샤오쓰는 나무 구멍 안에서 겨울잠을 자는 다람쥐 같았다. 달콤하고 따뜻한 꿈에 빠져 눈보라가 이미 나무 구멍의 입구에 다다랐다는 사실은 몰랐다. 그는 아직도 루즈앙과의 일을 추억하는 데 빠져 있었다. 우스웠던 일이 떠오르면 기분이 좋기도 하고, 힘들었던 일들을 떠올리며 미간을 찌푸리기도 했다.

그는 몰랐다. 자기 앞에 거대한 지진이 일어나기 직전의 협곡이 있다는 걸.

모든 것은 토네이도가 몰려오기 전의 고요였다. 땅 위의 종이 부스러기는 꿈쩍도 하지 않았고, 나무는 포스트모던 조각상처럼 가만히 서 있다. 그 고요한 해수면 아래로 거센 암류가 파도를 일으키며 세차게 다가오고 있었다.

Chapter 9

2003년 하지

소용돌이

흩어졌던 세월이 다시 돌아왔다.

그 어두운 세월이 그윽히 빛나,

마음을 휘감는다.

예전의 소멸했던 과거는 보리밭에서 다시 새로운 수확이 된다.

태양의 분노를 향해 마디지어 자라나던 원한도,

똑같이 무럭무럭 자라난다.

그 정체불명의 원한, 그 흐릿한 사랑,

모두 깨어나지 못한 채 느릿느릿하게 원하지 않던 여름을 맞는다.

하늘의 빛은 다 흩어지고, 구름은 조용히 왕래하며,

계절풍의 귀환 소식을 전한다.

수년 전 누가 그의 얼굴에 묵묵히 입을 맞추었는가.

그 바람에 부서진 누런 등불들은 어둠을 밝힐 빛을 만들어낼 수 없다.

누가 나에게 두 날카로운 눈을 빌려주어,

앞에 펼쳐진 어둡고 긴 길을 비출 수 있을까?

누가 날개를 빌려줄 수 있을까?

누가 나를 날게 해줄 수 있을까?

베이징국제공항은 사람이 언제나 많다. 표정이 분명치 않은 사람들이 바삐 자신의 길을 찾아 걸어간다. 얼굴에는 피로가 덕지덕지 붙은 채로. 검은 양복을 입은 남자들과 정장을 차려입은 여자들이 대부분이다. 아마 그들은 영원히 세상에서 제일 바쁜 집단일 것이다.

푸샤오쓰와 리샤가 국제선 도착 출구를 마주한 스타벅스 안에 앉아 있다. 푸샤오쓰는 계속해서 손목을 들어 시계를 본다. 3분만 더 지나면 3시였다. 3시 40분, 3시 57분, 푸샤오쓰의 마음이 점점 불안해지기 시작했다.

리샤가 옆에 앉아 그를 놀렸다. 꼭 오래전에 헤어진 애인을 기다리는 것 같았다. 리샤가 질투를 느낄 정도였으니 말이다.

푸샤오쓰는 고개를 들어 리샤를 여러 번 보았다. 안개 낀 듯한 그의 두 눈동자. 시간이 흘러도 여전히 그대로였다.

리샤도 푸샤오쓰를 보았다. 고등학교 시절이 생각난다. 고등학교 1학년 때 장난꾸러기 같던 루즈앙은 점점 조용하게 변해갔다. 기억하면 할수록 그 기억이 더 또렷해졌다. 처음에는 루즈앙이 자신을 끌고 푸샤오쓰의 세계에 들어갔고, 그때부터 완전히 다른 생활이 펼쳐졌다. 그런데 갑자기 생각지도 못하게 루즈앙이 푸샤오쓰를 자신에게 맡기고 떠나갔다. 때로 리샤는 루즈앙이 좀 잔인하다는 생각이 들었다. 푸샤오쓰는 루즈앙이 떠난 후 누가 봐도 알 정도로 변했다. 본래도 말하는 걸 좋아하진 않았지만, 더 말이 없어졌다. 본래도 무표정이었던 그가 웃는 일이 더 없어졌다. 심지어 일본에 관한 뉴스가 들려오면, 푸샤오쓰는 자신도 모르게 멈추어 서곤 했다. 거리를 걷다가도 걸음을 멈추고 건물에 붙어 있는 전광판을 보았다. 또 높은 건물이나 산봉우리에 오르면 시선을 동쪽에 두고 멍하니 서 있곤 했다. 그런데 지금 그 루즈앙이 이 세계, 푸샤오쓰의 세계로 다시 돌아온다고 하니 그는 대체 어떤 마음일까?

리샤가 대학 입학 후에 베이징에 와서 위젠을 만나 얼싸안고 대성통곡하던 그런 마음일까?

이런저런 추억 속에 빠져 있던 리샤는 갑자기 푸샤오쓰의 표정이 변하면서 두 눈이 별처럼 초롱초롱하게 빛나는 것을 보았다. 자연스럽게 리샤의 눈이 그쪽으로 돌아갔다. 루즈앙이 남색 양복을 입고 세관을 통과하고 있었다.

루즈앙은 비행기에서 옆에 앉은 어린아이와 이야기를 나누었다.

중국 남자아이였고 일본에는 여행 갔다가 돌아오는 길이었다. 루즈앙은 너무 오랫동안 중국어를 쓰지 않아서, 그 아이와 이야기하는 데 약간 힘이 들었다.

비행기에서 내려서 보니 사방에서 중국말이 들려왔다. 사람들이 다들 잘 차려입고 바쁘게 오가고 있었다. 도쿄에서는 느낄 수 없는 감정이었다.

짐을 찾아서 나오니 앞에서 두 손을 흔들고 있는 리샤와 그 옆에서 조용히 무표정으로 서 있는 푸샤오쓰가 보였다.

샤오쓰를 보니 시간이 갑자기 첸촨의 녹나무 아래에 있던 때로 거슬러 올라가는 것 같은 착각이 들었다. 두 팔을 벌려 그를 껴안았다. 4년이 지났다. 그는 예전보다는 남자다운 골격을 갖추긴 했지만 그래도 여전히 유난히 말랐다. 기억 속의 깊은 곳에만 자리하던 화면이 모두 떠올랐다. 일순간 목이 메어 말이 나오지 않았다. 주위의 시끄러운 사람들 소리와 비행기가 움직이면서 내는 굉음들 사이로 샤오쓰의 울먹이는 목소리가 들렸다. "돌아왔구나."

— 2002년, 루즈앙

차가 공항에서 나왔다. 루즈앙은 베이징의 번화한 길거리와 눈부

신 여름 햇빛을 호기심 어린 눈으로 바라보았다.

"맞다." 푸샤오쓰가 물었다. "너 일은 구했어?"

"응, 이미 구했지."

"이렇게 빨리?" 푸샤오쓰가 믿기 힘든 눈으로 루즈앙을 쳐다보았다.

"아." 루즈앙이 씩 웃으며 가방에서 명함을 꺼내어 푸샤오쓰에게 건넸다.

푸샤오쓰는 눈을 흘기며 받지 않았다. "됐어. 나 일어 못해. 봐도 몰라."

리샤가 명함을 대신 받아들더니 대뜸 꽥 하고 소리를 질렀다. "소리는 왜 질러?" 푸샤오쓰가 웅웅 울리는 귀를 문지르며 툴툴거렸다. "왜 명함에 일본 수상 루즈앙이라고 써 있기라도 하냐?"

"아니……, 응……." 리샤가 말끝을 흐렸다. 그러면서 푸샤오쓰에게 명함을 주며 말했다. "직접 봐……."

푸샤오쓰가 의아한 눈빛으로 명함을 받아 들었다. 명함을 보고 입을 다물 수 없었다. 고개를 들어 거만한 표정으로 앉아 있는 루즈앙의 얼굴을 보았다. 명함은 중국어로 적혀 있었다.

리퉁촨메이, 홍보부 경영 매출팀 부매니저 루즈앙

"무슨 빽을 써서……." 푸샤오쓰가 이해하기 힘들다는 표정을 지었다.

루즈앙이 한숨을 쉬며 말했다. "귀국하기 전에 리퉁촨메이에 연락했어. 그리고 이력서고 뭐 관련 자료 다 보냈고. 마침 우리 학교 교수님이 리퉁촨메이랑도 잘 아시고, 너도 그 회사에 있고, 그리고 그 회사 대우도 괜찮고 해서 결정한 거야. 그 명함은 회사에서 보내준 샘플이고."

그렇게 말하고 나서 그는 창밖의 풍경을 바라보았다. 나무들이 빠른 속도로 스쳐갔다. 차 안에는 몇 분간 정적이 흘렀다. 루즈앙이 천천히 말했다. "샤오쓰, 우리 고등학교 때 언젠가는 꼭 같이 일하자, 창업하자, 그랬던 거 기억나?"

그랬던 거 기억나냐니? 당연히 기억하지.

속으로 생각했다. '네가 했던 말, 전부 다 기억해.'

차는 바로 리퉁촨메이 건물로 갔다.

리샤는 그들이 자주 가는 술집의 가장 큰 방을 전화로 예약한 후에 위젠과 청치치에게 전화했다. 둘 다 전화에 대고 크게 소리 질렀다. "아아아! 그 자식 결국 돌아왔구나! 오늘 죽여버릴 거야!!!"

리샤가 회사의 전화를 받고 아래로 내려가자 푸샤오쓰는 루즈앙에게 씻으라고 말하고 자신은 침실로 들어갔다.

루즈앙은 사무실에 앉아서 엉망으로 어질러진 방을 둘러보았다. 바닥에는 그림들이 널려 있었다. '그림이 그새 더 늘었군.' 심심해진 그는 푸샤오쓰의 컴퓨터를 켰다. 바탕화면에는 '루즈앙의 편지'라는 폴더가 있었다. 열어보니 푸샤오쓰가 자신이 보낸 이메일을 모두 모아 놓은 것이었다. 모든 편지가 날짜순으로 정리되어 있었다. 자신도 잊어버린 내용이 담긴 편지들이었다. 심지어 '오늘 도쿄에는 큰비가 내렸어. 방 안에서 아무것도 안 하고 가만히 있었어' 같은 것들도 다 보관하고 있었다. 그 편지들의 글자가 모두 되살아나 도쿄의 벚꽃과 눈을 몰고 오는 듯했다. 도쿄에서의 4년의 시간을 모두.

루즈앙은 두 다리는 책상 위에 올리고, 두 손은 뒷머리를 받치고 비스듬히 앉아 푸샤오쓰가 샤워하는 소리를 들었다. 입에는 미소가 걸렸다. 여름에 쏟아지는 투명한 햇빛 같았다.

응. 진짜 좋다. 돌아왔구나.

얼마나 많은 술을 마셨는지 모르겠다.

에어컨이 너무 빵빵해서 차가운 바람에 피부에 도돌도돌 닭살이 돋을 정도였다. 크고 작은 술병들이 테이블 위에 놓여 있었고, 탁자 테두리를 따라 쏟아진 술이 바닥으로 뚝뚝 떨어졌다. 창문이 바깥의 열기와 소란스러움을 막고 있었다.

그래도 리샤는 오늘 밤엔 그다지 많이 마시진 않았다. 푸샤오쓰, 위젠, 청치치 세 사람은 이미 완전히 술에 취해 소파에 널브러져 있었다.

리샤는 소파에 기대어 친구들을 바라보았다. 눈이 좀 부어올랐다.

루즈앙은 외투를 벗어 자고 있는 푸샤오쓰를 덮어주고 그의 머리를 받쳐 소파의 팔걸이 부분에 조심스럽게 올려놓았다. 그리고는 리샤를 바라보면서 낮은 목소리로 물었다. "너는 괜찮아?"

"응. 괜찮아⋯⋯. 그냥⋯⋯" 목이 메었다. 목소리가 가슴에서 드문드문 뚝뚝 끊기면서 새어 나왔다. "그냥 좀 울고 싶어."

말이 끝나기도 전에, 두 눈에서 눈물이 흘러내렸다.

"저기⋯⋯ 즈앙아⋯⋯ 자?"

"아직."

"울고 싶어?"

"사실 좀 울었어. 너네한테 들키지 않았을 뿐이지."

"나도 그래. 엄청 오랜만에 신난 것 같아. 샤오쓰도 그랬을 거야. 내가 얘를 엄청 오랫동안 봐왔지만, 오늘 같은 적은 없었던 거 같아. 술 엄청 많이 마시고, 웃고. 웃는데 이까지 다 보이더라니까. 촬영할 때 웃음이랑은 다르더라. 일상에서 저렇게 마음에서 우러나와서 웃는 거 보는 게 얼마 만인지⋯⋯ 기억도 안 나."

"응, 벌써 4년이나 지났네. 일본에서 특별한 날이 되면⋯⋯ 춘절이나, 샤오쓰 생일이나, 학교 개교기념일이나, 그런 때 너네가 보고 싶더라. 다 커서 그런 이유로 막 울고불고할 수는 없어서, 그냥 참았지, 뭐. 빨리 졸업해서 돌아오고 싶었어⋯⋯. 요즘 샤오쓰도 많이 힘들었지?"

"엄청⋯⋯ 힘들었어. 너는 외국에 있어서 몰랐을 거야. 샤오쓰가 너무 힘들게 노력해서 보면 눈물이 나더라."

"뭐래. 나도 인터넷 하거든. 매일 샤오쓰 기사 검색해서 봤었어.

무명 신인이 베스트셀러 화집 작가 되는 과정 다 봤다고. 화집이 그렇게 잘 팔리는 거, 일본에서는 가끔 있는 일이지만, 국내에선 거의 없는 일이잖아. 사람들이 다른 사람 지위나 성취 같은 거 운 좋아서 그렇게 된 거라고들 많이 말하지만, 내 생각에 남보다 높은 위치에 있는 사람들은 그만큼 더 고통을 많이 참더라. 노력도 더 많이 하고."

"맞아. 다른 사람들 눈에 샤오쓰는 행운아지, 뭐든지 술술 잘 풀리고, 사업도 잘되고, 사람들이 막 추켜세워주고……. 그런데 내 눈에 걔는 누구보다 힘들고, 억울한 일도 많고, 괴롭힘당하고, 이용당하고. 다 참는 거지."

"그렇구나……."

"응. 열날 때도 억지로 웃으면서 무대 나가서 사인회 해야 하고, 사인회는 하면 기본으로 세 시간이야. 일정 많을 때는 밥 먹을 시간도 없어. 그냥 어디 구석이나 차에서 빵이랑 물 같은 거 먹고 버티고. 동년배 작가들이 헛소문을 퍼뜨리고, 공격하기도 해. 어떤 때는 사인회가 통제 안 돼서 서점이 강제로 진행을 중단할 때도 있는데, 독자들은 왜 그런지 모르니까, 샤오쓰가 그렇게 한 줄 알고, 막 샤오쓰 앞에서 책을 찢어버리기도 해. 그럴 때 샤오쓰는 별다른 말 안 하고 그냥 책 집어들고 고개 숙이고 들어가고……. 여튼 억울한 일이 되게 많은데, 뭐라고 말 안 하는 거지. 방송할 때는 그냥 신나거나 재밌는 일만 얘기하고……."

"샤오쓰, 진짜 다 컸네. 떠날 때 그런 생각했거든. 샤오쓰가 언제 용감해지고 강해질지. 우리 같이 있을 때 보면 겉으로는 샤오쓰가 엄청 냉정해 보이지만, 사실 마음은 여리니까. 그래서 걱정했어. 사회에서 사람들한테 상처 많이 받을 것 같아서. 지금 보니까 내 생각보다 훨씬 더 강해졌네."

"샤오쓰 질투하는 사람들은 엄청 포장돼서 나온 거다, 운이 좋다, 샤오쓰 작품은 가치 없다고 하는데……. 내가 하늘에 대고 맹세하는데, 내가 본 사람들 중에 샤오쓰가 제일 많이 노력하는 사람이야. 그런 어처구니없는 소리 하는 화가들, 아마 걔들은 팬도 없을 거야!"

"하하. 네 성질도 여전하구나. 애처럼."

리샤도 언제 잠들었는지 기억이 나지 않았다.

루즈앙이 창 앞에 서 있다. 창문을 살짝 연다. 바깥의 묵직한 열기가 안으로 훅 들어온다.

창문을 도로 닫고 돌아보니 소파에 리샤, 청치치, 위젠, 그리고 푸샤오쓰가 누워 있다. 말로 형용하기 힘든 감정들이 피어난다. 이런 감정들이 여름의 뜨거운 공기 안에서 피어나고, 발효되고, 나중에는 더 먼 곳으로 퍼져나간다.

어두운 방 안에서 모든 사람의 호흡이 느리고 무겁게 변해갔다. 사람마다 각자의 꿈을 꾼다. 꿈 안에서 울기도, 웃기도, 혹은 침묵하기도 한다.

루즈앙은 푸샤오쓰의 머리맡에 앉아, 손을 뻗어 그의 헝클어진 머리를 만졌다. 꼭 동생처럼 느껴진다. 꿈을 꾸고 있는 듯한 푸샤오쓰는 몸을 뒤척이고, 알 수 없는 잠꼬대를 한다. 그중에 한마디가 정확하게 들린다. "나는 네가 돌아오지 않을 줄 알았어."

루즈앙의 마음이 깊이를 알 수 없는 밤을 향해 황망히 내려앉는다. 조금씩 시린 감정이 용솟음친다.

아침에 알 수 없는 소리에 잠을 깼다. 리샤가 눈을 떠보니 바닥에 있는 휴대폰 진동이 울리고 있었다. 얼른 받아보니 회사였다.

"네, 리샤입니다."

"푸샤오쓰는요?"

"저랑 같이 있습니다. 무슨 일이신지요?"

"전화로 말하기 힘들어요. 둘 다 얼른 사무실로 와요. 오면 알아요."

전화를 끊고 나자 리샤의 마음이 알 수 없이 쿵쿵 뛰기 시작했다. 전화 속의 상사의 말투에서 왠지 좋지 않은 일이 일어난 것 같은 느낌이 들었다. 딱히 안 좋은 일이 일어날 리가 없는데……. 얼른 푸샤오쓰를 깨운 리샤는 술집 사장에게 위젠과 청치치가 깨면 따로 차를 불러달라고 부탁했다.

차에서 푸샤오쓰는 루즈앙의 어깨에 기대어 잠을 잤다. 루즈앙은 리샤의 불안한 기색을 알아챘다.

"무슨 일 있어?" 루즈앙이 물었다.

"모르겠어. 전화로 말을 안 해줘."

"모르는데 뭐 하러 걱정부터 해."

"모르겠으니까 걱정되는 거야." 곧 울 것 같은 목소리였다. 루즈
앙도 마음속에 살짝 두려움이 일기 시작했다. 고개를 숙이고 곁에
있는 푸샤오쓰를 보았다. 깊게 잠들어 있는 얼굴이 한없이 평온해
보였다.

사무실에 세 사람이 앉아 있었다. 세 사람 모두 회사의 윗선이다.
모두 안색이 좋지 않다. 리샤는 사무실에 들어가는 순간 심상치 않
다는 걸 느낄 수 있었다.

직접 사무실을 관할하는 책임자인 A가 탁자 위를 가리킨다. 두꺼
운 신문 뭉치가 보인다. 제일 위에 있는 신문 1면에 푸샤오쓰의 얼
굴이 크게 실렸다.

리샤는 기사의 제목을 보자마자 일순간 벼락을 맞은 느낌이었다.
마음속에 갑자기 거대한 천둥이 울렸다.

'화가 푸샤오쓰, 베스트셀러 화집《꽃송이가 불타는 나라》표절
혐의! 원고 평샤오이 가까운 시일 내 기소'

들고 있던 신문이 손에서 미끄러져 땅에 떨어졌다. 아무 소리도
나지 않았다.

푸샤오쓰가 걸어가서 신문을 집어 들었다. 아무런 표정 없이 읽
어 내려갔다. 글을 다 읽은 후 그는 갑자기 루즈앙 귀국 전날 받았
던 전화 한 통이 생각났다. 신문에 난 기사와 그날 받았던 전화가
관계있음을 깨달았다. 그날의 대답이 교묘하게 편집되어 기사에 올

라간 것이다.

- 《꽃송이가 불타는 나라》를 그리시기 전에 《봄의 꽃, 가을의 비》를 보신 적이 있으십니까?
- 봤어요. 1년 전에 인터넷에서 봤습니다. 《꽃송이가 불타는 나라》를 그리기 위해서였습니다.
- 《봄의 꽃, 가을의 비》가 영향을 주었습니까?
- 아름답다고 느껴졌어요. 그런 스타일을 가지고 싶다고 생각했죠.
- 푸샤오쓰 씨와 비교하면 《봄의 꽃, 가을의 비》의 작가가 인지도가 떨어지잖아요. 거의 아무도 그녀를 모르지 않습니까.
- 그렇죠. 그러니까 제가 그녀의 스타일을 쓸 수 있었죠. 그녀의 작품을 본 사람이 많지 않으니까요.
- 그러면 그림 그리실 때 그분 회화 스타일을 모사하신 거네요?
- 네. 그렇다고 할 수 있죠. 미술 배우기 시작할 때부터 많은 선생님의 작품을 모사해왔어요. 지금도 계속해서 다른 사람의 작품을 모사하고 있어요. 그렇게 하지 않으면 그림이 그려지지 않으니까요.
- 그러면 《봄의 꽃, 가을의 비》의 작가 펑샤오이가 표절로 당신을 기소할 수도 있다는 것을 알고 계시나요? 개인적으로 연락해보실 생각 있으신가요?
- 아, 그럴 리가요. 그렇다면 제가 그분께 연락을 드려보죠.

푸샤오쓰는 침실에 들어와 누웠다. 바깥에서는 리샤와 회사 사람들이 이야기하고 있다. 방문을 통해 사람들 말소리가 모호하게 들려온다.

천장은 오랫동안 쌓인 먼지를 닦지 않아서, 재를 발라놓은 것 같았다. 재는 막 떨어질 것 같았다. 그렇지 않다면 눈이 이렇게 따가울 리가 없다.

오랜 시간이 지나고 바깥이 조용해졌다. 회사 사람들은 간 것 같다. 누군가가 문을 두드린다. 리샤와 루즈앙이 들어온다.

리샤는 침대에 누워 있는 푸샤오쓰를 본다. 뭐라고 말해야 할지 모르겠다. 그저 마음이 저린다. 리샤는 예전에 푸샤오쓰가 여학생들이나 좋아하는 쓰레기를 그린다고 비난받을 때도 이렇게 종일 침대에 누워 있었던 일이 기억났다. 그때 그는 먹지도 마시지도 않고 종일 누워만 있었다.

"회사가 이 일로 신경 쓰지 말래. 그냥 우한에서 발행되는 《위》 세 번째 화집 발표회나 잘 준비하래." 리샤가 작은 목소리로 말했다. 최대한 안정된 어조를 유지하기 위해 노력했다. 푸샤오쓰가 자신의 목소리를 듣고 힘들어하길 원하지 않았기 때문이다.

"응." 대답은 짧았다. 아무런 감정도 느껴지지 않는다. 그는 그저 천장만 바라보고 있었다.

루즈앙이 리샤에게 나가라고 손짓을 했다. 리샤가 울 것 같은 표정을 지었기 때문이다. 리샤는 최대한 소리를 내지 않으려 노력하면서 조심스럽게 문을 닫고 방을 나왔다.

루즈앙이 푸샤오쓰 옆에 누웠다. 같이 아무 말 없이 누워 천장을 보았다. 시간은 물 흐르듯이 흘러갔다. 심지어 공기 안에 떠도는 시계가 똑딱거리는 소리까지 들려왔다. 창밖에는 결국 태양이 떠올랐다. 자잘하게 흐트러진 구름 사이사이로 눈부신 햇살이 비친다.

빛 때문에 눈이 부셔 눈을 떴을 때 루즈앙은 푸샤오쓰의 울먹이는 목소리를 들었다.

"바깥의 하늘을 봐. 이렇게 파랗고, 이렇게 높은데. 이 여름이 또 금방 지나가겠지. 루즈앙 너 알아? 매번 여름이 끝날 때 나는 정말 마음이 아파."

나.

너무.

마음이 아파.

며칠 동안 내내 사무실의 전화가 끊임없이 울려댔다. 리샤는 전화를 받다 받다 화를 참지 못하고 소리 질렀다. "더 말할 게 없다는데 뭘 계속 물어요. 당신 정신병자야?"

회사의 정문에는 매일매일 기자들이 구름같이 몰려왔다. 그들은 푸샤오쓰를 인터뷰하려고 문 앞에서 진을 쳤다.

푸샤오쓰가 창문 밖을 내다보았다. 건물의 입구에 사람이 몰려 있는 게 보였다. 그들은 마이크를 들고 촬영기기를 메고 있었다. 푸샤오쓰는 커튼을 쳐버리고, 계속해서 화판 앞에서 그림을 그렸다. 마음이 복잡했다. 원하는 색깔이 나오지 않았다. 30분 정도 물감과

씨름을 하다가 붓으로 그리기 시작했으나 결국 그림을 망쳐버렸다.

붓을 내려놓고 컴퓨터 앞으로 갔다. 채팅 메신저에 예전에 같이 그림 그리던 친구들이 몇몇 온라인 상태로 떠 있었다. 푸샤오쓰는 같은 분야 내에서는 너무 뛰어나서 다른 사람들과의 교류에는 그리 적극적이지는 않았었다. 그래도 가끔 몇 번 마주쳐서 이야기를 나눠본 사람들도 있었다. 그래도 썩 괜찮은 관계라고 여겨져서, 샤오쓰는 애써 가벼운 척하며 말을 걸었다. '아아, 스트레스 받아요. 그림이 안 그려지네요. 너무 힘들어요.'

그냥 시간을 때우기 위해 던진 말이었다. 기분도 좀 나아졌으면 했다. 그렇지만 돌아온 대답은 이랬다. '그러게. 이제 베낄 수가 없으니 그릴 수가 없겠지.'

그 순간 푸샤오쓰는 컴퓨터 앞에서 완전히 넋이 나갔다. 이게 뭐지? 3일 전에 이 사람은 자기 좀 도와달라고 사정사정했는데, 자기 작품을 《위》 시리즈 화집 안에 넣어달라고 했었다.

푸샤오쓰는 별다른 말을 하지 않고 채팅창을 닫아버렸다.

리샤가 서류를 들고 왔다. 우한 쪽에서 보낸 팩스였다. 발표회에 대한 것이었다.

"샤오쓰, 이것 좀 한번 볼래……?"

"응 탁자 위에 둬." 푸샤오쓰가 몸을 일으켜 소파로 와서 누웠다. 눈을 감았다. 어떤 감정도 읽어지지 않았다.

리샤는 문건을 탁자에 놓고 소파로 와서 그 옆에 앉았다. 푸샤오

419

쓰는 리샤의 무릎 위에 머리를 올렸다.

"리샤야." 푸샤오쓰가 몸을 뒤척이면서 리샤의 얼굴을 보았다. "우리 언제 첸촨 한번 가자. 거기 녹나무들 보고 싶다. 우리가 떠난 후에 녹나무들이 더 무성해졌는지도 궁금하고……."

"그래, 그러자."

시간은 빠르게 흘렀다. 예전의 리샤는 시인들이고 가수들이고 언제나 별것 아닌 일에 엄살이라고 생각했다. 언제나 시간이 빛처럼, 화살처럼, 흰 말이 달려나가듯이 빠르게 지나간다고 하는 노래들 말이다. 그런데 지금, 리샤는 그런 나는 듯한 속도의 흐름을 깨닫고 있었다.

눈 깜짝할 새에 여름이 날개를 펴고 저 멀리 날아가버렸다. 그러고서 다가온 가을도 순식간에 사라졌다. 12월에 베이징에는 눈이 왔다. 겨울이 또 시작되었다.

이 반년의 시간은 아마도 비교할 수 없이 길었을 것이다.

인터넷에는 푸샤오쓰를 욕하거나 저주하는 글이 끊임없이 올라왔다. 예전에 그의 작품이 너무 상업적이고, 세속적이고, 강건함이 없다고 비난하던 사람들이 마침내 새로운 비난거리를 찾은 것이다. 그들은 계속해서 표절 사건을 물고 늘어지며 푸샤오쓰가 이제까지 받은 상들, 출판한 작품들, 그리고 작고 큰 노력이 아무것도 아닌 양 떠들어댔다. 심지어 어떤 사람들은 '이제까지 왜 이렇게 작품들이 잘 팔리나 했더니, 베낀 거여서 그랬다'라는 종류의 악담도 퍼부었다. 리샤는 그런 말을 들을 때면 도대체 머리통 속에 뇌가 있기는 하냐고 따져 묻고 싶었다. 만약에 두 권이 똑같은 화집이라면, 베낀 작품이 왜 더 인기가 있겠는가.

그렇지만 어쩔 수 없었다. 루즈앙이 리샤에게 말한 것처럼, 사실 어떤 결과가 나오든 이득을 보는 건 펑샤오이였다. 리샤는 루즈앙이 말이 맞다고는 생각했지만 참기가 너무 힘들었다. 그렇지만 못 참으면 또 어쩌겠는가? 그저 속으로 수없이 저주하는 수밖에 없었다.

사무실의 전화는 끊이지 않고 울렸다. 독자와 기자가 매일매일 무수히 많은 전화를 했다. 리샤는 매번 직접 두 화집을 확인해보라 했다. 보고 난 후에 표절인지 아닌지 이야기해보자 했다. 그렇지만 또 이러면 그쪽 화집의 판매를 도와주는 꼴밖에 더 되는가? 그래서 또 보지 말라고 덧붙이곤 했다. 결과적으로 다음 날 신문에 이렇게 났다. '푸샤오쓰가 안절부절못하며《봄의 꽃, 가을의 비》를 보지 말라고 했지만, 좋은 작품이 인기를 얻는 것은 막지 못했다.《봄의 꽃, 가을의 비》가 판매량 10위에 올랐다.'

정말 한 글자 한 글자가 비수처럼 꽂혔다. 눈에서 눈물이 흘렀다.
눈물은 손가락 사이로 흐르고 말라붙어 아주 작은 하얀 소금으로 남았다.

반년이 지나는 동안, 푸샤오쓰는 처음에는 화를 냈다가, 그다음엔 슬퍼했다가, 그 다음에는 힘들어하다가, 결국엔 고등학교 1학년 때의 푸샤오쓰처럼 변했다. 반년 동안 시간이 거슬러 올라가 모든 것이 열여섯 살 때의 녹나무 울창한 시기로 돌아간 듯했다. 말도 잘 안 하고 잘 웃지도 않는, 무표정한, 자신만의 세계에 빠지던 푸샤오쓰로 돌아갔다. 눈에는 다시 안개가 껴서 점점 짙어지고, 점점 짙어져서 모든 마음으로 통하는 길목을 끊어버렸다.

푸샤오쓰는 매일 아침 일어나 루즈앙과 함께 자전거를 타고 화판을 메고 공원으로 갔다. 높고 큰 나무 그늘에서 그림을 그렸다. 해가 지면 다시 사무실로 돌아왔다. 낮에 그린 것들을 컴퓨터로 스캔해서 수정했다. 스케줄도 없었고, 사인회도 없었다. 한 사람이 모든 사람의 눈에서 흔적도 없이 사라진 것 같았다.

사무실의 일은 모두 리샤가 맡았고, 소송에 관한 일들은 변호사가 처리했다.

변호사는 두 권의 화집을 보더니 말했다. "분명히 문제없을 겁니다. 안심하세요. 법은 누구에게나 공평하니까요."

리샤가 고개를 끄덕였다. "네." 그 순간 리샤의 힘든 마음이 꼭 물을 가득 머금은 스펀지 같았다. 누르면 물이 나올 것 같았다.

사실 루즈앙은 지금 생활이 너무나도 고등학교 때 생활과 비슷해 푸샤오쓰와 떨어져 지낸 세월을 하느님이 보상해주시려는 건가 생각하기도 했다. 아니면 푸샤오쓰의 세계는 혼자만의 세계라 애초에 이 번잡하고 속된 세계에는 속할 수 없는 건 아닌지 생각하기도 했다.

매일 함께 그림을 그리고, 함께 밥을 먹었다. 아무렇게나 옷을 입고 거리를 돌아다녔다. 선글라스를 끼고 모자를 눌러 썼다. 누구도 알아보지 못했다. 가끔 고등학교 여학생들이 지나가면서 유심히 쳐다보기도 했다.

"저 두 남자 진짜 잘생겼다."

"와…… 너 이제 저런 늙은 남자도 좋아하냐……. 교양 좀……."

"흥, 네 눈에는 7반 차오쑤광이 더 잘생겼겠지. 온 세상 남자보다 걔가 잘생겼지? 됐냐?"

"넌 안 그러냐. 천궈 보고 아주 홀딱 반해서 얼굴 빨개지더니. 지금 남 말 할 때냐?"

……

그런 대화들이 몇 년 전의 그 익숙한 느낌으로 다가왔다. 루즈앙은 '늙은이'라는 단어가 좀 거슬리긴 했지만 그래도 시간이 그때로 되돌아간 것 같았다. 첸찬일중 학생이었던 때, 자신과 푸샤오쓰가 무수히 많은 여학생들의 눈길을 받던 때로 돌아간 느낌이었다. 그때 여학생들의 마음속에 두 남학생은 전설 같은 존재였다.

"그때 나 좋아하던 여자애들은 다 어디 갔나 몰라." 루즈앙은 양복을 입고 난간에 앉아서는 콜라를 마시며 허풍을 떨었다. 몇 년이 지나도 예전의 그 습관 그대로였다. "지금 중국 생활은 정말 외롭구나!"

"그러지 말고 시장이나 가봐. 그때 배추랑 무 팔던 꾸 아저씨네 왕 아주머니랑 선 아주머니가 너 좋아했잖아." 푸샤오쓰가 예전처럼 시큰둥한 말투로 대꾸하며 돌아보다가 난간 위에 앉아 있는 루즈앙을 보고는 콜라를 뿜을 뻔했다. "야, 내려와. 그런 데 앉으려면 청바지 입고 나오든지. 정장 입고 난간에 그러고 앉는 놈이 어딨어?"

손을 뻗어 그를 끌어내렸다.

"왜, 싸우려고?"

푸샤오쓰는 코웃음을 치며 눈을 흘겼다.

"샤오쓰, 너도 진짜 늙었구나. 힘이 없네. 나랑 놀려면 좀 젊어져야겠다!"

"너 물병자리 아니냐? 네가 나보다 반년은 더 늙었거든? 이 스물셋이나 먹은 늙은이야!"

"와 씨, 너 나한테 늙었다고 그랬냐? 나 신고한다!"

"신고하기 전에 생각 잘해라. 사식 안 넣어준다."

"너…… 그래 봐봐. 말로는 못 이기겠고, 여튼 계속 떠들어봐. 어렸을 때처럼 나 길거리에서 울어버릴 거니까. 괜찮으면 계속 말해봐. 어떻게 되는지 보자."

"……."

샤오쓰와 반년 동안 함께하면서, 기억 속의 여름이 모두 되살아난 느낌이었다. 녹나무에서는 새로운 가지와 잎이 돋아나면서 새로운 여름을 물들었다. 어떨 때는 예전의 고요함과 편안함으로 돌아간 것이 어쩌면 더 나은 결과였는지도 모르겠다는 생각도 들었다. 복잡한 사회, 잔인한 인성, 그런 것들은 샤오쓰에게는 천성적으로 맞지 않았다.

샤오쓰, 만약에 선택할 수 있다면, 네가 그림 그리면서 공부에만 열중하던 그런 단순했던 소년으로 돌아갔으면 좋겠어. 영원히 그냥 그 성질 더러운 어린아이 말이야. 다른 사람에게 굽실거릴 필요도 없고, 모욕당할 필요도 없는. 내 마음속에 너는 그냥 행복한 천국의 어린 왕자야. 모든 더러운 것들은 너와 상관없는 것들이고.

그렇지만, 그런 네가 결국 현재의 이런 상황을 맞닥뜨렸다는 걸 생각할 때마다 나는 마음이 너무 아파. 어느 날은 꿈을 꿨는데, 그 꿈속에서 네가 아주 높은 산 절벽에 서 있더라. 네가 제일 높은 곳에 서 있었고, 모든 사람이 너를 우러러보고 있었어⋯⋯. 나랑 리샤, 위젠, 우리들은 모두 낮은 곳에 있었어. 내가 몇 번이나 네 이름을 불렀는데도 네가 너무 높은 곳에 서 있어서 듣지 못하더라. 그런데 갑자기 네가 그곳 아래로 떨어졌어. 우린 너를 구하고 싶었는데 올라갈 수가 없었지.

꿈에서 깼는데 너무나 무거운 밤이었어. 그렇게 무겁고 까만 밤이 오랫동안, 더 오랫동안 이어져서 무서울 정도였어. 샤오쓰, 넌 강해져야 해. 예전에 둘이 함께 재미없으면 그건 재미없는 게 아니라는 생각한 적 있잖아. 지금도 둘이 함께 힘드니까 더 힘들어도 그건 힘든 게 아닌 거야.

— 2002년, 루즈앙

눈 깜짝할 새에 겨울이 되었다. 베이징에 두텁게 눈이 쌓였다. 나무, 집, 길가의 화단 위에 모두 하얗게 눈이 덮였다.

이미 2003년이었다. 시간이 정말 빠르게 흘러갔다.

리샤가 돌아보니 이미 반년이나 지나 있었다. 모든 마음 아픈 일들, 즐거웠던 일들이 한꺼번에 떠올랐다. 즐거웠던 일……은 없었던 것 같다. 마음 아팠던 일은 하나, 또 그리고 하나 연속해서 떠올랐다.

힘들어서 울고 싶은 때가 많았다. 샤오쓰는 거의 아무런 감정이 없는 것처럼 보였다. 그렇지만 리샤는 알고 있었다. 어떻게 아무렇지도 않을 수 있겠는가. 분명히 그냥 마음속에만 담아두고 있을 것이다. 다른 사람들에게 말하지 않을 뿐이었다.

어느 날인가 서점에 《꽃송이가 불타는 나라》와 신판 《봄의 꽃, 가을의 비》가 함께 놓여 있는 것을 보았다. 신판 《봄의 꽃, 가을의 비》에 '베스트셀러 푸샤오쓰의 《꽃송이가 불타는 나라》가 똑같이 베낀 화집, 믿지 못하겠으면 펴서 보라. 즉시 알게 될 것이다!'라고 적힌 띠가 둘려 있었다. 푸샤오쓰는 말없이 그 책을 집어 들었고, 그러다 또 내려놓았다. 그러고 나서는 고개를 숙이고 서점 밖으로 나가버렸다.

그때 주변에는 사람이 많았고, 사람들이 서로 속삭이며 말했다.

"어떻게 이래? 샤오쓰가 이런 후진 그림을 베꼈다고?"

"제정신이야? 샤오쓰가 후진 거지. 너 팬이라고 정신 못 차리는구나……."

"그런데 난 샤오쓰가 그런 사람이라는 걸 믿을 수가 없어."

"미친…… 그럼 두 권 다 사서 비교해보든가."

"그럴까……. 그래야겠다."

이런 것은 모두 일상생활 속에서 벌어지는 사소한 일들이었다. 이런 것들로 푸샤오쓰가 힘들어하진 않았다. 반대로 푸샤오쓰가 리샤를 위로했다. 그는 부드러운 어조로 리샤에게 이런 가치 없는 일에 화내지 말라고 말했다. 리샤가 고개를 들어 푸샤오쓰의 안개 낀 눈동자를 보면, 예전에 백내장 아니냐고 그렇게 놀림받던 그 눈이 전에 없이 온화한 빛을 띠고 있음을 알 수 있었다. 그래서 그 눈을 보면 리샤는 울어버리곤 했다. 그러면 푸샤오쓰가 두 팔 벌려 조용하게 리샤를 안아주었다.

샤오쓰, 왜 그런지는 모르겠어. 그냥 너의 품에 있을 때면 온 세상이 고요해지는 것 같아. 꼭 멀리 첸촨의 그 깨끗한 눈이 내리는 소리가 들리는 것 같아. 베이징의 눈은 더러워. 그래서 싫어.

샤오쓰, 예전에 말했지. 우리 같이 첸촨에 가서 오래전에 헤어진 그 높고 큰 녹나무들을 보자고. 너 그거 알아? 나는 그날을 줄곧 기다려왔어.

— 2003년, 리샤

정말 푸샤오쓰를 슬프게 하는 건 그를 예전부터 지지했던 사람들이 지금은 그를 비웃고 있다는 사실이었다. 리샤는 매번 이걸 생각할 때마다 슬픈 감정이 조수처럼 몰려왔다. 심지어 어떤 때는 뺨이라도 한 대 갈겨주고 싶은 마음이었다. 그들에게 말해주고 싶었다. 너네 같은 인간들은 그를 좋아할 자격도 없다고.

리샤는 가을에 있었던 《위》의 세 번째 화집의 우한 발표회를 자주 떠올렸다. 그 행사에 리샤도, 푸샤오쓰도 상당히 심혈을 기울였다. 바쁘디바쁜 청치치도 겨우 스케줄을 빼서 우한으로 와서 그 행사에 참여해주었다. 위젠도 와서 밴드와 함께 엄청난 노래를 해주었다. 리샤는 행사 전에 두 번이나 우한에 가서 준비가 잘 되고 있는지 지켜보고, 그쪽 기획자들에게 부탁해서 초대형 캔버스를 준비해 현장에 걸었다. 팬들을 위해서 마련한 것이었다. 여기에 팬들이 푸샤오쓰를 지지하는 말들을 남기면 푸샤오쓰가 이걸 보고 더 힘을 낼 수 있지 않을까, 앞으로의 긴 시간을 잘 보낼 수 있지 않을까 하는 생각에서였다.

우한에서 그 큰 캔버스를 가지고 오느라 공항에서 직원들과 실랑이를 벌이기도 했다.

사무실에 돌아왔을 때 위젠과 리샤는 피곤해서 죽을 지경이었다. 위젠이 한숨 돌리며 소파에 누워서 리샤에게 말했다. "리샤……, 어떻게 보답해야 하는지는 기억하고 있겠지. 내가 흑기사 해줬으니……"

말이 다 끝나기도 전에 사무실 전체가 조용해지면서 깊은 해수면 아래로 가라앉는 느낌이 휘몰아쳤다. 소리가 한꺼번에 사라졌다. 방금 불평하고 있던 리샤도, 계속 고맙다고 하던 푸샤오쓰도 모두 입을 닫았다. 모든 사람이 저 먼 곳으로 사라져버린 것 같았다. 위젠이 고개를 들어보니 리샤와 푸샤오쓰의 미동 없는 뒷모습이 보였다. 심지어 리샤의 어깨는 조금씩 떨리고 있었다. 위젠이 소파에서 일어나 캔버스 쪽으로 걸어갔다.

'샤오쓰, 우리는 너를 영원히 지지해'라는 말 사이 사이로 무수히 많은 빨간 글자가 있었다.

─푸샤오쓰, 이 베낄 줄만 아는 새끼.

─표절하는 놈은 집으로 가라. 우한에 오지 마라.

─예전에는 좋아했는데, 지금은 완전히 상업적으로 변했네요. 더는 제 마음속의 그 순수한 푸샤오쓰는 아닌 것 같아요.

─네가 싫어.

─하하하하 병신.

─그림을 못 그리니깐 가수까지 불러 제끼고, 완전 저질! 청치치, 저런 쓰레기랑 어울리지 마라!

……

그 빨간 글자들이 마음에 그대로 박혀 피가 흘렀다. 푸샤오쓰는 멍하니 그것들을 보고 있었다. 힘든 것도 잊고, 말하는 것도 잊었다. 옆에는 입을 틀어막고 고개를 숙이고 우는 리샤가 있었다.

위젠은 주먹을 너무 꽉 쥐어서 관절에서 소리가 날 정도였다. 그

429

녀는 하얗게 질린 얼굴을 하고서는 한 글자 한 글자 겨우 내뱉었다.

"개새끼들."

그녀는 캔버스를 밖으로 던져버리고 싶었지만, 너무 무거워서 끌어 내린 후에도 땅에 질질 끌 수밖에 없었다. 모든 분노가 악력으로 몰리고 눈에서는 눈물이 흘렀다. 미친 사람처럼, 수많은 회사 직원들이 보는 가운데 위젠이 그 캔버스를 질질 끌고 긴긴 복도를 지나 창고에 있는 쓰레기통으로 밀어 넣었다.

복도의 끝에서 들려오는 위젠의 큰 소리의 욕지거리와 함께 들려오는 울음소리에 리샤는 입술을 깨물었다. 씁쓸한 피가 입안으로 흘러 들어왔다.

정말 쓰디쓴 맛이다.

창밖은 하늘빛이 달아나는 깊은 가을이었다. 추위도 머지않았다.

추운 겨울이 또 왔다.

루즈앙은 또 갖가지 기괴한 모양의 모자들을 써보았다. 스물세 살의 남자가 어린아이처럼 꾸몄는데도 이상하지 않고 세련되어 보였다. 회사의 복장 요구는 엄격한 편이었다. 그래서 그는 몰래 푸샤오쓰와 리샤에게만 모자 쓴 모습을 보여주었고, 회사에는 쓰고 가지 않았다. 푸샤오쓰는 매번 사장님이 보면 널 연예인으로 계약한 줄 알겠다고 말했다. 루즈앙은 '내가 싫거든' 하는 표정을 지었다. 중고등학교 때 놀림당하던 그때와 너무나 비슷했다.

최근에는 모두의 기분이 괜찮은 편이었다. 지난 《위》 제3권 발표회에서 위젠이 기가 막히게 노래한 덕에 리퉁촨메이의 공식 홈페이지에 끊임없이 그때 그 노래 불렀던 여자의 이름이 무엇인지 묻는 글들이 올라왔다. 그래서 회사는 위젠과 계약하기로 했고, 매니저는 F로 정해졌다. 위젠의 예전 회사와의 계약 문제도 F가 해결해 주었다.

계약하던 그날, 리샤는 또 울었다. 그녀는 자신이 정말 쓸모없는 인간 같아서 계속 눈물이 났다. 우는 것 외에는 아무것도 할 수 없었다.

그렇지만 이건 그냥 시작일 뿐이었다. 계약도 그저 임시계약이었다. 회사의 계획은 위젠을 베이징의 한 방송국에서 열리는 〈빛나는 무대〉 오디션에 참여시키는 것이었다. 그 오디션에서 심사위원들의 선택을 받고, 1등만 차지한다면 회사는 위젠의 홍보를 시작하고, 동시에 성대한 정식 계약을 치러주기로 약속했다.

앞선 경선은 순조롭게 진행되었다. 다음 주가 결선이었다.

그날은 저녁부터 눈이 많이 내리고 있었다.

돤차오가 계산대에 엎드려서 바깥의 새털처럼 내리는 눈을 보며 멍하게 있었다. 비록 예전처럼 눈이 오면 방방 날뛰지는 않았지만 그래도 아직 눈을 보면 정신이 아득해지곤 했다.

위젠은 리퉁촨메이와 계약한 후 편의점 일은 그만두었다. 지금은 다른 대학생과 돤차오가 교대로 일하고 있었다.

돤차오는 예전에는 매번 학교 수업이 빨리 끝나길 바랐다. 재빨리 자전거를 타고 편의점에 와서 위젠과 같이 있는 시간이 어떻게든 더 늘어났으면 했다. 지금은 썰렁한 편의점에서 두 남학생이 서로 멀뚱멀뚱 쳐다보며 아무 말도 하지 않고 있었다.

돤차오가 가판대를 정리하기 시작했다. 새로운 남학생이 들여다보며 물었다. "선배님, 이렇게 자주 정리할 필요 있나요? 제가 할게요……."

돤차오가 웃었다. 여자친구가 없어서 가판대를 정리하며 시간을 때운다는 이야기를 어떻게 할 수 있겠는가. 그런데 정말 이거라도 하지 않으면 시간을 보낼 방도가 없었다.

오늘도 마찬가지였다. 막 가판대 정리를 끝내고 할 일이 없었다. 그저 창밖을 보며 멍하게 있었다.

뒤에 있던 남학생이 무슨 말을 하려다 말았다. 그러다가 작은 목소리로 말했다. "선배님은 진짜 말이 없으신 것 같아요."

편의점 문의 벨소리가 들렸다. 둘은 동시에 고개를 들었다.

"어서 오세요."

"우유 하나 주세요. 뜨거운 거로."

남학생이 우유를 꺼내러 온장고에 가려는 찰나 돤차오가 그를 붙잡아 돌려세웠다. "꼬마야. 내가 할게."

돤차오가 우유를 꺼내어 건네주었다.

"고마워." 따뜻한 미소가 위젠의 얼어서 빨갛게 된 얼굴 위로 드러났다. "그리고 새로 온 사람 괴롭히지 마."

"저기, 후배님. 형 좀 잠깐만 빌릴게요." 위젠이 빙그레 웃었다.

겨울에 뜬 태양처럼 따스했다. "괜찮죠?"

"아……." 남학생이 머리를 긁적이다 조금 민망해하며 말했다. "네네. 그럼요. 제가 있으면 돼요."

"고맙다! 동생." 돤차오가 남학생의 머리를 토닥거리고는 벽에서 외투를 내렸다. "금방 올게."

둘은 문을 열고 나갔다. 그림자가 길모퉁이로 사라졌다. 남학생이 둘이 나간 유리문을 멍하게 쳐다보며 말했다. "진짜 예쁘네. 돤차오 선배도 인재인데. 둘…… 사귀는 사이겠지?"

이미 연말에 가까워졌다. 길가에는 홍등이 많아지기 시작했다. 베이징은 상하이나 선전 같은 도시보다 옛 모습이 더 많이 남아 있었다. 이런 옛 모습에서 따뜻한 기운이 새어 나왔다.

아마도 마음이 편안해서일 것이다. 무얼 보든 좋은 것만 보였다.

지금처럼 조용히 길가에 있는 벤치에 앉아 돤차오의 어깨에 머리를 기대고 앉아 있으면 최고로 행복하고 편안했다. 위젠은 길을 걷고 있는 사람들이 자신을 이상한 눈으로 보면 좀 웃겼다. 그 사람들은 두 명의 정신병자가 병원을 탈출해서 눈 오는 날 길거리에서 서로 껴안고 추위를 피하고 있다고 생각할지도 모른다. 앉아 있다 보니 모자와 옷에 눈이 쌓였고, 꼭 길에 눈사람이 앉아 있는 것처럼 보였다.

"나 내일 결선이야."

"응, 나도 알지." 돤차오가 위젠의 손을 잡아 자신의 옷 안으로 밀어 넣었다. "나도 휴가 내서 보러 갈 거야. 무대 밑에 미남이 앉아 있다고 떨고 그러지 마라."

"하하하. 너야말로 무대 위에 있는 미녀 보고 침 질질 흘리지 마라." 남자의 손은 일반적으로 여자의 손보다는 컸다. 위젠은 리샤의 손이 자기보다 크지만 아마도 돤차오의 손 안에는 쏙 들어갈 거라는 생각을 했다.

"사인 좀 해줘." 돤차오는 애교 부리듯 말했다. "너 스타 되면 가져다 팔게."

"죽는다!"

"히히, 근데 말이야……." 돤차오의 말투가 갑자기 따뜻하게 변해 부드럽게 위젠의 머리를 울리듯 전해져 왔다. "위젠, 너 정말 엄청난 스타가 되면 혹시 나 잊는 거 아니야……? 그때 되면 너 좋다는 남자도 많을 텐데……."

"돤차오……"

"응?"

"우리 결혼하자."

내가 제일 평범했을 때도, 제일 휘청거렸을 때도, 넌 너의 서툰 생명으로 내 밤을 밝혀줬어. 또, 나를 위해 점점 더 괜찮은 사람으로 변해갔지. 돤차오, 네가 예전에 그랬잖아. 나를 위

434

해 제일 좋은 학위를 따서 제일 좋은 일자리를 얻겠다고. 내가 더는 신문 배달을 하지 않도록 해준다고. 그때 난 네 눈에 맺힌 눈물을 봤어. 민망해서 말은 하지 못했어. 너희 남자들은 체면을 중시해서 여자 앞에서 울고 그러는 거 별로 안 좋아하잖아. 그렇지만 그날 이후로 난 결심했어. 이후에 아무리 평범하더라도, 혹은 빛나게 되더라도, 네가 휘청거릴지라도, 나는 항상 너의 곁에 있을 거라고.

나는 단 한 번도 그 결심을 잊은 적 없어.

예전의 나는, 노래를 위해서라면 사랑도 포기할 수 있다고 생각했는데 지금은 행복을 누리는 것이 더 중요하다고 생각해. 만약에 너를 잃는 댓가라면 차라리 노래를 하지 않는 게 더 나아. 왜냐하면 백만 명의 사람들이 내 노래를 듣고 눈물을 흘린다고 해도, 네 따뜻한 포옹과 입맞춤에 비할 수 없으니까. 네가 없으면 내 노래는 아무런 의미가 없거든. 어린 나는 이런 것들을 몰랐어. 칭텐이 나에게 가르쳐줬지. 내 친구 푸샤오쓰가 이런 이야기를 하더라. 인생에 나타났다가 사라지는 사람들은 다들 천사라고. 행복을 주거나 더 많은 걸 알려주기 위해 나타나는 거라고. 그래서 난 생각했어. 칭텐은 천사였구나. 그 천사가 나에게 다시는 행복을 놓치지 않는 방법을 알려주러 왔었구나.

— 2003년, 위젠

류광극장은 이미 사람으로 가득 찼다.

〈빛나는 무대〉의 결선이 오늘 밤 있다. 무대 위에서 직원들이 조명과 음향을 체크하며 바쁘게 움직이고 있었다.

위젠은 무대 뒤의 대기실에 있었다. 메이크업 담당자인 젊은 남자가 화장을 하면서 위젠의 피부가 좋다고 칭찬했다. 이야기하는데 문에서 누군가가 위젠을 불렀다. 거울로 보니 리샤다.

리샤는 문 옆에 서서 들어오지 않았다. 이상하다.

위젠이 물었다. "너 뭐 하냐?"

리샤가 말했다. "오늘 누가 왔게?"

위젠은 푸샤오쓰, 루즈앙, 그리고 돤차오까지 다 VIP 구역에 앉아 있다는 걸 알고 있었다. 그런데 또 누가 온단 말인가? 생각이 나지 않아서 고개를 흔들었다.

리샤의 옆에서 화려하게 치장한 청치치가 나타났다.

그러자 무대 뒤편이 난리가 났다. 어떤 사람은 사인을 해달라고 하고, 어떤 사람은 사진을 같이 찍자고 했다. 청치치는 예의를 갖춰 응대하며 리샤와 함께 위젠에게 다가왔다.

위젠은 당황해서 일어났다. 조금 어찌할 바 모르겠는 느낌이었다. 하여튼 청치치는 스타였다.

청치치가 대범하게 위젠의 손을 잡으며 말했다. "오늘 문제없겠다. 내가 심사위원이잖아."

청치치의 등장만으로도 위젠은 놀랐지만, 그 말에는 더 놀랐다.

그녀는 지금에서야 회사가 열심히 물밑 작전을 펴고 있다는 사실을 알아챘다.

그래서 리샤는 결선 때까지 '위젠, 네 노래는 분명히 문제없을 거야. 문제가 있대도 문제없을 거야'라고 말했던 거구나. 위젠은 리샤의 그 자신만만한 미소를 지금에서야 이해했다.

위젠은 네 번째로 무대에 섰다.

세 번째 가수는 세 개의 노란색 등이 켜져서 탈락했다.

리샤는 VIP석에 앉아서 위젠의 등장만을 기다렸다. 위젠의 무대에 문제가 있을까 봐 조바심은커녕 전국의 관중들이 어서 위젠의 목소리를 들었으면 했다.

위젠이 마침내 조명 아래에 섰다. 리샤는 일어나서 힘껏 손뼉을 쳤다. 너무 열심히 쳐서 주변의 세 남자들이 웃음을 터뜨렸다. 푸샤오쓰가 리샤를 자리에 억지로 앉히고 얌전히 위젠의 노래를 듣자고 했다.

위젠의 뒤로 두 줄의 등이 배치되었다. 첫 번째 줄은 빨간색 등이었다. 하나만 켜져도 탈락이다. 그래서 심사위원들도 신중하게 빨간색 등 스위치를 눌렀다. 두 번째 줄은 노란색 등이었다. 노란색은 세 개가 켜지면 탈락하는 것이다. 앞의 세 명의 가수가 모두 노란색 등이 세 개 켜져서 탈락했다.

무대가 시작할 때 약간의 소음이 있었다. 사람들이 모두 머리 숙여 무언가를 상의했다. 심지어 음악 전주가 시작되었는데도 그 소음은 계속되었다. 그렇지만 위젠의 목소리가 스피커를 통해 퍼져나가기 시작하자 소음은 당장 사라졌다. 그리고 위젠의 목소리가 공기 안의 유일한 교향곡이 되었다. 그날 그 술집에서와 똑같았다. 기이하면서도 화려한 음색이 다시 한번 떠올랐다. 환각의 북극광처럼 위젠의 몸 주변으로 말로 형용하기 힘든 광채가 만들어졌다. 리샤는 매번 위젠이 노래할 때면 여신 같다는 생각이 들었다.

그래서 고개를 들어 주변의 남자들을 둘러봤다. 돤차오는 무대 조명 아래의 위젠에게 눈을 떼지 못했다. 푸샤오쓰는 얼굴을 만지며 어쩔 줄 모르는 표정을 하고 있었다. 루즈앙만이 고개를 숙이고 그녀에게 뭐라고 했다. "야, 너만 왜 이렇게 난리야. 위젠 내 고등학교 동창이라고. 그리고 이과 문과 나뉜 이후에 나랑 걔랑 같은 반인 거 모르냐? 너랑 같은 반 아니라고. 하하하하!"

리샤는 반박할 말을 찾지 못해 마음이 답답했다. 그냥 노래를 계속 듣고 있을 수밖에 없었다. 돤차오는 엄청 긴장해서 초등학생처럼 등을 곧게 펴고 앉아 있었다. 리샤가 몸을 굽혀 그에게 말했다. "긴장하지 마요. 우리 회사가 다 잘 해놨어요. 그리고 노래 진짜 잘하잖아요. 아마 노래 끝나면 노란색 불도 하나도 없을 거예요. 뭘 그렇게 긴장해요. 빨리 맨 마지막 구절 불렀으면 좋겠다. 얼른 박수 칠 준비해요. 우리 가요계에서 금방 유명해질……"

말이 미처 끝나기도 전에, 갑자기 리샤의 말문이 막혔다. 마치 젓가락이 부러지듯이 뚝 하는 소리가 났다. 동시에 위젠의 노랫소리가 멈췄다. 돌연히 위젠의 목구멍이 막히고, 화려한 음색이 순식간에 사라졌다. 노랫소리는 스펀지가 모두 흡수한 것처럼 깨끗하게 없어졌고, 그 순간 극장 안은 쥐죽은 듯이 조용해졌다. 음악의 반주와 날카로운 전자음만이 남았다.

그 순간 리샤, 돤차오, 루즈앙, 푸샤오쓰, 심지어 심사위원석의 청치치까지 모두 일어섰다. 모두 입을 벌리고 믿기지 않는다는 표정을 지었다. 긴장된 분위기가 흘렀다. 투명한 물체가 소리 없이 커져 호흡을 방해하는 느낌이었다.

모든 사람이 경악하며 무대 위의 위젠을 바라보았다. 놀란 위젠의 눈에는 눈물이 그렁그렁 고여 있었다. 그녀 뒤로 빨간색 등에 불이 들어와 있었다.

청치치는 주변의 심사위원들을 보았다. 모두 차분한 표정이다. 누가 빨간색 등을 눌렀는지 알 수 없었다. 심사위원들의 얼굴을 다시 한 차례 둘러보았지만 답은 나오지 않았다.

관중들 사이에 이론이 분분했다. 그리고 사람들 사이로 푸샤오쓰에게 두 손을 잡힌 채 눈물이 그렁그렁한 리샤가 있다. 루즈앙이 그녀의 입을 막았기 때문에 무슨 말을 하고 있는지 잘 들리지는 않지만 그래도 악을 쓰는 소리가 새어 나왔다. "어느 새끼가 누른 거야! 어느 새끼냐고!" 그 순간 청치치의 시선 안에 리샤의 절망적인 얼굴이 점점 더 커져서 온 시야를 차지해버렸다.

귀에는 리샤의 울음소리와 울먹이는 말소리가 들렸다.

어느 새끼냐고!

어느 새끼야!

어느 새끼가······ 어느 새끼가······ 눌렀냐고······

다시 보니 위젠이 무대 뒤로 들어가는 뒷모습만이 보였다. 위젠이 울고 있는지 아닌지는 미처 확인할 틈이 없었다.

청치치의 마음이 황망하게 내려앉았다.

뚸차오가 제일 먼저 달려갔다. 리샤와 푸샤오쓰와 루즈앙은 뒤를 따랐다. 넷은 무대 뒤로 가서 위젠을 찾았다. 직원이 그녀가 대기실에서 화장을 지우고 있다고 했다.

썰렁한 대기실, 어두운 거울 앞에 붙어 있는 자그마한 등이 고개를 숙인 채 꼼짝도 하지 않고 있는 위젠을 비추었다.

내 기억 속에 그때가 위젠이 가장 상심했던 때인 것 같다. 위젠이 우는 것을 몇 차례 봤지만, 보통은 소리내지 않고 울었었다. 그렇지만 그날은 뚸차오의 어깨에 얼굴을 묻고 어린아이처럼 크게 울었다. 마치 아주 오랫동안의 노력이, 아주 오랫동안의 굴욕이, 아주 오랫동안의 음악을 위해 포기했던 행복들이 모두 그녀의 눈물로 변해버린 것 같았다.

그때, 문 앞에 서 있던 나도 너무나 힘들었다. 주위 사람들이 보이지 않았다. 심지어 내가 제일 사랑하는 푸샤오쓰의 존재도 의미가 없었다. 눈앞에 울고 있는 위젠이 전부였다. 마음에 갑자기 수천만 개의 날카로운 바늘이 한꺼번에 꽂히는 듯이 아팠다. 가능하다면, 심지어 나 자신이 그곳에 없었으면 좋겠다는 생각이 들 정도였다. 만약에 그곳에 없었다면, 이후에 다시는 잊지 못할 위젠의 마지막 통곡과 절망하는 얼굴도 없었을 테니까.

그건 내 기억 속에, 제일 가슴 아프게 남은, 제일 힘들어하는 모습의 위젠이었다.

— 2003년, 리샤

〈빛나는 무대〉가 끝내 혼란 속에 막을 내렸다. 단 한 명의 가수도 통과하지 못했다. 1등은 공석이었다.

청치치가 무대에서 내려왔을 때 리샤는 이미 가버린 뒤였다. 회사의 차가 극장 후문에 있었다.

청치치와 매니저가 차에 타고 문이 닫히자, 치치는 유리창에 기대어 낮은 목소리로 말했다. "집으로 가요."

기사에게 출발하자고 한 매니저는 고개를 돌려 그녀에게 말했다. "아까 위젠 노래 다 끝날 뻔했잖아요. 생각 바뀐 줄 알고 걱정했어요. 그래도 마지막에 빨간 불 눌렀네요. 하하하하."

유리창에 기댄 청치치는 표정이 없었다. 그저 베이징의 야경을 창 너머로 바라보았다. 빛이 들어와 청치치의 눈을 비추었고, 여러 겹의 모호한 빛을 반사해 내보냈다.

이미 겨울이 지나가고 있었다. 창밖으로 모래 바람이 불었다. 나무의 새싹들이 모래 바람을 뒤집어쓰기도 했다. 베이징 전체가 잿빛으로 흐려졌다. 쓸쓸한 분위기가 무겁게 내려앉았다.

두 달이 눈 깜짝할 새에 지나갔다.

리샤는 줄곧 우울한 시간을 보냈다. 위젠을 생각하면 눈물이 날 것 같았다.

위젠은 다시 편의점에서 일하기 시작했다. 경연에서 1등을 차지하지 못했기 때문에 회사에서는 위젠에게 리퉁촨메이와 계속 계약할 건지 말 건지 스스로 결정하라고 했다. 지금 상황을 봐서는 이제 다른 어떤 경연에서도 그녀가 활약할 수는 없을 것 같았다. 리퉁촨메이에서의 마지막 날, 위젠은 웃으며 고개를 저었다. 그리고서는 리샤를 한 번 끌어안고는 돌아서서 회사를 나섰다.

리샤는 창문에서 아래를 내려다보았다. 마침 위젠이 건물 밖으로 나가고 있었다. 마른 몸을 트렌치코트로 꽁꽁 싸매고 있었다. 리샤의 목이 메어왔다. 그렇지만 아무런 방법이 없었다.

이런 아픔은, 결국 시간만이 치유해줄 수 있을 것이다.

일주일 후에 푸샤오쓰의 네 번째 화집 《동지》의 발표회가 있었다.

사흘 동안 잠을 자지 못했지만 리샤는 잠들 수 없었다. 일정표를 하나하나 대조했다. 혹시나 문제가 생길까 봐서였다. 이번 화집은 푸샤오쓰가 표절 사건으로 아무런 창의력이 없는 화가라 낙인 찍힌 뒤 처음 발매하는 화집이었다. 반드시 아무 문제가 없어야 했다.

매일 해야 할 일들로 꽉꽉 들어차 있었다. 루즈앙도 이번 행사의 홍보 기획의 책임을 맡고 있었다. 야근을 할 때면 푸샤오쓰의 침실에서 쪽잠을 잤다.

리샤와 루즈앙은 이미 연속 사흘 동안 아침에 잠깐 두 시간 정도 자는 게 다였다. 발표회 장소를 조정하고, 인원을 배정하고, 인쇄소의 진도를 체크했다. 홍보물을 인쇄하고, 기자를 초청하고, 신문사에 기사를 보냈다. 두 사람이 이 일들을 모두 처리하느라 바빠 죽을 지경이었다. 이 일들은 푸샤오쓰도 도울 수 없는 일이었다.

이미 사흘째의 아침이었다. 모레가 발표회였다.

"내가 도울 수 있는 건 없어?" 푸샤오쓰가 소파에 앉아서 슬프게 물었다.

루즈앙이 고개를 들었다. 피곤한 얼굴이었다. 눈에는 핏발이 서 있었지만, 그래도 웃었다. 이것이 푸샤오쓰를 더 힘들게 했다. 루즈앙이 말했다. "너는 아무것도 할 거 없어. 네 일은 끝난 거야. 넌 그냥 잘 쉬면 돼. 얼굴에 마스크팩 같은 것도 좀 하고……. 하하. 네가 밤 새서 그림 그릴 때 우리가 쉬었던 것처럼 너도 신경 쓸 것 없어."

푸샤오쓰가 루즈앙의 얼굴을 바라봤다. 마음에 많은 감정이 스쳐 지나갔다. 루즈앙이 많이 성숙해졌다는 것을 이전까지는 막연하게만 알고 있었는데, 지금 그가 일하는 것을 보니 그의 질서정연한 계획과 철두철미함 속에 예전의 그런 충동적인 남자아이는 없었다.

이런 것들이 푸샤오쓰를 흥분하게 했다.

갑자기 전화가 울렸다. 리샤가 받았다. "리퉁촨메이 '웨이' 사무실입니다." 그리고 아무 말도 하지 않았다.

먼지 냄새가 진동했다.

루즈앙이 고개를 들었다. 리샤의 어찌할 바 모르는, 눈물이 흐르는 얼굴이 보였다.

3분 동안 아무도 말을 하지 않았다. 그런 후에 리샤가 고개를 숙이며 작은 목소리로 말했다. "샤오쓰, 우리 소송 졌대."

커다란 눈물방울이 툭 하고 손에 들려 있는 스케줄 표에 떨어졌다. '동지' 두 까만 글자가 번져갔다.

저녁 내내 변호사에게 전화를 걸었다. 그쪽에서는 소송에서 왜 패했는지 정확하게 대답하지 못했다. 그저 모호하게만 답했다. 날 잡아서 직접 보고 말하자며.

"계속 문제없다고 말했잖아요!!"

루즈앙이 벼락같이 고함을 질렀다. 평소의 온화한 루즈앙이 아니었다.

"전화로 이야기하기 힘들어요. 만나서 이야기합시다."

상대방이 무기력하게 대답했다.

"힘들다고요? 샤오쓰 모레 새 화집 발표한다고요. 그런데 지금 우리한테 소송 졌다고 말해요? 이러면 샤오쓰 발표회를 어떻게 하냐고요!"

"지금 그렇게 화내셔도 어쩔 수 없는 일입니다."

"그럼 법원 판결은 언제 나요?"

"내일요."

"어떻게 그렇게 빨리 나와요?"

"이미 전화로는 자세히 말씀드리기 힘들다고 했는데요. 그만 물어보세요."

"……알겠습니다." 전화를 끊은 후 루즈앙이 욕을 퍼부었다.

루즈앙은 푸샤오쓰의 방 문을 열고 들어갔다. 물을 따르고 있는데 구석에서 무슨 소리가 들렸다. 자세히 들여다보니 푸샤오쓰가 바닥에 앉아 있었다. 발밑에는 무수히 많은 편지봉투와 편지지가 널려 있었다. 편지로 가득 찬 큰 상자도 있었다. 루즈앙은 그것이 샤오쓰가 평소에 독자들의 편지를 모아 놓은 상자임을 기억해냈다. 루즈앙도 그 상자에 담긴 편지들을 읽어본 적이 있었다. 격려와 지지. 그도 읽다 보면 감동이 몰려오곤 했다. 그래도 장난으로 툴툴거리며 말했다. "뭐 너를 좋아하는 여자애들이 이렇게 많아도 내 절반쯤이나 될까."

루즈앙은 푸샤오쓰 옆에 앉았다. 그의 눈을 보니 빨갛다. 물기가 있다. 확실히 운 것 같다.

루즈앙은 뾰족한 것에 마음을 찔린 것 같았다. 고통이 파도처럼 밀려왔다.

"안 자고 뭐 해. 얼른 자." 목소리의 떨림을 겨우 진정시켰다. 그에게 힘을 보태고 싶었다. "그러지 말고 정신 잘 챙겨."

"응. 알았어." 푸샤오쓰가 고개를 들었다. 상처받은 작은 짐승 같은 표정이었다. 이미 기력이 하나도 남지 않고 그저 가련함만 남았다. 루즈앙은 목에 무언가 걸린 듯 숨 쉬기가 곤란했다. "이제 자려고. 예전에는 이런 편지들 읽을 시간도 없었어. 그냥 읽고 싶어서⋯⋯. 그냥 이제는 이런 편지 보낼 사람도 없을 것 같아서⋯⋯."

담담한 어투로 천천히 말했다. 그렇지만 그 말들이 울음소리에 섞여 귀에 툭툭 끊겨 들렸다.

루즈앙이 푸샤오쓰의 머리를 안았다. 눈물이 흐르고 있었다. "안 그래. 너 사랑하는 사람들은 영원히 너 사랑할 거야. 샤오쓰, 믿어야 해. 너는 나 믿어야 해."

너는 나 믿어야 해.

너는 나 믿어야 해.

누구는 믿지 않고 싶겠는가.

너도. 반드시. 나를 믿어야 해.

발표회 당일 아침 6시, 리샤가 행사장에 먼저 도착했다. 리샤는 무슨 일이 벌어질지 몰라 계속 걱정이 되었다. 그래서 위젠에게 전화를 했다. 위젠은 자신이 갈 테니 기다리라고 했다.

푸샤오쓰의 발표회는 광화국제회의센터의 1층 로비에서 열렸다. 거의 모든 문화계의 중요한 발표회가 거기서 이루어졌다. 리샤가 현장 배치를 살펴보았다. 어제와 같았다.

그저 푸샤오쓰의 발표회 단상 옆에 다른 단상이 하나 더 만들어졌다는 것 외에는.

직원에게 문의해봤지만, 다들 정확히 대답하지 못했다. 음반 발매 발표회가 있다는 것 같았다. 리샤는 그런데도 안심이 되지 않아 회사에 혹시 다른 회사의 어떤 중요한 행사가 잡혀 있는지 문의해보았다. 그러면 기자들이 그쪽으로 몰려갈 수 있기 때문이었다. 회사가 참여하기로 했던 기자들이 모두 출석한다고 확인시켜주자 리샤는 조금 안심이 되었다.

7시가 되었다. 리샤가 걱정하는 건 현장 배치가 아니라 사무실 쪽이었다. 푸샤오쓰의 상태가 어떤지 몰랐다. 떠날 때 푸샤오쓰는 여전히 소파에 앉아 있었다. 밤새 그곳에 있었던 것 같았다.

리샤는 푸샤오쓰가 그러고 있는 걸 보니 정말 참기 힘들었다. 바로 회사 윗사람에게 떨면서 전화했다. "오늘 발표회…… 취소하면 안 되나요……."

결과적으로 회사 사장 W도 오게 되었다.

사장은 사무실에서 푸샤오쓰에게 말했다. "샤오쓰, 사람들은 다 힘든 시기가 있어. 지금 너처럼. 만약에 네가 지금 포기해버리면, 그러면 정말 완전히 실패하는 거야. 네가 오늘 일어서면 다시 다른 사람의 지지를 받을 수 있고."

푸샤오쓰가 고개를 들었다. 눈에는 눈물이 남아 있었다. 그는 고개를 젓지 않았다. 그렇다고 끄덕이지도 않았다. 그냥 어딘가를 바라보았다.

리샤의 마음이 산산이 부서졌다.

리샤가 시계를 보니 이미 8시였다. 뒤에서 누군가가 자기 이름을 부르는 것이 들렸다. 돌아보니 위젠이 뛰어오고 있었다. 리샤는 감동해서 위젠을 힘주어 껴안았다.

"됐다. 우린 대기실에서 샤오쓰 기다리자. 오자마자 급하게 메이크업이랑 머리 해야 할 거야." 위젠이 리샤의 어깨를 두드려주었다. "지금은 약해질 때가 아니야. 오늘 오전 잘 보내고 난 뒤에 실컷 울게 해줄게."

두 사람은 대기실에 앉아서 기다렸다. 시간이 빠르게 흘러가고 있었다. 시침과 분침 소리가 똑딱거리며 움직이는 소리가 들리는 듯했다. 리샤의 마음이 점점 급해졌다. 높고 높은 벼랑 위에 서 있는데 큰 바람이 마구 불어대는 느낌이었다.

휴대폰이 갑자기 울려 리샤는 놀랐다. '루즈앙'이라는 세 글자가 보여서 급하게 받으니 루즈앙이 흥분되고 기쁜 목소리로 말했다. "샤오쓰 이미 들어갔으니까 빨리 메이크업 해줘. 얼른 준비해."

리샤가 전화를 끊고 방 밖으로 나오니 저 복도의 끝에서 푸샤오쓰의 얼굴이 보였다.

그 순간 복도 끝에서 푸샤오쓰가 까만 양복을 입고 넥타이를 매면서 걸어오고 있는 것이 보였다. 마치 봄이 갑자기 내 곁에 다가온 것 같았다. 그의 눈은 반짝이고 있었다. 고등학교 3학년 때 상하이에서 처음 미술 대상을 받았을 때와 같은 눈이었다.

역시 그는 나를 실망시키지 않는구나!

그는 더는 그런 나약한 어린 남자아이가 아니었다. 사람들을 이끌고 비극의 암흑을 깨버리는 신이었다.

아무리 큰 상처일지라도 그의 완벽한 웃음과 또렷하고 밝은 눈동자에 모든 고통이 잠잠해질 것 같았다.

— 2003년, 리샤

화장하고 머리를 만지니, 8시 50분이었다. 9시에 발표회가 시작된다.

푸샤오쓰는 전시 센터의 보안팀을 따라 발표회 단상 쪽으로 걸어갔다. 리샤와 루즈앙 그리고 위젠이 뒤를 따랐다. 그런데 전시장 안에서 모든 사람이 일순간 벼락을 맞은 것처럼 말을 잃었다.

푸샤오쓰의 단상 뒤에 걸린 거대한 포스터 옆에 또 다른 포스터와 배너가 걸려 있었다. 위에는 '저명화가 평샤오이의 최신작《우울한 인연》발매식'이라고 적혀 있었다.

리샤는 순간 어찌할 바를 몰라서 돌아서서 푸샤오쓰에게 말했다. "어떻게 이럴 수가 있지……. 어떻게 이렇게 됐는지 모르겠어……." 그녀는 울고 싶었다.

고개를 숙인 푸샤오쓰가 힘껏 리샤의 손을 잡고 작은 목소리로 말했다. "당황하지 마. 상관없어. 큰일 아냐. 내가 처리해."

위젠은 리샤를 데리고 가서 첫 번째 열에 있는 자리에 앉았다. 뒤에는 일찌감치 와서 앉아 있는 기자들이 있었다. 루즈앙과 푸샤오쓰도 단상에 앉았다. 푸샤오쓰 앞에는 샴페인이 몇 병 놓여 있었고, 옆에는 피라미드 모양으로 유리잔이 쌓여 있었다. 푸샤오쓰가 앉을 때 옆을 살짝 보니 펑샤오이의 모습이 보였다. 작은 눈이 안경 뒤쪽에서 작은 빛을 내보내고 있었고, 굳게 다물어진 입술, 그리고 뾰족한 턱을 가지고 있었다. 푸샤오쓰는 그녀의 얼굴을 한번 보고 예의 바르게 웃더니, 고개를 돌려 다시는 그쪽을 쳐다보지 않았다.

"푸샤오쓰 씨, 이번 신작 주요 내용이 뭡니까?"

"화집 이름이 《동지》예요. 겨울의 내용을 담았습니다. 눈 속의 녹나무들을 그렸어요. 어렸을 때부터 자란 도시에, 특히 고등학교 교정 안에 녹나무가 많았어요."

안정된 말투. 아름다운 미소. 우아한 자태.

"푸샤오쓰 씨, 펑샤오이 씨의 새 화집 발표와 같은 시간, 같은 장소를 선택한 이유가 뭡니까?"

"그 문제에 관해서는 저랑 회사의 모든 직원들도 모르는 일입니다. 저희도 여기 와서 알게 되었어요. 펑샤오이 씨가 제 발표회가 오늘 여기서 있는지 알고 계셨는지는 잘 모르겠습니다. 저희 쪽에는 먼저 시간과 장소를 발표했었으니까요. 펑샤오이 씨와 회사는 모두 알고 계셨을 거라 생각합니다."

성숙한 답변. 적당한 반격.

리샤는 잘 대응하고 있는 푸샤오쓰를 바라보았다. 누가 믿겠는가. 그가 몇 시간 전에 눈물을 흘리고 있던 남자라는 걸? 그런 그가 지금 이 사람 미치게 하는 압박감을 잘 이겨내고 있다는 걸?

팬찮았다. 기자들이 소송의 결과에 관한 질문들은 하고 있지 않다. 아직 그 소식을 듣지 못한 것 같다.

공기 안으로 한 질문이 억지로 밀고 들어왔다. 순간 모든 사람이 말을 멈췄다.

리샤가 고개를 돌려 보니 푸샤오쓰의 얼굴이 순간 창백하게 변했다. 옆에는 루즈앙이 심각한 표정으로 앉아 있었다.

3열에 앉아 있던 기자였다. 그는 마이크를 내려놓지 않았다. 그 질문이 아직 공기 속에 그대로 걸려 있었다. "바깥에서 하는 이야기를 들어보니까 새로운 화집인 《동지》가 작년 베스트셀러 화집인 《녹나무》를 베낀 거라 하던데, 어떻게 생각하십니까?"

"저는…… 《녹나무》를 보지 못했는데요." 푸샤오쓰의 어조가 흔들리기 시작했다. 리샤는 그의 얼굴에 흐르는 식은땀을 보았다. "그래서…… 저도…… 잘 모르겠습니다."

"녹나무를 그린 것이 《녹나무》를 베낀 겁니까?" 위젠이 갑자기 자리를 박차고 일어나서 기자에게 갔다. 리샤가 놀랐다. "그럼 오동나무 그리면 《오동나무》 베낀 겁니까? 만약에 그러면 흰 비둘기나 올리브 나무 그리면 피카소를 베낀 거네요? 미친 거 아니에요?"

위젠의 말 도중에 기자는 한 마디도 끼어들지 못했다. 현장에 있던 사람들이 웃기 시작했다. 기자의 얼굴이 붉으락푸르락해졌다. 위젠이 앉은 후 리샤는 작은 목소리로 말했다. "와, 진짜 존경한다. 우상님."

단상 위의 푸샤오쓰와 루즈앙도 위젠을 향해 감탄의 눈초리를 보냈다. 루즈앙은 심지어 아래쪽에서 엄지를 치켜올리기도 했다.

모든 사람이 발표회가 안정적으로 끝났다고 생각할 때쯤, 맞은편의 평샤오이가 갑자기 일어나서 이쪽을 향해 말했다. "맞은편의 친구들, 이곳에 푸샤오쓰가 제 화집《봄의 꽃, 가을의 비》를 베꼈다는 자료가 있습니다. 궁금하신 분들은 이쪽에 와서 들으시지요."

'훙저우시 중급인민법원은 2003년 3월 22일, 피고 푸샤오쓰의 《꽃이 불타는 나라》가 원고 평샤오이의 화집《봄의 꽃, 가을의 비》를 표절하였음을 판결한다. 《꽃이 불타는 나라》 발행 정지, 피고는 원고에게 11만 위안을 배상할 것을 판결한다.'

장내가 3분 정도 조용해졌다가 순간적으로 폭발했다.

그 순간 리샤의 세상은 끝없이 새까매졌다.

혼란한 가운데 무대 위로 올라간 기자가 마이크를 높게 들고 푸샤오쓰의 대답을 듣고자 했다. 카메라를 든 기자는 사진을 찍었다. 심지어 밖에 있던 기자들도 앞으로 몰려갔다.

루즈앙이 어쩔 수 없이 단상의 마이크를 들고 오늘의 발표회가 끝났다고 말했다. 그렇지만 주위의 모든 사람이 이성을 잃었고 거의 폭동 수준의 난리가 벌어졌다.

누군가가 병을 들고 푸샤오쓰의 앞으로 가고 있는 것을 아무도 보지 못했다. 누구도 어떻게 그 큰 병에 담긴 오물을 푸샤오쓰에게 부었는지 보지 못했다. 모든 사람이 조용해지고, 고개를 돌렸을 때

꼼짝 못하고 그 자리에 서 있는 푸샤오쓰가 보였다. 머리 위, 그리고 양복 위에 모두 오물이 끼얹어져 있었다. 쓰레기가 그의 머리 위 목덜미에 끼얹어져 있었다. 더러운 물이 머리, 뺨, 코로 쓸려 내려왔다. 끔찍한 냄새도 났다.

순간 세상이 고요해졌다. 그저 뚝뚝 떨어지는 물소리만 남았다. 그 물은 푸샤오쓰의 몸에서 땅으로 흘러 내려와 자국을 만들었다.

푸샤오쓰의 눈이 빨개졌는데, 울어서 그런 건지, 아니면 더러운 물이 들어가서 그렇게 된 건지 알 수 없었다.

사람들 중에 가장 정신을 먼저 차린 건 위젠이었다. 그녀는 욕을 내뱉으며 주먹을 날렸다. 그 남자의 턱을 내리치자 남자는 땅바닥에 쓰러지며 피를 토했다.

그 순간 위젠은 깨달았다. 난동은 이 남자만 부린 게 아니구나. 사람들 사이에서 갑자기 서너 명의 남자가 튀어나와서 위젠 쪽으로 달려들었다. 무대 위에서 루즈앙이 뛰어 내려와서 위젠을 자기 뒤로 밀었다. 그러고 나서는 그들과 싸우기 시작했다.

마음속에 쌓인 지 오래된 분노였다.

아주 오래전부터 흐르기 시작한 강물 같았다.

이 세계에는 이유가 불분명한 증오가 많다. 이유 없는 시기가 많다. 이유 없는 의심과 이유 없는 분노가 있다. 이런 것들이 아름다운 인성 아래쪽에서 몰래 자라나기 시작한다. 그러다가 별안간 아름다운 표층을 뚫고 등장한다. 어둡고 더러운 것들이 한꺼번에 분출된다. 그것들은 일순간 온 세계를 점령해버린다.

모든 사람이 뒤엉켰다. 보안팀이 안으로 들어가기도 힘들었다. 누구도 말리는 기자가 없었다. 모든 사람이 재난 상황에 빠진 것처럼 마이크와 카메라를 들고 기사를 만들어내고 있었다. 리샤는 이런 사람들의 입과 눈을 보며 일순간 본인이 깊게 믿고 있었던 '인간성' 따위는 애초에 존재하지 않았다고 생각했다.

조명 아래에는 루즈앙의 피 흘리는 손등이, 다른 사람에게 머리채를 잡힌 위젠이, 자신을 대신해서 주먹을 막고 있는 푸샤오쓰가 있었다. 루즈앙이 그 남자의 몸 쪽으로 던진 의자가 있었고, 위젠이 그 남자의 머리통을 내리친 병이 있었다. 그러나 이 모든 것들이 리샤의 눈에는 모두 아무런 소리 없이 이루어지는 장면 같았다. 마치 무성영화 같았다. 리샤는 점점 황홀한 감정이 들었다. 눈앞의 모든 것이 코미디 같았다.

유일하게 들렸던 또렷한 소리는, 뒤쪽에서 들려오는 펑샤오이의 비웃는 말이었다. 그녀는 기자들을 향해 웃으며 말했다. "만약 내가 표절한 사람이었다면, 얼른 집에 가서 참회하겠어요. 애초에 부끄러워서 새로운 화집 발표회 따위는 할 수 없었을 거예요."

그때 누군가가 단상 위로 올라가 샴페인 병 하나를 움켜쥐었다. 그가 그 많은 사람을 뚫고 두 개의 단상과 난간을 넘어가는 것을 아무도 보지 못했다.

루즈앙이었다. 그는 난간에 병을 내리쳤고, 남은 부분을 힘껏 움켜쥐었다.

사람들이 알아챘을 때는 펑샤오이가 이미 바닥에 쓰러지고 난 뒤였다. 현장이 일순간 고요해졌다. 루즈앙은 아무 표정도 짓지 않고, 아무 소리도 내지 않았다. 펑샤오이의 고통으로 찡그린 얼굴도 소리가 없었다.

리샤는 갑자기 홀가분해지는 감정이 들면서 심지어 조금씩 일그러진 미소까지 지었다. 너무 황당해서 꿈인 것 같았다. 이건 꿈이야. 분명히 꿈이지. 이제 누군가가 날 칼로 찌를 거고 그러면 꿈에서 깰 거야.

가장 먼저 정신을 차린 건 푸샤오쓰였다. "이 새끼야, 뭐 한 거야!" 그가 울부짖는 소리에 사람들이 정신을 차리기 시작했고 그때 이미 그는 루즈앙을 문 쪽으로 끌고 도망가기 시작했다. 곧바로 위젠도 난간을 넘어 급하게 그들을 쫓았다.

푸샤오쓰는 루즈앙을 끌고 문 밖으로 달려 나갔다. 이때 모든 사람이 정신을 차리기 시작했다.

사람을 죽였다! 사람을 죽였어! 이건 그냥 싸움이 아니야.

위젠이 깨어났다.

리샤도 깨어났다.

전시 센터의 모든 보안 요원들도 깨어났다.

푸샤오쓰와 루즈앙이 정문으로 가던 순간에 위젠은 문을 닫았다.

"얘 도망가게 좀 막아줘!" 그 순간 푸샤오쓰가 내지르는 소리를 듣고 위젠은 온 힘을 다해 그 문을 막았다. 보안 요원이 달려들어 그녀를 밀치려 했지만, 그녀는 죽을힘을 다해 큰 문을 막아섰다. 그녀는 알고 있었다. 급박할 때 이렇게 1초라도 벌어주면 도망갈 희망이 조금은 더 생기기 마련이라는 사실을.

그렇지만 보안 요원이 더 밀려와 봉을 휘둘러대기 시작했다. 누군가가 위젠의 머리를 봉으로 내리쳤다. 얻어맞는 순간 죽을힘을 다해 문을 잡고 있던 손에 힘이 풀렸다. 문이 열렸다.

리샤가 뛰어가서 위젠을 안아 드는 순간에 위젠의 머리에서 피가 흘렀다. 마음이 무너져내렸다.

위젠은 리샤의 손을 잡고 리샤의 귀에 작은 목소리로 말했다. "루즈앙 멀리 도망가게 해……. 멀리……." 그러고 나서는 리샤의 품에서 정신을 잃었다.

리샤의 눈에서 눈물이 터져 나왔다. 눈물이 방울방울 위젠의 뺨에 떨어졌다. 피와 눈물이 섞여 흘러내렸다.

주위의 기자들은 계속해서 사진을 찍었다. 플래쉬가 계속해서 리샤의 눈을 어지럽게 했다.

리샤는 휴대폰을 찾아 돤차오에게 전화를 했다. 돤차오가 전화를 받기도 전에 리샤는 울면서 횡설수설 말하기 시작했다. "돤차오, 구급차 좀 불러줘. 빨리! 위젠이 피를 많이 흘려. 돤차오, 샤오쓰랑 루즈앙 좀 도와줘! 돤차오, 위젠 여기 있어. 얼른 와! 빨리. 나 무서워!

위젠이 내 말을 못 들어!"

흐느끼는 소리가 휴대폰의 신호를 타고 전달되고 있었고, 그 쉰 목소리와 울음소리가 전시 센터의 높은 천장에서 맴돌았다.

보안 요원들은 이미 푸샤오쓰와 루즈앙을 쫓아가고 있었기 때문에 현장에 남은 건 기자들뿐이었다.

몇몇 여자 기자들은 차마 더 볼 수 없어 자리를 떴다. 그리고 푸샤오쓰의 팬들은 울고 있었다. 리샤는 그들의 얼굴을 보았지만, 이미 아무런 감정도 느낄 수 없었다.

그저 그날, 모든 사람이 리샤의 울부짖는 소리를 들었다. 모든 사람이 그 목소리에 담겨 있는 슬픔과 분노를 잊을 수 없었다.

푸샤오쓰는 루즈앙을 끌고 미친 듯이 밖으로 뛰어 나갔다. 머릿속이 혼란스러웠다. 그렇지만 한 가지 분명한 건 위젠이 문을 닫은 순간 내뱉은 "꼭 도망가게 해야 해"라는 말이었다.

꼭 도망갈 수 있게 해야 한다!

뒤에는 보안 요원들의 발소리가 들리기 시작했다. 앞에는 바깥의 문으로 통하는 복도가 있다. 푸샤오쓰는 문을 연 후에 루즈앙을 밀어 넣고 큰소리로 외쳤다. "가! 얼른 멀리 도망가!"

바깥으로 빠져나간 루즈앙이 돌아보았다. 잘생긴 그의 얼굴이 눈물로 더럽혀져 있었다. 그의 상처받은 표정이 순간적으로 화면을 가득 채운 정지화면이 되었다. 그 순간 세상에 유일하게 남은 정서였다.

"바보야! 어서 뛰라고! 얼른 도망가!"

푸샤오쓰가 온 힘을 다해 문을 닫고 고개를 돌렸다. 복도 쪽에서 열 명도 넘는 보안 요원들이 봉을 들고 뛰어오고 있다. 푸샤오쓰는 조용히 3초 정도 서 있다가 눈을 감고 온 힘을 다해 그 문을 붙잡았다.

"즈앙, 이 문이 얼마나 버틸 수 있을지는 몰라. 꼭 도망가야 해. 멀리 멀리 도망가야 해."

푸샤오쓰는 아까 그 문 옆 바로 그 자리에서 깨어났다. 머리에서 극렬한 통증이 느껴졌다. 손을 뻗어 만지니 피가 묻어났다. 정신이 없다. 심지어 자신이 왜 여기 누워 있었는지도 잘 기억이 나지 않았다. 아까까지도 발표회였는데, 리샤와 위젠이 아래에 앉아 있었는데, 루즈앙이 옆에 있었는데……. 루즈앙!

머리에 극렬한 통증이 몰려왔다. 푸샤오쓰가 일어나 바깥쪽을 향해 뛰었다.

어느 방향을 향해 뛰어야 할지 몰랐다. 그렇지만 발을 멈출 수 없었다. 루즈앙, 넌 어디 있는 거니?

차가 많은 도로의 길목, 수많은 신호등, 수많은 행인의 무감각한 얼굴을 지나쳤다. 루즈앙, 어디 있는 거야?

길모퉁이를 돌아서 담을 돌았다. 무수한 편의점, 한두 개의 서점. 아침거리를 파는 가게는 문을 닫았다. 루즈앙, 어디 있는 거야?

뛰다 보니 온몸에 기력이 없어졌다. 차가 끊임없이 지나가는 사거리 가운데에 섰다. 주위는 시끄러운 네온사인과 몰려드는 사람들이 가득하다. 도시 전체가 번잡하게 돌아가고 있었다. 푸샤오쓰가 주위의 낯선 광경을 본다. 어디에서부터, 어느 방향으로 뛰어왔는지 모르겠다. 몇 년 전에 맹세한 '다시 울지 않으리라'는 결심은 도망간 지 오래다. 슬픔이 용솟음쳐 조수가 높아진다. 수위가 돌연 '이상', '위험' 수치를 돌파한다. 점점 한계에 가까워진다.

루즈앙, 이 등신 같은 새끼.

네가 예전에 늙지 않고 죽지 않는 삶이 얼마나 무서운지 아냐고 물었잖아. 사랑하는 사람과 좋은 친구들이 다 이 세상에 없는데 홀로 살아남는 건 정말 재미없는 일이라고. 그런데 지금 네가 이렇게 멍청한 짓을 해서, 이후에 나 혼자 장생불사하면 어쩌라고. 그 긴 시간 동안 너와 다투지 않으면 누구와 함께 지내며 살아야 하냐고!

길 한가운데에서 다 큰 남자가 울고 있는 것이 얼마나 구역질 나는 일인가? 정말 구역질 난다. 그렇지만 상관하지 않았다. 그런 영욕과 체면은 루즈앙과 비교하면 아무것도 아니다. 눈물이 주룩주룩 흘러내렸다. 목이 메었다. 소리가 나지 않는다. 호흡이 가빠져 온다. 푸샤오쓰가 멍하니 길에 서 있다. 눈물이 몸 위로 비극적인 강이 되어 흐르는 것 같다. 몸에 흐르다 못해 길에도 흐른다. 모든 도시가 물에 잠길 것 같다. 수면이 점점 높아진다. 도시의 시끄러운 소리가 수면 아래로 점점 사라진다. 온 도시가 점점 조용해진다. 마침내는 죽은 듯이 고요해진다.

온 세상에 그의 울먹이는 외침만이 작은 소리로 반복되며, 골짜기의 메아리처럼 도시의 어둡고 붉은 하늘 안에서 메아리쳤다.

루즈앙, 어디 있는 거야…….

루즈앙, 어디 있어…….

나 힘들어……. 못 찾겠어. 네가 나와…….

내가 진 걸로 할 테니까 얼른 나오면 안 돼? 그러면 안 돼?

사라지지 마……. 내가 찾을 수 있게 해줘…….

떠나지 마……. 이제껏 이렇게 오래 떨어져 있었는데……. 또 떠나는 거 미안하지도 않아?

루즈앙……, 나 서 있는 거 힘들어……. 어디 있어…….

사무실로 돌아왔을 때는 이미 깊은 밤이었다. 문 옆에 두 명의 경찰이 서 있었다. 푸샤오쓰가 손으로 멍든 눈가를 문지르려 하자 차가운 수갑이 순식간에 손목에 채워졌다.

구치소 안으로 들어가니, 머리에 붕대를 감고 있는 위젠이 보였다.

"괜찮아?"

"괜찮아." 위젠이 일어났다. 낮은 목소리로 물었다. "루즈앙은?"

푸샤오쓰는 '안 잡혔어'라는 표정을 지었다. 그리고는 앉았다. 옆에는 소란을 부렸던 몇 명이 있었다.

우선 그 난동을 부린 자들에 대한 심문이 시작되었다.

"왜 푸샤오쓰한테 가서 먼저 시비를 걸었습니까?"

"누가 그렇게 하면 한 사람당 500위안 준다고 했어요. 우리는 그냥 소란만 부리면 된다고 했고요."

"돈 준 사람이 누군데요?"

"몰라요. 전화한 사람은 여자였어요. 돈은 건물 밑에 있는 우편함에 넣어둔다고 했어요."

"전화번호 기억 못 합니까?"

"기억 못 해요. 전화할 때마다 번호가 바뀌었어요. 공중전화를 바꿔가며 전화하는 것 같았어요."

......

다음은 푸샤오쓰와 위젠의 심문이 시작되었다. 모든 질문이 '그래서 루즈앙이 어디로 갔나'를 둘러싸고 이루어졌다.

계속해서 모른다고 대답하자 경찰들도 심문하기 귀찮아진 모양이었다. 구류 24시간이 지나자 나가라고 했다.

푸샤오쓰와 위젠이 구치소에서 나와서 문을 나왔다. 리샤와 돤차오가 입구에서 기다리고 있었다. 둘은 눈가가 빨갰다.

네 사람의 눈에 모두 핏발이 서 있었다.

위젠은 돤차오의 품에 안겼다. 목 위로 그의 눈물이 느껴졌다. 위젠은 돤차오의 머리에서 나는 익숙한 향기를 맡았다. 참지 못하고 눈물이 쏟아졌다.

리샤는 푸샤오쓰의 머리에 아직도 남아 있는 더러운 것들을 보았다. 더러운 물로 젖은 양복에서는 고약한 냄새가 났다. 리샤는 칼에 베인 것보다 더 쓰라렸다.

푸샤오쓰가 리샤를 보았다. 눈에서 눈물이 천천히 흘러내렸다. 울먹이며 말했다. "나도 너 안고 싶은데⋯⋯, 그런데 내가 지금 너무 더러워."

욕실에서는 계속 샤워기에서 물이 쏟아지는 소리가 들렸다.

리샤가 시계를 보니 이미 두 시간이나 지나 있었다. 다급하게 욕실 문을 두드렸다. 그렇지만 안에서는 물소리 외에는 아무 소리도 들리지 않았다. 리샤가 마음이 더 급해져서 떨리는 목소리로 물었다. "샤오쓰, 너 뭐 해?"

대답이 없었다.

"샤오쓰?"

순간 머릿속에 여러 화면이 스쳤다. 리샤는 놀라서 문을 발로 차서 열었다.

푸샤오쓰가 욕실 벽 옆에 웅크리고 앉아 손안의 물을 계속 바깥으로 흘려보내고 있었다.

푸샤오쓰가 고개를 들었다. 열여섯 살 때의 얼굴이다. 상처받은 아이처럼 혼잣말했다. "아무리 씻어도⋯⋯ 너무 더러워⋯⋯."

씻어도 깨끗해지지 않았다.

너무 더러워.

리샤는 조용히 문을 닫았다. 두 눈에서 눈물이 흐른다.

사무실 방에 돌아오니 마침 휴대폰이 울렸다.

"리샤야. 나 치치야."

"응, 치치야. 무슨 일이야?"

"샤오쓰 일, 지금 막 뉴스에서 봤어……."

"치치야……. 나 너무 울고 싶어."

"리샤야……. 너 지금 나와서 나랑 얘기 좀 할 수 있어?"

"다른 날에 하면 안 돼? 나 지금 샤오쓰랑 같이 있어줘야 하는데……."

"오늘 해야 해. 샤오쓰에 관한 일이야."

"무슨 일이야, 급해?"

"응. 좀 급한 일이야. 지금 내 뱃속에…… 샤오쓰의 아이가 있어."

Chapter 10

2003년 하지

천사

그 기억 속의 여름에 활짝 피었던,

그 꽃 한 송이가 세월 속에 흩뿌려진다.

모든 노랫소리가 일순간에 음표를 잃었고, 세상은 이때부터 청력을 잃었다.

모든 색채가 일순간 색이 바랬고, 세상은 이때부터 시력을 잃었다.

그리고 너는 여전히 그 조용한 흑백화면 안에 서 있다.

급히 멀어져간 세월이,

다시 돌아왔다.

하지만 서둘러 멀리 가버린 너는,

그때부터 내 세상에서 완전히 사라졌다.

사람들이 말하는 그 전설이,

너야?

사람들이 말하는 이야기가,

너야?

그 녹나무 그늘에 새겨져 있는 눈물과 세월이,

젊고 충동적이었던 우리일까?

커피숍의 구석 자리에 청치치가 조용히 앉아서 창을 내다보고 있었다. 리샤가 오는 것을 보고 그녀는 일어나 리샤에게 손을 흔들었다.

눈앞의 청치치는 아름다웠다. 리샤는 앉으면서 심지어 자신이 어떤 감정인지도 말하지 못할 것 같았다. 머릿속에는 청치치의 말이 맴돌 뿐이었다. "뱃속에 샤오쓰의 아이가 있어." 이 말은 마귀의 저주처럼 리샤의 성대를 끊어 입을 벌려도 아무 말도 할 수 없게 만들어버렸다.

여러 번의 시도 끝에 리샤의 입에서 "……언제야……?"라는 말이 튀어나왔다. 리샤 스스로도 이상했다. 마치 자신이 아닌 다른 사람이 말을 하는 것 같았다. 다시 생각해봐도 "언제야……?"라는 이 말이 더럽다는 느낌을 지울 수 없었다.

"《위》세 번째 화집 나올 때 네가 우한에 갔었잖아. 그날 밤에 샤오쓰랑 술 마셨어. 표절 사건으로 힘들어서 많이 마셨어." 청치치가 고개를 숙였다. 말에서 특별한 감정이 느껴지진 않았다. "그날⋯⋯ 나도 많이 마셨어⋯⋯. 그래서⋯⋯ 그날 호텔에 갔고⋯⋯."

"그만해." 더 듣고 싶지 않았다. 마음속에서 구역질이 올라왔다.

"리샤, 너 나 밉지?" 치치가 고개를 들었다. 눈에는 눈물이 고여 있었다.

리샤는 그녀를 보았다. 마음이 텅 빈 느낌이었다. 청치치를 미워해야 하나, 푸샤오쓰를 미워해야 하나? 아니면 나 자신을 미워해야 하나?

"그⋯⋯ 아이는⋯⋯ 어떻게 할 생각이야? 지울 거야?" 이 말을 하는 순간 리샤는 자신에 대한 극도의 혐오감이 느껴졌다. 이런 말을 내뱉은 스스로가 너무나 싫었다. 이렇게 냉정한 목소리로 "지울 거야?"라고 물을 수 있다니 너무 잔인하지 않은가⋯⋯.

"리샤야." 청치치가 리샤의 차가운 손등을 만지며 말했다. "낳아도 돼? 너는 몰랐겠지만⋯⋯ 나⋯⋯ 7년 내내 푸샤오쓰 좋아했었어."

순간 리샤는 무언가가 높은 곳에 떨어져 마음속에서 와작 하고 깨지는 것 같았다. 온 마음에 깨진 유리 조각들이 흩어졌다. 그 조각들에 빛이 반사되어 반짝반짝 잡스러운 빛을 뿜어내고 있었다. 누군가가 심장을 힘을 주어 꼬집는 것 같았다. 유리 조각들이 심장 속에 깊이 박히는 듯했다.

아프다? '아프다'라는 단어로는 다 표현할 수가 없다.

이쯤 되면 술김에 벌어진 일이 아니다. 단순히 육체적으로 외도를 한 것이 아니다. 리샤는 청치치를 보았다. 절망스러웠다. 너 지금 나한테 그를 7년이나 좋아해왔다고 말하는 거니? 너…… 나를 어떻게 생각하는 거니?

"리샤야, 부탁해." 청치치의 손도 얼음장처럼 차가웠다. "낳게 해줘. 내가 샤오쓰를 좋아하는 마음도 조금도 너에게 뒤지지 않아. 만약에 나한테 샤오쓰 양보해주면, 약속해. 내가 걔 진짜 행복하게 해줄게. 네가 안 된대도…… 어쩔 수 없어. 난 몰래 이 아이 낳아서 키울 거야. 샤오쓰가 나에게 준 선물이라고 생각하면서……."

"그만해." 리샤가 갑자기 자리에서 일어났다. 그리고 눈물범벅인 청치치의 얼굴을 손가락으로 가리키며 말했다. "청치치, 난 한 번도 네가 미웠던 적이 없었어. 전에도 그랬고, 지금도 그렇고, 앞으로도 그럴 거야. 그런데 네가 계속 그렇게 말하면, 난 진짜 네가 싫어질 것 같다."

리샤 자신도 스스로가 이렇게 냉정한 말을 뱉을 수 있는 것이 신기했다. 눈물범벅인 청치치와 자신, 대체 누가 상처받은 사람일까? 리샤 스스로도 헷갈렸다.

"미안해. 화내지 마." 치치는 조금 멍해서 리샤의 손을 끌어 앉혔다. "내가 뭘 뽐내려고 했던 건 아니야." 리샤는 다시 청치치를 바라보았다. 그래. 넌 무언가를 자랑한 적이 없지. 그냥 어렸을 때부터 지금까지 다른 사람보다 더 많은 걸 가졌으니까. 애초에 자랑할 필요가 없거든.

눈물을 닦은 청치치는 똑바로 앉아서 리샤를 바라보았다. 조금 고민한 후에 한 마디 한 마디씩 뱉었다. "리샤, 샤오쓰의 상황에 대해서 생각해봤어? 나는 지금 걔를 도와줄 수 있어. 예를 들어 회사한테 부탁해서 샤오쓰랑 나랑 같이 공익 광고를 한 편 찍을 수도 있고, 우리 회사가 리퉁촨메이에 협조해서 샤오쓰에 관한 나쁜 기사들도 덮을 수도 있고, 알다시피 리퉁촨메이의 제일 라이벌이 우리 회사 화리음반이잖아. 리샤야…… 나 할 수 있어. 너보다 샤오쓰를 위해 할 수 있는 일들이 많아. 많아도 너무 많아……."

리샤는 청치치의 손을 뿌리치며 자리에서 일어났다. "생각해볼게." 그러고 난 뒤 커피숍에서 나왔다.

리샤의 뒷모습이 문밖으로 사라진 뒤, 청치치는 휴대폰을 들어 전화를 했다.

"류 선생님, 저번 주에 예약한 중절 수술, 다음 주에 하는 거로 해요. 부탁드려요."

커피숍을 나서는데 눈물이 주르륵 흘렀다.

치치, 난 예전에도 너를 미워한 적이 없고, 지금도 마찬가지야. 나 스스로가 싫을 뿐이야. 아무것도 할 수 없는 나 자신.

이런저런 일들이 한꺼번에 떠올랐다. 모든 장면, 모든 소리. 심지어 구체적인 냄새까지 리샤의 머릿속에 등장했다. 리샤는 갑자기 길에서 토하고 싶어졌다. 위가 너무 아파서 길거리에 주저앉았다. 봄바람이 아직 너무 차가웠다. 리샤는 갑자기 이렇게 토해야 하는 건 치치가 아닌가 하는 생각이 들어 크게 웃기 시작했다.

그렇게 눈물범벅이 되어 지었던 웃음. 아마도 평생 잊지 못할 것이다.

사무실에 돌아왔을 때, 푸샤오쓰는 이미 욕실에서 나왔다. 새 옷으로 갈아입어 깨끗한 세제 냄새가 풍겨왔다.

그런데 샤오쓰는 지금 깨끗하다고 할 수 있을까?

리샤는 소파에 꼼짝않고 앉아 있는 푸샤오쓰를 본다. 눈에서 눈물이 흘러내렸지만 어두워서 아무도 볼 수 없다. 예전에는 그가 천사 같다고 생각했다. 심지어 키스할 때도 유난히 긴장되었다. 깨끗하고 예쁜 존재를 더럽히는 느낌이었다. 그런데 지금, 어렸을 적부터 같이 자라온 친구가 이 천사 같은 남자를 가졌다고 말했다.

리샤는 푸샤오쓰와 청치치의 다정한 모습을 떠올리지 않으려 노력했다. 그렇지만 끊임없이 머릿속에서 떠올랐다. 푸샤오쓰의 내음, 청치치의 윤기 나는 피부. 애초에 다른 사람이 손대지 못하게 하는 푸샤오쓰의 머리, 청치치의 관리받은 손…… . 모든 것들이 뒤범벅되었다. 푸샤오쓰의 거친 호흡과 청치치의 신음도 들릴 정도였다. 토하고 싶은 느낌이 점점 심해졌다. 리샤는 입을 꾹 다물고 구토를 참았다.

"샤오쓰, 너 내가 우한 갔을 때 치치랑 술 마셨지…… ."

"응."

한 글자였다. 아무렇지도 않은 어조였다. 고등학교 때부터 그의 '응'이라는 대답에는 익숙해져 있었다. 그러나 지금, 이 대답을 듣게 되다니. 마치 이렇게 오래된 감정에도 그가 자신을 대하는 태도에는 변화가 없는 것과 같았다. 예전에도 "응"이었고, 현재도 그러하다.

"그러면 치치가 너 데리고 호텔 갔어?"

"맞아. 그런데 지금 지나간 일을 뭐 하러 물어!"

못 참겠다는 말투였다. 혐오의 눈빛이다.

누군가가 심장에 못을 뿌린 후에 힘껏 움켜쥐는 느낌이다. 심장에 못이 하나하나 박히는 느낌이다.

"아니야…… 아까 잠깐 치치랑 이야기했었거든. 그냥 물어본 거야……. 아직 루즈앙 걱정해?"

"나 지금 말하기 싫어! 귀찮게 하지 마!"

귀찮게 하지 마!

안 그래. 그래, 다시는 귀찮게 안 할 거야.

밤새 눈물을 흘렸다. 이미 흘릴 만큼 다 흘려서 더 흘릴 것도 없었다. 리샤는 짐을 챙겼다. 사무실에서 쓰던 것들을 대충 가방에 넣어 짐을 쌌다.

익숙한 만년필, 샤오쓰가 고등학교 때 쓰던 만년필이다.

익숙한 계산기, 샤오쓰와 함께 사러 갔었다.

익숙한 하얀색 컵, 샤오쓰의 남색 컵과 한 쌍이다.

익숙한 방석, 샤오쓰가 제일 좋아하는 소닉 무늬다.

다 들고 가고 싶었지만, 가방이 작았다. 만약에 어느 날 이렇게 조용히 떠날 줄 알았다면, 애초에 어느 날 네가 '귀찮게 하지 마'라고 할 줄 알았다면, 나는 엄청나게 큰 가방을 미리 사놓았을 것이다. 모든 기억, 탁자, 의자, 심지어 침대까지 다 들어가는. 달팽이처럼 방 전체를 메고 다른 곳으로 갔을 것이다. 내 집을 다 통째로 둘러메고서는 어딘가로 떠났을 것이다.

리샤는 살짝 푸샤오쓰의 방문을 열어보았다. 달빛이 그의 곤히 잠든 얼굴을 비춘다. 눈물 자국도 보인다. 리샤는 푸샤오쓰의 잠든 얼굴을 보니 눈물이 났다. 더는 나올 눈물이 없을 거라 생각했는데, 다시 눈물이 흐르고 있었다.

샤오쓰, 너한테 진지하게 우리 이제 헤어지자고 말하고 싶었어. 너를 안고 한바탕 울고 난 뒤에 떠나고 싶었어. 아마도 앞으로의 내 인생에, 더는 푸샤오쓰라는, 예전에 세상에서 제일 중요하다고 느꼈던 그 이름이 없겠지. 떠나기 전에 너의 어깨에 기대어 실컷 울었으면 좋았을 텐데. 영화나, 소설이나, 그런데 보면 정말 서로 사랑했던 사람들은 모두 정말 아프게 이별하잖아. 그렇지만 정말 생각지도 못하게 우리 둘 사이에 남은 마지막 한마디는 네가 나에게 했던 '귀찮게 하지 마!'라니.

이 생각이 날 때마다 마음이 아팠어.

샤오쓰, 네가 그런 말을 할 때 내가 힘들 거라는 생각은 안 해 봤어? 예전의 나는 무슨 일을 하더라도 매번 '내가 이렇게 행동하면 샤오쓰가 기분 나쁘지 않을까?' 하는 생각을 우선 했어. 왜냐하면, 예전의 나에게는 진짜로, 푸샤오쓰, 내 눈앞에 있는 네가, 내 앞에 서 있는 잘생기고 차가운 네가, 나의 전부였거든. 유일한 세계였거든.

지금까지도 나는 그렇게 생각해. 그저 이제는 '예전'이라는 말을 앞에 붙여야 하지만.

예전에 나의 전부였던, 유일한 세계.

— 2005년, 리샤

기차가 베이징을 떠났다.

리샤는 창가에 앉아 기차의 경적 소리를 듣는다. 누구에게도 자신이 떠난다는 이야기를 하지 않았다. 위젠에게도.

휴대폰를 들어 청치치의 번호를 찾은 후에 문자를 보낸다. "푸샤오쓰를 잘 돌봐줘. 부탁해."

그리고 나서는 휴대폰에서 SIM 카드를 빼서 창문 밖으로 던졌다.

하늘에서 금색 광선이 번쩍였다. 이제, 리샤를 찾을 수 있는 사람은 없다.

아예 세상에 존재하지 않았던 것처럼.

위젠은 리샤가 사흘 동안이나 전화를 받지 않자 사무실로 왔다. 처음에는 사람이 없는 줄 알았다. 불은 켜져 있지 않아 어두웠다. 그렇지만 문이 열려 있었다. 등을 켰더니 구석에 푸샤오쓰가 앉아 있었다.

수염이 자라났고 머리도 헝클어져 있었다.

"샤오쓰……, 너 왜 이러고 있어……."

고개를 들어 위젠을 오랫동안 바라보던 푸샤오쓰는 마치 갑자기 다시 살아난 것처럼 위젠의 손을 꼭 잡고 눈물을 흘리며 말했다. "위젠, 리샤 못 봤어? 리샤 못 봤어?"

리샤 못 봤어?

리샤 못 봤어?

위젠은 푸샤오쓰의 방에서 나왔다. 리샤가 왜 갑자기 없어졌는지 이해가 가지 않았다. 리샤를 찾아오겠다고 약속을 하며 푸샤오쓰를 달래서 재웠다. 그는 곧 깊은 잠에 빠졌다.

아마도 오랫동안 잠을 자지 못한 듯했다. 위젠의 마음이 아팠다. 평소의 그 왕자 같은 푸샤오쓰가 이렇게 엉망진창인 채로 있다는 게 믿어지지 않았다. 그래서 위젠은 지금 베이징 도처에 루즈앙의 사진이 붙어 있다고, 수배가 내려졌다고 말할 수 없었다.

시간이 많이 흘렀는데, 마치 한순간이었던 것 같다. 이미 8년이다. 1995년 첸촨일중에서 2003년 베이징 거리까지. 서로 다른 시공, 서로 다른 세계.

위젠이 고개를 들어 하늘에 걸려 있는 달을 보았다. 달이 세상에 은백색의 빛을 흩뿌리고 있었다.

달은 영원히 사람들 사이의 이별 그리고 아픔에 관해서는 모를 것이다. 그늘지고 동그란 얼굴, 그런 달의 모습은 적막한 순간에 더 큰 외로움을 불러일으킨다.

마지막 계단을 올랐을 때, 위젠은 자신의 집 문 앞에 서 있는 돤차오를 보았다. 그는 무언가 할 말이 있는 것 같았는데, 표정을 읽을 수 없었다.

그 순간 위젠은 미래의 잔인한 얼굴을 엿본 듯했다. 마음에 바람이 불었다. 쓸쓸한 소리가 났다.

돤차오가 말했다. "위젠, 합격했어……. 케임브리지대학……."

마음이 수면 밑으로 툭 가라앉는다. 그러고서는 달빛처럼 하얀 슬픔이 떠오른다.

"그래……?"

"가면…… 8년이야……."

그렇게 긴 시간이라니……. 무수한 세기가 지난 후일 것 같다. 시간은 가볍다. 인생은 더 가볍다.

"그래……? 8년 후면 나 서른이네……."

"위젠, 나 어떡해……? 가?"

"가야지. 케임브리지 가서 네가 제일 좋아하는 건축, 계속 공부해야지……. 전부터 바라던 일이었잖아."

"그거야 이렇게 정말 이루어질 줄 몰랐으니까……. 그래서 네 앞에서 계속 그렇게 되었으면 좋겠다고 말한 거였지……."

"어쨌든 이루어졌네. 기뻐할 일이야."

"그러면…… 너 나 기다려줄 거야?"

'너 나 기다려줄 거야?' 이런 질문은 강물에 떠다니는 낙엽처럼, 대답하지 않으면 자연스럽게 강바닥으로 가라앉아 점점 모래에 덮이고, 진흙에 묻혀, 지각의 한 부분이 되어 사람들에게 발견되지 않는 비밀이 될 것이다. 그리고 오랜 시간이 지난 후 지각이 움직일 때 화석에서 그 모습을 드러낼 것이다. 돌 안에서 굳어진 누런 잎의 흔적으로 남는 것이다.

"내가 기다릴 필요 있을까? 8년……은 긴 시간일까, 짧은 시간일까?"

"……기다릴 필요 없겠지. 그때 되면 위젠은 다른 좋아하는 사람이 생길 테니까."

"너 그렇게 생각해?"

"응. 너처럼 괜찮은 여자애는 분명히 수없이 많은 남자가 계속 쫓아다닐 테니까."

"응. 그럴 수도. 첸찬에 돌아가 칭톈을 다시 찾을 수도 있고."

"그렇구나……."

"그럴 수도. 아닐 수도. 나도 몰라."

위젠은 자신이 아닌 다른 사람인 채로 말을 하는 것 같은 기분이 들었다. 육체를 떠난 자신의 영혼이 머리 위에서 이 이별의 장면을 내려다보는 것 같았다. 마치 자신과는 상관없다는 듯이. 그렇지만 영혼의 눈물은 형태가 없다. 그래서 아무리 더 가슴 아프게 눈물을 흘린다고 해도 그저 공기 안의 미묘한 파동으로만 남을 뿐이다.

넌 아무것도 볼 수 없다.

"문 열어줄 테니까 너는 안에 들어가서 잠깐 앉았다가 가. 나는 나가서 좀 걷고 싶다." 위젠이 말했다.

롼차오는 위젠의 뒷모습이 계단 아래로 사라지는 것을 멍하니 보았다. 발소리가 점점 멀어진다. 그는 어둠 속에 1분 정도 우두커니 앉아 있었다.

그러다 갑자기 일어나서 계단 아래로 미친 듯이 뛰어 내려갔다.

위젠, 네가 계단을 내려가던 그 순간, 나는 너를 잃을까 봐 두려움이 몰려왔어. 너의 발걸음 소리가 멀어지면서 네가 보이지 않게 되어 너무 무서웠어.

그 순간, 생각했어. 무슨 케임브리지고, 무슨 박사고, 무슨 빛나는 미래냐. 이런 것들을 너와 함께하는 미래와 비교하면 너무 가벼운 것들이라 웃음까지 났어. 너와 함께하는 시간 동안 너는 나에게 많은 것을 가르쳐줬어. 좌절을 맞서는 용기, 행복을 대하는 방법, 사랑도. 이런 네가 나한테 가르쳐준 것들은, 어디에 가도 배울 수 없을 거야.

그래서 나는 케임브리지에 가지 않을 거야.

위젠, 나와 결혼해줘!

나랑 결혼하자!

— 2003년, 둰차오

위젠은 건물 밖으로 나가 뛰기 시작했다. 더 빨리, 더 빨리. 몸 안의 기차가 칙칙폭폭 소리를 냈다.

주위 사람들이 모두 뒤쪽으로 스쳐 지나갔다. 그 순간 머릿속에 리샤의 미소가 생각났다. 리샤. 네가 보고 싶어. 어디 있어? 어디 있는 거야?

길거리의 상점들은 두터운 커튼이 드리워진 채 모두 따뜻한 빛을 내뿜고 있었다. 모두 대수롭지 않은 연기처럼 곁에서 스쳐 지나갔다. 그러다 갑자기 뒤에서 자신의 이름을 부르는 소리가 들렸다. 둰차오였다.

뭐 하러 쫓아오는 거지? 무슨 뜻이야?

나를 포기한 다음에 왜 쫓아오는 거지? 대체 무슨 뜻이야?

그는 뒤에서 길을 건너려던 위젠의 손을 잡아 인도로 끌어당겼다. 위젠은 순간 몸을 돌려 둰차오의 뺨을 때렸다. 그 순간 둰차오는 잡고 있던 위젠의 손을 놓았다. 둰차오가 눈물을 흘린다.

위젠은 바로 다시 돌아서서 길의 건너편 방향으로 뛰었다. 빨간불인지 파란불인지 또렷하게 보이지 않았다. 그 순간 위젠은 빨간

불이든 파란불이든 상관없다고 생각했다. 영화에 자주 나오는 장면이 아닌가. 이별하는 순간, 버림받은 여주인공은 길에서 죽는다. 한 송이 빨간 피의 꽃을 피우며.

그러나 현실은 언제나 어설픈 드라마와는 다르다. 길 건너편으로 뛰면서 고개를 들어 다시 보니 빨간불이었다. 그런데도 나는 지금 안전하게 길을 건너고 있지 않은가?

눈물이 멈추지 않는다. 눈물이 손등 위에 툭툭 떨어진다. 입을 막은 손에 너무 힘을 주어 턱이 아파온다.

계속 뛰어가는데 갑자기 뒤에서 날카로운 차의 브레이크 소리와 함께 물체가 부딪히는 듯한 둔탁한 소리가 났다. 뒤를 돌아보니 지면에는 차의 긴 브레이크 자국이, 길 중간에 쓰러진 트럭이 있었다.

타이어 밑에는 익숙한 트렌치코트 자락이 보였다. 트렌치코트 밑에서 천천히 피가 흘러나와 점점 사방으로 퍼지고 있었다.

도시 한복판에 핀 꽃 한 송이 같았다. 가장 아름다운 핏빛 연꽃.

2003년은 눈 깜짝할 새에 지나갔다.

자주 큰 눈이 내렸고, 베이징은 은빛으로 물들었다.

조금 있으면 신년이었다. 거리에는 자주 폭죽을 터뜨리는 어린아이들이 보였다. 자잘하게 부서진 빨간 종이 파편들이 사방에 널려 있었고, 유황 냄새가 코를 찔렀다.

목에 빨간 수건을 두른 한 여자아이 하나가 엄마의 손을 잡고 육교

위를 걸어가다 손안에 든 동전을 거지 앞에 있는 그릇 안에 넣었다.

"엄마, 아까 앉아 있던 거지 눈이 진짜 예뻐요. 크고 빛나고. 영화에 나오는 배우 눈동자 같아요."

"얘가 뭐라는 거야. 거지가 잘생기긴 뭘. 아빠가 제일 멋있지."

그 거지는 그릇을 들고 일어나 천천히 육교를 내려간다. 앉아 있을 때는 몰랐는데 일어서고 보니 키가 매우 크다. 쭉 뻗은 몸매에 또렷한 이목구비를 가졌다. 어처구니없을 정도로 젊다.

육교를 내려가는데 다리에 통증이 느껴진다. 겨울이라 더 그렇다. 가을부터 다리 밑, 길가, 하수도 같은 곳에서 잠을 잤다. 무릎이 점점 날씨에 예민하게 반응하기 시작한다. 날씨가 춥거나 비나 눈이 내리면 은근히 아파졌다.

이미 반년이 지났다. 예쁜 상점 유리창에 수염이 자라고, 해진 옷을 입고, 떡진 머리를 한 사람이 비친다. 그렇지만 아무리 온몸에 기름이 졌다고 해도 겨울의 추위는 막아내기 힘들었다. 길의 다른 부랑자들은 이미 많은 걸 알고 있었다. 이를테면 어떻게 신문을 옷에 끼워 넣어 추위를 피하는지, 쓰레기통을 뒤져서 찾은 음식 중에 무엇을 먹고 무엇을 먹어선 안 되는지, 추워 보여도 실제로는 웃풍이 불지 않아 춥지 않은 곳을 어떻게 찾아내는지, 행인들에게 어떻게 구걸을 해야 쉽게 돈을 얻어내는지 같은 것들 말이다.

이런 것들은 우연히 만나는 사람들이 다 가르쳐준 것이다.

길가의 광고판 속에 한 남성이 찬란한 미소를 지으며 서 있다. 한 길이 모두 그 남자의 미소로 채워져 있다. 거지가 길을 가다가 그 광고판을 한참이나 들여다본다. 그 모습이 다른 사람의 주의를 끈다. 그도 자신이 다른 사람의 이목을 끈다는 사실을 알아채자 조용히 작은 골목 안으로 숨어 들어간다.

광고 안에는 안개가 가득한 눈동자를 한 채 미소 짓고 있는 남자가 서 있다. 현재 중국에서 가장 유명한 화가. 그는 조용히 녹나무 밑에 서 있다. 까만 교복을 입고서, 책가방을 들고 있다. 가만히 기다린다. 그리고 그의 뒤에는 천천히 떠오르는 아침 해나 혹은 천천히 지는 저녁 해가 있다.

'푸샤오쓰의 2004년도 대작. 붓끝에서 터져 나오는 마지막 화려함!《천사》전국의 서점에서 절찬 판매 중!'

신화서점의 문 옆에 신간이 줄줄이 놓여 있었다. 수많은 여학생들이 그 책《천사》를 집어들고 펼쳐본다. 거지가 그쪽으로 다가오자 사람들은 책을 들고 급하게 계산대로 갔다.

해 지는 오후였다. 한 거지가 신화서점에서 화집을 넘겨본다. 주위 사람들이 손가락질한다. 신기한 모양이다. 그렇지만 거지는 전혀 모르고 있다.

모든 사람이 그가 책장을 한 장 한 장 넘기는 것을 보고 있다. 거지가 울기 시작한다.

샤오롼은 막 대학을 졸업하고 신화서점에 인턴으로 왔다. 그녀는 서가를 정리하느라 문 앞에서 무슨 일이 벌어지고 있는지 모르고 있었다. 그러다 가슴이 찢어지듯이 울어대는 소리에 무슨 일인가 해서 나와보았다.

거지였다. 해진 옷을 입고 있었고, 맨발이었다. 한겨울에 발이 얼었는지 엉망인 채였다. 그는 신간인 화집을 보고 있었다. 화집을 든 손에 너무 힘을 주고 있어서 손가락 관절 부분이 하얗게 될 정도였다. 그는 울부짖었다. 마치 장난감이나 사탕을 빼앗긴 어린아이처럼 크게 악을 쓰며 울었다.

샤오롼은 그에게 책을 내려놓으라고 하고 싶었지만 말하기 힘들었다. 그는 키가 너무 크고 건장해 보여서 겁이 났다.

그래서 신고를 했다.

경찰이 도착했을 때도 그 거지는 여전히 울고 있었다. 처음에 경찰은 미친 사람의 소란이라고 생각해 크게 신경 쓰지 않고 다가갔다. 그러나 거지를 자세히 본 경찰은 갑자기 그를 땅바닥에 쓰러뜨리고 머리를 밟으며 제압한 후 수갑을 채웠다.

샤오롼은 이해할 수 없었다. 경찰에게 밟힌 거지가 좀 불쌍하기도 했다. 그렇지만 그는 전혀 반항하지 않았다. 그저 울고, 또 울고 있었다. 다 큰 남자의 슬픈 울음소리에 샤오롼의 마음도 점점 아파왔다. 너무 심한 게 아닌가 하는 생각이 들었다.

"그냥 데리고 나가주셨으면 해서 신고한 거예요. 이러지 마세요. 그렇게 잘못한 것도 아닌 거 같은데요……."

"아가씨, 너무 순진하네. 이 사람 누군지 몰라요? 길에 붙어 있는 수배령 봐봐요."

모든 사람이 지켜보는 가운데 거지는 끌려갔다. 샤오롼은 벽에 붙어 있는 수배령을 본다. 잘생기고 훤칠한 젊은 남자의 사진이다. 짙은 눈매, 오똑한 콧날. 예쁜 입매가 자연스럽게 올라가 있다. 사진 밑에는 한 줄이 적혀 있다. '루즈앙. 살인 혐의, 전국 수배령'

샤오롼은 경악했다. 순간 바람이 불어 아까 거지가 보고 있던 화집의 첫 페이지가 펼쳐졌다. 샤오롼은 화집을 들어 올린다. 첫 페이지에 거지의 손자국이 남아 있었다.

그림 속의 남자아이는 부드럽고 긴 머리를 하고 있다. 아까의 거지와 매우 닮았다. 옆에 있는 여자아이는 여름의 빛나는 햇빛 같은 미소를 짓고 있다.

그림 위에 있는 글을 샤오롼은 작은 목소리로 소리 내어 읽었다.

그 소년은 나에게 성장을 가르쳐주었다.
그 소녀는 나에게 사랑을 가르쳐주었다.

그들은 내 인생에 나타났다가
어느새 사라져 눈에 보이지 않는다.
그렇지만 나는 그들이 천사라고 생각하지 않는다.
그들은 세상의 가장 보통의 남자아이, 그리고 여자아이일 뿐이다.
그래서 나는 녹나무 밑에서 계속 그들을 기다린다.
그들이 언젠가는 꼭 돌아올 것이라 믿고 있기 때문이다.
그들은 나를 다시 찾아올 것이다.

아직 나에게 가르쳐줄 것이 많이 남았기에.

......

샤오롼은 고개를 돌려 끌려가는 거지를 본다. 그의 뒷모습은 이미 인파 속으로 사라졌다.

그렇지만 왠지 모르게. 그 남자의 그 슬픈 울음소리가 계속, 계속 귓가에서 커진다. 시끄러운 도시 상공에서 그 소리가 떠돌고 있다.

그 소년은 나에게 성장을 가르쳐주었다.

그 소녀는 나에게 사랑을 가르쳐주었다.

Epilogue

2005년 하지

지워지지 않는 전설

우리에게 일어났다고 생각한 일들은
사실 애초에 일어나지 않은 일들이다.
우리가 사랑했었다고 생각한 사람들은
오히려 영원히 우리를 사랑하고 있다.

Side A
위젠

자주 첸찬의 긴 녹나무가 늘어선 거리를 천천히 걷는다. 10년 전의 첸찬을 기억한다. 그때 나는 고등학교 1학년 학생이었고, 이상과 동경을 품은 사춘기 소녀였다. 지금은 한 사람의 부인이고, 곧 엄마가 될 것이다.

매일 밤, 칭텐은 나와 함께 산책한다. 저녁 하늘빛이 10년 전과 똑같다. 나는 자주 첸찬이 세상 밖 어떤 유토피아가 아닌가 하는 의심을 한다. 바깥세상이 천지개벽을 한다 해도, 이곳은 10년이고, 20년이고, 100년이고, 여전히 녹나무의 그늘로 덮인 여름일 것 같다는 생각을 한다.

뜨거운 온도. 충만한 햇빛.

손가락의 반지는 이미 작고 정교한 백금 반지로 바뀌었다. 칭텐이 예전에 만들어줬던 은반지는 그의 것과 함께 상자에 넣었고, 어느 날, 우리의 아들이나, 아니면 딸에게 남겨줄 것이다. 그러면서 그들에게 말할 것이다. 너희의 부모가 이렇게 행복을 찾았다고.

종종 아침에 일어나 눈을 뜨면 과거의 10년 동안 어떤 일이 있었는지 생각해보곤 한다.

돤차오가 잘 기억나지 않는다.

그저 고독한 황혼, 혹은 환절기에, 무리 지어 날아가는 기러기들을 볼 때면, 가끔 희미하게 돤차오의 생김새가 기억난다. 큰 눈에, 오똑한 콧날, 그리고 입가의 보조개까지. 사람들은 보조개를 가진 남자들이 달콤한 말들을 잘한다고 한다. 그렇지만 돤차오가 내게 했던 듣기 좋았던 말들이 이미 잘 기억나지 않는다.

시간은 물처럼 쉽게 우리의 인생을 덮어버린다.

돤차오에 대한 유일한 기억은 천사에 관한 이야기다. 나는 돤차오에게 칭텐이 내 생명의 천사였던 것 같다고, 나에게 성장을, 그리고 사랑을 가르쳐주었다고 말했었다. 그렇지만 생각지도 못했다. 나의 진정한 천사는 돤차오였다는 걸.

그는 돌연히, 그리고 우연히 내 일상 안으로 들어왔다. 편의점의 계산대 뒤에서, 퇴근하던 술집 문 앞에서, 베이징의 함박눈 속에서 나타났다. 그는 나에게 진정한 사랑을, 아름다운 인생을 가르쳐주었다. 그리고 작은 도시 출신이라도 쉽게 포기하면 안 된다는 것을 알려주었다. 시골 출신의 아이도 훌륭한 건축가가 될 수 있음을 알려주었다.

이런 말들이 내가 돤차오에 대해서 희미하게 기억하고 있는 것들의 전부다.

그에 관한 단편적인 기억 중에는 그가 태어난 고향인 융닝에 관한 것도 있다. 큰 바다를 곁에 둔 작은 시골이다. 그는 어렸을 적부터 바다는 많이 봐왔지만 눈을 본 적이 없어서, 베이징에 큰 눈이 올 때면 같은 반 학생들에게 놀림을 당했다. 지금, 그는 아마도 천국에 있겠지. 그가 나에게 고향 융닝의 이름이 '영원한 평온'이란 뜻이라고 알려주었다. 구름 위의 저 천국은 또 다른 융닝일까?

시간이 흐른 후 혼자 융닝에 다녀온 적이 있다. 매우 외진 곳이었다. 주변은 아직도 옛 농촌의 모습을 유지하고 있었다.

남방의 벼가 파릇파릇한 빛으로 반짝이면서 여름날의 낯익은 향기를 흩뿌리고 있었다.

해변에 혼자 서 있는데, 파도 소리가 들렸다. 마치 네가 나에게 말하는 것 같았다.

너와 함께 바다를 보러 가지 못했던 것이, 내 평생의 가장 큰 유감스러운 일이 되었지.

이제는 이미 담담하게 너를 기억할 수 있고, 비교적 아무렇지도 않게 너에 관해 말할 수 있게 되었어. 이제 네가 천국에 갔다고 울지 않으며 말할 수 있게 되었어. 사실 아주 오랫동안 너를 일부러 기억해내고 싶지 않았거든.

그저 가끔, 너의 장난스러운 얼굴과 보조개가 내 기억 속에서 돌연히 떠오르곤 했어. 마치 네가 자주 뒤에서 갑자기 나타나 나를 꼭 안아주던 것처럼.

그저 가끔, 사람들이 붐비는 길이나 버스에서 네가 두 팔로 나에게 조용한 세계를 만들어주던 그때가 기억나기도 하고.

그저 가끔 편의점에서 일하고 있는 젊은 남자들을 볼 때면 넋을 잃고 바라보기도 해.

봐봐, 시간은 정말 위대한 치유자야.

영원히 잊을 수 없을 것 같은 아픔들도, 영원히 아물지 않을 것 같은 상처들도, 모두 시간의 손바닥 안에서 천천히 어루만져지는 것 같아.

네가 예전에 이런 말 한 적 있었잖아. "내가 너를 사랑하고 있으면 네가 까만 밤을 보고 있어도, 그게 대낮처럼 환하게 빛나고 있을 거야. 왜냐하면, 내가 내 생명을 다 태워서 너를 사랑하고 있거든."

나는 네가 예전에 해줬던 이런 많은 감동적인 일들 덕분에, 내 남은 인생을, 세상을 사랑하며 살아갈 수 있어.

어떨 때는 첸찬일중의 아이들이 자전거를 타고 언덕 위에서 내려오는 것을 멍하니 보고 있기도 했다. 그럴 때면 기억 속에서 '예전의 우리, 리샤와 나도 그렇게 자전거를 타고 산 언덕에 있던 학교 정문에서 내려왔었지'하는 생각을 했다.

리샤, 가끔은 네가 실제로 존재했었던 사람인지 의심할 때가 있어. 그저 내 환상 속에 있던 여자아이는 아니었는지, 내가 착각한 건 아닌지. 너는 나를 완전히 낯선 세계로 이끌어주었어. 청치치, 푸샤오쓰, 루즈앙, 이런 전설 같은 사람들이 정말 내 인생에 실제로 등장했었던 것인지 어떨 때는 나 자신에게 물을 때도 있어. 어느 날은 길을 걷는데, 엄청 큰 전광판에 청치치 얼굴이 나오는 거야. '봐라, 내 예전의 좋은 친구였다'는 말을 칭텐한테도 감히 할 수 없더라. 리샤, 너 알아? 치치는 이미 최고 신인가수가 아닌, 최고의 가수가 되었어. 나도 기쁘더라.

리샤야, 아직도 고등학교 때 일들 기억나? 나는 몇몇 일들은 아직 또렷하게 기억나. 그때 네가 없었다면 내 고등학교 시절은 지금처럼 기억에 남지 않았을 거야. 그때 큰비가 오던 날 밤, 네가 기다려줘서 기숙사 돌아가는 길이 무섭지 않았어. 누군가 나를 기다리고 있다는 생각이 나를 참 용감하게 만들더라. 그리고 네 손목을 끌고 마구 달리곤 했잖아. 지금도 네 손을 잡고 달리고 싶어. 그러면 순간적으로 그 시절로 돌아갔다고 느낄 수 있을지도 몰라. 그때의 그 철없던 반항적인 여자아이로, 가슴에는 무수히 많은 동경을 품은 그때로 말이야. 지금은 비록 한 사람의 부인이 되었지만 말이야.

그런데, 지금의 너는, 어디 있는 거니?

누가 그러더라. 좋은 여자아이는 천당에 올라가고 나쁜 여자아이는 곁에 남아 있다고. 그런데 나쁜 여자아이였던 나는 이미 첸촨에 돌아와서 평온하게 살고 있는데 너는 대체 어디에 있는 거니?

자주, 길에서 누군가를 기다리고 있을 때, 편의점에서 이것저것 사서 나올 때, 첸촨일중의 녹나무 아래에서 멍하게 있을 때, 그럴 때 네가 내 옆에 있는 것 같은 느낌이 들어. 한 번도 떠나지 않은 것처럼.

네가 계속 곁에 있는 것 같아.

한 번도 나를 떠나지 않은 것처럼.

Side B
루즈앙

예전에 어떤 소설에서, 감옥 안에서는 사각형의 하늘만 볼 수 있다고 묘사하는 걸 읽은 적이 있어. 그런데 막상 들어와보니 그 사각형의 하늘이 그렇게 좁기만 한 것은 아닌 것 같아.

하늘은 여전히 넓고, 여전히 구름이 돌아다니는 걸 볼 수 있어.

샤오쓰, 네가 면회 와도 안 만나줘서 화났지? 만약 그랬다면 미안해. 그런데 나는 진짜 너의 그 상심한 표정을 볼 자신이 없어. 마음속으로 내가 너 때문에 이렇게 되었다고 생각하고 있지? 여전히 자책에 빠져 있을까 봐 걱정이야.

나는 알아. 네가 그런 사람이라는 걸.

그런데 말이야, 내가 너에게 말해주고 싶은 건, 나는 단 한 번도 그때 그랬던 것을 후회하지 않았다는 거야. 같은 순간이 다시 한번 찾아온다면, 물론 나는 그때 좀 더 이성적으로 행동하긴 하겠지만, 이런 생각이 내가 과거를 후회한다는 건 아니야.

굳이 지금 제일 힘든 것들에 관해 이야기해야만 한다면, 그건 네가 결혼하는 것도 못 보고, 네가 아버지가 되었을 때 기뻐하는 얼굴도 볼 수 없다는 거야. 그리고 네가 너의 일을 하나하나 이루어가는 것도 못 보고, 도와줄 수도 없고, 같이 늙어갈 수도 없고, 같이 늙어가면서 과거의 일들을 추억할 수도 없고……. 이런 생각을 하면 그냥 좀 슬퍼.

그 사람이 죽지는 않았기 때문에, 법원은 나에게 사형을 판결하지는 않았지.

처음에는 '무기'라는 시간이 너무 길다고 생각했어. 심지어 이건 길다는 형용사를 사용할 수 없는 대상이라고도 생각했어. 모든 기한은 반드시 마지막 날이 있는데, '무기'라는 건 대체 어떤 개념을 사용해서 이해해야 하는 걸까?

그렇지만 어느 날, 나는 갑자기 깨달았어. 봐봐. 고등학교 1학년에서 지금까지의 시간이 눈 깜짝할 새에 지나가버렸잖아. 10년이 지났어. 인생은 또 몇 번의 10년이 남았을까? 만약 내가 65살까지 살게 된다면, 40년이 남았으니, 네 번의 10년이 남았으니까 눈을 네 번만 감았다 뜨면 지나가버리는 거잖아.

자주 너를 생각해. 그럴 때면 마음이 시려. 어렸을 때부터 지금까지 너와 함께 자라왔잖아. 샤오쓰 너 알아? 네가 있어서 초등학교 성적이 그렇게 좋았던 거야. 첸촨일중도 그래서 들어올 수 있었고, 점점 더 전보다 나아졌지. 왜냐하면, 어렸을 적부터 너랑 같이 생활하는 것이 습관이 되어서 혹시나 너와 떨어지게 될까 봐 겁났었거든. 그래서 줄곧 네 뒤에 있었던 거야. 너무 멀지 않은 위치에. 너는 항상 1등, 나는 2등이었지.

그런데 후에 운명이 이렇게 우리 둘을 떨어뜨려 놓았네. 너 알아? 일본에서 같은 학년에 아사기 나오토라는 남학생이 있었어. 걔가 말하는 모습, 어투, 동작, 표정까지 너와 똑 닮았었어. 그래서 걔를 볼 때마다 네가 생각나서 수업이 끝나면 기숙사에 돌아와 마음 아파하면서 편지를 썼어.

나 되게 웃기지.

어떨 때는 있잖아. 내 인생 자체가 너 때문에 이 세상을 한번 경험했다가 돌아가는 느낌이기도 해. 좀 닭살 돋기는 한다. 그렇지만 다른 사람들이 나를 놀리듯이, 나는 진지한 연애도 안 해봤고, 결혼은 더더구나 해본 적도 없고, 그리고 아빠도 되어본 적 없잖아. 그런데 이런 것들이 나는 하나도 아쉽지 않아. 너랑 같이 있었던 시간이 내 인생을 풍성하게 만들어줬으니까. 조금 아쉬운 건 우리 아빠한테 손자를 안겨드리지 못했다는 것뿐이야. 이걸 생각하면 하늘에 계신 엄마가 생각나. 그렇지만 엄마도 너를 굉장히 좋아하셨으니까, 나를 나무라지는 않으실 거야.

예전에 내가 너한테 자주 말했었잖아. 네가 심심할까 봐 내가 너랑 같이 있어주는 거라고. 두 사람이 같이 심심하면 그건 심심한 게 아닌 거라고. 사실 그때 나는 자존감이 되게 낮았거든. 네 인생은 넓디넓은 바다 같았고, 내 인생은 햇볕에도 쉽게 증발할 수 있는 얕은 강물 같았어. 그래서 너랑 같이 있으면 내 인생도 너를 쫓아서 같이 엄청 파란만장하게 변할 수 있다고 생각했었던 것 같아.

예전에 있었던 따뜻하고 아름다웠던 일들이 내가 어둠 속에서도 용기를 가질 수 있게 해주었어. 대부분이 모두 네가 가르쳐준 거지. 우리 예전에 같이 《해리 포터》 보는 거 좋아했던 거 기억해? 시리우스가 아즈카반에 갇혔을 때도 그가 가진 희망적이고 확고한 신념 때문에 디멘터에게 모든 기쁨을 빼앗기지 않고, 계속해서 용감하게 살아나갈 수 있었잖아.

나는 아직도 네가 나에게 해주었던 천사에 관한 이야기를 기억해. 어떨 때는 내가 네 인생에서 사라져버린 건지, 아니면 네가 내 인생에서 사라져버린 건지 잘 모르겠어.

그렇지만 어쨌든 간에 내 생각엔 네가 나에게 가르쳐준 것들이 천사보다는 많은 것 같아.

창밖에 또 바람이 분다. 눈 깜빡할 사이에 2005년 연말이 되었어. 시간은 계속 흘러.

사람들이 말해. 시간이 제일 위대한 치유자라고. 그런데 샤오쓰,

497

너 알아? 매번 우리가 같이 자전거를 타고 첸촨을 돌아다니던 일, 수업 땡땡이치고 담을 넘어 놀러 갔던 일, 화실에 흩어져 있던 너의 아름다운 그림들, 내가 피아노 치면 네가 옆에서 자전거 타고, 네가 퍼즐 맞추는 거 시작하면 내가 하품 하기 시작했던 것들.

이런 것들을 생각하면, 아직도 눈물이 많이 난다.

웃기지. 그런데 진짜 이런 것들이 생각날 때면 정말 너무 견디기 힘들어.

완성하지 못했던 일들은, 다음 인생에서 계속 완성해나가길 희망해.

Side C
리샤

다시 첸촨에 돌아왔을 때 특별한 느낌은 없었다. 베이징에서 스센으로 돌아간 이후에 첸촨에 자주 가보지는 않았다. 고향 사람들과 옛 친구들은 베이징에서 대학을 다니고 촌구석으로 다시 돌아온 나를 모두 호기심 어린 눈빛으로 보았다. 그렇지만 딱히 해명하기 어려웠다. 그저 시간이 모든 걸 해결해주길 기다리는 수밖에.

그래서 정말 평범한 하루하루를 보냈다. 일을 구하고, 새로운 남자친구를 사귀고, 그와 결혼을 이야기했다. 물론 예전의 푸샤오쓰에게 가졌던 감정은 다시 없었지만.

그런 감정은 평생 한 번뿐일 것이다.

베이징에서의 그 뜨거웠던 여름은 이제 깨끗이 사라졌다.

다시 그렇게 한 사람만을 생각할 수는 없을 것 같다. 다시는 그렇게 한 사람만을 신경 쓸 수는 없을 것 같다. 다시는 그 한 사람이 밥은 먹었는지, 겨울에 따뜻한 양말은 신었는지만을 걱정할 수는 없을 것 같다. 그리고 다시는 그가 미간을 찌푸렸다고 긴장하고 어찌할 바 몰라 하지는 않을 것 같다. 다시는 한 사람의 일을 편하게 해주기 위해서 며칠 밤을 새워가며 일하지는 못할 것 같다.

그런 시간은 이제 다시는 없을 것이다.

사랑 때문에 몸을 사리지 않던 그런 리샤는 이제 없을 것이다.

가끔 스셴에서 첸촨에 일을 보러 갈 때면, 일을 마친 후에 첸촨에서 하루를 묵었다. 익숙한 거리를 돌아다니기도 하고 익숙한 풍경을 보기도 했다.

그럴 때 자주 위젠을 발견했다. 그렇지만 감히 소리 내어 그녀를 부르지 못했다. 기억 속의 위젠은 제비꼬리나비와 같았다. 날개를 펴고 산골짜기와 계곡 사이를 날아다녔다. 자주 조용히 그녀를 바라보고 있었다. 그녀가 길에서 누군가를 기다리고 있거나, 물건을 사거나, 칭톈과 저녁에 산책하는 모습을 바라만 보았다. 몇 년 전에 그들을 바라보던 것과 같았다.

나는 줄곧 위젠과 함께 평범한 행복을 누리면서, 함께 지내고 있다고 상상했다.

설사 같이 있지는 않지만.

나는 위젠에게 내가 돌아왔다고 말하지 않았다. 위젠의 마음속에서 나는 분명히 아무도 모르는 곳에 가 있을 것이다.

기억에는 자잘한 것들만 남았다. 그런데도 비오는 날 밤이면 기억들이 다시 꿈속에 찾아오곤 했다.

내 꿈 안의 너는, 여전히 하얀 티셔츠를 입고 있어. 여전히 내 부주의로 도시락에서 흐른 국물이 네 옷을 더럽히고, 너는 안개 낀 눈동자로 무표정하게 나를 바라보고 있지.

그런 꿈의 너는 여전히 연필을 깎아 말없이 나에게 건네주고, 여전히 나를 데리고 학교 담을 넘어. 너는 여전히 내가 아는 단 하나뿐인 화가, 지쓰야.

꿈속에서의 너는 여전히 비를 맞으면서 기숙사 문 앞에서 내가 나오길 기다려. 여전히 내가 고향에서 가져온 간식을 신나게 먹고, 여전히 겨울에도 옷을 얇게 입고 다녀. 그리고 여전히 나와 함께 문과 반을 선택한다고 표에 기록해.

꿈속에서 너는 여전히 눈이 내리면 큰 옷으로 나를 감싸 안아줘. 여전히 나를 보면서 아침 인사를 하고, 피곤한 얼굴을 하고서도 여전히 나를 데리고 지도를 보고 내가 안 가봤던 곳에 같이 가줘.

그렇지만 그런 꿈속의 너는, 2003년 여름에 이미 죽었어. 태양도 뜨거워하던 그 여름에.

다시 첸촨일중에 문 앞에 섰을 때 나는 네가 예전에 내 무릎을 베고 하던 말이 생각났어. "리샤, 언제 우리 같이 첸촨에 가서 그 녹나무들을 다시 보자."

그런데 지금 함께 가보자고 했던 사람은 없고, 나 혼자 이곳에 왔어. 샤오쓰, 너 알아? 학교 안에서 걸어 나오는 많은 여학생이 네 화집을 들고 있더라. 이미 너는 신화적인 인물이 되었던걸. 평범한 학생이 학교의 전설이 되는 건 상상하기 힘든 일이야. 네가 들었으면 엄청나게 신나했을 거야. 그리고 예전의 내가 생각났어. 네 그림을 안고 첸촨일중의 나무 아래에서 잠자던 그 여학생은, 그때는 몰랐어. 내가 매일 가지고 다니던 잡지 속의 그림을 그리던 지쓰가 당시에도 나와 같은 공기를 마시고, 같은 길을 걷고 있었다는 걸.

심지어 너의 보기 힘든 미소도 조금씩 볼 수 있었어. 이런 생각을 하다 보니 하마터면 곧 결혼할 남자 앞에서 울 뻔한 거 있지.

그는 매우 온화해.

그는 매우 다정해.

그도 내가 아플 때면 약을 사다 줄 수 있을 거야.

그렇지만 그는 영원히 네가 예전에 나에게 줬던 그 색채들은 결코 줄 수 없을 거야. 어떨 때는 네가 너무 이기적이라는 생각이 들어. 나를 데리고 그렇게 좋은 풍경을 보여주다가 중간에 떠나버려서, 이후의 내 길엔, 이전의 놀라움을 뛰어넘는 어떤 것도 존재하지 않게 되었으니까.

내일 나 결혼해.

오늘 첸촨에 온 건 신혼집을 꾸밀 장식품을 보기 위해서였어. 어느 화랑에 들렀는데 네 작품이 엄청 많이 있더라. 놀랐어. 네가 유명해지기 전의 작품, 그리고 유명해진 후의 작품들이 벽 하나에 모두 걸려 있었어. 나는 그림 한 점 한 점 자세히 보았어. 그간의 일들이 눈앞에서 하나씩 천천히 흘러가더라. 너와의 그 시간이 또 한 번 내 눈앞에서 요란스럽게 지나갔어. 충격이었어. 마치 너를 처음 본 순간 같았어.

남편에게 말했어. 이 그림을 그린 사람이 내가 고등학교 때 제일 좋아하던 화가라고. 그랬더니 그가 빙그레 웃으면서 말하더라. "좋으면 집에 하나 걸어놓든지."

나는 좋다고 했어. 이 그림들이야말로 내 청춘을 꾸며줄 수 있다고.

이 말을 하는 순간 내 마음속에 갑자기 두꺼운 커튼을 친 것 같았어. 일순간에 암흑이 되었어.

갑자기 대학생 때 우리가 같이 봤던 연극이 생각났어. 그 〈로미오와 줄리엣〉 말이야. 이런 대사가 있잖아. '바깥은 밝아졌소. 그러나 우리의 마음은 어둡소.'

가게의 사장님이 웃으면서 나한테 정말 어린 것 같다고 농담했어. 이 그림들은 고등학교 여학생들이나 좋아한다면서. 나는 그냥 웃고 아무 말 하지 않았어. 말에서 내 슬픔이 느껴질까 봐.

남편에게 그림 하나를 골라보라고 했어. 그는 벽에 걸린 그림 하나를 가리키면서 너무 좋다고 했지. 바로 〈한 번도 나타난 적 없는 풍경〉이었어. 계산을 할 때 제일 위에 올려놓은 그림도 그 그림이었어. 그 순간 내 머릿속을 스친 건, 그림 위쪽에 있는 천국에서 몸을 굽혀 키스하던 여자아이와 남자아이였어. 그 여자아이의 하얀 옷과 남자아이의 별같이 빛나는 눈, 그리고 섣달그믐날의 밤에 네가 창가에서 나에게 했던 말.

리샤, 키스해줘.

모든 과거, 모든 시간, 잉크 향이 나던 시험지, 여름의 폭우 속에서 농구를 하던 남학생, 호숫가에서 조용히 길고 긴 영어 단어를 외우던 여학생, 여름이 끝날 때쯤 피던 봉황화, 떠나는 모든 사람, 돌아오는 모든 사람, 빛나는 시편, 어두운 일기, 흩어진 시간, 다시 지어진 집, 빗물에 엉망이 된 낙엽, 강물 위에 떠다니는 소원이 담긴 유리병, 까만 밤에 부르는 노래, 낮에 떠돌아다니는 구름, 행복과 눈물, 선량함과 자유.

아주 오래전 그 여름에 있었던 그들은 다 함께 성대한 죽음으로 달려들었다.

남은 건 끝없이 이어지는 녹나무뿐이다. 마치 파도처럼 온 도시를 덮고 있다. 1년에 한 번 있는 습한 계절풍이 나뭇가지 끝을 스칠 때, 그들은 비로소 묵묵히 낮은 소리로 읊조린다.

전설 속의 너희들을 전한다.
너희가 남긴 것과 영원히 지워지지 않는 전설.

그 소년은, 나에게 성장을 가르쳐주었다.
그 소녀는, 나에게 사랑을 가르쳐주었다.

후기

여름의 묘비명

너는 여름의 울창한 녹나무다.
내 따뜻한 심방 안에 뿌리를 내렸다.

1

그 새하얀 황무지의 무덤들 사이에 빛바랜 여름의 묘비가 있다. 그 위에는 눈이 잔뜩 쌓여 있다.

여름은 마치 방금 지나가버린 듯했다. 햇볕에는 아직 가시지 않은 열기가 남아 있었다. 한낮의 그림자는 여전히 짧았다. 그러나 눈 깜짝할 사이에 하얀 겨울이 되었다. 하늘을 날던 새는 낙엽 깊숙이 숨었다가 심원한 울음소리만 남기고 얼음처럼 푸른 하늘 벽에 그대로 얼어붙어버린 것 같다.

나는 이렇게 오랫동안 예전에 내 곁을 지켜주었던 너를 떠올리지 못하고 있었다.

그 여름은, 이미 죽어버렸다.

2

이 이야기를 쓰기 시작했을 때는 햇빛이 찬란한 6월이었다. 눈 깜짝할 사이에 겨울이 되었다. 1월 말, 본래는 차디찬 북풍이 황야를 건너 요란하게 몰아닥쳐야 할 계절이었다. 그런데 지금 내가 있는 하이난은 창밖으로 따뜻한 햇볕만이 가득하다. 소매가 짧은 옷을 입은 사람들이 건강하게 그을린 갈색 피부를 드러낸다. 젊은 여자가 과일을 사 들고 길을 걷고 있다. 나는 호텔 7층에서 이 모습들을 바라본다. 완벽하고 거대한 여름이었다. 겨울의 기운은 조금도 느낄 수 없었다. 이 순간 모든 글이 전부 되살아나는 것 같았다. 그 모호하고도 영원한 여름이 파도치는 바다처럼 짙은 냄새를 풍기며 나를 덮쳤다.

누구도 이미 겨울이 되었다는 사실을 알아챌 리 없다. 누구나 지금이 햇빛이 찬란한 여름이라고 생각한다. 그렇지만 진짜 여름은 이미 세월의 갈림길에서 죽어 바로 땅에 묻히고 말았다. 그리고 누군가 급하게 묘비명을 새겼다. 아주 크게 '여름'이라고.

3

그 소년은 나에게 성장을 가르쳐주었고,
그 소녀는 나에게 사랑을 가르쳐주었다.

내 펜 끝에서 혼이 불어 넣어진 인물들은 나에게 많은 것들을 가르쳐주었다. 그들은 모두 내 인생에 등장한 천사들이다. 수많은 잠 못 드는 밤에, 그리고 쉴 수 없는 밤에, 바닥에 쓰러지면 노트북에서는 파르스름한 빛이 미약하게 흘러나왔다. 꿈속에서 그들은 줄곧 나에게 이야기하는 것을 좋아했다.

루즈앙이 장난기 어린 말투로 말했다. "쓰웨이, 너무 푸샤오쓰 이야기만 쓰는 거 아니야? 내가 주인공인데."

푸샤오쓰가 조용하게 말했다. "쓰웨이, 네가 말하는 그 여름, 정말 아예 사라진 거야?"

리샤가 순진하게 말했다. "쓰웨이, 나 진짜 졸업하기 싫은데."

위젠이 강하게 말했다. "쓰웨이, 나는 언젠가는 중국에서 제일 빛나는 사람이 될 거야."(쓰웨이는 작가의 필명이다.-옮긴이)

바닥에서 깨어나면 눈이 뻑뻑하게 아팠다. 창밖은 눈이 날리기 시작하는 겨울인데 푸샤오쓰는 여전히 얄팍한 흰 옷을 입은 채 자전거를 타고 여름의 녹나무 그늘 사이를 질주하고 있었다. 그러다 모퉁이를 돌아 바로 시야에서 사라져버리곤 했다.

반년이라는 시간이 흐른 후, 그들은 정말 다들 아예 사라져버렸다. 마치 이 세상에 애초에 없었던 것처럼.

혹은 사실 그들은 애초에 존재한 적이 없었는지도 모른다.

4

이 소설을 처음 쓰기 시작할 때 어떤 구상을 하고 있었는지는 이미 다 잊었다. 모든 것들이 쓰면서 엉망진창이 되었다. 처음의 구상들은 다 엎어졌고, 마지막의 그 처절한 이야기가 내가 애초에 생각했던 가볍고 유쾌한 결말을 대신했다.

나도 왜 이렇게 되었는지는 설명하기 어렵다. 내가 성숙해졌다거나 아니면 세상사를 꿰뚫어보게 되었다는 등의 이야기는 하고 싶지 않다. 그저 예전 머릿속에 가득 차 있던 격렬한 생각들이 더 이상 존재하지 않을 뿐이다. 이 이야기는《꿈에서 꽃이 얼마나 떨어졌는지 아는지》보다 훨씬 참담하다. 그렇지만《꿈》보다는 덜 잔인한 결말이라고 생각한다.《하지미지》에는 본래 조용한 결말이 준비되어 있었다. 이 소설이 세상의 구석구석으로, 길고 부드러운 계절풍을 타고 퍼져나가는 빛나는 고함이 되길 바랐었다.

이야기의 초반은 그런 구상을 충실히 따라가고 있었다. 사람들은 모두 깊은 잠에 빠져 따뜻하고 긴 여름의 꿈을 꾼다. 나 혼자만 이 여름이 곧 끝나고 눈이 펑펑 내리는 비극적인 겨울이 오리라는 것을 알고 있다. 큰 눈 속에서 녹나무며 봉황화며 사랑과 증오, 날아다니던 새들은 모두 차게 식어 죽어버릴 것이다.

갑자기 이야기 진행에 속도가 붙으며 세상은 갑자기 빙빙 돌고, 톱니바퀴도 갑자기 움직이고, 갑자기 손쓸 수 없는 사건들이 뒤얽혀 지표면을 무너뜨린다. 그리고 모든 것이 황무지의 소리 없는 바위로 변한다. 눈에 반사된 새하얀 빛만이 가만히, 커다란 바람 소리를 듣는다.

세월은 산산이 부서진다. 북쪽을 향해 사방으로 쪼개진다.

5

세상은 완만한 각도로 갈라지고, 햇빛은 수은처럼 역류하여 모든 틈새에 스며들어 그 자리를 채운다. 그리고는 굳어 거울처럼 빛을 내뿜고, 천 개의 세계를 반사한다.

나도 더는 너희를 그리워하지 않는다. 그저 하얀 셔츠를 볼 때면 눈을 감고 생각할 때가 있다. 이런 옷은 네가 입어야 제일 예쁘다고. 눈이 내리는 날에도 더는 슬퍼하지 않는다. 다만 편의점 문 앞을 지날 때 젊은 남자들이 깨끗한 제복을 입은 것을 보면 조금씩 네가 기억날 뿐이다. 더는 연필을 깎을 때 넋을 놓지 않는다. 그저 가끔 연필 끝이 도화지 위에서 뚝 하고 부러지면 어린 네가 내 앞 앉아 있다가 뒤돌아서 나에게 깨끗하고 유연한 두 손을 내밀 것만 같다.

혼자 자도 더는 무섭지 않아졌다.

석양이 질 때 조용하게 학창 시절 동문의 명단을 보다가 그 위로 네 미소가 떠올라도 더는 울지 않는다.

이런 많은 일을 이제 나도 마음 편하게 생각할 수 있게 되었다.

이것들은 모두 우리의 패배다. 우리들의 우정, 사랑, 관심 그리고 증오까지 모두 위대한 시간에 패배했다. 나는 실패한 청춘에서 오는 자그마한 슬픔을 직면한다. 어찌할 방법은 없다. 그저 예전의 너희, 너희가 나에게 해주었던 그 이야기들이 앞으로의 내 인생을 좀 더 따뜻하게 만들어줄 것이다. 더욱 성숙하게 만들어줄 것이다. 행복한 사람들 중 하나로 변해가게 해줄 것이다.

그렇지만 이 모든 것들도 이제 너와 상관없다.

우리는 흩어진 세월 안에서 과거를 돌아보지만 이미 예전의 흔적은 찾아보기 힘들다.

예전에 그렇게 애써서 함께 있으려고 했건만.

6

너희는 모두 이 세상의 전설이다.

너희는 그렇게 많은 사람을 울렸다.

7

마음에는 늘 물이 찰랑인다. 아주 가벼운 손놀림으로, 아주 작은 힘으로 조금만 움켜쥐어도 나를 울게 할 수 있다.

나는 이 소설에 내 감정들이 얼마나 많이 담겨 있는지 더는 말하고 싶지 않다. 얼마나 많은 나의 빛나는 날들이 담겨 있는지, 얼마나 많은 나의 황혼의 슬픔이 담겨 있는지, 내가 얼마나 자주 새벽의 옥상에 서서 날아가는 새를 바라보았는지 더는 말하고 싶지 않다.

엄청나게 긴 시간이었다. 2004년 6월에 이 소설을 쓰기 시작해 2005년 1월에 끝마쳤다. 이 이야기는 끝이 날 것 같지 않았다. 우리는 계속해서 우리들만의 시간 속에서 조용히 웃었다. 푸샤오쓰의 살짝 빨개지는 얼굴을 보았고, 루즈앙의 유쾌함도 보았다. 리샤가 위젠에게 다가가 살며시 팔짱을 끼는 것을 보았고, 위젠이 리샤의 손을 잡고 앞으로 달려가는 것을 보았다. 마치 흩어지는 복숭아꽃 같은 그 미소들은 내 기억 속에 고스란히 남아 있다. 그들은 내 곁을 한 번도 떠난 적이 없다.

그렇지만 이야기는 결국 끝나기 마련이다.

이제까지 어떤 소설을 쓰면서도 이렇게 마음이 아프진 않았다. 그 전까지 소설을 쓸 때 나는 조용한 방관자에 가까웠다. 혹은 위대하고 책임감 있는 작가인 체하며 아무렇지도 않게 가장 슬픈 줄거리를 생각해내곤 했다. 그런데, 이 소설의 마지막 장을 쓰고 나서는 울지 않을 수 없었다.

스케일이 엄청나게 큰 공연 같기도 했다. 미친 듯이 긴, 네 시간 내내 상영되는 영화 같기도 했다. 한 시즌에 100회씩 하는 드라마 같기도 했다. 그러나 결국 끝을 알리는 불이 켜지고, 텅 빈 극장, 어수선한 좌석, 바닥에 가득 찬 콜라 캔과 팝콘의 종이봉투만이 남는다. 아까 그 어둠 속에서 눈물을 흘리고 또 닦던 사람들, 어둠 속에서 애인의 손을 살며시 잡던 여자들, 조용하고 따뜻했던 옛 기억들을 떠올리던 여자아이들과 남자아이들이 불이 켜진 후 하나하나 사라진다. 그리고는 텅 빈 극장만이 남는다. 나는 극장 한가운데 서서 뜨거운 눈물을 흘린다.

다시는 너희를 생각하지 않을 거야.

다시는 너희의 그 운명을 걱정하지 않을 테다.

왜냐하면, 나는 너희가 이미 다 자라버렸다는 걸 아니까. 그렇게 아픈 실패들을 겪고 많은 것들을 배워, 예전보다 훨씬 성숙해졌을 테니까. 그래서 다행히도 너희를 보며 조용히 웃을 수 있게 되었고, 다행히도 너희를 그렇게 좋아할 수 있었고, 그리고 다행히도 내 마음속 깊은 곳에서 느껴지는 그 저림마저도 좋아하게 되었어.

이것이 내가 마지막에 혼자 남아, 아무도 없는 곳에 서서, 괴로운 눈물을 흘리는 이유야.

8

너희가 다 사라져버릴 것을 알고 있었다.

그러나 만약 그 어느 날, 정말로 만약에,

내가 마음 아픈 일이 있을 때 나를 만나러 와줄 거니?

9

푸샤오쓰, 루즈앙, 리샤, 위젠, 돤차오, 그리고 칭톈. 너희는 알까? 내 마음속에서 너희들은 가장 사랑스러운 사람들이라는 걸. 나는 심지어 너희와 함께 완벽한 10년을 보냈다고 생각하고 있어.

10년 동안의 하지를 보았다. 무성하게 자란 녹나무가 도시의 구석구석을 차지했다.

　10년 동안의 큰 눈을 보았다. 첸촨일중의 말도 안 되게 추운 겨울이었다. 모든 사람이 보온병을 들고 급수대 앞에서 긴 줄을 섰다. 수증기가 피어오르는 복도에서 우리는 신이 나서 떠들었다. 튄 물방울이 뜨겁다고 날뛰기도 했다.

　10년 동안의 성장을 보았다. 루즈앙은 엑스라지 사이즈의 교복을 입기 시작했다. 평범한 교복도 네가 입으면 너무나 멋져 보였다. 일본에서 돌아온 다음에는 조용하고 성숙하게 변했다. 그래도 은연중에 보이는 숨길 수 없는 부주의함, 정장을 입고 난간에 아무렇지도 않게 걸터앉는 그런 버릇들이 푸샤오쓰의 미간을 찌푸리게 만들곤 했다.

　10년 동안의 크고 작은 눈물들을 보았다. 리샤의 눈물은 매번 진심이었다. 너무나 차분하고 소박한 여자아이. 그녀는 가녀린 청춘으로 푸샤오쓰의 그 낮은 하늘을 함께 받쳐주었다. 정말 낮고, 또 낮은 그런 하늘이었다. 그렇지만 리샤는 온 힘을 쏟아부었다. 비록 푸샤오쓰의 하늘이 저 멀고 높은 곳에 있었음을, 떠 있는 구름조차도 붙잡기 힘들다는 것을 알고 있었지만 그녀는 조용히 노력했다. 여름에는 그의 셔츠를 구김살 없이 다려주었고, 겨울에는 그를 위해 따뜻한 양털 양말을 준비했다.

　이를 악무는 모습도 10년 동안 보았다. 위젠은 좌절하며 힘든 나날을 보내왔지만, 여전히 강한 얼굴을 하고 있었다. 나는 때로 그녀를 생각하면 마음이 아려온다. 그건 그녀의 구구절절한 운명 때문이 아니라 그녀가 어떤 상황에서도 지는 것을 받아들이려 하지 않았기 때문이었다. 이런 강인함은 내 예전의 삶과 너무나 닮아 있었다.

너희는 다 늙었겠지? 어디에 있니?
시경의 노래는 시간 안에서 천천히 부활한다. 갈대는 계속해서 모래밭을 뒤덮고, 그걸 보는 눈동자마저 덮는다. 남은 것은 묘비에 새겨져 있는 너희의 전설뿐이다. 멜로디 없는 유행가가 바람 속으로 퍼져나간다.

10
〈여름의 묘비명〉. 리리저우가 불렀던 노래.
몇 년 후 너희의 세상에서 새로운 가지와 잎을 틔워 빛나는 청춘을 만들어낸다.

11
모든 날이 지난 후에 너는 어떤 마음으로 나를 기억해줄까?
겨우내 반복해서 떠오른 질문이었다.
구름이 흘러가듯이 거대한 시간도 흐른다. 우리의 청춘은 가볍게 하늘을 오간다.

예전에 썼던 구절인데 이곳에 쓰려니 너무 잔인하다는 생각이 든다. '우리는 모두 잊는다. 앞으로의 시간은 길고 길어서 아마 나는 다시 어떤 사람을 사랑하게 될 것이다. 너를 사랑했던 것처럼.'

그렇지만 정말 너를 사랑하듯이 그를 사랑할 수 있을까?

믿기 힘들다.

그 기억 깊은 곳의 흔적은 오직 너만이 두 발로 밟고 서 있을 수 있다. 그 길고 긴 까만 밤을 밝게 비출 수 있는 것은 너의 웃음뿐이다.

그 춥디추운 눈보라에 너의 외투만이 나를 편안하게 쉬게 해줄 수 있다. 마치 다람쥐처럼 너의 품에 숨어 오동나무 밖의 눈보라는 완전히 모르게.

그 나약한 시간에, 너만이 나를 안아 힘을 줄 수 있다. 너의 팔 안에서 치유할 수 없을 것 같은 깊은 상처가 천천히 낫는다.

그런 슬픈 시간도 너만이 나에게 줄 수 있다.

그런 울창한 녹나무들도, 너만이 나와 함께 바라봐줄 수 있다.

12

첸촨은 내가 만들어낸 허구의 도시다. 그 도시 안에 내 모든 기억을 놓아두었다.

그리고 지금, 그 도시는 당신의 눈앞에도 등장했다. 그리고 기억에 남을 것이다.

나는 당신이 몇 년이 지난 후에도 이 사람들, 착한 사람들의 이
야기를 기억할 것이라는 헛된 꿈은 꾸지 않는다. 그렇지만 햇빛 찬
란한 여름에 녹나무의 그늘을 지날 때면, 고개를 들어 부서지는 햇
빛 조각을 볼 때면, 하얀 셔츠를 깔끔하게 입고 자전거를 타고서는
빨간불에 신호를 기다리는 남학생을 창밖으로 볼 때면, 두 여자아
이가 손을 잡고 계단을 뛰어 내려가는 것을 볼 때면, 남자아이 둘이
큰 개를 끌고 대로를 지나다니는 것을 볼 때면, 또 두 남자가 수은
같은 햇볕을 피해 잔디밭에 앉아 쉬는 것을 볼 때면, 곁에 화판을
펴놓은 것을 볼 때면……
  그럴 때면 당신이 언젠가 읽었던 그 모든 것들이 떠오를 수도 있
지 않을까?

  13
  처절하다고 생각했던 청춘들, 암흑이라고 여겼던 시간들, 억울했
던 일들은 다른 사람의 이야기가 되면 모두 용서할 수 있다.
  아마도 예전에 나는 어리고 가벼워서 세상의 어두운 것들은 뭐
든 용서할 수 없다고 생각했던 것 같다. 그러나 고요히 움직이는 해
시계의 그림자에서, 빗물이 쏟아지는 산길에서, 들불이 끊임없이
황야를 태우며 번지는 시간에, 계절풍이 해마다 비를 몰고 오는 시

기에, 이 모든 것들이 조개처럼 세월이 흐르면서 딱딱한 겉껍질은 약해지고, 부드러운 내부가 드러나고, 결국은 아름다운 진주를 내보인다는 것을 알게 되었다.

이게 성장인가?

이것이 이제까지 내가 생각하고 있었던 어두운 어른들의 세계인가?

어떻게 이렇게 착하고도 아름다운 면모를 가지고 있을 수 있는가?

그래서 원고를 다 쓴 후 아주 오랜 시간 동안 이 책에 등장하는 인물들이 사실은 내가 만들어낸 것이 아니라 애초에 그곳에 있었던 것이 아닌가 하는 생각을 했다. 그들은 사실 세상의 어떤 깊은 숲속에 살고 있다가, 혹은 하얗게 눈 덮인 산봉우리에 있다가, 어느 날 약속도 없이 갑자기 내 인생이 한꺼번에 등장해서 나에게 용서와 관용을 가르치고, 더 큰 좌절과 실망이 닥쳐온대도 흘러가는 시간 안에서 치유받을 수 있다고 알려준 것이 아닌가 했다.

정말 신비한 일이다.

또한, 전설 속의 너희만이 내가 예전의 삶에서는 몰랐던, 배우지 못했던 것들을 가르쳐준다.

단지 너희는 이제 떠났다. 천사처럼. 저 멀리 천국으로 돌아갔다.

14

에필로그는 제일 늦게 덧붙인 장이다. 본래 생각했던 결말은 그냥 앞의 그 처참함을 그대로 놓아두는 것이었다.

그렇지만 몇 년이 지나고 많은 일을 겪고 나니 나 또한 예전의 '자라고 싶지 않던 아이'는 아니었다. 예전의 그 눈물 많고 나약한 사람이 아니었다. 나는 이미 상관없는 사람들과 상관없는 일 때문에 아파하는 그런 사람이 아니다.

마음속 깊은 곳에 따뜻한 일이 많았기 때문이다. 그것들은 사계절 동안 각기 다른 바람으로 불어와 끊임없이 내 몸으로 침투했다. 그리고 용서라고 불리는 것들을 핏속에 흐르게 했다.

이 소설은 또한 악역이 등장하지 않는 소설이기도 했다. 비록 청치치가 리샤에게 미안한 일을 좀 하긴 했지만, 그래도 끝에 가서 그것을 굳이 들추어내고 싶지 않았다.

늘그막 노인처럼 '사람은 죽어도 그 말이 선하다'는 심정이었다. 그래서 모든 처참하다고 생각했던 일들이 끝에 가서는 담담한 아픔으로 변했다.

누구도 울지 않고, 누구도 고함 지르지 않았다. 망자를 애도하지도 않았다. 모든 사람이 쓰나미가 지나간 후의 평온을 얻은 듯했다.

그들은 고요하고 오래된 여름날에 서 있다. 계절을 넘나드는 듯한 눈빛으로 더욱 깊은 여름의 묘비명을 새긴다.

15

내 꿈에는 나타났지만 책에는 쓰지 않은 장면이 있다.

루즈앙은 감옥의 차가운 벽에 기대어 있다. 손에는 푸샤오쓰가 쓴 편지를 들고 있다. 그 익숙하고 가지런한 글씨. 익숙한 여름의 향기가 난다. 눈동자에서 빛이 여러 겹으로 번져나간다.

고개를 들어 창밖을 보니 이미 깊은 가을이다. 무수히 많은 새가 무리 지어 하늘로 날아간다. 그는 그들이 남방의 넓디넓은 호수로 날아가고 있음을 안다. 수면에는 갈대가 부드럽게 자라나고 있고, 강이 바다로 나가는 길목이 고르지 않은 말뚝 뒤에서 그 고요한 얼굴을 조심스럽게 드러내고 있는 곳이다. 그들은 그곳에서 길고 긴 겨울을 보낼 것이다. 철새가 떠날 때 가져가는 그리움은 수면 위로 이어져 빛을 발한다. 긴 여름은 결국 그렇게 지나간다. 기온이 급속하게 떨어진다. 겨울은 마치 이미 여름의 숨 막히는 폐쇄를 뚫고 해시계의 그늘 위를 천천히 걷고 있는 듯하다.

루즈앙은 눈을 감는다. 한 방울의 눈물이 소리 없이 종이에 떨어진다. 만년필로 쓴 글자가 번져나간다.

샤오쓰, 너에게 하고 싶은 말이 너무 많아. 그런데 할 기회를 찾지 못했어. 사각형의 하늘 아래서 나는 자주 지는 해를 혼자 봐. 감옥 안의 사람들은 무리를 지어 함께 활동하고, 함께 밥을 먹지만 나는 혼자에 익숙해졌어. 고독하지 않아도 고독한 세계야. 예전에는 줄곧 네가 아무도 들여놓지 않는 너만의 세계에 살고 있다고 생각했어. 뜻밖에 내가 지금 결국 그 삶을 분명하게 느끼고 있어. 그건 혼자서 광야에 서서 구름이 떠가는 하늘을 바라보면서, 지면으로는 깊은 그림자를 드리울 수밖에 없는 세상이야. 자주 나 자신에게 말해. 나는 힘들지 않다고. 그렇지만 하늘빛이 달아나는 깊은 가을이 오는 걸 볼 때면 내 마음은 조금씩 저려와. 어느 날 말이야, 갑자기 어떤 기적이 일어나서 시간을 거슬러 올라가거나 운명이 바뀐다면, 우리는 다시 한번 잔디밭에 누워 목에 닿는 까슬까슬한 잔디에 가려워하면서, 풀 내음을 맡으며 나도 모르게 잠이 드는, 눈을 감으면 여름날의 태양에 눈앞이 빨갛게 물드는 그런 시간을 보낼 수 있을까?

그런 날이 다시 올 거라 말해줄 수 있어?

궈징밍
2005년 1월 29일 하이커우에서

Rush to the Dead Summer

하지미지

초판 1쇄 인쇄 2019년 9월 4일
초판 1쇄 발행 2019년 9월 11일

지은이 궈징밍
옮긴이 김선영
펴낸이 연준혁

출판 2본부 이사 이진영
뉴북 팀장 조한나
편집 박혜정
디자인 urbook
일러스트 박시현

펴낸곳 (주)위즈덤하우스 미디어그룹 출판등록 2000년 5월 23일 제13-1071호
주소 (410-380)경기도 고양시 일산동구 정발산로 43-20 센트럴프라자 6층
전화 (031)936-4000 팩스 (031)903-3895
홈페이지 www.wisdomhouse.co.kr

ISBN 979-11-90305-10-5 03820
값 15,000원